花城
年选系列

谢有顺 编选

凝固的沙滩

2022 中国中篇小说年选

SPM
南方传媒　花城出版社

中国·广州

图书在版编目（CIP）数据

凝固的沙滩：2022中国中篇小说年选 / 谢有顺编选
. —— 广州：花城出版社，2023.1
　（花城年选系列）
　ISBN 978-7-5360-9828-2

Ⅰ. ①凝… Ⅱ. ①谢… Ⅲ. ①中篇小说—小说集—中
国—当代 Ⅳ. ①I247.5

中国版本图书馆CIP数据核字(2022)第221882号

出 版 人：张　懿
责任编辑：欧阳蘅　李珊珊
责任校对：林翠贞　李道学
技术编辑：凌春梅
封面设计：张年乔
封面绘画：鲤清鹤白

书　　名	凝固的沙滩：2022 中国中篇小说年选	
	NINGGU DE SHATAN：2022 ZHONGGUO ZHONGPIAN XIAOSHUO NIANXUAN	
出版发行	花城出版社	
	（广州市环市东路水荫路 11 号）	
经　　销	全国新华书店	
印　　刷	佛山市迎高彩印有限公司	
	（佛山市顺德区陈村镇广隆工业区兴业七路 9 号）	
开　　本	787 毫米×1092 毫米　16 开	
印　　张	20.5　1 插页	
字　　数	390,000 字	
版　　次	2023 年 1 月第 1 版　2023 年 1 月第 1 次印刷	
定　　价	68.00 元	

如发现印装质量问题，请直接与印刷厂联系调换。
购书热线：020 - 37604658　37602954
花城出版社网站：http://www.fcph.com.cn

目 录

召唤一种新的现代小说（代序）

谢有顺

中国当代小说一直没能较理想地平衡好两种关系，概括起来说，就是实与虚、小与大的关系。很多写作困境由此而来。

20世纪80年代中期后的小说革命，常常在极端抽象和极端写实这两种思潮之间摇摆。先锋小说时期，语言和结构探索的极致状态，写作被抽象成了一种观念、一种形式法则或语言的自我绵延，代表作有格非的《褐色鸟群》、孙甘露的《信使之函》、北村的《聒噪者说》等；后来的新写实小说，写日常生活琐细的困顿，各种孩子入学难、乡下来亲戚了、豆腐馊掉了的两难，走的又是极端写实的路子，"一地鸡毛"，精神意蕴上飞腾不起来。90年代以后，对日常生活书写的张扬，走的就是这种经验主义、感觉主义的写作路子，物质、身体、欲望是叙事的主角，"新状态""身体写作""70后""80后"等写作现象背后，都有经验崇拜、感觉崇拜的影子，叙事中的细节流指向的多是日常生活的繁难和个人的私密经验，这种由感觉和经验所构成的实感，对于认识一种更内在的生存而言，敞露出的往往是一种空无感——写作到经验为止，而经验的高度同质化是一个不争的事实，经验的贫乏，其实就是意义的贫乏、精神的贫乏。一味地沉迷于生活流、细节流的书写，只会导致肤浅情绪的泛滥，或者满足于一些生活小感悟、小转折的展示，这样的写作，对于生活下面那个坚硬的核心并无多少解析能力。依靠直接经验的写作，塑造的往往是经验的自我，经验与经验之间发生冲突时，也是通过经验来解决矛盾，这种以实事为准绳的自然思维，还不足以创造出意义的自我——我们经常说的精神可能性，其实就是要在写作中让经验从个别走向一般和普遍。

除了自然思维，写作还需要有一些哲学思维，才能从实事、经验之上完成内在超越。

诗歌写作也是如此。短小，写实，貌似意味深长的转折，不乏幽默和警句，这类诗歌现在成了主流，写作难度不大，写作者众多，给人一种诗歌极为繁荣的假象，但细读之下，会发现这些诗歌写的不过是一些细碎瞬间和浅易的一得之见，对自我和世界的认识还多是停留在生活的表面滑行。而在20世纪90年代末发生的关于"知识分子写作"和"民间写作"的诗学论争，也是诗歌写作在极端抽象和极端写实之间摇摆的生动例证。过于强调知识分子的身份，很多诗歌就被抽象成了知识、玄学、修辞、语言符码；过于强调口语和民间，也会流于松弛、庸常、细碎、斤斤计较的写实。写诗不是炫耀修辞、堆砌观念，不能牺牲生命的直觉和在场感，但也不是放弃想象、仿写日常，被生活的细节流卷着走。口语是一种语言态度，目的是为了达到言文一致，写诗人真实所感的，进而确立起有主体意识的写作精神，反抗一种没有身体感的虚假写作。正如五四白话文运动，重点不在于用白话（仅就白话而言，晚清就已有不少人在用白话作文、白话写小说了），而是在于用白话文创立一种新的现代书写语言，建构一个新的现代主体。白话和白话文是不一样的。晚清无论是报刊白话文还是白话小说，都是针对汉字的繁难而想找一条新的语言出路，为此，哪怕激进到废除汉字、改用拼音这一步，一些人也在所不惜（这种思想或许受了日本的影响），可见晚清对白话的认识还是工具论层面的，还未意识到旧语言（文言文）对于新思想、新观念的传播有巨大的局限，更没有建构现代个人意识的觉悟。而五四白话文运动是要通过建构现代书写语言来重塑现代人的主体意识，来解放被传统语言束缚了几千年的思想，这就超越了工具论，而把语言的选择当作了现代人自我意识觉醒的一种方式。现代文学史何以称鲁迅的《狂人日记》为第一篇现代白话文小说？原因就在于《狂人日记》里有一个觉醒了的"我"在省思和批判，有了这个现代主体和内在自我，才是它区别于晚清白话小说的重要标志。不看到语言背后暗藏的思想变革的力量，文学的革命就会流于表浅。今天很多诗歌写作者对"口语"的理解即停留于工具层面，并不懂何为有主体性、创造性的"口语写作"。

这里面也有一个待解的虚与实的问题。

实的一面，就是语词、经验、细节、感受，似乎越具体就越真实，但虚的一面，还有一个精神想象和诗歌主体建构的潜在意图，它才能真正决定诗歌的质地如何。小说的误区似乎相似。有那么一段时间，小说不断地写实化、细节化、个人化，作家都追求讲一个好看故事，在涉及身体、欲望的经验叙写方面，越来越大胆，并把这个视为个人写作的路标之一，以致多数小说热衷于小事、私事的述说，而逐渐失去关注重大问题、书写主要真实的能力。20世纪80年代中期以前的中国当代小说，偏重于宏大叙事，艺术手法单一，价值观善恶分明，而且脱不开在末尾对作品进行精神升华的叙事模式，整体上显得空洞、虚假，缺乏个体精神意识的觉醒。即便到了寻根小说时期，韩少功说，"在文学艺术方面，在民族的深层精神和文化特质方面，我们有民族的自我。我们的责任是释放现代观念的热能，来重铸和镀亮这种自我"[1]，这个时候的"自我"，主要还是"民族的自我"，"根"也还是传统文化之根，带着鲜明的类群特征。但此时作家转向传统和民间，仍有积极的意义，它是对之前的小说（伤痕小说、知青小说、改革小说等）过分臣服于现实逻辑、缺乏想象力的一种反抗。"'实'是小说的物质基础，但太'实'常常损伤艺术的自由，这时，有文化自觉的写作者就会转向民间、向后回望，骨子里是想借力'不入正宗''流入乡野'的'异己的因素'，来获得'更新再生的契机'，进而获得一种精神想象。民族文化混沌时期的拙朴、苍茫、难以言说，正适合想象力的强劲生长。匍匐在地上的写作是没有希望的，必须激发起对人的全新想象，写作才能实现腾跃和飞翔。"[2]而到了先锋小说时期，写作对个体意识的张扬可谓到了随心所欲的地步，小说不再顾及普通读者的感受，不讲述逻辑连贯的故事，不突出人物形象的典型和饱满，不再是线性叙事，而迷恋一种复杂的迷途结构，语言上也充满自我指涉、自我繁殖的呓语，一切旧的写作规范都被打破了——这种探索的直接后果就是，写作越来越像个人的语言游戏，这和后来的"身体写作"沉迷于个人私密经验的展示，在思维路径上是相似的。

极端的个人化写作，获得的回应一定是有限的，它必然会拒斥多数读者的阅读期待，写作也会因为失去必要的开放性而损耗大众影响力。现在回头看，那时的先锋写作更像是一种具有价值幽闭性的密室游戏，每个任性的探索者，都想把一种形式感推到极致。先锋就是自由，写作就是描画个人的语

---

① 韩少功：《文学的"根"》，《作家》，1985年第4期。
② 谢有顺：《思想着的自我——韩少功的写作观念对中国当代文学的启示》，《南方文坛》，2022年第4期。

言地图。本雅明说，"小说的诞生地是孤独的个人"，"写一部小说的意思就是通过表现人的生活把深广不可量度的带向极致"[①]；先锋写作不仅是要把生活带向极致，还要把话语方式也带到极致，这种艺术冒险充满着对大众的阅读惯性和审美趣味的蔑视——彼此分道扬镳也就在所难免了。

有一个误解似乎值得澄清，那就是大家普遍认为，文学大众影响力的式微、文学期刊订数和文学图书销量断崖式下跌，是从90年代初市场经济大潮来临之后开始的。其实这是错觉。有资料显示，从80年代中后期开始，文学期刊订数和文学图书销量就下滑得很厉害了，只是那时基数还很大（文学期刊征订数多达百万或几十万的非常多），即便订数和销量跌去一半或更多，剩下的数字仍是可观的，维系刊物生存完全没问题；直到90年代中后期，跌无可跌了，问题的严峻性才真正显露出来。可见，文学影响力的萎缩，固然有市场经济的冲击，但也不能忽略把写作变成个人的密室游戏之后导致的对读者的疏离。当时影响力最大的刊物，如《收获》《钟山》《花城》《人民文学》《作家》等，主推的往往是可读性不强的先锋小说、探索小说，整个文坛都洋溢着一种艺术至上的氛围，都在为探索者开路，被创新的鞭子追着跑，作家们孤傲地认为，需要改变的不是我们，而是读者那日益陈旧的文学趣味，如法国新小说派作者所言，巴尔扎克已经过时了，必须扔下船去，在中国作家眼中，卡夫卡、博尔赫斯、罗布-格里耶、福克纳、马尔克斯等人的作品才是预示着艺术革命的方向。必须承认，这种孤绝感和大众审美是错位甚至对立的，那时的青年作家不顾一切地走在这条孤绝的艺术道路上，是需要写作智慧和艺术勇气的，这也是至今还有很多人在怀念80年代的原因之一。不能否认当年的文学革命、先锋实验对于文学回归艺术本体的重要意义——这种写作自觉，使文学不再是各种社会思想的附庸，使之获得了独立的审美空间；语言也不再是工具，而成了现代小说叙事中的主角。

但标新立异并不是现代小说唯一的道德。如果写作只是修辞和技艺，任何一种变着花样的探索很快就会模式化和雷同化，谁都可以玩一次意识流，谁都可以荒诞一把，博尔赫斯的圈套、马尔克斯的开头也可以模仿得像模像样。写作除了要有方法论的革新，也要有丰富的现实信息和审美信息，叙事才不会变成语言的空转，因此，文学该如何向公众发言，并重获大众影响

① ［德］瓦尔特·本雅明：《本雅明文选》，陈永国，马海良编，张耀平等人译，北京：中国社会科学出版社，1999年版，第295页。

力，这并非一个无关紧要的问题。当年的先锋作家，如余华、格非、苏童、叶兆言、北村等人，后来都发生了写作转向，并写出了《活着》《人面桃花》《黄雀记》等故事性很强、读者很多的作品，这本身也表明，不再坚持过于乖张的艺术面貌，未必就是向大众妥协，而可能是通过艺术的综合和平衡，让小说回到了小说自身的道路中。同样是讲故事，经过了现代艺术训练的作家，他的讲述方式必然会有很大的不同，像格非的《人面桃花》，试图借鉴和激活中国传统的叙事资源，甚至不乏向《金瓶梅》《红楼梦》致敬的段落，但格非这个关于乌托邦的故事仍然讲得哀婉、忧伤，充满了现代叙事的空缺策略和观念思辨。

很多人把这种写作转向看作是先锋作家的叙事突围，并不是没有道理。艺术革命大可以把小说改造成另一种艺术形式，但离开了故事和读者，就未必有必要再称它为"小说"。小说的基本面是故事、人物、命运感，完全打掉这些基本面，小说就会空心化，叙事就会失禁，过度创新和过度守旧一样，都须警觉。"我觉得实验性的小说最好是短篇，顶多中篇，长篇则完全没有必要。因为一个作家如果想要玩玩观念，玩玩技法，有十几页就完全可以表现了，没必要写那么大一本来重复。"① 确实，像格非、苏童这样的先锋作家，包括后来写出了《檀香刑》《蛙》的莫言、写出了《云中记》的阿来、写出了《人生海海》的麦家，在写作转型上之所以成功，就在于他们在长篇小说写作中实现了传统与现代的综合，重塑了自己的小说面貌。在写实与抽象之间，经验与超验之间，小事情和大历史之间，不偏向于任何一方，而是走了一条日常性和意义感、艺术性和大众化相平衡的中间道路。

"中间道路"这样的概括也许过于粗疏了，但从极端抽象的艺术探索中撤退，同时又避免沦入经验主义、感觉主义的泥淖，让写作变得既感性又理性，既实又虚，甚至用寓言的方式来写人间万象，这种综合和平衡所带来的写作突破，是近年来中国文学最大的收获之一。

好的小说，总是游走于纪实与虚构、微观与宏大之间，让自我、意义、价值关怀、精神追问等，隐身于细节、经验、语言和结构之中，进而实现某种综合和平衡；它既有坚硬的物质外壳，又能在意蕴上显出一种浑然和苍茫，有限的讲述，好像敞开着无限的可能。而综合、平衡、杂糅、浑然，正是文学精神的核心。尤其是当我们把西方各种艺术流派都模仿、借鉴一遍之

---

① 韩少功：《鸟的传人——答台湾作家施叔青》，《大题小作》，上海：上海文艺出版社，2017年版，第208页。

后，文学如何才能建构起真正的中国风格，就得借力于对各种艺术力量的综合。文学要想对"中国"作出重新体认，不是简单依靠回望传统、激活传统叙事资源就可以了，它还要处理好与现代世界、现代艺术之间的关系。只有融汇了东方和西方、传统和现代的文学，才能称之为面向未来的中国文学。

之前几十年，中国文学是在补课，一方面是通过艺术革命来丰富文学的多样化，另一方面也通过借鉴各国的文学资源，使文学重获世界主义的品格。都说艺术是没有国界的，但精神有根性、心灵有故乡，文学最终要确证的，仍然是一个作家活在此时此地的存在感受，所谓的真实感，就是要写出自己所面对的人群和生活所独有的面貌，完成了对一个时代的概括与书写，文学才算达成了它的使命。而在当下的语境里，"使命"成了一个大词，是个人主义的文学不太关心的，在他们眼中，写作似乎就是为了不断地强调和建构这个"我"。但是，真正的文学既是有"我"的文学，也是无"我"的文学，如庄子所说"吾丧我"——它既是对一种自由精神的张扬，也是把这种自由精神变成普遍性的精神平等。从"我"到"吾丧我"的存在性跳跃中，作家才有可能实现更大的写作抱负。

小说是当下最重要的文体，理应担负起文学变革的使命。

米兰·昆德拉在论到小说的使命时，举了穆齐尔和布洛赫为例，说他俩"给小说安上了极大的使命感"，"他们深信小说具有巨大的综合力量，它可以将诗歌、幻想、哲学、警句和散文糅合成一体。这种糅合，目的也就是要重新对人类的命运有一个整体性观察"①。中国文学是否有这种"使命感"和"综合力量"，并获得"整体性观察"这个重要维度，对于写作空间的拓展至关重要，因为艺术风格的局部调整，叙事策略上的细小变革，可能并没有我们想象的那么重要，真正改变文学大势的，还是那些能让现状作出整体性翻转的写作观念。

"现代"观念的确立，是现代小说发生的基础，它带来了世界范围内的文学观念的大翻转。马克斯·韦伯认为，"现代"社会的来临，和西方的理性传统促成了社会向世俗化转变密切相关，而在康德看来，"在理性面前，

---

① 巴黎评论编辑部编：《巴黎评论·作家访谈1》，黄昱宁等译，上海：上海文艺出版社，2015年版，第189页。

6

一切提出有效性要求的东西都必须为自己辩解"①。既然"现代"世界是把理性主义当作思想武器，便据此认为有了超越过去时代的进步性和优越性，它的合法性就无法再从过往的历史中获得，只能从自己内部来完成自我确证，自我立法，并把自我当作客体来思辨和审视。因此，承载了反思和批判精神这一现代品质的小说，才称得上是现代小说。而对世俗生活的关注、个人意识的省悟、精神困境及其出路的探求，正是现代小说的特征之一。现代小说通过虚构来建构想象的真实，它打磨自我意识而使个体变得纤细、敏感而脆弱，它书写人与社会、他者的疏离感并由此强化孤独、绝望的情绪，它因诠释了现代人的精神处境而获崇高的文学地位。

但这种以"自我"这一现代主体为基础的写作，正在走向精神的穷途，个人经验、感受所固有的局限性，已无法有效解释现代世界，更无法实现与他者的真正沟通。要突破这一困境，小说须从"自我"这个茧里走出来，重构"自我"与"世界"的关系。"世界"是"我"的世界，"我"也应是"世界"中的"我"，前面说的平衡实与虚、小与大这两种关系，其实就是平衡"自我"与"世界"的关系。这并不是什么新议题，却有可能从这种思考中建构起新的写作路径，毕竟，现代小说要真实对话一个还在急剧变革的现代社会，必然会遭遇新的问题，也必然会向写作者提出新的问题。现代小说的核心要旨就是不断地提问，它或许不会给出确定的答案，但它一直保持着提问的姿态。极端抽象或极端写实的写作路径，都曾在某个时期让中国作家写出了具有现代感的小说，在这些小说中，最响亮的字眼就是"自我"，这么多年过去了，它的成就和它的局限都充分显现出来了。接下来需要的是平衡、综合、拓展，而平衡和综合好实与虚、小与大、自我与世界的关系之后的重新出发，很可能会再一次反转中国作家的写作观念。新的观念催生新的小说。当一个现代社会来临，我们不仅希望作家告别陈旧的写作方式，写出真正的现代小说，也希望他们能不断地写出新的现代小说。

---

① ［德］于尔根·哈贝马斯：《现代性的哲学话语》，曹卫东译，上海：译林出版社，2004年版，第23页。

化

蝶

1

讨论会开始了。

这个会议对剑湫来讲意义非凡，是她的"施政宣言"，也是团长价值的体现。"团长价值"是个比较笼统的概念，没有具体数字和指标。但剑湫不同，她是演员，有演员的出发点和标准，是艺术的，是自我的。简单地说，她当这个团长，就两件事：排新戏和出新人。在剑湫看来，排新戏和出新人是一体的，是相辅相成的——将新戏排出来，成为经典名剧，名剧催生名角。反过来说，也只有名角才能将一个戏经典化——名角身上的光芒可以照亮一个戏，让一个戏起死回生。

还是拿老戏做文章。当然也可以排新戏，新戏有新戏的好处，一张白纸，怎么画都行。但风险也是明显的，新戏缺少积淀，缺少历史感，缺少厚重感，显得浅，显得薄，显得仓促，压不住。排老戏当然也不容易，像《梁山伯与祝英台》这样的经典剧目，千锤百炼，千万人的心血结晶，每一个场景，每一个人物，每一句唱词，甚至每一个表情，都已印刻在观众心中，特别是那些老戏迷，心里都有一场自己的戏，改一句都不允许，那是犯上作乱，是欺师灭祖，要跟你拼命的。所以，如果要排老戏，必须出新，不出新就不能"出彩"，不"出彩"就没有表现力和说服力，就是"触犯众怒"，没有好下场的。问题是怎么出新？大家都想出新，都想把老戏排出新花样来，有谁做到了？谁能？

新排《梁山伯与祝英台》，剑湫有自己的想法。按照剧团惯例，先开会讨论

1

剧本改编，这是第一步，也是最关键的一步。剧本"出彩"了，接下来就是演员的事。剑湫不担心"演"的问题。

这天下午，讨论会在剧团会议室举行，参加人员主要是这么几位：杜文灯和梅如烟是剧团顾问，重大的事，要邀请她们参加，她们的资历在那里，威望在那里，艺术修养在那里，舞台经验在那里，她们的意见至关重要；主创人员包括主要演员和编剧，主要演员是剑湫和肖晓红，再加一个编剧。好了，五位"首脑"到齐，可以讨论了。

剑湫是召集人，也是主持人，她先发言。剑湫保留了原剧基本框架，主要做了四处调整：第一，充实了第一场"思读"的内容，目的是突出祝英台的性格，她向往外面的世界，渴望知识，渴望自由，为后面情节的发展埋下"种子"；第二，拿掉"山伯临终"那一场，她不让梁山伯死，在戏里弄死一个人太容易，活下去才难；第三，她将"楼台会"和"祝父逼嫁"次序对调，"逼嫁"在前；第四，最后一场"哭坟"拿掉，梁山伯没死，哭什么坟？改成"私奔"，她要让祝英台和梁山伯私奔，剧名就叫《私奔》。

剑湫说，这次改编就一个目的：让这个戏现代起来，让年轻观众走进我们剧场。就这么简单。

有问题吗？当然没问题，戏曲的没落是有目共睹的，让年轻的观众买票走进剧场是所有戏曲从业人员的梦想。多么美好的愿望。

剑湫说完，会议室有很长一段时间的沉默。

最先发言的是杜文灯。杜文灯其实不想先发言，她眼角余光一直注意着梅如烟。梅如烟是演旦角的，演祝英台是她的拿手戏，应该由她先开口。但梅如烟没有开口，手一直扶着脑袋，一副"摇摇欲坠"的样子。杜文灯狠狠地瞪了她一眼，最先"表达自己不成熟的意见"，她说：

"《梁祝》原本是悲剧，这么一改，成了喜剧，年轻观众能不能接受？老观众能不能接受？这个我们要考虑。"

杜文灯提的意见太有道理了，《梁山伯与祝英台》是经典悲剧，已经深入人心，改成喜剧，确实有风险，甚至是冒险。剑湫的"一根筋"体现出来了：

"这就是我要的效果，只有新，才能出其不意，才能险中求胜。如果还是按照老路子排，祝英台还是原来的祝英台，梁山伯还是原来的梁山伯。我要借这次改编，拿出一部不一样的《梁祝》，塑造出不一样的生角和旦角。"

杜文灯有点下不来台了，但她是"老艺术家"，是前辈，不会跟晚辈"一般见识"的，更不会争论，一争论就输了，她只是"微笑"——两个嘴角的肌肉微微往上拉。在很多时候，"微笑"是一种态度，也是一种武器。

在信河街剧团，剑湫演小生，肖晓红演花旦。在舞台上，生和旦是一个戏能够成立的两根柱子，是所有故事生根发芽的种子，也是所有故事生长的主干。可以这么说，生和旦是每出戏的魂魄所在，所有悲欢离合都因他们而产生。他们是《何文秀》里的何文秀和王兰英，《西厢记》里的张生和崔莺莺，《屈原》里的屈原和婵娟，《红楼梦》里的贾宝玉和林黛玉，《梁祝》里的梁山伯和祝英台，等等。在剧团里，生和旦的关系是微妙的，不仅仅在舞台上，在生活中也是。很多时候，对于生和旦来说，特别是对于剑湫和肖晓红这样的演员来说，舞台和生活的界限是模糊的，甚至是混淆在一起的，是说不清道不明的。

大家都转头看肖晓红。剑湫说到这个份儿上，肖晓红的态度就很重要了。可是，让肖晓红怎么回答？老实说，剑湫这么改，她接受不了，不"哭坟"了，不"化蝶"了，最经典的戏没了，还是《梁山伯与祝英台》吗？她知道剑湫说的没错，如果按照老路子演，自己还是自己，祝英台还是祝英台，观众还是老观众，很难说有更加吸引人的地方，只有铤而走险，才有可能出新。可她又不能直接说"我同意剑湫团长的改编方案"，不能说的，她也不愿意说。刚才杜文灯已经说了，她说得很"委婉"，只是问"年轻观众能不能接受？""老观众能不能接受？"意思很明显了，她是站在"年轻观众"和"老观众"的角度问剑湫。但是，肖晓红也不能说"我不同意剑湫团长的改编方案"，她当然知道剑湫为什么要这么做，她是团长，要出戏，要出人，更要赚钱养活剧团，她需要"政绩"。但无论怎么说，演祝英台的人是她，她是旦角，从某种程度说，这次改编，是为旦角改的，变化最大的人物是祝英台，对她的挑战也是最大的。作为一个演员，遇到的挑战越大，内心越兴奋，这是无法拒绝的，也不会拒绝，明知前面是悬崖也要扑过去的。所以，肖晓红觉得怎么说都不合适，她用眼睛去看梅如烟，想听听梅如烟的意见。当然，也是转移"目标"。但梅如烟不看她，依然微闭着眼睛，谁也不看，又好像谁都看了。

还是杜文灯发话了，"微笑"着对肖晓红说：

"你是艺术总监，你谈谈感受。"

还有退路吗？有人拿"枪"顶着后脑勺了。肖晓红只能硬着头皮上：

"我觉得，剑湫团长的改编，人物性格发展的逻辑是对的，一开始加强祝英台追求自我、向往自由的性格，她能够女扮男装去杭州读书，为后来的私奔打下很扎实的基础。这么改编是出人意料的，又在情理之中。很讨巧，也很有新意。"

停了一下，肖晓红看了大家一眼，继续说：

"我觉得，杜文灯顾问说的也很有道理。将悲剧变成了喜剧，特别是对经典剧目的改编，确实既要考虑年轻观众的感受，更要考虑老观众的感受。"

肖晓红发言就到这里了，什么都说了，什么都没有说。"支持"了剑湫，也"支持"了杜文灯，谁都没得罪。这是她一贯的做事风格，既合情合理，又模棱两可。

接下来是编剧发言，编剧站在杜文灯一边。编剧的心态可以理解，改编剧本是他的事，剑湫将他的事干了，这不是砸他的饭碗吗？当然不干。

这就形成了对峙。如果说肖晓红属于中立的话，杜文灯和编剧形成了一个阵营。这个时候，梅如烟的发言显得尤为重要，她的态度不只是对艺术的讨论，而且是"站队"问题，是"政治立场"问题。

形成这个阵势，有剑湫和肖晓红的原因，但也不完全只是她们的原因。剧团的人都知道，剑湫和肖晓红背后，各站着一个人——杜文灯和梅如烟。

问题复杂化了。就拿谁来当剧团团长这个事讲，按道理，梅如烟肯定希望肖晓红当团长，肖晓红是她徒弟啊，是她一手带出来的。而且，梅如烟也看得出来，肖晓红对团长的位子怀有强烈的兴趣，几乎是跃跃欲试的。或许，正是肖晓红这种态度刺激了她，让她觉得肖晓红太不矜持了，太急了。还有一个原因，肖晓红并没有来找她。这是件很微妙的事。她想过了，如果肖晓红来找她，表达对团长位子的渴望，她会站在肖晓红这一边吗？会全力支持她吗？梅如烟不知道。但有一点，如果肖晓红这么做，自己会蔑视她。肖晓红没有来，招呼也没打，更不要说商量了，这是什么态度？这是忽视，是目中无人，是根本没把她这个老师当回事。岂有此理。所以，梅如烟在推荐表上，没有打肖晓红的钩。她也没有打剑湫的钩。剑湫是杜文灯的学生，杜文灯已经当了团长，难道还让她的学生接着当？天底下哪有这样的道理？梅如烟谁的钩都没打，她弃权了。文化局领导找她谈话时，她的话说得很好听：在人事安排方面，我听领导的。领导怎么安排，我都赞成。杜文灯也没有在推荐表上打剑湫的钩。不存在避嫌问题，站在她的角度考虑，剑湫确实不是团长的最佳人选。剑湫是自我的，是活在戏里的人，是按照戏中人物的性格和逻辑来做事的人，更主要的是，她也以这种方式来要求别人。这样的人，是不适合当团长的，当艺术总监也不一定合格。艺术总监也需要与人沟通，需要站在对方的立场考虑问题。杜文灯知道，剑湫在生活中做不到。其实，在杜文灯看来，这不是最重要的。她没有给剑湫打钩，最大的原因在于，她根本没想让剑湫当团长，不可能让她当。在她们这一行，可以毫不夸张地说，徒弟就是老师的天敌，徒弟就是用来取代老师的。多么不合理，多么心酸，多么残忍，多么可怕。还有谁愿意当老师？事实是，对于戏曲这个行当来讲，师承有时比天还大，而且，特别讲究。老师必须收徒弟，名气越大的角，越是要收，不收就是欺师灭祖。谁都是踩着老师走上来的，这是规律，谁也不能幸免。这个道理，杜文灯懂，她知道剑湫在艺术上胜过自己，在小生这个位置上取代了自己。自己那一页翻过去了，是被剑湫翻过去的，是被自己一手培养起来的徒弟翻过去的，翻得很彻底，剑湫在艺术上走得比自己远，比自己高。问题正在这里，杜文

4

灯内心过不去的地方正在这里。她想，你剑湫已经拥有了艺术，得到了神灵的眷顾，难道还要争团长这个位子？你不能什么好处都要，世上没这么便宜的事。再说了，杜文灯还有一个小心思，如果剑湫当了团长，自己在生活中也将被她取代。杜文灯不愿意。杜文灯也没有给肖晓红打钩。肖晓红是梅如烟的徒弟，梅如烟没有坐上的位子，她的徒弟也不可能坐。文化局领导找她谈话时，她的态度跟梅如烟如出一辙，但表达方式跟梅如烟不同：我是一个即将退下来的人，我的态度不重要，重要的是剧团。推选上来的人要对剧团负责，而且有能力带好剧团。这一点，我完全相信组织，一定能选出好团长。

梅如烟的发言是谁也没有想到的，她"支持"了剑湫。她"醒过来了"，脸上浮现着"微笑"，说：

"我老了，退休了，头昏脑涨，本不该来开会和说胡话。"

她说的这句话，当然指的是自己，可是，在座的人都听得出来，也暗指杜文灯。她接着说：

"我这个顾问只是随便挂个名的，没做任何事，没起任何作用。剧团叫我来参加会议，来点个卯，现在唯一能做的是出个态度。我支持剑湫团长做任何事。我自己做不了事了，不能阻碍剧团做事，更不能在边上指手画脚。"

话说得不能再明白了。杜文灯听完，当即想离席，还想重重摔一下会议室的门。刚才梅如烟一鞭子打在她"要命的地方"了，梅如烟等于直截了当告诉她：这不是你的"地盘"了，你的"历史"已经翻过去，新的"历史"开始了。好或者不好，都属于剑湫，你瞎操什么心呢？杜文灯当然不会中途离席，离席就不是杜文灯了。她当然不会同意梅如烟的话，但也不会直接跟她发生"冲突"，这么多年来，她们已经摸索出一套相处模式，不会当着大家的面"动手动脚"。她们是艺术家，是名角，是信河街名人，这是身份，也是自我要求，要体面，更要优雅。杜文灯脸上也泛出和梅如烟一样的笑容，对着梅如烟，更是对着肖晓红：

"我完全同意梅如烟顾问的话，更不会反对剑湫团长对新戏的改编。对于肖晓红来说，这也是一次全新的尝试，我只是提了一点不成熟的意见而已。"

这是典型的杜文灯方式。她不是一个话多的人，更不是一个将话说死的人，她是话里有话，是有所指的。

剑湫太了解杜文灯和梅如烟的风格了，两个人刀光剑影"斗"了半辈子，还没有"停战"的意思。有意思吗？当然有意思。剑湫觉得，这种"角力"，差不多成了杜文灯和梅如烟的心理需求和生理需要，是她们的生活方式。如果缺少了对方，缺少了这种"角力"，生活就失去了意义。

不能说这种方式独属于演员群体，剑湫想，其他职业群体也应该有，但是，对于演员来讲，这种方式更为普遍，更为猛烈。她们在舞台上是戏中人，悲欢离合，相爱相杀，这个时候，她们是一体的，是彼此交融的。当她们走下舞台，错觉产生了：舞台上的生活变成了现实，舞台下的生活反倒成了虚拟，两者混淆在一起了。反差出来了，不适应也出来了，必须有一个渠道来发泄这种不适应，必须有一个对立面来呼应这种反差。杜文灯和梅如烟如此，自己和肖晓红何尝不是如此？

剑湫是自信的，也是清醒的。她能够站在舞台中央，能够成为名角，能够成为头牌，首先是遇到了杜文灯老师，得到好的传承。如果一开始就把路走歪了，拐到歪门邪道上，是很难拉回来的。当然也跟她下的苦功分不开，刻苦很重要，但是，作为一个演员，理解更重要，理解是衡量一个好演员和差演员的重要标准，是进入戏曲内部的钥匙。只有学会了理解，演员才能想象，才能飞翔；也只有学会了理解，才能体现出时代气息，才能演绎出与上一代演员不同的品质，才能在舞台上找到自己，才能在角色中融进自己；更主要的是，也只有如此，才可能吸引年轻观众，才可能引起年轻人共鸣，年轻人才愿意走进剧场，戏曲才有未来，作为一个演员，才有更长的艺术生命。

这差不多是剑湫对戏曲的全部理解了。她还没有能力形成系统的理论，她的理解是从感性出发，是从实际出发，是从排练和演出中体会出来的。她这么想，也这么做。剑湫看了看会议室里的人，说：

"那就先排起来吧。"

团长"拍板"了，该说的话说了，该留的余地留了。散会。

2

剑湫和肖晓红的竞争波澜不惊，却又暗流汹涌。除了杜文灯和梅如烟，剑湫和肖晓红之间还横亘着一个叫尤家兴的男人。尤家兴是剑湫的戏迷，也是肖晓红的戏迷；他跟剑湫的关系暧昧不清，跟肖晓红的关系一言难尽。有一点是明确的，尤家兴在追剑湫，追得声势浩大，却又细水长流。

尤家兴追剑湫不是一天两天了。他无法忘记第一次观看剑湫演出时的情景。他以前看杜文灯和梅如烟的《梁山伯与祝英台》，为杜文灯和梅如烟着迷。所谓着迷，就是上瘾，两天没看她们的戏，吃不好，睡不香，脾气暴躁，心不在焉。剑湫的演出是突然而至的，打了尤家兴一个措手不及。

那天是农历冬至的晚上，是家家户户吃汤圆的节日。尤家兴到了剧场才知道，晚上的主演换成了剑湫和肖晓红。对于尤家兴来讲，已经习惯了杜文灯和梅如烟，他熟悉杜文灯和梅如烟的每一个动作、每一句唱词，可以在脑子里反复"放映"，他来看她们演出，目的不在"看"，是"温习"，是"验证"。从某种程度上说，他"温习"和"验证"的不是杜文灯和梅如烟，而是自己，是他在"表演"，至少是他和舞台上的她们"一起演"。这已经成了他的"日常生活"，成了他"日常生活"中的"程序"。当他知道晚上的演出换了主演后，委屈了，天大的委屈。被杜文灯和梅如烟"抛弃"了，或者说，原有的期待落空了，惆怅了，忧伤了，哀怨了。他对杜文灯和梅如烟是信任的，而对两个新主演是陌生的，是忐忑的；他害怕失望，担心"程序"被打乱，因此，他的委屈是双倍的，无法言说，更无处诉说。怎么办？他不能要求将主演换成杜文灯和梅如烟，怎么演，谁来演，剧团说了算，他没有选择的余地。

他提心吊胆等待演出开始，好像是他在等待观众"检阅"。他能感觉到身体的颤抖，能感觉到气息的急促，舞台上的锣鼓声越来越急，他紧张得想逃跑，可他没有动，也不会逃，说白了，他的担心里有期待，可能期待大于担心。还有一种可能，他内心涌动着隐秘的兴奋，跃跃欲试，没头没脑，更是莫名其妙。

首先是肖晓红出场。看见肖晓红扮演的祝英台，尤家兴提着的心慢慢放下了，也可以说，更加紧张了。有点青涩，有点拘谨，眼神、动作、唱腔，都是对的，是灵动的，她扮演的祝英台就是祝英台，她是"入戏"的，也能带领观众"入戏"。这很难得，一个新演员，往往是人戏分离的，往往是不顾观众死活的。意外，也不意外，她一开口，尤家兴听出来了，是另一个梅如烟，是一个刚刚发芽的梅如烟，也是一个具有更大可能的梅如烟，无论是扮相还是唱腔，她都脱胎自梅如烟，她学了梅如烟的优点，也继承了梅如烟的不足。尤家兴能接受，完全能接受。他有点高兴，又有点忧伤，为肖晓红高兴，为梅如烟忧伤。纠结了。但他来不及纠结，他被肖晓红牵引着，被肖晓红扮演的祝英台牵引着，不能自已了。

第二场是"草桥结拜"，梁山伯出场了，剑湫扮演的梁山伯出场了。先是祝英台和丫鬟银心进了草桥亭，然后，舞台上的灯光一转，梁山伯从幕布后转出来，右手拿着纸扇，迈步走到舞台中央。当梁山伯在舞台上站定时，抬着的右手慢慢下压，左手上升到脸颊，偏左侧着的脸转向舞台正面，抬起眼睛做了一个"亮相"。尤家兴坐在舞台正下方的第六排，剧场座位是有坡度的，第六排差不多与舞台持平，他被剑湫的"亮相"吓住了：剑湫在抬眼之际，眼睛一瞪，射出两道金光，一下将剧场照亮了。一个优秀的演员，肯定明白一个道理，不只是"眼睛一瞪"那么简单，那是一个演员内心世界的呈现，是与观众的沟通，甚至是与观众的"角力"。能不能将观众镇住，能不能建立作为一个演员的自信心，"亮相"是至关重要的。尤家兴不知道其他观众的感受，那两道金光与他眼睛相遇的瞬间，立即照亮他全身。那一刻，他透明了，被控制了，失去了自我，也失去了整个世界。他全身麻痹，恍恍惚惚，飘飘荡荡，不知身在何处，似乎在舞台之下，似乎在舞台之上，又似乎在草桥亭之中，他是梁山伯，是祝英台，是丫鬟银心，是书童四九；他是草桥亭，或者是草桥亭边上的那棵枫树。剑湫站定后，张口唱道：

离故乡，别双亲，
求学上杭州。

这句唱词尤家兴很熟悉，就像熟悉自己的声音。可是，这一刻，他却感到那么陌生，就像聆听自己的声音。尤家兴没想到，剑湫会发出这样的声音。这声音跟杜文灯不同：杜文灯是纯正的生角声音，是低沉的，浑厚的，深情厚谊的；剑湫的声音也低沉，也浑厚，同时又是高亢的，嘹亮的，最主要的是，她充满雄性的声音里有一种无法言说的妩媚，有一种说不出的妖娆，勾人魂魄，心驰神往。那是一种魔力，是晴天霹雳，是呢喃细语，是宣告，更是叮咛，尤家兴从剑湫声音里感受到了复杂而又纯净的气息。在尤家兴看来，舞台上的剑湫，是雄性的，是醇厚的，是深沉的，是洒脱的。她的嗓音是那么沉着和辽阔，她的眼神是那么温柔与坚定，她的动作是那么优美和潇洒，谁能想到，剑湫是个女儿身？无法想象的。尤家兴被剑湫身上这种反差吸引住了，这种反差给了他无穷无尽想象，这种想象如一股旋风，将他卷裹其中，让他如痴如醉，欲罢不能。完蛋了，剑湫第一次"亮相"、开口唱了第一句，尤家兴"沦陷"了。从这一刻开始，他的魂魄被剑湫勾走了，再也回不来了，也不愿意"回来"了。

从表面看，尤家兴是剑湫的追求者，是剑湫的崇拜者，剑湫也接受他的追求和崇拜。在外人看来，他们是恋人关系，这点是确定的。但是，尤家兴对肖晓红的态度也让人产生遐想，他是不是在追求肖晓红？外人不知道，不过，外人看得出来，尤家兴迷恋舞台上的肖晓红，差不多到了痴迷的程度：凡是肖晓红的演出他都会捧场；凡是肖晓红的戏，他都会唱，连动作都学得惟妙惟肖。这就微妙了，很难说得清了。尤家兴从来没有挑明这种关系，剑湫和肖晓红也没有说，但谁都可以感觉得到，因为尤家兴的出现和存在，三个人构成了另一个舞台，那是属于他们的舞台，演绎的是另一个剧本和另一场戏。这种关系，剑湫和肖晓红是心知肚明的，她们没有任何语言和动作上的表示。不会的，她们是演员，是优秀演员，不会点明的，不会说破的，那是艺术，是美，是力量，是令人神往的；同时，那也是一种动力，一种状态，一种境界。她们无比煎熬，又无比享受。

对于剑湫和肖晓红来说，团长职务的竞争和任命，是她们关系的转折点，也是突破点。在她们之前，杜文灯是团长，梅如烟是艺术总监，她们到年龄了，剧团需要新的领导。职务任命与舞台无关，与艺术无关，是现实和坚硬的，是不能摇摆和无法模糊的，你死我活了，火焰熊熊，要爆炸了，吓人了。

就在这个要紧关口，剧团接到一个任务：参加华东六省一市汇演。说是汇演，其实是比赛。表面上是各个剧团在比，实际参与竞争的是各个省，比的是戏曲，也是文化，当然也是经济和政治。文化局领导给杜文灯和梅如烟下了死命令：当前第一任务是汇演，团长的事以后再说。

杜文灯和梅如烟心里清楚，汇演只能依靠剑湫和肖晓红。剧团成立了攻坚小组，杜文灯任组长，梅如烟任副组长，成员包括剑湫和肖晓红。剧目当然是《梁山伯与祝英台》，这一点没有任何不同意见，这不仅是剑湫和肖晓红的保留剧目，也是剧团的保留剧目。进入剧本调整和排练时，剑湫提了建议，主要是两点：第一，将《梁山伯与祝英台》改名《化蝶》。剑湫的理由很简单，既然要参加汇演，就要创新，先从名字开始。名字一改，这个戏的立意和重心调整过来了，更开阔，更有时代意义。第二，由原来十三场调整为十场，拿掉第三、六和第十一场，增加"山伯临终"那场的内容，唱词不动，只动旋律，既表现梁山伯临终前的神志模糊，又体现梁山伯对祝英台爱情的坚定。

剑湫的意见合情合理，没理由不按她的方案执行。不过，也没看出什么特别之处。但是，第一次彩排下来，杜文灯就知道，剑湫无论对戏曲的理解和表达都远远超过了她。

肖晓红的表演几乎无可挑剔，但杜文灯看出一处瑕疵，这瑕疵是无法弥补的："哭坟"那一场，祝英台来拜墓，刚出场，就是一句："梁——兄——啊——"内行人知道，这是一句高音，是穿云破雾的高音，是异峰突起的高音。只有高入云霄，才能直抵人心，才能肝胆俱裂，才能表达祝英台当时的震惊和悲伤。这是呼唤，是信号，是生与死的转折，是祝英台对梁山伯的呼唤，更是祝英台与人间的决裂。这句高音是那么重要，可以这么说，如果没有这句高音，"化蝶"是不成立的，至少缺乏足够的合理性和饱满度。可是，肖晓红的高音上不去，至少不能立即拉上去，很遗憾，太遗憾了，她只能在低音部位酝酿和徘徊，只能迂回着上升。不够的，力量不够，高度不够，穿透力更不够，震撼人心的力量出不来，缺乏摄人魂魄的力量。这是肖晓红嗓音的问题，也是表现力的问题，是致命的，是无可挽回的。

同一个舞台，同一场戏，再看剑湫的表演，在"山伯临终"那一场，还是那个场景，还是那三句唱词：

爹娘啊，儿与她，
生前不能夫妻配，
死后也要成双对。

原来的剧本，三句唱词，梁山伯只唱一遍，那是梁山伯临终前的哀叹，老双亲陪伴床前，白发人送黑发人，气氛萧瑟，草木含泪。梁山伯唱得婉转凄凉，唱得肝肠寸断，唱得石破天惊，"死后也要成双对"，多么悔恨，多么无奈，又是多么斩钉截铁。问题正在这里，对于一般演员来说，唱一遍已经是巨大挑战：梁山伯僵卧病床，身体不能动，只能依靠声音传达那种悲凉，传达那种不甘，表达要和祝英台"在一起"的决心，那是无望的决心，在不可能中寻找可能。这对演员的要求是很高的，既要表现出梁山伯临终时的癫狂，又要表现出他垂死前的清醒和坚决，很难拿捏的。剑湫要唱三遍，杜文灯是演梁山伯的，她知道，这个难度系数不是乘以三那么简单，而是从一个空间上升到另一个空间，不是量的问题，也不是演员理解和表达的问题。杜文灯以前没想过这个问题，对她来说，这是无解的，她做不到，她无法想象梁山伯如何连唱三遍，更无法想象剑湫会怎么表达。她充满期待，也充满幸灾乐祸的担心。这是剑湫给自己挖的坑，看她怎么跳进去。杜文灯清楚地记得，听剑湫演唱"山伯临终"是在傍晚，是在剧团专门用来排练的小舞台，肖晓红和梅如烟都在。肖晓红在候台，她和梅如烟站在台下。随着音乐响起，幕布拉开，舞台呈现出来了：梁山伯卧在床上，额头上包着一条白色纱巾，双亲陪伴两侧，窗外草木呜咽，梁山伯张口唱道：

爹娘啊，儿与她，

不一样了。剑湫一张口，杜文灯身体一紧，所有汗毛竖了起来。她知道要坏事了，剑湫的声音里并不全是悲伤，恰恰相反，杜文灯听出了隐约的欢乐，听出了向往与期待。那是对生的绝望和对死的希望，交融在一起了。当剑湫唱第二遍"爹娘啊，儿与她"时，杜文灯知道，这是对爹娘唱的，他对不起爹娘，不能服侍双亲，不能给他们送终，他是愧疚的，更是无奈的。那是人间亲情，是天伦之情，是弥漫的，是悠长的，是无法言喻的。谁没有父母？谁对父母没有愧疚之情？人同此心，平淡却动人。杜文灯的眼泪一下涌出来了。丢人了，相当丢人。作为一个演梁山伯起家的小生，不应该哭，不能哭。可是，她哭得那么真心实意，哭得那么彻底放肆。那一刻，她内心是服剑湫的，甚至生出了骄傲——剑湫是我的徒弟，是我一手调教出来的。她知道，剑湫改动的不只是旋律，也不只是戏分，剑湫改动的是她作为一个演员和戏中人物的关系，他们如何成为一体，如何无缝地融合在一起。更主要的是，剑湫改动了戏中人物和观众的关系，她的三次重复，每一次重复都将观众的感情拉升一个浓度和高度，到第三遍，两种感情交融在一起了，纠缠在一起了，那是火，是风，是雷声，更是雨声，那是病人垂危的呻吟，更是婴儿落地的哭声。毁灭了。重生了。杜文灯号啕大哭，而且，她看见，站在她边上的梅如烟哭得更加悲惨，摇摇欲坠了，连候台的肖晓红也将妆哭化了。

剑湫将梁山伯演绎到这个地步，还有什么好说的？

果然，《化蝶》获得了华东六省一市汇演一等奖，剑湫拿到了最佳表演奖。

对于剧团，对于信河街文化局来说，这是天大的事。好了，扬眉吐气了。

领导交代的任务完成了，谁来当团长的事又重新摆上议事日程。不过，已经明朗了，《化蝶》得了一等奖，剑湫拿了最佳表演奖，为剧团和信河街赢得了荣誉，为省里争了光，除了她，还能有谁？她来当，名正言顺。

剑湫也是这么想的。

这个时候，梅如烟"站"了出来，她主动找了文化局领导，说了两句话：一，她不否认剑湫为信河街争了光，但是，剑湫也得到了应得的荣誉，她站到领奖台上了，名利双收，光芒万丈；二，她不否认剑湫的戏演得好，剑湫拿奖是对她付出的回报，实至名归。但是，《化蝶》这个戏，不是只有剑湫一个演员，剑湫是鲜花，后面有一大片绿叶衬着呢。

梅如烟一般不主动找领导，她是表演艺术家，艺术上的事，有自身规律，是用艺术手段解决的。她这次找领导，看似站在肖晓红这边，她是肖晓红的老师嘛。但她不这么认为，她是站在"道理"这一边，不能所有好事让剑湫一个人独占了。凡事得讲道理。

文化局领导找杜文灯谈话了。杜文灯是团长，又是剑湫的老师，让不让剑湫当团长，杜文灯最有发言权。当然，领导也谈了梅如烟的意见，梅如烟的意见在理嘛。杜文灯一听，心里不乐意了。说心里话，剑湫拿了奖，够了，这个团长应该给肖晓红。但是，梅如烟"唱了这么一出"是什么意思？是针对谁？杜文灯突然改变主意了，她并没有表明自己的意见，只是向领导抛出一个问题：剑湫为咱们省里争得了荣誉，自己也拿了奖，如果将团长让给别人当，会不会有人说我们不重视人才？

虽然只是轻轻一问，却问到领导心里头去了。是啊，这个"帽子"扣得太大了，这个罪名谁也担当不起。

好了，就剑湫了。肖晓红当艺术总监。启动干部考察程序吧。

想不到的是，剑湫这时主动找了杜文灯。她到杜文灯办公室说：

"团长给肖晓红当吧。"

杜文灯看着剑湫，既感到意外，也不感到意外：

"为什么？"

剑湫说：

"我拿了奖，肖晓红没拿。"

紧接着，她又补充一句：

"肖晓红比我更适合当团长。"

杜文灯一听就生气了，但她不会表现出来，声音更平静，更不带感情色彩：

"谁当团长更合适，是领导考虑的事。有一点我要告诉你，团长不是你和肖晓红的衣服和化妆品，更不是你们之间可以让来让去的小礼物。"

剑湫点点头说：

"这点我知道，我只是表达我的态度。"

杜文灯点点头说：

"你的态度我知道了。当不当团长，你的态度不算，我的态度也不算。"

话是这么说，杜文灯主意已定，这个团长就给剑湫。她越是不想当，就越是要她当。

剑湫和肖晓红是同时考察、同时公示、同时任命的。杜文灯和梅如烟办理了卸任和退休手续，但没有离开剧团，剧团聘请她们当顾问。她们还有任务，要扶新任的团长和艺术总监一程，要帮助团长和艺术总监排新戏，更要推新人。这是剧团的传统。传统是不能随便更改的。

在聘请梅如烟当顾问时，遇到一点麻烦。梅如烟提出来，自己身体不好，最近总是头晕，以为是高血压，去医院检查，没查出具体问题。头昏脑涨，走路跌跌撞撞，自身难保，没能力"顾问"了。肖晓红找她商量，让梅老师再"带她一程"，她没有梅老师"不行"，心里"不踏实"。梅如烟不为所动。新任艺术总监肖晓红束手无策，只能请新任团长剑湫"出马"。在肖晓红的提示下，剑湫自掏腰包，买了一束百合花，由肖晓红带领去梅如烟家"拜访"。梅如烟"态度"相当好，没有"摆架子"，更没有"给脸色"，对新团长的到访表示"衷心的感谢"，对百合花表示由衷的喜欢。她说百合花好，颜色好，干干净净，清清爽爽；香味她也喜欢，清淡的，却又是不屈不挠的，没有侵略性，但无法忽视它的存在。梅老师称赞剑湫"有心"，让她"破费了"。但是，一说到担任"顾问"，她立即装出头晕欲倒的样子，手扶着脑袋，话也说不出来了。事情僵住了，没有回旋余地了，百合花白送了，传统要被打破了。当然，如果真破了，也不是什么大不了的事。杜文灯老师倒是很爽快地接过剑湫递给她的聘书。当然，剑湫有经验了，也给她送了一束花，不是百合，是康乃馨。杜老师喜欢康乃馨，她以前对剑湫说过，她喜欢康乃馨的浓烈、奔放，康乃馨一点都不扭扭捏捏，多么豁达，多么大气。剑湫谈到梅如烟不接聘书的事，杜文灯老师很果断，几乎是以团长的口吻说道，那不行。沉默了一下，她让剑湫给梅如烟带一句话，是一句唱词，杜老师命令剑湫说，你唱给她听。剑湫不清楚老师为什么让自己给梅如烟唱这句唱词，老师没说，她也没问。她又一次敲开梅如烟的家门，说杜文灯老师让我给您带一句话。梅如烟诧异，但没有问。剑湫不再说什么，打开嗓子唱了起来：

> 生前不能夫妻配，
> 死后也要成双对。

梅如烟听完，脸上没有任何表情，默默从剑湫手中接过顾问聘书。

3

新戏很快排起来了，这就是剑湫的性格，她是寸步不让的。依然是剑湫和肖晓红搭档，也只能是她们搭档。但是，剑湫发现，她原本最不担心"演"的问题，现在却成了最大的问题。

肖晓红不在状态，很不在状态。她演的还是原来的祝英台，还是悲剧的祝英台。她依然在老路上横冲直撞，"轨道"不对，"跑"死了也是白死。这一点，剑湫原本是应该想到的。她高估肖晓红了。

剑湫的不满意是从第一场开始的，是从根开始的。第一场是"思读"，是祝英台的戏，每一个细节都在展示祝英台的性格，也是她命运的伏笔。经过剑湫改编后，祝英台还是追求知识、向往自由的女性，但她的追求和向往里有了更丰富的内涵，说得直白一点，祝英台女扮男装去杭州城读书，就是一次"私奔行为"，是胆大妄为，是异想天开，是无中生有。在剧团排练厅里，剑湫是这么给肖晓红"讲戏"的：

"在当时的社会环境中，祝员外不可能让祝英台去杭州读书，女扮男装也不行。这是辱没家门的事，是伤风败德的行为。再说，女孩子读书有什么用？那是女子无才便是德的时代，以祝员外的认知，祝英台想在祝家庄读私塾的可能性也不大，祝员外不可能同意她去杭州读书。那么，祝英台只能瞒着祝员外出逃。对于祝英台来说，离家出走当然是天大的事，是离经叛道的，是大逆不道的，她内心肯定纠结，肯定犹豫，肯定彷徨，肯定思前想后，肯定患得患失。但是，祝英台又是决绝的，她向往知识，向往外面的世界，最主要的是，她是个豁得出去的人，她的性格有极其决绝的一面，是个敢想敢做的人，是个奇女子。所以，从一开始就要将祝英台的纠结和决绝表现出来，这是祝英台的'核'，是她的精神状态，也是她行为的内在动力。这是第一场，也是祝英台性格的确立和生长，有了这一场，基础扎实了，定位准确了，才有后来的私订终身，才有最后的私奔。一切都是顺理成章的。"

照道理说，剑湫不应该说这么多，她凭什么给肖晓红"讲戏"？虽然是她主导改编这个戏，但是，肖晓红是艺术总监，按照分工，"讲戏"是肖晓红的事，即使她是团长，也不能大包大揽，忌讳的。这一点剑湫知道不知道？她当然清楚。可剑湫是这么想的：状态出不来，你是艺术总监又如何？我还是编剧呢，还是导演呢。剑湫焦急，她替肖晓红焦急，张嘴咬下肖晓红身上一块肉的心都有了，但她没有"表达"出来，不能。她们是什么关系？在生活中，她们是朋友，是姐妹，是相互帮扶关系；在工作上，一个是团长，一个是艺术总监，是同事和搭档关系。更主要的是在舞台上，一个是生一个是旦，那就更说不清楚了，是情侣？是夫妻？是冤家？是仇敌？什么都是，又什么都不是。她能对肖晓红有什么态度？什么也不能，只能忍着。其实，剑湫也知道，戏不是"讲"出来的，只能通过一场又一场的表演，只能通过一点一滴的"悟"。别人"讲"，只能提供一个方向，是外力；而"悟"才是内在动力，通过自己摸索出来的，才属于自己，才是结实的，才是独一无二的。剑湫知道，"讲戏"是没用的，"示范"也是没用的，肖晓红只会更加茫然无措。谁也帮不了，只能依靠肖晓红自己左冲右突，只能将肖晓红扔在水深火热之中，只有如此，肖晓红才有可能找到自己的方向，才能走出自己的路，才能演绎出一个全新的祝英台。剑湫心急如焚，表面上只能波澜不惊。

事实确实如此。剑湫说的，肖晓红都懂，她能理解剑湫对祝英台的性格分析，也能接受祝英台的变化，但是，她表达不出来，一抬眼，一举手，一迈步，一张口，以前的祝英台又回来了，不是"回来"，而是从未离去。肖晓红知道剑湫不满意自己的表现，她对自己的表现也不满意。从学戏开始，她一直是自信的，她对理解能力自信，对表现能力也自信；她知道如何分析人物性格，更懂得如何表现人物性格，差不多一点就通。可是，这一次"见鬼"了，卡在最拿手的"祝英台"身上了——老版的"祝英台"阴魂不散，新版的"祝英台"若隐若现，她被吊在半空了，迷茫了，不知何去何从了。进退两难，张口更难，似乎连戏也不会演了。

改变很难，要在熟悉、舒服的环境里作出改变更难。老版的"祝英台"，已经和她的身体合二为一，成了她的本能，可以这么说，老版的"祝英台"主宰了她的身体和灵魂，所以，这种改变需要改弦易辙，需要脱胎换骨。这一点，肖晓红当然知道。像她这样的演员，对舞台有自己的认识，对剧中人物有自己的理解，拥有自己的表演风格，更有一大批戏迷追随，她的内心已经建立起一个小宇宙，是坚固的，更是顽固的，很难改变的，连影响都很难。肖晓红更知道，最大的问题不在这里，自己的问题不是新戏和老戏的问题，也不是悲剧和喜剧的问题，甚至不是谁来当剧团团长的问题。到底是什么问题？肖晓红似乎是清楚的，可又似乎不是很清楚，但她知道，这个问题不能跟剑湫谈，不想谈；也不能跟梅如烟和杜文灯谈，无法谈。她想来想去，只有尤家兴。

当然不是找尤家兴谈问题，尤家兴不是用来谈问题的，而是用来解决问题的。她知道尤家兴将工厂的一个旧仓库改造成木偶陈列室，陈列室中间搭建了一个戏台。她在剧团的排练厅找不到感觉，想换一个"不一样"的环境试试。她突发奇想了，要找尤家兴演戏。

尤家兴当然是仗义的，是有求必应的，二话没说，立即带她去陈列室。

一进陈列室，不一样了，四周密布的木偶活起来了，手舞足蹈，挤眉弄眼，神态各异地从橱柜里跳出来，排山倒海地向肖晓红拥来。陈列室沸腾了。她听到锣鼓声响起来，听到所有木偶的演唱声，那些声音汇聚在一起，又各自散去，既遥远又亲近，既庞杂又清晰。肖晓红对那些木偶不陌生，对他们的演唱更是熟悉，那是她置身其间的世界，也是她心醉神迷的舞台。肖晓红再看中间变得缥缈的戏台，身体发热了，发软了，轻盈了，飘荡了。她情不自禁了。

尤家兴将她带到后台，其实也不需要尤家兴带，她早就摩拳擦掌了。到了后台，尤家兴问她：

"要不要化妆？"

无所谓了。对于这时的肖晓红来说，最主要的不是化妆，而是登台。她要成为祝英台，她就是祝英台，火急火燎了。但是，肖晓红按捺住了，她在化妆镜前坐下来，有条不紊地化妆。尤家兴播放了音乐，是《梁山伯与祝英台》里的"十八相送"。肖晓红觉得尤家兴这场戏选得好，这段音乐也好，既欢乐又伤感，既是相聚，又是别离。肖晓红很喜欢这种氛围，很迷恋这种状态，这是戏曲的氛围和状态，真实又虚幻，快乐又悲伤。肖晓红化完脸妆，一丝不苟，每一个环节都没有省略。每位演员都知道化妆的重要性，不只是酝酿的过程，不只是进入角色的过程，而是一个演员自我修炼的过程，更是自我塑造的过程。在化妆过程中，一点一滴描绘和确立心目中的角色，也在这个过程中，将原来的自己一点一滴抹掉，让心目中的角色像雕塑一样凸显出来，立体起来，奔跑起来。

只差穿上戏服了，肖晓红转头去看尤家兴。这是她第一次看见尤家兴化妆。原来的尤家兴不见了，肖晓红见到的是梁山伯，一个熟悉又陌生的梁山伯。

对于化妆，尤家兴不陌生。

他的感受是，"化"跟"不化"是不同的。"不化"的梁山伯是"无限的"，是"全知的"，是超越时空的。然而，"不化"的感受却是单一的，他可以成为戏中之人，也只是戏中之人。他想到的只是梁山伯，只是和剑湫扮演的梁山伯合二为一，只是和剑湫合二为一，他忽略了其他，忽略了整个世界。"化"了之后，他的感受是复杂的，是犹豫的，他发现，戏中不止他一个人。当他和肖晓红完成

15

了化妆，尤家兴和肖晓红不见了，世界呈现在他面前，有祝英台，有银心和四九，有山川树木，还有古道凉亭，他和他们是一体的，是不可分离的。没错，他们丰富了他，也触发了他，让他变得立体，变得饱满，让他真正成为一个戏中人，成为戏中的梁山伯。这个梁山伯的认知和视觉是"有限的"，他只能看到所看的东西，只能想到所想的东西。这是真实的梁山伯，是现实的，是可以触摸的。所以，他这时看对面的肖晓红不一样了，不，是祝英台，是同窗好友祝英台，是贤弟祝英台。这就对了，他的感受跟人物同步了，情绪表达准确了。好了，音乐重新开始，他们在后台相视一笑，尤家兴做了一个邀请的姿势，嘴里念道：

"英台请。"

肖晓红也做了一个邀请姿势：

"梁兄请。"

肖晓红一开口，尤家兴就觉得不同了。这不是以前的肖晓红，也不是以前的祝英台。尤家兴说不出不同在哪里，却能感觉到，这个肖晓红和祝英台比以前热烈和主动，比以前难以捉摸。

音乐里响起四句唱词：

> 三载同窗情似海，
> 山伯难舍祝英台。
> 相依相伴送下山，
> 又向钱塘道上来。

这四句唱词很重要，时间、地点、人物、事件都在里面了。当然，对于演员来说，特别是对于即将上台的演员来说，最重要的是感情。

两个人的关系，祝英台在暗处，她了解梁山伯的一切。梁山伯做梦也不会想到，跟他"同窗"三年的贤弟是女儿身。最主要的是，此时，祝英台心思已定，她"芳心暗许"了，她爱上了梁山伯，自作主张要嫁给梁山伯。所以，一路走来，祝英台都在暗示梁山伯，指着路边一棵树说，喜鹊满树喳喳叫，肯定是向梁兄报喜来。意思很明白了，祝英台提前向梁山伯道喜了——梁兄你交桃花运了。梁山伯是个书呆子，根本没听出祝英台的弦外之音，他很认真地对祝英台说，从来喜鹊报喜讯，恭喜贤弟一路平安把家归。祝英台无奈，只能继续往前走，"过了一山又一山，前面到了凤凰山"。这时，祝英台又开始"敲打"梁山伯了，说，凤凰山上百花开，独缺芍药与牡丹。梁兄你若爱牡丹，与我一同把家归。我家有枝好牡丹，梁兄要摘也不难。差不多是赤裸裸地示爱了，我们祝家庄有鲜花，只等你梁兄来摘，现在就可以去摘。梁山伯读书把脑子读直了，拐不过弯，或者说，他的心思根本没有拐到这上面来，他对祝英台说，你家牡丹虽然好，路远迢迢怎来攀？世间还有比梁山伯更笨的男人吗？至少在祝英台看来是没有了，她生气了。当然是又爱又恼，女人在这种状态下是要撒娇的，这是她们的专利。刚好经过一座古庙，对面过来一头牛，牧童骑在牛背上，唱起山歌解忧愁，祝英台指着梁山伯说，只可惜对牛弹琴牛不懂，可叹你梁兄笨如牛。梁山伯根本不懂什么是撒娇，他不解女人心啊，而且，他生气了。他是读书人，是好学生，成绩优秀，老师青睐，连师母也特别照顾，这样的学生最容不得别人说他笨，更不能说他"笨如牛"。他的书生脾气上来了，或者说牛脾气上来了，表情严肃地对祝英台说，非是愚兄动了火，不该将牛比着我。意思就是说，你把我比作牛一样笨，我生气了，不理你了。真是一个又呆又憨的书生，可爱又可叹。不过，祝英台爱的就是"这一口"，爱的就是他的憨劲，就是他的不世故不圆滑，这样的人不会三心二意，不会见异思迁，不会朝三暮四，哦，值得托付终身。所以，祝英台放下身段，对梁山伯说，请梁兄你莫动火，小弟赔罪来认错。有憨劲的人有两种，一种是只会钻牛角尖，不会拐弯，一钻到底，至死方休，那是死心眼的憨；另一种是会拐弯的，心大，拐个弯，一个结打开，豁然开朗了。梁山伯的性格，介于两种憨之间，他的心时大时小，弯也是时拐时不拐。但对于分别在即的祝英台贤弟，他只是假装生气而已，见祝英台认错赔罪，他觉得玩笑开大了，赶紧笑着说，好了好了，路途遥远，贤弟你快快赶路吧，前面就是长亭了，愚兄就送到这里，咱们后会有期。

背景音乐这时响起来了，有一句唱词：

十八里相送到长亭。

连唱两遍，一遍比一遍轻，一遍比一遍慢，一遍比一遍悠扬，那是不舍，是哀伤，是两情依依，是无可奈何。送君千里，终须一别，两人在长亭外作揖，祝英台转身回祝家庄。

到了这里，这场戏就算结束了。下一场是"思祝下山"。可是，今天不同，今天的音乐是循环播放的，也就是说，只要音乐没停止，这场戏不会结束。当祝英台转身离去之际，梁山伯还站在长亭外眺望，他要看着祝英台离去的背影，直到完全看不见为止。按照剧情安排，这个过程，祝英台没有回头。

音乐再一次响起来时，祝英台回头了。不仅仅回头，祝英台又回来了，风驰电掣，飞奔而来，双手拉住梁山伯，举到胸前，眼睛闪亮地看着梁山伯，嘴里喊了一句什么话，因为有背景音乐，梁山伯没听清楚，祝英台用更大的声音喊：

"你是谁?"

"我是梁山伯。"

祝英台很高兴,祝英台也很伤心,继续问:

"你到底是谁?"

"我是尤家兴。"

祝英台指着自己鼻子问道:

"我是谁?"

"你是肖晓红。"

祝英台说:

"我到底是肖晓红还是祝英台?"

"你也是祝英台。"

"你再大声说一遍?"

梁山伯高声念道:

"我是尤家兴,是梁山伯。你是肖晓红,是祝英台,是小九妹。我就是你,你也是我。"

祝英台突然"哇"地哭了起来,一把抱住梁山伯唱道:

"梁兄啊,榆木疙瘩能开花,你终于明白小妹的心。"

尤家兴觉得肖晓红今天的表现很不正常,仔细想想,也很正常。

4

剑湫没想到,肖晓红会和尤家兴走到一起。也不是没想到,她知道,他们三个人之间,什么事情都可能发生,不足为奇的。但她对肖晓红的做法持保留意见,肖晓红选择的时机不对,她现在首要任务是排戏,要尽快进入角色,要"在状态",要找到新版祝英台的感觉,都火烧眉毛了,还有心思谈男女私情?肖晓红是个职业演员,应该拿出职业演员的精神,遇到问题不能逃避,能逃到哪里去?最终还得回到舞台上来,必须面对新版的祝英台,逃不掉的,没人帮得了忙,没有人。

让剑湫更生气的人是尤家兴。肖晓红是个演员,只要上了舞台,是什么事情都做得出来的,怎么任性都可以的。这一点,剑湫能理解,也能谅解。她不能理解和谅解尤家兴,尤家兴不是职业演员,他是冷静的,也应该保持冷静,不能由着肖晓红"胡来"。但是,尤家兴没坚持住,他跟肖晓红"演了同一出戏"。剑湫很失望。

算起来,尤家兴也是个"艺人",他们家演木偶戏,同时制作木偶。到了尤家兴这一辈，才转行办起玩具厂，刚开始只是木偶玩具，后来拓展到塑料玩具，再后来做起了教具，工厂从一家发展成三家，他从尤厂长变成了尤总。身份和财富发生了变化，尤家兴"艺人"基因没变，并且开始"发酵"。他喜欢越剧，以前喜欢看杜文灯和梅如烟的戏，后来迷上剑湫和肖晓红，只要有剑湫和肖晓红的演出，他都看。剧团的人都知道，尤总是剑湫和肖晓红的戏迷，更是剑湫的戏迷。因为剑湫和肖晓红的关系，他成了剧团常客，成了剧团的"尤总"。

有一点是肯定的，尤家兴是追求剑湫时间最长的人，他的追求是一以贯之的。但是，尤家兴对剑湫的追求又是隐晦的，甚至是若有若无的。他的追求是付诸行动的，却没有实质性内容。

这么说有点绕，有点纠结，但这正是尤家兴的状态，正是尤家兴对待剑湫的方式。可以这么说，他喜欢舞台上的剑湫，那个雄姿英发的剑湫，但尤家兴知道，那是舞台，是戏，是不真实的。他更喜欢生活中的剑湫，回归女儿身的剑湫。这种喜欢源自他的想象，源自剑湫在舞台上和生活中的反差，更源自他对剑湫女儿身体的向往。问题正在于此，这种向往让他害怕，这害怕来自两个方面：一是剑湫的拒绝；二是对现实的失望。

剑湫从来没有拒绝过尤家兴，因为尤家兴从来没有真实的"举动"。他的追求里，"追"是显性，是主题，是明目张胆和锣鼓喧天的；"求"是隐性，是时隐时现和似有似无的，甚至是形而上的。他到剧团来，或者到剧场看剑湫和肖晓红演出，好像只是一种宣告：这是老子的地盘，闲人勿进。

尤家兴不是没有和剑湫单独相处过，剑湫带他回过单身宿舍。剑湫不是随便带男人回单身宿舍的人，她这么做，是态度，也是默许，等于承认尤家兴对"领土"的圈定。

尤家兴在剑湫单身宿舍是随意的，这种随意源自剑湫。他们可以说话，也可以长时间不说话；可以各做各的事，也可以各自发呆，好像他们是两个独自运行的星球，互相吸引，也互相排斥。他们在一起，看似平淡，却又亲密；看似危机四伏，却又相安无事。

他们见面一般在晚上，尤家兴白天要去工厂，剑湫白天要排练。晚上又分两种见面方式：一种是剑湫在舞台上，尤家兴在舞台下；另一种是在剑湫宿舍。尤家兴没有带剑湫去过工厂，他隐隐觉得，剑湫对工厂是排斥的，至少是冷漠的，是隔膜的。对于尤家兴来说，两种见面方式，两种状态，一种激烈，一种温和。他渴望激烈，也享受温和。他想，剑湫大概也是这种心态，所以，他们才能安然地交往下去。

在剑湫的单身宿舍，他们也曾有过身体交集。那天晚上，剑湫靠在床上看剧本，他坐在宿舍唯一一张桌子前画玩具草图。当他抬头看剑湫时，她不知在什么时候睡着了，剧本散在胸前，手停在脑袋上边。尤家兴静静地看着熟睡中的剑湫，他从来没有如此长时间地看着剑湫。舞台上的剑湫是流动的，是目不暇接的，是变幻无穷的；舞台下的剑湫，尤家兴从来没有认真看过，也不需要，他只需要跟剑湫在一起的气息和感觉，只需要那种不真实却又实实在在的氛围。这是他第一次端详舞台下的剑湫，他觉得，这个时候的剑湫，既是静止的，又是流动的。但是，有一点是可以肯定的，他的内心是宁静的，他的身体是安静的。但他还是站起来，走到床前，走到剑湫身边，弯下腰，更加仔细地看着剑湫的脸，差不多是脸贴着脸了。他不知道要从剑湫的脸上看出什么，也不知道自己为什么要这么做。就在此时，剑湫的眼睛突然睁开了。那是一双经过专业训练的眼睛，是一双戏曲演员的眼睛，一双小生的眼睛，无论在不在台上，她的第一反应肯定是"在台上"。剑湫的眼睛一瞪，射出两道光芒，这光芒不仅击穿了尤家兴的身体，也击中了他的灵魂。他没有动，也不能动。剑湫这时动了，伸出停在脑袋上边的手，缓慢而又敏捷地勾住尤家兴的脖子。尤家兴的脸跟剑湫的脸碰到一起了，不对，是他们的嘴撞到了一起。剑湫咬住了尤家兴。

触电一般，尤家兴的身体没有任何征兆地跳了起来，将剑湫的身体带了起来，又重重摔在床上。尤家兴没有惊慌失措地逃走，他还站在原地，诧异地看着剑湫，好像不认识她。剑湫依然保持着被摔在床上的姿势，她的眼睛看着尤家兴，又好像没有看着尤家兴。她的脸色是平静的，似乎早就料到尤家兴会有这种反应。整个过程，两个人没有说过一句话，一切都是寂静的，似乎发生了什么事，又似乎什么事也没有发生。

确实是什么事也没有发生。此后，两个人再没提起这件事，他们还跟以前一样交往，尤家兴还去剑湫单身宿舍。但是，心里都知道，不一样了，他们对自己的认识不一样了，对对方的认识也不一样了。

尤家兴当然知道这一点，同时，他又是迷茫的。他的迷茫在于如何处理和剑湫的关系，他的迷茫更在于如何理清自己对剑湫的感情。很难，太难了。他觉得自己是喜欢剑湫的，他无法想象离开剑湫自己将如何生活下去，意义何在？难道仅仅是多开几家教具工厂吗？有意义吗？当然有意义，多开几家工厂，就能赚更多钱，他当初放弃家传的木偶戏，选择做生意，不就是为了赚钱吗？但是，他也知道，钱是赚不完的，是没有尽头的。如果从这个角度讲，多开几家工厂又是没有意义的。有时候，尤家兴觉得自己并不喜欢剑湫，对她的身体没有强烈的欲望，他觉得这是不对的，甚至是不道德的。他为那天晚上自己不得体的行为深深自责，他认为自己是吓坏了，剑湫是他的神，怎么会动剑湫身体的念头？他更没想过剑湫会主动亲吻自己，吓死人了。

有过上一次的经验后，尤家兴终于"开窍"了：剑湫是可以"动"的。剑湫是人，而且，是个女人。女人有的，她"都有"；女人需要的，她"都需要"。剑湫回到"凡间"了。这是尤家兴不愿意见到的，但他必须面对这个"现实"，因为剑湫不可能永远在舞台上，她的人生必须由舞台上和舞台下两段构成，只有这样，她才是完整的。

尤家兴必须正视这个现实，他已经错过一次，接下来不是补救的问题，而是如何面对的问题。他不能回避，更不想躲避。他必须有所行动，既是对剑湫的试探，也是对自己的确认。

是尤家兴主动带剑湫到陈列室的。剑湫不想去他的工厂，她对工厂没有兴趣，尤家兴说不是去工厂，是去他的木偶陈列室。尤家兴对剑湫说过木偶陈列室，也说过陈列室中间的戏台。剑湫对木偶戏有兴趣，对陈列室里的戏台也有兴趣。好吧，那就去。

尤家兴发现，进入陈列室，剑湫的眼神就变了，迷离了，飘忽了，隐约了。走路姿势也变了，她"走"的是生角的步伐，是风流倜傥的，又是步步为营的。说话的声音和节奏也变了，变雄性了，抑扬顿挫了。当他们站在戏台上时，剑湫已经进入表演状态，呼吸也变了，既急促又舒缓，既沉重又轻盈，既真实又虚幻。戏台上充满了她的气息，阳刚又阴柔，温暖而湿润，上下翻腾，无孔不入。

尤家兴紧张极了，手脚发软，鼻子发酸，他想瘫在戏台上呼呼大睡，更想抱着剑湫大哭一场。尤家兴不想再错过机会，他提出来，用木偶跟剑湫配戏，一起演一场《梁山伯与祝英台》。这个时候，剑湫还会不同意吗？不要说有人跟她配戏，她一个人也愿意演，也能将整座戏台撑满。

尤家兴选了"草桥结拜"，是他第一次见到剑湫的那场戏。

剑湫一开口，尤家兴就知道，自己做了一件蠢事，怎么能跟剑湫演对手戏呢？剑湫在戏台上一亮相，尤家兴就感觉到一股山呼海啸的压力，那是来自剑湫身上的气势，一种凌厉的气势，咄咄逼人，气势汹汹，让人畏惧，又让人敬佩。当剑湫一开口，情况变了，不是咄咄逼人的问题了，整个戏台都属于剑湫，都在她的控制之中。尤家兴发现，这个时候，想象中的剑湫回来了，自己的身体有反应了，膨胀了，虚空了，真假难辨了，恍恍惚惚了。但是，这一次的恍惚与以前不同，他跟剑湫演上了对手戏，有互动了。有互动是不一样的，是有对等交流的，是纠缠的，是不分彼此的。

尤家兴感觉得到，自己是被剑湫带着前行的，是被剑湫包裹着的。他一开始担心跟不上剑湫的节奏，其实不是，在这一点上，剑湫掌握得很好，在戏台上，她是王，她掌控着整个空间，也把握着前行节奏，不会让任何人落下。优秀的演员就有这样的魔力。尤家兴很愉悦，从未有过的愉悦，他觉得，无论是身体还是精神，都已经和剑湫结合在一起了，飘起来了。

可是，尤家兴又是清醒的。这是在陈列室的戏台上，是和剑湫在演戏。也就是说，这种愉悦是不真实的，是空虚的。然而，对于尤家兴来讲，这种愉悦又是如此真切，如此身临其境。

戏台上的演出是打破时空的，短短一个选段，就是一生一世，就是万水千山，是整个宇宙，也是漫长无际的时光长河。对于尤家兴来讲，这一段"旅程"既漫长又短暂，他似乎与剑湫早就交融在一起了，忘记了开始，也永远不会结束。可是，他又觉得，这个过程稍纵即逝。他希望继续被剑湫推着，希望继续被剑湫包裹着，希望永远跟剑湫融合在一起，将两个人变成一个人。

尤家兴意犹未尽，他不满足。戏虽然结束了，但他没有离开戏台的意思。他看着剑湫，是的，眼前的人分明是剑湫，可是，也是梁山伯，她是剑湫和梁山伯的综合体。她是雌雄同体。这正是尤家兴需要的，他不能自拔了，眼前的剑湫是那么真实，又是那么虚幻；是那么触手可及，又是那么遥不可攀。不管了，尤家兴豁出去了，他扔下手中木偶，一把抱住剑湫。他抱住了一团滚烫的火，又像抱住一汪柔软的水，但他确信，自己抱住了剑湫，是戏台上的剑湫，是想象中的剑湫，是热气腾腾的梁山伯，是奔腾不息的梁山伯。是的，尤家兴意乱情迷了，喃喃地叫道，剑湫，剑湫。接着，又情不自禁地叫道，梁兄，梁兄。干什么？剑湫一把将他推开，很突然，很猛烈，推了他一个趔趄。他有点清醒过来了，依然站在戏台上，眼前依然站着剑湫。是生活中的剑湫，是没有化妆的剑湫。剑湫冷冷地看着他，目光像一把寒光闪闪的剑，那是一道白光，尖利地刺进他脑子。这一下，他完全清醒了。剑湫依然看着他，没有开口，但那眼神分明已经开口了，那是疑问，更是质问。可是，尤家兴无法回答，怎么开口呢？他惶恐而悲伤，不知接下来该说什么，更不知该做什么。

戏台暗了下来，世界也暗了下来。

走下戏台，剑湫已经恢复常态。脸色是冷淡的，跟平常没有任何区别。她没有再提陈列室戏台上的事，好像根本没有发生过。她依然跟尤家兴保持来往，没有比过去更热烈，也没有比过去更冷淡。

接触越多，越深入，尤家兴越是看不懂剑湫。他理解不了剑湫，或者说，无法走进她的内心，也无法靠近她的身体。剑湫的身体时而开放时而紧闭，没有任何征兆和规律。这当然有他的原因。面对剑湫的身体，他是犹豫、纠结、彷徨和举棋不定的，同时，他也感受到，剑湫的态度是不稳定的，是无法捉摸的。

5

剧团的人都认为，剑湫不会参加肖晓红和尤家兴的婚礼，毕竟和新郎有过一段说不清道不明的关系，忌讳是肯定的，尴尬也是肯定的。但是，也不能十分肯定。谁也摸不清剑湫的性格，摸不准她的行事方式，她做什么事，只看她想不想做，没有该不该做。

请柬是肖晓红送到剑湫办公室的。尤家兴没来，尤家兴也可能是"不敢"，他心虚，他内心是"怵"剑湫的。肖晓红送来请柬的同时，还有一个礼包和五百元礼金。肖晓红说，要来参加婚礼哦。剑湫接过礼包、礼金和请柬，表情平静，她对肖晓红说了一句"恭喜"，没说参加，也没说不参加。

结婚那天，剑湫准时出现在华侨饭店的婚礼现场，她跟剧团同事一样，包了两千元礼包，回礼是一百元红包和一包硬壳中华香烟。剑湫被安排在主桌，和杜文灯、梅如烟老师坐一桌。虽然是晚辈，但她是团长，大小是个"官"，完全有资格跟她们同桌，名正言顺的。

一切都很顺利，一切都很融洽。男方来的客人大多是老板，财大气粗，声音此起彼伏，是喧闹的，是热烈的，是生机勃勃的，是变化多端的。女方来的客人以剧团同事为主，都是文化人，文化人的热闹是暗流涌动的，是意味深长的，是山高水长的，是意会多于言说的。

婚礼主持人是剑湫的戏迷，没有人知道他是自作主张还是事先和尤家兴串通好，婚宴中途，他突然邀请剑湫来一段越剧，给新娘和新郎送上"特别的祝福"。

老实说，剑湫没"准备"，她是来"吃喜酒的"，不是来"唱戏的"。她可以拒绝，以她的性格和行事风格，拒绝是理所当然的。但剑湫是演员，演员是不会拒绝表演的，特别是在人多的场合，特别在"群情激昂"的时候，表面不动声色，内心早就蠢蠢欲动了，身上所有的肌肉都在跳跃，喷薄欲出了。不唱是不可能的。

剑湫接过主持人递过来的话筒，站了起来，大方地说，那就清唱一段吧，唱《梁山伯与祝英台》里的"楼台会"。她的话音刚落，主持人喊了一声"好"，掌声迫不及待地响起来。大家也跟着叫好，跟着拼命鼓掌。掌声停息后，剑湫提了一个要求，她想邀请新娘一起唱，她唱梁山伯，新娘唱祝英台。这一次，主持人还没反应过来，带头喊"好"的是新郎尤家兴，他带头鼓掌，将新娘推上台去。新娘肖晓红虽然觉得这种场合不适合唱戏，特别是唱"楼台会"，但她是演员，唱戏是她的本能反应，特别是跟剑湫一起唱，即使尤家兴没有"推"，她也会上去；即使心里不想"上"，身体也会"上"。

肖晓红上台后，先对剑湫做了一个邀请动作，用了一句念白："梁兄请。"

剑湫也弯腰做了一个邀请动作，对肖晓红说："英台请。"

立即就进入角色了，剑湫拉开嗓子唱道：那一日，钱塘道上送你归，你说家有小九妹，长亭上面做的媒，愚兄是特地登门求亲来。

肖晓红唱道：梁兄啊，你道九妹是哪一个？就是小妹祝英台。

剑湫和肖晓红上台后，杜文灯没有去看她们。对于她们的表演，杜文灯不需要"看"，她的眼睛用来盯尤家兴。当剑湫唱"那一日"的时候，尤家兴"不对劲"了，身体明显颤抖了一下，然后僵住，一动不动，好像失去了生命，怅然若失了。当剑湫唱到"久别重逢应欢喜，你因何脸上皱双眉"时，尤家兴身体随着唱词开始晃动，脸上的神情也随之变化，好像丢失的东西找到了，欣喜，却又不说出来。当剑湫唱到"纵然是无人当它是聘媒，我与你生死两相随"，尤家兴身体和脸部表情转变成了悲伤和无奈。当剑湫唱到"贤妹妹，我想你，哪日不想到夜里"时，台上的剑湫强忍泪水，台下的尤家兴却满脸红光，那红光几乎照亮他的身体，充满了力量和斗志。

自始至终，尤家兴的眼睛都围绕着剑湫，剑湫在哪里，他的眼睛就跟到哪里。他眼里没有肖晓红，肖晓红仿佛是透明的，不存在的。除了剑湫，整个世界都是不存在的。当剑湫最后唱到"我死在你家总不成"时，杜文灯发现，尤家兴眼里有一束光，一束柔和的光，似乎将剑湫笼罩起来，保护起来，不让她受任何伤害。他眼里还有另一束光，是凶狠的，是残暴的，也是贪婪的，似乎要将剑湫一口吞没。杜文灯从尤家兴的眼光看出来，剑湫是独属于尤家兴的，这事没得商量。

心惊胆战了。杜文灯知道尤家兴一直和剑湫"纠缠不清"，但她觉得只是青年男女的恋爱，是"剪不断理还乱"，是"一团乱麻"。现在看来，不是的，情况很复杂。现在，肖晓红成了尤家兴妻子，而尤家兴眼里没有妻子肖晓红，他眼里只有剑湫，只痴迷剑湫。三个人结成解不开的结，错综复杂了。这事怎么弄？杜文灯觉得没法弄。

演唱是成功的。当然，剑湫的演唱不可能不成功。选的"戏"有点小问题，跟婚礼的气氛不太协调。不过，没关系，剑湫的演唱能带领大家飞离现场，去一个熟悉又陌生的地方。确实如此，剑湫将大家带到了祝家庄，带到了祝英台的楼台。大家看到梁山伯兴冲冲来，来兑现诺言，来跟小九妹提亲，跟小九妹喜结连理。可是，哪有小九妹，只有祝英台，只有名花有主的祝英台。小九妹是个"骗局"，祝英台也将成为马文才的妻。一脚踩空了，失落了，心痛了，伤心欲绝了。这日子没法过了。楼台相会，成了诀别。祝英台想留他多坐一会儿，可是，再坐下去有什么意义？不能改变现实的逗留就是折磨，就是摧残，叫人肝肠寸断，叫人生无可恋。走了。

谁的人生没有经历过波折？谁的人生没有经受过挫折？谁的人生没有被爱情拥抱又被抛弃？谁的人生不是起起伏伏？剑湫的演唱唤醒了沉睡在大家心底的感情，"百般滋味涌上心头"了，剑湫演唱的不仅仅是梁山伯，也不仅仅是她自己，而是所有听她演唱的人，她把所有人"带进去"了，触动了所有人的感情。这是剑湫了不起的地方。难怪她有那么大名气，难怪她有那么多戏迷，难怪她能得奖，难怪她能当上团长。她站在台上，就是主宰。她将舞台变成所有观众的舞台，所有观众成了主角。这是她的厉害之处。唱什么内容不重要，是不是悲剧也不重要，甚至连肖晓红和尤家兴的婚礼也不重要。剑湫这么一演唱，喧宾夺主了，不合适了。

有一点是可以肯定的，有了剑湫的演唱，肖晓红和尤家兴的婚礼变得"与众不同"了，艺术含量高了，内涵丰富了，给所有参加婚礼的来宾以艺术享受和情感冲击，那么，这就是一次成功的婚礼。不虚此行了。

没人会在意剑湫演唱的是悲剧，没人会注意尤家兴身体和精神的变化。

杜文灯注意到了，梅如烟也注意到了。她们互相对视一眼，没有说话，心照不宣。情况不妙，很不妙，她们也遇到过类似的事。那时候，她们刚刚成为信河街剧团的台柱子，刚刚"红"起来。她们是剧团"双姝"，是冉冉上升的明星。也就在那个时候，她们同时喜欢上一个男人，是文化局一个处长。那时候的"喜欢"是不及物的，所谓"在一起"，顶多去瓯江边散个步，再就是去大众电影院看一场电影。那个人约杜文灯看电影，又约梅如烟去瓯江边散步。这就是大事件了，就是脚踩两只船，就是花心，就是陈世美。要死啦，不可原谅的。

杜文灯和梅如烟谁也没有开口提这件事，不能说的。她们的表达方式在舞台上，通过戏中人将想说的内容表达出来。她们做得到，也只有她们才能领会。在演出《梁山伯与祝英台》中"山伯临终"一场戏时，杜文灯在舞台上悲凉地唱道：

生前不能夫妻配，
死后也要成双对。

在后台候场的梅如烟一听，泪流满面了。她听懂了，杜文灯这个时候是梁山伯，也是杜文灯，这句话是唱给梁山伯的，是唱给梁山伯爹娘的，是唱给祝英台的，更是唱给她梅如烟的。她突然有种奇怪的感觉，这种感觉突如其来，暖暖的，凉凉的，有点刺，有点痒，既迅猛，又舒缓。她不由自主打了个颤抖，是个很大很大的颤抖，随之，全身一阵麻痹，一屁股跌坐在地上。

从那之后，梅如烟再没有跟那个男人去散步。她发现杜文灯也是，她们不约而同地、委婉而坚决地拒绝了那个男人。

梅如烟和杜文灯没有任何口头上的约定，没有。在那之后，她们还是似友似敌的关系，还是你追我赶的关系，有时几乎水火不容，就差势不两立了。但她们从来没有发生过正面"冲突",无论是语言,还是肢体,从来没有。梅如烟既害怕又享受,她想杜文灯也是如此。这种害怕与享受,成了她们之间的纽带,成了她们之间的默契,成了她们之间特殊的关系,一种既疏离又胶着的关系。她们谁也不需要谁,可谁也离不开谁。

后来,她们各自成立家庭,都老大不小了,没有家庭就是孤魂野鬼,去不了"封神台"的。特别是对于她们这样身份的女人来说,没有家庭会滋生出无穷是非,滋生出无尽的闲言碎语。

那就嫁了吧。

是梅如烟先成立家庭的,她没有选择追求她的人,没有选择与戏曲有关的人,而是嫁给一个政府机关办事员,一个从来不看戏也不知道她名字的人。紧随她之后,杜文灯也成立了家庭,没有嫁给众多追求者,她嫁给了一个军官。结婚前跟军官约法三章:她不随军,她是演员,根在信河街,在信河街的舞台上。

梅如烟觉得,她的家庭生活是幸福的,甚至是美满的。至少在外人看来如此。她从来没有对家庭表示过不满,当然,也没有表示过赞美。她从不对外谈论家庭,她发现杜文灯也是。外人从她们的穿衣打扮、语言神态、对生活的态度可以看出来,她们的家庭生活是和谐的,是安然无恙的。这就好,有什么比"安然无恙"更值得珍惜?但是,有谁知道她们内心的苦楚和失落?她和杜文灯都没有子女,不知道杜文灯怎么想,她是不想有。她从来没想过用身体生育出子女,她不能接受跟一个男人共同生育子女,那是不可想象的。她的子女在戏里,在舞台上,在塑造的角色中,那些角色既是她自己,也是她生育的子女,是独属于她的。在机关办事员委婉而坚韧的劝说下,梅如烟去医院做过妇科检查,没有查出不能生育的"问题",这不是她的"问题",至少不是"生理问题"。机关办事员也没问题。梅如烟清楚,"问题"在她这里,在"心理"上,如果她不主动"化解",是没办法解决的。杜文灯和军官的婚姻维持了十二年,最终还是"友好而平静"地"解体"了。军官想让杜文灯去部队,在部队也可以唱戏,部队也有舞台,舞台更大,空间也更大,为什么非要留在信河街?杜文灯不走,她对军官说,我们有约在先的,你不能逼我离开信河街。十二年后,军官选择了"放手",从那之后,杜文灯就"一个人过"了。梅如烟有时很想去找杜文灯说说话,她有许多话要跟杜文灯说,可以在办公室,可以去她家,或者来自己家,还可以去茶馆。可是,无论这个念头多么强烈,她都没有付诸行动。她不知道杜文灯是不是也是如此,杜文灯比她沉默、严厉。她知道,杜文灯是不会主动来找自己的。

只有梅如烟知道,她的家庭生活并不和谐,更谈不上美满。她不关心自己的丈夫,一点也不关心。她不愿意跟他做爱,不能接受,不愿意接受。她对丈夫说,你去外面找个女人吧。说出这句话后,她显得很轻松,甚至有无耻的感觉,

26

好像从此之后再无义务，"两讫"了。她想过跟丈夫离婚，她对他说，这样过下去，你痛苦，我也不快乐。他想都不想就说，不，我不会跟你离婚的，这辈子都不可能。

她的家庭只是表面看起来和谐、美满而已，在这一点上，她羡慕杜文灯。杜文灯做事比她坚决，比她干脆，从来不拖泥带水。但是，有一点她是知道的，无论是她，还是杜文灯，她们的人生都不完美，她们不会拥有世俗的幸福。她们的完美和幸福在舞台上，她们确实找到并享受了，不配再享有世俗的欢乐。

从自己和杜文灯的人生，梅如烟看到了肖晓红和剑湫的人生。肖晓红和剑湫的人生肯定和她们不同，选择空间更大。但有一点可以肯定，她们的感情生活和婚姻生活注定不会平静，也不会完满和幸福，她们的完满和幸福在"彼岸"。梅如烟相信，尤家兴在婚礼现场的表现，肖晓红也是"看到的"，她不知道肖晓红怎么想，更不知道肖晓红接下来会怎么做。这可能就是代沟，是差距，是她这一代人和肖晓红这代人的差别。同是演员，扮演的是同一个人物，差别却是那么明显，那么巨大，她们有她们表达感情和对待感情的方式，外人是无法理解的。

6

对于肖晓红来说，和尤家兴结婚的念头是骤然而至的，她从来没想过要嫁给尤家兴，从来没有。这是不可能的，尤家兴不是她的"菜"。肖晓红不能确定自己想要什么样的"菜"，但肯定不是尤家兴。她要的巍峨，要的不可一世，要的汹涌澎湃，要的气吞山河，要的甜畅淋漓，尤家兴身上都没有。尤家兴身上有犹豫，有徘徊，有辗转反侧，有当机立断，也有运筹帷幄，这些都不是她想要的，她从来没想过跟尤家兴"在一起"。不过，她也在心里问自己：为什么不能嫁给尤家兴？谁规定自己不能嫁给尤家兴？没有嘛，她是自由的，跟谁结婚是她的事。肖晓红没想明白的是，当时在陈列室的戏台上，自己为什么要那么做？为什么会那么做？肖晓红到现在还是恍惚的，演完"十八相送"之后，她应该离开戏台。演出结束了，她不是祝英台了，她是肖晓红。可是，她又返回了戏台，她不是以肖晓红的身份回去的，是祝英台；尤家兴也不是尤家兴，是梁山伯。可是，肖晓红似乎又是清醒的，她知道自己另一个身份是肖晓红，或者说，她这么做时，两个身份是混淆在一起的；而尤家兴也不是单纯的尤家兴，他和梁山伯合二为一了。她可以对天发誓，此事没有"预谋"，她去找尤家兴，要在陈列室里演戏，可能是事先想好的，或许，她曾经想过在戏台上与尤家兴建立某种关系，但那只是一种试探，一次放飞，是艺术的，是形而上的。在戏台之下，她从没动过嫁给尤家兴的念头，她从没想过成为"尤总的夫人"，那是不可想象的。

真正的问题是，完成结婚仪式后，她将如何面对尤家兴？如何"生活"？肖晓红茫然了，悚然了。结婚之前，她的所作所为，带有表演性质，她找到了舞台上的感觉，有创造的快乐，既写实又夸张，很爽。特别是在婚礼现场，她和剑湫演唱的那一场"楼台会"，剑湫的每一句唱词都是别有深意的，都是饱含深情的。她当然感受到了。她从那种深情里得到了力量，得到了进入另一个通道的动力。她既热烈又冷静，既充实又虚无，落地生根却又飘荡无依；她是新娘肖晓红，又是新郎尤家兴；既是旦角肖晓红，又是生角剑湫；既是祝英台，又是梁山伯，似乎什么都是，又似乎什么都不是。她感觉身上有一种摧枯拉朽的力量，有一种一往无前的勇敢，她觉得自己长出了三头六臂，翻江倒海，上天入地，不就是演个私奔的祝英台吗？没问题，放马过来便是。那一刻，肖晓红觉得自己是无所不能的，祝英台也是无所不能的，整个天下都是自己的。

　　搬进尤家兴的别墅后，肖晓红发现他们有一个巨大的卧室，有巨大的卫生间和换衣间，还有一张大床。肖晓红从来没见过这么大的床，哪里是床？分明是一个舞台。她要和尤家兴睡在这个舞台上，没有任何退避机会了，身体接触回避不了了。可是，她不知道如何与尤家兴"短兵相接"，也不想。她想象的人不是尤家兴，不能接受尤家兴。这个问题有点大了。

　　让肖晓红稍稍心安的是，尤家兴没有"碰"她。她裹一床被子，尤家兴也裹一床被子，各睡各的，相安无事。这就太好了。

　　肖晓红心里还是不踏实，太匆忙了，从戏台上的"演出"到举办婚礼，只用三天，好像她赶着上前线，一切都是急吼吼的。婚礼本身也像一场战争，一场轰然而至的战争。双方情绪还没到位，还在酝酿，还在发酵，还在犹豫，还在试探，战争"打响"了，很快进入"阵地战"。仪式完成了，轰轰烈烈的场面已经结束，接下来就是"赤膊上阵""拼刺刀"了。尤家兴暂时没"动静"，谁能保证他一直"按兵不动"？他有理由的，他是丈夫，"动"自己的妻子天经地义。肖晓红想，那就惨了，怎么对付？她能拒绝尤家兴吗？拒绝有用吗？尤家兴会不会使用"武力"？会不会"乱来"？会不会"来硬的"？肖晓红每晚提心吊胆，尽量把身体缩起来。她基本功练得扎实，身体柔软性好，身体的优势这时体现出来了，躺在床上，侧身而卧，面朝里边，手臂抱住双膝，几乎缩成一个圆圈。这个圆圈像一座"城堡"，让她找到一点安全感。但是，这种安全感是那么脆弱，肖晓红怀疑，只要尤家兴的手指头轻轻一碰，她苦心建造起来的"城堡"便会轰然坍塌，场面便会"失控"，"城池"必然失守。她像一个孤军奋战的将军，面对围攻已久的敌军，虚弱而坚硬地死守在城墙之上，做出奋力一搏的姿势。她明白，只是虚张声势，只是一个仪式，只要"敌军"发起进攻，城墙便应声而倒。她的防守形同虚设。

在忐忑之中，肖晓红并没有等来想象中的"惨烈"战争，没有，尤家兴"风平浪静"，他只是和肖晓红睡在一张大床上，肖晓红在左，他在右，只是两军对垒，并不"进犯"。肖晓红没有掉以轻心，她不敢脱了衣服睡觉，相反，她从剧团带回了演出打底服，白色、紧身那种，每晚临睡前，她将演出打底服穿在睡衣里面，将身体裹得密不透风，裹得自己也无从下手。她保持高度戒备，时刻警惕，提防尤家兴"突然袭击"。

一个月过去了，两个月过去了，尤家兴依然按兵不动。第三个月，尤家兴突然不见了。肖晓红夜里左等右等，不见尤家兴踪影。肖晓红产生了微妙心理，居然期望尤家兴出现。当然不是期望尤家兴的身体，她期望的是作为"符号"的尤家兴，他是她的丈夫，是"睡在同一张床上的人"。肖晓红差不多已经习惯了尤家兴作为"符号"的存在，她接受了这种存在。当尤家兴凭空"消失"之后，肖晓红有一种失落感，有一种被人抛弃的感觉。这种感觉很不好，让她产生了怀疑。是的，她不自信了，对自己的"魅力"不自信，对自己的吸引力不自信，对自己作为一个女人产生了动摇，最主要的是，对自己作为一个旦角演员产生了动摇。这一点是致命的。可以毫不夸张地说，判断一个演员好与差，自信心是一个重要标准，甚至是最重要的标准。一个好演员，首先是自信的，自信相当于演员的骨架，只有骨架立起来，演员才能在舞台上站得住，才能表现出独特的气质，才能拥有自己的气场，才能吸引戏迷。从这个角度说，自信不仅仅是一个演员的骨架，还是灵魂，是演员能够飞翔起来的重要依据。肖晓红发生"危机"了，作为"丈夫"的尤家兴不翼而飞了，没有任何商量，没有任何预兆。那只能说明一个问题，作为"妻子"的肖晓红的失败，也是作为"名角"的肖晓红的失败。无论是作为"妻子"还是"名角"，都没有对"丈夫"尤家兴构成吸引力，成了可有可无的"摆设"，虽然同床而眠，他却无视她的存在，这个打击是摧毁性的。肖晓红不能不对自己产生怀疑。

一个星期后，尤家兴出其不意地回来了。他那晚回到卧室时，肖晓红正在换衣间里穿演出打底服，即使尤家兴不在家，她也没有放松防护。她知道，最安全的时候，可能是最危险的时候。可不是，尤家兴破门而入了。当她看见穿衣镜里突然多出一个尤家兴时，双脚一阵乱踩，好像地上有一只飞蹿的蟑螂，她双手捂住胸脯，喉咙发出玻璃破裂的声音。

尤家兴没有进换衣间，他的眼睛直直盯着肖晓红，好像不认识她似的，又好像见到久别的亲人。他的目光突然迷离起来，似乎一直看着肖晓红，又似乎眼里什么也没有。

那天晚上，肖晓红睡得极不踏实，刚要入眠，便觉有双手摸到她身上来，双脚一蹬，立即醒来。醒来之后，不敢转身看尤家兴，只能竖着耳朵听，她似乎听见尤家兴的呼吸声，又似乎没有。

真是心力交瘁的一夜，虽然有惊无险，对于肖晓红来说，她和"城堡"外的敌军进行了无数次殊死搏斗。她是演员，"感受"比一般人灵敏：这一夜，尤家兴跟以前是不一样的，他的身体没有动，甚至连呼吸也似乎停止了，但肖晓红"感受"到尤家兴在动，他的心在动，气息在动，汹涌澎湃地动。可他的身体依然静止，依然保持"沉默"。这就可怕了，这是蓄势待发，这是等待时机。完蛋了，最后的"总攻"终于要来了。肖晓红心惊胆战，她害怕那个时刻的到来，对于她来说，那就是毁灭。同时，她又怀有一丝厚颜无耻的期待，在某一刹那，甚至到了迫不及待的程度。她觉得那一刻就是"燃烧"，对她来说，既害怕燃烧成灰烬，又期盼烧成青烟之后的轻松。她就在这两难的选择中熬过了一夜，浑身酸痛，筋疲力尽。

接下来的那个晚上，尤家兴又消失了，他没有回到床上来。这一次，肖晓红很肯定，尤家兴很快会"去而复返"，而且，尤家兴再也不会犹豫了，他要"出手"了。肖晓红觉得真正的"死期"到了，没得救了。

她想到过逃跑，逃回剧团，逃回单身宿舍。念头闪了一下，消失了。她不想逃。她不喜欢即将到来的那个时刻，也不能接受，可是，她居然做好面对的准备。这是为什么？她想不通。没人会阻拦她逃跑，只要她想离开，没人拦得住，但她没有离开。

那个白天，肖晓红记不得在剧团做了什么事，好像和剑湫开了会，也好像去排练厅参加了排练，又好像什么事也没有做。

到了晚上，她在剧团食堂吃了晚餐。回到家后，第一件事就是洗澡，然后将演出打底服裹在身上，她预感今天跟以往任何一天都不同，特意比平时多穿了一件。

尤家兴跟平时回米的时间差不多，不同的是，手里多了一个包袱，他直接进了换衣间，将包袱放在化妆台上。肖晓红看清楚了，是演出的化妆用具和化妆品，还有就是戏服。她诧异地看了尤家兴一眼，不知他葫芦里卖什么药。尤家兴对她微微笑了一下，肖晓红觉得他的微笑很诡异，似乎在掩饰什么，似乎怀有巨大阴谋。被他这么一笑，卧室里的气氛突然变得柔软和浑浊，变得暧昧和可疑，空间似乎被扩大了，变得虚无缥缈起来。尤家兴用手指着打开的包袱，命令肖晓红：

"你，化妆。"

肖晓红心里想，难道要在这里演戏？身体却像听了指令，坐到了化妆镜前。这一切太熟悉了，她入行十几年，几乎每天都要化妆，只要坐到化妆镜前，所有动作成了自然反应：第一个大步骤是头部和面部。她先用发带将头发向后拢起来、往脸上涂凡士林底油、拍面部底色、拍腮红、敷定妆粉、刷桃红、画眼圈和眉毛、抹口红、涂脖子和双手。第二个大步骤还是头部和面部。先是贴片子，从眉心中上方开始贴，然后一左一右地贴。接下来是勒头。勒头很关键，从某种意义讲，勒头是戏曲演员化妆中最关键的一步，演员状态好不好，演得出不出彩，跟勒头有很大关系。勒头就是用物理手段让演员进入半眩晕状态，进入似人非人状态，进入如梦如幻状态，通过勒头，将现实和虚拟打通。勒头还有一个作用，可以将演员的眼角拉上去，行话叫吊眉，使演员的眼睛更加有神，更加勾魂摄魄。再接着是戴头面和压鬓花。旦角有旦角的头饰，耳挖子是少不了的，顶花也是少不了的，具体头饰根据戏中人物而定：林黛玉有林黛玉的头饰，那是官宦人家的小姐；祝英台有祝英台的头饰，她是财主家的女儿。出身不同，身份不同，头饰上的区别，外行人是看不出来的。第三个大步骤是穿戏服。这就简单了，肖晓红已经穿好了打底服，等于做好前期功课，只要穿上彩裤，系上裙子，戴上护领，披上霞帔，套上彩鞋。行了，生活中的肖晓红变成了舞台上的祝英台。肖晓红看了一眼镜子里的自己，轻移莲步，出了换衣间，轻轻一跃，跳到床上，开口唱道：

问梁兄，今朝别后何日来？

不一样了，突然就不一样了。也算不上突然，尤家兴的不一样是从肖晓红化妆开始的，从头发开始，到脸，到脖子，到最后穿上戏服，肖晓红不见了，他见到的是祝英台。他也在变，从头发、脸、脖子，最后到全身，不是尤家兴了。他看着祝英台跳上了舞台，不对，舞台上不只是祝英台，还有梁山伯。对，祝英台一分为二，化出了梁山伯，他们一起在舞台上演唱《梁山伯与祝英台》中的"送兄"。或者，舞台上的梁山伯不是祝英台幻化出来的，而是他，他就是梁山伯，正和祝英台对唱。

"送兄"唱完了，梁山伯要离开祝家庄，回他的会稽胡桥镇。梁山伯没有回，也没有走下舞台。尤家兴也是，他突然扑向祝英台，一把将她摁倒。

当尤家兴将她摁倒在床上时，肖晓红的内心是挣扎的：拒绝还是接受？其实也算不上挣扎，只是一个念头闪动而已，她很快就放弃了拒绝的念头。当尤家兴的手伸进她身体时，因为练功服裹得太紧，尤家兴的手显得毫无头绪。她想坐起来，将戏服和练功服脱了，尤家兴急忙按住她说：

"不不不。"

尤家兴让她一动不动地躺着，替她重新插好头上撞歪的凤钗，理正被压皱的霞帔。肖晓红想脱去彩鞋，也被他制止了。尤家兴喃喃而坚定地说：

"就这样，对，就这样。"

他将戏服整理得纹丝不乱，然后，钻进去，进入她的身体。

肖晓红没做任何抵抗。事情的发展完全出乎她的想象。这么长时间来，她一个人排兵布阵，一个人抵御千军万马，一个人坚守孤城，最后，尤家兴却是以这种方式进入她的"城池"。她意外又茫然，仿佛还在舞台上，仿佛她依然是祝英台。可她知道，这一刻，她不是祝英台了，趴在她身上的人不是梁山伯，而是尤家兴。她不敢睁开眼睛，她想象还在舞台上，想象自己还是祝英台，想象进入她身体的人是梁山伯。没问题，想象是演员的基本功。她确实做到了，她就是祝英台，对方就是梁山伯。这就对了，这是情之所至，这是水到渠成，这是两情相悦，这是鱼水之欢。这么想后，她放松了。面对梁山伯，她不需要紧张，更不需要僵硬。她只需要放开，只需要温柔，只需要接受，只需要迎合。是的，她打开了自己，梁山伯长驱直入了，找到了归宿，成了城堡里的王，对她发号施令，又对她俯首称臣；对她残暴鞭挞，又对她奉若异珍；对她风狂雨骤，又对她春光明媚。

一切都是陌生的，却又是那么熟悉。一切都未曾经历，却已过万水千山。这是漫长的旅程，又是转瞬即逝的历程。这是一场惨烈悲壮的战争，又是一场把酒言欢的宴席，异峰突起，峰回路转，飞瀑万丈，溪水缓流。

开始了。结束了。那么粗暴，那么温柔。那么难堪，那么美妙。一切都不同了，一切似乎依旧。

整个过程结束后，肖晓红才从想象中清醒过来，才睁开眼睛。难受，太难受了。她的身体一动没动，似乎不会动了，失去了知觉。不是的，只是不会动而已，她的知觉比任何时候都灵敏，比任何时候都清晰。她依然穿着戏服，她觉得再也不会脱掉戏服了，不能，也不敢。她感觉到，戏服里面的身体已不属于自己，那是一具千疮百孔的躯体，是一具毫无美感可言的躯体。不完整了。不完美了。她感觉到被撕裂的痛，不是身体，而是精神。她感到恶心，想呕吐，可她的身体没有反应，只是精神上的恶心。她厌恶自己的身体，包括精神。想哭，却没有眼泪，她不能接受自己这时流出眼泪。

躺在右边的尤家兴已经睡着了，发出远在天边却近在咫尺的鼻息，沉着，均匀，心满意足，志得意满。肖晓红睡意全无，她错了，大错特错，她原以为可以借戏服和对戏中人物的想象转移感受，她想"移花接木"，想"狸猫换太子"。太想当然了，这种伤害是双倍的：一种是身体上的伤害，当祝英台离开她的身体时，她"回归"成了肖晓红，但她已经不是肖晓红了，与此前不同了，破损了，不洁了，一去不返，无法修复；最大的伤害还是精神上，她感到深深的羞辱，觉得自己一文不值，她被尤家兴"那个"了，尤家兴却认为"那个"的是舞台上的祝英台。必定是如此的，否则，尤家兴不会让她穿着旦角的戏服，不会将戏服整理得那么平整。最主要的是，尤家兴在"最后时刻"的喊叫，他"喊叫"了一个人的名字，不是肖晓红，不是剑湫，而是"英台"。多么大的羞辱啊，她不仅作践了自己的身体和灵魂，也无法面对舞台上的祝英台。她"出卖"了祝英台，"玷污"了祝英台，有何颜面再饰演祝英台？不配。

7

剑湫惊奇地发现，仿佛一夜之间，肖晓红扮演的祝英台，与以前不同了。祝英台显得纠结，显得迷离，同时，又决绝，又孤注一掷。这就对了，这就是表演，这就是艺术，这就是剑湫心目中新版的祝英台。这是不一样的祝英台，一个既传统又现代的祝英台。剑湫疑惑的是，肖晓红是怎么做到的？她"开窍"了？这种"开窍"与她的婚姻有关？与尤家兴有关？那么，尤家兴到底用什么"魔法"让她"开窍"？

只有肖晓红知道，她为什么会有这种状态，那不是舞台上的祝英台，不是戏中的祝英台，而是现实中的自己。她在演绎自己。

没想到，人生会走到这一步。更没想到，和尤家兴会把这种方式维持下来。她无法接受，却欲罢不能。

第一次后，她觉得此生再也不会有第二次了。那种懊恼、耻辱和羞愧，几乎将她身体撕成碎片，可以听见每块肌肉被撕裂的咝咝声，那不是疼的声音，而是羞辱的声音，是咒骂的声音。可是，到了第二天晚上，尤家兴还没有将戏服递过来，她已经坐到化妆镜前。每一次结束后，那种被撕裂的咝咝声总是加倍地响起来，那种懊恼和羞辱感也在成倍增加。到了第三天，她发现，身体的渴望也在成倍增长。有几次，尤家兴故意迟点回家，而她居然迫不及待了，她骂自己：

"你是个贱货。"

她停不下来，身体不允许她停下来，她的身体在蠕动，每一块肌肉都在蠕动。没错，无论是身体还是精神都像在溃烂，无法制止。肖晓红也不想制止，她觉得自己处于癫狂状态，渴望被燃烧，渴望一次次化为灰烬。也只有成为一缕青烟时，她的身体和精神才能得到短暂的安宁，才能进入短暂的睡眠。

溃烂继续在恶化。一段时间后，尤家兴让肖晓红化妆成生角。尤家兴做得小心翼翼而又理直气壮。肖晓红知道他要干什么，更知道他为什么这么做。肖晓红没有拒绝。她以为会拒绝。应该拒绝。必须拒绝。可她没有，反而没头没脑地兴奋，手足无措地激动，浑身在颤抖，几乎要哭出声来。

当尤家兴进入身体时，她终于哭出声来了。她知道，那是宣泄的哭声，也是快乐的哭声。终于把身体放空了。

当一切结束后，那种隐藏在身体里的耻辱感涌上来了，像潮水一样涌上来，无边无际，无休无止，一下子将她吞没。这个时候，肖晓红想到了死，像梁山伯与祝英台一样，以死来结束，也以死来重生，但心里立即冒出一个声音：

"你能获得重生吗？你配吗？"

这当然是个问题。梁山伯和祝英台是为了爱情，为了自由，为了挣脱封建婚姻制度的枷锁，他们的死是"正义的"，是"有意义的"，是"崇高的"，是让人同情和惋惜的。而自己的死，只是为了挣脱耻辱，为了摆脱不堪的生活，没有任何"光彩"可言，怎么可能重生？怎么可能化蝶？自己会像臭虫一样死去，没有任何意义。

她没有问过尤家兴为什么愿意和自己结婚，她想，尤家兴必定有他的目的和理由，他不说，也不需要问。肖晓红倒是问过自己，老实说，她没想明白为什么，好像有无数个理由，好像所有理由都不成立。

她设想过和尤家兴婚后的各种可能性，唯独没想到，尤家兴会以这种方式和她相处。这种方式未必是尤家兴事先设计的，但肯定是他内心的某种反映，是他生理和心理的某种呈现。她能感觉到，尤家兴在羞辱她的同时，也羞辱了他自己。他不快乐，或者说，他的快乐是扭曲的，是变形的，像烟花刹那间的绚烂，然后就是死一样的黑暗和寂静。肖晓红能够感觉到，这种羞辱感在他心里不断加强，而他在现实生活中，却无法停止下来，只能用更加强化的方式覆盖不断涌上来的羞辱感，他没退路了。

那么，自己还有退路吗？谢天谢地，剑湫给她排了新戏，她将舞台当成了退路，将所有屈辱感释放在舞台上，释放在祝英台身上。已经不是以前的肖晓红了，也不是以前的祝英台了。这个祝英台是"非常态的"，是矛盾的，是混沌的，是纠结而决绝的，是半人半魔的。

这倒是符合了剑湫的口味，所以，肖晓红进入"状态"后，排练进行得很顺利，剑湫想到的地方，肖晓红都表达到位了，更主要的是，肖晓红的表演给了剑湫一连串意外。她势不可当了，不管不顾却又另辟蹊径，无法无天却又合情合理。她找到了一条独属于自己的通道，她拥有独属于自己的表演方式，她的表演既大刀阔斧又精雕细刻，既完美又残缺。剑湫知道那是一个演员梦寐以求的境界，肖晓红涅槃了，脱胎换骨了，羽化成仙了，她达到了"我就是戏，戏就是我"的境界。她抛弃了自己，也找到了自己。肖晓红感觉到剑湫的惊讶，以前在舞台上，都是剑湫带领她往前推进的，这次不一样了，很多时候，是她推动剑湫朝前走，是她主导着舞台。感觉很好，爽极了，她主宰着舞台。可是，她知道，舞台上每进一步，她的生活就往下深陷一层。她知道两者的关系，也知道最后的结局，可她无法阻止两者"各奔前程"，或者说，她想阻止，却无能为力。

不管了，燃烧吧。

《私奔》的正式演出是那年农历冬至晚上，日期是剑湫定的。老实说，剑湫不担心能来多少观众，她有一大批老戏迷捧场。但这次不同，她想要的不是老戏迷，而是年轻观众。剑湫还是扮演梁山伯，还是主角。然而，她清楚，这一次的主角不是她，不是梁山伯。在新编的剧本里，梁山伯的形象有很大改变，他依然被动，依然深情，依然书生意气，依然憨态可掬，但他的软弱里有了坚强，他的犹豫里有了坚定。他不再寻死觅活了，在祝英台的鼓励下，在爱情的召唤下，他不再逃避，不再寄希望于"死后也要成双对"；他不再哀叹，他选择与祝英台共同面对，共同奔赴不可知的未来。可以这么说，他和祝英台选择了爱情，为爱情而生，为爱情而活；为爱情，不惜与家庭决裂；为爱情，敢于跟整个社会对抗。梁山伯这种变化是了不起的，是石破天惊的。更主要的是，梁山伯这种变化体现了现代性，呼应了当下年轻人的价值观和世界观。这正是剑湫改编剧本的要旨所在，她要让年轻的观众有共鸣，要打动年轻观众的心，激励他们面对和追寻美好生活。她是这么改编的，也是这么演的。剑湫觉得自己做到了，她和梁山伯都做到了。

这次演出，也是一次试探，剑湫想看一看，到底能吸引多少年轻观众进剧场。剑湫有信心，只要年轻观众进入剧场，只要看完她和肖晓红的《私奔》，他们不会失望的。她会让他们喜欢上越剧的。

演出开始前，剑湫看见杜文灯和梅如烟了，文化局领导来了，尤家兴来了，剧团编剧也来了。剑湫知道，他们是来捧场的，也是来评判的，评判《私奔》的成败，也评判剑湫这个团长的能力。剑湫还注意到，剧场所有座位都满了，遗憾的是，年轻的观众不多。剑湫想，这可能就是现实，是大环境，是戏曲目前的境遇。话也说回来，这可能正是她存在和当这个团长的价值，更是她改编、排练、演出新戏的意义。

音乐响起来了，剧场暗下去，舞台亮起来。

第一场是"思读"，是肖晓红的戏，是祝英台的戏，也可以说是肖晓红和祝英台的戏。肖晓红的表演很有层次感。刚上台时，祝英台的状态是收敛的，是正常的，其实已经不正常了，一个正常的妙龄女子，怎么可能想外出读书？这是不现实的，是痴心妄想，"想多了"。她居然郑重其事地请求爹爹，让她带着丫鬟银心去读书。只有"非正常"的人才会有这样的念头，才会有这样的行为。祝员外是正常的，他不同意，毅然决然地不同意。他不可能同意。遭到拒绝的祝英台，开始"走极端"了，性格的另一面体现出来了，执拗了，钻牛角尖了，也就是说，她下定决心想做的事，谁也拦不住。向爹爹请求，是礼数，是程序，也是信号，同意不同意，不重要了，阻止不了。她要"离家出走"，非走不可。祝英台将自己的想法告诉银心，小丫鬟吓坏了，这一步跨出去，算是犯了天条了。但是，银心是理解小姐的，她知道小姐是个什么样的人，小姐下定的决心，想做的事，是不怕犯天条的。最主要的是，银心的心也飞出去了，她想去杭州逛西湖，长这么大，她的脚还没有迈出过祝家庄呢。祝英台当然知道跨出这一步意味着什么，那就是决裂，就是一刀两断，她不再是祝家庄的小姐了，她成了祝英台，独属于自己的祝英台，前途渺茫的祝英台，更是前途艰难的祝英台。但她不管，她要出去，要离开祝家庄，离开这个生她养她却令她窒息的地方。她要飞，要自由自在地飞。不管了，女扮男装，趁着夜色，偷偷逃离祝家庄。

剑湫站在后台，她一边看着肖晓红的表演，一边在想，如果让自己来演祝英台，会怎么演？剑湫想象不出来，可以这么说，她想象不出比肖晓红更清醒更癫狂的表演。肖晓红的表演很到位，她将祝英台的新和旧融合在一起，这个祝英台是饱满的，是新颖的，既是旧小姐，又是新女性；既保守，又开放；既让人提心吊胆，又让人充满希望。

当祝英台和丫鬟银心女扮男装逃出祝家庄时，剑湫发现，自己的心也跟随她们出发了。她开始为祝英台未来的命运担忧了。

演出很成功，也可以说争议很大。这正是剑湫想要的，她要的就是这个效果。赞美和批评都没有超出她的预想，还是传统和创新之争，还是悲剧与喜剧之辩。她看到杜文灯和梅如烟鼓掌了，文化局领导鼓掌了，剧团编剧也鼓掌了。尤家兴没有鼓掌，他显得失魂落魄，显得无所适从。剑湫带领演员出去谢幕时，发现尤家兴的座位空了。

剑湫觉得肖晓红的表演超过了自己，也超过自己对她的期待和想象。这是肖晓红第一次在表演上超过自己，她为肖晓红高兴，同时又心有不甘。她失落了。她不能接受有人在表演上超过自己，哪怕只有一次也不行。她的心情是复杂的。

从剑湫的角度看，肖晓红好就好在全力以赴，好就好在浑然不顾，好就好在如痴如醉，好就好在如癫如狂，豁出去了。同时，肖晓红扮演的祝英台又是冷静的，坚定的。虽然也犹豫，也彷徨，可她最终是决绝的，是义无反顾的。特别是"私奔"那一场，是重中之重，是改编后的"灵魂"。那是专门为肖晓红改编的，无论是唱词还是唱腔，特别是她最拿手的低音部，她在低回盘旋中坚决推进，从容不迫，同时，不容置疑。她的声音浓烈中蕴藏着幽香，沁人心脾，让人陶醉，更让人心碎。那场几乎是祝英台的独角戏，梁山伯只是最后才出场。肖晓红在舞台上，剑湫在候台，她的眼睛一刻也没有离开肖晓红，不，不只是肖晓红，也是祝英台，她们合二为一了。剑湫看着她从祝家庄一路飞奔而来，向约定的胡桥镇桥头奔来。她是那么孤单，好似世间只剩下她一个人。她的孤单还在于，离开了祝家庄，便是众叛亲离，人间再无容身之地了。但是，她毫无退缩之意，奔走得那么坚决，好像与山川万物融化在一起了。是的，包括她的演唱，悲伤而又喜悦，忐忑而又坚定，既有不舍却又决绝。她的低音发挥得极其出色，缠绵悱恻，意味深长，山深海阔，鸟语花香。她是那么投入，那么专注，那么行色匆匆，那么独自彷徨。剑湫心疼，她不能让肖晓红独自承受那么大的孤单，不能让祝英台一个人背负那么重的负担。这个时候，必须和祝英台站在一起，承担这份两个人的"约定"。但她不能，这是肖晓红的戏，是祝英台的戏，必须由她一个人承担，必须由她一个人面对。剑湫的心疼正在这里，她眼睁睁看着肖晓红在尘世上奔走和挣扎，明知祝英台需要她，她也确有此心，可是，不行，这时的舞台属于肖晓红，属于祝英台，她必须一个人承担下来，必须一个人面对整个世界。

这哪里是喜剧？还有比此刻更悲壮的祝英台吗？还有比此刻更悲伤的梁山伯吗？不可能的。剑湫没有注意和观察舞台下观众的反应，她哪里有时间？哪里有心情？她的心被舞台上的祝英台紧紧牵引着，她的魂魄都在舞台上，舞台就是整个世界。世界充满了哀伤，可是，又充满希望。她在等待祝英台的到来。她相信，祝英台此刻也是同样心情，无论有多么悲痛和哀伤，她必定是满怀希望的，对前方抱有坚定的信念，也对即将到来的人生无比自信。这个信心显得那么一意孤行。

剑湫站在幕后，此刻的她，早已泪流满面。同时，她又满怀期待，看着肖晓红向自己奔来，看着祝英台向自己奔来。她早早张开双臂，敞开怀抱，她在等待，既在等待即将的到来，也在准备，随时准备冲向共同的未来。锣鼓声终于响起来，该上台了，她像一头蓄势待发的狮子，沉稳而又疾速地冲上去，一把将长途奔波的祝英台抱在怀里，紧紧地抱在怀里，融化进身体里。

8

肖晓红当然知道自己演得好，她塑造了一个新的祝英台，一个神魂颠倒的祝英台，一个不顾一切的祝英台。她让这个祝英台在舞台上立起来了，也在观众心目中立起来了。肖晓红知道，老版的祝英台也是一个勇于追求知识与自由的女性，是个敢于表达自我的女性。但是，她的勇敢是欲说还休的，是遮遮掩掩的，是迂回的，是踌躇的。她对梁山伯的爱不敢用行动表达出来，对祝员外安排的婚姻不敢正面反抗，即便是最后的"化蝶"，也是以"死"的代价换来的。老版的祝英台依然没有跳出当时社会设置的框架，她的悲剧是注定的。说到底，祝英台是软弱的，她只能选择"死"作为抗争。"死"当然也是一种勇敢，可是，何尝不是一种懦弱？新版的祝英台是个全新人物，"新"在哪里？"新"在思维，

"新"在行为，她不会用"死"作为抗争，她要的是爱，要用实际行动去爱。不需要死，也不能死，活下去的爱才有现实意义。肖晓红觉得，新版的祝英台因此有了"划时代"意义，她的表演也具有"划时代"意义。她对自己的表演很满意，无憾可击，不敢说后无来者，至少前无古人。

这些都不重要，肖晓红更在意的是，她终于摆脱了剑湫，找到了自己，成了真正的祝英台，一个一骑绝尘的祝英台，一个勇往直前的祝英台。她飞翔起来了，包括身体，包括精神。

问题也正在这里，她发现自己停不下来了。她是祝英台，是一个飞翔的祝英台，她不想停下来，也不可能停下来，身不由己，无能为力。肖晓红消失了，只剩下祝英台，一个舞台上的祝英台，一个无休无止的祝英台。世界变成了她的舞台，她的舞台就是整个世界。这个世界只有一个主角，便是祝英台，演唱的只有一个剧目，就是《私奔》。她一遍遍地演绎，一遍一遍地"捋"，一句一句地"捋"，一个词一个词地"捋"，一个音一个音地"捋"，从第一场"思读"到第十场"私奔"，一遍又一遍地唱，从剧团唱到家，又从家唱到剧团。睁着眼睛唱，吃东西用鼻子哼，睡梦中都在演。她停不下来了，也不想停下来。

剧团的人都说，肖晓红走火入魔了。

尤家兴对此另有见解，这是一种修炼，是成为一个优秀演员的必经之路，当然也是危险之路。这是一种状态，通过了，便会上升到另一层境界，犹如有了神灵附体，成为剑湫那样的演员。如果没通过，就会停留在"通道"里，成了"戏疯子"。不过，尤家兴没有担心，恰恰相反，他很喜欢肖晓红现在的"状态"，着了迷地喜欢。他喜欢看着肖晓红一遍遍地演唱，喜欢看着肖晓红旁若无人地表演，特别是她演唱"私奔"那一场，完全看不出肖晓红原来的样子了，那是祝英台，又不是尤家兴认知里的祝英台。尤家兴喜欢这个时候的肖晓红，比任何时候都喜欢，他喜欢看肖晓红表演的每一个动作，喜欢听她的每一句唱词。他陶醉地欣赏肖晓红，在肖晓红的表演中，他的身体一点点"粉碎"，变成一颗颗尘埃，飘散在空气之中。他忘记了身体存在，整个人在飞升，在蒸腾，化成虚无，无影无踪，无处不在。

尤家兴知道自己的"状态"有问题，肖晓红的"状态"也有问题。他应该带肖晓红去医院"看一看"，该吃药，该打针，甚至住院，他应该这么做。但尤家兴不想这么做。他知道肖晓红的"问题"在哪里，肖晓红的"问题"是只想唱，不停地唱。如果想解决肖晓红的"问题"，不能阻止她唱。如果不让她唱，她的"问题"会更大，她必须唱，不停地唱，将身体里翻滚的念头唱出来，只有唱出来，翻滚的身体才有可能平息，"问题"才有可能解决。反过来看自己，何尝不是如此，他必须看着肖晓红的表演，必须听着肖晓红的演唱，只有在肖晓红的演绎中，才能消解身体里的"问题"，才能获得平衡，才能回归平静。这是他的病，可他不承认这是病，这是他的"生活方式"，是他的精神追求。

他从来没说为什么娶肖晓红，肖晓红也没问。肖晓红不需要问，他也不需要说。对于他和肖晓红来说，此事心知肚明，心照不宣。对于他来说，娶剑湫还是娶肖晓红是有区别的，也是没有区别的。当然，剑湫和肖晓红是不同的，剑湫的"气场"比他大，他"驾驭"不了。正因为"驾驭"不了，他对剑湫的想象更旺盛，对剑湫的渴望更猛烈。或者，换句话说，在他心里，对剑湫更"珍惜"，更"宝贝"，他会"让"着剑湫，不敢"放肆"。相对来说，肖晓红没有对他构成任何"震慑"，这是没有任何道理可言的，是无法解释的。对于肖晓红，他可以肆无忌惮，可以为所欲为，他在思想上没有任何负担，在行为上不用任何收敛，肖晓红对于他来说，犹如囊中取物。事实也确实如此，在肖晓红身上，尤家兴"势如破竹"，攻城略地，迎刃而解。

遗憾了，失落了，没有难度就没有想象，也就缺少了刺激和兴奋。但尤家兴也不是"无视"肖晓红，不是的，这一点，肖晓红是能够"体会"的，也是心领神会的。他们有自己的沟通方式，有自己的交流密道，或者说，他们是用特殊的形式各取所需，也用这种方式互相取暖。他们是自愿的，是默契的，是心意相通的。这也是尤家兴没有送她去医院的原因，他知道肖晓红不需要。尤家兴知道她需要的是什么，在这个时候，尤家兴是无能为力的。那是肖晓红的事，或者说，是她和剑湫的事，只能由她独自面对。

尤家兴将肖晓红带到陈列室，让她在陈列室的戏台上唱《梁山伯与祝英台》，唱《私奔》。尤家兴特意将戏台做了布置——多了一座布景坟茔，那是一座有三个墓碑的馒头形坟茔，左边墓碑上写着"祝英台肖晓红之墓"，右边墓碑上写着"梁山伯剑湫之墓"，中间墓碑上写的是"梁山伯祝英台尤家兴之墓"。

这是尤家兴的"即兴之作"，也是神来之笔，他是在观看了剑湫和肖晓红的《私奔》后设置的。尤家兴能不能接受改编？当然能，只要是剑湫和肖晓红演的，怎么改都能接受。对于肖晓红和剑湫这样的演员，她们无论做出什么，尤家兴都能接受：她们有资格。一个好演员，是可以在虚拟和现实之间自由穿梭的，是可以为所欲为的。她们有自己的行为逻辑。但他有点"失落"，有点"抑郁"，不能让"哭坟"就这么"没了"，他觉得自己需要做点什么。在戏曲方面，他不能也不敢对剑湫和肖晓红"指手画脚"，没资格。但陈列室是他的"私人领域"，在这里，他想怎么胡来都行。

肖晓红的"非正常表现"，剑湫看得一清二楚，肖晓红这种状态，她有过。剑湫的办法是将自己分化成两个人，一个生，一个旦，不断对戏，将每一个动作和每一句唱词拆开，重组，不断演绎。不同的是，剑湫只在脑子里演，她的身体没动，嘴巴也没动，一个人一动不动地坐着，脸上没有任何表情。她属于"文疯"。这可能跟剑湫的性格有关，跟她平时的言行有关，她是个"自我"的人，一直"不正常"。肖晓红属于"武疯"。她一直"正常"，一直循规蹈矩。反差出来了，剧团的人不能接受了。剑湫知道肖晓红站在"悬崖边上"了。剑湫并不着急，这个时候的肖晓红也是最安全的，她"活"在自我世界里，没人伤害得了她。应该让她在这个状态中盘旋，盘旋得越久，对表演的认识便越高，对表演的领会也越深。这事急不来的。

三个月后的一个下午，剑湫突然造访陈列室，尤家兴惊慌失措了，他陪剑湫站在戏台下，一句话也说不出来。戏台上，肖晓红穿着便装，旁若无人地"演出"。剑湫在台下看了一会儿，什么话也没说，转身出去了。尤家兴默默跟到陈列室门口，剑湫也不看他一眼，用命令的口吻说：

"别跟着，我去去就来。"

剑湫果然很快就"来"了，她带来了梁山伯与祝英台的戏服，也带来了化妆道具和《梁山伯与祝英台》的伴奏带。尤家兴这时已经猜出剑湫想干什么了，这个猜想让他激动，让他手足无措。

尤家兴能感觉到，剑湫是善意的，是来帮助肖晓红"出戏"的，虽然他不知道剑湫会用什么手段。尤家兴知道，"入戏"是可以带的，就在这里，就在陈列室，就在这个戏台上，他被剑湫"带"过，差点"走火"了。也是在这里，他也被肖晓红"带"过，肖晓红将他"带"偏了，到了另一个轨道，他顺水推舟上去了。但是，"出戏"能"带"吗？他不知道。他喜欢"不知道"。他相信剑湫和肖晓红，不，是迷信，愿意被她们"带"去任何地方。他愿意。

剑湫将肖晓红带到后台，尤家兴也跟到后台，他担心剑湫不让跟，剑湫没有制止，也不看他。出乎尤家兴意料的是，剑湫将肖晓红化妆成了小生——梁山伯，她化妆成了花旦——祝英台。明白这一点后，尤家兴不只是激动了，是蠢蠢欲动，手心开始冒汗，头皮开始发烫，身体开始肿胀，迅速变大，大得无边无际，大得看不见自己。再看剑湫和肖晓红时，她们显得很不真实，很遥远，很虚幻。最主要的是，他已经分不清谁是剑湫谁是肖晓红了。

伴奏音乐响起来，梁山伯与祝英台站在戏台上。尤家兴站在戏台下，又不像站在戏台下，似乎他也站在台上，他既是梁山伯，也是祝英台。她们演的是获奖的《化蝶》。还是从"思读"开始，从英台女扮男装离开祝家庄开始。第二场是"草桥结拜"，梁山伯首次亮相。完全不一样了，这是肖晓红扮演的梁山伯，跟她以前扮演的祝英台不一样，跟剑湫扮演的梁山伯也不一样。肖晓红以前扮演的祝英台是清晰的，是简单明了的，是我见犹怜的。她扮演的梁山伯，清晰和简单明了依然在，但又不只是清晰和简单明了。她扮演的梁山伯，没有剑湫洒脱，也没有剑湫嘹亮，可肖晓红扮演的梁山伯是风流倜傥的，是温文尔雅的，既刚强又脆弱，让人欢喜又叫人惋惜，是叫人可叹又叫人可怜的。"山伯临终"那一场，还是那三句唱词，肖晓红唱得跟剑湫完全不同，剑湫演唱得那么潇洒，潇洒中裹挟着巨大悲伤，风狂浪巨，催人泪下，让人不能自持。这是剑湫的魅力，也是她的艺术感染力。没有人看到这里不掉泪的，特别是剑湫唱第三遍时，天地间已是一片皑皑白雪，肝肠寸断。肖晓红不同，她演绎的梁山伯也是悲伤的，她的悲伤是内敛的，即使死也是温文尔雅的，是得体的，是体面的。这是书生的骨气，也是书生的无能。此时，梁山伯的死是弱者之死，是代表天下爱情之死，也是你我之死。这种死如此之近，又如此遥远，如此切肤，又如此麻木。这种悲伤是哭不出来的，是欲哭无泪。这是肖晓红和剑湫最大的不同，他们走向了两极，也表现出各自的天赋和个性，当肖晓红的梁山伯唱最后一遍：

> 爹娘啊，儿与她，
> 生前不能夫妻配，
> 死后也要成双对。

唱完之后，戏台上寂静无声，戏台下的尤家兴呆若木鸡。难受，说不出的难受。他愿意替梁山伯去死，仿佛死去的正是自己。他悲从中来，可又无处发泄。忧郁了，惆怅了，身体和灵魂原地不动却又四处飘荡。

到了最后一场"哭坟"，这是祝英台的戏，也是剑湫的戏。剑湫还没有出场，一声"梁——兄——啊——"就将陈列室撕裂成了两半，她演唱得缠绵悱恻又急转直下。这是剑湫的风格，却又不是剑湫的风格。没人见过剑湫演花旦，更没人见过她演祝英台，这是剑湫的祝英台，是狂风暴雨的，是柔情似水的，是一往情深的，是一言九鼎的，更是视死如归的。她演唱的节奏很缓慢，却又如此急速，她是那么悲伤，却又有抑制不住的欢乐，当唱到最后一句：

> 梁兄啊！不能同生求同死……

电闪雷鸣了，狂风骤起了，天崩地裂了，光线似有似无，戏台影影绰绰，戏台与现实的世界模糊了，浑然一体了。

尤家兴想哭又想笑，哭不出来，也笑不出来。他觉得身体在猛烈生长，超过戏台，超过陈列室，升到空中。又觉得身体在缩小，小成一颗微尘，飘飘荡荡，酥软无力，随时会化为无形。他觉得自己是梁山伯，同时也是祝英台。似乎都不是，是个说不清道不明的结合体。

一声巨雷炸响，将戏台上的坟茔劈成两半，祝英台大喊一声"梁兄"，水袖甩到两肩，纵身扑向坟茔。与此同时，正在后台的梁山伯冲出来了。出来了，或者说"进去了"，确实是剑湫"带"的，合情合理，身不由己。站在台下的尤家兴灵魂出窍了，想喊，喊不出来；想动，动弹不得，但他能够感觉到，另一个尤家兴已经跃上戏台了。

（刊于《收获》2022 年 3 期）

作者简介：

　　哲贵，当代作家，1973 年生，浙江温州人，浙江省作家协会副主席。现居杭州。

美味佳药

杨知寒

1

喉咙里憋着东西，我确定有什么一定憋在那儿，憋住的东西不会顺利往下滑，始终停在一个位置上，掉不下，上不来。这种情况次数太多，小时候我奶认定我是真被什么给卡住了，带去医院，无果，大夫举着刚照完的片子，言语不乏暗示，即大人别对孩子说的话，太往心上放。往后再说憋得慌，就没人信，只有我妈，还会帮我揉肚子，但哪能对症。我渐渐习惯，状况一来，喝上一大口可乐，像给下水管里倒溶解剂一样，往死给自己疏通。疏通十来年，还是去照片子，大夫这回告诉的人是我爸，你儿，骨头快碎成渣了，怪不得现在走道费劲。我爸说，不能，他那是胖，压的。又过几年，我在南方上完大学，再回来，家人们围住看我，只觉得惊奇。我瘦得像变成另一个人，虽然还是腿脚不好，一瘸一拐，腿上几个关节总不敢使劲用，用就嘎嘣响。但既然能从胖瘸子变成瘦瘸子，毛病就还是骨头脆的事。毕竟一直我也没停了拿喝可乐当喝解药用的办法。渐渐别说打嗝，连呼吸，都能闻见自己腔子里的酸。所幸我也不怎么说话，我嫌累挺。

始终觉得，别人不喜欢我，不怪我自己，怪始终没碰上那些注定和我去将就的人。时间早晚问题，早晚能有结果，如此笃定，原因在眼前我这群家人身上。从小我就没停了研究他们，研究都在内心，但成果颇丰，也形成一套理论：就这些人里，没一个是招人喜欢的。可他们该结婚也结婚，该生子也生子，该有工作也去上班，像我爷和我奶，也能走到相濡以沫，白头偕老。如今他俩坐在桌首，两张老脸往块儿一搁，看着都银发银丝，笑意慈祥，跟礼品店里卖的老夫妻娃娃似的，摇晃着拨浪鼓一样的胖脑袋，在头上飘着一生一世，这样的艺术字祝福语。我爸打三十岁上开始谢顶，坚挺十来年后，终于决心剃了秃瓢。此刻他锃光瓦亮起身，脚在桌下碰我的坏腿，一块儿往起站。我站了，他祝酒，我附和最后一句，每每如此，感谢二老养育之恩。感谢是得感谢，我一杯呷了，谁也不敢劝一句，他们都有点儿怕我。这种态度打什么时候开始，记不清了，许就是在我咕嘟咕嘟边灌可乐，边脸红脖子粗的时候，齐齐，我姑的女儿上来要抢，被我一巴掌扇飞开始。这事我记得，当时，我妹哭，我爷骂，我爸指着我鼻子喊犊子，喝完最后一点儿可乐底儿后，我像大力水手刚吃完菠菜，上去给了他个电炮。发现声音居然随后，神奇地集体消失，家人也都丧失了表情。我爷曾在背后，不止一次，小声指着我不利索的腿脚说，纯纯讨债来的。我装没听见，怕再一转头，给他还能活动的那半边身子，也吓瘫痪了。我不怕他瘫痪，怕我奶更不好料理。毕竟她看着傻，实际也真傻，从不真担事。

我现在自己住南马路上一套小屋里，带电梯，十一楼。说是小屋，就一个屋，带个厕所。每次回来我奶家这栋小楼，都看不出这里一点变化。屋里没一套现成家具，全是在我爷我奶结婚前，我爷托厂里打的，每寸木纹都见包浆，摸着滚滑。客厅餐厅功能两用，灯照永远不亮，一到晚上看得人眼睛发酸，上厕所且得加小心，两三平方米的小方形里，进去还得迈两层门槛。人坐马桶上，会觉得棚顶特别矮。好在小时候用的深粉色卫生纸，如今再见不着，那纸磨屁股。给我爷，我爸磨出两代痔疮来。在用纸上省的钱，不抵两人手术费，让我爷懊丧了许久。除去客厅，一个两人并肩就抹不开身的厨房外，还有俩屋，难为怎么设计盖的。每屋都站不能超过四人，就这还分出了大小。大屋进门一步是床，小屋床沿靠门脚，东西都往床下搁。过去爸妈带我住大屋，墙上挂着一张海滩风景画，作为屋里唯一的装饰，盯着它，我度过了整个童年。从脱色，看到没了色，再看就跟黑白画似的，海不见蓝，沙不见金。我爷我奶住的那屋要更局促，常年通风不畅，充斥一股废品站的味儿。全因我爷爱攒东西，听说八几年的报纸都留了两捆。当年不扔，现今认定有历史价值，更死活不肯。连留不留给我爸，都在心里掂量几十年。

今天这顿，在一年前张罗下来，当时我还在南方，听我爸在电话里嘱咐，务必赶回，庆祝我奶七十大寿。我姑和齐齐要坐晚上飞机到，目前她们生活在上海。我姑刚被上海某大学聘为了副教授，出息大到，连我姑父的工作，妹妹的上学，也一块儿都给解决掉。最牛的，是住房也安排了一套，虽说没产权，也算是在最繁华城市里落了脚。我妈还透露给我说，你姑已在备孕了，要生二胎。今晚我妈来不来，我心里没准。她和我爸，在我上大学后头一年，悄悄离婚，看样子是想瞒我。想起这些，会觉得我妈有意思。她总以为我看似冷漠，内心其实软和得兔子一样，常对我抱诸多不切实际的希望。都说知儿莫若母，可她知道我，就跟我知道宇宙多大，人类打哪起源似的，似有个见解，其实隔岸观火，只看个大概。快六点钟，桌全摆上，菜色都黑漆漆的，打眼就知道，今天这顿，由我奶出品，除了一道黑白菜，是我做的。老姑一家终于敲门了，带进来冰天雪地的白哈气，站门口两人这顿跺脚。我那不到十五，体重已达一百六十斤的妹妹，跺得尤其地动山摇。看她一眼，她不动了，装看不见我，高傲写在她们母女脑门上。六点过半时，我知道我妈不会来了。她会在每天的六点十五下班，她伺候的那家人，每到六点回来人。

杯一齐举到我奶下巴上时，她热泪盈眶，咧一口假牙，手不忘捋上根根白的短头发，准备说生日感言。她会在每个合家团聚的日子里，都不忘感言，常是像现在这样，对一桌饭，模仿《新闻联播》里的领导口气，说她今天如何感动，如何知足。她还会说下面这句，在我第一次看到外国电影里别人家一桌吃饭时，就联想到她这句话。我奶几乎在进行餐前祷告，充满感恩，又出于国人的朴实，不感谢神，她感谢饭。感动又感谢，我奶抖着手里的酒杯说，能吃上这么一桌丰盛的，美味佳药。她不知念几声，谁也没纠正她。我妹嘚瑟想笑，被我斜去一眼，咋不药死你呢。

2

我揣袖子在小区门口站着，周围有几个摊，卖冰棍的哗啦啦摆了一地，远看跟书摊似的，冰棍都放得相当板正，十个一排，共有五排。左边蹲着个大姐，手边一侧一个桶，往里看看，装两桶冻梨。此刻大姐正跟一对老头老太太砍价，从十个十块，砍到十个八块，十个七块五了，我终于听见头顶有人喊：赵非老师，五楼，把左！喊完，人头迅速从窗里消失，窗关得也快，跟就他知道外边冷似的。我不清楚喊我名的，是等会要教的学生，还是学生家长，走过那老两口身后，没忍住也喊出一个价，七块拿着了。说完我拐腿跑进楼群。

来之前我妈说，这个朱叔，人特别好，先前在单位时，很帮衬她。现在人家有需要，咱互相帮助，还能给我解决工作问题，何乐不为？我没好意思点破，她上那两天班的地方，算不上正经单位，是在我高中食堂里，台北炸鸡柳的铺位后头，给人炸鸡柳，调色素奶茶。朱叔也不过是个承包了二年食堂的过路贩子，第三年就被我们学校开了。毕竟再不开他，直接影响一茬学生的发育，男孩愣拔不上个儿，女孩都胸部奇大，没给他判两年算不错，还帮？我妈在电话里说，他儿子，和你以前情况挺像的。不爱说话，但认学，听话，他跟我说，他儿志向可高了。我问，多高？我妈说，和你一边儿高。我在小屋里睡了快一白天，醒来看见地上都是可乐瓶，和外卖吃完没扔的塑料盒，胃里直犯恶心。窗帘整日想不起拉开，人也是等尿憋急了，才起身去回厕所。冷不防看见自己镜子里的脸，总感陌生，就这么睡，还是挂上了一双黑眼圈，在鼻梁上冒出好几个粉刺头儿。不挤，都自由培育吧。挂电话后，我在床沿上干坐，想打开电脑，玩会儿游戏，更想就这么睡死过去。可我睡不死。手机里除了我妈刚打的电话，整日一点响动也没，眼前情形我从南方回来前，都已考虑过了。同学们都该上班了吧。学文科的男孩，按说也好找工作，可我就是不想工作，想像狗一样万事不忧，先混一阵，解解心乏。学习，上进，立业这些事，我从六岁到十八，为之努力，吃过足够苦头了，结果证明，学好学赖，对我并无意义。它们毕竟也没让别人许诺给我的梦境，哪怕照射一点儿进现实。

朱叔家也不大，但比我家亮堂，体面得多。我进门时，朱叔已穿上外套，准备出去，一手抓着黑手包，一手给我递双拖鞋来。小赵，你可来了。他一笑，我跟着笑，我会挤出来相当难看的弧度来，我知道。同寝室的室友四年下来都没适应得了我的笑，说我一笑就让他们想起马加爵。朱叔愣了下，背转进卧室，跟老师开完会回来，拍自己班教室门似的，口气带着恫吓，出来，见人。一个看不出年龄的人挪出身体，我看他，他低头，顿时我一点不自卑了。他扁肥的脚掌踩在一双粉色棉拖里，两手背腰后，声音沉稳，像唱美声。男孩说，我叫朱怀玉，可以叫我怀玉，请问老师怎么称呼？我说，叫我老师。朱叔拍我肩膀一下说，一会儿就该熟悉了。小赵，帮我给他补补历史地理两门。他们老师说，这孩子吧，数学英语上想再有个冲刺，费劲了。现在离高考不剩多长时间，抓紧补补能死记硬背的东西，分儿抓点儿是点儿。我这边先走，有事来电话。费用嘛，咱两礼拜一结。朱叔义从冰箱里给我掏出瓶矿泉水，在朱怀玉耳边说了几句话，后者一概应承，掂着肥大的脑袋，头不抬一下，声音闷闷的。我喝着水，跟朱怀玉往里屋走，听身后朱叔把门带上，防盗门滋啦一声响。朱怀玉默默引路，他屋里窗帘也没全开，一股烟在头顶缭绕，熏得呛鼻子。反正他爸也走了，我问他，你抽什么牌子烟？挺香啊。

他说，老师开玩笑了，我不吸烟。我说，那这啥意思。他说，刚上完香。说完他世故地点头，就差跟我双手合十，或作个揖了。朱怀玉坐在学习桌前，旁边给我留好一个座位，四下看，发现他屋里还有菩萨，有个龛。拿红布罩三面，龛前放香炉，水果，几串佛珠，地上有蒲团，铺了块蓝布，留两个膝盖坑印儿在上头。一张毛笔字儿贴在前方墙上，写着，知止不殆。除此外，桌上就没几本书，看着书页也极崭新。我端详他，朱怀玉侧脸对我，视线正对桌上一本摊开的练习册，神态如对佛经。桌上还有只大录音机，当下我毫不怀疑，按开了，放的绝不会是英语听力，得是大悲咒之类的曲子。他问我，老师，咱怎么开始呢？我回回神儿说，先确认下情况。你这几模，考多些分？朱怀玉咂了口气，没怎么刮过的小胡子长得杂乱黢黑，长在两张厚嘴唇上。他脸也是黑堂堂的，和朱叔脸型一致，看年龄也直赶他爸。他想半天说，不好意思，有点惭愧。这小子是真能整景儿，我追问，到底多些？他说，怎么说呢，进步还是容易进步的。我问，空间挺大？他点头，挺大。问他，到四百了吗？朱怀玉摸着嘴上的黑毛，羞愧一笑，快到了，两百六十七。

后面课上，我尽量不问他问题，晃着手里练习册，我抿嘴笑，张嘴笑，突然对这份工作充满热情和宽容。像是能第一次站在个不一样的台阶上，去看待这世界上比我还弱的人，想观瞧他是如何生存的。可以想象，像朱怀玉这样的人，绝不会只在学习一件事上不如意。在学校，他会受到从同学到老师的全方位欺凌，等被扔进社会——我都迫不及待，想看到他那时是怎么哭的，情景将会比看到游戏里的怪物剩一丝残血，坠入深渊时，来得更有趣味。从他家出来时，天还没黑，我在北风里走，兴致高昂，敞怀迈瘸步，绕远道回小屋，路上连打几个滑刺溜。

晚上我在游戏里虐怪时，我妈电话没到，我爸电话来了，劈头问我，上回是啥时候搓的澡？搁平时，我早撂电话，今天还认真想了想，俩月得有。他在电话那头一样热情迸发，鼓动我，现在来他澡堂呗，经理不在，客人也不多，爸给你好好搓一回，奶，酒，都给你拍上，再去大厅看会儿节目，都免费。我咧嘴笑，鼠标又点几下，说，今天我上班了。他不太信，啥工作，这么快？我说，给人补习。他说，行吧，先干着。干好了来爸台里接班，跟你说那个普通话考试，放心上，抓紧考。我乐得更厉害，电话挂了，还没忍住笑。其实，每当我想起，我爸白天在广播里念：我是记者赵博，晚上再到雾气熏腾的澡堂子里给人搓泥灰时，就想乐，比看什么搞笑节目都管用。就我所知，我爸在电台，多年来靠一月两千的工资生存，苟活不见亮儿，不是说不说得好普通话的问题，是他根本就口吃。每回在广播里，除了他第一句说的，我是记者赵博，再没整句子能念完。这也许是他干上十来年，都转不了正式编的原因，也许还有深的理由。初学给人搓澡时，他一脸忍辱负重，当晚我奶给他烧了一桌菜，望着儿子的秃瓢，她满含深情与悲壮。儿，美味佳药，你啥时吃，啥时有。妈活一天，经管你一天。啊，儿？给人好好搓。记着，出来进去都戴口罩，别被人认出，你是记者赵博。说罢母子垂泪，当时就给我看得，拍桌狂笑。一个四线广播里的编外记者，认啥？认磕巴啊。

3

我给朱怀玉当补习老师，已经当了一个月。学校会在过年期间放十天假，作为高考前最后一个长假期。那十天，我们将朝夕相处。朱叔告诉我，他要回外县老家过年，想把朱怀玉留下补习，让我最好搬来住下，说有我看着，他放心些。我觉得搬不搬不重要，重要的是给他看儿子，钱要再加。搬来后第一晚，我在朱怀玉床上睡着，床边放着我带来的行李包，里头装两套衣服，一套牙具，几双袜子几条内裤，再就是一本书。在我睡着前，他还挑灯夜读，我醒来后，却看见朱怀玉站在床头正翻我行李，被我突然睁眼，吓了个半死。不知半夜几点了，我俩僵看对方一阵，终于听清刚才的响动，不是哪个疯子外头燃得炮仗，而是一屋之外，有人咣咣砸门。我问朱怀玉怎么回事，他兴奋异常，居然小跑去开门，语气温柔体恤，没冻着吧？姐。我有些无措，抓过被朱怀玉翻出来的那本《牛虻》，半扣脸上，装在睡觉。

一个穿白羽绒服，戴绒球帽子的女孩走进来，边脱外套，边说她没带钥匙，更打听我是什么人。原以为我是她弟弟同学，朱怀玉说是老师时，女孩半天没动静。我听着周围声音，女孩突然把书拿走，我俩对视。她挑着细眉毛说，嗯，老师睡眠不好。哪来的老师啊？看着还没我大。她拿走书，在手里翻翻，举给朱怀玉，就教你这个？我摩挲把脸，靠在床背上，也问朱怀玉，这什么人？他说，姐，我亲姐姐。我不太信，朱叔怎么从没提，也没见她来过？女孩把书扔下，抱膀朝我乐，就你还审上人了。我说，是朱叔托付我，这十天照看朱怀玉，我算他十天里的监护人。咋的？她说，不咋，你可以下岗了。接着她脱下毛衣上两只套袖，转身去厕所，放水洗脸，朱怀玉跟随其后拿毛巾，递水杯。我坐在床上，看窗外夜色深沉，周遭楼群里一个个黑洞洞的窗户眼，有点恍惚，没全从睡眠中清醒，不知自己身在何地。我在朱怀玉房间衣柜里翻找，还有没有别的被子，打算搬外头沙发上睡。女孩洗漱好后，嘴里咬着发圈，腾手给披散了的头发重新束好，瞪去我一眼，还没走？我说，工钱不是你给我开的，你没资格赶。要么你现在给朱叔去电话，他让我回家我就回。大半夜的，哪儿还有车。女孩说，真赖。我说，明早八点，还要给你弟上课，你少废话，我要睡了。女孩气得走进另一个始终屋门紧闭的房间里，我从没进去，也没见有人从里出来过，原来是她的房间。朱怀玉捧一床被子给我送到客厅，解释说，我姐脾气不好，赵老师，别往心里去。我说，你也别废话了。还有，别再动我东西。书可以看，不许折页，不许画线，不许舔唾沫。

早上我被鞭炮轰醒，耳边还有其他动静，阵势不小，像刀枪剑戟齐着舞动，厨房里热火朝天，看表，还不到六点。裹被子坐起来，又一次思考自己在什么地方。显然，这不是我成长中有过的场景，否则我会怀疑仍在梦中，是梦见了过去的片段。我不记得自己具体多少年，没吃过热腾腾的早饭，常是一瓶牛奶，加半袋吐司面包，揣好在校服袖子里。冬天，用身体焐热，站在人挤人的公交车厢中，随摇晃吃完。经过厨房，看见女孩手拿笊篱，在沸水里掭来掭去，闻见了面味儿。那么她是起早就包了一锅饺子，空气中还有韭菜香，应是韭菜鸡蛋馅。我没吱声，女孩听见我起身，也只将侧脸露出来，没个问候。进厕所，我拿凉水拍了拍脸，洗漱好后，路过朱怀玉卧室，见门还关着，细听，里头呼噜没一个。若是他能每天早起一个点儿来背文科，在这节骨眼上，成绩还能蹿一截，毕竟人清晨记忆力是最好的。他没这么做，也没人提醒他，按说我有这个义务，可我又只想做好自己分内中的事。

女孩在厅里支下一张折叠桌，在朱叔布置出的一堂红木家具中，这张桌子显得不伦不类，上了岁数。我不好意思，想动手帮她干点，又想自己未必能做好，问她要不要叫朱怀玉起床。女孩说不用。她动作干练，神情冷漠，兀自端一盘饺子，半瓶老醋，一碟萝卜干咸菜上桌，看我一眼说，厨房还有凳子，想吃自己搬。我搬来在桌边坐下，盯着一盘里二十来个饺子，寻思锅里可能还有，是家没盘子了？她今天穿了件淡蓝色的高领毛衣，牛仔裤，皮肤倒白，脸上细看却有雀斑。身材很瘦，发育一般，见我愣着，将筷子横在碗上，说，没承想你也能这么早起。我得早走，饺子就下了一盘，剩下的屉上，给我弟留的。你要想吃，可以吃两个，但不敢说管饱。我笑了，你家这么招待人的？她说，谁说我要招待你了，你又算我什么人。我索性不吃，有点憋气，准备看会儿电视，刚按开，她就给我闭了，说怕吵她弟弟睡觉。合着她刚才在厨房里上演全武行，客厅没安门，就为了吵我。我盯着她，她正有滋有味给自己夹饺子，蘸醋，韭菜香从被咬破了的饺子肚里逸散出来，她边嚼也边看我，像我就是台无声的电视节目，让她看得很有意思。我问，你是不有点毛病呢？她说，我要是你，醒了就该卷包滚了。我爸就是脑子不好，遗传我弟都有点脑子不好，没看人眼光。雇你要是有用，打开始就别让朱怀玉上学，念私塾多好。我又问，你在哪上班？她说，五院。你想咋的？我不信她是大夫，当护士差不多，还得是那种从不给你宽心，添堵才是一绝；扎针一针扎不定，要连戳三四个眼，还埋怨你血管长不好的护士。想想，有点同情她，但凡有些本事的年轻人，哪有留在这儿的。我是自愿变废，不算。她算自愿在了哪呢？越细看，越得承认，朱怀玉他姐有点姿色。便说不想咋的，想单纯认识认识你。

在寒流暖流，德国鲁尔区和南北回归线间回到现实，是正午刚过，我和朱怀玉前后离开书桌，补课不能补一天，他不休息，我也得享受生活。告诉他厨房有

49

饺子，他跟我出来，看着我穿鞋说，我姐是真好。我没接茬，外头有点飘雪，开门能闻见楼道里也有一股火药味，除了每年至此的一点鞭炮响，你都不能信，其他时间里城市中还藏着这么多的人，各猫在各的屋子里存活。瞧见朱怀玉浓黑的小胡子，问他怎么也不想着刮一刮。他又低头，说他不会。也刮过，刮出许多道口子。想到过年朱叔也没把他带回老家一起，又想他还有个不知打哪冒出来的姐姐，我心里生出不少疑团。可估计朱怀玉不会告诉我。这点他和他姐倒像，说话从不走正常神经，一个架着火炮砰砰发射，一个吊着书袋闷闷不吭。到我走的时候，朱怀玉还低着头，似送别好大一团空气。

又一个年到来了。今天除夕，约定好，晚上都在我奶家见面。下午我回家打会游戏，睡了一觉，再看外头，已点亮不少红灯。沿结了冰的湖面往我奶家走，一路棉鞋踩得雪地咯吱响，路上过往的人，无不行色匆匆，各有各自着急赶赴的地方。落座后，是千秋惯例，我爸祝酒，我奶提杯，今年我姑一家没赶回，除了我爷我奶，桌上就我们一家三口。饭是我妈下午过来做好的，一道酱烧鱼，炖好后放我边儿上。他们絮絮谈话，我则一筷头一筷头地分解鱼肉，看电视里无声的春晚表演，花团锦簇，一团下去，一团上来。烟雾和酒味渐渐在桌上缭绕，年年如旧，哭声会埋伏在最后，像颗几乎要被遗忘的哑弹。我妈开始拿纸巾，点上她两只肿眼泡周围的眼泪。一张小圆脸上，四十来年中，浮现出得永远是低眉顺眼和委屈巴巴，我都看厌了，我爸更是，搡她说，乐意哭，下桌哭去。我奶不说话，有冷眼观瞧的意思，待我妈又哭一阵，我那坐在轮椅上的瘫爷爷干脆把半杯白酒泼过去。我还置身电视节目里，精神被花团锦簇包围着，看一团下去，一团上来，眼花缭乱，感到平静。

我不断抽烟，烟灰掸到脚面上一片灰迹。我爸自己下楼去放炮仗，和十来户从没交集的邻居站一块，从窗上看，他的秃瓢很好认，他一人放鞭的架势，也很好认。毕竟别人家都三五成群，有大人，有老人。老人嘱咐小孩别离太近，小孩则不断跑在鞭炮周围，连他们帽子上的绒球，也跟着一跳一跳。让我想到女孩儿帽子上也带绒球，粉色的，想到她白色的长款羽绒服，粉白的脖子和手臂。散桌时，不到九点，我走到我爷我奶面前，三人都无话。还是我爷先破题，看啥？你都工作了。我奶劝我，大孙，有句祝福就行，奶奶早包好包儿了。我只说，新年快乐。我爷恼怒地挥手，走，走。我等我妈跟我一块出楼道，我俩将在出小区后的岔路口分离。我不知道她现在住哪儿，但她说有地方住，我也就没细问。烟花在离我俩头顶不远处爆裂开，我瘸着腿在前，半天不见她跟上，回头看，我妈原地仰头，傻看着烟花，两手交叉，都塞进她两只套袖里。她薄薄两瓣紫嘴唇全咧开，跟孩子似的，包不住一口四环素牙。临别前，我妈从一只套袖中掏出封红包来。我接了，听她带哭腔说，妈还是希望，你能快乐。

4

我没想到自己今晚会登上这些台阶，来到别人家门口，理由仅是，在这个年与年交割的夜里，不想再独自睡去。门很快开了，开门的是朱怀玉姐姐，张手拉我进，态度与昨晚和今早相比，像变了一人，毫不察觉我此刻心上是多火辣辣的。毕竟，这是有生来，头回有同龄异性亲热待我。她脸上红霞一片，招呼朱怀玉快再添个杯，老师来了，得尊师重道。还喜滋滋地给我展示姐弟俩今晚的伙食，早上剩的饺子，加晚上炖的一条鱼，就算家人团聚，大年三十了。朱怀玉呆瞧着我，他杯里是茶水，他颤巍巍给我递上一支烟，被他姐劈手夺去，离近时，闻得见她身上酒味浓烈，再看桌下，绿瓶子跟保龄球似的列成几行，桌上还剩半瓶白的。便知这姑娘酒量在我之上，一时不敢跟她碰。见我矜持，她巴掌拍上我肩膀，震得我杯里酒洒一半，听她说，没想到啊，没想到。风雪之夜，还有客人。怎么称呼啊，贵客？我说，赵乾，乾隆的乾。她说，什么破名，听着追名逐利的样儿。我请问她芳名是怎么脱俗的，女孩双手撑脸下，摆出个葵花向阳模样，笑嘻嘻说，秀秀，朱秀秀，基本秀色可餐，基本秀外慧中。朱怀玉目不转睛，看着他姐。让我怀疑，自我进门前，现场就是这么个现场，在木讷的朱怀玉跟前，朱秀秀一人就包揽了春晚上所有节目，从相声到小品，如今又祸祸到歌舞身上。厅里不足十来平方米的面积，成就她扭着秧歌步，一颦一笑，一扭一摇，一手君妃，一手塔山，仿佛登台在维也纳歌剧院，身段儿看不出咋好，嗓门十足亮堂。像在屋里就炸开了几挂鞭。

喝到深夜，我和朱秀秀已亲热地脸贴脸，抱在了一起。朱怀玉始终警惕，留神时间，不知是到几点，他默默捡走桌上碗筷，把酒留下，一人儿到厨房里刷碗。我不敢放掉朱秀秀，放掉这个脱离孤单的机会，虽然理智仍存一线，在和自己说，你并不太中意她。手还是不受控制，往她细瘦的腰身上，上移，下探。她总能在我以为她要醉倒的时刻，如回光返照，给我一个不算羞辱的嘴巴子。抽到五个还是六个的时候，恍惚听见，朱怀玉回到自己房间里，放起佛乐，从他屋里又再飘出，那股熏眼睛的紫烟袅袅。朱秀秀突然问，你觉得我爸人咋样，我弟人咋样。我说，对你爸不了解，对你弟，好奇占比更大。没见过像他这样的小孩儿，说他什么都怕吧，他好像什么都不在乎。说什么都不在乎吧，他好像什么都揣着点担心。担心和怕是两码事。因为他信教吗，你爸也信？朱秀秀摇头，不信。她说这是朱怀玉做过的，唯一勇敢的事儿。他只在这件事上一如既往反抗我爸，以此做交换，别的他什么都听我爸的。朱秀秀又笑，说她其实很清楚，自己这一家，在外人眼里，要更为可笑。她说，朱怀玉不会在学业上有什么能耐的，他很能坐住凳子，却是空坐。空空如也地坐着，站着，活着，这些他都会做得很好，吸收知识就不行了。我想朱秀秀说的是打坐，可难道打坐不用理解教义？朱秀秀告诉我，朱怀玉不是在打坐，也不会念什么经。他每天按点回屋，在蒲团上跪下，念的是阿弥陀佛，对不起。念一遍佛，就像跟佛打了个招呼，再说对不起，是说自己的心里话。他是为我俩的妈，去和佛说对不起。见朱秀秀忧伤起来，我劝她喝酒，轻声问，对不起什么？她说，朱怀玉信，我妈这辈子过得苦，死得早，人生到最后几年成了疯子，都是命里业障。他希望她下辈子能活得好。他还信，自己这辈子让人瞧不上，是上辈子欠下了业。这事儿要怪我妈。我弟从小在她身边长大，那时她就已经疯了的。她告诉朱怀玉，自己身上有债主，他身上也有。我当然都劝过，没什么用，最没办法的时候跟我爸一起，绑过她几回，想给送医院。但这种病治不好。她最后几年里一人儿被丢在老家，我爸把朱怀玉也从她身边带走了，带到市里念书，可带不走朱怀玉已经接受了的童年教育。我还记得啊，有年回到老家，看他们娘俩儿的背影，双双跪在菩萨前，低眉、弯背，被紫烟笼罩，看着那么荒唐，可他俩眼里的彼此，又那么相爱。我妈是朱怀玉唯一的知己，哪怕她是疯的。她一走，朱怀玉魂儿也跟着去了，变成个彻底的傻小子，可以被任何人随意指挥，做我爸最忠诚的孝子，接班人。我啊？我爸眼里从来没我。当他后来发现一个他好些年不管不顾的姑娘，长成了大姑娘，和他在同一座城市里狭路相逢时，这老王八蛋简直吓坏了。

朱秀秀贴我耳朵根下，又突然说句话，让我感到喉咙里再度不上不下，卡了个枣核，卡了个原子弹。我咳嗽不止，跑到他家冰箱前，想找碳酸汽水喝。幸运是，还真有瓶大雪碧。不幸则是，在看到我憋成紫色的脸，逐渐被灌进去的汽水拯救，恢复常态后，朱秀秀也恢复常态，再不跟我提，关于睡不睡的事儿。她看看我的瘸腿，又看看我的脸，说，原来你毛病不止这点儿，基本废人吧？回到桌上，我杵着自己的脑袋，费劲抬头，看清眼前的朱秀秀，是以怎样眼光看待我。她言下之意，我太过熟悉，和多数人一样，是抱有稍纵即逝的同情，和将长久伴随的印象，即这样个人，活着没大价值，活着拖累旁人。不一样的，是朱秀秀眼神里还有另一层内容，让我感到恐惧，更后知后觉，体会到比睡一睡这件事，深刻多的兴奋。今晚她给予我很多第一次，让我终于亲耳听到有人对我说出那句，等待已久的话：你到底预备在什么时候，把仇恨全给放出来？我们都笑得不行，一屋之外，烟花沸腾，每到年节，总有那个被释放到夜空去的时刻，花团锦簇，一团上，一团下。我抓上朱秀秀的手，告诉她，咱俩都有不小的仇恨。有关我的，具体一切，还没计划好。但如果能有同伙，哪怕拉对方下水，我心也全无愧疚。你可以当我是个自私透顶的人，这点从一开始我就没打算隐藏。你呢？你其实也是。要不，你不会今晚和我说这些。

当晚躺在朱怀玉家的沙发上，我什么也没盖，屋里很热乎，朱秀秀睡了一会儿自己起身回房间，带上了门。世界归于安静，我眼前再度出现，出现了无数次的设想，我爷，我奶，我爸，我妈，我小姑，我妹妹，包括我小姑即将到人间的第二个孩子，都会和这夜晚一样，集体安静，灵魂出窍。所有人的世界都会在相近时刻，在一张团圆餐桌上，走入终结。那将他们召集在今生，结为家人的缘故，也会送他们出今生，到下一站地。他们将在站台上整齐地继续等待。到那时刻，我们都是等车来的陌生人了，因为客气，对待彼此，反生出许多今生没有的温柔来。

5

我是赵乾，冬天到了，我准备写遗书了。

其实我一直有写点什么的习惯，没让别人看过，多是闲愁杂绪，也写过小说，讲一个生来两只眼睛都呈金色的少年英雄，是如何独步武林的。写到最后，英雄茕茕孑立，众叛亲离，脚踏一片寂静江湖，两眼都生了翳。在去南方上学的前一天夜里，我在屋里生了个火盆，把它们全烧了。父母闻见自我屋里散出的浓烟，想确认我是不是抽了一条塔山。是离家前的愁绪吧，大概他们这么安慰彼此，毕竟那一晚，都没人来敲我门。还记得的，是那晚面对屋里飞烟，我的喉咙从没那么痛快过，是有什么被短暂地给烧灭了活气。说回写遗书的事，此刻坐在电脑前，我用脚拨拉开地上的外卖盒，以及半空的可乐瓶，踌躇了好几个点儿，还踌躇在一个开头上。记得上学时老师讲作文，强调说开头就要把人拿住，能用排比用排比，给人往蒙了排，阅卷老师一蒙，就容易喜欢。我最终写下的是：生活是一盏灯，我把它灭了，因为它从来就不怎么亮；生活是一盘菜，我把它撤了，因为它从来就不怎么香；生活是一把刀，我把它抽了，因为它扎得从来就不深；生活是一堵墙，我把它推了，因为它立得从来就不稳。

思绪飘回过去家中，自己住的屋里。家里头婆媳战争进展到我上初中时，父母终于取得阶段性胜利，从奶奶家搬出去住了，十四岁，我拥有了第一个属于自己的房间，一个可以不用跟任何人解释，想哭就哭，想笑就笑的窝。我屋里只摆着从奶奶家带过来的一张乌木床，一个爷爷打的铁皮柜子，当柜子，也当桌，弄把椅子来，就能在上面完成我的学习任务，再搁下所有沉甸甸，养人又埋人的练习册。我一直记得那个屋子里所有细节。它的上一家住户是对老夫妻，铜包的窗框，早长满了锈，每块地板之间，都生有半指宽的缝儿，有块地板上恰好有个圆孔，我在里头塞了一颗围棋黑子，十分合适，再也拿不出。屋里有水暖气片，床摆在它旁，半夜冻醒来，我总会摸摸它微温的铁片，就像小时候，和爸妈挤一张床睡觉时，摸见的，不知属于谁的一寸皮肤。屋里墙皮脱落的地方，被我贴上了几张圣斗士星矢的海报，看着它们，我会做拯救世界的美梦。梦里快意恩仇，能用手臂传出光束，一甩开去，消灭学校里所有嘲笑我是瘸子和胖子的声音。我还能用治疗术让妈妈重获新生，长出她没嫁给我爸前，留在照片上的相貌。更能在我爸每次深夜醉酒归来时，扫他的臭嘴，将他震出到百里开外的地方。在那儿，唯一陪伴他的将是我爷爷。他们会被流放去一片鸟不拉屎的岛，致力于收集所有生活素材，废纸废布废木头，最终无事可做，除了看守他们无用的财宝，幻想他俩是他们世界里的王。

至于我奶，我设想是，隔一周放她去岛上看望爷俩，给他们做一桌黑漆漆的美味佳药。我爷将吃一口吐一口，吐一口打她一拳；我爸也跟着打，他边打，我奶边哭。三人循环往复，哭声将他们团结在一起。无数个孤单凄惨的夜晚，我靠幻想活着，靠仇恨教给自己做人的道理，还靠可乐维持生存，说着说着，我已对排比信手拈来。意识到不能轻易写下去，陈诉痛苦过于容易，而容易不属于我复仇的一环。我已蛰伏其中二十三年，因此我决计写下一篇最好的悼文，流传后世，让它出现在每一台教育青年人心理健康的晚会屏幕上，再复印成册，辗转到每一个少年犯手里。当他们读到我写下的遗书时，会在冰冷的看守所里颤颤发抖，热泪奔流，为所有做过和没做过的恶念，给自己下跪，祈祷他们各有的明天。

除夕过去，到年初五，朱秀秀基本没出现，回来了也和我没几句话。但我知道，那晚我们说过的一切，都已刻进彼此记忆，不容忘却。有次上完课朱怀玉突然问我，他可以和我聊聊那本我带来的《牛虻》吗？我说，行。看完了？他说，没看完，看到亚瑟回来了，再次见到琼玛，她已认不出来他。我当然记得那本书里所有段落，从翻翻就能掉页和上头遍布了的可乐污迹来看，我看过不知多少回了。他说的内容，一度让我非常迷恋，试想复仇最美妙的部分，不就在于此，除了主人公自己，无人知晓背后的因果和审判；除了主人公自己，其余人都以为，事情已经过去。我和朱怀玉一起站在他家阳台前，他为我开了窗户抽烟，还偷摸吸两口我吐出的烟，滚圆的小肚子在他穿的墨绿色毛衣下，原形毕露，随呼吸一动一动。我说，我看书不多，就这一本，翻来覆去读。其实你该多看看别的书，学习之外的。懂我意思吗？他说，开卷有益，对不？我说，不对。我这话单指是你。你就别对学业抱太大希望了，有功夫多看看这世界其他部分。他点头，老师说得有理。其实我也是第一回看小说。我挺惊讶，那你容易迷上，真的。朱怀玉说，我爸总跟我说，少想别的。所以我基本都不想。我会想想的，是我买的老子的《道德经》，话不是都能看懂，但总算都是字，我也认识字，能看下去。我问，悟了吗？他说，谈不上，我是觉得老子状态挺好。他能想说什么说什么，说完让人费死劲去猜。我一直怀疑，是不是总说让人听不懂的话，别人就能高看你一眼？我不知道朱怀玉想的对不对，我有过类似想法，却不是凭借和他在同一年纪里，掌握的其他学问。我曾试图让自己在所有人都竞赛的学业上，一骑绝尘，也真正做到了。可除了让老师不再针对我，让瞧不起我的同学渐渐敬而生畏我，并没换来其他。连我当时喜欢着的班花，也没在我傲人的成绩前，多给我说一句，同学，你好。我的心越来越贴近于牛虻，死心到了南美洲，受尽人间凄苦的牛虻身上。后来他以战斗者的姿态回归故地，看待他人总一派轻蔑，收获了针砭不一的名声，再无幻想地去做事和做人。牛虻用慢条斯理讲话，来掩盖口吃，用绫罗绸缎的衣裳，掩盖身上的伤口和被人打残了的瘸腿。用恶语伤人，藏住他心里火山喷涌般的热情和执念，更用面具似的嬉笑，藏住他对琼玛的爱，和最后那份善良。我絮絮说了一些，说到朱怀玉眼里放光，我直盯他笑。他或许觉得这是超越了师生关系的友情，于我内心，更像看到了一只家养的猪，表情居然有了属于人的向往，人的热情。

晚饭时朱秀秀意外回来了，羽绒服下还穿着白大褂，头发盘成一团，一个黑夹子竖在脑袋上，没别好，天线似的。那晚我下厨，拿他家冰箱里剩的鸡蛋和青椒，炒了一盘，外卖叫了两碗米饭，正和朱怀玉闷头扒拉，抽空提问他，洪都拉斯首都是哪儿？他被我问得噎住。朱秀秀听见，端出给自己现下的一小锅方便面，加入我俩，坐桌上翻我一眼。安抚弟弟跟安抚儿子似的，说，你赶紧咽，别想别的。她也让他别想别的，朱怀玉笑了。饭后朱秀秀在厨房里刷碗，我假装拿东西，在她身后走来走去。她突然说，不想上班了。我问，是跟我商量呢？她拧紧水龙头，拧不紧，水滴总慢慢积蓄着，她便拿了个不锈钢盆子，接在下头。我不知道她心里正在想什么，但朱秀秀看一滴水，看了很久。她回头说，你的事儿，不许牵扯我弟弟。明不明白？我说，压根扯不上他。你怎么这么说？她又说她不想干了，早有此意。打算高考之后，带朱怀玉上南方。我问，朱叔知道吗？她说，他和我是一个想法，但我们都不会带上彼此。我俩都想带朱怀玉走，不管我俩谁带他走，对他来说都是另一种活法。我问，我一定得支持你吗？朱秀秀一笑，你可以支持我，那样我也会支持你。我知道你想干什么。我追问，我想干什么？对话声都越压越小，朱怀玉在他自己屋，听动静，又念经了。朱秀秀说，她可以帮我，真的，我们可以互相帮一帮。她这些话，让我又想起我妈，女人是不都喜欢互帮互助，还是都只为自己想做的事，去找个合乎理由的借口？朱秀秀和我脸对着脸，她又一次拿走我手里攥成圆桶的一卷书，《高中地理疑难详解》。我现在最大的疑难就是她。听她说，这几晚上，在朱怀玉睡着后，她会把《牛虻》拿来看，跳着看，已经知道结局了。她继续笑，说，我知道你为啥喜欢这本书。我问，为啥？朱秀秀背转我，钢盆里已落进一盆底的水，仍有水滴缓缓在龙头上蓄积，预备一跃加入。她说，因为你和姓牛的，都是瘸子。

6

我爷在瘫痪前，还没这么精神。先前他嗜睡，现在却能瞪直眼睛，在轮椅上耗一整个白天，孜孜不倦，研究晚报上的错别字儿。我疑心别是纠错有奖，我奶告诉我，还真有，一字儿一块钱。你爷现在一天往五块钱的指标奔。要是当天没有，他就翻早先的报纸。此刻我爷一人坐在纷繁的纸片前，正搁下放大镜，杵偏横丧，嘴里骂骂咧咧。我奶诌媚地给他递去苹果，他咬了一大口，再度递回，我奶再顺他留的牙印儿啃下去。他是因为听见我奶刚才说他被人骂了的事，才不高兴的。原来我爷昨天和我奶去超市，看见卖姜的货摊上立了一块牌子，写，掰岔罚款。他本就哆嗦的手里，正掰好一岔生姜，被售货员逮了正着，罚款五元。我爷张口问候对方祖宗十八代，连祖坟外头的人也没饶了，爹妈奶奶立时飘于半空，盖住了店放的流行歌曲。最后还是在对方诅咒我爷瘸三代人的送别语中，由我奶扔下五块钱，推着老英雄匆匆出战壕。我爷今天立志找出十块钱的错，不然觉都睡不着。我奶没忍住又透露给我这些，被我爷在脑袋上骂出了花。我盯着他，老东西，闭嘴。他也盯回我，泛紫的嘴唇束成小口。我上手去摸他的秃瓢，哄孩子似的，这就对了。被他使狠劲，一巴掌打走，同时嘴里喷口浓痰，向我射来。我没躲开，我奶紧着给我擦。不用她，我起身，去我爷那个各样工具都置备齐全的老屋里，掂出一把钳子来。他口齿不清看着我说，我是你爷，我看你长大。我蹲在他轮椅前头，脸上还挂着他口腔里的味道，憋呼吸说，是，我给你卸个轮子吧。

我给你卸个胳膊腿儿吧。我教你走直线，你倒是走啊。疼？忍就不疼了，我主要就锻炼你个忍。看见饼干就伸手，你就要。那是你姑孝敬我的进口饼干，你他妈哭？跟你死妈一个德行，外头嚎丧去。说完，我爷照着我十一岁的腿骨打去，手里拿着一把钳子，砸，一砸定音，你是瘸子了。

老赵，你这干啥呀，就一个大孙子。好孙儿，不哭，不吱声，咱不理爷爷。奶奶都心疼，好孙儿，再走两步，你不疼，你能走。听话，等你妈回来了不许和她说嗷，不许说是你爷给你打的，说自己摔的，你这么说，奶奶还能疼你。不这么说，就是挑唆我和你妈打仗了。那样的话，你爸妈就得离婚，你就没人要了，嗷？奶奶抱着我的半截身子，看我的两条腿悬在空中，在她吆喝声下，我上下蹬腿，仿佛空中骑行，的确没有障碍。

我奶扑在轮椅前，不许我卸。按说今天我不该来，但也必须来，给他们送上这两包朱秀秀拿给我的，兴安岭小叶木耳。我奶在骂声中送我出来，我俩一起走在除夕当晚，我妈仰头看烟花的那条路上，仍一前一后。不同的是她精神矍铄，一头短促银发，看着都红光满面，比我妈寿数要长。她追上来说，别理你那死爷，他老糊涂了，我都不爱搭理。我两手插进棉袄兜里，默默打量她。记起家里曾说起过，我奶为何要在当年那个波涛浪涌的年代里，下嫁给戴着"臭老九"标签的我爷爷，只为爱他鼻梁上卡着一副眼镜片儿，说它们看着那么透亮，跟着显得镜片后的人，也那么知情理。或许人都会在其他地方，收获来自不同人不同的评价。我不想说话，感觉喉咙又发紧。回去一路上，我压步子走，怕速度快了呼吸急。只要这样，我就能撑到汽水流进身体的时刻。

　　回去，见我妈等在楼下，她总是这样，不提前联系我，会突然抵达，好像也对最终能不能见到我，抱随缘心态。她穿着十年前的红褐色羽绒服，还是戴双臂的蓝花套袖，棉布口罩将她本就高原红的一张小脸，盖住了三分之二。剩下三分之一，都由那双动物性的眼睛里带出信息，像里头刚下过场雪，还挂着冰霜。我妈每次来，都携带这样的目光，虽然她从没告诉我理由，但其中充盈的，对自己崽子的怜爱，还是每一次，都让我感到难受。她说今天下午她不用过去给人看孩子了，雇主一家去北京过节了，她可以休假一回。说着，她跟着走进我狭小的家，没由我说什么，已经熟练地边撸袖子，边奔去厕所和所有脏污了的地方。我坐在沙发上看电视，看不断重播的春节晚会，有两个瞧着脸熟的笑星，正演出一场喜剧尾巴上的教育课。他俩一时泪水涟涟，都长出我妈的样子来。喝完地上剩的两口可乐，我打出嗝，再从兜里掏出烟，点了一颗。我妈问，你今天什么时候去朱家，他家那个儿子能离开人吗？我说，能，不是残废。我妈没说话，半晌她从墙后偷露出半张脸，看我神情如何。我问她，你这活儿，打算干到什么时候？她说，我才刚收拾。我说，说你给那家人干，到什么时候。她想想说，快了，这种主顾，没有长的。她手里的活跟着停下，站在原地，看我抽烟，看我看电视。我瞧她，有话？她点头，愿意跟妈去南方吗？我问，多南？她说，佛山。我挺惊讶她能说出一个具体的地方，看来早有计划。她说，你朱叔跟我说，想去佛山办个厂，要是你愿意，他一块安排你。我问，可乐厂啊？我妈说什么工作她没问，但觉得朱叔是真心帮我。我招呼她过来一块坐。

　　我妈又瘦了，离近看，脸上肉一条一条的。她搓着手上红白不一的皮肤，手背上先前被我爸烫下的几块烟疤，一受冻，就通红成梅花，看着醒目，仿佛受苦的艺术。她转头看我，儿，总得想想你以后。我说不想去。她问为啥？我说，没为啥，去了没意思，不是我想干的。我现在就想待在家。你无非担心我待废了，你没必要。我又没啃老。她说，妈怕别人看不起你。我问谁看不起了，朱叔？她说不是，是我爸，是我爸总在和她说，她把我给惯废了。我说，也许他只是看不得我自在。我比他过得自在多了。她说，天下父母，哪有这么想自己孩子的。把烟掐灭，我严肃地看着她，我奶是这么想的，我爷也是这么想。所以让他们儿子，让我爸一辈子活得窝窝囊囊，没大出息。事实不就这样吗？她又有要哭的趋势，我心里烦，别过脸去。再回头，看我妈正从深处呕出一口气，身体前倾，人看着更干瘪了。我想拍拍她后背，或帮她将一下头发，很难做到。半晌我问，预备什么时候上佛山？从她眼神里，我知道自己说准了，好些事，也叫我猜准了。朱叔人怎么样我不知道，希望能比我爸对她强。我告诉她的是，妈，我去不了，在这儿我有女朋友了。没告诉她的是，妈，其实你也去不了。除非，那天你不来。

7

朱怀玉各门功课都有一定程度的提升，他先前所言非虚，进步空间的确挺大。他不断和我畅想，关于他毕业后的打算，总言之，他一定要跟我屁股后头走。照朱秀秀说的，是拿我拜了大哥。殊不知，大哥眼前路并不长，紧着掐算，最多剩两站地。一站是技术关，一站是心理关。我想得已很清楚，只是不能和人商量，心里时常憋得慌，面对朱怀玉天真的眼神和劲头，我哼笑，无法陪他沉浸其中，像他也无法，真沉浸于做个好学生的梦。朱怀玉说，他往后想做个手艺人，做微雕，做紫砂壶。还想做和尚，做道人，做个吃斋的好人。有时我会和朱秀秀一起听他讲，眼神偶尔各掠过他头上，默默交织住，再无奈双双看回他，像看回我俩的孩子。老天做证，我真觉得这十天，是我人生里最好一段时候。我虽没得到爱，也没被爱束缚住，我计划仇恨，又到底还没实践它。我清楚自己的人生会停在具体哪一刻，我看着那个爆炸键，在眼前平稳安放住，随时间慢慢往前耗。一切都不耽误。每到晚上，和朱秀秀朱怀玉一双姐弟，看同一场电视节目时的平淡与温情。温情，就是不必开口。情绪流动像小股的电流，它嗞嗞作响，可不叫人受痛。

我终于和朱秀秀说，请你，教我做道菜。朱怀玉正睡午觉，今天朱秀秀没值班，从早到晚在家。她手刚离了水槽，听我这么说，腰上围裙重新束紧了，也不问什么，将我带到锅台前。我问，家有白菜木耳没，这菜好像就这俩原料。她从冰箱给我拿了半棵白菜，木耳装袋里，往出倒，拿小碗接着，问我使多少。我说，试验品，不用多。她倒了一碗底，接水泡上。我问，木耳泡多久能吃？朱秀秀抱着肩膀，说，半个点儿就行。你是一点生活常识没有，这些年咋过的日子。少爷啊？我心情不错，咧嘴大笑，看表情，朱秀秀也是给吓一跳。于是问她，我笑起来真这么吓人？她说，吓人，跟没笑过似的，连嘴也是现割的。我已经习惯朱秀秀的对话方式，但到底不好意思，看着水盆里的木耳，不用一会儿，它们就

58

从枯叶似的小片儿，膨胀成黑色的肉朵来。朱秀秀默默打量我，不知道她都看到什么，可她神情语气都变了，一声叹息后，手把手教我做菜的一切，热锅凉油，先热锅，再爆锅。噼里啪啦声响，白菜先下，炒软了搁木耳，倒上少许酱油和糖，盐最后放。

我用铲子压锅里的白菜，让它快些干瘪。几滴油进裂开，跳到脸上，我直龇嘴，被朱秀秀推去身后。说我既然第一回学，还是以观察为主，学她手法看就好。我看着朱秀秀锅台后的腰，多宽，有多宽？两手一块儿差不多，能给抓很紧。她说，让你看，没让你卖呆。去，捡个盘，装菜。就着一盆黑白菜，下午酒，朱秀秀和我又坐在那张浸满油花的圆桌上，听电视音乐台里，放着80年代琼瑶老歌，无语问苍天，为何满腹柔情尽消磨。她喝着朱叔放家里的白葡萄酒，使白酒盅倒给我。一人一杯，酒香都混了营，中西合璧，格外上头。我掐着自己喉咙，希望它这时候无论如何不要噎，我有话说，我有攒了好久的话想说。朱怀玉却醒了。还是趿着他那双棉拖，步伐沉重，推开屋门，惊讶地发现我俩在喝酒。我说，你不行再睡会儿吧，下午晚点上课。朱秀秀招呼他，弟弟，你来。我手里酒盅顿时千斤重。朱怀玉坐我边上，被我剜去一眼。朱秀秀瞅见，酒盅直冲我，你啥意思？我一口呷了，再看朱怀玉，只说欢迎加入。我还想说，我他妈没话说了。朱秀秀对着朱怀玉，眼含万般柔情，说，后天他就回来了。我们再不能这么逍遥了，是不？朱怀玉说，姐，我还是希望你多回家来。她说，姐会的。姐不想以后，姐想和你说明天。朱怀玉脸上突然有种奇妙的光彩，过去我从未见过，此时他看着就和七八岁大差不多，还脸红，还抿嘴偷笑，不是观察我，就是去观察他姐，更显出一种惶恐。我问，明天到底什么日子？朱秀秀说，明天是我弟十八岁生日。他生日大，每年都赶正月里。正月一忙，总被人忘了。今年想好好给他过一回。我说，那停课一天吧。朱秀秀和朱怀玉四掌相击，惹得我也没忍住笑。这回我笑，他俩都在笑，我没引来他们的害怕。过后我想，大约因为情绪相通。人情绪相通的时候，身边便没有异类。

晚上，我去订蛋糕，蛋糕店出门一条街，是我爸干搓澡的地方。那条街上没怎么亮灯，北风刮得凶，人都穿暗色衣裳，看步态，没几个岁数小的。我犹豫要不要过去看一眼。我想起了每一年自己的生日，想起因为和我爸生日相近，每年爷俩都分享同一个蛋糕。先给他过，蛋糕剩下放进老冰箱，制冷效果近乎于无，到给我过时，奶油都放酸了。我突然瞧见了一张很像我爸的脸，戴着包耳朵的棉线帽子，正挑开澡堂的棉门帘，往外走，在夜空中呼出一团白气。有人跟着挑帘，在后头喊他，我爸看来十分热情，笑容憨厚，回身接过对方送来的，他先前可能忘在店里的东西，搁回到他自行车的前篮里。那个篮子，还是后编的，为给我放书包用。放了几年，往后他不再送我，我也不再和他于夜晚中照面，除了年节，除了真是被他醉酒吵醒的时候，父子俩失去了独处的时间和缘分。那些夜晚，我总缩在自己房间被子里，没一晚不在睡前反锁屋门，恐惧来自酒鬼的打扰。现在我爸，早不是记忆中那个样。他灌风蹬车子，踩向十字灯岗中，光线越见璀璨，他背影看着越佝偻。我能想到，在他抓着车把的一副棉手套下，每个手指都晕了多少层的皱，人若总在热气里蒸着，是会变得懈松。站着看了一会儿，扭头往朱怀玉家走，路上收到朱秀秀的信息，奶油要多，水果别放酸的，我弟不吃酸。回她，知道了。我总是羡慕那些在冬天过生日的人，每当头顶像现在这样飘下雪来，我都羡慕生在冬天，死在冬天的人。前者老天给他们放礼花，后者还有老天，给他们撒纸钱。

8

晚上的蛋糕我一口没动，都分给朱怀玉和朱秀秀。他俩都珍惜这一天，感觉不当朱怀玉的生日过，也当个特别日子庆祝，朱怀玉今晚甚至喝了一点酒。奶油沾满他的黑胡子，看着像刮掉它们前，要涂上去的泡沫。朱秀秀送了个檀木手串给他，我送的，则是早想送的电动刮胡刀。朱怀玉木讷地一手拿一件，不知内心都转动什么，随眼眶一点点积蓄。当整点报时的钟声从身后响起时，他人打了个哆嗦，说这会儿该去念经了。话说完他屁股还犹豫在椅子上，是不想走。朱秀秀他抱进怀里说，妈今天不会怪你的。你今天可以好好玩。朱怀玉还是说了声，阿弥陀佛，对不起。天早黑下，外头并不昏暗，有人在楼下放烟花，不远处公园结了冻的湖面上，也能隐约瞧见被灯泡围起的冰场，人影在上头绕圈滑行。我独自站在朱家阳台上抽烟，听见身后，姐弟两人又抱在一起，哭成一团。我想的是，人都说，儿的生日，娘的难日，从不想，儿到人间第一声就啼哭，是不是也有诸多不情愿。喉咙又不太舒服，没忍住，我咳嗽两声，被朱怀玉听见，端着可乐杯子过来，看我喝下。身后一片安静，朱秀秀许是醉了。我俩面面相觑，同看晚间的焰火和灯照。他脸上泪痕未干，像个小兽犊子似的问我，赵老师，我到底是不是个废物呢？

我没回答，他胡子上还挂一块奶油，我抹了问他，甜不？朱怀玉点头，他哪胜酒力，两手撑在窗框上，看着像个秤砣，量不清他自己人生的分量，更别说，去掂量别人的。朱怀玉突然说起，他在老家度过的童年，和妈妈住在一起，就他们俩，长年累月，谁也不觉得孤独和奇怪，似乎别人家都会是这样过日子。他当然知道爸爸住在城里，也知道他为什么不在家，理由都是妈妈告诉的：你爸变心了，人也变坏了。朱秀秀在十五岁时离开老家，那年朱怀玉九岁，也是在一个过年的夜晚。妈妈在饭桌上监督姐弟俩，分别给朱叔打去电话。她期许的不是看看

60

已拔起个子的大女儿，就是看看虎头虎脑的小儿子，巴望他俩中任何一人，能动用亲情，去帮她勾回失去了的丈夫和旧梦。口水从她嘴角直往下掉，滑成一条银线，无数次落饭桌上头，落在每一个无法接通的嘀声后头。朱怀玉转头看我说，我爸那天没有接电话。我妈实在受不了，抬手掀了年夜饭，人在满地饭菜里打滚，她抓自己，还不断朝空气里磕头。我姐也受不了了。我其实分不清，她那时是在扶妈妈，还是打妈妈。站在当中，我被她俩分别拽住一只手，往两个方向拉。我笑说，你还是个香饽饽呢。朱怀玉跟笑了下，在别的方面我不是。我问，后来呢。朱怀玉说，后来姐姐收拾东西走了，妈妈像找爸爸那样又去找姐姐，那阵子我总一个人在家，晚上面对满墙神佛，很害怕。姐姐一直没回来，我很快也被爸爸接走了。接我走那天，我妈还躺在医院床上，嘴终于不再往外吐沫子，之前她一直吐，一直吐，医院都不爱收拾了，满屋都是农药味。她抓紧我一只手，在我手上扣下五个血道子。朱怀玉把他那只黑胖小手放在身前，让我端详，道子已不十分清晰，内里却还能露出鲜红色，是抓得深透了。我不知道朱秀秀听没听过这一切，朱怀玉说，他姐其实不是护士。她只有初中毕业，进不了城里的医院干。朱秀秀现在一直在药店给人站柜台，有时要值夜班，兼给人打更。爸爸不喜欢她，嫌姐姐没有学历，说她早就废物了。

朱秀秀拿酒瓶磕着我俩身后的门框，示意她醒了，节目继续，进行到哪步了？我一时怀疑，老天爷其实正在满足我一直来的愿望，他不是正给了我两个，愿意和我将就的人吗？天知道，我将做些什么，如果老天一直不把他们派给我，我会做得义无反顾。反正遗书已快写好一半，菜也即将练会，势在必行，只差一个日子了。我们各自把外套、帽子、手套穿戴好，踩得楼道台阶咚咚响，我几乎是跳着走完，有点逞强，但喝醉了的朱怀玉和朱秀秀，此刻都不会比一个熟练的瘸子，将步伐走得更稳重一点。三人摇摇晃晃，朱怀玉走在当中，被我和朱秀秀各揽着肩膀，向夜色进发，我们都被一样的寒风吹得脸色发红，眼睛发烫。经过公园外的烟花摊时，我们买了一些，带进古树参天人影稀疏的园里岛上。破碎了边角的石砖椅，变作了我仨的露营地。朱秀秀在石椅上坐，俯视我和朱怀玉将烟花抱去冰面，选好了头顶一块最安静的天空，准备燃放。她尖细的嗓子未等花开，已叫嚷不绝，等花真在深蓝色的天空上冒开了，她声音又消止。朱怀玉一眨不眨地仰着头，没人知道他心里想什么。我和朱秀秀都在更早时候，贴近他一侧耳边，说了同样一句，你不是废物。弟，祝你生日快乐。

和朱秀秀坐在石桌旁，我沉默下来，看看烟花，再看她的眼睛，发现她看我的时候更多，光照不明，只有一雾的灿烂，能叫我看清她眼里布多少红丝。她说，赵乾，其实我不知道你要干什么，也不想问。但希望你知道，这些日子，我和我弟十分快乐。我说，你也可以问。她问，你要杀人？我说，对。再问。她说，你要杀你家里人？我说，又对了。问我原因吧。她低一会儿头，复又看我，和你的腿有关？我说，不用客气，和我的残疾有关，和我这儿有关。我指指喉咙，从外衣口袋里掏出一瓶两百五十毫升的小可乐，放到了桌子上，说，这是我的心宝，得随身带。我不知道自己什么时候，就会喘不上来一口气。那种感觉习惯了，也永远不可能习惯。朱秀秀说她明白，能试图明白。我也想了想，你知道我为什么不吃蛋糕？和朱怀玉一样，我也没什么机会享用蛋糕，不是没钱，是没人意识到，这是个应该买，应该让我吃到的东西。有天晚上，我家里人都睡了，那已经是我爸生日过完三四天后，快到我的生日了。我家那台冰箱保鲜不了这么久，我也不想再吃酸蛋糕了。所以那天夜里，我从父母房间溜出来，到厨房，打开冰箱，努力不发一点声音，准备用手挖冰箱里的蛋糕吃。不敢开灯，好些奶油都被我糊到鼻子上。可我终于吃到了。朱秀秀笑问，甜吗？我摇头，已经酸了，但我就是忍不住一直吃，我怎么也忍不住。灯很快就亮了。是我妹妹，她起夜，见我在厨房，满脸白，以为看见了鬼。她尖叫不休，人都她被叫醒了，我爷，我奶，我爸，我妈，我姑。他们团团围着我，除了我妈都在笑。边笑边说我是个心机重的饿死鬼。饿死鬼，还心机重，我只有八岁，我不会是他们想的那样。朱秀秀起来，从身后抱住我。我抓着她胳膊，让她的手背压住我的嘴，我不想再打嗝，再像那晚一样被诅咒似的，在笑声中打嗝，打到我抱头鼠窜，找不到一个安全的角落。我的自尊心，我有自尊心啊，我的自尊心往后被活吊在喉咙里。隔三岔五，要用可乐杀一杀。

朱怀玉喊我们，花都放完了。他不敢走近，面无表情看着我和朱秀秀，像当年他困惑姐姐和妈妈的动作一样，分不清我俩是在彼此拯救还是互相放弃。这种问题的难度，超越他解答的能力。硫黄味儿在岛上窜离，远处，别人的烟花仍继续放出，我们静静观赏，身上已全空无。除了回程路上仍肩并着肩，手连着手，还拥有的，就只剩各自心底，那不能被继续说明的酸楚。

9

我曾问自己，是不是非得如此，没有别的希望在，别的路好走？当然有，我还这么年轻，虽说一直没干正经事，但我信，我会找到工作，来日养活自己，幸运的话，还能组建家庭，担负更多责任。我问自己为什么非得做这样一件事，我能预料它引起的影响，社会上的讨论，和对我的所有谩骂和攻击。孝道，在每个国人基因里刻下的痕迹，是太深，太不讲道理，它长久要求着单方面的容忍，要斑衣戏彩，要卧冰求鲤。我不要求我的家人自我诞生，就非得委屈自己喜欢我。喜欢不能勉强，毕竟我全不是他们按他们满意的后代模样，到来这个世界的。对他们我同样不能勉强喜欢。是爱，是所谓血缘，将我们组合到一个家庭里，而爱是责任。从小到大，没人教给我责任和爱会有亲密伴随的关系，让我总以为，责任是痛苦，爱又是传说。二十来年，我的活命离不开他们为我尽的责任，可我仍要说，更多是靠自己摸爬滚打过来的。如果一个人仅靠物质满足就能变得幸福，变得珍惜生命，那么大约是，他从来也没养成过珍惜自己精神的习惯。我却不是生活在荒岛之上。在我周围，有许许多多的参照，日复一日向我传达，你缺失，就算你假装不缺失，你低人一等，就算你努力证明，不低人一等。若人被剥去骨皮，比试心灵，我很清楚，我会是如何惨败的。更会让你们看到，相比我的瘸腿，我丑陋和讨厌的个性，还更让人恶心得千疮百孔。于是我非得如此，为讨还二十来年生命里遭受的，为惩罚伤害我和本该保护我不受伤害的家人们。他们有意也好，无意也罢，都实现了对一个人完整的摧毁，让一个人从生到死，也只能依靠他的亲人（仇人）们，从中去借取能量，而始终也没得到一段友情，爱情，哪怕只一次，得到他人的欣赏。看客要说，可怜之人必有可恨之处，还会说，造成今天，也因为他自己。我想回答的是，站在地狱外面看地狱的人啊。你们长久远离烈火，已经不会相信火能够烧在人身上，将人烧焦。更不知道在东北这样的地方，人们性格多属开朗灵活，个体如何能走不出一场火阵。毕竟这儿有漫长的冬季，和那么乐于让人傻好着活完一生的天然牧场，喂人吃雪，再天生长出，所有降低沸点的粮食。可在我心里，火烧了二十来年，那么也许我，就是老天爷于万千之中，投下一粒恶作剧般的残次品。能信吗？所有见过我，和我说过一两句话的人，你们能信吗？在那个面恶嘴损的赵乾，那个笑容惹人膈应的赵乾心里，其实藏着漫天野火，和无数举火把的人。你们不信，当你们只是习惯性地忽略灰尘，忽略我。

我僵着手，让它不抖，不把字敲得太激烈。手机响了，我挺激动，想许是朱秀秀，其实我叫不清楚我俩现在的关系，但一定有点进展。这种进展总叫我忍不住幻想，更忍不住对自己叫停，总之，千难万难。没想到，却是上海人赵齐齐的信息。齐齐和我有微信，加上后不怎么说话，压根没兄妹情分，现在她能找上我，跟对我当头棒喝差不多，让我联想到小时候，多少次为她挨过的打，遭过的骂，手抖更厉害。齐齐问我，现在有没有女朋友？我说，不关你事。她回个偷笑的表情，我没理，手机搁桌上，去厕所撒尿。再回来，看她发了个女孩的照片，美颜痕迹十分明显，下巴跟瓶起子似的，往上直翻卷。她说，这我同学，便宜你了。我发语音过去，不用，爱便宜谁便宜谁。齐齐打字回，我上课呢。告诉你，过这村可没这店了。我问，你才多大啊，你同学多大。齐齐说，上海本地的，家里两套房，就你还想咋的？我说，滚。她发了个翻白眼的表情。看我半天没回，又发张图，还是那个瓶起子下巴，照片上女孩脸也只露出下巴来，再往下，该露的都露了。我点上烟，放大端详一会儿，没大意思，基本没有发育。齐齐撤回图片，问我，现在愿意处了不？我问她，你妈知道你这样吗？她也发了语音，两秒，里头一声轻哼。再回我道，放心，没人会找你麻烦。你和她处呗，反正她啥你都看过了。我说赵齐齐，我能知道为啥吗？她说，因为我恨她。我们都恨她。我想象瓶起子被人扒光在学校某一墙角，拍下照片时的场面，想象她只顾着捂脸，周全不了上身和下身，想象赵齐齐一双铁臂，是怎么重捶她小腹的。刚才那张照片上，女孩小腹几个拳印儿，瞎子才看不见。我感觉自己就差咬碎了牙，想给赵齐齐也扒光她，任人观看，更想让朱怀玉这样的小孩儿去踢她肚子，一下一下，踢到她吐。回手我把赵齐齐删了，看她再发给我的验证消息是，祝你好死。

我乐得嘴缝闭不上，照厕所里的镜子，反复感恩天意。天意让我饱满了我的动机，好妹妹，算你一个吧。高三再度开学，年节彻底结束，和朱怀玉姐弟俩，再不能像那十天里，朝夕共处。我又回到了我的腐烂小屋，回到黑白颠倒，被网瘾和烟瘾两头包容的环境中。照着镜子，我好好收拾了番，冲过澡，刮掉了胡子，再给腋窝里抹了点花露水，穿上件最板正的格子衬衫，准备到五点，下楼出门。赴我有生来第一场，可能也是最后一场约会。

在西餐厅吃完一顿提前买好优惠券的晚餐后，夜色将至，我送朱秀秀回药房。她在离药房一拐角的地方，吻我脸上一下。可以说猝不及防，可以说意料之中。我僵着笑容，痴呆儿一样，瞧她全冻红了的脸，和绒帽子下头，没压住的纷飞碎发看。一时非常想伸出手臂，将她拥抱。朱秀秀对我说的是，不剩几个月了，等朱怀玉拿到毕业证，她就带他走。我可以和他们一起走，也可以随后赶上，在南方会合，这样行吗？我伸手碰了一直想碰的，她的白脖子。她撇撇嘴，笑意一掠过去，看我说，你要放弃那些想法，你知道吗？从你找我拿木耳，到让我教你做黑白菜，我心里变得一清二楚了。我问，哪些想法？朱秀秀哀痛地看着我，只能这么形容，她过去伶牙俐齿损尽我八辈祖宗的作风，已在什么时候，随寒冬逝去，一日日变得若隐若现，不再是确定的性格。我低头说，风大，快走吧。她站了一会儿，转头离开。离远看，我第一回发现朱秀秀居然走路内八，也是有些古怪的。这发现让我笑得不行，像被人往鼻子里灌进了醋。

秀秀，怀玉，遗书也是信的一种，我最后说给你俩听。怀玉，我不能骗你说，你不是废物。在一百个人眼里，你都是废物，哪怕在你爸眼里，都如此。可你应该还记得牛虻，记得他在琼玛心目中，无论受多少屈辱，都仍是当年的亚瑟，往后的英雄。人的心，是最容易，也最不容易变化的。以你的智力来说，我希望你多听你姐的话，她爱你至深，所有爱你至深的人，都是你一生中可靠的灯照。别信其他，其他你把握不住。秀秀，我爱你。

10

　　我奶过几分钟就到厨房来，她实在不放心，我到底能不能分清，开燃气和闭燃气的开关，是往哪两个方向走。明天到她七十大寿，我说，奶，我没挣下什么钱，也不给人补习了，没能力给你买好东西，当天给你做盘菜吧。我那儿没灶，想今天在你这练练手。我奶说，都行。泡这么些木耳？小盆里的确长满了木耳，她看着直可惜说，一次吃不了这么多，我也知道吃不了，可我就放了这么多。我说，剩下泡好的给你们放冰箱，想着吃啊。我奶歪脑袋寻思，说她好像在哪看过，木耳不能泡太久。我说，那就扔了，明天我过来，再泡一点。我爷始终听着厨房里的动静，"扔"是家里不能出现的词儿，一听到扔，我爷就恨不能给轮椅飙车，赶来阻止。他进来后，嚷着不扔不扔，虽然声大，气势已减弱许多，直躲在我奶身后，暗暗和我眼神交汇。他还没忘了前一阵我试图卸他轮子的事。和全已花白的头发和胡子不同，我爷脸上一对眉毛始终黑而浓密，好像一件他自己也知道唬人的武器，除了拧眉，他再也使不上别的回击了。

　　晚上我去我爸澡堂，想在大日子前洗个澡。路上给我姑去了个电话，讲了齐齐找我的事，我姑说她知道了。她那边听起来挺忙的，和我姑，从小到大的关系每每如此，我俩没有话，即便她不忙，也没有。她倒从没对我怎么不好，如果忽视也是不好的一种，那其实，她罪不至死。我已经好几年没见过她，但总会听到关于她的信儿，就像你即便从不出门，也会听到社会上又发明什么，人类又突破了什么。我姑在家里，代表着永远的向上和高级。她似乎生来就该被崇拜，什么都做得好，很少被责怪，但我总觉得，看到她的每一次，都使我喉咙卡得更厉害。她修剪成利落短发的脑袋，架在身高马大的骨架上，也戴副眼镜，和电视里那些你清楚与自己永无交集的精英一样，即便她是你姑，你也从不该指望，她会把眼神落你脸上，当真和你说句什么心里话。今天我能打电话来，她很意外，更意外我张口就说出了赵齐齐的恶行。小时候每当我和齐齐有矛盾，总由爷爷奶奶来裁决，即便是我打了她的那一次，在我姑进门听说后，她也只是安慰女儿，将齐齐穿着粉秋衣的小身体抱进怀里中，说姑娘不难过，姑娘别放在心上。她对我的不责备，让我当时恨透了她。像齐齐不是被自己哥哥打了，而是被石头绊了一跤，被风吹出了感冒。我挺想试试的，这一次，她总该跟我说点什么。

　　赵乾啊，她说，我姑始终叫我大名，言谈相当客气。不要总是仇恨你妹妹，她还小。我问，这件事你知道了，作为母亲，打算怎么办。我姑又在和边上其他人说话，再说她知道了，她会处理。我问，你其实一点不信，对吧？她说，姑明天回去，和你妹一块。到时让她和你道歉，这样好吧？我说，那个女孩怎么办，齐齐拍了人家的裸照。我姑一声叹息，你们啊，就是能闹。她再不说话，我也无话好说，挂电话前，我最后向她确认，你怀孕了？我姑笑起来，啊，是。

　　澡堂我很少去，所有让我必须赤诚以待的地方，于我都像地狱。何况这里蒸汽腾腾，进了门，非得脱了精光，再剥层皮，才得离开。我倒是第一回看我爸飞着热汗，跟躺椅上的大哥，眉开眼笑，说受累，咱翻个面儿吧？我长久站在一束水流下，默默被浇，看清我爸所有动作，是既熟练又做不好。他不断被客人要求，没吃饭啊，不舍得使劲儿。每当此时，我爸就吞一口气，力量不为人知，全积蓄到澡巾上，犁地一样去开垦陌生男人的皮肤。落下的灰尘，就是他土地里的收获，不当穿，不当吃，还有点叫人恶心。我也躺到那张新换了塑料膜的椅子上，趴着，让他先来背部。我爸脱下澡巾，问能不能让他歇下，今天活儿太多了。他到旁边找了个空水龙头，给自己浇。那一刻，他不知道我正起身端详他。我想到的，是记者赵博。想赵博不应该出现在这里。他该心怀中央台，掂着利比亚，成为电视里的战地记者，当着万户千家侃侃而谈，没一句磕巴的话。还想起青年赵博在他儿子小时候，对后者信誓旦旦，你爹我，力拔山兮气盖世，不比奥特曼都能耐？

　　澡堂里，瓷砖昏黄，白雾腾空。几乎都是老头，都在池子里泡自己，跟泡瑶池似的，幻想益寿延年，更借此逃离现实中种种。我爸冲完水，一鼓作气，搓我的下巴颏，肋骨和大腿。搓着搓着，雾气中问我，还想添点服务不。我问有啥，他如数家珍，奶，酒，盐，醋。只有客人想不到，没有老师傅做不到。你又瘦了，咋整的？说着，我爸拍一下他好些年养出来的小肚子，手上缓了缓说，爷们儿，你吃劲啊。我说，过去我一百六十斤。我爸说，想不通，咋能减下那些肉的。一直想问你，是不在外地念书那几年，出什么难事了，你总也不说？我向后看他，他没看我，我爸嘴咬开醋包的一角，让我躺平，往下浇开，酸气弥散，到我背上凉凉的。我说，说了有啥意义。他没回答，醋水在他运劲下温柔地包裹着我，从没有过，被他这样柔和去对待。从几岁起，我爸不再抱我，也可能是我主动，先去拒绝了作为父亲的他，每一次笨拙的示好。很长一段时间里，我总恐惧他碰我，看到他的手，会让我神经紧张，毕竟随那只手带起的掌风，曾无数次刮痛我的脸。如今所有我被他清洁着的地方，几乎都没绕过他的揉，绕过他身体力行的教育课。他当时怎么叫我来着，肥猪，大傻儿子？我想起就笑，当他后来再也打不过我，我可以在任何时候想笑就笑。我一笑，他话顿时变得少。

　　冲冲去吧。他拍我的胳膊，想说记下手牌之类的话，到底没出口，和他并排站在水流里，他的身体，我的身体，两个世界上最大限度相似的灵魂和肉体，永远在面对面时感到尴尬，语言阻塞。洗好后，我穿好衣服在外头抽烟等他，他以为我已先走，门帘挑开后看见我，下意识地惊讶去笑。给他递烟过去，他看看烟标，问我，咋不抽点好的？我说，不抽给我。他利落点上火。借门里一点热乎气，我俩僵站在澡堂外头，谁也不知道有什么理由，要让彼此在冰天雪里双双抽完沉默一支烟。想起来，我问他一嘴，当年你俩离婚，谁先提的？他低头跺脚，不关你事。我说，我妈要走了，你知道吧。我爸不信，逗呢，她走得了？我扔掉烟头，给他把车推来，看我爸踩上去，将他泡皱了的两手，前后塞进里头都已破了棉的手套中。踩了踩车链子，他回身嘱咐我，你也干干正事吧。就我跟你说的普通话考试，抓点紧。趁我还在岗，给你安排进台里完事。我直乐，逗呢？他剜我一眼，骂，小白眼狼。明天你奶生日，早点过来。说完，蹬车子，他蹬远了。

11

一桌菜都是黑色，我炒的那盘黑白菜，摆在外围，也是一团黑。在我姑带齐齐也入席后，一家人终于少有地团聚，除了我妈不在，可谁也不觉得多遗憾。我奶刚说完她那句代表性的祝酒，美味佳药，家庭氛围是多么重要啊！重音在多么上，抑扬顿挫，定下基调。我爸起身，将放在桌下的寿桃蛋糕拿到厨房去，打算等晚饭吃完，再切它。我奶张罗大家动筷，眼神扫到黑白菜上，咧嘴说，这菜，乾乾做的，咱们今天都多吃，多猛攻它。我说，做得不好，但比较用心。我爸先起筷子，我从没觉得，时间可以这么漫长，一块普普通通的木耳，在他筷头上，被我想象成秤砣，两根木头又如何夹得住，如何能被安稳放进嘴里，滑到胃中？我想克制自己发抖的手，想在他放进嘴的前一刻，抢句我的祝酒词，说出来，或任何能打断他的话。可我还是闭上了眼睛。门铃在响。睁开眼，我爸起身到对讲机前，询问对方是谁。听不清答语，他也开了门。门开后，朱秀秀站在那儿。

她手里拎了两盒红通通的保健品，说从自己单位拿的，不成心意，今天贸然来，是想认个门。我的家人们，全都不知所措地或站起，或僵着表情，看待这如同天外来客的少女，是如何自来熟地，笑着问这个问问那个，问还有凳子不？凳子搬来，她插空坐去我边儿上。我看着朱秀秀，打一看到她的眼睛，我就清楚了，她已经找着了我留的信，那封被我在今天出门前打印好，夹在《牛虻》里的信。《牛虻》那一页中，应景写着亚瑟赴刑场前，留给爱人琼玛的话：在你还是一个难看的小姑娘时，我就爱你了。那时你穿着方格花布连衣裙，系着一块皱巴巴的围脖，扎着一根辫子拖在背后。琼玛，我仍然爱你。

朱秀秀总也坐不住，站起来，她拿我的酒杯，先敬我奶。这是奶奶吧？她看向我问，有点不好意思，跟着自我介绍，我叫朱秀秀，叫秀秀就行。我是赵乾对象，今天您过寿，来祝寿星生日快乐。我奶忙不迭跟着站，捧酒杯相碰，姑娘，你真是吗？大家都笑。朱秀秀说，奶，我真是啊，和赵乾，我俩都好多久了。他您还不知道，老藏着不说，今天算他长心，刚才临嘱咐我，也来参加生日呗。我才下了班，寻思没啥带的，拿了点壮骨粉和维生素过来，想您和我爷岁数大了，保养自个儿总没有错。我爷想跟着碰杯，有点踌躇，憋着不动。只见朱秀秀和我奶一人造了半盅白酒，都客气个没完。我不知道说什么，朱秀秀带来的寒风，让我从刚刚灼热的呼吸中，暂时解脱，却又晕个不行。我爸在底下捅咕我，小子，行啊。我嗯一声，也喝了半盅。赵齐齐咯咯笑，不住打量朱秀秀。朱秀秀注意到了，隔远给赵齐齐摆摆手，一副待小孩子的和蔼与包容，向我确认，这是妹妹吧？妹妹啊，老听赵乾说起你，说你学习可好，可聪明。我不信地看着朱秀秀，她还是我认识的那个没好脸儿的朱秀秀吗？来前她还化了妆，没醉脸上就有两块红，画得跟中国娃娃似的，透着喜庆和热乎。像她从来就是这么待人接物，嘴总是咧着，从不觉得累。

我爸去和朱秀秀攀话，姑娘，我是赵乾父亲。朱秀秀和我爸跟去一杯，我爸有点被她吓着，姑娘，咱不急喝，先捋捋情况。他踹我，快点，你介绍介绍。我闷声说，这我对象，在药店上班，处两月了。我爸摸着他的秃瓢，跟朱秀秀讲，你看叔叔也没准备。朱秀秀嘴倒是快，爸，不用准备，我们小辈儿的，不给你们添麻烦就行啊。我插话，没到这步，真没到。朱秀秀笑着，赵乾，都是自己家人，你老装啥玩意。咱俩的事，你就一点没透风？众人再齐齐看我，像我和朱秀秀已该生米成熟饭，已该领证，更该在外有了个孩子。我没比其他人更能摸得清状况，只好说，你来讲。朱秀秀简直英姿飒爽，敬完我奶敬我爷，敬我爸，还敬我姑。姑，你就是姑吧？赵乾最佩服你，说你在上海，老大能耐，有文化，有水平，对他也是没说的，纯纯教诲，不遗余力。赵齐齐说，谆谆，是谆谆。我瞪她，还是应该药死她。朱秀秀给我一下子，斜愣人孩子干啥？妹妹说得对，嫂子我，是没大文化，但心里热乎。一看到你们这家人，我就知道，赵乾所言非虚。再找不着这么相亲相爱的一家了。我一口酒好悬没反出来，拽她一把，坐下吧，倒霉娘儿们，话咋寻思说的呢。

但我也被她呕笑，这种感受前所未有，和设想中看见所有人都死我跟前的震撼，是相差不多。当所有人都怀着，小子，能耐啊，这样的眼神问候过来，酒也让人格外上头。我不敢再看朱秀秀一眼，怕这不过是死后的梦。朱秀秀又张罗吃蛋糕，看到桌上这么满，她自言自语，得找个地儿放啊，蛋糕呢？我说，有，厨房。她端起我那盘黑白菜，问厨房搁哪？所有人都指给她，姑娘，身后就是。我跟她一起到厨房，见朱秀秀以迅雷之势，将我做的菜倒进了垃圾桶。我揉她一把，还想给她一巴掌，我通红眼了，可我知道无论如何，自己也下不去这一巴掌。朱秀秀凛然，身后可没有子弹等着你。你不是注定上刑场的牛虻，知道吧？我反问，拿你自己当救世主呗了？她说，不和你辩，现在不辩。说完，她像发现新大陆似的发现了厨房里的蛋糕，啊呜一声叫，惹所有人都急着问，赵乾把你咋了？朱秀秀笑嘻嘻地捧出蛋糕，说，为啥不先唱个生日歌，点蜡烛，许愿呢？我再没理她，独自在厨房里站着。听外头桌上，大家跟都被下了催眠似的，照朱秀秀吆喝的做。他们拆开了蛋糕外盒，在寿桃周围插下蜡烛，我爸关了灯，好些声部齐着唱起生日歌，由朱秀秀领唱：祝你生日快乐，快乐快乐，多快乐。她还加词，是加了我没能加入的词。片刻静默后，掌声稀落。再片刻，我猴子捞月似的想抓起垃圾里的木耳和白菜，徒劳无功，再也抓不出一盘菜。

全喝多了，除了在沙发看电视的，后来小猪似打起呼噜的赵齐齐，当我再回到饭桌时，只看到朱秀秀趴在我爷轮椅上，露半只眼，对我贼笑说，她现在可以回家了。我爷嫌弃得不行，赵乾，快给送走。我搀她走，除了近距离看我的朱秀秀，没人注意到我脸上泪痕新一重，旧一重，哭得眼泡都肿。走出楼房，我俩和还守在窗口看着，一头银发的我奶挥手。我奶喊，吃得咋样？朱秀秀喊，没治了！她靠在我肩上，我俩在路灯下坐片刻。问她，朱怀玉在哪呢。她说，在家，准备高考。我说，替我跟他说，放弃数学和英语听力，多背几篇英语范文。她说记下了。我说，好容易准备的菜，就被你这么给倒了。她说，我倒了，有谁说了什么吗？我点头，是，没人在乎。朱秀秀转脸一笑，轻声说，那你干吗去在乎？眼前车流和人影都很匆匆，这是第一次有异性靠在我肩膀上，只要靠上，顿觉自己软弱了。软弱，很软弱，我是死过一回的小鬼儿。

12

往后的事，一半在我们设想的美好之中，一半没在，没在的一半，倒像是成全了前头。即我和朱秀秀一块去了南方，朱怀玉也顺利地被朱叔和我妈带走，飞到更远的佛山去生活。我已和家里断掉所有联系，似乎合该如此，也是最好的结局。朱秀秀进了杭州一家电子厂，我则进了一所教育机构，我俩活得都不累。每晚回到小出租屋，做饭，看电视，攒钱，计划旅行，日子泡进了令人昏昏欲睡的节奏中。有时晚上醒来，借月光看她，我会忍不住笑。我总想到那晚我奶过七十大寿，她作为一级演员表现出来的样子。毕竟那晚过去后，朱秀秀仍我行我素。当我有时加班回来晚了，她会温柔问候道，还没死呢。

又到一年年底，没考上任何大学的朱怀玉，早给我们来了信儿，说朱叔拧不过他，准备放他从厂里出去，念专门的佛学院。他希望有朝一日，能走进个收容自己的山门，过上真正想过的日子。他学会了发微信和上网，常在网上的社交平台发广告：朱怀玉，男，无不良嗜好，诚征好友。男女不限，贫富，智力不限。我看了和朱秀秀说，你弟还是应该出家。朱秀秀端着一锅没咋热透的紫菜蛋汤，甩给狗似的甩给我，说，吃堵不上你嘴。你少影响我弟弟。朱秀秀和我，渐渐像找着了自己落生来就该留下的荒岛，再多一个人就足够，岛上我两人伴随，无须计较男女，贫富，和智力。我已经攒了些钱，辅导好了几个家里殷实的高考生，此刻可以拍胸脯应承她，也应承朱怀玉，北方咱都待够了。什么雪啊，烟花啊，咱该看看往前没见过的景儿。朱秀秀咬了一嘴紫菜，黑黢黢的，抬眼瞧我，比如？我说，比如大海。她稍纵即逝笑了，我也呼出一口气，说我知道，你想看大海。她说，没见过，听我爸讲过。他现在住的地方，离海不远，螃蟹二十买四个。我说，小螃蟹吧，指定没肉。她说，有肉没肉，那是海，是蟹。你咋知道是小螃蟹？我说，我妈学了，那点儿玩意，还不够她塞牙的。

可我还会做噩梦，还会在半夜或什么时候，感到喉咙塞得厉害。我坚持不去医院，朱秀秀这点最好，她从不勉强我，只嘱咐我勤刷牙，多喝水。所有让你感到不舒服的事，解不解决都看自己，但不要去影响别人，这样就可以。她有她的善解人意。毕竟在我俩最困难的时候，冰箱里也从没短过碳酸汽水，在我腿疼的时候，她也会边看电视剧，边给我按。有时看到她心潮澎湃了，手下力道也没准，但我受用，疼也是生命的体验。在梦里，关于腿被打折，关于叫我忍耐，关于我爸的掌风，我姑的忽略，当然，还有那个小猪娃娃，赵齐齐的嘲讽，从未消失过，但越来越像一团风。梦里总是颠三倒四吹过去，吹得我于昏睡中也知道，吹风又能把人吹怎么样？可我永远不会说，那都过去了。在接下来的十一月份，在和朱怀玉约定好到三亚去见面的飞机上，好容易等着两张打折机票的我和朱秀秀，于起飞前漫长的等待中，开展了一次关乎未来的对话。

朱秀秀第一次坐飞机，看什么都新鲜，什么又都不敢露出觉着新鲜的样子，怕被看低。我替她拉起窗边的遮光板，扣好安全带。她眨着一双单眼皮看了看我，说，我妈也是一辈子没坐过飞机。我说，你还不到一辈子。她低头笑，是，我没到。我说，秀秀，对不起，我不敢结婚。她问，咋了你？我说，坐飞机，我就想到坠机。我看了太多灾难电影。她说，想点好事吧。我说，想了，更不敢想。空姐过来提醒说，飞机可能晚点，我们有各种饮料，二位选什么？看着推在过道里的饮品车，我不用选择，要可乐。空姐给倒了一杯，我接来，再问朱秀秀要什么。她跟空姐说，一瓶啤酒，你搁这就行，别倒。我压下朱秀秀的胳膊，和人家说，一杯水，谢谢。朱秀秀不可置信地看着走了的空姐和车，问我，凭啥不给，不各种饮料吗？我后来无数次觉得她可爱，她可爱不自知。朱秀秀也有点不好意思，啜着纸杯里的水，说，别这么看我。我说，秀秀，我愿意和你永远这样。我不会是个好父亲，所以我们别要孩子了。我把你当女儿养，行吗？她喝着水，乐了。她坐着总是挪来挪去，座椅始终不能调到叫她舒服的角度上，掰狠了，被后头人踢了一脚。解开安全带，我起身看后头，后座是个戴眼镜的胖子，和我过去模样差不多。我没说什么，只是笑了一下。胖子却立时转过脸去。快起飞了，朱秀秀忍不住偷摸在我耳边说，你笑就像马加爵，不好看。但是你笑吧，真管用。

没让朱怀玉去机场接我俩，所有难为他的事我和他姐都不做，自行坐车到朱怀玉住下的酒店，敲响他的门。现在不是旺季，这间离海不远的酒店价钱不高，朱怀玉已提前住了两天，给我俩开好一个套房。我和朱秀秀睡里头，朱怀玉在外，这样也不影响他每到钟点就得进行的，念佛和打坐。房间里檀烟袅袅，朱怀玉现在蓄了胡子，虽说视频里也见过他这样，再见到，还是吓我一跳，不敢以姐夫身份对他吆五喝六，怀疑他已在哪儿得了道，有了真神通。可朱怀玉还是朱怀玉，还会在给他姐一个僵硬的拥抱后，隔出几步，对我作揖，赵老师。我脱口而出，免礼。朱秀秀骂骂咧咧，边摆弄房间里所有设施，边回身瞪我俩，少丢点人吧都。

先前自己来南方，我已见过海，再见到海，还是深深知道，这是不属于我基因里的，异世界的美梦。海滩上人不多，但跑跳着的青年男女，无一不让你觉得，他们是真该生活在这儿，享受其中的人。椰林树影，金沙滩，蓝海岸，恍惚中我看到小时候在奶奶家看到的，房间里的塑料贴花，重现眼前。当时何敢料想，有朝一日，我身畔也会有一个姑娘，虽然朱秀秀看不上那些穿比基尼的女郎，只肯穿连体的深色游泳服，可当她走在我躺椅前头，不留神舒展下身体时，还是叫我万分得意。屁股和腰，都是我的，今天明天，都是我的。至于一个女人的子宫和来生，说穿了，我没半点兴趣。我深知自己不会做得好，我深知自己在东北的最后一年，是如何度过去的，对于往后，便看得更清楚。海滩上放着旁边旅客带来的音响旋律，是首英文歌，朱秀秀受教育有限，朱怀玉受教育白费，那么惭愧惭愧，也只有我能懂，虽然我一样叫不清歌手是哪国人，歌属于哪种流派，但就如那年冬天，我俩在一起看到的，视野有限的天空和烟花，何用相识？相识就是旧相识。

I want to know.

Have you ever seen the rain?

I want to know.

Have you ever seen the rain coming down on a sunny day?

我不相信谁都看过，谁都经历过。人的心，是最容易，也是最不容易变化的。朱怀玉沾了满身沙子走来，我第一次看到他几乎裸体，想给自己眼睛戳瞎了。闭眼再睁开，身边如此真实，还真是金黄沙滩，碧蓝大海，三人都躺在白色沙滩椅上。我突然想阔气一把，跟朱秀秀商量，叫生猛海鲜来吃，叫最顶级厨子给咱做。我已能想到，大个儿的蟹钳肉入口，是什么滋味的。朱秀秀揶揄我，啥都吃，不怕有人给你下毒啊？知道来龙去脉的他俩，对着笑我。我只敢拧朱怀玉的肥脸说，非亲非故，下什么毒？他居然还笑，还能甩脱我手，奋力奔远，挑衅我去追。我当然追，差啥不追。毕竟一个瘸子去追一个胖子，对彼此来说，都是痛苦，也都是锻炼。

（刊于《山西文学》2022 年第 4 期）

作者简介：

杨知寒，生于 1994 年，回族。作品发表于《人民文学》《当代》《花城》等，部分为《小说月报》《小说选刊》《思南文学选刊》《长江文艺好小说》选载。鲁迅文学院第 39 届高研班学员，26 期少数民族班学员，黑龙江省作家协会全委会委员，中国作家协会会员。曾获萧红青年文学奖，人民文学新人奖，钟山之星年度佳作奖。出版中短篇小说集《一团坚冰》。

花篮

刘庆邦

一

那时的采煤工艺被说成炮采，它不是原始的镐采，也区别于现代的机采。镐采，是矿工匍匐于井下狭小的空间，采取以镐头掏槽或打洞的方式，一点一点把硬煤刨下来。机采，是开动隆隆前行的综合机械化采煤机，利用滚筒式割机的巨大旋转力量，一刀一刀把原煤割下来。所谓炮采呢，是用火药对铜墙铁壁般的煤墙进行爆破，把煤墙炸塌。

中国人最早发明了火药，火药既用于战争，也用于生产。尽管火药的成分后来在不断变化，威力也越来越大，但它的基本用途是不变的。矿井下面用的炸药，本身并不会爆炸，需用雷管加以引发，它才会发生爆炸。往井下运送炸药和雷管时，两者是分离的，各装在各的木头箱子里。专职放炮员手持麻花形的电煤钻在煤墙上打眼，把煤眼打到一定深度，将雷管插进炸药筒中，使二者结合起来。取出一根特制的木棍，把雷管和炸药的结合体捅入洞底，用炮泥封上炮眼，只露出雷管的两根导线。把导线连接到放炮器的电线上，矿工撤到安全的掩体，按下放炮器上的按钮，嗵的一声闷响，工作面涌出一股浓重的硝烟，煤墙被炸得土崩瓦解，放炮的任务即告完成。

放炮员带上自己的全套工具刚走，工作面的硝烟尚未散尽，采煤工们就抢进工作面去了，开始争分夺秒地架棚子、攉煤。架棚子是必须的，因为上面的碎煤还在不断往下掉，顶板随时有冒落的危险，只有快速把棚子架起来，人在棚子的保护下才能继续劳作，才不至于被掉落物砸伤。架棚子也叫支护，他们用作支护的材料是从井上运下来的木头，立起来的支柱是木头，搭在支柱上方的横梁也是木头。据说那些木头是从很远的深山老林里采伐来的，都是一些湿漉漉的原木，松香味很浓。当天顶的压力增大的时候，那些原木受到压榨，会从里面流出清清亮亮的汁液，像眼泪。另外，支护在横梁上面的支护材料还有用坚韧的荆条编成的荆笆，有一块挨一块密排着的荆笆打顶，连掉落的碎煤都被挡住了。这样一来，棚子好像变成了一个庇护所，在里面"枪林弹雨"都不怕。矿工这样在井下的采煤工作面架棚子，类似于农民在地面架梁造屋。所不同的是，农民造屋，是为了在屋里遮风避雨，生儿育女，一住就是一辈子。而矿工架设的棚子是临时性的，一棚子煤采完了，新的一茬炮一崩，房子就作废了，就得架新的棚子。只要一块煤田里的煤没采完，棚子就得一直架下去，以此循环往复。攉煤也是必须的。用特制的大斗子铁锨，把被炮崩得松散的煤攉到倾斜的溜子槽里，煤顺着溜子槽溜到下面平巷的刮板运输机里，再由运输机输送到煤仓里，然后才能装进矿车，用安装在高高井架上的天轮提升到地面。煤只有到了地面，才能装上汽车，装上火车，或装上轮船，运到电厂，运到钢厂，或运到千家万户，实现它发热发光的历史使命。攉煤与架棚子相比，如果架棚子是手段的话，把煤攉出来才是目的。

采煤是密集性集体劳动，看似人海战术，内部也分班分组，甚至细分成很小的劳动合作组合。一般情况下，在一个场子里采一棚煤由两个人合作完成，一人管架棚子，另一个人负责攉煤。有时也会有三个人合采一棚煤，其中必有一个是刚参加工作的新工人，新手需要跟老师傅学习采煤技术，场子里才会多出一个人。另一种场子里超员的情况可以忽略不计，那是矿务局和矿上的机关干部们下井参加劳动的时候。人一旦当上了干部，就不愿再下井，他们下井，通常是摆摆姿态，做做样子，顺便领几毛钱的下井补助费。工人们并不指望干部们能帮上多少忙，反而嫌他们在场子里有些碍手碍脚。但面对领导，他们做出的还是笑脸相迎的样子。他们的办法，是以"别把领导累坏"的名义，"领导"刚干几下子，他们就请"领导"到一边歇着去了。

宋师傅和杨师傅在一个采煤场子里干活儿，他俩的分工是，宋师傅管架棚子，杨师傅管攉煤。宋师傅架棚子已架得胸有成竹，得心应手。炮响之后，他趁顶板被震得迷迷糊糊，还不太清醒，就手脚麻利地把柱子立起来了，把横梁架上了，把荆笆巴紧了。他架的棚子横平竖直，牢牢稳稳，为杨师傅在棚子下面攉煤创造了很好的条件。杨师傅攉起煤来也不含糊，他把大斗子铁锨抡得呼呼生风，攉出的煤像是黑色的瀑布。在规定的时间内，他总是能提前把一棚子好几吨煤攉得干干净净，真正做到了颗粒归仓。这样的合作，也叫搭档。这两位师傅已搭档好多年，从青年时代搭档到中年时代，堪称是一对老搭档。不管是从老的采区转移到新的采区，还是由原来的采煤队，改名为军事化编制的采煤连，多少年来，工友们有的亡了，有的残了，有的调走了，还有的因为各种各样的原因，能一直做搭档的很少很少，而他们这对搭档却没有分开，一直延续到现在。长期在一个黑暗的、狭小的空间里合作，他们配合得十分默契。宋师傅需要杨师傅做什么，宋师傅不用说话，只用矿灯照一下就行了。再进一步比如说，宋师傅要在场子的某个位置立一根柱子，他有时连用矿灯的灯光照一下都不用，杨师傅已经想到了，并把那个位置上面的浮煤清理掉，露出底板上立柱子的坚实基础。他们二人的模范合作，还有一个让别人羡慕的标志，那就是二人可随时随地进行角色互换，杨师傅可以架棚子，宋师傅也可以擩煤。杨师傅架棚子架得也很规范，也很牢固；宋师傅擩煤的速度也很快，擩得也很干净。这两项活计比较起来，架棚子的技术性强一些，擩煤付出的气力多一些。如果哪一天，杨师傅因感冒有些咳嗽，宋师傅就抄起铁锨，替杨师傅擩煤，让杨师傅干能省些力气的架棚子的活儿。

这天，宋杨二位师傅上的是夜班。下井之前，他们看到了满天的星星。到了井下，星星就看不见了。他们听说过，天上的星星与地上的人是对应的，天上有多少颗星星，地上就有多少个人。那么，他们头上的矿灯也会发光，就算矿灯是井下的星星吧，就让矿灯代表他们吧。和往常一样，这天他们奔赴放炮之后像战场一样的煤场，宋师傅还是架棚子，杨师傅还是擩煤，干得按部就班，沉着扎实。邻近的采煤场子里或许会传来自得其乐的叫骂声，或许会发出金属工具互相敲击的声音，宋师傅和杨师傅的场子里却老是默默无闻。这大概与星星的运行方式是类似的，他们可以像星星一样互相照耀，却各有各的轨迹。

杨师傅的老家在农村，他由原来的农民变成了工人。在用铁锨刨煤、擩煤的时候，他难免会联想起在老家刨地、翻地的情景。秋后，在老家收过红薯的地里刨地时，刨着刨着，会刨出一块红薯。土壤油黑油黑的，红薯鲜红鲜红的，形成鲜明对比，很是让人欣喜。刨着刨着，会刨出一只豆虫变成了虫蛹子。栗色的虫蛹子，肚子下面尖尖的，左边一扭，右边一扭，好像急于破壳而出，化成会飞的蛾子。杨师傅记起，妇女们在地里割豆子时，镰刀一动，豆叶下面会有大腹便便的母蚰子跳出来。妇女伸手把母蚰子捉住，掐一根狗尾巴草的草茎，穿进母蚰子的脖箍，叼在自己牙上。等把一块地的豆子割完，有的妇女牙上就会叼一串子母蚰子。她们回家把母蚰子投进锅灶下面的热草木灰里烧给孩子吃，那是相当好吃。可在井下工作面的采煤场子里，杨师傅不会刨到红薯，更不可能捉到母蚰子，他的锨下除了黑，还是黑；除了煤，还是煤，还没发现别的东西。他听人说过，煤炭是亿万年前的古老森林变成的，当时的森林里有小鸟飞翔，有恐龙出没。他别说刨到小鸟儿和恐龙了，连森林里的一片树叶都没看见过。他还听人说过，煤里有煤精，还有琥珀。煤精也叫煤玉，是石化比较彻底的煤化石，质地坚硬，结构致密，有金属一样的光泽，可以雕成猴子、狗熊、海豚、黑天鹅等工艺品。琥珀是一种淡黄色的透明生物化石。松科植物上分泌的树脂滴落在地，掩埋在地下千万年，在压力和热力的作用下，就变成了琥珀。树脂滴落时，会包裹进蜜蜂、飞蛾等小昆虫，小昆虫栩栩如生，奇丽异常。听了别人的讲述，杨师傅在心里埋下了希望，他想，他天天在井下刨煤，哪天能刨到一块煤精，或捡到一枚琥珀就好了。然而好多年过去了，他刨的煤恐怕能装一火车，能装一轮船，可煤精和琥珀还停留在他的希望里，他的想象里，他至今也没看见过煤精和琥珀是什么样子，更不要说在煤窝里捡到煤精和琥珀了。

这天杨师傅正在攉煤，当铁锨铲进煤堆里时，他觉出铁锨像是遇到了一点阻力，铁锨前进得不是很顺利。这是咋回事呢？他铲起半锨煤一看，原来煤窝里有两根炮线干扰了他手中铁锨的前进方向。炮线不是煤精，也不是琥珀，他对炮线是熟悉的，知道炮线是栽在雷管里的两根电线，电线一米多长，外面包的是绝缘的彩色塑料包皮，里面是导电功能极佳的铜丝。炮响之后，炮皮和雷管被炸得粉碎，消化在煤里，不见了踪影，只有炮线还存在着。他弯腰伸手，把炮线从煤窝里抽拉出来。他没有随手把炮线扔进溜子槽里，那样的话，炮线就会构成煤的一种杂质，影响煤的纯度。要是用户把带炮线的煤买走做蜂窝煤的话，不管是和煤泥，还是把煤泥往蜂窝煤机的模子里装，炮线扯扯捞捞，都很碍事。他把炮线提溜在眼前看了看，在矿灯的照耀下，他看见两根炮线完好无缺，一根是红色，一根是蓝色。红是石榴红，蓝是宝石蓝，很是好看。他像是想了一下，把炮线在手上绕了绕，绕成一个圈，塞进一根支柱和煤帮之间的缝隙里去了。他打算等下班的时候，再把线圈取出来，装进口袋里，带到井上去。他这会儿光着膀子，没穿上衣，没法儿把线圈往口袋里装。他又用矿灯把线圈照了照，见绕在一起的线圈红蓝相间，仿佛有了别样的色彩。他遂又把线圈取出来了，掖进自己系矿灯的灯带和腰带之间的腰间。矿工的灯带是用复合阻燃材料制成的，统一规格，统一配发。而矿工用以系工作裤的腰带呢，大都是自我选择，自己制作，要简单得多，粗糙得多。杨师傅原来系的腰带是用破旧的劳动布工作服撕成布条做成的，布条结成三节，系在腰里有些疙里疙瘩。布条还不太结实，如果打一个比较大的喷嚏，布条似乎就会被崩断。而宋师傅的腰带是用五彩丝线编织而成，要精致得多，好看得多，也结实得很。宋师傅的腰带是宋师傅的妻子为其编织的，工友们都夸宋师傅的腰带不错，说像一件工艺品。宋师傅也觉得自己的腰带不错，就让妻子又编织了一条跟他的腰带一模一样的腰带，送给了他的搭档杨师傅。

二

宋师傅注意到了杨师傅在捡炮线，他不知道杨师傅捡炮线做什么用，也没有问。但他知道杨师傅是个惜物的人，杨师傅捡炮线，一定会给炮线派点儿什么用处，他愿意帮着杨师傅捡炮线。宋师傅架棚子使用的工具是两样，一样是镐头，另一样是斧头。镐头是用来刨煤，用来整理被炮崩得参差不齐的地方，以便把木头棚子架得更规整，更牢稳。斧头是用来砍坑木（煤矿术语）的，把柱子的顶端和横梁的两端都砍出适当的平面，以增加柱子和横梁的摩擦系数，使二者结合得更紧密。宋师傅这天在刨煤时，从煤窝里刨出了一根红色的炮线。他把炮线捡在手中，并没有马上交给杨师傅。他知道，炮线应该有两根，有一根红线，还应该有一根蓝线。于是，他接着往下刨。有那么一刻，他寻找另一根炮线的念头在脑子里占了上风，好像不找到就不会罢休。当他把蓝色的炮线找到后，才把两根炮线并在一起，交给了身旁的杨师傅。杨师傅接过炮线评价说，一根炮线要比一根棉线贵得多，扔掉可惜。宋师傅同意杨师傅的说法，说那是的，造炮线不是纺棉线，造炮线可是个精细活儿。造炮线所用材料的高成本在那里放着，加上造炮线的工艺复杂，不贵才怪。

一般来说，一个采煤场子一班只打一个炮眼，只放一声炮，留下的炮线是有限的。也就是说，每采一棚煤，杨师傅只能捡到两根炮线。是要纺线织布的话，需纺出足够多的线才能分成经线，纬线，放到织布机上织布。倘若用炮线编一样东西，也需要攒够一定数量的炮线，才能动手编。杨师傅要是只在他和宋师傅的采煤场子里捡炮线，所捡的炮线什么时候才能够编一样东西呢。杨师傅不再满足于只在自己所在的采煤场子里捡炮线，他还不时地往旁边的溜子槽里看一眼，看看顺槽而下的煤里是不是有炮线。溜子槽如一条欢腾的小河，小河里奔涌着黑色的波浪。一旦发现波浪里有炮线，他眼前一亮，赶紧把炮线捡出来。另外，在劳动之余，他还愿意在整个工作面上下走一走，看看别的采煤场子里有没有遗落的炮线，要是有的话，他就拐进去捡出来。矿井下所有的工作面没有一个是平坦的，都是倾斜的，倾斜得像山坡一样。所以，往工作面上头走时，叫上山；往工作面下头走时，叫下山。工作面全长一百多米，上下爬一趟要付出不少力气。为了能捡到炮线，杨师傅不怕费力气。

有一回，杨师傅在别的采煤场子里看到一根炮线，他扯住炮线一头，刚要把炮线扯走，他觉得一扯一沉，线上像是钓到了一条大鱼。他抬起头来，才发现炮线的另一头被另一个工友扯到了，他们各执一端，把炮线扯得有些直。这让平日里谦让待人的杨师傅顿时有些惭愧，马上把炮线松开了，说对不起，我不知道你

77

也在捡炮线。工友却笑了，笑得露出一口白牙，说：我听说你在捡炮线，这根炮线我是替你捡的。这话让杨师傅有些感动，他让工友自己把炮线留着吧。工友说：我又不用炮线拴蚂蚱，留它干什么！给，拿走吧。杨师傅这才把炮线接了过去。工友问杨师傅，捡炮线干什么用？杨师傅说他也不知道，瞎捡着玩儿呗。工友跟杨师傅开了一个玩笑：你该不是把炮线送给你的相好吧！要是在井上的阳光下或灯光下，杨师傅听到这样的玩笑，脸上也许会红一下。好在井下的煤黑对脸上的颜色变化有着遮盖的效果，脸白脸红都看不见。杨师傅把工友的玩笑指了出来，说你开玩笑呢，我哪里有什么相好。工友还有话说：相好都是私下里偷着好，就算你有相好，我们也不知道呀！

对关于相好的话题，工友们都很感兴趣，听到他们两个说到相好，不少工友的耳朵都向他们这里倾着。井下如黑夜，在黑夜里，人们的眼睛不好使，耳朵总是很好使。实在来说，井下太沉闷了，色彩也过于单调了。说说相好，或许能打破一点沉闷的空气，给话语增添一点色彩。他们这一代矿工，文化程度都不太高，能小学毕业就算不错，上过初中的极少，还有一些是连信都不会看的文盲。他们听说过相好的说法，有的却连相好的相是哪个字都不知道，还以为是香气的香呢。香好香好，香气当然比臭气好。但是，他们对相好的意思是懂得的，知道相好涉及男女之事，有婚外情的意思，有家花不如野花香的意思，也有浪漫的意思。他们每个人都渴望自己能有一个相好。就算自己没有相好，听别人说说相好也是好的。他们隐隐觉得，从穿衣戴帽、说话走路、为人处世等各方面来讲，杨海良师傅都应该有一个相好，要是杨海良都没有相好的话，还有哪个挖煤的人能趁有一个相好呢！然而杨师傅的话让他们有些失望，他还是说开玩笑，开玩笑。又说：咱们弟兄们成天价在煤窝里爬来爬去，只能跟煤好一好。

工友们虽然没听见杨师傅说出捡炮线干什么，也没听见杨师傅说多少关于相好的趣话，但他们都知道了杨师傅在捡炮线。如果说捡炮线也构成了一个故事的话，有故事和没故事效果不大一样。在没故事之前，工友们看见炮线跟没看见差不多，任炮线跟煤一块儿溜走了。有了故事以后呢，工友们再看到炮线，就跟杨师傅联系起来，勤勤手就把炮线捡了出来，送给了杨师傅。这样一来，就不再是杨师傅一个人在捡炮线，也不再是杨师傅和宋师傅两个人在捡炮线，而是工作面的工友们都在为杨师傅捡炮线。工友们在把炮线交给杨师傅时，都是先把炮线整理一下，绕一绕，绕成一个圆圈，像一只炮线做的缠丝手镯一样，才交给杨师傅。人的联想有相通的地方，一个工友把绕成圆圈的炮线递给杨师傅时果然说：杨师傅，送给你一只花手镯。杨师傅跟工友们也开玩笑，他说：这只花手镯不错，留着给你的相好戴吧。工友说：我要是有相好，可不能送给她这样的假手镯，至少要给她买一副银手镯。杨师傅夸工友这样重情义，日后一定会有一个相好。

　　杨师傅没想到会有这么多工友帮他捡炮线，这使他意识到自己的人缘还可以。可是，大家都帮他捡炮线，又让他稍稍有些不安。在发现他捡炮线之前，或许大家都以为炮线不过是废品，没有什么可利用的价值。在发现他捡炮线之后呢，有的工友受到他的启发，也许也意识到放炮并没有把炮线毁坏，炮线作为电线，虽说已经完成了为雷管导电的功能，但线绳的功能还存在着，还可以用来缠绕点儿什么，或捆绑点儿什么。比如在矿工宿舍院子里的杨树上，拴有包着黑色塑料皮的晾晒衣服的铁丝，那些铁丝原来也是当电线用的，电线老化了，或塑料皮漏电了，就把电线派上了晾晒衣服的用场。工友们知道了炮线可以利用，却没有利用，而是把捡到的炮线交给了他。感谢之余，他不知道怎样答谢这些友好的工友。

　　众人捡炮线捡得快，捡得多，如果每天捡十根，十天就是一百根，一个月就是三百根。有句俗话，说是众人拾柴火焰高。这里众人拾的不是柴火，是炮线，炮线肯定不是用来烧火的。至于杨师傅要用炮线做什么，工友们还不知道。杨师傅可能早就有了打算，只是没说出来而已。平日里，杨师傅话语不多，做事是一个先干后说的人，或是干了也不说的人，从来不会把一件还没干的事说得满世界都是。杨师傅每天把炮线拿到井上后，不是随便往床板上一扔，压在铺盖底下就完了，还要一根一根把炮线整理一下。他从矿上的垃圾堆里捡来一个木头电线轴，把炮线捋直，缠绕在线轴上。他这样做，类似于农村纺线的老太太把棉线缠绕在线穗子上，等把线穗子缠得饱满了，饱满得像一块成熟的红薯一样，就可以用线加工别的东西。除了捡回一个线轴，杨师傅还从垃圾堆里捡回了一个废弃的炸药箱子。箱子是用木条钉成的，四面透气，六面漏风，很是简陋。但不管再简陋，也是一个箱子的形状。杨师傅把缠了炮线的线轴儿放进箱子里去了。杨师傅曾当过农民，知道农村几乎没什么垃圾，一片树叶，一根茅草缨子，一枚羊粪蛋子，都会用来烧锅或沤肥，到处都干净得很。到了矿上，他才看到了被人们称为垃圾的垃圾。在他看来，不少垃圾都是有用的，一团沾了油污的棉纱，一块带有树疤的板皮，一张被撕裂的风筒布，拿到农村都是可以利用的好东西。他听人说过，这些垃圾都是工业垃圾。相比之下，农业没有垃圾，工业才有垃圾。一说工业，就与工厂、机器有了关系，凡是从工厂和机器里出来的东西，都显得宝贵一些，废了也不算废，还有修旧利废的价值。杨师傅在井下捡炮线，也是这样的道理。

　　把炮线攒得差不多了，杨海良师傅开始用炮线编东西。矿上有一些女工，她们把矿上发的劳保手套拆开，拆成棉线，用来织花样百出的线坎肩。还有的女工，从商店里买来玻璃丝，用玻璃丝编金鱼、蝴蝶，或茶杯套。杨师傅要用炮线编什么呢？他打算编一只花篮。篮子分菜篮、馍篮、果篮、花篮等，他要编的是花篮。他听过一支民歌，民歌的名字叫《编花篮》，民歌里唱道：编，编，编花篮，编个花篮上南山。南山开满红牡丹，朵朵花儿开得艳……他编的花篮，不一定非要盛牡丹，从小到大，从青年到中年，他只见过杏花、桃花、石榴花，还见过豌豆花、荞麦花、黄瓜花，还从没有看见过牡丹花。他见过的花，都是平常的花，在贫穷的地方也能见到的花。而据说牡丹不是平常的花，是富贵的花，说不定他这一辈子都没机会看牡丹花一眼。等花篮编好，他不一定用来盛花，也许盛一把花生，盛两个苹果，或盛三个柿子。也许什么都不盛，花篮只是花篮本身，本身就像是一朵花。

杨师傅以前只听说过花篮，从没有见过花篮，更没有编过花篮，编起花篮来，一点儿经验都没有，一点儿参照都没有，只能在脑子里想象出一只花篮的样子，按照自己的想象，一边儿想，一边儿编。至于编东西的方法和过程，他倒是看见过。还是在老家当农民的时候，他看见过村里手巧的男人，有的用荆条编筐，有的用苇篾编篓子，也有的用高粱篾子编圈床席。村里有一个哑巴，特别善于用高粱篾子编圈床席，他用红白两色高粱篾子，不仅能在席面上编出大大的花瓶，还在花瓶里插上了红花，堪称美妙绝伦。圈床席是做什么用的呢？是给新婚的新郎新娘圈在床边遮挡掉渣儿的泥巴墙用的，是装饰洞房用的。本村的人，还有周边的村里的人，能得到一领哑巴编的圈床席，那是莫大的幸运和喜庆。哑巴本人一辈子都没结婚，但用他心灵的精湛手艺，不知给多少新人送上了无声的祝福。杨师傅愿意承认，正是因为有了目睹哑巴编圈床席的美好难忘记忆，他才动了用炮线编一只花篮的念头。高粱篾子是两色，炮线也是两色，他要向心灵手巧的哑巴学习，争取把花篮编得好看一些。

编花篮最好能有一张桌子，在桌子的平面上，花篮的底子才能铺展得开，才能编得严密，平整。编花篮不像女工用钩钎子钩毛线坎，只拿在手上钩来钩去就行了。杨师傅如果把炮线在手上编来编去，恐怕很难把花篮编成型。宿舍里没有桌子怎么办呢，杨师傅就掀开床上的被子和褥子，在自己的床板上编。他的床铺不是一个整体，是用两条凳子支起一块木板组合起来的。矿工宿舍里所有床铺都是这样的，简单到不能再简单。不过，这样的床铺挺好的，铺上铺盖可以睡觉，掀起铺盖就可以当桌子用。床板要比一般的桌面宽展得多，把它说工作台也可以。杨师傅所住的宿舍是一间平房，房间里共有三张床铺，除了他，还住着两位工友。一位工友姓韩，另一位工友姓梁。姓韩的工友，人长得壮实，力气大，干活儿不惜力，人称大韩。姓梁的工友是顶替因公死亡的父亲刚参加工作不久，年龄还小，大家都叫他小梁。他们的班轮成了早班，午夜零点上班，早上八点下班。下班后，他们交了灯，洗了澡，吃了饭，就开始睡觉。睡到下午醒来，他们会到煤矿外面的野地里或山沟里转一转，看看野草、野花、庄稼、树木、小鸟、蝴蝶、小河、云彩，还有小孩子和女人。大韩和小梁在半下午的时候都出去了，只有杨师傅一个人在宿舍里编花篮。采煤的劳动是集体劳动，人越多力量越大，采的煤越多。而编花篮是一个人的劳动，不光有手的劳动，还有心的劳动，一个人悄悄地组织就行了。

杨师傅在编花篮的时候，如果旁边有人看，有人说话，甚至指指点点，他编花篮很难进行下去，更不要说做到专心致志。两个工友都到外面去了，等于为杨师傅专心编花篮创造了安静的条件，杨师傅想，他要好好编花篮，把花篮编得好看一些，才对得起工友对他的支持。

三

在没开始编花篮的时候，杨师傅也乐意到煤矿以外的地方走一走，看一看。煤矿大都在农村的怀抱里，除了煤矿就是田野，农村，就是青山、绿水。如果说煤矿是一个黑色的世界，走出煤矿就到了多彩的世界。季节既然已经到了秋天，外面就不再是单一的绿色，到处是五色斑斓的景色。就拿各种树叶来说，有黄色、橙色、红色，还有紫色等。同是红色，红与红还不尽相同，有大红、朱红、嫣红、水红，还有桃红、殷红、绛红、银红等。比如柿树，秋来时，柿子变红，柿树的叶子也变红。柿子的红是柿红，也像是灯红，那么柿树叶子的红呢，是血红，也像是醉红。一棵柿树多样红，红来红去不相同，是多么地喜人。再比如酸枣儿树，它与柿树不同些。它们之间的不同，不仅在于柿树是乔木，酸枣儿树是灌木；柿树需要嫁接，酸枣儿树是野生野长，还在于秋来时酸枣儿树的叶子变成了黄色，而不是红色。当酸枣儿树明黄的叶片落满一地时，就把枝头的酸枣儿推举出来。酸枣儿的红当然是枣红，还像是玛瑙红。把摘下的酸枣儿穿成串儿，似乎就可以当成红玛瑙的项链儿戴。酸枣儿一多，谁都可以摘吃。摘一粒酸枣儿放到牙上一咬，酸酸的，甜甜的，酸中带甜，甜中带酸，顿感满口生津。酸枣儿除了自己吃，还可以摘两把放进衣服兜里，拿回去送给工友吃。杨师傅每次摘了酸枣儿，都愿意在旁边露出地面的、洁净的石头上坐一会儿，闻一闻秋草的气息，看一看天上的白云，听一听秋天的虫鸣。似想非想地想一想心事儿。因有了虫鸣，山野总是显得很静很静，静得让人有些忘我，一时不知身在何处。他知道，昆虫的生命都很短暂，一般只活一个夏天，到了秋天，离生命结束就不远了。别看昆虫活得时间不长，但它们都是唱着来到这个世界，也是唱着离开这个世界，是那么地自然、乐观和从容。相比之下，人能活几十年，能经历几十个春夏秋冬，还有什么不满足的呢！

这座煤矿北面是山，山路曲曲折折，一路高上去，就到了伏牛山青黛的脊背。伏牛山之所以被称作伏牛山，也许它像一头巨大的伏卧着的青牛吧。山的半腰有一座不知哪个年代修建的古塔，塔角的风铃大约只剩下一只，在风的吹拂下，风铃偶尔会叮地响一下。铃声一点千古风，风铃一响，和古代似乎就有了联系，让人们有些思古。煤矿的南面是一片洼地，洼地里种着高粱、玉米、谷子、芝麻、大豆等各种各样的庄稼。山区一般来说缺水，庄稼总是长得瘦瘦巴巴，不太好。可这片洼地水源充足，庄稼总是长得很旺盛，每年都能获得比较好的收成。这是为什么呢？因为不远处有一座大型水库，水库堤坝的水闸处开了一个小口，水库里的水正源源不断地从小口像瀑布一样流出，滋润着洼地农田里的庄稼。杨师傅他们每次从庄稼地的田间地头走过，都要沿着用大块儿石头砌成的堤坝的斜坡儿，低头弯腰，攀上高高的坝顶，把水库的水面看一看。他们都为烟波浩渺的水库惊叹过，他们的心胸都被辽阔的水面开阔过，但是，当他们再次登上坝顶，水面的辽阔仍然有些出乎他们的意料，让他们惊叹不已，神思邈远。杨师傅在井下采煤的地方，被说成是煤海。既然有一个海字，就应该波浪翻滚，广阔无垠。可因为煤田被切割成一些叫工作面的方块，还因为视野所限，在井下干活儿时，他们从没有望海的感觉。到了这座水库坝顶的水边，放眼望去，他们才有了身临大海的感觉。总的感觉，杨师傅觉得这座煤矿地面周边的环境不错。虽说井下没有了树木，没有了花草，没有了飞鸟，没有了虫鸣，但上得井来，自然界的一切应有尽有，都能看到。杨师傅对这座煤矿有些喜欢，他想他会一直在这座煤矿干下去，一直干到他退休，干到他告老还乡。

　　杨师傅把花篮编到一半的时候，住在同宿舍的两个工友，还有住在别的宿舍的一些工友，看到了杨师傅用炮线编的东西。他们不认为杨师傅编的是花篮，从实用的观点出发，认为杨师傅编的是筐子。他们还认为，杨师傅编筐子扎的架子太小了，等筐子编成，盛不了多少东西。要是盛红薯的话，恐怕连两块儿大一点儿的红薯都盛不下。要是盛一只兔子的话，盛兔羔子还勉强，兔子稍大一点儿就盛不下了。一开始，杨师傅没有向工友们解释，没有否认他所编的是筐子。是的，在他们老家，所有的篮子都被说成是筐子，竹筐、荆条筐、草筐、粪筐等等，好像筐子就是篮子，篮子就是筐子。工友们说他编的是筐子，那就算是筐子吧，无所谓。工友们说得多了，他才禁不住说了一句，说他编的不是筐子，是花篮。他的说法让工友们感到新鲜，也感到惊奇：花篮，花篮是干啥用的？有什么实用价值？难道要用花篮盛花儿吗？这未免太那个了吧！太那个的说法让杨师傅心里沉了一下，他说可能什么都不盛，下班了没事儿，瞎编着玩儿吧。

　　有两个矿灯房的年轻女工，听到杨海良师傅用炮线编花篮的消息，也结伴到杨师傅的宿舍看花篮。杨师傅的宿舍从没有来过女工，两位年轻女工的突然到来，使杨师傅觉得像来了两个花仙子一样，顿感有些局促不安，他问：你们找谁？一个戴蓝罩袖的女工说：不找谁，我们听说你在用炮线编花篮，想看看编花篮怎么编。此时，杨师傅手上正编着花篮，花篮已经成型，他不用在床板上编了，坐在床边，把花篮抱在怀里就可以编。听女工说看他编花篮怎么编，他的手指就不那么灵活了，捏炮线不是炮线，摸花篮不是花篮，编花篮的工作有些进行不下去。他说：编不好，瞎编，让你们见笑了。另一个戴素花儿套袖的女工说：你只管编你的，我们是来向你学习的。听人家说来向他学习，他就更编不成了，低着眉，低着眼，不敢看人家。两位女工互相看了一眼，笑了笑。她们心里想的是，这么一个大男人，他比一个女孩子还害羞啊！还是那个戴素花儿罩袖的女工，向杨师傅问了一个具体问题：炮线都是一截一截的，要把炮线编成花篮，就得把炮线连接起来，一连接就会结成疙瘩，把花篮编得疙里疙瘩的。我看你编的花篮平平整整，连一个疙瘩都没有，你是怎样把炮线连结起来的呢？杨师傅不怕提问题，就怕女工提的问题不具体，女工一提具体问题，杨师傅的思维有了方向，一向明确的方向想，就不那么紧张了。他说，连结炮线的方法很简单，取来两根炮线，把其中一根炮线一头的塑料包皮去掉一点，露出里面的铜丝，接着把另一根炮线一头的铜丝剪掉一点，只留下塑料包皮的空管，然后把铜丝插进空管里，再用火把连接处烤一下，两根炮线就连结到了一起，一点疙瘩都没有。

杨师傅说着，拿出两根颜色不同的炮线，示范性地把连结的过程做了一遍，把红蓝两根炮线无缝地连结到了一起。两位女工看得眼睛发亮，很有兴致，彩色的花篮已经映进她们的瞳仁里。她们一再夸奖杨师傅的手可真巧啊，杨师傅编的花篮可真好看啊，简直就是一件艺术品。

两位女工从杨师傅宿舍里出来时，从宿舍门口走过的采煤连指导员看见了她们，她们曾在矿上的毛泽东思想文艺宣传队里唱过歌，跳过舞，指导员认识她们，指导员问：你们到这里干什么？那个戴蓝罩袖的女工回答说：我们看杨师傅用炮线编花篮。

你们看他编得怎么样，好看吗？

挺好看的，这样的花篮儿哪儿都买不到。

你们没让杨师傅给你们每人编一只吗？

编一只花篮太难了，我们可不敢提那样的要求。

指导员笑了笑说：我看你们很有小资产阶级的情调啊！

这话说得有些重了，可不像是开玩笑。两位女工不敢再说什么，赶紧走掉了。

采煤连里的干部们，连长、副连长、排长等，都不脱产，只有指导员一个人可以脱产，算是脱产干部。所谓脱产，就是不用下井，不用管生产，更不用干活，只管组织矿工天天读毛主席的语录，只管全连的思想政治工作，并抓好阶级斗争、斗私批修等。因为不用下井，指导员天天有时间在地面检查工作，并有时间琢磨下一步在连里整出一点什么动静。两位女工走后，指导员拐进杨师傅的宿舍去了。

一见指导员进来，杨师傅立即停止编花篮，把花篮放在床上，从床边站了起来。平日里，指导员的穿戴总是整整齐齐，胡子总是刮得干干净净，皮鞋总是擦得明明亮亮，是一位很注重自身形象的领导。在表情上，指导员黑着脸的时候居多，好像随时都要和别人开展斗争。指导员不下井，他的脸应该是白脸。可是给人的感觉，他的脸"黑"得比在煤窝里爬出来的人的脸还要"黑"，这使杨师傅对指导员有些敬畏，跟指导员能拉开距离，就尽量拉开距离。指导员，有什么事儿吗？杨师傅问。

怎么，没事儿我就不能进来看看吗？

杨师傅无话可说。采煤连的宿舍也归指导员管，指导员想走进哪间宿舍当然都可以。

听说你在编花篮，编什么花篮？指导员说着，把杨师傅放在床上的花篮瞥了一眼。

杨师傅不想让指导员看见他编的花篮，想把花篮盖在被子下面，可已经晚了。他说：在井下捡了点儿废炮线，睡醒以后没别的事儿干，瞎编着玩儿呢！

你编花篮准备做什么用？难道真的要盛花儿吗？

没有没有，我从来没想过盛什么花儿，编完了就完了，可能什么都不盛。班后没别的事儿干，用炮线编点儿东西，权当学一点儿手艺。

炮线也是公家的东西，你捡到炮线应该交公嘛！

杨师傅脸上寒了一下，听出指导员这话严肃了，说到了公和私的关系上，差不多已经上升到了"斗私批修"的高度。他赶紧检讨自己，承认自己的阶级觉悟和路线觉悟都不高，只想到炮线是废品，没想到废品也是公家的东西，没有做到公私分明。他愿意把公家的东西交公，让指导员把他编的东西和没用完的炮线都拿走。

指导员把整个宿舍环顾了一下，没有拿走花篮和炮线，说：你费那么大的心思编的花篮，心里头不知想着谁呢，你还是自己留着吧。

在编花篮的时候，杨师傅心里想的是谁呢？也许想了，也许没想，一切都朦朦胧胧，模模糊糊。比如一个挖煤的人，他对烧煤的用户好像有所预设，又好像没有预设，一切都是未知数。杨师傅说，他什么都没想，就是瞎编着玩，打发一下时间。

你干得不错，把矿上的女孩子都吸引到你这里来了。

我也没想到她们会来，她们大概也想编东西。

84

你认识她们吗？

不认识。

她们两个都是矿上宣传队的队员，你没看过她们的表演吗？

看过是看过，她们在台上跳来跳去，我也分不清谁是谁。

指导员还有话问杨师傅：最近宋师傅又请你去他们家喝酒了吗？

没有。

多长时间没去了？

我也说不好，至少有两三个月吧。

不会吧，我听说你经常去宋师傅的家呀。

杨师傅听出指导员的话背后似乎还有别的话，这不能不让他有所警惕。这时他不仅脸寒，还有些胆寒，差点儿打了一个寒战。他连连摇头，否认了经常去宋师傅的家。又说都是宋师傅让他去，他不好老是推辞，偶尔才去一次。

这也没什么，听说你在工作面救过他的命，他感谢你也是应该的。

四

杨师傅他们住的宿舍，被说成是单身职工宿舍。单身的说法，是从单身汉来的，意指一个男人还没有成婚，还是单身一个，没有变成双身。其实这种说法并不准确，因为住在单身职工宿舍里的人，大都是结过婚的人，并不是真正意义上的单身汉。只不过，他们常年一个人在矿上生活，夫妻长期两地分居，虽不是单身汉，跟单身汉也差不多。拿杨海良师傅来说，他不仅在农村老家结了婚，娶了老婆，还有了两个女儿和一个儿子。老婆不在矿上怎么办呢？好在国家有规定，每个职工每年可以享受十二天探亲假。每年十二个月，等于从每个月抽出一天，就构成了每年总共十二天的探亲假。既然平均每个月可摊上一天，有人提出，让每个职工每月享受一天探亲假，不行吗？矿上的答复是，想什么呢，让你们每个月回家一回，往返的路费算谁的？有的职工离老家比较远，回家一趟，仅在路上就要走三四天时间，这个时间怎么算？还有，你们每个月都有机会和老婆在一起，会造成精力分散，影响抓革命，促生产。所以，这种想法只能是异想天开，根本不可能实现。那怎么办呢？每年回家探亲的矿工，只能紧锣密鼓，加班加点，把一天当成两天或三天使用。看看那些刚刚探亲归来的窑哥们吧，个个面黄肌瘦，疲惫不堪，都是加倍付出过的样子。同时，他们心满意足，又像是满载而归的样子。

宋师傅没跟杨师傅在一间宿舍住，他也不在单身职工宿舍里住，而是和老婆、孩子在一起，住在矿上另设的家属区里。这就是说，宋师傅和杨师傅有区别，宋师傅不是单身职工。宋师傅两口子是双职工吗？也不是。双职工指的是夫妻二人都是国家的职工，都有正式工作。而宋师傅的妻子只有非农业户口，并没有正式工作，也不算全民所有制的国家企业职工。要说双的话，宋师傅夫妻只能算是双户口，双双都是非农业户口。户籍制度刚建立的时候，宋师傅在矸石山旁边搭了一个小棚子，已让妻子跟他在矿上住了一段时间。那时户籍登记和管理还不是很严格，宋师傅就把他妻子的户口登记在矿上了。于是，他妻子的户口就不是农业户口，而是非农业户口，也就是城镇户口。宋师傅没有想到，妻子的城镇户口会给他和他们全家带来那么多好处。因为妻子在矿上有了户口，矿上就在家属居住区给他们家分了两间平房。不管他什么时候从井下出来，什么时候到家，知冷知热的妻子都会在家里等他，为他做吃做喝，端吃端喝。因为妻子有了户口，他们家就有了粮本，国家就会按每个人的定量供应标准，按月给他们家提供粮食。他妻子要是还是农业户口的话，就得在生产队里挣工分，按工分多少分粮食。农民吃粮历来没有什么保障，天旱了，地淹了，或是遇到了虫灾，庄稼收成不好，就分不到多少粮食，连糊口都糊不住。有了国家供应的商品粮就好了，等于旱涝保收，起码吃饱饭不成问题。更大和更长远的好处是，因妻子有了城镇户口，他们所生的儿子、女儿都随之报上了城镇户口，都有了一定标准的口粮。不仅他们的孩子可以上城镇户口，等他们的孩子有了孩子，子子孙孙，都可以上城镇户口。户籍政策规定，孩子落户以女方为主，女方的户口在哪里，生下的孩子户口就可以落在哪里。而男方不管在哪里工作，不管有什么职务，其孩子的户口都不能随着他的户口走。比如杨海良师傅，因他老婆的户口在农村，他的三个孩子的户口只能落在农村。

宋师傅全家的户口都在矿上，显示出了他们生活上的优越。任何优越都是比较而言，宋师傅家生活条件的优越性，也是与矿上的其他人比较出来的。全矿将近三千名职工，绝人部分是男职工。那么多男职工，老婆的户口在矿上的少而又少，连百分之二都不到。拿矿上的革命委员会主任来说，作为全矿的第一把手，他的妻子总算有矿上的户口，他的五个孩子也都有矿上的户口。可因他妻子在矿上并没有正式工作，他们的家庭也算不上双职工家庭。再拿矿上的革命委员会副主任来说，因他参加过抗日战争、解放战争，还参加过抗美援朝，并立过战功，转业到矿山后，才由组织上负责，给他介绍了一个比较年轻的有文化的妻子。他的妻子在矿上的医院当医生，工作是正式的工作，户口也是真正的城镇户口。像采煤连的指导员这样的中层干部就不行了，他虽然也是国家的正式干部，定的也有干部级别，可因他在农村找的老婆，他老婆的户口只能是农业户口，所生的四个孩子的户口也只能落在农村。有的连的指导员，在冬天农闲的时候，会让自己的老婆带着孩子到矿上住一段时间。因为每个指导员都有一间单独的办公室带卧室，家属到矿上临时居住比较方便。可是，宋师傅和杨师傅所在的采煤连的指导员，从没有让他的老婆和孩子到矿上来住过。听指导员的老乡在私下里说，指导员嫌他老婆长得不好看，还嫌他老婆识字少，就坚决拒绝老婆到矿上露面。当干部的每年也是十二天探亲假，去年他连探亲假期间都不回老家，他弟弟在东北某部当兵，他跑到部队看他弟弟去了。

中秋节前，杨师傅把花篮编好了，他一丝不苟地天天编，天天编，花了一个多月时间，才把整个花篮锁了边，并编上了篮系子。在编花篮的过程中，他连一点儿别的材料都没用，全部用的是炮线。在编篮系子的时候，他曾想找一根比较粗的铁丝做篮系子。但他试了试，觉得铁丝比较硬，与整个花篮的软硬不太和谐，就没用。他把三十根彩色炮线拧成一股，最终做成了半圆形的花篮系子。他把花篮的系子在手中握了握，提了提，觉得很是合手。杨师傅喜欢自己所编的花篮，却没有把花篮放在明面上，更没有把花篮拿到外面炫耀。指导员说过炮线是公家的东西，指导员的说法让他有些心虚，他用公家的炮线编的东西，还是别让更多的人看见为好。他把花篮放进那个炸药箱子里面去了。杨师傅不会把花篮一直放在箱子里，好比一个写东西的人，写了东西还是希望能够发表。他已经想好了，要把花篮作为一件礼物送人。在一开始编花篮的时候，他的目的性并不明确，没有想好要把花篮送给谁。编着编着，特别是两个女孩子去他的宿舍看他编花篮之后，他的目的才逐渐明确了。至于把花篮送给哪一个，目前只有他自己心里清楚。宋师傅是他的好朋友，他连宋师傅都没有告诉。

中秋节那天，临下班前，宋师傅告诉杨师傅，让杨师傅晚上去他家吃晚饭。杨师傅推辞了一下，说不去了吧。

宋师傅说：咱们哥们儿，你跟我还客气什么，我叫你去，你就去，晚上一块儿喝上两杯，共同欢度中秋节。

我去了净给宋嫂添麻烦，宋嫂又得忙活一阵子。

她不怕麻烦，越忙活她越高兴。中秋节好歹也是一个节日，总得过一过。八月十五杀小鸡，她昨天就买回来一只公鸡，今天晚上给咱们炖鸡肉吃。你一个人在矿上，过节的时候，家里的老婆孩子不知怎么惦记你呢！我请你到我家过节，家里人知道了以后就会放心一些。

那倒是。在我们老家，也很把中秋节当回事，把中秋节说成团圆节。一年里的节日，除了春节，第二个看重的节日就是中秋节了。只是我知道你的儿子和女儿都从乡下回来了，我给两个孩子带点什么呢？

你不必客气，什么都不要带。两个孩子都大了，不想再让大人为他们操心，需要什么他们自己买。

你别管了，让我想想。八月十五月儿圆，我空着两只手去你们家，那像什么样子！

　　下午，杨师傅专门儿去了一趟北面山村的果园，买了两种水果，一种是苹果，一种是葡萄。把水果拿回矿上的宿舍后，他把苹果装进一只塑料网兜儿里，把葡萄装进那只花篮里，准备作为去宋师傅家所带的礼物。苹果共六个，品种的名字叫国光。国光苹果红中带青，青中带红，又圆又光，似可入画。不知葡萄是什么品种，但见两串儿葡萄都熟得紫溜溜的，每一粒葡萄上都附有一层白霜。这样的葡萄配上这样的花篮，乍一看，好像彩色的花篮里盛了两束紫色的花朵。

　　杨师傅准备好了礼物，并没有马上动身去宋师傅家。单身职工宿舍在矿上的生活区，家在矿上的职工和家属住在家属区，生活区在东面，家属区在西面，要从生活区走到家属区，需经过矿上的办公楼门口、矿工人俱乐部门口、大食堂门口，还要穿过矿上的篮球场等。杨师傅不想让工友们看到他在过节的时候去宋师傅家，想等天黑以后再过去。

　　大韩看到了杨师傅准备的礼物，问杨师傅，是不是又要去宋师傅家喝酒？

　　不一定。杨师傅说。

　　带上我，我跟你一块儿去怎么样？大韩看着杨师傅，讪笑着，满怀渴望的样子。

　　杨师傅知道大韩喜欢喝酒，酒量还不小，如果二锅头是老二，他就是老大。而且，大韩喜欢划拳，闹酒，一闹酒满场子都是他的声音。他可不敢带大韩去宋师傅家。他说：我说了，我去宋师傅家不一定喝酒。

　　我敢肯定，你去了肯定有酒喝。一年只过一次八月十五，喝点酒才对得起月亮。你去了不但有酒喝，还有肉吃。宋师傅跟你说的话我听见了。你放心，我去了不会跟你争酒喝，我少喝一点儿还不行吗？

　　要去你自己去，我不会让你跟我一块儿去。你去了，要是宋师傅留你，那是看得起你。要是不留，我一点儿办法都没有，大路朝天，各走一边，你跟我一块儿去算怎么回事！

　　大韩这才指着杨师傅说：你这人真不够意思，我跟你说着玩儿呢，你就当真了。实话对你说吧，你就是拉着我的手让我去，我都不会去。我又没救过人家的命，人家的锅里又没下我的米，我去干什么！酒谁没喝过，人要脸，树要皮，我大韩不会为喝酒的事儿丢面子。

　　杨师傅知道，大韩的话是两头说，也是试着说。你要是抹不开面子，答应带他去，他就给你个热沾皮，去宋师傅家蹭酒喝。你要是拒绝带他去呢，他就说自己是说笑话，给自己一个台阶下。杨师傅当然不会把大韩两头说话的底细说穿，要给大韩留面子，他说：我知道韩师傅是在说笑话。

　　大韩问：你用花篮盛葡萄，人家把葡萄留下后，你是不是还要把花篮拿回来？

看情况吧。

看什么情况？

要是宋师傅的孩子喜欢花篮，就送给他们算了。

你费了那么大的工夫才编了这么一个花篮，我建议你还是拿回来。送了葡萄就可以了，没有连花篮一块送人的道理。

你是什么意思吗？

比着你编的花篮，我也想编一个。等我回家探亲的时候，送给我的小闺女当玩意儿。

你最好不要编花篮了。

为什么？

上次指导员对我说，炮线也是公家的东西，捡到炮线应当交公。

大韩骂了一句粗话，说什么公家的东西，人还是公家的人呢，尿尿的时候，还不是各人尿到各人的窑儿里。

五

太阳落下去了，月亮升起来了。

看月亮看得多了，杨海良师傅摸到了一些月亮起落的规律。新月总是升得早，往往抢在太阳前面，半夜里就悄悄爬上了夜空。等到太阳升起来了，月亮还没有落，仍在天空挂着。日月同辉的时候，往往在这种情况下出现。残月总是升得晚，随着月亮的缺口越来越大，月亮有些自惭似的，一天比一天升得晚。人们在睡觉前很难看到月亮，月亮最能按时升起的时间，是在每月的农历十五那一天。到了十五那一天，西边的红太阳刚落山，东边的白月亮就及时升了起来。好像只有在十五那一天，日月才能真正做到按时交接班，才能实现正常轮换。这也正是农历可信赖的地方，它的可信度有亘古不变的月亮证明。而阳历就不行，月亮似乎不大理睬阳历，它的圆缺好像与阳历没什么关系。农历十五的月亮不但能按时升起，而且总是又圆又大。特别是中秋节那天的月亮，好像知道人类要欣赏它，总是圆得无与伦比，也大得无与伦比。这天，杨师傅到宿舍门外看了一眼，惊喜的同时，感觉月亮不像是从东天升起来的，好像是从他脚边的地上升起来的。又感觉月亮离他很近很近，似乎一不小心就会碰到月亮的大脸。杨师傅心说，天气真好，连一点云彩都没有，月亮真好，好得这么圆满，圆满得好像不能再圆满了。

杨师傅提上礼物刚要出门，宋师傅的儿子宋春晖上门来喊他，他有些抱歉似的说：你看，我正要过去，又让你跑了一趟。

宋春晖说：我爸怕您不去，就让我来请您。

我说了去，一定会去。

宋春晖看到了杨师傅手里提的礼物，说杨叔叔真客气，还买了苹果和葡萄。他要帮杨叔叔提礼物，杨叔叔只把苹果交给他提，花篮里的葡萄仍提在自己手里。杨海良是从小看着宋春晖长大的，对宋春晖的情况比较了解。宋春晖在矿上读的小学，去矿务局中学读的初中，是1967届的初中毕业生。他在1969年春天下乡插队，接受了两年贫下中农再教育，今年春天被招工回到矿上，当上了掘进连的一名掘进工。在路上走着，杨海良问宋春晖在掘金连干得怎么样，适应吗？

明月上升，月光铺地。宋春晖说：还可以。

掘进工作面的断面小，空间小，要比采煤工作面安全一些。

是的，我知道。

不管干什么，还是要处处注意安全。我和你爸爸共同的看法是，一个人的安全不能光靠制度管，也不能只靠别人管，主要还是靠自己管自己，靠自己的自我保护意识。做好自我保护，是对自己负责，也是对家里的亲人负责。

我爸爸的自我保护意识好像不如您那么自觉。

杨海良一听就明白，宋春晖话后指的是他爸爸那次所发生的事故。他说：井下的危险太多，有时难免会发生一些意外。

二人走到工人俱乐部门前，看到有一个人，坐在俱乐部门前的台阶上，在月光下低着头拉二胡。他拉的是一支舒缓的、忧伤的曲子，曲调与月光似乎有一些关系。宋春晖认出拉二胡的人是他的一起插队回矿的同学，就喊了同学的名字，说今天是中秋节，应该拉一些欢快喜庆的曲子，老拉忧伤的曲子干什么！他的同学听见他的话跟没听见一样，只管有些忘我似的拉下去。

走过矿上的篮球场时，杨海良对宋春晖说：你打篮球打得不错，经常打打篮球对身体有好处。

这时宋春晖对杨叔叔说了一个消息，说矿上篮球队的教练也认为他比较适合打篮球，等篮球队下一次再集训的时候，准备把他吸收到篮球队里参加训练。

听到这个消息，杨海良很高兴，说那好那好，能去篮球队打球，那可是百里挑一。等你去了篮球队，找对象就比较容易了。现在的女孩子，一是愿意找当兵的，第二就是愿意找运动员。

找对象的事我还没想过。有可能去篮球队的事，我也没跟我爸爸说过。我爸好像不太喜欢让我打篮球。

那我知道你爸的心思，篮球场上竞争和对抗激烈，你爸可能怕你受伤。你不知道你爸多么喜欢你，你出生的时候，你爸一高兴，喝酒都喝醉了。你下乡插队期间，你爸也经常跟我念叨你。

矿上的家属区是一片平房，平房周围虽建了围墙，与旁边的农村隔开，但家属区的门口是敞开的，门口儿连大门都没有，进出都很方便。宋师傅家所住的平房是两间，外带小半间在门口一侧搭建的厨房。宋师傅两口子住外面的一间，儿子宋春晖和女儿宋秋明住分成两个半间的套间。外面的一间除靠墙支有一张大床，还靠窗放有一张桌子。桌子中央放的是毛主席半身石膏像和一本红皮烫金字的《毛主席语录》。他们家的餐桌是一张矮脚的正方形餐桌，大小跟一张炕桌差不多。不过他们家的餐桌从来不往床上放，不用的时候，放在高桌子下面，用的时候，临时从高桌下面拉出来。

月亮升到了树杈上，月亮像是银色，树杈像是铁色。杨海良跟宋春晖一起来到宋师傅家时，宋师傅已摆好了餐桌，放好了板凳，四个下酒菜已摆到桌面上，酒也烫上了。四个下酒菜是：一盘是花椒大料煮黄豆；一盘是油腌葱丝拌猪耳丝；一盘是醋熘辣白菜，还有一盘是炒鸡蛋。宋师傅把盛了酒的陶瓷小酒壶，放进盛了上半缸子开水的搪瓷茶缸子里，茶缸子里的开水冒出徐徐的热气，曲酒的香气似乎也开始在屋里弥漫。进得屋来，杨海良先送上他的礼物。苹果一句话带过，葡萄也不必多说，杨海良主要说的是花篮，他说：这个花篮是送给秋明的，再过两天就是秋明的生日，叔叔送给秋明这件礼物，提前祝秋明生日快乐！

杨海良说这番话时，宋秋明还在她的半间小屋里没有出来，听杨师傅这么一说，宋师傅喊女儿赶快出来，看看你杨叔叔给你送的什么生日礼物。

宋秋明一撩印花布帘从小屋里出来了，她大概已经听到了杨叔叔说的话，满面含羞地说：谢谢杨叔叔还想着我的生日，您要是不说，我都忘了。

这时，宋师傅的妻子宋嫂也从厨房里出来了，她一边在围裙上擦手，一边说：你看你杨叔叔想得多周到，给你送了这么好看的花篮，还有你最喜欢吃的葡萄。前些日子，我就听你爸说你杨叔叔在用炮线编花篮，我还不知道给谁编的，原来是给你这闺女编的呀！

宋秋明接过花篮，提溜到眼前看了看，说：真好看，杨叔叔真是心灵手巧，比我爸爸强多了。

宋师傅说：编花篮可不容易，我承认我比不上你杨叔叔。编花篮心里得有花篮，手上才能编出花篮。编花篮不光要心灵手巧，还得有耐心。我就没有那个耐心。

所以你得向杨叔叔学习。宋秋明又说：这么多葡萄我一个人也吃不完呀！

妈妈笑着说：你这个臭丫头，谁说让你一个人吃完。过中秋节，吃月饼，也吃瓜果。让你爸你哥也吃一点儿嘛！

宋秋明笑得更害羞了，她说：我以为葡萄也是杨叔叔送给我的生日礼物呢！那好吧，花篮我留下，葡萄大家一块儿分享。

宋师傅家的规矩跟农村的规矩差不多，喝酒时家里只男人上桌，女人都不往桌前坐。表面的理由是男人喝酒，女人不喝酒。深层次的理由，还是传统文化中男尊女卑的观念在起作用。别看当时正在大张旗鼓地"批林批孔"，别看男女平等的口号喊得震天响，但一旦进入家庭，一切还是按老规矩办。这家的主妇正一个人在厨房里忙活，这家的女儿洗了一些葡萄，一个人躲到自己的小屋里吃去了，上桌喝酒的是两个老矿工和一个新矿工，或者说是两个采煤工和一个掘进工。如果说这个酒场也是一个采煤场子的话，主导者还是宋师傅。宋师傅对儿子宋春晖说：春晖给你杨叔叔倒酒。

宋春晖从烫酒的茶缸子里取出小鸟儿似的小酒壶，先给杨叔叔倒了一杯，再给爸爸倒了一杯，然后才给自己倒了一杯。宋春晖当上工人后，也在外面跟工友们一块儿喝酒，对酒文化已懂得一些。他倒好了酒，并不发话，等爸爸发话。酒是当地产的大曲酒，是凭有限的酒票买来的。井下潮气大，寒气大，矿工喝一点儿酒，对身体有好处。但因为酒的供应量所限，矿工平日里也很少喝酒，只有在过节过年的时候才喝一喝。宋师傅端起酒杯说：今天是中秋节，天上没有云彩，月亮出得不错。我把你杨叔叔请到咱们家里来，咱爷儿们喝上几杯，高兴高兴！说罢，把酒杯跟杨师傅和儿子的酒杯分别轻轻碰了一下，就把一杯酒喝干了。宋师傅对酒的评价是：这酒还行，还是这个味儿。杨师傅和宋春晖也把杯中的酒喝干了。杨师傅说：谢谢宋师傅！杨师傅刚把酒杯放下，宋春晖就分别给三只酒杯里倒满了酒。他把小酒壶摇晃了一下，感觉里面的酒不多了，就拿过有些发绿的玻璃酒瓶子，往小酒壶里添了一些酒。宋师傅拿起筷子说：咱们慢慢喝，不着急，吃几口菜，垫垫底子再接着喝。按农村的规矩，坐桌吃菜的人要受主人的引导，主人的筷子指向哪个菜，别人就只能夹那个菜，不能乱夹，乱夹就失了规矩。在矿上，这个规矩基本上被取消了，比如宋师傅说：咱们没有那么多规矩，谁想吃什么，就吃什么。宋师傅夹的是酸辣白菜，杨师傅夹的是一粒黄豆，宋春晖夹了一筷子猪耳丝。用筷子夹白菜和猪耳丝比较容易，夹黄豆有一定难度。两根筷子一次只能夹一粒黄豆，要是掌握不好，或许夹不住，或许夹住了，但夹得不稳不牢，圆圆的豆子又落回盘子里。杨师傅夹豆子却夹得稳稳当当，夹起一粒就放进嘴里去了。

宋春晖吃了猪耳丝和鸡蛋，也想夹一粒黄豆试试，可他一夹，二夹，都夹不起来。他冲厨房里喊：妈，黄豆用筷子夹不起来，您拿一个小勺儿来。

来啦来啦！妈妈答应着，赶快把一只白瓷蓝花的小勺儿拿了过来，放在盛黄豆的盘子上，说你看我，一忙就把拿小勺儿的事给忘了。你们慢慢喝，慢慢吃。一年只有一个八月十五，你们喝好吃好。说罢又回到厨房忙活去了。月饼已经准备好了，新的馒头也蒸好了，鸡肉正在铁锅里用文火炖着，按说她这会儿在厨房里没什么可忙的。可是，不管她在厨房里有没有事情可干，她都愿意一个人在厨房里待着，好像只有厨房里才有她的位置。

喝酒时，他们没有关门，月光从门口上方洒进门里一些，门口的地上有一方子白。三个人把温酒喝了一会儿，他们脸上也有了光。那光不是月光，是红色的酒光。酒的酒精度和酒的温度不是一回事，不管酒是凉酒还是热酒，酒里所含的酒精度是不变的。而把凉酒温一下再喝呢，酒和胃会和谐一样，喝起来会舒服些，酒精度的力量也会发挥得更快一些。另外，人的年龄不同，喝酒的速度和对酒的敏感度也不同些。岁数大一些的人喝酒比较慢，兴奋劲上来得比较迟。而年轻人喜欢喝快酒，三杯两杯下肚，眼睛里光点闪闪，话也多起来。宋春晖端起一杯酒说：我今天得敬杨叔叔一杯酒，我听说您救过我爸爸的命。

你听谁说的？杨叔叔问。

矿上很多人都知道，我的那些同学们也知道。

这是一件小事，不值得一提。好多事怕传，一传就好像成了大事。不光是我，谁遇到自己的工友被煤埋住了，都会伸手拉一把。那天也赶巧了，你爸被落煤埋住的时候，我正好在他身边，就赶快把你爸扒了出来。说来也是你爸的命大，要是再多埋一会儿，人就危险了。好，这杯酒我喝，咱们共同祝你爸爸身体健康！

宋师傅夸奖了儿子宋春晖，说春晖真是长大了，懂事了。儿子你记着，你杨海良叔叔可是你爸的救命恩人，要不是你杨叔叔救我，就没有你爸的今天，也没有咱们全家的今天。所以说呢，我要感谢你杨叔叔。咱们全家都要感谢你杨叔叔，祖祖辈辈都要念你杨叔叔的好！

心刚大哥，您说高了，说高了，海良我不敢当啊！

六

家属区的房子一共有三排，每排住四五户人家。宋师傅家住在中间那一排。前面那排房的后墙上用红油漆刷的大字标语是：千万不要忘记阶级斗争；要斗私批修。他们家这排房的后墙上刷的标语是：将无产阶级文化大革命进行到底！他们家的人出门就能看到前面后墙上的标语，开后窗却看不到他们家后墙上的标语。他们家的门口对着前面一家的后窗，那家的人在中秋之夜也在喝酒，划拳声从后窗传出来。哥俩好啊，三星照啊；七个巧哇，八匹马呀……划拳划得声音很大，听来像吵大架一样。从划拳的声音听出，参与喝酒的人还不少，至少有七八个。住在他们家后面的那一家，两口子正在吵架，吵着吵着好像还动了手。那家的男人倒是没在家里摆酒场，但他在外面喝了酒。把酒喝多之后，不知他回家时

93

对老婆提出了什么不合理的要求，老婆坚决不答应，骂他是畜生。那男人承认他就是畜生，声称他就是想当畜生。他老婆还是坚决不答应。他一把没抓好自己的老婆，老婆就推开他，一个人跑到月亮地里去了。住在宋师傅家东边的那一家，家里的男人是矿上政工组的干事。干事当晚打的是自家的儿子。刚上小学的儿子，被打得哇哇大哭，已经从家里跑了出来，干事仍不依不饶，在后面追着还要打儿子。干事一边追，一边骂：他打你，你不会打他吗！你这个没用的东西，老子今天要好好教训教训你！附近农村有一个家庭成分是富农的小学老师，他在学校受过批判之后，精神受到刺激，神经出了问题。他出问题的表现，就是一天到晚不停地背诵《毛主席语录》，走到哪里背诵到哪里。他这晚背着背着，大概忘了回家的路径，竟然走进了矿上的家属区，又走进两排房之间的死胡同。从宋师傅家门口往东走时，他以朗诵的口气边走边背，伟大领袖毛主席教导我们说：谁是我们的敌人？谁是我们的朋友？这个问题是革命的首要问题。中国过去一切革命战争成效甚少，其基本原因就是因为不能团结真正的朋友，以攻击真正的敌人。伟大领袖毛主席教导我们说：革命不是请客吃饭，不是做文章，不是绘画绣花，不能那样雅致，那样从容不迫，文质彬彬，那样温良恭俭让。革命是暴动，是一个阶级推翻一个阶级的暴烈的行动。他走得快碰到了东边围墙的墙壁，才不得不停止了行走和背诵。他把月光下的墙壁看了一会儿，似乎才认出挡在他面前的是一面墙壁，说嘿，这儿过不去。他打了折返，沿原路往西边走去。刚转过身，他又把语录背诵上了：无产阶级文化大革命，实质上是在社会主义条件下，无产阶级反对资产阶级和一切剥削阶级的一场政治大革命……

宋嫂把月饼盛进一只盘子里，端到了餐桌上。月饼是两块，她把每块月饼切成四块，一共切成了八块。她把切开的月饼对在一起，仍保持着月圆的形状，跟没切过一样。她问酒喝得怎么样了，吃点儿月饼吧。

宋师傅对妻子说：你也坐下喝一杯吧，都忙了半天了。有时他一个人在家喝酒，也会让妻子陪他喝一杯。妻子老说自己不会喝酒，喝酒瞎搭了。宋师傅不知道会不会喝酒有没有评判标准，不知道谁算会喝酒，谁算不会喝酒，也不知道谁喝了酒是瞎搭，谁喝了酒不是瞎搭。但他知道，妻子很少喝酒是舍不得喝。妻子知道他喜欢喝一点儿酒，在凭票买酒的情况下，就把酒省下来给他喝。

我还喝吗？妻子没有马上就座，看着宋师傅。

喝一点儿吧，大家一块儿过节嘛。

宋嫂这才解下系在腰间的围裙，在桌前的小凳子上坐下了。宋嫂穿的是黑色的裤子，带襻儿的布鞋。宋嫂穿的上衣是一件灰色的中式对襟布衫，领子是立领，扣子是盘蝶扣儿。宋嫂布衫上的每一对扣子都系得紧紧的，连立领下面的那一对扣子都系得严丝合缝。别看宋嫂一直在厨房里炒菜做饭，她全身上下却干干净净，连一个污点都没有。宋嫂留的是剪发头，两只细细的卡子把两鬓的头发卡在了耳后，露出了白白的耳朵和光光的前额。宋嫂的眉毛弯弯的，鼻梁直直的，牙齿齐齐的，一切都很平常。是的，宋嫂的长相并没有什么特别出色的地方，也没有什么不出色的地方。她的神情与她的长相一样，也是平和的，内敛的。她说话都是轻声慢语，从来不大声嚷嚷。她的笑从来都是微笑，她的微笑仿佛是与生俱来，是自带。如果拿中秋节的月亮作比，宋嫂干净得像月亮一样，安静得也像月亮一样。

宋春晖为妈妈倒上了酒。他倒酒倒得有些满，满得几乎和杯口持平。

妈妈说：我儿子可真实性，你是怕你妈喝不够啊！她端起酒杯说：杨师傅是咱们家的客人，我敬杨师傅一杯吧，祝杨师傅节日快乐！

杨师傅也把面前的酒杯端起，说谢谢宋嫂，这杯酒我一定要喝。我上面没有哥，心刚大哥就像我的亲哥一样，我也没有嫂子，宋嫂就像我的亲嫂子一样。你们对我这样照顾，我不知道怎样感谢你们才好啊！这样说着，杨海良一仰脖子把酒喝干了，眼里突然有了泪光。

宋嫂也把酒喝了下去。她在灯光下看到了杨师傅眼中的泪光，赶紧低下了眉。她不能看见别人眼里的泪光，水照水，光映光，看见别人眼里的泪光，说不定她自己眼里也有了泪光。

宋师傅把女儿宋秋明也从小屋里喊了出来，说：你杨叔叔送给你那么好看的花篮，你不给你杨叔叔敬杯酒吗？

宋秋明窘迫地笑着说：我也想给杨叔叔敬酒，可我不会喝酒怎么办呢！

你不会喝酒，难道你杨叔叔也不会喝酒吗？你把酒敬给杨叔叔喝，自己不喝就是了。

这样行吗？

爸爸说行就行。

他们家只有四只小凳子，没有宋秋明坐的地方。妈妈起身把自己坐的小凳子让给宋秋明，说：你坐在我这儿吧，我去把鸡肉盛出来，咱们准备吃饭。说罢转进厨房里去了。

宋秋明在妈妈刚才坐的座位上坐下来，两只手端起面前的一杯酒说：我不会说话呀，我说什么呢？她看着杨叔叔，见杨叔叔正在看她，她就不敢看杨叔叔了，转向看着爸爸。宋秋明一滴酒未尝，却已满脸绯红。宋秋明还没有满十八周岁，她的羞，还是少女一样的羞；她脸上的红，还是少女一样的红。加之宋秋明胖胖的小脸儿生得比较白净，桃花一枝春照水似的，她脸上的红就显得更红。

爸爸说：你想说什么，就说什么。这个话必须你自己说，谁都不能代替你。你自己说出来，才能代表你的心意。你都参加工作了，都成了工人阶级队伍中的一员了，不学会说话怎么能行呢！好了，说吧！

杨师傅说：别为难孩子了，什么都不用说了。

没事儿，让她说。人长大了，总得说话，老不说话怎么能行呢！

宋秋明耷拉眼皮，像是想了一下，才抬起眼来说：我长这么大，第一次收到这么好看的生日礼物。杨叔叔编这个花篮，不知费了多少心呢。我一定要把这个花篮保存好，不管啥时候儿看见花篮，都会想起杨叔叔。我不知道怎么感谢杨叔叔才好，就听我爸爸的话，敬杨叔叔一杯酒吧！

杨叔叔说：好，秋明说得好，秋明很会说话，不愧在农场里接受过锻炼。听了秋明的话，叔叔都感动了，都不知道说啥好了。他双手接过秋明递上的酒，一饮而尽，说谢谢好孩子！

宋师傅的样子有些得意，说：我就知道他们，他们在同学堆儿里，小嘴儿吧嗒吧嗒，话说得溜着呢。只是回到家里，在父母面前，他们就不愿说了。

宋秋明说：那是的，我们同学在一起都是胡说八道，很少说正经话。胡说好说，正经话难说。胡说不用过脑子，正经话得过脑子。我要是说不好，您又该批评我说话不过脑子了。

杨叔叔拿了一块儿月饼，递给宋秋明说：我们都吃过月饼了，你还没吃呢，你也吃一块儿吧。

宋秋明接过月饼，咬了一口，却看着爸爸说：杨叔叔比我爸还知道照顾我呢！

这话对杨海良来说有些敏感，他赶紧把话题岔开，问宋秋明：我听说把你分到矿灯房去了，你什么时候开始上班？

过了国庆节就开始上班。

在灯房工作挺好的。只有在煤矿，才会有专门的灯房。你知道人家怎样比喻矿灯吗？

知道，说矿灯是矿工的眼睛。不过吧，我觉得这个比喻不太准确。每个人的眼睛是两只，发给矿工的"眼睛"只有一只，那矿工不是成了独眼龙嘛！

宋春晖起身到门外去了，他大概要去一趟厕所。这个家属区只有一个公共厕所，在家属区北面的最底部，厕所后面就是农村的庄稼地。这样的厕所，设计者的思路是正确的，懂得农民的心理。因为厕所后面的粪池是敞开的，附近视肥料为宝的农民不请自到，争先恐后地就把粪便掏走了。

爸爸认为宋秋明说得不对，他说：每个人有两只眼睛是不假，下井再安上一只，就是三只。你知道谁有三只眼吗？

宋秋明摇头，说不知道。又说好像听说过，但想不起来了。

不知道吧，告诉你吧，神仙马王爷呀！马王爷就是三只眼。有一句话经常说，不让你瞧瞧我的厉害，你就不知道马王爷三只眼。因为我们下井的人有了三只眼，就都成了马王爷，一个比一个厉害。

宋秋明把三只眼的样子想象了一下，不由得笑了。她说：我们灯房的领导说了，等我们上班以后，他要带我们这些刚参加工作的新工人到井下看看，看看井下到底有多黑，体验一下矿工师傅们的辛苦，感受一下矿灯的重要性。等我戴上矿灯下井的时候，我不是也成了马王爷嘛！

宋师傅哈哈笑了，说长了三只眼的女马王爷，那是必须的，那是肯定的。

听着宋心刚师傅和宋秋明父女俩在说笑话，他的心思难免回到了千里之外的老家，想到自己的妻子和孩子。宋秋明参加工作后，等于宋师傅一家四口都有了工作，都可以挣工资。宋嫂的工作虽说不是正式工作，但她在矿上的幼儿园里帮人家看孩子，每个月也能挣二十多块钱。他家的情况如何呢？他的三个孩子虽说也都读到了初中毕业，大女儿已经出嫁了，二女儿和儿子只能和他的妻子一样，在生产队里干农活儿，挣工分。由于他们那里的粮食产量低，工分的分值也很低。一年到头决算下来，一个工分才值两分钱。按一个壮劳力一天挣十分的话，满打满算一天才挣两毛钱。像杨师傅的妻子和两个孩子，都不算壮劳力，每天都挣不到满分，只能挣七八分。用七分八分乘两分钱，只有一毛多钱，连两毛钱都不到。而在矿上当工人呢，下一班井就能挣两块多钱，一个月能挣六七十块钱。也就是说，一个矿工每个月的收入，比他们老家十个壮劳力的收入都多。因他每个月都按时把大部分的工资寄给妻子，他们家的生活会比别人家好一些。尽管如此，在今天过中秋节的时候，他不知道妻子是不是舍得给孩子买块儿月饼吃。他们老家的人都知道过八月十五吃月饼，但能吃得起月饼的人家少而又少。就算他们家能买得起月饼，但妻子买不买月饼却不一定。妻子不能不考虑左邻右舍的心理承受能力，他们家的人吃月饼，别人家的人吃不到月饼，人家心里受不了，会生出气恨。这就是城镇户口与农业户口的区别，这就是家庭与家庭的区别，也是人与人之间的区别。你是人，我也是人，为何会有这样的区别呢？你可以不认可这样的区别，但一点儿办法都没有。

宋春晖从外面回来了，赞叹今天的月亮真是太大了，太圆了，太亮了！他好久都没看到过这样好看的月亮了，真让人高兴。

这时，杨海良叔叔说了一句让宋春晖和宋秋明都难忘的话，他说：月亮就像一面大镜子，人看月亮跟照镜子一样，你的心大，看月亮就大；你心里亮，看月亮就亮；你高兴，月亮就高兴，一切全在你的心情。

宋嫂把热气腾腾的热菜和馒头端上来了，热菜除了一小盆儿笋鸡炖茄子，还有一砂锅海米、白菜、粉丝炖豆腐。宋嫂做菜很用心，做的每一样菜都很好吃。在做笋鸡炖茄子时，她先把鸡块儿在锅里翻炒一下，炒至半熟，再添上开水用文火慢慢炖。茄子块儿不能下锅太早，不能和鸡块儿同时炖，如果同时下锅的话，茄子会炖得稀烂，不成形状。待鸡块儿差不多炖熟了，再下茄子也不迟。在下茄子之前，要用凉水把切成块儿的茄子过一下，洗掉茄子里的锈色，鸡汤才不会变黑。用砂锅炖豆腐也有讲究，千滚豆腐万滚鱼，把豆腐滚得胖胖的，收进一些带海米味的汤汁，再收敛下来，才入味，才好吃。但粉丝和白菜不可千滚，连百滚都不用，只四滚五滚就够了。宋嫂从不去矿上的食堂买馒头，都是自己和面，自己用酵头子发面，自己在案板上把面块团成圆形，再醒一会儿，才放进蒸笼里蒸。宋嫂蒸出的馒头不仅形状好看，还有着独特的风味，不就任何菜，你就能吃上一个两个。

月亮越升越高，越来越亮，地上的月光白华华的。杨师傅在宋师傅家喝了酒，吃了饭，要回到自己住的单身职工宿舍时，宋师傅问杨师傅：没事儿吧？今晚杨师傅没少喝酒，他问的意思是没喝多吧？

杨师傅的头有点晕，脚下也有一些轻，但他说：没事儿。

让春晖送你回去。

不用。

还是送送吧。你回去休息一会儿，后半夜咱们还要上班。

我说不用送就不用送，你还不相信你老弟吗！

我当然相信你，要是不相信你，我会请你到我家喝酒吗，是不是！咱们连里那么多人，包括指导员、连长、排长在内，我怎么不请他们呢！我让孩子送你一下是必须的，这个事儿你必须听我的，不然的话，我是不会答应的。

杨师傅听出宋师傅话里的强硬，似乎还有一些话外音，他只好做出让步，说那好吧，咱们一会儿井口儿见。

宋嫂和宋秋明也把杨师傅送到门外，在月光下跟杨师傅摆手说再见。

七

杨师傅在前面走，宋春晖按照爸爸的嘱咐在后面跟。明亮的月光把他们的身影投在地上，他们的影子颜色显得有些深。二人还没走出两排房之间的夹道，迎面走来了一个人，是与杨师傅住同一宿舍的工友大韩。大韩先看到了杨师傅，停下脚步问：怎么，喝完了？

杨师傅愣了一下说：喝完了。

怎么，不再喝点儿？

一会儿还要上班，怎么能老喝！杨师傅明白，大韩想到宋师傅家蹭酒喝，竟自己找上门儿了。他问：你找我有什么事吗？

大韩说：指导员到宿舍里去找你，没找到，问我你到哪里去了。我说你有可能到宋师傅家喝酒去了，他就让我来找你。

杨师傅心里一沉，没有马上问指导员找他有什么事，他转过头对宋春晖说：我跟韩师傅一块儿回去，春晖你就回去吧，不用送我了。

好吧，那我就不送杨叔叔了。

月光无语。直到走出家属区，杨师傅才问大韩：指导员找我有什么事吗？

估计大韩预想的是，他来宋师傅家找杨师傅，杨师傅仍在和宋师傅一块儿喝酒，而且喝得正酣。俗话说烟酒不分家，宋师傅见他来了，一定会让他坐下喝几杯。不料想他还没走到宋师傅的家门口，杨师傅已经从宋师傅家走了出来。他未免有些失望，还有些不悦，没好气地说：我又不是指导员，指导员找你有什么事，我怎么知道！

指导员的家属不在矿上，过节谁都想家，指导员也是一个孤独的人哪！

指导员才不孤独呢，我见他把矿医院的丁大夫领到他宿舍里去了。丁大夫一路走，一路笑，笑得跟下蛋的母鸡一样。

哪个丁大夫？是那个被人称为笑面天使的女大夫吗？

不是她是谁！我听说她在别的矿上乱搞，她男人跟她离了婚，她才调到咱们矿上来了。

你听到的消息真不少，我怎么没听说过？

自己的消息多，就顾不上听别人的消息了。

你这话是啥意思？

啥意思都没有，没意思。指导员看你表现不错，大概要提拔你吧！

你不要讽刺人，我又没惹你，你说话带刺儿干什么！

见指导员的宿舍里还亮着灯，杨师傅没有回自己的宿舍，直接到指导员的宿舍里去了。他不知道丁大夫还在不在指导员的宿舍，用指头轻轻敲门。

哪位？

我，杨海良。

指导员的门锁是暗锁，他从里面把门打开了。

杨海良没敢马上进门，问：指导员您找我？

进来说吧。

指导员的宿舍也是办公室。一间屋用糊了旧报纸的板皮隔开，里边半间是卧室，外边半间是办公室。办公室里有办公桌，有两把椅子，一只长条板凳，桌上放有一台煤块儿一样的电话机。杨师傅进屋后，指导员顺手把门关上了，暗锁的锁舌头弹进锁口。指导员开门时，月光霎时照进屋内。指导员把门关上呢，等于很快把月光推了出去，并拒之门外。指导员在椅子上坐下了。在杨师傅没来之前，指导员大概在看报纸，报纸还在桌面上打开着。指导员让杨师傅坐一会儿吧。

杨师傅看了看放在指导员办公桌对面的椅子，没有坐，坐在放在桌子一头儿的长条板凳上。

你没少喝酒呀，中秋节过得不错嘛！

宋师傅让我去，我本来不想去，不想在过节时打扰人家，可宋师傅又让他儿子来叫我，我就只好去了。我没有喝多，不耽误按时下井，更不会影响安全生产。

指导员说：我找你没什么要紧的事，刚才医院的丁大夫来了，她听说你用炮线编的花篮很不错，想看一看。我去你的宿舍，想让你把花篮拿给丁大夫看一下。结果你不在宿舍，我也没看见你的花篮在哪里放着。你们宿舍的韩师傅知道你在宋师傅家喝酒，就自告奋勇要去找你，我不让他去，他还是去了。丁大夫等不及，没等韩师傅把你找回来，她就走了。

杨师傅说：真是对不起，花篮现在不在我手里，我已经把花篮送人了。

是吗，送给谁了？

送给宋师傅的女儿了，后天是宋师傅女儿的生日，我就把花篮送给她当生日礼物了。

宋师傅的女儿我见过，她是不是叫宋秋明？

是。

看来你和宋师傅的关系的确非同一般，连他女儿的生日你都知道。话说到这儿了，我问你一句话，想听听你的看法。据群众反映，说宋秋明长得很像你，眼睛、眉毛、鼻子都很像你，你听说了吗？

杨师傅吃惊不小，赶紧摇头，说没有，没有，我没听说过。

一盏带罩子的灯泡儿在桌子上方吊着，灯泡里发出滋滋的电流声。指导员在灯光下把杨师傅盯了一会儿说：你是真的没听说，还是装作没听说呢？

我真的没听说过。这个话可不敢瞎说，宋师傅的女儿姓宋，她长得只能像她爸，像她妈，怎么可能会像别人呢！

阶级斗争的复杂性就在这里，有些现象并不一定代表本质，本质往往被有些表面现象掩盖着。

听指导员说到阶级斗争，杨师傅更加心惊。阶级斗争年年讲，月月讲，天天讲，讲来讲去，说不定哪一天就会讲到自己头上。在讲到别人头上的时候，旁观的人会感到庆幸，还有些高兴。一旦讲到自己头上，事情就有些麻烦，无论如何都高兴不起来。刚走进指导员办公室的时候，他的脸色还有些发红，酒劲还没有退下去。这会儿他脸上的红色一点儿都没有了，变得有些惨白。紧张到手上，他的手梢儿也有些发抖。他把双手放在桌下的暗影里，使劲儿握了一下拳头。当他使劲握拳头的时候，手梢儿暂时停止了抖动，但他刚把手松开，手梢儿又抖动起来，而且比刚才抖动得还厉害。

指导员把杨师傅叫成了杨海良，说杨海良，我看你有点儿紧张啊，你心里是不是真的有鬼啊！

没有，我心里什么鬼都没有。

我告诉你，群众是真正的英雄，群众的眼睛是雪亮的，有些事情你想隐瞒是瞒不住的，瞒过了十五，瞒不过初一；瞒过了月圆，瞒不过月缺，迟早会暴露出来。好了，今天就说到这儿，你回去吧，准备下井去吧。

杨师傅往自己的宿舍走时，有些晕头转向，竟不知不觉向井口走去。直到看到在月光下高高耸立的井架，他才意识到还不到下井的时间。他的预感很不好，似乎有一场灾难要落到他头上。

指导员以反映群众意见的名义，并以发现阶级斗争新动向的名义，把对杨海良的怀疑报告给矿上政工组里的专案组，专案组的人马上立案，立即着手对杨海良的案子进行调查。当时每个矿的政工组都有专案组。所谓专案组，顾名思义，是为调查一个具体的案子，专门成立的临时办案组。一个案子办完了，从一些单位抽调人员组成的专案组就撤销了。可矿上的专案组走的却不是这样的路子，人员构成从一些单位抽调是不错，办的却不是哪一个具体的案子。不管有没有案子可办，先把专案组成立起来再说。既然专案组成立了，就不能闲着，就得找米下锅。专案组不只要办一个案子，有时同时要办两三个案子。一批案子完了，再办下一批案子。实在没案子可办，专案组也不解散，瞪大眼睛等待新的案情出现。是呀，只要阶级敌人还在，心不死，只要阶级斗争的弦继续紧绷着，怎么可能没有新的案子呢。从这个意义上理解，所谓专案是大专案，是阶级斗争之专案，是狠抓阶级斗争新动向之专案。

这不，案子说来就来了，他们又有事儿干了。通过对案情的分析，他们都觉得这个案子比较新鲜，符合阶级斗争新动向中那个新字的特点。同时他们知道，这种牵涉到男女关系的案子，一般来说内容比较丰富，比较生动，破起来比较好玩儿，一点儿都不枯燥。专案组的所有成员都积极请战，要求参与办这个案子。专案组一共五个人，除了组长由政工组的副组长兼任，其他四个人都是从下面的生产连队抽调上来的退伍军人。既然整个煤矿实行的是军管，既然矿上的革命委员会主任由军队的现役军官担任，把政治上可靠的退伍军人使用起来是顺理成章的事。那四个退伍军人除了摘去了领章、帽徽，他们还穿着军装，戴着军帽，保持着军人的作风。包括组长在内，他们有一个共同之处是，他们的老婆都不在矿上，五个人都是单身职工。平日里，他们也很少有机会跟女职工在一起，很少有机会跟女工说话。他们初步认定，杨海良是这个案子的主犯，案子的名字叫"杨海良借鸡下蛋案"。为了显示对这个案子的重视，也是为了早出办案成果，向矿务局军管会邀功，由组长亲自挂帅，另带一个组员，负责办这个案子。

专案组办案，已经积累了不少经验，知道办案必须找准案子的薄弱环节，从薄弱环节入手，案子才能尽快取得突破性进展。拿杨海良的案子来说，他们虽然认为杨海良是案子的主犯，却没有把杨海良作为主攻目标，因为杨海良不是薄弱环节，极有可能是一个顽固的家伙。那么，他们选的薄弱环节和突破口是谁呢？是宋心刚的老婆。

季节到了深秋，夜里下了秋雨，刮了秋风，杨树的叶子落了一地。这天早上，宋嫂上班刚来到矿上的幼儿园，专案组的组长就给幼儿园的园长打电话，说让宋嫂到专案组的办公室去了。宋嫂说：我正上着班，正看着几个孩子，你们让我到这里干什么，有啥事儿吗？

组长说：找你当然有事儿，没事儿让你来干什么！办公室里有一块长方形的案子，组长和那个组员已在案子后面的椅子上坐下，组长一指案子对面的一张连椅，让宋嫂坐吧。

宋嫂说：我不能坐了，有啥话你们问完，我还要去上班。

不想坐你就站着，这是你的自由。你的态度要老实一些，我问你什么，你就如实说什么。你要是不老实，就把你送进学习班学习。进了学习班，一切就由不得你了，别说去幼儿园上班，连家都不能回。在学习班学习多长时间，取决于你的态度，也许三天五天，也许十天半月。

宋嫂一听，顿时惊恐起来。她听说过学习班，去学习班跟住班房差不多，进去就没好日子过，不脱两层皮，也得脱一层皮。她说：那可不敢，学习班我可去不起，我还等着去幼儿园看孩子呢，我还得回去给我家下井的男人做饭吃呢！

何去何从，就看你的态度是不是老实了。名字！

啥？噢，我没有大名，他们都叫我宋嫂。

你没有大名，难道连小名儿也没有吗？

有，小名儿有，我的小名儿没跟别人说过，我的小名儿叫毛妮儿。

哪个毛？毛是你的姓吗？

我也不知道。

组员面前有一本儿打开的笔记本，他把毛妮儿的名字记下了。组长负责审问，组员主要任务是负责记录。

这次让你来，主要是让你谈杨海良的问题。

听人家提起杨海良，宋嫂脸上红了一下，马上又白了。她说：杨海良我知道，他是我家男人的好朋友。我不知道他有什么问题。

你可以先谈谈对杨海良的印象如何。

如何呢？矿上不少人都知道，杨海良救过我家男人宋心刚的命。要不是杨海良救过他的命，他早就没命了。我不止一次听宋心刚跟我讲过，那天放过炮，他刚要在采煤场子架棚子，头顶的碎煤碎矸石突然冒落下来，他连喊一声都没来得及，就被埋住了，埋得严严实实，连头顶的矿灯都跟灭了灯一样。杨海良一看他不见了，就赶紧扑下身子扒他。杨海良不敢用镐扒，怕扒住他的头，只能用两只手扒。把他的头扒出来时，他的脖子已成了软的，眼睛也闭上了，喊他他也不答应。杨海良用手在他鼻子前试了试，试出他还有一口气，就抱住他的两只胳膊窝，使劲把他从煤窝里拽了出来。把人拽出来了，他的两只深腰胶鞋留在了煤窝里，工作裤也被拽烂了。亏得杨海良扒人扒得及时，如果耽误一小会儿，一小小会儿，宋心刚的一口气就没了。回头再看杨海良的手，杨海良有一只手上的指甲都扒掉了，血乎流啦的……

组长有些不耐烦地说：你说这些干什么，我们不是来听你对杨海良评功摆好，主要让你揭发他的问题。我来问你，杨海良是不是打过你的主意？是不是跟你发生过关系？

宋嫂知道发生关系的严重性，她吓得大睁着眼睛，显得眼白有些大，眼珠有些僵硬，像一个受到惊吓的孩子。她说没有，啥都没有，杨海良是个好人。她又说：没有的事可不敢瞎说。这话她是对组长说的，又像是对自己说的。

我看你的态度还是不老实，还是在故意包庇杨海良。你要明白，纸里是包不住火的，事实最有说服力。据广大群众反映，你的女儿长得很像杨海良，这个现象你怎么解释？

那不可能，我女儿长得像我，别人谁都不像。

组长换一个策略，开始诈唬这个小名叫毛妮儿的女人，他知道，像毛妮儿这样没见过多少世面的矿工家属，是经不起诈唬的。于是他说：其实你交代不交代都无所谓，因为杨海良通过在学习班的学习，已经提高了觉悟，已经交代了。他承认多次跟你发生过关系，你所生的两个孩子都是他的。

我的天哪，这是怎么回事！她问：杨海良真是这么说的？

组长冷笑了一下：这难道还有假，白纸黑字，他交代的事实都在记录本里记着呢，不信把记录本给你看看。说着瞥了一眼组员面前的记录本。

组员明知毛妮儿不识字，还是拿起记录本，向毛妮儿举了一下。

毛妮儿双手捂脸，突然哭了起来。她哭得呜呜的，眼泪从手指缝里流得一塌糊涂。她没有喊天，也没有呼地；没有哭娘，也没有叫爹，哭里没有任何字眼儿，只是哭，她的哭像是动物的哭。只是任何别的动物都不如她哭得如此持久，如此痛彻心扉。她哭得大概有些头晕，身体摇晃了一下，差点儿摔倒。她的手碰到了连椅的椅子背，就摸索着坐到了连椅上，接着哭。

组长和组员互相看了看，笑了一下。根据他们的办案经验，他们知道，这个矿工家属的心理防线已经被攻破了。在他们看来，人的眼眶好比是堤坝，人的眼泪好比是洪水，当洪水漫过堤坝，倾泻而下，就等于人的心理堤坝崩溃了。心理堤坝一旦崩溃，下一步就该坦白交代了。

　　正像两个办案人员所预料的那样，毛妮儿哭过之后，稍微平静了一下，就说了实话。她说她和宋心刚生过一个孩子，那个孩子没有成人，一岁多的时候生病死了。宋心刚出过那次事故后，命虽说保住了，命根子不行了，不起作用了。她一心还想要孩子，觉得没有孩子就对不起宋心刚，也对不起老宋家。春天有一天，杨海良去我们家找宋心刚说话。宋心刚那天不在家，我留杨海良在家里坐了一会儿。我对杨海良说，我想要个孩子。杨海良也知道宋心刚的生育能力不行了，他明白了我的意思，我们就那个了。这个事儿她心里一直摆不平，觉得是为宋心刚着想，又觉得对不起宋心刚。她一再为杨海良开脱，说这事儿不怨杨海良，是她找的杨海良，错都出在她身上，不能让杨海良背黑锅，别太为难杨海良。她还向办案的人请求，这事儿最好别张扬出去，因为她的两个孩子都在矿上工作，要是孩子知道了，会在人前抬不起头来。

八

　　杨海良被很快送进了学习班。学习班不是在杨海良的宿舍办，而是另外找了一个比较隐蔽的地方。负责办学习班的还是诈唬宋心刚妻子的那两个人，还是一个组长；一个组员。在办学习班期间，组长不一定一天到晚盯在学习班里，但那个组员却对杨海良形影不离。组员除了监督杨海良搞好学习，还负有看守杨海良的任务。他不允许杨海良跨出学习班的门口，哪怕跨出半步，也要向他报告。杨海良去厕所怎么办呢？他在后面紧紧跟着，把杨海良保持在伸手可及的范围内。组员这样限制杨海良人身自由的目的，一是防止他与同案人串供；二是防止他逃跑；三是防止他畏罪自杀。

　　杨海良让看守他的人只管放心，说他不会逃跑，也不会自杀。他在老家有老婆，孩子，他要是逃跑了，自杀了，家里的老婆孩子怎么办！

　　组长说：你家里既然有老婆，孩子，还搞别人的老婆干什么！你既然有了孩子，还跟别人生孩子干什么！

　　杨海良摇头：我不懂您的意思。

　　你不要揣着明白装糊涂了，苦海无边，回头是岸。我一说你就明白了，毛妮儿已经彻底揭发了你，揭发得一五一十，清清楚楚。

　　毛妮儿是谁？

真的不知道毛妮儿是谁吗？

真的不知道。

连自己相好的名字都不知道，看来你还是投入不够，你相好对你还是有所保留。不过这个无关紧要，紧要的是，目前摆在你面前有两条路供你选择，一条是从宽的路，一条是从严的路。从宽的路，可能不一定开除你，还保留你的工人身份。从严的路就不好说了，判你个三年五年都是有可能的。从严的情况你应该知道一些，咱们矿上有几个劳改犯，都是因为他们乱搞男女关系，触碰到阶级斗争的纲，才被判了刑。

杨海良没说选择哪一条路，只说：我完了，我做不起人了，我好糊涂啊！这样说着，杨海良也哭了。他不像宋师傅的妻子那样痛哭号啕，只是心里一酸，鼻子一酸，大颗大颗地往下掉眼泪。

在办学习班的人看来，杨海良掉眼泪，也是心理防线崩溃的一种形式，崩溃之后，就该交代自己所犯的错误了。组长说：我听说你上过几年学，我们给你一些纸，你可以把你搞婚外男女关系的事儿写下来。从你第一次犯事儿写起，每犯一次事儿就列为一条，犯过多少次事儿，就列出多少条。你写得越具体，越详细，就越好。

杨海良说，他不会写。识那几个字，除了隔一两个月给家里写一封报平安的信，别的东西他啥都没写过。

不会写，那你就说，我们给你记录下来，等于记录你的口供。等把你的所有口供都记录完，你签字画押就行了。你交代的过程，就是斗私批修的过程，就是在灵魂深处爆发革命的过程。阶级斗争一抓就灵，在抓革命促生产方面灵，抓在你身上也不例外，也会灵。你交代得怎么样，对你是一个考验，考验你对伟大领袖毛主席忠不忠。你交代的每一句话，每一件事，毛主席都听着呢，你要是不忠于毛主席，我们坚决不答应，广大革命群众也不会答应。

回忆交代自己所做的丑事，杨海良等于拿自己的巴掌抽自己的嘴巴子，让他觉得非常丢脸，非常为难。但他不抽自己的嘴巴子又不行，要是不自抽嘴巴，人家会把他在学习班里一直关下去，一直扣发他的工资，一直限制他的自由。这样自我揭发，也跟揭自己身上的伤疤差不多。每揭一下，他都有些疼痛难忍，连想死的心都有。可是，他不自揭伤疤又不行，哪怕把自己揭得体无完肤也得揭，不揭这一关就过不去。杨海良在学习班里学习了四天，硬着头皮，厚着脸皮，把该交代的事情都交代了出来。

从学习班里出来后，采煤连仍不许他下井采煤，他还要在连里的群众大会上进行自我批判，并接受革命群众的批判。

与矿工每天都要下井一样，他们每天都要开会，都要学习。每天下井是一次，开会学习却是两次，班前学一次，班后再学一次。这样的集体开会学习，还有一个说法，叫早请示，晚汇报。早请示是向毛主席请示，请示这天要干什么。晚汇报也是向毛主席汇报，汇报这天干得怎么样，能不能让毛主席满意。其实，不管是早请示，还是晚汇报，不过是读毛主席著作，或者念报纸上的大批判文章。矿工们对这样的天天学并不感兴趣，他们认为不过是走形式，应付事儿。可是，他们不参加学习又不行，因为学习和下井记工连在一起，如果你不参加班前和班后的学习，就不记工，就扣工资，下井干活儿等于白干。人总要吃饭，穿衣，当工人就是为了挣工资，挣不到工资可不行。学习就学习吧，只要能把工资挣到手，随大流呗。

今天的班后会情况不一样了，听说要在会上批判杨海良，他们把脸上的煤污洗得干干净净，你捣我一下，我捅你一下，情绪都有些兴奋，积极性都有些高涨。批判会预定在一间比较大的单身职工宿舍里开，还不到开会时间，有人就提前拿着小凳子来到了会场，占下比较好的位置。矿上的篮球场有时放露天电影，他们就是这样提前抢占位置。矿上好长时间没放露天电影了，偶尔放一次，还是老掉牙的黑白影片，他们早就看够了。而对杨海良的批判会，就其涉及的内容来说，恐怕比那些这战那战的电影还要精彩一些。关于杨海良所犯下的男女关系方面的事情，矿上传得风一阵，雨一阵；油一道，醋一道，在杨海良还没出学习班的时候，已经传遍矿井上下，矿上的人几乎都知道了。简单概括起来，他们听到的事情的情节大致是这样：宋心刚在井下发生过一次事故后，表面看不少胳膊不少腿，下面却不行了，像是又没胳膊又没腿，没了男人的强硬作为。这时，救过宋心刚命的杨海良，利用常去宋家走动的方便条件，就跟宋心刚的老婆走到一块儿去了，致使宋的老婆生了一男一女两个孩子。对于杨海良的所作所为，宋心刚心知肚明，但他睁一只眼，闭一只眼，正好借一下杨海良的力。这样一来，等于二男一女合演了一出戏，这戏不是二人转，而是三人转。对于这样即将上演的好戏，谁不想一睹为快呢！

不仅本采煤连的人提前来到了会场，连外连有的人听到了消息，也来到会场外面，像看电影一样看一看。其中有四个坐轮椅的矿工，他们都是因为在井下受了重伤，导致截瘫，坐上了轮椅。这几个瘫痪截瘫矿工，也都是有老婆的人，有的人老婆在矿上，有的人老婆在农村；有的有孩子，有的没孩子。他们听到了杨海良和宋心刚的老婆做下的事儿，难免联想到他们自己的遭遇，心底都起了一些波澜。遇到这样的批判会，他们本应有所忌讳，有所回避，但他们互相一打气，还是摇着轮椅来了。通过旁听这样的批判会，他们大概想吸取一些别人的经验和教训。

主持批判会的当然是连里的指导员，他坐在会场中央唯一的一把椅子上，严肃的表情下面露出掩饰不住的得意。由于他的阶阶级觉悟高，警惕性强，才发现了连里出现的阶级斗争新动向的蛛丝马迹。因此，他已经受到了矿上革命委员会主任的表扬。按照惯例，指导员在会议开始前先念了三段关于阶级斗争方面的毛主席语录，随后，用目光联系实际似的，分别盯了盯杨海良和宋心刚。杨海良没有自带凳子，他靠在南墙的墙根蹲着，低着头，耷拉着眼皮。他知道全会场的工友都在看他，他不敢看任何人。窗外不远处井架上的天轮在不停地转动，他的脑子却转不动了，像是停滞了。霜降过后是立冬，天气越来越冷。阴云压得很低，说不定会下一场小雪。宋心刚在一支接一支抽烟，团团烟雾几乎遮住了他的脸。他倒是没有低头，也没有耷拉眼皮，眼珠硬硬的，像是对抗的样子。至于向谁对抗，目标还不甚明确。指导员宣布，让杨海良开始自我检讨，自我批判。

好戏就要开始，满场观众和听众的情绪顿时兴奋起来，他们自摸耳朵，乱递眼神，仿佛在说，这样的会可以参加，这个比较好玩。

杨海良贴着墙根站了起来，站起来后，他把头抬了一下，随即又低下了，低得下巴几乎抵到了胸口。低头是必须的，既然在人前抬不起头来，那就提前把头低下来。由于在学习班里学习过，杨海良已经学会了怎样在检讨时上纲上线。他说：由于我活学活用毛主席著作做得不好，斗私批修不彻底，没站稳无产阶级立场，放松了世界观的改造，一不小心沾染了资产阶级思想，掉进资产阶级和修正主义的泥坑里去了。我对不起党，对不起人民，对不起社会主义，对不起无产阶级文化大革命，对不起所有的阶级兄弟，也对不起宋心刚师傅。我已经认识到自己所犯错误的严重性，很痛恨自己。我今后一定要加强学习，严格要求自己，重新做人，再也不能犯那样丢人现眼的错误。这样说着，杨海良想起，他以前跟工友们关系都很友好，比如在他捡炮线准备编花篮时，不少工友都帮他捡。现在由于他做下了错事，工友们可能就看不起他了。他还想到，矿上有他的老乡，老乡回老家探亲时，会把他的事儿传给老家的人。那样的话，不但丢人会丢到老家，连他的老婆和孩子都会知道。他总归要回老家去，不知怎样面对他的老婆孩子，不知怎样向他们解释。这样想着，他未免有些伤怀，检讨时声音有些低沉，有些发颤，眼里几乎掉下泪来。

可是，参会的人并不同情他，并不买他的账，因为他的检讨与大家的期望相去甚远，让大家颇为失望。当杨海良刚检讨完，指导员刚问一句杨海良检讨得怎么样时，大家就纷纷发言，表示对杨海良检讨的不满。

这算什么检讨，都是空对空，一点儿都不联系实际。

光给自己扣大帽子不行，得把自己的裤子脱下来，把自己的狐狸尾巴露出来让大家瞧瞧才行。

你得说清跟你发生关系的那个女人是谁，把你们发生关系的时间、地点，都必须交代清楚，不要妄想蒙混过关！

你编的花篮送给谁了？是不是送给跟你相好的那个女人了？

有公的还应该有母的，应该把那个女的拉来一块儿批斗。只有公的，没有母的，这算怎么回事！他们觉得，在井下干活儿，一个母的都没有。好不容易开一个对乱搞男女关系家伙的批斗会，还是一个母的都没有，真是没意思透了。

门外一个坐在轮椅上的矿工也激愤起来，举着拳头冲屋里喊：揍他，揍他，把他的鸡巴割下来喂狗！

宋心刚坐不住了，他也要发言。不知是激动，还是愤怒，他满脸通红，有些发抖。他说：我告诉你们，杨海良家是贫农成分，我家也是贫农成分，杨海良救过我的命，我们是阶级兄弟。不管发生了什么事，我们和杨海良的矛盾只能是人民内部矛盾，不是敌我矛盾，你们不能把杨海良当阶级敌人对待！

宋心刚这样说等于引火烧身，不少人遂把火烧到他身上去了。有人质问他：宋心刚，杨海良跟你老婆好，你到底知道不知道？

还有人问：据说你的两个孩子都不是你的种，你不行了，就借了杨海良的种。是不是这样？

宋心刚急了，他握紧了拳头，瞪大了眼睛，一副要和人拼命的架势，他说放屁，老子姓宋，我的两个孩子都姓宋，一个叫宋春晖，一个叫宋秋明，谁敢说我的孩子不是我的，我跟谁拼命。谁说老子不行，谁敢说老子不行，有种的你站出来，把你老婆叫来，我跟你老婆试试，看看老子到底行不行！

没人站出来，会场里响起一片轻微的笑声。

批斗会上出现这样的场面，是指导员没有料到的，他的脸黑了下来，似乎比外边的天阴得都重。他坐不住了，从椅子上站了起来，指着宋心刚说：你也太猖狂了，你要干什么！我明确告诉你，杨海良堕落到今天这一步，你有脱不掉的干系，说你们狼狈为奸都不为过。你放心，矿革委会不会放过你，下一步一定会跟你算账。接着，指导员从理论高度，对宋心刚所说的话进行了批驳，他说：你说你们两个的家庭都是贫农成分，这说明不了什么问题。用辩证唯物论和阶级斗争的观点分析，事情是会发生变化的，在一定条件下，贫农家庭出身的人，也会产生地主阶级的思想，产生资本主义的思想，成为无产阶级的斗争和批判对象。现在工人阶级对你们的批判，是对你们的帮助和挽救，你们不要有对抗的情绪。你们要是对抗，只能是死路一条！

宋心刚对指导员也敢顶撞，他说：什么这阶级那阶级，这主义那主义，你不要用大帽子压人，我还不知道你心里是咋想的。你看我老婆和孩子的户口都在矿上，你老婆和孩子的户口不在矿上，你心里就不平衡。你见我请杨海良喝酒，不请你喝酒，就气不顺，就千方百计找我们的碴儿……

指导员挥手打断了宋心刚的话：你完全是胡说八道，信口开河，简直是对我的污蔑！你太小瞧我了，我难道没喝过酒吗，我喝酒的地方多得是，谁稀罕你的酒！今天在座的绝大多数矿工，老婆孩子的户口都不在矿上，难道大家心理都不平衡吗！你问问大家同意不同意你的污蔑！下面继续进行对杨海良的批判，大家要积极发言。谁发言？

无人发言。冷场。冷得似乎比外面的天气都冷。

那几个摇轮椅的矿工没看到什么热闹，掉转椅头开始退场。其中一个矿工在嘟嘟囔囔骂人：他妈的，没劲。什么都没劲，到哪里都没劲。

指导员只好宣布：今天的会就开到这里，散会。

九

杨海良没有被判刑，也没有被开除矿籍，只是降了一级工资，仍在矿上劳动，一边劳动，一边进行思想改造。矿上把他调出了采煤连，不让他在井下挖煤了，命他去挖备战用的地洞。上面给全国人民下达了动员令：要准备打仗。备战备荒为人民。深挖洞，广积粮，不称霸。下面的解释是，为了防止美帝国主义和苏联修正主义用原子弹炸我们，就要事先挖好地洞，到时钻进地洞里藏起来。长期躲藏得有吃的，所以必须大量储备粮食。其实矿工每天都在地层深处挖地洞，地洞挖得四通八达，每座煤矿的地下都像是一座不夜城。那么，把井下的地洞作备战洞不行吗，等战争起来，人们躲进井下的巷道不行吗？回答是不行，矿井用于生产，地洞备于战争，二者不可互相代替。不管井下有多少巷道，备战的地洞都必须另打。

矿上为何命杨海良去挖地洞呢？是挖地洞的劳动强度更大吗？更危险吗？那倒不见得。井下的巷道距地面有几百米深，地压很大。地洞离地面只有十几米深，地压比较小。矿井的井筒子要穿过土一层，沙一层，水一层，石一层，危险重重，每一层都不好过。地洞只在土层里挖，危险小多了。杨海良一去挖地洞就知道了，原来被集中起来挖地洞的人，都是有问题的人，都是被打入另册的人，都是需要通过劳动进行思想改造的人。那些人当中，有因奸污妇女被判徒刑的人，有现行反革命分子，还有右派分子和走资本主义道路的当权派。之所以把他们放在一块儿挖地洞，便于监视和管制是一个方面，另一个重要的方面，是不断提醒他们的自我坏人意识，以便对他们进行精神上的惩罚，还有羞辱。让杨海良难以接受的是，对他的到来，那些人都有些微笑，仿佛在说：我们知道你犯了什么事，我们都是一样的。杨海良是一个很要脸面的人，在没出事之前，别人跟他说一句笑话，他都会脸红。有的人也许正因为知道他自尊，要脸面，就故意伤害他的自尊，故意让他脸面扫地。人走到这一步，杨海良只能把苦水往自己肚子里咽，一点儿办法都没有。除了拼命干活，按时参加早请示，晚汇报，他只在宿舍里蒙着头睡觉，哪儿都不去。在井下干完活儿，升井后都要洗一个澡，洗去脸上身上的煤黑。在地下挖洞子，每天泥一身，汗一身，干完活儿也应该洗个澡。为避免在澡堂里碰见采煤连的工友，他连澡都不洗了。大韩问他，宋师傅怎么不请他喝酒啦？宋师傅很不够意思呀！他听出大韩是在讽刺他，揭他的短，可他一点脾气都没有，一句硬话都不敢说，只苦笑一下就完了。有一次在上班的路上碰见一个女工，女工问他，听说他会编花篮，现在还编吗？也许女工的问话没有任何不好的意思，但他听了还是觉得很不好意思，说了一句早就不编了，赶紧低头走了过去。

杨海良担心他在矿上出事儿的消息会传到老家，结果还是传到老家去了。妻子给他来了一封信，信没有像过去那样称呼他孩子他爹，上来写成杨海良，指责他真没良心。妻子在信里说：我在家里上养老，下养小，不是千辛，就是万苦。你在外面却做出了那么不要脸的事，你对得起谁呢！你的良心到哪里去了，难道让狗掏吃了吗！人家批斗你是应该的，开除你都不亏。矿上要是开除了你，你不要回来了，要饭也不要回来。我丢不起那人，孩子们在人前也抬不起头来。看了妻子的信，他头一晕，眼一黑，差点摔倒。他想把信装回信封里去，可信像是很倔犟，拒绝回到信封里去似的，他的手抖得一装二装都装不回去。他只好把信拿在手里，躺在床上闭上了眼睛。在闭眼之前，他并不觉得眼里有眼泪，一闭上眼睛，眼泪就从眼角滚了出来。泪珠顺着鬓角，一直流到耳朵那里。他觉出自己的泪是凉的，冰凉冰凉的。以前，当接到妻子的来信时，他都会及时给妻子回信，感谢妻子在家里所付出的辛苦，表达对妻子的怀想之情，并表示对几个孩子的关心。他反复想过，妻子是好妻子，虽然他和宋嫂有了那样的事情，却从没有影响对妻子的感情。相反，因为心里怀了一些愧疚，他对妻子的感情反而更深了，思念更多了。他原以为，他和宋嫂的事，作为一个秘密，会一直隐藏着，隐藏着，什么时候都不会暴露，一切都平安无事。是呀，这个秘密只要宋嫂不说，他不说，宋师傅不说，谁会知道呢！他心里承认，宋秋明长得是有点儿像他，但作为一个女孩子，宋秋明更像她妈妈。不能因为宋秋明长得有点儿像他，就怀疑是他的孩子。等退休年龄一到，他就卷起铺盖，离开煤矿，回到自己老家去了。到那时，他再好好给妻子一些补偿，给孩子一些父爱。季节有春夏秋冬，月亮有阴晴圆缺，树木有叶绿叶黄，百花有花开花落，一切都是自然而然的事。他没有想到，革命盯上他了，阶级斗争斗到他头上了，他的命运一落千丈，一下子跌进了谷底。他多次做过跌进无底黑洞的噩梦，但不等触底，他就会惊醒，每次醒来都深感庆幸。这一次他不是做梦，是真的跌进了无底的黑洞。这样的梦还能不能醒，他就不知道了。

宋心刚也受到了歧视，他的日子也不好过。杨海良被调走了，他和他多年的搭档活活被拆散了。以后别说和杨海良一块儿干活儿，一块儿喝酒，恐怕连见面都难。一个采煤场子总得有两个人干活儿，连里把新工人小梁分给宋心刚做帮手。小梁长得细条条的，身体还很单薄。小梁在采煤方面不但没有任何技术，攉煤时连一锨煤都端不动，只能半锨半锨攉。宋心刚知道小梁是顶替工亡的父亲参加工作的，对小梁很是同情。小梁攉不完的煤，他架好棚子后，就替小梁攉。他每天都会想起杨海良，他想，他要是再被冒顶的煤和矸石埋住，就不会有人救他了，他只有死路一条。这还不算，连里还变着法儿对他进行惩罚。每天上班后，排长从工作面上下走一遭，看到哪里压力大，哪里有断层，哪里有淋水，就让他在哪里干儿。宋心刚意识到，这是连里在指导员的授意下，在变相整治他，他心里别扭得很。连里没有地富反坏右分子，这是连里把他当成地富反坏右分子对待，这真是故意欺负人啊！有时他忍不住，把想法儿说了出来，问条件不好的地方为啥都让他干。排长说，他是老工人嘛，他技术高嘛，他不在那里干，谁在那里干呢！排长还说风凉话：你家里条件好，你可以待在家里不上班嘛！

我不上班谁给我开工资！

你儿子，你女儿，都上班挣钱，你还在乎那一点工资吗？

除了挣工资，我还要为国家做贡献呢。

对了，我们正是考虑到你要为国家多做贡献，才需要你发扬一不怕苦、二不怕死的精神。

宋心刚只能自认倒霉。

这天宋心刚下班的时间是后半夜，升井时眼前一白，他发现井上下雪了。井下从来不会下雪，一年到头儿都是黑的。井上下雪，井下的人一点儿都不知道。只有到了井上，才能看到天地一片白。大概因为黑的东西看得太多，宋心刚很喜欢下雪，每次看到下雪，他都很高兴，几乎想喊两声。还有，往年每年下头一场雪时，宋心刚都愿意邀杨海良去他家一块儿喝两杯，屋外白雪飘飘，屋内炉火盈盈，举杯就是哥俩好，那是何等惬意！往年下雪，今又下雪，他想跟杨海良喝酒是喝不成了。不但今年喝不成，恐怕今后再也喝不成了，宋心刚几乎想叹一口气。万事瞒人不瞒己，对于杨海良和妻子的事，宋心刚是知道的，但他并不就此就认为杨海良道德品质不好。妻子一心想要孩子，他也想要孩子，在他失去能力的情况下，杨海良只是帮了他一个忙而已。杨海良救过他的命，又帮他要孩子，不过是救命救到底而已，这都是自然而然的事，有什么不可以呢！这和革命，和阶级斗争，和别人，又有什么关系呢，一切都是八不挨九不连啊！

宋心刚踏雪刚走到家门口，刚在门口的地上震了震粘在鞋上的雪，妻子就把门打开了，妻子说：下雪了，外面冷，快进来吧。

妻子就是这样知冷知热，多少年过去了，不管他是上白班，还是上夜班；不管是下雨，还是下雪，只要他一走到家门口，妻子必定在家里等他。室内暖意融融，宋心刚心里一热，接过妻子的话说：这是今年的头一场雪。

天冷得吃点儿热乎饭，我把面条儿擀好了，水也烧开了，马上就给你下面条吃。你今天还想喝点儿酒吗？想喝的话我给你烫上。

宋心刚说不想了，不喝了。

妻子给宋心刚做的是捞面条，浇头是葱花儿猪油汤，这样的面条吃起来热乎，软乎，又挡饿。宋心刚在吃面条时，妻子坐在床边看着他，样子像是有些走神儿。

宋心刚知道，矿上的幼儿园不让妻子看孩子了，等于把妻子开除了。妻子那么喜欢孩子，愿意天天跟孩子在一起，现在却不让她在幼儿园干了，妻子心里一定很委屈。他让妻子也吃点儿饭吧。

妻子说她吃过了，不饿。

外面起了一阵风，把门吹开了，一些雪花儿飘进屋来。妻子赶紧起身把门关上，并用插销把门插上了。她说：刚才忘了插门。

没事儿。

停了一会儿，妻子说：今天下午春晖回来了，把他的铺盖都搬走了，把他的东西也都拿走了。我问他搬到哪里去，是搬到单身职工宿舍吗？他一声不吭，连理我都不理，好像我欠了他八辈子的债一样。

是吗，这孩子怎么能这样！我知道了，矿上原来想让他参加篮球队的训练，现在又不让他参加了，他可能有气。孩子见识短，你想开点儿，别跟孩子一般见识。

心刚，我都不想活了，我死了算了！妻了说着，眼泪漉漉地流了下来。

宋心刚放下饭碗，看着妻子说：你不要说傻话，更不要犯傻，咱们一定要好好活着。难道你还没看明白吗，说来说去，变来变去，人过的还是日子。有人看咱们家的日子过得好，心不平，气不顺，就找碴儿给咱们添堵，不想让咱家继续过好日子。不管他们给咱们说多少吓人的大话，戴多少大帽子，都是为了一个目的，就是不想让咱们好好活着。他们活得不好，就想把大家拉平，也不想让我们好好活。如果我们不活了，就正好如了他们的意。我们把他们的心思弄明白以后，就得和他们对着来，他们不让我们活，我们偏要活着，他们想让我们死，我们偏偏不死。好了，别难过了，打起精神往前过。我的话你记住了吗？

妻子点点头，表示记住了。

宋心刚往女儿的房间看了一眼，问秋明是不是上班去了。

是上班去了。秋明也不愿意在家里多待了，拉着个脸子给我看，早早地就到班上去了。外面下着雪，临出门，我让她打把伞。她一句话不说，连看我一眼都不看，梗着脖子就走了。你看看，也就是一转眼的工夫，我在孩子眼里就成了仇人。

这事儿不能怪孩子，都是外面的人挑拨的。远的不说，你想想今年中秋节的那天晚上，咱们一块儿喝酒，一块儿吃月饼，那多好呀，两个孩子多懂事呀。外面的人一挑，孩子就成了这样。我想这都是暂时的，孩子最终还是会跟咱们亲的。哎，有一件事我还没跟你说过。我们连的指导员见秋明参加了工作，就托医院的丁大夫当介绍人，把秋明介绍给正在部队当兵的他弟弟。指导员的打算是，要是咱们家秋明同意跟他弟弟订婚，等他弟弟从部队退伍复员时，就可以要求上级照顾他弟弟和秋明的婚姻关系，把他弟弟安排在矿上当工人。秋明听说他弟弟并没有当军官，还是农村户口，就没有同意。指导员的如意算盘没有打成，对秋明有意见，就在别的地方找借口整治我们。反过来想一想，如果秋明同意了跟他弟弟订婚，那指导员就等于跟咱家结了亲戚，他不知有多高兴呢，肯定一好百好，什么事儿都没有。

妻子说：真是话不说不明，你这么一说，我才算明白了，原来船是在这儿湾着。

有些话也就是咱两口子在私下里说，哪里都是一样，你斗我，我斗你，斗来斗去，都是为自己，为了自己不失去利益，或者想得到更多的利益。

这些话你哪天跟杨师傅也说说，开导开导他，劝他别想不开。

现在事情正在风头上，海良是那么一个自责心重的人，我就是理他，他也不会理我。下雪总有化雪的时候，等以后有机会再说吧。

第二天下午，宋嫂正一个人在家里和面，准备蒸馒头，宋秋明回家来了。宋秋明还是低着头，进家还是不喊妈，把帘子一甩就到自己的小屋里去了。

外面雪还在下，只是没昨天夜里下得大，变成了零星小雪。当妈妈的也没有跟女儿说话，女儿既然正烦她，她最好离女儿远一点儿，何必惹女儿烦上加烦呢。

不料女儿却在小屋里哭了起来，哭得呜呜的，像受了天大的委屈一样。从小到大，女儿只要一哭，都会喊妈妈，妈妈，这一次女儿没有喊她，只是哭。儿女连心，她还是要去小屋看看女儿。来到小屋，她问趴在床头痛哭的女儿：明明，明明，你这是怎么了？

他们不让我在灯房干了，要把我调到食堂去做饭，呜呜，他们太欺负人了！

没事儿，干啥都一样，只要有工作干就行。

不一样，就是不一样。都怨你，都怨你！

怨妈还不行吗，妈对不起你还不行吗！

女儿呼隆从床上起来了，像是要找什么东西。她找到的东西是挂在她床头上方的那只花篮，她摘下花篮，撩开门帘，一下子把花篮扔到屋当门的地上，嚷着说：谁要他的花篮，我才不稀罕他的破东西呢！花篮里本来装的有发卡、钢笔、橡皮筋、万金油，还有一朵藕荷色的绢花，她连那些东西也不要了，扔掉花篮的同时，任那些东西撒了一地。

十

北斗在转，群星在移，一晃二十多年过去，煤矿发生了很大变化，煤矿的一切一切，都发生了翻天覆地的变化。比如说，用炸药雷管爆破采煤这一炮采工艺被彻底淘汰了，井下全部改用综合机械化采煤。矿工们站在由液压支架构成的钢铁长廊下面，只需摁摁电钮，大块大块闪着暗光的乌金就被采了出来。

没有了炮采，就没有了炮线，矿上再也没有人用炮线编花篮了。只有一些老矿工在回忆往事的时候，记起有一位姓杨的师傅曾用炮线编过花篮。受到杨师傅的启发和带动，别的矿工也用炮线编过花篮。不管是编花篮，还是花篮，似乎都变成了一种记忆，一种遥远的、彩色的记忆。他们不知道，会不会有人把这种记忆写进书里，要是写进书里，也许是美好的篇章。要是没人写的话，记忆就会烟消云散，不可寻觅。

天在上，地在下，任何变化都是先有翻天，后有覆地，一切变化都源自国家大形势的变化。"文化大革命"被否定了，各单位门口挂的革命委员会的牌子统统被摘掉了，当柴火烧了。被称为"纲"的阶级斗争和被称为"线"的路线斗争都不再提了，变成以经济建设为中心，大家好好劳动，多多挣钱，美美地过日子就行了。

恢复高考后，宋春晖考中本省的一座矿业学院。他带薪在学院里学习了三年，回到矿上的采煤队又干了三年，先是当了采煤队的队长，而后当上了矿上通风科的科长，接着又被调到别的矿，提拔为矿上的副矿长。他已在矿上结婚，娶的是矿上的团委书记，并有了自己的儿子。

宋秋明从职工大食堂调出来后，没有再回到灯房，而是调到了矿上的煤质化验室。对女工来说，化验室是矿上最好的单位，在化验室上班每天穿着白大褂，好像比在医院里当大夫都优越。调到化验室后，她到矿务局的总化验室学习了半年，回头就当上了矿上化验室的主任。宋秋明如此一路顺风，很大程度得力于她找到了一个好丈夫。她丈夫是比她高一届的矿中同学，职位是矿务局宣传部的副部长。宋秋明有了一个女儿，女儿跟她长得一模一样，母女俩好像是一个模子里

114

刻出来的。

宋心刚师傅去世了。临去世前，儿子宋春晖去医院看他，他满眼都是泪水。宋春晖知道爸爸有话要对他说，让爸爸有啥话只管说。爸爸说：你应该去你杨叔叔的老家看看你杨叔叔，你小的时候，他非常喜欢你，对你非常好。你杨叔叔夸你聪明，实诚，说你将来一定会有出息。我当时还不太相信，我不如你杨叔叔会看人。

爸爸您放心，我一定抽空儿去看看杨叔叔。

宋嫂的身体还可以，能够自己照顾自己。儿子让她去别的矿跟儿子一块儿住，她不去。女儿让她去矿务局跟女儿一块儿住，她也不去。她坚持一个人住在矿上的老房子里。老房子所在的家属区只有一个共用水龙头，家属区的人吃水用水都是用铁桶去水龙头那里接水。水龙头还不是一天到晚供水，只在早上和傍晚各定时供水两小时。宋嫂家里备有一口容积不小的水缸，她把接来的水倒进水缸里作日常用。从家里到水龙头那里有一段距离，在年轻的时候，宋嫂的双手各提着满满的一桶水，走得健步如飞。现在上岁数了，满桶的水她提不动了，每次只能提两个小半桶水。一次少提点儿没关系，多提两趟就是了。做蜂窝煤也是个气力活儿，在丈夫还活着的时候，他们家烧的蜂窝煤都是丈夫做。在丈夫每年秋季做蜂窝煤的时候，会有一些工友来帮忙。比如杨师傅，就多次帮他们家做过蜂窝煤。现在丈夫不在了，她就自己动手做蜂窝煤。每次不能多做，少做一些就是了。家属区的老太太见她一个人在门口的甬道上费劲巴力地做蜂窝煤，对她说：你儿子都当矿长了，让他给你送点儿现成的蜂窝煤不就得了，还费这么大的劲干什么！宋嫂立起身子，拐起胳膊，用衣袖擦擦额头上的汗说：我闲着也是闲着，干点儿活儿活动活动，权当锻炼身体。

儿子春晖来看妈妈，每次进屋先习惯性地看看水缸，如果水缸里的水不满，他会马上拎起两只铁桶去提水，一趟又一趟，直到把水缸灌满为止。这天儿子来看妈妈，进屋一看水缸里的水满满的。儿子说：妈，您给我留一点儿机会好不好！这样说着，他眼里的泪水似乎也要满了。

妈说嘿，我成天价闲着也是闲着，打点儿水活动活动，权当锻炼身体。

您这样做，邻居会笑话我们的。我看您还是跟我们一块儿住吧，矿上最近给我分了一套房子，是二楼的三居室，您可以单独住一个居室。

我跟你说过了，我哪都不去，我就在这儿守着你爸爸。他人不在了，他的魂还在呢！就是哪天我死了，也要死在这屋里。话说到这儿了，也不知道你杨叔叔还在不在人世？

应该在吧。

难说。他一退休就回老家去了，从他回老家到现在，十七年都多了，他一次都没有再回来过。他只比你爸爸小两岁，你爸爸去年不在了，谁知道他还在不在呢。你爸活着的时候，老是念叨他。

我爸临走前跟我说过，让我去看看杨叔叔。我去年事多，没有去成，今年我一定要去。

春天，宋春晖临出发去看杨叔叔之前，又去老房子里看妈妈，他的意思，看看妈妈要给杨叔叔捎什么话，或给杨叔叔带什么东西。宋春晖四十多岁了，他已经经历了很多事，也想了很多事。他理解了妈妈，对妈妈格外感恩。有一段时间，他给妈妈脸子看，不愿见到妈妈，甚至要和妈妈断绝关系。现在回想起来，他感到非常懊悔。都是因为自己当时年轻不懂事，又容易受当时社会风气的影响，才做下了一些错事。

妈妈没让春晖给杨叔叔捎别的什么东西，她只拿出了那只花篮，对春晖说：你把这只花篮拿给你杨叔叔看看，他一看见花篮，就知道咱们一直把花篮保存着，咱们全家人都没有忘记他。妈妈也没让春晖给杨叔叔捎什么话，只说：我知道你买了照相机，你把照相机带上，给你杨叔叔照张相，拿回来给我看看。

那没问题。我不光给杨叔叔照相，给他们家的人也照一些。

这天一早，宋春晖按照妈妈所提供的地址，拉上一只稍大的拉杆行李箱，一路坐了汽车坐火车，下了火车再坐汽车，向杨师傅所在的村庄杨宋庄走去。是矿上的小轿车把他送到火车站的，在小轿车上坐着时，天还没有下雨。等他坐上火车，火车刚开进原野，外面就下起雨来。雨是春雨，下得并不大，可因火车跑得快，车行带风，雨就显得大了。雨点打在玻璃窗上是斜着流，或横着流，把玻璃窗流成白色的模糊。车窗外是绿色的麦田，麦子已经起身，绿得水汪汪的。列车像是在绿色的海洋里穿行，不知何处才是尽头。如爸爸所说，在宋春晖小的时候，杨叔叔的确很喜欢他，多次带他到外面玩。杨叔叔带他到南边的水库里玩过水，捉过虾。杨叔叔带他到北面的山里摘过酸枣，逮过蚂蚱。杨叔叔还用自行车带着他，到附近的县城赶过大集，不管他想吃糖葫芦，想喝汽水，还是想吃烧鸡，只要他一指，杨叔叔二话不说，马上给他买。不管他吃什么，还是喝什么，杨叔叔都是不吃也不喝，只看着他一个人吃和喝。以致他动不动就往杨叔叔的宿舍里跑，让杨叔叔带他出去玩。有时爸爸要带他出去玩，他不干，说我不跟你玩，我跟杨叔叔玩。爸爸笑着说他是杨叔叔的一条狗，是杨叔叔把他喂熟了。当时他不明白杨叔叔为什么那样喜欢他，那样对他亲。后来他才明白了，杨叔叔对他的亲，是血脉里的亲，是骨子里的亲，杨叔叔不想对他亲都管不住自己啊！然而杨叔叔挨整之后，他就昏了头脑，把杨叔叔当成了阶级敌人。有一回，他看见杨叔叔从对面走过来，他顿时怒气冲冲，打算与杨叔叔碰面时，就往地上啐一口。可是，杨叔叔看见他之后，没有再往前走，打了回头，退了回去。有爱打架的男同学给他出主意，要替他把杨叔叔修理一下。亏得他没有点头，要是他点头同意了，要是男同学把杨叔叔打出个好歹来，他今天可怎么面对杨叔叔呢。

宋春晖一路打听着，中午时分来到了杨宋庄的村头。雨还在下着，地上起了泥。他的拉杆行李箱下面的万向轮被泥巴抱住了，往哪个方向都转不动。他只好一手打伞，一手提着行李往村里走。细雨纷纷，路上不见行人。村口有一个小卖部，他看见一个中年男人在小卖部的柜台里面吸烟，就向小卖部走去。

中年男人先跟他打招呼：你不像我们庄的人哪，我以前没看见过你呀！

宋春晖说，他的确不是这个庄上的人，他是第一次来这个庄。

中年男人把他上下打量了一下，见他穿着西装，打着领带，穿着皮鞋，说：我看你像个当官儿的人哪！

宋春晖没承认他是当官的人，也没有否认，只说他在煤矿工作。

那你找谁？

我找杨海良师傅，他是从我们煤矿退休回来。

你是他的什么人哪？

宋春晖心说，这个人的话可真多。可眼前没有别的人可问，你不让他多话又不行。他是杨海良师傅的什么人呢？他说：杨海良师傅是我爸爸的好朋友，我喊他杨叔叔。

你来晚了，杨海良不在啦，不在三四年了。他两口子都不在了，都埋到南边的坟地里去了。

天边隐隐滚过一阵雷，宋春晖的心情顿时沉重起来。妈妈担心过，不知道杨叔叔还在不在人世。妈妈的担心，也是妈妈的预感，看来妈妈的预感是有道理的。他问：杨叔叔的儿子在家吗？

应该在家。他儿子叫杨春云，是我们村的支书。你从这儿往西走，再往北边一拐。看见一座两层楼，那就是杨支书的家。现在我们村住楼房的，只有杨支书一家。我这里卖的有好烟，也有好酒，你不给杨支书买点儿烟和酒吗？

谢谢您，我带的有烟有酒。说着把行李箱往上提了一下，提示给小卖部的中年男人看。

再过几天就是清明节了，在往杨春云的家走的时候，不知怎么就想起了"清明时节雨纷纷，路上行人欲断魂"的诗句。以前想起这样的诗时，他从没有把诗句跟自己联系起来，以为路上的行人都是别人。今天他才悟出来了，原来路上的行人是他自己，欲断魂的也是他自己啊！

宋春晖来到杨春云家院子门口，拴在门里一侧的一条大狼狗冲他叫了起来，一边狂叫，一边跳跃，带得铁链子哗哗作响。

主人杨春云从堂屋里走了出来，问：你找谁？

您是杨春云吗？

我是。你是？你先别说，让我猜猜你是谁？他把来人的长相看了一下说：你叫宋春晖对不对？

宋春晖点头儿说对。

杨春云大声呵斥狼狗：不要叫了，都是自家人！说着，他像篮球场的裁判员所做的那样，右手平着在上，左手竖着在下，做了一个叫停的动作。狼狗看见他所做的动作，果然不叫了，并停止了跳跃。他伸手接过宋春晖的行李箱，领宋春晖到堂屋去了。他说：我听我爸爸说，你一定会来看他，你还真的来了。

我来晚了，对不起杨叔叔。

那没事儿，你只要来了，心意就到了。

宋春晖打开行李箱，从箱子里取出两条烟，两瓶杨叔叔爱喝的大曲酒，还有点心盒子、午餐肉罐头和水果罐头。

杨春云说：你来就来了，还带来这么多东西，多沉哪！我知道你比我大两岁，我就叫你春晖哥吧。你看，你的名字中间带一个春字，我的名字中间也带一个春字，这也是一种缘分吧。

这时，杨春云的妻子和一个孩子从楼上下来了，杨春云向妻子介绍了宋春晖，说：这是从矿上来的春晖哥，你去弄几个菜，中午我们哥儿俩喝两杯。

宋春晖提出，他要到杨叔叔的坟前看看。

地里有泥巴，不去了吧？

一定要去！

听哥的。

去坟地时，宋春晖带上了那只花篮和照相机。杨春云在前面走，宋春晖在后面跟。杨春云说：今年的麦根儿长得不错，如果不出意外情况，又是一年好收成。走到麦田与麦田之间的一条　米来宽的横路上，杨春云停下脚步，向北边的麦地一指说：那就是我爸我妈的坟。

宋春晖看见了，那是一座孤立的坟，坟上长满了细叶的藤蔓植物，植花开着紫色的小花儿。宋春晖静默地把坟看了一会儿，似乎看见杨叔叔从坟中站立起来，杨叔叔像以前一样和善地笑着对他说：小晖你来了！一种难言的悲痛涌上心头，宋春晖的两眼开始发湿。

麦子种得密，麦叶上落满雨水的水珠，看上去白汪汪的，像是一条河。而麦叶下面的土地上，像是布满河底的淤泥，脚一踩就会陷下去。横路离坟墓有十多米，杨春云的意思，让春晖哥远远地把坟墓看一眼就行了，不用再往麦地里蹚了，不一定到坟墓跟前去了。

可宋春晖的执拗劲儿上来了，是河他也要下，是淤泥他也要踩，他不由分说地踏进麦田，照直向坟前走去。刚走进麦田间的横路时，本来是杨春云在前，宋春辉在后，这会儿往坟跟前走时，变成了宋春晖在前，杨春云在后。宋春晖刚踏进麦田，他西裤的裤腿就被麦叶上的雨水打湿了半截。他脚上穿的皮鞋更不像样子，刚走了没几步，鞋上就沾了两大坨泥，黄泥翻卷上来，把鞋面都给包住了，每挪动一步都很吃力。可是，此时他心中升起的像是血缘的力量，基因的力量，骨子里的力量，也是类似庄严的力量，悲壮的力量，什么裤子，什么皮鞋，这些统统不在话下，他就是爬，也要爬到杨叔叔的坟前去。

来到坟前站定，宋春晖稍事喘息，对着坟鞠了三个躬。他说：杨叔叔，我是春晖，我来看您来了。我来晚了，我对不起您！他双手把花篮端在胸前说：杨叔叔，这是您给我妹妹秋明编的花篮，她一直保存着，让我拿给您看看。杨叔叔，您看见花篮了吗？……

说着说着，宋春晖就哽咽起来。

（刊于《十月》2022 年第 4 期）

作者简介：

刘庆邦，1951 年 12 月生于河南沈丘农村。当过农民、矿工和记者。现任中国煤矿作家协会主席，北京市作家协会副主席。著有长篇小说《断层》《远方诗意》《平原上的歌谣》《红煤》《遍地月光》《黑白男女》《女工绘》等十二部，中短篇小说集、散文集《走窑汉》《梅妞放羊》《遍地白花》《响器》《黄花绣》等七十余部。《刘庆邦短篇小说编年》十二卷。短篇小说《鞋》获第二届鲁迅文学奖，长篇小说《遍地月光》获第八届茅盾文学奖提名。

他人的房间

钟求是

一

冬日的午后阳光薄薄的，一点儿不闹。即使是腊月二十七，这个小区也瞧不出准备过年的张扬样子。郭家希拖着一只有点老旧的行李箱，坐电梯上了九楼，敲开江溢新房子的木门。

江溢和妻子用饱满的笑容欢迎他，他们两岁的儿子则用好奇的目光研究他。寒暄几句后，江溢便引着他看房间，主卧次卧书房客厅餐厅。转过脚步，两个人来到了小客房，这里有一张收起便是沙发的小床。江溢说："往后几天，你就睡在这儿吧。"郭家希点点头。

随后，他们的身子移到阳台上。从这里往下看，能看到一大片草坪和一小片喷泉。江溢没有点评草坪喷泉，而是派给郭家希一支烟，说："按夫人的意见，我在家里尽量少抽烟，要抽就到屋外抽几口。"郭家希说："行，我也会记着嫂夫人的指示。"江溢说："除夕初一是年尾年头，把各个屋子的灯全部打开，弄出点热闹来。"郭家希说："没问题，你不心疼电费我就让灯光一直亮着。"江溢又说："我买了些福字，过一两天你贴在每个房间的门上，不许偷懒噢。"郭家希说："老江，这些操作都是你温州老妈亲自指点的吧?"江溢吐出一口烟，咧嘴笑了。

半小时后，江溢觉得嘱托妥当了，便携着妻儿和行李出门下楼。他将开着那辆银色奥迪驶出杭城一路向南，在四个小时后抵达温州，刚好赶上父母准备的晚餐。当然啦，这只是一家人集体快活的开始，在接下来的几天里，他们还要在一起吃许多顿的大鱼大肉。

现在，整个房子静下来了。郭家希一个人又把各个房间巡视一遍，然后给自己倒一杯水，在客厅沙发上坐下。眼前的一切都是新净的，包括空气中的一丝异味也是新鲜的，形成了一种陌生的气派。按照口头计划安排，他将独自在这套新房子里待上八九天，直到初五下午江溢和妻儿返回交接。

对郭家希来说，进入如此安排好像有点突兀或荒诞，因为在两天之前，事情还不是这样的轨道。当时他恰在出租房里生闷气，不知道要否买一张高铁票回昆城过年。这些日子小菲跟他玩冷漠，把彼此的心情都玩冷了。他回去面对焦虑的父母，显然无法回答丢过来的关于恋爱成家一类的问题。一个三十出头的单身男生，别指望拥有和平的春节日子。正这么纠结着，手机铃声响起，屏幕上跳出江溢的名字。江溢是他的大学同室兼温州同乡，但平时联系不算热络。他有点稀奇，问对方这时候打电话是什么情况。江溢说："有困难找 classmate，我打了一圈，想知道哪位同学留在杭州过年。"郭家希说："你过年能有什么困难？是麻将三缺一还是喝酒太孤单？"江溢嘿嘿地笑，说："你不会把这个年交给杭州吧？"郭家希："我不知道，还没定呢。"江溢声音一振，在电话里说了一堆话。原来他前不久刚搬入新居，按老家温州的习俗，迁居后的第一个年得在新房子里过，这样才能积攒人气让以后的日子沾着红火。而他又特别想回温州过年，老家那边亲友扎堆、海鲜汹涌，在脑子里想象一下就能让人激动。郭家希说："你激动就回去呗，反正这房子在杭州，不享受温州的风俗习惯。"江溢说："我妈不乐意呀，她又想让我回去又不想让新房子空着。挣扎了几天，我拿出一个办法，就是找个人替我在这儿守年。"郭家希说："守年这种事儿也可以让人替代？"江溢说："没什么不可以的，只要新房子里扎着人亮着灯就行。当然啦，找的人得合适，要靠谱。"郭家希说："你觉得我是合适的人？"江溢说："Of course。"郭家希说："我还是想回去，我老家那边也亲友扎堆、海鲜汹涌。"郭家希的小镇昆城离江溢的温州市区差着五十公里，但离海边只有六七公里。江溢嘿嘿笑了两声，说："如果你真想回去，不会耐着性子听我讲这么多废话。"郭家希说："我就是不回去，也愿意待在出租房里，你那豪宅我可住不习惯。"江溢说："靠，你要是不回去，我不相信你不帮这个忙！"又说："我冰箱里塞着一堆东西，你只要花点小力气，就可以大吃大喝。"又说："也算不上什么豪宅，你当作找个宾馆度假呗。八九天时间，刷刷手机睡睡懒觉很快就过去了。"江溢还想说什么，被郭家希截住："你先暂停你的嘴巴，给我半天的考虑时间。"

不用半天，一小时后郭家希便给江溢打去电话："好吧，就算找家宾馆免费度假，不过除了冰箱多存些吃的，你还得给我备点儿酒。"

傍晚时分，郭家希给自己做第一顿晚餐。他先查看一下冰箱，有冷冻的带鱼块、排骨块、豆腐块等，冷藏的有鸡蛋、虾干、熟牛肉等，隔板上还放着一只肥胖的大白菜。打开旁边的橱门，则瞧见了一袋大米和几筒面条。情况比较扎实，没什么让人不放心的。他想一想，决定做一碗虾干鸡蛋面。作为寄居生活的开篇之餐，应该简单扼要，不能弄得一有资源就挥霍的样子。

　　他转身干了起来。锅灶是锃亮的，碗碟是漂亮的，让人有点怯意，不过用起来基本称手。一刻钟后，面条做好了。又过一刻钟，面条全进了嘴巴，连汤水都没剩下。他摸一下肚子，摸到了满意。

　　收拾好厨间，窗外已暗下来了，但看一眼手表，晚上的时间还有太多。他推一推眼镜，决定去楼下的小区院子走一走。

　　坐电梯下楼，先见到一片草坪，草坪上有几只铜质的动物造型。绕着草坪走大半圈，过渡到一块休闲区，地上铺着平整的木板，两旁设有小憩的撑伞和桌椅。往前穿进一条树木小径，向左向右移步一段路，眼睛忽然开朗，原来是又一片空旷地。这里有一个安静的游泳池，池内贴着蓝色瓷片，于是一池水也是蓝的。郭家希站在那里举着目光转一圈身子，估算出该小区大约有十几幢房子，江溢这幢楼矗在中央位置，算是楼王了。从窗口的灯光看，入住的人不多也不少。江溢说过，小区交房刚八个月，许多住家并不着急，待过了年拣个春日才会搬进来。

　　郭家希踱到池边休息区，在一张藤椅上坐下。冬日的夜晚有些冷，不过因为院子里收不到风，这种冷不冻身子。郭家希掏出手机划了几下，找到小菲的微信。算一下时间，离上次搭话已一天又十小时，这一截时段足够她收尾公司的活儿、从杭州返回嘉兴老家了。不过他还是没把握，因为现在的小菲已不愿意把生活细节分享给他，他写了几个字撅出：到家了吧？停一停，又补上一行字：我现在住进别人的房子了，要待到初六。

　　坐了一会儿，没等到小菲的回复。对他的文字反应迟钝，这已是她眼下的常态。他刚要站起身，铃声抢先响起，却是妈妈的电话。昨天他已让父母知道这个春节报社要加班，自己没法回去过年了。所以此时一接上话，妈妈就着急地告诉他已备好一大包年货，可今天竟找不到快递公司接单啦。他赶紧安慰妈妈，自己住在大学同学家，有吃有喝亏不了嘴巴。妈妈说："你……没跟小菲在一起？"郭家希说："没呢，她回嘉兴过年了。"妈妈迟疑一下说："这个年一过，你和小菲都添了一岁。"郭家希笑了说："你和爸不也添了一岁吗？"妈妈说："我们添一岁没关系，你们往上添就让人堵心了。"郭家希说："马上过年了，不提堵心这两个字啦。"妈妈说："我知道房子的事是个坎儿，但不能一时没房子就不成家了，当年我和你爸结婚也是租房子的……"郭家希说："打住打住……妈，这些话你先留着，下次打个包跟年货一块儿寄过来。"妈妈气了说："又这样了，我一认真你就贫嘴。"郭家希嘿嘿笑着挂了电话——这种话题实在太无趣了，他只能躲开。

其实他和小菲关系的转冷，妈妈隐约是知道的。他不明说，妈妈也就不便细问。日子沉浮，唯有自知。事实上，他没有明着告诉妈妈的事还有不少，譬如丢了工作。

八个月前，他从报社辞职了。辞职的直接导火线，是3·15前夕的一篇打假报道。那天上午，半秃头的部主任递给他一篇已成文的稿件，嘱他做些补充采访。他一看内容，是抖搂一家电商平台售卖假冒洋酒的，就提起精神向监管部门和法律专家讨取意见，把抨击部分弄结实了。第二天将稿子呈送主任交差，不料主任花十分钟看完文字，又嘱他打个电话给那家电商平台的主办公司，告之这篇新闻报道马上见报的消息。他不太明白，犹豫一下还是照办了。到了3·15，打假的稿子没有出来。又过几天，主任过来拍拍他的肩膀，说那家公司同意在报纸上投放一年的广告，让他做一份双方合作的合同。

细算起来，他已在这家都市报干了六年加三个月。纸媒的退潮，他年年在经历；工资的递减，他月月在体验。可以说，不利的消息时时埋伏在报社的大楼里。但不管怎样，他还暗撑着对这份职业的自尊。当初报社召唤人，他就是携着一脑子热爱使劲挤进来的。现在，最后留存的尊意也被拿走了，他还有什么可恋栈的。经过一些日子的内心苦斗，他写了两份文字，一份是假扮潇洒的辞职书，一份是投到网上的求职简历。

一周后。他去一家房地产经纪公司做所谓的新媒体总监，工资长了一些，但活儿也给得不少，从创意策划到推广营销再到数据分析，反正整天在忙碌里泡着，算是真正过上了996的生活。有时晚上下班走出公司，他看一眼街灯再看一眼天空，会觉得有些恍惚，不知道自己的日子沾着什么意义。

伴着这种疲累又茫然的心境，他在几个月里连换了三家公司。没有一份活儿让他觉得有趣，燃起哪怕二分之一的斗志。七八天前，他离开了后一家公司，然后拎着一堆食物和一瓶白酒回到出租房。吃喝一两个小时，他把自己弄醉了。沉睡一两个小时，他又醒了。在无声的灯光中，他感到了一些苍茫。他捡起手机，给小菲发了微信：你现在哪里？停一停，又搓出几个字：今天我把公司又开了。

那天晚上跟今天晚上一样，小菲迟迟没有回复。

第二天上午郭家希拖了觉，起来已经九点多。吃过迟到的早餐，开始往门上贴"福"字。江溢留下的福纸一套十张，似乎有点多，但仔细一数点，四房两厅加上卫生间储藏室，还真有九个门。他用双面胶带粘住福纸四角，在每扇门上端正贴好，剩下的一张，贴在了客厅大玻璃门上。

他拿起手机拍了两张门贴照片，送入江溢的微信，很快江溢回复一个好字，加两个感叹号。

完了他坐到沙发上，用遥控器摁开电视。临近春节的时间，霸屏的多是些慰问和春运的消息。不过转过画面，是武汉新冠肺炎疫情的报道。前两天他也留意着这方面的消息，但待在出租房有一搭没一搭地看手机，不觉得那是多大的事儿。现在清晰的大尺寸屏幕，像是把远在武汉的疫情放大了。屏幕上说，新冠肺炎确诊病例已蹿至440例，而病毒源头还未找到；有大牌专家认为已出现人传人感染，并可能已开始社区传播。屏幕上又说，武汉市组团外出旅游刹住了，市内剧院的春节演出叫停了，各大学给学生们发口罩，机场车站一进门就得量体温。

有这样一拨操作，看来武汉人过不好这个年了。不过武汉有些远，也没有需要问候的朋友，倒不用挂啥心的。他站起身离开电视上的新闻播报，踱到阳台上抽一支烟。抽烟的时候，他念头一闪，决定列一张一周生活活动表。一个人在杭州过年也不能亏待自己，何况住着这样的新房子。他打开手机备忘录，记下脑子里的粗略安排：

看电影5～6部（电影院2部，电视或手机3～4部，也可随心所欲）。

大吃大喝5次（外出就餐2次，在家豪餐3次以上，将冰箱吃物干掉）。

短途游走2次（西湖边1次，良渚古城遗址1次）。

看书一本（看完手头的《篮史通鉴》上下部，不惧80万字的厚度）。

室内运动7次（每天1次约半小时，达到气喘吁吁）。

看NBA球赛7场（黑白直播吧每天1场，首选直播，回放也可）。

另：注意春节晚会、手机拜年、小菲联系等。

如此一罗列，他心里踏实了一些，觉得这段日子不会松散得把握不住了。作为计划的落实，他又马上同意自己在手机上先看一场NBA。今天有好几场兵刃相接的战役，其中一役是火箭VS掘金。作为火箭队恨铁不成钢的忠粉，他虽然有些气急败坏，可还得选择这场比赛。

二

郭家希没有想到，自己的纸上计划很快就得调整，因为形势变化实在有点快。

下一日上午，武汉封城了。封城这事儿别说经历，以前听都没听说过。问一下手机里的百度兄，只有1910年的哈尔滨因为鼠疫干过这事儿。再打开电视，疫情的消息在各个频道窜来窜去，湖北确诊人数在跑步上涨，浙江也开始闹出动静，确诊人员凑到327例。作为一直比较机灵的省份，浙江省率先启动了一个动作，叫重大突发公共卫生事件一级响应。

情况听起来相当糟糕，郭家希心里有了一些警惕，警惕中又有一些好奇。作为曾经跑过几年新闻现场的前报人，他更喜欢抓捕事件中的一些细节。细节之一：在武汉的街头，一位姑娘拎着一只行李箱在拦出租车，被拦下的出租车司机大声告诉她，火车十点钟停运，怎么也赶不上了。姑娘嘴里含着哭泣，仍不停地请求司机把自己带到火车站去。细节之二：一家杂货店里，戴着口罩的店主面无表情地坐在柜台内，一个戴着口罩的男人进来买东西，付完钱也面无表情地走了。他们的身体动作没有紧张。有意思的是，一只黑猫也始终安静地蹲在杂货店前面的地上。

两个细节表达着两种可能：也许局面有些坏，但也坏不到哪儿去；也许现在的小安定只是大混乱前的短暂景象。郭家希对武汉有点吃不准。

第二天是除夕，空气中的节庆气味壮大起来，似乎压住了疫情消息。郭家希按自己的节奏看了一场湖人对尼克斯的回放录像，这是昨天的比赛，冲着詹姆斯也得补上。随后他依着计划做了半小时的室内运动，让身上渗出一层微汗。这所谓的室内运动，是他独创的一套篮球偷艺术。当初他在报社干活儿，天天早出晚返，没有练汗的时间，学生时代球场奔跑的景象似乎越来越远。有一天他灵机一动，让自己在出租房里锻炼身体。锻炼的动作取之篮球：先是凭空运球，蹲着身子做各种运球动作，包括身后运球、胯下运球等；然后是晃动双脚过人，两步半切入篮下进球；最后是原地起跳做投篮练习，两分球跳三十个，三分球再跳三十个。一系列动作做下来，虽然手中无球，也玩得满脸豪迈，只是出租房太小，总归不够痛快。现在到了这新房子，从客厅跑到餐厅，从卧室窜到客间，手脚动作流畅多了。收尾阶段做三分球练习，因为目光中有足够的空间距离，投篮时也多了几分真实感。

半下午的时候，他从冰箱取出排骨带鱼鸡蛋白菜，洗洗烧烧做出四样菜。平常他没条件下厨，手艺自然生疏，能炮制出四个菜已经挺自喜了。把碗碟摆好，拍了一张照片给母亲发去，表示自己没有受苦。又把所有房间的灯打开，拍了一段视频让江溢看，证明自己没有偷懒。想一想，又摁开电视，让屋子里响起兴高采烈的声音。把这些弄好准备开吃，才想起得有一瓶酒来壮色。起身打开旁边的壁柜，见到几瓶红酒和几瓶白酒，比较醒目的是躲在里侧的两瓶茅台。当然啦，茅台是压根儿不用搭理的，可以选择的是站在外边的红酒或白酒。他取了一瓶白酒，是泸州老窖。

吃喝到一半，他感到脑袋热了，打开手机镜子一照，果然脸上已红了七八分。酒红的脸面，灿亮的灯光，再加上电视里热闹的声响，的确有些过年的样子了。他把一口酒倒入嘴里，然后划开微信给几位亲近的人提前拜了年。稍停一下，又点开小菲的头像送上一张贺年的图片，再写一句话：在别人家过年，一个人的热闹。

在接下来的时间里，他坐到了电视机前。春节联欢晚会场面光鲜，节目没有特别好，也没有特别不好，不出意料的鸡肋。在新年钟声敲响前，他控制不住地睡着了。随后一个时段里，屏幕上的歌舞声和窗户外的鞭炮声加起来，也没有把他吵醒。

初一上午醒来，他的身子已到了客间的小床上。从沙发到小床，或者说从旧岁到新年，大概只需要梦睡中的一次行走吧。

打开手机，微信上有点拥挤，大多是口吻相似的新年贺语。小菲没有动静，连一张例行的问候图片都没有。他是乐意看到小菲回复的，哪怕一句怼他的话，譬如"过年了还好意思赖在别人的房子里"什么的。她很忙吗？再忙也是过年的忙不是上班的忙，怎么好意思不搭点儿话。

不过小菲若说出那样的嘲语，他也是不会反驳的，毕竟房子的事是自己的软肋，他在这个话题上做不到理直气壮。往回想一想，他也不是没机会买房子的。一两年前，他手里攒了一笔缩头缩脑的钱，远在老家昆城的父母也愿意卖掉现住的房子来帮助儿子，这样凑起来再加上允许的贷款，是可以买一套公寓房或 Loft 的。可想到父母上了岁数还要租房子住，他实在有些不忍心。犹豫了一段时间，房价不知不觉蹿上来，房贷也变脸收紧了。有同事劝他参加新房摇号，说摇到就是赚到，但他用计算器按各种可能算了几次，才知道什么叫信心崩塌。在杭州这样的城市混得好，不仅要有智商，还得有财商，但智商和财商加起来，一时也抵不上家庭输送现金的重要。都说温州人有钱，可温州人中的甲与乙是不一样的，譬如他与江溢。

跟江溢一比，他觉得自己就是一条城市里的丧家狗。他答应来此住上几天，一个重要原因便是想体味一下有家和丧家的区别。这种体味重要吗？也许不重要，也许挺重要。

初二初三这两天，武汉的形势确凿地走向了紧张。确诊病例和死亡人数的箭头在往上移动。平时堵挤的步行街丢掉了路人。外省支援医生穿着厚重的防疫服迈下火车。火神山和雷神山医院只花十天时间就要建成使用。美国方面已安排包机撤离外交官和公民。中央电视台则开始了二十四小时不间断的直播报道。

与此同时，温州一不留神也成为疫情的醒目配角。据说从武汉返回温州过年的经商者有好几万人，这个数字让人一听就能产生可怕的想象，于是高速路口设卡查验，街道小区开始封闭，乡间小村则自发摆上了路障。

在这些纷杂信息的缝隙中，还嵌入一个惊骇噩耗：曾经的 NBA 老大科比·布莱恩特在一起直升机事件中丧生，同机坠亡的还有他十三岁的二女儿和其他七名人员。这消息太叫人难过了，而且似乎不真实。郭家希几乎认为此是假新闻，但没过多少时间，这一点希望被进一步的报道浇灭了。

在那个中午，郭家希紧着脸在屋子里跑来跑去，运球过人，晃步上篮，原地跳投，每一个动作都带着对科比的回想。由于比平日用力更猛些，时间也更长些，他出了大汗，整只脑袋冒起气烟。待疲累上了身，他才收住脚步，一边喘气一边取来毛巾擦汗。就在这时，敲门声响起，先是两下，又跟上来三下。

郭家希以为是物业人员，开门一看，是一位五十多岁的微胖妇人，模样像是街道干部。妇人见了他，至少打量两秒钟，说："小伙子，你是这 901 的房主吗？"郭家希一时记不准房号，嘴巴便有些迟钝。妇人说："瞧你满头大汗的，在做啥事体？练习广场舞吗？"郭家希有点不高兴，说："你有什么事吗？"妇人说："我是楼下 801 的，这几天墙顶上老是咚咚咚的响，耳朵简直受不了啦！"郭家希明白了，说："这房子看着挺厚实的，还能这么不隔音？"妇人说："房子再厚实也经不住又是音乐又是舞蹈的！"郭家希本想着怎么道歉，一听这话便一拐舌头说："我可没放音乐也没跳舞蹈，阿姨你听错了。"妇人说："不是舞蹈难道是摔跤？小伙子不许抵赖，现在你一脑袋的汗就是证据！"郭家希退守地说："好吧好吧我道歉……我又没说声音不是我制造出来的。"妇人说："光一句道歉还不行，你得说清楚这声音是怎么制造出来的，听了几天我没听明白。"郭家希有点想笑，说："阿姨我改了就是，又不是犯罪活动，干吗要坦白清楚呀！"妇人说："小伙子你别要滑头，我是采了证据的。"说着划开手机找东西，摁摁戳戳的一时没找到，就打了一个简单的电话。

不一会儿，楼梯间响起一阵脚步声——对了，这里电梯像高档宾馆，每一楼层刷卡才能打开——走上来的是一位还算年轻的姑娘，应该是妇人的女儿。姑娘看一眼郭家希，接过妇人手中的手机点几下，找出一段录音开始播放：连续的脚步咚咚声，有时在一个点，有时满屋子移动，像是几个人，又像是一个人。妇人说："小伙子你说说，你到底是怎么回事？"郭家希说："阿姨你没听出来这是在锻炼身体？"妇人说："这声音呀在哪个房间都躲不开，我倒想听听你怎么锻炼身体的。"郭家希说："这是个人隐私，不告诉你可以吗？"妇人说："小伙子你又想要滑头了。"这时旁边的姑娘接上一句："这几天大过年的，我妈却老支着耳朵琢磨头顶的声音，你不给点解释她心里还真不踏实。"郭家希努一下嘴角，心想我空手运球、切篮投篮什么的还真没法跟你们说明白。他扫一眼一左一右的母女，问："十多个小时前，发生了一件大事知道吗？"妇人说："你是说武汉的事吧？我一直盯着呢。"郭家希说："不是武汉是科比，科比死了。"妇人愣了愣。姑娘

127

说："科比我知道，篮球明星，长得很黑笑起来一口白牙……他死啦？"郭家希点点头："我在房间做些运动就是为了悼念他。"妇人说："不对呀小伙子，十多个小时前才死了人，难道你几天前就开始悼念啦？"郭家希一时语塞，只好让自己耸了耸肩。他的样子差点逗出姑娘脸上的笑，但她忍住了。郭家希说："不说了不说了阿姨，我已经知道不对，下次注意就是了。"

　　在一个楼里待着，要么不识脸，识了脸之后就容易遇到。
　　初四下午，郭家希发现藏烟不足了，便下楼出小区去买。不知是因为疫情还是过年，小街上只零零落落开张了几家店。买了几包烟后，他瞥见旁边有一家药店，便拐过去要了一包口罩。女售货员建议赶紧再买些板蓝根和酒精，说这些东西现在可是紧俏货。他不觉得对方的话有错，就一并买了下来。
　　拎着袋子回小区，在住楼电梯前遇到了昨天拌过嘴的姑娘，她穿着一身白色的运动服。他不能装着不认识，就点点头。姑娘看一眼他手里的袋子，说："都备上啦？反应挺快的嘛。"他说："不能在房间里跑跑跳跳了，就出去遛遛腿。"姑娘说："遛腿可以在小区里呀，刚才我就走了好几圈。"他说："在小区里或者在房间里，这本来应该是个人的选择。"姑娘抿嘴一笑说："看来你对我妈挺不满的。"他说："不敢不敢，只要你妈耳朵满意了就行。"
　　电梯门打开，两人走进去。姑娘摁了8，他摁了9。姑娘侧过头说："你还别说，我妈对你倒挺有好感的。"他傻一下说："对我有好感？就因为昨天的斗嘴？"姑娘说："大概觉得你不是个狡猾的人吧……不过她看人哪有个准头！"他接上去想说什么，电梯门开了，姑娘一晃身子迈了出去。
　　他有点糊涂，不明白姑娘的话是什么意思。电梯升上去打开门，他愣了几秒钟才记起得走出去。

三

　　小区开始封闭管理了，只开放一个侧门，轻易不让出去，更轻易不让进来。每户人家被允许两天外出一人，出去了即使买一根葱回来，也得查口罩量体温，并且还要握一支可疑的笔（因为被不少人握过）登记一长溜信息。快递和外卖小哥不让进小区了，他们接触的人比较多，是危险分子。休闲区的告示栏以前谁也不会看上一眼，现在那上面时不时会贴出一张醒目的通知。
　　江溢终于打来电话，传达了不好的消息：一、温州作为重点疫区，人员不能随意流动了。二、杭州许多住宅小区已将从温州返回的人视为"恐怖人士"，地位仅次于武汉人。江溢沮丧地说："我回不去了，单位也告诉我先在温州待着，啥时上班等通知。"郭家希说:"理直气壮地休个长假,这是好事呀,干吗还装出个不高兴。"江溢嘿嘿地笑了。一家人在一起吃吃喝喝,还有时间说些闲话,还真没啥不好的。江溢说:"只好请你在我家继续守下去啦……我妈说,房子里的人气不能散掉。"停一停,江溢又说:"反正是宅在家里,新房子总比出租房舒坦。"

行吧,瞧着这情势,只能再待下去了。若回出租房,开不了灶,外卖又叫不到,肚子会不高兴的。只是一个人在别人房子里宅着,心里总归有些不透畅。当然啦,不透畅的另一个原因是一时没法找工作了。按他的自我设想,过个年休整一下就投简历出去,再找家互联网或新媒体公司试试,总不能长时间断了收入吧。现在看来,公司招人会停摆一些时日。

这天下午,郭家希正有些郁闷地站在阳台上抽烟,眼睛望去捉住了楼下院子里快步走路的一个白色身影,是那位姑娘。在这个小区里,她是他认识的唯一邻居,噢,除了她妈之外。

他使劲吸了两口把烟头掐灭,然后回房间换上运动服,然后坐电梯下楼,然后开始快走。

走了半圈到游泳池边上时,他的步子追上那姑娘,那姑娘也注意到他,缓下了脚步。待两个身子凑近,她"嗨"了一声说:"你也出来遛身子啦?"他说:"老窝在屋子里憋得慌……你呢,每天都走几圈?"她说:"也不是每天,有一搭没一搭的。"两个人边走边聊,他说:"为什么不跑起来呀,可以马上出点汗?"她说:"大冬天的才不要出汗呢,我走路也是觉得憋,得时不时地透透气儿。"他说:"嗯呢,全体人民同时被禁闭,这种历史景象叫咱们给赶上了。"她说:"我觉得憋可不是因为疫情,是因为我妈。"他说:"呀,你妈不是挺能说的吗?母女俩聊聊天不是可以解闷吗?"她说:"何止母女俩,我们家有两组母女俩。"他说:"什……什么意思?"她说:"哈哈,我还有位外婆呗。这两组母女俩三个人最近老坐下来促膝长谈,主题是解决家里缺少阳气的问题。"他说:"缺少氧气?疫情用语吗?"她说:"阴阳的阳,缺少阳气。"他奇怪一下,侧过脑袋瞧她。她说:"过完年我又长一岁,她们心里的慌又长一分。"他明白了,咧嘴一笑说:"你也没躲开这个呀?同情同情!"她看他一眼说:"我怎么觉着你有点幸灾乐祸的样子?"他说:"不是不是,应该是同病相怜的样子。"她说:"你不会说自己没有girl friend吧?"他说:"girl friend倒是有一位,但迟迟没有进展,所以也老是被父母训话。"

两个人这么说着话儿,脚步已越来越慢,又因为之后绕着游泳池走,就变得像在池边散步了。他想到什么似的,说:"对了,我还不知道你的名字呢。"她说:"加微信加微信。"两个人停下脚步加了微信,她给他发了"傅曼"两字,他将自己的名字回送给她。她说:"叫郭家希呀,家里的希望。"他说:"这个希望正在慢慢淡灭。"她说:"为什么这么说?"他说:"丢了工作,还没有房子……我眼下住在你楼上,可房子不是我的。"她说:"这个我知道,那一家三口在电梯里我见过几回。"他心里似乎松了口气,问:"你是做什么的?你的名字有点艺术嘛。"她说:"名字就算了,不过本小姐在一家美术杂志做财务,工作算是靠着点艺术吧。"他说:"曼,慢也。至少你没辜负名字,让你妈着急了。"她咯咯笑了,又轻下声音问:"你视力怎么样?"他说:"这话又是何种意思?"她调皮一笑,用嘴巴努向对面的楼上,说:"如果你视力好,也许能看见我家窗口站着我妈,以及我妈的妈。"他赶紧扭头去看,看不见什么。她说:"哈,我是说呀,要是我妈我外婆瞧见咱们俩站在这儿窃窃私语,没准儿挺高兴的。"他说:"我的理解能力比较差……这个话里是不是有点挑逗?"她乐了说:"要说挑逗也是我妈引起的,她今天上午又夸你了,说楼上的小伙子不错,这几天果然不弄出声响啦。"

　　加上微信后,两个人搭话多了起来。也没啥主题,经常东一榔头西一棒,从工作的累,到大学逸事,又到家庭内幕。郭家希问对方家里为什么缺少阳气,傅曼也不躲避,说自己十二岁时父母就分手了。郭家希追问:你妈后来没有再给你找个爸?傅曼回复:我这样的都还嫁不出去,带着个拖油瓶的女人就更不容易有人接手。有一次傅曼也打探郭家希女友的事,问在哪儿上班、长得漂亮吗?郭家希答:工作比你好一点儿,长得比你差一点儿。傅曼写:太含糊了吧,等于没有回答。郭家希回复:长得没你好看,你要的就是这个问答。傅曼给一个捂嘴偷笑的表情,又补上几个字:狡猾狡猾。

　　又过一天,傅曼发来一个邀请:我妈有指示,让你过来一起吃晚饭。郭家希吓了一小跳,问:什么情况?是鸿门宴吗?傅曼:今天我提起了你,她说你一个人禁在家里,怪可怜的。郭家希:不会是考察我吧?这样我会不自在的。傅曼:想得美,也就是一位老年妇女赐给你一顿饭。郭家希:第一次上门,得拎点儿见面礼吧?可我什么也没有。傅曼:是邻居吃饭又不是拜望领导,拎什么见面礼!郭家希:对我来说,你妈就是一位领导。傅曼:嘴挺贫的,那你把前几天的板蓝根和酒精拿来吧。郭家希:哈,这个主意好!

　　临近傍晚,郭家希拎着板蓝根和酒精下一层楼梯,敲开801的门。傅曼和她妈同时出现在门口,做欢迎状,郭家希唤了一声阿姨。傅曼妈瞧一眼他的手,微笑着说:"楼上楼下的吃个便饭,还拿什么东西呀。"郭家希赶紧将袋子举到半空,让傅曼妈接过去。

　　傅曼引着郭家希到客厅坐下。郭家希一边打量四周摆设一边等着傅曼泡茶,这时傅曼外婆出现了。她有些瘦小,迈着碎步移过来,坐到郭家希对面,说:

"嗯嗯,家里来客人啦。"郭家希说:"外婆好外婆好!"外婆说:"嗯嗯,也没那么好,过了年我八十八啦,身上的力气越来越少了。"郭家希暗笑一声,觉得这老人有点好玩。外婆说:"你今年多大啦?"郭家希说:"三十一啦。"外婆算了算说:"比小曼大一岁,比我小五十七岁。"郭家希说:"外婆,你算术很好。"外婆说:"也没那么好,当年我聪明着呢,现在脑子跟不上啦。"傅曼在旁边说:"当年我外婆是纺织厂会计,厂里多少台机器呀多少米布匹呀都在脑子里装着呢。"外婆腼腆一下说:"嗯嗯,先不要对客人说这些事,先不要。"

过了片刻。傅曼妈招呼吃饭。餐桌上摆着盘盘碗碗的,有热气升起。傅曼妈说:"特别时期买菜不方便,只能少弄几样了。"郭家希搓一搓手说:"已经很多啦,我有些日子没吃到这么丰盛的饭了。"傅曼妈说:"对了,你叫郭家希是吧?"郭家希点点头。外婆说:"先不问名字,嗯嗯,先吃起来。"傅曼妈说:"小郭赶紧动手呀,赶紧动手。"郭家希便丢了拘谨积极地吃,筷子先伸向这个盘,马上又伸向那个盘。

吃一会儿,傅曼妈拣起话头说:"小郭是哪儿人呀?来杭州几年啦?"傅曼说:"才吃几口呀,开始查户口了。"郭家希一笑说:"老家在温州一个小镇,叫昆城。在杭州待了十一年,四年大学七年工作。"傅曼妈:"干的什么工作呢?"郭家希说:"在报社里混几年干不下去了,就出来另找工作,眼下还没找到合适的。"实话实说,打消傅曼妈的暗中企图,这是他已备好的策略。傅曼妈说:"那……为什么不回家过年呢?春节放假,又不能找工作的。"傅曼说:"这位老同志,你问得有点多了。"外婆插嘴说:"小曼呀,在外人跟前不能管你妈叫老同志,不好听。"傅曼说:"外婆,既然把人家叫过来吃饭,就不能把人家当外人。"郭家希笑起来说:"我还是回答阿姨的问题吧……回去过年太闹了,我想安静几天,刚好又可以替别人看守新房子。"傅曼妈说:"这么说,楼上这房子真不是你自己的?"郭家希说:"不是不是,这房子是同学的,我现在是无房户,租房子住呢。"傅曼说:"这位老同志,不当面这么问不行吗?我跟你讲过这位邻居是临时的。"外婆说:"不能叫老同志,小曼你为啥不听呀?你妈是老同志,那我是什么?"傅曼说:"那你是老老同志呗。怎么,外婆你不服气?"外婆说:"你嘴巴这么皮,嗯嗯,嫁人嫁不出去的。"傅曼妈守住自己的话题说:"无房户好呀,可以参加摇号。现在杭州哪儿都在盖房子,多摇几次总能摇上的。"郭家希说:"还不敢摇号,摇上了就得到处借钱,我暂时没这个计划。"傅曼说:"这位邻居,我也得说你一句了……你来吃顿饭,干吗提着劲儿在我妈跟前卖惨!"郭家希说:"不卖惨不卖惨,我银行卡上的存款还真是个幼儿数字,得长大了以后才能买房。"傅曼说:"哈,这么说你现在是三无产品,无房子无存款无工作。"外婆说:"嗯嗯,小曼你不能这样说话,客人会不高兴的。"郭家希说:"外婆,我没有不高兴，因为小曼说得基本没错儿。"

场面似乎冒出了尴尬。傅曼妈"哎呀"了一声，说："瞧我这糊涂，忘了拿酒出来。"郭家希说："我酒量不好，就不喝了。"傅曼说："难道三无之外，你还要加一个无酒量？"郭家希只好嘿嘿地笑。傅曼妈拿来一瓶白酒，又取了两只不大不小的杯子放在郭家希和傅曼跟前。这时外婆说："今天高兴，嗯嗯，我也要喝一杯。"傅曼说："咦，你高兴什么？"外婆说："这餐桌上呀，好久没男人坐上来吃饭了。"傅曼说："你们都听见了吧？这话儿哪像八十八岁的人说的，简直是八八年青春女子的口气。"大家都笑。外婆拿手拍一下傅曼："这孩子，说话就是不好听。"傅曼说："外婆，你没听懂吗？我这是夸你呢！"

在接下来的时间里，由于酒的帮助，餐桌上的气氛轻松一些。郭家希喝了两杯，傅曼酒量不差，也喝掉两杯。外婆没有胆怯，喝一口咂咂嘴，再喝一口又咂咂嘴，竟把杯中的酒真喝完了。

郭家希发现，这顿晚饭因为外婆的存在，自己的难堪减去了不少。

晚饭后回到楼上，郭家希冲了个澡，然后靠着床头与傅曼微信沟通。他告诉傅曼，无欲则刚，自己清空了任何念想，便无畏她妈的盘问。傅曼打一个嬉笑表情：我妈的盘问是有点冲。郭家希：你妈那点小心思，一开口就路人皆知了。傅曼：所以你故意搭起三无产品的人设。郭家希：不是故意是实情，我用大实话粉碎了你妈的图谋，让她大失所望。傅曼：可你的示弱表现也有副作用。郭家希：什么意思？傅曼：我妈认为你不错哦，诚实可靠，而且可以掌控。郭家希：哈，那我放心了，下次邀饭我还去。傅曼：你到底年轻呀，不懂老年妇女的套路。郭家希：嗯？傅曼：你以为她失望，其实她暗喜。郭家希：不懂不懂。傅曼：我妈在试探，你有无可能做上门女婿，懂了吧？郭家希打一个吃惊表情：不会吧？傅曼：为什么不会？我妈机灵着呢，此路不通再试一路，反正要让女儿找到一个男人。郭家希：老年妇女的水真深，看来这一顿饭还是鸿门宴。傅曼：不过你别担心，有我在呢。郭家希：又不懂了。傅曼：我的婚事我做主，我又没看上你。郭家希打一个捂嘴偷笑的表情：好险呀，我松了口气。傅曼：淡定淡定，你可以向女友汇报几句今晚的历险记，允许说我的坏话。郭家希：呵，你妈那边你一定要顶住，允许说我的坏话。

放下手机，郭家希慢慢滑进被窝，眼睛看向天花板。天花板上有一只漂亮的三角吸顶灯，发着柔和的光。沉默一会儿，他又捡起手机，找到小菲的头像点开，慢慢写了一行字：好几天没回消息了，忙什么呢？我想你了！

四

武汉的确诊病例在不断上涨，数字让人不安。全国各省出征武汉的医疗队已达三位数，而且每天都在快速增加。日本民间救援物资到达武汉，上写"岂曰无衣，与子同袍。"中国科学家已快速甄别病原体，对病毒进行基因测序。在这些气派的大消息之外，也有武汉市民推出空旷街景的小视频：树枝上已钻出小绿叶，寂寞草坪上有一座贝多芬的雕像。

杭城暂无重大战事，空闲中发展出不少防守细节。有人认为除了戴口罩、勤洗手，更重要的是多喝水，这样可促进自身黏膜组织液的分泌来抵抗病毒。有人强调出小区去菜市场，得用一次性鞋套套上鞋子，因为病毒者的一口痰便是一颗定时炸弹。又有一些人士在群里讨论电梯按键的问题，手指是不能直接摁了，得用牙签或者纸巾，有创新者建议用圆珠笔戳之，另有聪明者则推荐了简易打火机，捅一下后马上点火消毒，可做到万无一失。

郭家希比较偷懒，坐电梯下楼用手机一角碰之。真有什么病毒，沾到光面上也会打滑的。到了院子里，他喜欢先走进绿荫小径，瞧瞧灌木们的色泽，看看树枝们的新况，然后穿出来绕着小区遛步。

有时傅曼也会约他一起遛步。下午时间，小区里几乎没有人，两个人也不多说话，一前一后地走。一般郭家希走在前面，傅曼随在后头，渐渐距离拉开，他就缓一缓步子，待她靠近一些。走了半个多小时，傅曼看一眼计步器，便叫停脚步。

这时两人会搭些话，传递彼此一天内的远近消息。进了电梯，傅曼觉得话没聊完，就过家门而不入，跟着郭家希进屋继续聊。两个人斜靠沙发上，有一搭没一搭的把对话进行下去。如果觉得没什么可聊了，就把电视打开，换着频道听各种声音。

这种情景并不有趣，但对傅曼来说，比在家听母亲外婆念叨要好一些。有几次到了饭点，傅曼干脆也不下楼，帮着郭家希做些饭菜，一块儿坐着吃了。向母亲请假的借口，是两个人需要单独相处、增添了解的时间。这个理由有点滑头，却正中母亲的下怀。

两个人吃饭有些冷清，郭家希就用酒来助兴。他告诉傅曼，这位房主同学备有不少酒，自己这些天已干掉两瓶白酒，现在两人合作，可以加快去库存。傅曼便笑，此时她已知道郭家希的酒量只有二三两，属于在酒场上比较弱势、勉强也可挣扎一番的水准，所以心里并不怯退。两个人吃着肉菜，时不时地端起酒杯碰一下。有了酒的援助，郭家希的脸面会很快上色，嘴巴也变得积极。傅曼问他：

133

"你这位同学看样子混得不错，是做什么的？"郭家希说："他呀，在教育局做公务员，有点小权力。"傅曼说："有点小权力就可以住这种新房子？"郭家希说："靠父母呗……他父母不知做什么生意的，家底厚实。"傅曼说："果然是受援族，大多数人都这个路数，他也不例外。"郭家希说："就这个路数，他现在也貌似牛了，有房子有儿子有面子，属于三有人士。"傅曼说："呵，有儿子得先有妻子……为什么不把妻子算上？"郭家希说："有妻子不算大事，只要一个愿意嫁一个愿意娶。"傅曼说："愿意嫁愿意娶，我觉得这种事挺难的，不然咱俩也不会都单着。"郭家希说："有句话我老想着要问，你为啥不脱单？真的吧？"傅曼说："废话！你呢？"郭家希说："我也不能是弯的。"两个人忍不住笑了，举起酒杯碰了一下。傅曼说："为啥不脱单？这个城市有成千上万跟咱俩一样未脱单的人，需要一一找出理由吗？"郭家希说："这倒也是，找这种理由很无趣，即使找出来，在别人看来压根儿不是理由。"傅曼说："对的，别人觉得你的理由就是个不讲逻辑的借口。"

郭家希脸上的酒红似乎越来越厚，思维也开始有点飘动。他说："其实呀不是咱们不讲逻辑，是生活不讲逻辑。对生活来说，逻辑只是假模假式的纸上教条，可以爱理不理。"傅曼说："你这话貌似有点深度，得举例说明之。"郭家希说："譬如在大学时代，这位房东同学不是睡大觉就是打游戏，考试成绩比我差，毕业论文险些通不过，但一出校门就显得生龙活虎，很快甩开了我。"傅曼说："要说堵心的事呀，我也举一例子。本小姐不喜欢数字不喜欢图表，但高考的时候老妈让我填财经大学，说是要传承前辈的优秀基因，我竟傻乎乎地从了。"郭家希说："是因为你外婆做过纺织厂会计？"傅曼说："是呀，在一个小纺织厂管管账本，那也算优秀基因？可惜本小姐的生活之路，刚开始就被自己给走歪了——现在想起来真是不合逻辑，我怎么会听了老妈的话。"郭家希说："那你本来应该读什么专业的？"傅曼嘿嘿一笑说："问题在于我不知道该读什么专业，好像有点喜欢文学或者教育什么的，但也无所谓。从小到大，我一直没有大的想法，是个缺少理想的人。"郭家希说："要这么说呀，那就怨不得你妈了，首先是你自己心智未开。"傅曼说："要这么说呀你也一样，跟同学对比只能捞到一点醋意，混得不好首先还得怪自己。"郭家希说："靠，这就回到一个重要问题，生活负我还是我负生活？"傅曼说："哇塞，这个问题一下子严肃了，有点哲学味儿了。"两个人又哈哈笑了，端起杯子喝下一口。

两张嘴巴如此地你来我往，终于把话聊出了一股嗨劲儿。看一看酒瓶子，已落下去一大半。

郭家希摸摸自己的脸，摸到一手的烫，同时脑子有些晃，像是一会儿明一会儿暗。他镇定一下，觉得自己还有不少话要说，于是撑住精神，不让舌头在讲话时打滑。

在聊话过程中，郭家希脑子里还跑过一个念头。这个念头有点醉态，似乎东歪西倒的，他使使劲才能扶住。这个念头就是：傅曼是个不错的女子，有的时候有的时候，她跟以前的小菲有点像。

第二天醒来已有些迟，打开手机见到傅曼的问语：昨天晚上睡得还好吧？郭家希惺忪着眼睛回忆一下，明白昨晚喝断片了，已记不得酒局如何收尾、傅曼何时回去。平时在酒桌上，他不是个放肆的人，很少让这种情况发生在自己身上的。他心里有点羞怯，指头仍然平淡：大睡一场，醒来酒气已无。过了几分钟，傅曼回过来一句：还记得昨晚酒后干了些什么吗？郭家希吃一惊，身子在床上坐直了。他打出嬉笑表情，故意以攻为守：难道我做了什么见不得人的事？傅曼：做倒没做，但你说了见不得人的话。他赶紧使劲回想，可此时哪里想得起来，只好问：酒后的嘴巴总是调皮的，我说什么啦？傅曼：见不得人的话，我怎么能挑明！郭家希送去道歉：若冒犯了你，务请包涵，我自抽嘴巴两下。傅曼终于乐了：哈哈，不是冒犯了我，而是你说出了自己的秘密。郭家希松了口气：我这么单纯的人，能有什么秘密？傅曼：秘密大了，但我不说。郭家希：你这种套话的伎俩，我不会上当。傅曼：好吧好吧，你什么也没说，我什么也没听见。郭家希：你真狡猾！傅曼：我就不挑明我就狡猾了，难受死你！她补上一个调皮的表情。

郭家希想象不出自己酒喝大了是什么样子，能说出怎样的言语。难道仗着酒胆对傅曼讲了挑逗甚至示爱的话？不会不会，这种可能性很小，因为自己心里还没贮藏此类想法。没有想法就不会有表达。

不过傅曼的提示也不像是故弄玄虚的戏语，自己总归说了不得体的话。好在童言无忌酒语不拘，酒后的迷糊言论是做不得数的。再说了，哪个男人没在酒桌上讲过离谱的话呢。

郭家希白天按自己的节奏观球赛看新闻，下午还刷了一部电影。可空闲的时间到底太多，待天黑下来，他又无所事事地想起傅曼的提示。既然酒语不拘，自己倒是说了什么见不得人的话？自己心里若有秘密，又是什么东西呢？

这种好奇有些无聊，可似乎也有些好玩。更重要的是，自己的隐私自己不知道，的确有些小难受。

他打开手机给傅曼发了微信：明天晚上，我再请你喝酒。傅曼回复挺快，问：什么意思？是不是有阴谋呀？郭家希：我盯着酒柜里的茅台已经很久了，不干掉一瓶心里老不踏实。傅曼：你有点放肆了，想让房主同学破财呀。郭家希：呵，劫富济贫，没有毛病！傅曼：你敢打劫，我就敢配合！

第二天傍晚傅曼上来，跟郭家希合作着做了几样菜。郭家希从酒柜里取出一瓶茅台酒，打开外壳细瞧一下，是 2016 年的。傅曼说："你确定不用给同学打个电话?"郭家希说："No，一打电话会给人家添堵，咱们喝着也没劲了。"说着已经打开瓶盖，一股酒香窜了出来。

两个小号酒杯刚斟满，便被两只手举到了唇边，先用鼻子闻一闻，再缓缓倾入嘴中，然后哈出一口气。做完这开场仪式，饮酒的进展便顺畅起来。两个人一边无主题地说着话儿，一边让小酒杯一次次空掉。郭家希愉快地认为，相对于别的酒，茅台让自己的酒量变得更大一些。他把这个发现告诉傅曼，她咯咯笑了起来，说："我觉得我也是。"

在酒意渐渐上头的时候，郭家希瞅个空子悄悄摁下了录音键。随后他扯出昨天上午傅曼微信里说了一半的提示，深一脚浅一脚地往预备话题里走。为了达到效果，他还奋勇地连饮了三小杯酒。他知道这种做法有些傻，但无非是醉而一试。

"今天，我要把我的秘密讲给自己听。"在迷糊之前，他这样对傅曼说。

茅台酒就是好，喝多了也不蹂躏人。深夜三时多，他醒来了，既无头疼也没口渴。但他还是起来喝一口水，咂几下嘴巴醒醒神儿，然后划开手机屏幕。

手机上的录音还在走着，手一摁停住，转成了一条长达六个多小时的文件。点开文件，跳过无关紧要的部分，来到重点地带。手机里的他舌头摇晃，跟傅曼探讨人生秘密，说着说着话题到了小菲身上。傅曼说："这个我知道啦，你眼下手头没有女朋友。"他说："怎么……小菲难道不是我女朋友?"傅曼说："过去是现在不是，你们已经掰了。"他说："我想想……我想想，好像是已经掰了。"傅曼说："不是好像噢，她已经在手机里把你拉黑了。"他说："这个细节……你也知道?"傅曼笑起来说："你自己说过的，难道是假的?"他说："不是假的……三个月前她就把我拉黑了……你说她凭什么……她为什么这样对我……为什么?"傅曼说："你又来了，十万个为什么。"他说："我不就是暂时没有房子吗我不就是存款不多吗我不就是一怒之下辞了工作吗我不就是辞了工作没跟她商量吗……这就是……为什么。"

原来是这事儿! 原来他让傅曼知道了自己是虚假分子——女朋友已经丢开他，他却仍拿着女朋友撑面子。

郭家希关掉录音，不愿意马上再躺下，就蹀到阳台上抽烟。楼下草坪围了一周微明的地埋灯，显得柔暗寂静，寂静中又有青蛙的鸣叫声一阵一阵响起。白天在院子里遛步，永远不会遇到一只青蛙，只有到了夜里，才知道小区内埋伏着众多这种小动物。

他对小菲的感觉也是这样。世事无序，可以一拍即合也可以一拍两散，分开就分开了，一个人照常可以往前过，可夜深人静的时候，对了，还有酒深情起的时候，躲在他内心角落里的一种疼痛感冷不丁的会鸣叫起来。

算起来，他和小菲处了三年，过程平平缓缓，小温小暖，没有失控吵闹，也没有大撒狗粮。到了一定年龄，遇到难以绕过的现实难题，只好平和地分手。三个月前，小菲出手拉黑他时，他没有吃惊或不满，倒有一种久违的轻松感。

可是，他妈的可是，他心里终归潜伏了隐隐的痛点。

五

在狭窄又空旷的日子里待久了，会产生失重的感觉，仿佛时间缺少刻度，一个小时一个小时多得用不完。这种心境，就像一个暴发户觉得手里的钱用不完，恨不得变着法子挥霍一通。

郭家希也想挥霍掉时间，可惜法子不多。这天下午，他进了书房想找本书看。两架贴墙的书柜比较高大，但上面的书不算太多，巡视一遍，没有一本特别想看的。正有些不爽，脑袋一低看到了书柜下边的抽屉们。他来过书房好几次，没有探看别人私物的想法，现在既然起了念头，就不妨瞧上一眼。

他一下一下拉开抽屉，分别看到了文具杂物、音乐碟片、旧笔记本、荣誉证书、空白信笺和两个眼镜盒、一只望远镜。意外的东西没有出现——显然，房东同学无意在书房里存放什么隐私。

他闭上抽屉，无趣地离开书房。走到门口想一想，返身回去又打开底部抽屉，拿起了望远镜。这是一只小巧精致的望远镜，可以旅游时看风景或者剧院里看舞台，当然没事的时候，也可以瞧一瞧对面楼房窗口内的动静。

嘿嘿，现在他就没事。他走到窗户前拉开窗帘一角，将望远镜举到眼前。对面的楼房一下子拉近了，外墙颜色显着新鲜，阳台上的各种晒物变得相当清晰。但往窗口里看，由于光线的反差，看到的只是一团暗淡。

不用说，只有到了晚上，才能望见屋子里的内容。

吃过晚饭，夜色已攒得很厚。郭家希又站在书房窗边举起望远镜，这次对面窗口里因为有了灯光，也有了各种场景的呈现。一对夫妻坐在沙发上认真看电视。一位姑娘抱着一只花猫玩手机。一位老太太小着步子在房间里走来走去。一个房间静止无人，突然出现一个小男孩，手里拿着吃的东西。一个客厅站着一位穿燕尾服的胖男，两只手做着什么动作。

冬天的楼房窗口，是看不到有趣情景的。你不能指望镜头里冒出两只年轻脑袋，情真意切地打个 kiss，或者两张怒气冲冲的汗脸挨在一起，嘴里发出抨击对方的骂声。

不过稍待片刻，郭家希禁不住又拿起了望远镜。场景暂无大的变化，新的内容没有出现。要说有点意思的，是那位燕尾服胖男的表现。他仍积极地划动双臂，幅度忽大忽小，脸上表情虽不清晰，大约也是生动的。郭家希猜想了几下，认为他在做什么健身动作，一转念又觉得不对，因为锻炼身体是不可能穿正装燕尾服的。

郭家希觉得好玩，就给傅曼发了微信，说自己遇到不明白的生活谜面。不一会儿傅曼上来了，拿过望远镜看了看，判断说："好像是在做指挥，指挥一个合唱团。"郭家希说："我也想到过做指挥，可一个人在房间里比画，太离谱了吧。"傅曼说："在家里憋久了，得做点让自己高兴的事儿，管它离谱不离谱呢。"郭家希说："那你再猜一猜，他指挥的是什么歌曲呢？"傅曼说："这可没法知道，望远镜里又没带耳朵。"郭家希说："应该是《风雨同舟》《让世界充满爱》什么的吧？"傅曼说："想知道是什么歌，得上门证实才行。"郭家希说："你是说咱们也干点儿离谱的事？"傅曼说："找个高兴呗，反正闲着也是闲着。"

两个人戴上口罩出门下楼，走到对面楼房，站在对讲屏跟前摁了房号。对方很快回应允许。两人坐电梯上去，认准了房号敲门。房门拉开一截，可看到里边站着燕尾服胖男，他的身后歌声依稀可闻，不是《风雨同舟》也不是《让世界充满爱》，似是一首英文歌曲。郭家希说："不好意思，我们是邻居……"燕尾服胖男"砰"地关上门，在里面大声说："我还以为是物业呢，这时候邻居串门干什么！不知道危险吗？"郭家希说："我们听到了音乐，想知道是什么歌曲。"里面说："都听到了还问什么歌曲，你们的耳朵如此无知！"看来这位合唱指挥脾气挺大的，傅曼说："老师老师，我们就是无知青年，请指点一下。"里面说："困在这日子里，只有爱情才能驱散孤单，我指挥的是 Right here waiting，《此情可待》。"

噢，是这首歌呀！郭家希和傅曼相视一笑，有了揭开谜底后的小快乐。

两个人回到家中坐在客厅里，打开手机听《此情可待》。这首歌音乐挺耳熟，此时专门找出来欣赏，便觉得格外好听。男歌手的嗓子略带沙哑却挺有磁性，一路投放着追忆和忧伤：

…………

I wonder how we can survive this romance
（好想知道，我们如何让浪漫情爱持续下去）
But in the end if I'm with you（但如果有一天能回到你身边）

I'll take the chance. （我会好好把握机会）

Oh can't you see it baby （哦，亲爱的，难道你不懂）

You've got me goin' crazy. （你已使我发狂）

Where you go （无论你在何地）

Whatever you do （无论你做何事）

I will be right here waiting for you. （我就在这里等候你）

　　傅曼查了查百度，说："原唱歌手叫理查德·马克斯，他妻子在外地拍电影老见不上面，有一天他动了思念，用二十分钟写成这首歌。"郭家希说："一般一首歌成功之后，总会编出一个好玩的背后故事。"傅曼说："为什么说编的？也许是真的呢？"郭家希说："那你相信有真爱吗，像歌中唱的那样？"傅曼说："也许有吧。"郭家希说："又是也许……也许是一个可疑的词。"傅曼说："因为我还没遇到，我只能等待。"郭家希说："等待什么呢？"傅曼说："等待一种心动的感觉。"郭家希说："永远遇不到这种感觉呢？"傅曼说："那就永远等下去。"郭家希说："到了三十岁没遇上心动的感觉，你能指望四十岁的时候这种感觉跑过来找你吗？"

　　这句话有点狠，傅曼不吭声了。她站起来走到玻璃门前，默默望着外边。外边一片暗色，暗色中有零星的灯。傅曼把双臂打开，身子贴向玻璃上的红色"福"字，仿佛这样便能拥有福气似的。郭家希起身走过去，也打开双臂贴在她的身上。她微微颤动一下，挺直了脖子。郭家希翘起下巴，靠在她的头发上。傅曼说："你相信真爱吗？"郭家希说："你刚才的话，其实也是我的回答。"傅曼说："你是说你也在等待？"郭家希说："也许是……无望的等待。"傅曼轻轻点一点头："嗯，到了三十岁没遇上心动的感觉，你能指望四十岁的时候这种感觉跑过来找你吗？"

　　郭家希有点伤感了，两只手慢慢放下来，滑进傅曼的腰口，环住了她的腰肢。傅曼静着身子，鼻子里却有热气窜出来，在"福"字上散开。郭家希觉得自己激动起来，身体快速有了力气。他一把扳过傅曼的身子，合在自己的身子上。他的躯体一下子接收到柔软起伏的紧贴感，她鼻子里的热气则喷到了他脸上。

　　郭家希的脑子还有些蒙，手脚已抢先行动了。他弯腰捞起傅曼的身子，快步穿过客厅撞开主卧的门，放在宽大暗黑的床上。这张床是主人的领地，铺着光滑的绸缎被子，现在只好暂时征用了。他镇定一下，摁开墙上的空调开关，又摁亮天花板的吸灯。

　　暖色的灯光里，傅曼侧卧在床上的姿势有些蜷缩。郭家希在她身后躺下，抬手搂住那弹性的肩膀。傅曼的身子抻开一些，翻转过来躺平了。郭家希的嘴巴凑过去，想压住傅曼的嘴巴。她的脑袋一别，躲开了。郭家希没有多想，试着脱她的衣服。她没有拒绝。

傅曼的衣服一件一件离开她的身体，丢到了床尾。当剩下三点内衣时，郭家希的手怯缩一下停住了。屋子里还没暖和起来，傅曼似乎感到了冷意，扯过被子搭在身上。郭家希转而脱自己的衣服，一件两件三件……每脱一件，他的身子则热了一分。很快，他裸露出并不结实的上身肌肉，肌肉上冒着一层热气。他掀开被子，让自己的躯体像另一条被子盖在傅曼身上。

就在这时，傅曼轻声说了一个词："condom."郭家希傻一下马上明白了，爬起身去找那玩意儿。拉开床头柜第一个抽屉，没有。拉开第二个抽屉，也没有。那么应该在旁边的立柜里吧，窜过去一一打开抽屉，眼睛一一扑空。有一只四方小盒子挺像的，捡起一看是日产明目液。郭家希心里骂了一声他妈的，有点恼怒又无措的样子。傅曼躺在那里看着他，忍不住轻笑起来。

郭家希说一声"你等一下"，披上衣服出门奔向次卧。过了几分钟，他欣然回来了，手里捏着一只所需之物，说："我这有出息的同学，看来狡兔二窟，轮回作战呀。"说着赶紧又掀开被子，这时他目光愣了一下，瞧见傅曼已经穿上衣服。他说："怎么啦，怕冷？"傅曼说："你躺下。"郭家希在傅曼身旁躺下。傅曼说："我改变主意了。"郭家希说："改变……主意，为什么？"傅曼说："因为我没爱上你。"郭家希不吭声了，把被子往身上拉一拉。傅曼说："你爱上我了吗？"郭家希慢慢地说："好像也没有。"

两个人静在了那里，无声地看着天花板。天花板上有一盏圆盘吸灯，吸灯外围是漂亮的四方形灯池。过一会儿，傅曼说："我变来变去的，我对自己不满意。"郭家希牵动嘴角笑了一下。傅曼说："你挺沮丧的吧？"郭家希说："好像也没有。"傅曼说："那么你反而松了口气？"郭家希说："好像也不是。"傅曼说："你怎么老是好像好像的。"郭家希说："因为我吃不准自己……当然啦，很多时候我也吃不准别人。"

傅曼沉默一下，叹口气说："我爱上一个人就好啦，譬如说是你。"郭家希说："你说的，其实也是我要说的。"傅曼说："如果我爱上你，你可以做上门女婿，也可以带着我到处流浪。"郭家希说："嗯，流浪是多么好的职业，何况两个人一起流浪。"傅曼没有笑，而是动一动身子，侧过脑袋。郭家希配合似的也转过脑袋。两个人的脸这么近，眼睛也这么近。郭家希瞧着傅曼，甚至从对方眼眸里见到了自己。过了一小会儿，对方眼眸里的自己浮动起来，一晃一晃的，像是漂在水上。噢，原来傅曼眼里起了一层泪花。

郭家希不知道怎么安慰傅曼，只好把目光别开。这时他记起手里还有一只套子，就举到眼前看了看，一甩手丢到地板上。不过很快，他又探身捡起套子，搁在自己额头上。又过片刻，他取了套子撕开包装，塞到唇间吹起来。套子是深粉色的，一点点变大，大成了一只气壮的长条气球。他把气球口子打了个结，一挥拳推向空中。

粉色的气球在空中蹿了一下，努力地停留一秒钟，然后一摆一摆跌落在傅曼的脚边。

六

在电视上，世界卫生组织一位大胡子专家表示，根据流行病学规律，武汉如能在近期将每日新增确诊病例控制在两位数，则意味着真正拐点的出现。郭家希查了查数字，武汉最近一日新增病例为 370 例。情况在使劲好转，但拐点还不知道埋伏在哪一天。

杭州的情况也在转好，可正常上班的日子仍未到来。郭家希将个人简历投给两家公司，等来的都是无精打采的回复。在眼下的停摆时间里，不会有一份工作愿意来搭理他。

愿意搭理他的只有没话找话的傅曼。这一天傅曼在微信里问他，这几天是不是又恢复房间里的篮球训练啦？郭家希答复：我现在跟篮球的亲密关系，是看手机里的 NBA 球赛。傅曼：我妈说，楼上又有跑步声在作怪。郭家希：没有呀。傅曼：我妈是听她妈说的。郭家希：也许是别的楼层传去的吧……你外婆的耳朵真尖。傅曼：我外婆这两天身体欠好，头晕无力，脸色像打了底粉，喜欢整天躺在床上。郭家希：怪不得，整天躺在床上听力会变强。傅曼：我有点担心外婆。郭家希：担心什么呀，你外婆一高兴还能喝两杯白酒。傅曼打出一个沮丧的图标：家里一整天没高兴啦，现在不敢上医院，要是平时早去了。郭家希：对的，小病小痛眼下还是在家里养着为好。

这么聊着，郭家希以为只是一次平常的搭讪。几天前"身体未遂事件"之后，两个人并没存下别扭，心里反倒坦白了些，仿佛一次身体的裸露能拉近内心的距离。傅曼时不时地会闯入他的微信，把家里的枝枝叶叶变成排闷的谈资。

不过这一回郭家希判断有误，傅曼外婆遇上的不是小病小痛，当然也就不是日子里的小枝小叶。

当天晚上九时多，郭家希收到傅曼的微信：外婆心慌胸闷，还有体温，我开车送她去医院。又一句：别发烧别发烧，还是发烧了。又一句：医院真恐怖！郭家希吃了一惊，马上回过去：需要我帮忙吗？傅曼：不用，已经在做血清和核酸检测了，现等着。又一句：一屋子发烧的人，个个像敌人。又一句：外婆要是阳性就完蛋了。郭家希赶紧逗话：想得美，这比彩票中奖还难。傅曼：不是阳性也麻烦，医生估计是心肌炎，得住院。又一句：现在住院等于关禁闭，不能陪护不能探视。又一句：我家三个女人此时心情很不好。

看来傅曼比较紧张，有仓皇之态。郭家希想给她打个电话，又不知现场情形，怕打扰了她。一时无计，只好发去搂抱的图标，以示安慰。

在不安中等了不短时间，终于接到傅曼的两条微信语音。一条说血清抗体结果出来了，是阴性，但核酸检测得大半天才能出结果，没法在医院傻等。另一条说外婆不乐意住院，而且态度坚决，医生也就不反对，给开了些药回家养着。

既然医生允许回家，外婆应该没啥大碍了。郭家希追问了一句，傅曼没有回复，估计正开着车呢。

郭家希不能让自己像个没事人儿。他算了算时间，坐电梯下到车库候着。几分钟后，一辆红色别克驶过来停在车位上，先下来的是傅曼——她戴着口罩，身披一件透明雨衣，脚上还穿了鞋套，一副警惕防备的模样。她见着郭家希，一推手掌说："你先别过来！"郭家希愣了愣，收住了脚步。

傅曼将外婆和母亲从后车门里扶出来——她们也是全副武装的样子。三个女人站在那儿，相互帮衬着脱下雨衣和鞋套，又摘下口罩，卷成貌似危险的一团，由傅曼跑去扔在垃圾桶里。这边傅曼母亲已弯身从车内取了新口罩，让三张脸再次戴上。

此时郭家希才有了献力的机会。傅曼把一个行李箱子交给他，并让他在前面开路。他赶紧积极起来，拉行李箱、推过道门、摁电梯键，还用目光接应后面的三人组。

被搀扶着的外婆看上去的确很虚弱，如果不是执拗不从，她应该是要住院的——行李箱里的备物也证明了这一点。

下一日上午郭家希没忘了微信傅曼，表示自己也惦记外婆的病情。过了好一会儿，傅曼才回复说，核酸检测是阴性，终于没跟新冠肺炎扯上关系，但情况一点儿也不好。她没有多说，似乎兴致凑不起来。

可是到了晚上，傅曼忽然来了预约文字：待外婆入睡，陪我院子里坐坐吧。郭家希马上答应了，他觉得应该让傅曼开心起来。

约莫十点钟，两个人前后下了楼，先绕着院子走一圈，然后坐到游泳池旁边的小憩区。暗色中，仍能看出傅曼脸上的疲惫和沮丧。郭家希说："这两天很不快活吧？"傅曼点点头："昨天在医院胆战心惊，今天在家里提心吊胆。"郭家希故意说："怎么这么不淡定，到底年轻呀。"傅曼说："人家就是个年轻弱女子好不好？！"郭家希说："眼下的弱女子应该是外婆，她的病咋样了？"傅曼说："烧退下来了，但胸口仍然发闷，身上没有力气，握她的手凉凉的……应该就是心肌炎。"郭家希说："既是心肌炎，就该听医生的去住院。"傅曼说："医院出了规定，现在住院最多只有一位亲属可以陪护，这个名额只能给我妈。"郭家希说："那也没关系呀，过些日子一出院你们又可以天天见面啦。"傅曼说："外婆不这么想，她总觉得住进去就可能出不来了……这时候她眼前不能没有孙女。"郭家希说："看来外婆挺宝贝你的。"傅曼说："人家就是外婆的宝贝孙女好不好?!"

郭家希掏出一支烟插在唇间，想一想又掏出一支烟递给傅曼。傅曼竟接了，点上火后用劲抽一口，嘴里马上出来几声咳嗽，这让她把烟递还郭家希。郭家希只好两只手各夹一支烟，左手抽一口，右手又抽一口，样子有些伪潇洒。傅曼说："郭家希，你怎么一点儿不替我着急?! 至少给几句安慰嘛。"郭家希笑了说："说的不如做的，我现在给你一个安慰的拥抱，可以吗?"傅曼说："你怎么这样呀郭家希，一天下来我心里烦着呢。"郭家希说："好吧，说说今天的烦心事，我听着。"傅曼说："其实不住院也行，医生说可以在家里静养，可外婆在床上躺着，一直很不安生，一看就知道心里装着事。"郭家希说："老人脑子里有什么念头吧?"傅曼说："我拐着弯跟她套了话才明白，原来她担心……在新房子里故去。"傅曼的舌头在"新房子"上加了重音，然后接着说："她怕自己坏了新房子的吉利，怕自己给新房子存下阴影……有了这些念头，身体怎么好得起来呢。"郭家希说："你外婆是个明白人，知道眼下这新房子的分量。"傅曼说："她当然知道。两年前为了买这房子，我们把家里角角落落的钱都掏出来了，包括外婆攒的养老费。那会儿还不兴摇号，得托关系打招呼，我妈费了洪荒之力才托到人。"郭家希说："那你得心理暗示外婆，既然她出了养老费，一定会多活几年把钱住回来。"傅曼说："暗示什么呀，我经常公开嚷嚷你长命百岁你长命百岁的。"郭家希说："长命百岁即使打个九折，也还有好几年吧，所以眼下她不用担心的。"傅曼说："好吧郭家希，你的嘴巴够贫的。"

郭家希将两支烟蒂掐灭，摆在小桌上。夜有点深了，游泳池的水卧在蓝色中，显着透明的安静。傅曼说："对了，昨晚你在地下车库接我们，表现不错，得表扬一句。"郭家希说："嘿嘿，我只是灵机一动。"傅曼说："老妈当时又生出感慨，说家里还是缺个男人。"郭家希说："让她再使出洪荒之力，给你找一个呗。"傅曼说："我嘴里没说，但暗中会给她加油的。"说着轻笑一声，这是今晚上她第一次开了颜。

傅曼的开颜是不可靠的，因为不好的情况并没有过去。

下一日晚上也是约十点钟，傅曼直接打来微信电话，说外婆感觉不好，认定自己快不行了。郭家希问："马上送医院吗? 需要我做什么呢?"傅曼说："穿上厚实一些的衣服，马上下来到我家。"

郭家希赶紧套上羽绒服，将口罩裹到脸上，想一下又找出围巾绕了脖子，然后快步下了楼梯。801 的门开着，进去一看，傅曼和妈妈一脸无措地站在那里，外婆则靠在床头闭目攒神儿。傅曼瞥他一眼，说："外婆力气少了挪不动步，你帮个手吧。"郭家希没有犹豫，上去两步将外婆抱起来。外婆的身子很轻，即使穿着厚衣服也没多少重量。进了电梯，外婆微微弹开眼睛，似乎认出了戴着口罩的他。她嘟囔一句杭州话，郭家希没听明白。傅曼说："外婆说小伙子有力气，谢谢你。"

下到车库，他小心地将外婆放入车子，然后等待傅曼发话儿。傅曼挪开一步身子，轻声说："你来开车吧，但不是去医院。"郭家希愣一下说："不去医院去哪里？"傅曼说："随便哪里，在街上慢慢转也行。"郭家希说："什……什么意思？"傅曼说："外婆反对去医院，也不愿意待在新房子里。"郭家希明白了，明白得心里似乎溅开一个浪头。

郭家希坐入驾驶座，傅曼和妈妈坐进后排，护在外婆的左右。郭家希看一眼时间，是十时十八分。他发动车子，驶出地下层进入地面，开到院子侧门。保安的防疫态度照例认真，拿着笔进行登记。傅曼在后面递上了疫情时段车辆出入证。

因为没有目的地，车子先在一条小道上慢慢行驶。两边暗黑，不见行人，也很少有车子从对面开过来，或者从后面超过去。如此的冷清会让这辆别克感到孤单的，他把方向盘一打，先左拐后右拐，驶入了莫干山路。这是条主干道，路上的灯光和人车显得多了一些，但跟以前的平常日子比起来，街面看上去是空旷又收缩的。又因为不见了堵车，红绿灯突兀出来，一会儿遇到一个，一会儿又遇到一个。

后排座位上许久没有声响，像是不敢打扰外婆的安静养神。后来外婆终于说一句什么，傅母的声音便跟了上来，傅曼的声音也跟了上来。她们讲的是杭州话，郭家希基本听不懂，又觉得不能老当外人，就顺势问了一句。傅曼说："外婆提起我小时候的可爱，我们一块儿回忆那会儿的趣事呢。"

过了片刻，外婆又说一句什么，傅曼便搭腔，讲着讲着抽泣起来，傅母随即压着声音说傅曼的不是。郭家希忍不住又问了一句。傅曼带着哭腔说："外婆讲自己没了之后，小车要直接往殡仪馆开，衣服也已经备好了……哪有这么说话的呀！"傅母批评说："小曼你别哭哭啼啼，这样外婆会不高兴的。"

为了岔开话题，郭家希说："听点歌吧，我觉得现在听听歌比较好。"见后面没有反对，他捡起手机点开音乐库，播放近期听过的曲子。先是一首草原歌曲，再是一首校园歌曲，然后是那首英文歌曲《此情可待》。听一会儿，傅母开腔说："这首歌好听，不晓得唱的是什么？"郭家希说："阿姨，这是一首爱情歌曲。"傅母说:"怪不得这男歌手嗓子里像塞着冰激凌……小郭他具体说啥呢?"郭家希说:"他说无论你在哪里你在干吗,我就在这里等候你。"傅母说:"噢瞧瞧,人家外国人说话就是热情直白,不像咱中国人扭扭捏捏的太含蓄。"傅曼接话说:"含蓄什么的是你们那一代人,别按到我们这拨人头上。"傅母说:"你们这拨人热情直白不含蓄,那为啥不喜欢恋爱不喜欢结婚,还不喜欢生孩子……"傅曼说:"妈,你又来啦……都什么时候了,说这些外婆会不高兴的。"傅母不吭声了,暂静中,倒是外婆说了一句杭州话。傅曼说:"郭家希,你听懂外婆说什么了吗?"郭家希说:"请现场翻译吧。"傅曼说:"外婆说她没有不高兴,让你以后对我一定要好。"郭家希哦一声,想一想,又哑笑一声。他心想好在开着车,不用回头答话。

这么听着歌儿往前开,时间便过得快一些。待抬头细看,发现已近了西湖。过下一个红绿灯时,郭家希将车子拐进北山路,沿着湖畔徐徐移动。此时的西湖特别安静,打眼望去,远处的岸边灯光亮成一条长带,雷峰塔的顶部形成明亮的铜色,近处的断桥通体发光,岸上和水中抱成一团。

到达苏堤口子时,小车停了下来。此处是个不错的位置,车子可以在这儿歇一歇的。郭家希往后望一眼傅曼,傅曼点一点头,并递来一瓶矿泉水。郭家希打开瓶子喝了一口,听见傅曼又问:"肚子饿吗?我这里有饼干。"郭家希摇摇头——今夜特别,不能又吃又喝的像一趟休闲旅游。

但经傅曼这么一提示,郭家希真觉得自己肚子饿了。他劝了劝自己没劝住,打开手机搜找一下,给傅曼发了一条短信:附近有肯德基还开着,可以买吗?傅曼回复了一个 OK 手势。

郭家希下了外卖单子,填的送址是苏堤北口。说实在的,在这个几乎全城禁闭的深夜,居然还有餐店肯送吃物,这让他有些惊讶。等了不多时,甚至比平时还快一些,送餐小哥打来电话,说自己到了。郭家希下了车,瞧见小哥靠着坐骑站在那里,全身捂得像赛车手。走过去未靠近,小哥用手在空气中一推,暂停了他的脚步,又从配送箱内拿出吃物搁在箱盖上,然后撤开几十米。郭家希这才前去取了吃物,往回走十几步转过身子,见小哥也已回到配送箱。他大声问了一句:"兄弟,这个时候你怎么还敢出来赚钱呀?"小哥似乎嘿嘿一笑,也大声说:"兄弟,眼下待在城市里不容易,有一份工作做着心里踏实。"又补一句,"男人嘛,就应该对自己狠一点!"

这时傅曼也从车门里出来了,郭家希走过去将食品袋交给她,自己手里留了一个汉堡和一包薯条。傅曼说:"郭家希,我看上去是不是很难过?"郭家希看了看她眼睛,不吭声。傅曼说:"不仅难过还有害怕,我心里慌慌的。"郭家希说:"你戴着口罩真看不出来。"傅曼目光一愣,差点要笑了。郭家希说:"多吃点东西吧，肚子填饱了心里就不害怕了。里头还有土豆泥，让外婆也吃几口……这一夜还长着呢。"傅曼说："你这口气挺懂事呀……我妈说得对，家里有时候是需要一个男人。"

傅曼进了车子，郭家希踱到湖边摘下口罩，先大口吞下汉堡，又将薯条慢慢吃了，然后点上一支烟。此刻的空气真是好，吐纳之间，似乎把胸腔疏通了一遍。这时他还发现这片湖面上布着荷花枯叶——荷叶在秋天便过气了吧，在湖水里竟坚持至今，真还是难得。他探出手摘了一枝，放在鼻前嗅一嗅，已没有什么气味儿，打开手机电筒照一照，觉得枝叶的模样挺好看的。

郭家希回到车子，里边留有一丝肯德基特有的香味，但没有任何声音。外婆的脑袋靠在傅曼肩膀上，双脚则放在傅母的腿上。如果不是因为悲伤的背景，这样的相偎其实有些温馨的。郭家希抬手举起枯叶，又用电筒亮光打在枯叶上，说："你们看，这是什么?"傅曼说："是荷叶。"傅母说："枯了的荷叶。"郭家希说："这荷叶在秋天老去，过了冬天到了现在，得有一百岁了吧。"郭家希又说："一百岁的荷叶待在水里，仍是西湖的一部分，进入照片也还是好看的。"傅母说："小郭呀，你这是讲人生大道理吗?"郭家希说："阿姨，这只是一点小道理。"傅曼说："郭家希，汉堡薯条你吃了吗?"郭家希说："吃啦。"傅曼说："吃饱了撑肚子，是不是就容易讲些小道理?"郭家希不敢拌嘴，赶紧将电筒灯光打到自己脸上，嘴唇缩一缩表示自己不说话了。

车子内一下子又变安静了。

在暗色中，此刻的安静不是轻的，不是无内容的。换句话说，这种静默里像是放入什么有分量的古怪东西，因而显着不一样的重。郭家希让自己想点儿什么，却不知道想点儿什么好。他要动一动身子，又怕发出不恰当的声响。

过了片刻，手机轻轻"嘟"的一声，将他从寂静中唤出来。捡起手机划开一看，是傅曼的文字：这样的夜晚，不习惯，受不了。郭家希的手指摁动几下，问：外婆怎么样了? 傅曼回复：应该睡着了。又跟上来一句：她会这样睡过去吗? 郭家希：不会，你别这么想。傅曼：我也觉得不会，可我心里还是慌。又一句，心里不仅慌，还觉得憋。郭家希：对付心里难受的办法是让自己睡着。傅曼：我睡不着，我想下车透口气。又一句，不仅想透口气，我还想喊一嗓子！郭家希还没应答，已听见后面有了声响：傅曼在调整外婆的身体睡姿，然后拉开门下了车。

郭家希轻着身子也下了车，见傅曼抬着脑袋做呼吸状，神情比较不好。他凑上两步，想找一句安慰的话。傅曼先开了腔："今天晚上，时间过得真慢。"他同意地说："不快活的时候，时间就过得慢。"傅曼说："郭家希，我不光不快乐，我还很不快乐！"不等他说话，傅曼又说："郭家希，我真的想喊一嗓子！"郭家希说："这不好吧……大半夜的，会吓着别人。"傅曼说："大半夜的，哪里有什么别人！"说着她一提身子，径直往苏堤方向走。郭家希瞥一眼车子，快了脚步也跟上去。

走了几分钟，两人在湖边停下。夜色中湖面浩阔，展开一线线水波。又因为安静，水浪一拍一拍的发出轻微又清晰的声响。傅曼站在那儿朝着湖面，吸一口气说："我要喊了。"她扯一扯嗓子试了两下，然后放声叫了起来："我不要外婆死去！"停一下，又叫："我不要所有不高兴的事情！"她的声音尖亮气足，但在水面上没跑多远便散掉了。

郭家希点评说："喊的时候不要发话，一发话气势就不足了。"这么说着，他也想试一嗓子。他伸一伸脑袋，朝前方喊出长长的呼叫。这一声呼叫果然有力道，送出去远了不少。

不过旁观者清，傅曼也发现了其中的不足。她想一下说："我明白了，我们只是喊叫不是吼叫。"郭家希点点头："我们缺少声嘶力竭。"傅曼说："我们还缺少伤感！"郭家希说："我们还缺少憋屈！"傅曼说："我们一起吼一个吧！"郭家希说："好，一起吼一个！"

两只身子靠近一步，同时猛吸一口气，同时抻直脖子，同时从嗓子里蹿出持续的凶猛的声响。这股合二为一的声音，真的含着憋屈又含着伤感，形成了颇有气势的声嘶力竭的吼叫。当两张嘴巴合上时，那吼叫的余音似乎还在湖面上滑行。

两个人喘着气相互看一眼，都从对方脸上见到了痛快。傅曼说："这一嗓子不错，出了一口闷气！"郭家希晃一晃手机说："我录下来了。"傅曼说："你偷录呀，真狡猾。"郭家希点开屏幕，捏在手里听。刚才的长声吼叫重现在吼叫者的耳朵里，不但真切而且有穿透感，像是自己对着自己的内心发声。吼叫停止后，录音里还出现了几秒钟的浪水拍打声，轻轻的一哗一哗，听上去像是西湖的夜晚呢喃。

傅曼点一下头说："结尾的水声挺好，让咱们疯狂的声音带点韵味儿。"郭家希说："也不一定好，它让咱们的疯狂打了折。"傅曼说："不管它了，把声音转给我吧，我要发朋友圈。"郭家希说："这个也能发朋友圈?"傅曼说："为什么不能?"

说话间，傅曼已收下录音，并传上朋友圈，配套文字是：西湖边的吼叫。郭家希平常比较冷落朋友圈的，现在被傅曼带动，手指也有些按捺不住。他先给傅曼点了赞，然后又摁摁点点几下，把录音送到了朋友圈。他的说明文字为：今天，我吼了！

两个人收了情绪，在旁边的石头上坐下。此时似乎需要安静，彼此就不搭话。过了一会儿，郭家希掏出烟盒，递给傅曼一支。傅曼接了，点火后使劲抽一口。这一次她没有马上反应，但她抽第二口时，还是咳嗽了。这让她又将烟支递还郭家希。郭家希等着似的接过来，把这支烟继续往下抽。他每吸一口，暗黑中的红点就亮一下。

未等他的烟抽完，傅曼忍不住打开手机查看回应。显然，她得到了不少点赞——即使是这个时间，仍有一些不肯睡觉的人在朋友圈上游走。

郭家希摁灭烟蒂，也点开手机。他的朋友圈点赞区已集合了二三十个名字。这些名字属于熟悉或不太熟悉的人，他们路过时听了这二十秒钟的录音，心里也许只是奇怪一下或嬉笑一声。不过在评论区，放着几条有点意思的留言：

半夜一声狼嚎，什么情况？

这是你的声音吗？这女的又是谁？

好像在水边，小区不是还封着吗？跑哪儿浪着呢？

这算是玩情调，还是找痛快？

靠，这日子憋屈，我也要吼一嗓子！

如此用掉一把力气，心里似乎舒通了一些。两个人慢慢走回去，坐入车子。

郭家希在椅子上安定了身子，让脑子里的兴奋渐渐回落。他能感觉到，此时傅曼也收着气息，又变成不语又不安的外孙女。

夜往深里走，车子内彻底静下来。外婆无力地睡着，脑袋滑下去来到傅曼怀里，双腿仍被傅母抱着——她躺在女儿和孙女身上，像是成了一个有安全感的孩子。

这样的夜，是一种等待。

郭家希似乎没有睡意，或者说不敢睡。但睡眠到底是不讲道理的，一点钟或者两点钟的时候，他掉入了梦区。

醒来的时候，天色刚刚微亮，郭家希直起身子往后一瞥——外婆睁着眼睛安静地坐在中间，两边的傅母傅曼则歪了脑袋一脸惺忪。郭家希以为自己还未梦醒，甩一下头，又甩一下头。

眼前的情景真实不虚，外婆好好的啥事也没有。

"现在几点啦？"傅母问了一声。郭家希看一眼手机："六时十八分。"真是巧呀，在车上已整整八个小时，像上了一个夜班。

傅曼动一动脑袋，问："外婆你怎么样了？"外婆说："嗯嗯，你不是看见了吗？我不肯死呢。"傅母说："大早上的，别说死字。"傅曼说："外婆，你是想做个死亡游戏逗我们玩儿吗？"傅母说："我讲了，大早上的别说死字。"外婆说：

148

"我的游戏在梦里呢……嗯嗯，我做梦啦，梦见参加小曼的婚礼。大家让我喝酒，我高兴，喝了两杯。"外婆又说："有小曼的婚礼在前头等着，还有那两杯酒也没喝掉，嗯嗯，我不能死呢。"外婆的声音挺轻，但不含糊。郭家希这才注意到，外婆说的是普通话。

郭家希摇下一小截窗户，清冽的空气游了进来。往远处看，绿山和湖水连接着，湖水上又浮动着一层薄薄的雾气，雾气中的三潭印月若隐若现。

这时手机叫了一声，他点开一看，是傅曼的微信文字：西湖的早上真好，就是还有点冷。又很快发来一句：真希望有位男士给我一个安慰的拥抱！他轻笑一声，用手指送去三个拥抱图标。

七

小区的战时防御开始松动了。保安脸上没有了如临大敌的表情，你只要出示一下健康码，便能获得一个久违的请进手势。

江溢来了电话，说单位终于通知他来杭上班，不过为了避免意外失蹄，一家三口还得在屋内宅上一周。在手机里，江溢的声音有点兴奋，似乎带着一些逃离父母唠叨的解放感。

郭家希去了一趟商场，买回一堆吃物塞入冰箱，又简单清洁一下房间，让东窜西跑的东西尽量归位。那只有点老去的旅行箱被重新打开，他的衣服和杂物放了进去。做完这些，他给傅曼发了一条微信，说有空可到楼下走走。

过了片刻，傅曼仍没有回复。他决定自己先下楼，跟院子里的草坪和游泳池告个别。这会儿正是半下午时间，阳光还风韵犹存。他转了一圈，来到游泳池区域。池里的水依然蓝着，但不知怎么上面漂着几枚树叶。他找了找，在旁边见到一只长杆捞网。他没有迟疑，举着捞网探出身子，将树叶们捉了上来。

之后他坐到小憩区抽烟，抽了几口，手机轻叫一声，拿起一看是傅曼的回话。傅曼写：今天得令去上班啦，一堆事扑面而来，加倍地忙。又写：单位里分了不少口罩洗手液，下班分你一些。

噢，原来上班了呀。他笑了笑，回复一行字：不用了，我的行李箱已收拾好，塞不下新东西啦。

傍晚时分，郭家希拖着行李箱回到出租房。推开门，一股霉味儿浪头般地打过来，让他后退了一步。才一个多月不见，屋子憔悴了许多，不仅地上长出一层尘灰，墙纸也像是泛黄了不少。

他进屋推开窗户，让新的空气进来，又用抹布过一遍那张仿皮沙发，安排自

149

己的身子坐上去。不知怎么，这个时候他有点懒，不愿意马上提着劲儿擦擦洗洗，像一个勤奋的家务青年。

天色有些暗下来，他伸手摁下开关——上方的日光灯管亮了，但一晃一晃的似在挣扎。他只好起身找来扫把，用杆头去敲灯管，敲了几下，灯光居然稳住了，只是亮度不够痛快，仿佛戴了一层口罩似的。

他坐回沙发，掏出一支烟想点上。这时沙发扶手一侧探出一枚红底黑斑的小身子，一溜烟儿的近到跟前——原来是一只甲壳虫。这只甲壳虫懵懵懂懂又自信爆棚，竟抬起脑袋打量眼前的陌生人。他盯着它，眼睛一眨一眨的；它盯着他，前翅一摇一摇的。他尽量友好地"噗"的一声，它一闪身子退后几步，似做思考状，然后掉转脑袋镇定而去。

他把烟点上，使劲吸了几口，心里透亮了一些。确实，大约因为视觉的落差，眼中的出租房更不堪了，但经过这一个多月的特别时段，他多少明白了生命可承受的轻与重，心里至少是不沮丧了。不管怎样，不轻松的日子得重新捡起来，洗洗刷刷后再过下去。一只甲壳虫尚且如此淡定，他没必要在生活中慌慌张张的。

这样想过，他掏出手机点开备忘录，思思索索，写下最近准备要干的事：

（1）给求职简历化点妆，近日投送至少三家公司。

（2）与房东联系续租 1~2 年，要求不提高或微提高租金（以疫情为理由）。

（3）去 Polo 店一次，买几件打折衬衫和 T 恤，马上转暖换季了。

（4）头发太长了，拜访理发店一次。

（5）半个月至少看一本书，减少电脑和手机时间（NBA 球赛除外）。

（6）不管价格如何恐怖，买茅台年份酒一瓶。

（7）昆城暂时回不了，近日向父母报一次平安，并求寄鱼蟹海鲜若干。

写到这儿，他突然想，今日也属于近日，干吗不马上给妈妈打个电话呢?!他手指一动摁出号码，然后耳边响起妈妈的声音。妈妈说："怎么样了儿子？我不给你打电话，你就不记得给我打呀？"他说："我这不是记着给你打了嘛。"妈妈说："哦哦，这次是你打过来的……情况好了些，该上班了吧？"他说："是的，马上就上班了……我也从同学家搬回出租房住了。"妈妈说："儿子呀房子的事你别太愁心，我跟你爸一直攒着力道，你那边也留意着。"他说："留意什么？"妈妈说："留意房价呀，万一哪天一不留神降下来了呢。"他说："今天不说房子好不好？今天的重点是，我的嘴巴有点馋海鲜了。"妈妈说："知道啦，你的心思我还能不知道……不用你提醒，海鲜年货今天上午就寄出去啦，快递现在已经正常了。"他嘿嘿一笑，想说句表扬的话，忍住了。

妈妈声音低下去，问："对了，小菲回杭州了吗？这几天你们俩在一起吗？"

150

他咬一咬嘴唇，马上说："她回杭州了，马上被单位召去上班啦。"妈妈说："噢，好些天你没说她的消息了。"他说："她忙着呢，加倍的忙。这么多天攒下来，她说一堆事扑面而来。"他的口吻显然让妈妈放心了，她说："年轻人是该多干点事儿，古人说得好，天降大任于斯人也，什么什么，很长的一句。"

他呵呵笑了，终于送去一句表扬："不错嘛妈，这句话你也知道呀！"

补

十一月上旬一个周末下午，郭家希上门造访江溢。他不是空手去的，手里拎着一瓶茅台酒。

这瓶茅台酒他花了两千多元买下，一直想找个机会还给江溢。住在别人家，不经过批准擅自干掉重要藏酒，这是不好的，必须补上。之前约过江溢两次，不是出差就是在饭局，便拖到了现在。

此时天空气色不错，有白云有阳光。进了小区大门，见院子里铺着长长的红地毯，一个花架子贴着囍字，上面系着一堆飘空气球。郭家希走过囍字和气球，进了电梯。

江溢嘴里对他的还酒行为进行了抨击，同时以轻描淡写的态度接过他手中的茅台。之后两人在客厅聊了些闲话，便踱到阳台上抽烟。江溢瞧着楼下的红地毯说："今天是个吉日，有人把茅台送出去，也有人把自己嫁出去。"郭家希笑了笑，"哦"了一声。江溢说："就是这楼下801的姑娘，不过我还认不准脸。"郭家希点点头，又"哦"了一声。江溢感叹着说："现在这年头呀，楼上楼下一辈子也不一定能成为熟人。"

江溢留同学用晚饭，不过声明因为夫人孩子不在家，只能弄一些简单的菜品。郭家希没有推辞，在客厅里等着。过了一些时间，楼下突然有了动静，郭家希急忙又走到阳台上去看。之前挺寂静的红地毯上，现在冒出许多穿戴漂亮的男女，走在前面的是双手相牵的新郎新娘。新娘今天穿着白色拖地婚纱，头戴一只银色水晶发冠，脸上化了精致浓妆，远远望去，像是一位广告模特儿隆重地出场。待走到地毯中部，电子鞭炮声响起，各种颜色的气球得到解放，飘向了上空。郭家希的目光拨开新郎和伴郎伴娘们，只停留在新娘身上。因为是从后面望去，见到的只是新娘的背影。其间新娘回转过一次身子，但距离有些远，捉不住她脸上的细部表情。

三天之前，傅曼在微信里的表情也不是清晰的。当时她告诉他，自己到底把自己嫁出去了，婚礼定在周六。他吃了一惊：终于遇到心动之人啦？赶紧说来听听。她没有被他的好奇缠住，而是绕开了说：今天联系你，既是送一个通知，也是讲一声 sorry。他说：什么意思？她答：我的婚礼相当简约，邀请赴宴的人比较少，其中就不包括你。他手指停顿一下，回复：当然，我不是你的亲戚，也不是你的同学。她说：但我会想着把重大消息告诉你，只有重要的人才有这待遇哟。他给出一个调皮的表情：嘿嘿，看来我出息啦，终于成为一个重要的人。

晚饭启动时，江溢拿出从温州捎来的杨梅酒。两个人从小时候吃杨梅说起，聊了一些儿童记忆，又讲了大学岁月的一些趣事，完了算一算年头，觉得日子在流淌，时间过得不知不觉了。江溢还掉了书袋，用庄子一句话表达自己的感叹："人生天地之间，若白驹过隙，忽然而已。"

郭家希记起大半年前，也是在这张餐桌前，他跟傅曼面对而坐，端起"盗"来的茅台酒，为疫情解闷，为寂寞干杯。彼时的情景在脑子里即使鲜明，可丢在时间里，也是"忽然而已"。这么想着，他心里像打了一个结，又很慢地叹了一声。

饭后饮过一杯茶，便告辞出来。到了楼下，他不想马上离开，便在院子里走一圈。走到草坪旁边，突然发现一棵桂树的枝叶上卡着一只粉色气球，应该是傍晚气球们升空时它掉了队。

郭家希脚尖一蹬爬上树杈，伸手取了那只气球跳回地面。他走到开阔处，把气球拿在眼前看了看，友好地往上面吹一口气，然后手指一放。气球晃晃悠悠地上升，不多一会儿，隐在了夜空中。

他望着夜空的时候，突然想到了什么。他划开手机往收藏里找东西，很快找到了，是一段录音。他点了一下，把手机近到耳边，一段男女合音的吼叫从远方穿空而来，那么愤怒又那么伤感，像是一颗石头挣脱手掌后的激动飞行。

当然啦，长长吼叫的结尾处，是轻柔的湖水拍岸声。此刻听在耳里，这湖水拍岸声挺有韵味儿。没错儿，真的含着韵味儿。

（刊于《十月》2022 年第 2 期）

作者简介：

钟求是，男，浙江温州人，毕业于中央民族大学经济系。在《收获》《人民文学》《十月》《当代》等刊物发表小说多篇，作品获鲁迅文学奖、《小说月报》百花奖、十月文学奖等。出版长篇小说《零年代》《等待呼吸》，小说集《街上的耳朵》《两个人的电影》《谢雨的大学》《昆城记》《给我一个借口》等多部。现为《江南》杂志主编，浙江省作家协会副主席。

凝固的沙滩

王威廉

1. 张望

　　他们说我写过一本叫《流动的沙滩》的书，但我完全不记得了。我刚刚来岛上的时候，有个陌生人问我："你是不是写过一本叫《流动的沙滩》的书？"我摇摇头。但对方的眼神是那样笃定，并非是一种疑问，而是一种反问。我真的写过这样的一本书吗？但我确实不记得了。陌生人是一名女子，她转身离开了，趁我还认得她茂密的头发，我追了上去。我叫了一声，她转身之后，我看到的却是一个老太太。她看着我并没有吃惊的神情，眼神平和，等我开口。

　　我愣了一下，为了不让自己过分失礼，便问道："请问您听说过一本叫《流动的沙滩》的书吗？"我为了让老人家听清楚，还故意放慢了语速，在书名那里用重音表达。

　　"那不就是你写的吗？"老太太微微一笑。

　　"我写的？"我再一次震惊了，几乎有些眩晕，低声说，"为什么你也这么说……"

　　"我不会认错人的，那是你写的。"

　　"我？我可没写……而且，问题是你认识我吗？你都不认识我。"

　　"没错，我不认识你，但我知道是你写的，你来岛上写书的事情，在这里已经传开了。"

　　"简直匪夷所思，我又不是什么知名人物。"我下意识抬头看了看无处不在的

153

摄像头，仿佛看到了无数陌生人望着我，我被什么人盯上了？我感到有些瑟瑟发抖，难道有些事情被发现了？

我清了清嗓子，问她："那本书出版的时间是什么时候？"

她想了一下，说："也许是二十年前？"

"二十年前？疯了！那肯定不是我！"我简直要崩溃了！二十年前我是个刚刚大学毕业的毛头小子，根本没有能力写一本完整的书。何况，我过去从未有过写书的欲望，现在更没有了，书……怎样的文字能编制成一本书呢？我想那可不是随意蔓延的文字，而是要像建筑那样，依靠各种细密的技术焊接成了一个整体结构……

"不，就是你，不会有错的，就是你写的。"老太太说完之后，莞尔一笑，嘴唇上的细碎皱纹犹如一朵奇异的花。我这才发现她右手拎着黑色的手提箱，她扭头轻巧地向前走去，穿过一道黑色的自动门，消失在了这座巨大的环形机场当中。

有一瞬间，我以为自己在做梦。但是，我知道我没有做梦。自我有记忆以来，我的梦就是黑白的，但我现在看到的一切都是彩色的。他们肯定搞错了，那只是另外一个特别像我的人罢了。我来岛上确实缘于一个秘密，也确实跟沙滩有关。但那不是流动的沙滩，恰恰相反，是凝固的沙滩……也许我可以写一本书叫《凝固的沙滩》，但这并不意味着我会写书，而是想依靠这个过程来搜集信息，确保我可以找到那片传说中的神奇沙滩。

没人知道那片沙滩在哪里。甚至关于那片沙滩的传闻都愈加稀少，有人刻意擦去了关于它的信息。尤其是网络上的信息已经被删除得干干净净，用搜索引擎已经难觅踪影。可我恰恰是少数知道那片沙滩的人之一。我知道那片沙滩的信息完全是因为偶然。那是在城市的海边，一位摄影师告诉我的。那是一片很荒凉的沙滩，我一个人在那里漫步，忽然，我看到他向我走来。两个孤独的人不需要打招呼，立刻就相识了。他拍摄了一张沙滩上爬满了海蜇的照片给我看，但随后又告诉我那白色的物体并不是海蜇，而是垃圾。

"我把它制成了一个明信片，寄给了我一个好朋友，他分明上当了。"他露出了一个奇怪的笑容，那里边没有任何快乐的成分。

"这是很有创意的。"我心底并不这样想，我对那样的明信片毫无兴趣，尤其对他捉弄朋友觉得有些小小的不快，但我这样恭维他只是一种社交的本能吧。

"你听说过凝固的沙滩吗？"他摘下了墨镜，用手巾轻轻擦着镜片。他的眼睛很小，黑色的瞳孔占据了整个眼神，这让他的眼睛看上去有一种奇异的亮度。

"凝固的沙滩，你是指人造的沙滩吗？"我的脑海里甚至出现了一个水泥铸就的沙滩模型。

"不，不是人造的沙滩，那几乎是一个传说——虽然我相信那是真的，它有着一种奇异的自然现象。不过，与其说它是一种自然现象，不是说它是一种反自然的现象。只有极少数的人目睹过它的存在。它是凝固的，但它并非是死板的，它有自己的动作和韵律。它会让你对生命有种全新的理解，会为你展示我们以为的非生命的物质世界也有着自己的生命。"

"既然是凝固的，还会动？还有生命？难以置信！"

"所以要找到它，它要比我拍摄的这张明信片更值得追寻。"他看了一眼大海，眼神有些涣散，"换句话说，凝固的沙滩是通往自然世界的一个入口。"

我完全迷惑了，呆愣愣看着他，他已经戴好了墨镜，黑色的眼神在镜片后边依然构成了一种坚硬的存在。

他右手提着沉重而昂贵的相机，向停车场的方向走去。他问我要不要跟他一起回去，他可以载我一程。说老实话，我是乘坐地铁又换乘公交车再加上步行两公里才来到这片海边的。据说这里马上就要建造楼房了，如果再不来看看，下次就很难看到了，这里将成为小区的一部分。除非我成为这里的业主，否则我今后只能从这儿偏移五百米才能看到海景。五百米对于大海来说等于没有移动，但对我来说，是完全不同的。甚至是根本性的不同。不要跟我争辩这点，那些跟我争辩这点的人，都不懂得人生。

"你说得这么详细，你见过它了吗？"我提高音量问他。我僵硬在原地，眼看和他的距离越拉越大。

"没有，但我再说一遍，我确信它的存在，而且我知道它就在那座岛上。"他指着海说，"总有一天，我会找到它的。"他还说了什么，但我听不清了。他的话被海风吹散了。他走到临时的停车场，钻进了一辆黑色的轿车里边。车身修长，也许他有着很不错的收入，但他的收入显然没能让他快乐。他是个忧郁的人。他的车开走了，我转过身，独自望着大海。

就这样，我知道了凝固的沙滩。

我的脚深陷在沙中，想象着一片凝固的却有生命的沙滩，似乎着魔了似的有种沉迷感。我对这种感觉并不陌生。上一次有这种感觉，是我踏入写代码这行的时候，我用数字和这个世界对话，它居然听懂了。从此我确信，每种事物都有自己的语言，每种。我们要找到的只是和它们说话的方法。那已经是多少年前了？我彻底遗忘了这种感觉，但现在我重新体会到了这种莫名其妙的沉迷感。

我在岛上开始着手的第一件事，就是考证《流动的沙滩》究竟是怎么回事。我经过多方研究，发现那本书稿是一个叫潘军的作家写的。但是根据他在书中的信息，这书的著作权似乎并不属于他，而是属于一个神秘的老人。那个老人在一次出海中神秘死亡了。线索就此中断，这和我有什么关系呢？这是一个天大的误会，那些自以为真理在握的人肯定会来讽刺我。当我用数字跟机器聊天正开心的时候，我的主管站在我的面前，他说着一些愚笨的话，比机器蠢多了。后来我就辞职了。当你懂得人类语言之外的某种语言的时候，你就会对人类的生活彻底失去兴趣。我的思绪回到此刻，我看着手里发黄的书《流动的沙滩》，我想我还是喜欢这本书的，我要是没找到凝固的沙滩，我会把它写下去的。它还没有终结，不是吗？很多人认为它和它同时代的许多书都终结了，但我觉得还没有，还不到时候。我们终究还是需要一个未完成的故事，然后才能构造一个足以解释现在的故事。

正如《流动的沙滩》，故事和意象让那些人念念不忘，他们一厢情愿认为是我写的，他们认为所有的作者可以是同一个作者，可我连自己是谁都一言难尽……当然，这些都不重要，重要的是尽管沙滩一直在流动，掩盖了太多的事物，可是沙滩已经开始凝固了。他们都不知道，但我已经知道了，这是我的优势。我会在摄影师之前找到那片沙滩。

这岛的尺度刚刚好。面积太大了，实际上就不能称之为岛了，但是面积太小了，连生存的空间都不具备，成了可怕的孤岛，也失去了意义。至于到底是多少平方公里为最佳，这个精确数值我可说不上来，但这座岛的确符合这样的标准。这是我选定这座岛的根本原因。我确定在这个岛上有我所希冀发现的奥秘（摄影师指向大海的手势在我记忆中一闪而过，他真是个忧郁的人）。

我很快就到达了海边，我不需要借助任何的现代导航工具，光凭着我的鼻子，我就能闻到大海的味道。我打了几个喷嚏，大海已经侵犯了我。海边是一条马路，路边长满了高大的椰子树。树下是跳舞的人群。他们跟着震耳欲聋的异域音乐在手舞足蹈。身材壮实、浓眉大眼的北方大娘跟本岛身材干瘦、眼窝深邃的渔民大叔叔搂抱在一起，又迅速分开，眼神里充满了爱情的电流。但是当音乐停止的时候，他们却恢复成了陌生人的状态。他们走向了不同的位置，然后坐下休息，没再看刚刚的舞伴一眼。我觉得这是不能理解的。如果我跳舞，我会拉着我的舞伴的手，一直跳到大海边，还继续跳，直到海浪打湿我们的衣服，直到凝固的沙滩将我们凝固成化石。

当我从奇异的舞蹈中回过神的时候，太阳已经接近了海面，黄昏来临。云彩凝固了，变成一道黑色的围墙，把夕阳挡在视线以外。云跟沙滩合成了某种阵营。它们原本是流动的两种物质，但现在它们都陷入了凝固。

沙滩上每个人走路的姿势都像是罹患小儿麻痹症一样，歪歪扭扭，举步维艰。这时，走过来一个穿着绿色制服的打扫垃圾的环卫工人。她留着齐耳短发，手持工具，走得如此稳当，与众不同。我凝视着她的姿势，始终觉得有些奇怪。我终于分辨出来了：沙滩掩饰了她的不幸，她才是真正的小儿麻痹症患者。她应该对自己所从事的工作地点特别满意，在这里她化劣势为优势，获得了一种负负得正的效果。

她在经过我面前时，并不看我，却丢下了一个纸条。那很有可能只是一片垃圾，可我也不知出于什么样的冲动，俯身去把纸条捡起来。打开之后，我看到了一行字：凝固的沙滩。我惊呆了。我想找她问个清楚，但是她已经消失得无影无踪。她刚才分明走得很慢很慢，怎么会在这么短时间内就走远了？难道她在伪装吗？她为什么要伪装呢？我惊慌不已，望着沙滩陷入了沉思，纸条重新掉落在沙滩上，然后被缓慢流动的沙滩所吞噬。

在这个年代，难道还有人用纸条的方式传递信息吗？也许那纸条上的字只是一种巧合？我倒是梦想着有人用电子邮件或者手机直接联系我。我一定会通过网络的节点找到联系人，我有这样的能力，数字世界对我是完全敞开的。但用纸条传递信息则是难以逆推的。纸条是这个世界的偶在之物，是从这个网络状的世界里边掉落下来的漏网之鱼……不过，我还是坦率说了吧，我隐瞒了一个重要的信息，自从上岛之后，发生了很多诡异的情况。除了有人把我误认为《流动的沙滩》的作者之外，就是我时常会在毫无防备的情况下收到这样的纸条。他们通过不同身份的人把纸条丢给我，而我却总是追不上那个递纸条的人。当然，这其中并不排除我不敢去追的因素。在这个问题上我是怯懦的。我不想跟他们发生什么关联。寻找凝固的沙滩，注定了只是我一个人的事情。我要像把脑袋埋进沙滩里的鸵鸟那样，屏蔽所有的外界干扰。但这次连得了小儿麻痹症的人都没能追上，事情恐怕是无解了。

我将纸条捏成一个小球，用力扔进了海里，忽然，我发现海滩上站满了张望的人。诡异的是他们所张望的方向。他们并不是面朝大海，而是背对着大海。他们张望着沙滩，但是沙滩看上去没有什么不同。他们就那样如雕塑一般站着，他们的影子在沙滩上挤作一团。直到夕阳被乌云彻底遮蔽，阴影降临在他们脸上，他们才清醒过来。他们掉转身体，面朝大海，重新对海浪产生了兴趣，欢笑与嬉戏又开始了……我想问问他们刚刚在张望什么？可他们在我接近的瞬间，便若无其事地走开了，或是板着脸，一副难以接近的表情。远处有几个人在沙滩上挖了一个坑，把其中的一个同伴埋了进去，只剩下脑袋在外张望。那脑袋背对着大海，我想，他应该知道点什么。我向他们走去，但是在我快逼近他们的时候，他们扭头盯着我，对我露出了不太友好的目光。我可不想被他们埋进沙滩里，那是一种酷刑。凝固的沙滩就是将人困在沙里面吗？我对此表示否定。自然之门是奇迹，不会如此简陋。我停下脚步，沙滩极为松软，很快，我的双脚就被埋没了。他们不再盯着我，我放松了。我面朝大海，使劲望向最远处。那里的云朵突然露出来一条缝隙，闪耀着一片强光。在强光的深处，似乎有一个形状奇特的黑点。

我怀疑我的眼睛出现了什么问题，也许是飞蚊症。当我收回目光，扭头张望沙滩，黑点在我的眼前还存在了很久。那个黑点显然是立体的，而不是平面的。它和我一样是真实存在的吗？

2. 悬浮

太阳落到海平面几分钟后，黑暗掩盖了大海，而且气温下降得厉害。寒冷的风从大海深处吹来，让人瑟瑟发抖，我这才意识到我已将近一天没有吃过什么东西了（只喝了一个椰子，这里的树上长满了这种水壶似的玩意儿）。在找到凝固的沙滩之前，我首先要保证自己活下去。

海边的饮食比较单一，基本上都是海鲜。事实上，我对那些长得奇形怪状的东西没有什么兴趣，但是有什么办法呢？我选定了一家（周围也就三家）看上去人不算太多的餐馆，我走进去，看到里面有三位食客坐在角落里默默吃着东西，店里面有一种异样的安静。当他们把贝壳吃干净之后，把奇奇怪怪的壳子丢到桌下的一个传送带上，传送带将所有的贝壳都集中运往后院。这简直不像个餐厅，更像是一座工厂。

我坐下来，耳膜感觉到了传送带运转过程中轻微的嗡嗡声，我这才意识到，这便是这里显得极为安静的原因。我点了一份海鲜套餐，包括一个杂鱼煲，半打生蚝，几只虾，以及一斤爆炒海螺。我回想了一下，发现自己第一次在用正餐时只吃这些玩意。

这里跟其他餐厅一样，已经用不着服务员了，是用手机扫码点餐。五分钟后，一个圆滚滚的机器人将菜送了过来。我吃了几口，味道还凑合，不至于太腥。为了把肉从那些复杂的壳子里掏出来，我浪费了不少时间。吃完之后，我有点儿疲倦，迟迟没有把壳子放到桌下的传送带上。我注视着它们，仿佛一个孩子注视着他在海边捡来的贝壳战利品。过了一会儿，一个瘦小的男子忽然出现在我面前。他有些严厉地质问我："为什么不把贝壳放下去？"我有些吃惊，第一次在餐厅遭遇到这样的情况。

"我……我还没吃完……"我有些心虚。

我觉得我的态度已经很克制了，但是他的语气依然严厉，他说："请你快一点好吗？就等你一个人了。"

我抬头一看，餐厅果然只剩下我一个人了。

"你们这么早就打烊了，现在时间并不晚。"我看了一眼时间，八点五十一分。

"不是到了打烊时间，是更加重要的时间，得赶着送壳子！"

"送壳子？你要送去哪里呢？"

他有些不耐烦了，说："你别打听那么多了，赶紧把壳子放到传送带上！"

我的手听从了他的指挥，把壳子放在传送带上，壳子缓缓离开，像是刚刚生产好的某种工艺品。

他的神情缓和一些。然后我趁机跟他走到后院，发现传送带将贝壳运输到码头的一艘船上。

"这是要运去哪里？"我再次询问，对他露出了一个讨好的笑容。

"看你真是个游客。你不知道把这些壳子运到平台上可以换钱吗？比卖海鲜要赚的多了去啦！"

听他这么说，完全勾起我的兴趣。我提出想跟他一起去体验一下"送壳子"。他朝我摆摆手，让我离开。我说我给钱，我掏出了一张大额钞票，这是我装在身上用于不时之需的纸币（尤其针对手机没电的情况）。我塞给了他，他叹口气说："哎，你这个人好奇心也太重了！上来吧，我们得抓紧时间了。"

"请问你怎么称呼？"我问他。

"就叫我阿远吧。"

岛上人都喜欢在名字前加一个"阿"字。我觉得这就像是一声叹息，来自大海的虚无叹息。

我们坐好之后，船立刻就启动了，向着海的深处驶去。冰冷的海风越来越剧烈，越来越凶猛。我像只瑟瑟发抖的虾。船越开越快，海水不再是柔软的，而是变成了坚硬的存在。我感到自己坐的并不是船，而是开在崎岖山路上的汽车。每一次颠簸，我的内脏都在震颤。大海在快速行驶中显然处于凝固状态。

半个小时后，我忍无可忍，即将呕吐。阿远用膝盖碰碰我，说："忍住，别弄脏我的船，平台到了。"我借着天空的微弱星光，使劲向前看，却只能看到一个朦胧的黑影。

"就是那个黑影吗？"我并不确定。

"是的。"他说，他双眼紧紧的盯着前方的黑影，像是被它施了魔法一般。

我突然想到了黄昏时分所看到的黑点，原来就是这神秘的平台。我问他："平台是黑色的？"

他说："平台非常光滑，它跟周围的环境总是融为一体，所以平时是很难看到平台的。只有离它很近的时候，才能看到它的形状。"

"我在沙滩上看到平台了，它是一个黑点。"

"不，那不可能。"

那是可能的。我在心里说。

船很快抵达了平台。平台并不大，但是异常稳，像是下面有坚硬的根插入海底似的，但实际上它连锚都没有。它是悬浮在海面上的，却自岿然不动。我以为会有工作人员出现在平台上，但是什么人也没有。据阿远说，平台是不需要人管的，这是全自动的智能处理平台。至于平台属于什么公司，什么来头，大家都不清楚，因为在它上面找不到任何标识，除了一个用手机扫描的二维码。阿远扫描之后，从平台里面突然伸出一个长长的铁臂，然后将装满壳子的运输箱拽了过去。箱子就像是被怪兽吞噬了一般，消失不见。几分钟后，空箱子出现了，被长臂放回到船上，整个过程结束了。阿远的账户里面已经多出了一笔钱，并且有着详细的数据，比如壳子的公斤数以及含钙量，落款的是一个复杂的记号，无法辨别。

"走吧！"阿远说。他收到钱后整个人都放松了，边说边打了个哈欠。

可我有些恋恋不舍，我说："我们不如去平台上面看一看吧？"

"那上面什么也没有。"

我坚持想上去，阿远拿我没办法。我踩着空箱子，爬了上去。我发现上边是一个低矮的锥形结构，只有边沿的位置可以站立。我沿着边沿走了一圈，没多久又回到了原点，背面什么也没有，毫无所得。我把身体贴在圆锥体上，试图听到里面的声音。里面传来了餐厅传送带那种轻微的嗡嗡声，此外就什么也没有了。没人知道这些贝壳被拖进去之后经历了怎样的过程，又被运往何方。但正是因为如此诡异，我才越来越兴奋。因为我已经认定，这个神秘的平台一定跟凝固的沙滩有关。它一定利用这些贝壳所蕴含的元素，在构造一种新物质。也许这种新物质不是有形的看得见的东西，而是一种可以通过肉眼看不见的方式传递出去的东西，这样的可能性是很大的。

我只是奇怪，像阿远这样的人怎么会对平台的秘密毫无兴趣。谁第一个发现了平台可以赚钱这回事，已遥不可寻。但事实上，我已经意识到，即便找到那第一个发现平台的人，也没有什么意义。他们赚到钱就已心满意足了，此后就把这当成了一份工作。平台在他们心中类似于废品回收站。

"关于平台就没有什么奇怪的事吗？我可不相信。"我有意激他。

他收到钱后，心情似乎一直不错，他说让他想一想。过了一会儿，他说："对了，我差点忘了，确实有一个特别奇怪的事情。那次我跟另外一个人——我并不认识他，只知道他也是开餐馆的，恰好同时来到平台，他跟你一样，也是第一次来，因此特别兴奋。当他收到钱之后，他像是吃饱的大猩猩一样手舞足蹈，忽然使劲拍打着平台的外壳，他想知道这到底是怎么回事儿。但是突然间，他的右手粘在平台上，拿不下来了。他向我求救，我亲眼看到他的手逐渐变成了光滑的黑色，跟平台变成了同样的颜色，他的手像是金属做成的，成了一个焊在平台上的浮雕。我害怕极了，我不敢去帮他，我怕我碰到他之后，也变成那样……他嘶吼着，但他不敢再去接触平台，当他的力气用尽之后，他终于安静下来了，变得特别沮丧，绝望地看着我，我扭过头，再次看他的时候，他的手又恢复如初了，像是什么都没发生过似的。他把手从平台上拿下来，整个人傻掉了。我赶紧开船离开，而且再也不直接接触平台，我也再没有那个人的消息。"

可以看到岸边的灯光了，我们好像从黑暗的传说中钻了出来。

"我没跟任何人说过这事，太不可思议，不像是真的，后来，我自己有时也会怀疑那是不是我的幻觉。你今天问我，我才重新回忆，那一切还是那么清楚，不可能是假的。"

他还想说点什么，突然陷入了沉默，还兀自笑了起来。我等待着。他果然又开口说："对着平台这个怪东西，还讨论什么真假？有时候，我都怀疑平台，到底有没有这个东西呢？到底是怎么回事呢？"

"对啊！我们回头好好去研究一下平台。"我赶紧说。

但他马上又恢复了常态，说："嗨，算了算了，没事瞎琢磨它干什么呀，有钱赚就好了。管他呢。"

"对了，你读过一本书吗？叫《流动的沙滩》。"我看他情绪不错，趁机问出这个问题。

"不好意思，我很少读书。"

"我刚来这里的时候，很多人在谈论这本书。"

"是写什么的？"

"一部小说，在沙滩上发生的故事。"

"那我更不用看了，我天天都在沙滩上跑来跑去，我已经受够了。"

"你见过奇怪的沙滩吗？比如凝固的沙滩。"

"你一会儿是'流动的沙滩'，一会儿是'奇怪的沙滩'，还有个'凝固的沙滩'，我已经被你绕晕了。"

"这样说吧，你见过最不寻常的沙滩在哪里？"

"沙滩本身就够神奇了，大海是地球上最湿的地方，但最湿的大海制造了最干燥的东西……地球迟早被这些细小的东西给覆盖，我们都将生活在沙滩上。"

"不会吧？"我没想到贪点小财的阿远会说出这么极端的话。

"怎么不会？火星不就全是沙漠吗？月亮上也是沙漠。"

我无法反驳他，也不想反驳他。也许他说得对，沙漠是一切可见物质的必然归宿。

他陷入了持久的沉默，身体也变得僵直，仿佛在和头脑里的沙子专注地作斗争。

161

3. 排列

阿远不再说话之后，开船也比较平缓，我甚至还打了个盹。海浪越来越小，似乎跟人类一起睡着了。回到岸边，已是深夜。我们上岸之后，船居然自个儿掉头，船头朝向深海处，船尾靠着岸，阿远把传送带重新接驳上去。我放眼望去，发现岸边的所有渔船都是以同样的姿态整齐排列着，我不禁感叹了一句："好神奇！"阿远说："不知道怎么回事，这里的海浪就这么奇妙，自打我记事以来就是这样，像是有灵性似的，让我们出海变得更加方便。"

"你去过其他地方吗？"我说，"这个岛以外的地方。"

"你把我当傻瓜吗？"他不满地说，"当然去过，去过很多地方，那些永远灯火通明的大城市。"

"听起来你对外面的世界还充满了留恋。"

"各有各的好吧，"他喘口气，"我的意思是，我也觉得外边的世界很神奇，就跟你对这儿觉得神奇一样。"

"也许吧，但大部分地方都被改变了，不再神奇了。"我想起我的家乡，已经彻底荒废了，连铁锈都称不上，因为那里自始至终跟工业都不沾边。

我望着夜晚的海，真想变成一个海洋学家，研究出这儿海浪运作的深层原因，因为这里边一定包含着制造凝固沙滩的神秘力量。

阿远快速检查了一遍船和餐厅，然后打了个很大的哈欠，看着我说："我要回家了，你住哪里？"我说："能否在你家里借宿一晚？"其实一秒钟之前我都没有这样的想法，住酒店是最好的选择，但我突然觉得近距离观察他们的生活方式，也许能够找到更多有用的线索。这比起我一个人孤零零地住在酒店标准间里要好得多。阿远尽管犹豫了一下，但很显然他对于这档子突然出现的生意并不想立马拒绝。他问了那个我意料之中的问题："为什么？"

"想省点钱，"我说，"你给我便宜一些。"

这个理由我想是他唯一能够听懂的。

"我对环境的要求并不高，"我接着说，"只需要有一张床，一个相对独立的空间就可以，客厅都可以。"

"嗯？你确定你可以住在客厅？"

"那是实在没办法的情况，如果方便的话，当然想住在房间里。"我朝他挤了挤眼睛，他是个简单的人，我喜欢简单的人。

他盯着我看了一会，似乎在检测我的安全性，然后往嘴里塞了一块槟榔嚼起来，嘴角渗出了红色的汁液，让他在夜晚看起来有些恐怖。

"你给多少钱？"

我报了一个数，大概是宾馆的六折，这样才符合实际。

"我得打个电话问一下我老婆。"他往沙滩上吐了口红色的汁液。他们用当地方言交流了几句，我基本没听懂。挂了电话，他看着我点点头，说："那你就在孩子的床上凑合一夜，今天晚上孩子跟我们睡。"

"那太好了，"我问，"你的孩子多大了？"

"六岁，快上小学了。"

即将睡在一个陌生小朋友的床上，那是一种什么样的感受？

"男孩子？"

"是。"

我以为他住在低矮破旧的小平房里，但事实上他住在一个公寓里边。他说这栋楼里面的居民全都是渔民，多亏了平台，大家集资修建了这座大楼，才告别了住在船上的生活。我走进公寓电梯的时候，再次觉得某种幻想破灭了。我幻想着一座贝壳搭建的小房子，但眼前是跟酒店差不多的现代建筑，早知道如此，我独自住酒店也许还会自在一些。

阿远的妻子来开门，这是一个丰满的女人，与阿远的瘦小形成了鲜明对照。她的眼睛也是浮肿的，像是鱼鳔，从里边射出来的眼光从我身上迅速弹开，让我觉得自己是个不速之客。当然，我本来就是。阿远带我走到孩子房间，没看到孩子，孩子已经在他们卧室里睡着了。孩子的床是一艘小船的形状，床头镶嵌着一个塑料的水母，下面散落着一些儿童绘本，封面上是一条鲨鱼。

"今晚你就住这里，还可以吧？"他笑了下，"没让你睡客厅。"

"可以。"我抚摸着床头的水母。

"还有什么需要？"

"没有什么需要了，你明天几点去餐馆呢？"

他说，白天大部分餐馆的生意都是由他老婆来打理的，他只是在下午的时候去帮忙，尤其是晚上去平台送壳子是他最重要的工作。

"不过，要是明天太阳好的话，我想去沙滩上晒太阳，你要不要一起去？"

"太奢侈了，我就不去了。"我从来也不理解那些把自己晒得发红发黑的人。我曾经被晒伤过，那是在草原上，一个和沙漠在本质上差不多的地方。它们都没有任何的庇护，可以逃脱阳光的追杀。从那之后，我心里一直有着很深的阴影。

他点点头，露出一个奇怪的微笑，然后打了个哈欠，走出房间，把门从外面关上了。

那是一种成功者的微笑，我琢磨着应该是这个意思。那么这也意味着我在他眼中是一个失败者。这个世界就是通过这样的方式让人的生存获得意义的。这就是为什么我渴望凝固的沙滩。我渴望的并不是凝固，而是凝固的沙滩，这两者之间的区别应该是很大的。这就像是水泥跟沙滩之间的区别，而后者是可以变成前者的。

我一个人坐在这里，突然觉得房间异常狭小，毕竟这只是一个给孩子的小房间。我关灯后在床上蜷缩成了一团。床头的水母是荧光的，发出了难以描述的紫光，我仰头看着它，仿佛置身在海底，随即昏睡过去。过了一会儿，我被隔壁的某种声音吵醒了，我仔细一听。是响亮的呼噜声。但不知道是阿远发出的还是他妻子发出的，那种声音犹如海豚的尖细鸣叫。这时，我看到窗外有月光照了进来，让我不由自主起身走到窗前，向外眺望。窗户正好是面朝着大海的，"面朝大海，春暖花开"，这是多少人的梦想，可在这里，就是最普通不过的生活。

海岸上停泊着整齐的渔船，就连上面的灯火也是那么整齐。我忽然发现，窗边一侧放着一个望远镜，我拿过来向窗外望去，看清楚了那些传播的排列方式犹如数学公式一般，分明有一种统一的力场在控制着它们。我又想起了平台，平台跟这个力场之间的深层联系究竟是什么？

就在我即将放下望远镜之际，我看到有一艘渔船上有一个女子的身影，我想看清楚她，向她开始对焦，我发现她朝我这边挥了挥手，好像知道我在看她。真是不可思议。我慌忙放下望远镜，眼前望着的只是一片黑色的海。等我积攒勇气，再次举起望远镜看去的时候，却什么也看不见了，我觉得异常惊恐。我躺到床上，越来越感到那个女子的脸部是如此熟悉，就像是那张我已经遗忘已久的脸。那是我深爱着的人吗？在时间流逝中我已经不能确定。我寻找凝固的沙滩跟这张脸有关系吗？也许凝固的沙滩具有某种时光隧道的功能，让我可以越过时空的屏障，重温某些温暖感人的瞬间。我打开手机的笔记本，把一些想法记录下来，我不知道这算不算是一种写作。我的意思是，那本叫《凝固的沙滩》的书，我开始书写了，我将会把我所看到的一切都记录在案。但我已经有了心理准备，我最终也将无法确定它是否能够构成一本书的模样。书是一种语言文字的排列，但只有写书的人才掌握这种排列的密码，这就跟沙滩一样。读者的脚印不断深陷在词的沙砾当中，每次抬脚都称得上举步维艰。在无限沙砾排列的背后，假如不是一个神的安排，那将是怎么回事呢？我们曾经认为在微观的层面上并没有一个统一的意志，但是随着我们的微观观察越来越多，对于微观的证据越来越充足，也许我们反而会发现一个更加可怕的秩序。那我们将如何自处，那样的情形难道不正是跟凝固的沙滩是一样的吗？

可是，我们是谁？有一个我们吗？

我借着月光发现，室内的家具摆设跟海上的船舶排列有着高度一致性，这一定是某种规律在起作用。这种规律是具有人性的，因为人类是特别喜欢把物进行排列，尤其是对他们的历史，他们觉得在这样的排列当中，能够体现出某些他们所想要的东西。但是那背后真正的东西却是如此难以发觉，总是跟人类玩着捉迷藏的游戏。因为人类并不清楚它的模样，所以人类时常把自己的灵感当作是它，然后怀着对它的敬意膜拜着自己的灵感。

但你不得不承认，没有排列，就没有文明。因为所谓诗，就是从词的排列开始的。

4. 界限

第二天早上醒来，阳光明媚，从窗户射进来落到我的脸上。阿远肯定已经去沙滩晒太阳了，而他的老婆去餐厅忙碌了。周围非常安静，就像这是我自己的家。我起身穿好衣服，站在窗前眺望大海。大海此刻变成了一面明晃晃的巨大镜子，让我迷茫的睡眼无法睁开。但正是这种努力睁开的过程，让我意识到了自己的存在。我打着哈欠，推开房间的门，发现孩子还在家里。孩子是光头。光溜溜的头皮就像是液体表面一般。

我弄出了一些声响，孩子也不看我，仿佛我并不存在。我故意把声响弄得更大，推了一把椅子，可孩子完全不受影响。难道他是聋哑的吗？我慢慢向孩子走去，孩子的头皮原来只是被光斑所覆盖，沙子般的毛孔想露出来了。我看到孩子手中拿着一个巨大的沙漏（我从未见过那么大的沙漏，与孩子的脑袋差不多一般大），他不停地把它倒过来、倒过去，凝视着沙子的流动。他似乎在思索着如何才能让沙子停止在某处，不再流动。我心中一颤，我想，我和这个孩子思考的问题是很相似！我没有忘记我的目标，我在寻找一片凝固的沙滩。孩子的侧脸跟阿远长得很像，尤其是那嘴角，随时都有可能发出轻蔑的微笑。但是，每当沙子流净的时候，他的嘴角紧绷着，陷入了某种悲伤。然后，他重复着这个过程，乐此不疲。

我走进厨房，准备找点什么吃的。但厨房沉淀着一层黄色的尘土，包括餐桌上也是，似乎废弃已久。不过，当我用手触摸餐桌的时候，我发现那居然不是尘土，而是很细的沙子，与海边的细沙没什么区别。不知道这些沙子怎么沉淀到这里了。风不可能把沙子源源不断地吹进来，因为很显然窗户是关闭着的。难道他们从来不在自己家里吃饭？都在外边的餐厅吃饭？这是极有可能的。

我干脆直接问孩子："怎么厨房这么多沙子？"顺便检测一下他的听力。

孩子没有回头，但是他说话了。他说："这里每天都有沙子。"

看来他的听力是正常的。

"那你们每天不打扫卫生吗？"我盯着他。

"每天打扫，那些沙子还是会出现。"他终于抬起头，看着我说。他还捧着那个沙漏，连他的玩具都是沙子做成的。可悲。

我走到他旁边的沙发上，坐下来。我站着也许会给他压迫感。

"沙子不是慢慢出现的，是突然出现的。一般是在后半夜的某个时刻，当你不去留意它的时候，它突然就出现了，但是，如果你一直盯着桌面，想看到沙子什么时候出现，是怎么出现的，那你肯定看不到沙子，当你稍微走神了，或是去上个卫生间回来，你会发现，沙子已经出现了。"

孩子要么不说话，要么说了一大段话。他的声音很低沉，说的话也不着边际，尤其是他那神秘的眼神，让我感到一丝恐惧。我岔开话题："那你早上没有吃东西吗？"

他说："我去餐厅吃完饭已经回来了。"

这个时候他又恢复成了一个孩子的模样。

"所以……你们从来都在餐厅吃饭，而不在自己的厨房吃饭吗？"

"有时候也会在厨房吃饭。这个沙子真的跟打扫不打扫没有多大关系，它每天都会出现的，只要在这个岛上就是这样的，不管是在餐厅还是在家里。"

"原来如此，那我去吃点东西。"我说着，准备赶紧逃离了。

"你昨晚用望远镜看大海了吗？你看到什么了？"他仰头看着我，把沙漏倒了过来。

我颤抖了一下，他居然在偷窥我。"你怎么知道的？"我干脆直接脱口而出，面露不悦。

"我床头的水母也是我的眼睛啊，我可以看到你干了些什么。"说完他咯咯笑了起来，一个恶作剧的孩子。

"嘿，你这个坏孩子，幸亏我没干什么坏事。"看他这个样子，我没法继续生气了，我也跟他开个玩笑。

"你是个忧郁的人，你有心事。"他盯着我说，像是我人生的审判官。

"你这个小孩子怎么这么早熟，跟你的父亲完全不同，他是个简单的人。"

"简单的人往往才会生出复杂的孩子。其实我也谈不上有多复杂，我只是不用为了吃饭生活而忙忙碌碌，所以我有足够的时间来想一些莫名其妙的事情，我觉得你也是这样的人。我平时并不这样跟人说话，我只是觉得你是这样的人，我应该用这种方式跟你说话。我和我爸爸就用我爸爸的方式说话，我会告诉他我想要什么，我想吃什么，我想玩什么，就可以了。"

"你想玩什么呢？我看你一直抱着一个沙漏，跟个傻瓜似的。"我直接嘲笑他。

"他们经常叫我傻瓜，包括我的爸爸妈妈，但我知道这是不一样的。我的爸爸妈妈是爱我的,他们叫我傻瓜,是觉得我是可爱的,是与众不同的。可别的人叫我傻瓜,是觉得我确确实实是个傻瓜,一天就知道摆弄沙漏,胡思乱想。"

"你能告诉我,你为什么那么喜欢沙漏吗?"

"沙滩上的沙子就是沙子,但是沙漏里的沙子,就变成了时间。我有些想不通这个事情。"

"沙漏只是测量时间,可它本身并不是时间呀,就像手表、时钟,都不能说它们是时间本身。"

"你说的这个谁不懂啊?三岁孩子都懂。"他竟然嘲弄起我来了。

"哎哟,那你来说说。"

"钟表或时钟所显示出来的时间,是你改变不了的,你只能看着它。但是,沙漏里面的时间是我可以控制的,我可以选择任何一个时机让时间开始。这是我自己的时间。可惜的是,它总有结束的时候,而它的结束不是由我来控制的,而是由沙子的多少来决定的,所以我才说沙子变成了时间,沙子流完了,时间也结束了。"

"没想到你还是个小哲学家。"

"你不要再这样说话了,你这样说话跟周围的那些人没什么不同。我想要你跟我好好说说你的真实想法,我在这里很难接触到外边来的人。"

"好吧,让我来认真回答你的问题,把你当作是一个面试官。其实,我并不是你想象中的非常深刻的人,可以回应你的任何问题。你现在提出的问题,就是我之前没有想过的。我认为你提出的是一个时间的边界问题。时间有边界吗?我们在历史的大多数时候假设时间是没有边界的,是无限的,是永恒的,但是我们这个时代假设宇宙是从一次大爆炸当中产生的,从那一刻开始,才有了时间,这意味时间并不是无限的,至少它有一个起点,暂且不说它的终点是有限还是无限。那么,按照你的说法,也的确如此,这个宇宙大爆炸的学说不过是人类发明出来的一个更复杂的沙漏罢了,我们在用这个沙漏设定一个起点,解释了很多事情,但是我们并没有办法来解释时间的终点,就像并不是由你来控制沙漏的时间终点,而是由沙子来控制一样。你这么小能洞察到这一点,已经让我特别惊讶。那么我们这个宇宙的时间,也许也是由宇宙本身来控制的,宇宙中的全部物质,就像是沙漏中的全部沙子。这也可以让我们推测,如果宇宙是有一个开端,那就必有一个终结。如果这个开端是爆炸,那么这个终结必然是一次收缩导致的崩塌。所以我说你是小哲学家,你已经从一个沙漏里面,看到了我们这个宇宙的真相。"

他听完我的话,愣住了。我以为他在蕴藏着什么新的想法,我在等待着应战,我的每根神经都紧绷着,但是他却突然说:"你去吃早餐吧,你说的东西我要好好消化一下。"

不得不说，这真是一个奇特的孩子。我转身向门口走去。

"是沙漏的边界，让里边的沙子变成了时间。"他喃喃自语地说道。他手中的沙漏处于水平状态，沙子停止了流动。

我扭头看着他，给了他一个不置可否的微笑。

"你今晚还回来住吗？"

"我不知道。"

他嘴唇翕动了一下，想说点什么，又用牙齿咬着嘴唇忍住了。想让我回来？却不好意思表达。

我走出了门，跟他挥手告别。户外阳光灿烂，海风吹拂，让我重新确认了世界的存在。世界是浩瀚无边的，而不是被关在一个沙漏里的。我走到一家很破败的小商店里面买了个椰子，然后一口气喝完了，然后我让对方用刀帮我把椰子劈开。我用手抠出椰子肉，大口咀嚼着，任由汁液洒在身上，像是原始的土著。我边吃边向沙滩走去。我确认我今晚不会再回阿强家住了，尽管跟他的小孩聊天让我有了很多意想不到的收获。我开启了真正的探索模式，那就是我将沿着沙滩绕岛一直走一直走，直至走完一周，不遗漏这座岛上的任何一处沙滩。

我以为远离城市的真正沙滩应该是极为荒凉的，就像沙漠一般；但实际上我错了，这里的沙滩有着丰富的景观。最外侧是整齐的椰树林，然后是低矮的灌木丛，紧挨着这片灌木丛的是匍匐在沙面上的一种绿色草叶，然后才是沙滩。沙滩也有着清晰的界限，那就是被太阳晒干的沙子和被大海浸湿的沙子，就像太极的白与黑一样泾渭分明。在黑色的湿沙以外，才是大海的自由领地。我行走在柔软的沙滩上，目光不断陷入在这几个界限之中，每道界限之内也许都有自己的规则，就像每一道界限之内，都是一种隐喻意义上的沙漏。可惜的是，这个发现没办法告诉那个孩子了，也许当他独自走在沙滩上的时候，他也会有自己的领悟。

在走过了足够多的沙滩之后，我忽然有些慌乱，我开始怀疑凝固的沙滩究竟存在吗？如果它真的存在又是一种什么样的形态呢？因为我对它没有任何明晰的认识，完全依靠的是在道听途说的基础之上构造的想象。会不会就算它在我的面前，我也无动于衷，只是安静地路过？

那些潮湿的沙子，就是最真实意义上的凝固沙滩。我站在上面，它是非常坚固的，像是柏油马路一般。而干燥的沙滩松散塌陷，大海在上面可以画出任意的笔画。那笔画正是大海的心电图。如果非生命的物质也有心电图，那么我们该怎么样理解物质和生命之间的关系呢？生命是从这个物质世界当中诞生的，那么在生命最初即将诞生还未诞生的那一刻，物质与生命交汇的那一刻，那也是一种极为微妙的边界。交界之处称为边界，但是边界是一个与其他地方都不同的区域，它具有两边的性质，但同时又具有着自己独有的性质。边界是无比神秘和神奇的，我凝视着大海，大海表面的张力便是最好的明证。那是大海的皮肤，当你轻轻抚摸大海的表面，它一定能感受到你的抚摸。你的抚摸对大海来说，也许微不足道，也许意味着很多。

5．不知如何操作的玩具

走到黄昏时分，我又饥又渴。我陆陆续续抓到了五只螃蟹，剥开壳生吃了，还有掉落的椰子，我像是一个荒岛上的幸存者。我从未想到自己的野外生存能力会如此强悍。但实际上，这种观念恰恰是都市生活带给我的，生吃海鲜是一种最时髦最昂贵的消费方式，这种诡异的满足感才是让我能够吃下这些破东西的根本动力。我已经离开了繁荣的市区，走向了人迹罕至的荒凉地带。我有些迷恋这种幸存感。我一直走在黑色的被海浪打湿的沙滩上，走在上面像走在马路上一样舒适，我有时几乎已经忘记了我是在沙滩上行走。海水让沙滩凝固，几乎无时无刻，但这并没有我期待的奇迹。人类已经创造了太多的奇迹，但我还想着发现人类之外的奇迹。

只因人类的奇迹很快就会变成庸俗的现实。

我加快了脚步，我要尽量赶在天完全漆黑之前绕岛一周。虽然我不确定我能否走完一周，但我知道这个岛并不大，即便我不能走完一周，应该也能走上一大半，所以我的心里并不慌张。岛上并无猛兽，最可怕的生物也许就是丛林里的毒蛇，但我沿着海边走，一定会非常安全。

就在太阳处在海与天的分界线之际，经由海面反射的阳光让我睁不开眼睛。我眯着眼睛，看到前面似乎有着巨大的屏障。我用双手搁在额头前面，像猴子一般，我看到前面有一面巨大而高耸的岩石从大陆一侧像刀一般插入海洋，将我的路活生生切断。我没有想到我的环岛之旅受到了如此巨大的阻碍。显而易见，翻越那道岩石几乎是不可能的。那插进海水中的巨大绝壁，与海水形成了几近垂直的直角，并且上面由于海浪的扑打，滋养出极为黏滑的物质，仅仅是看着它，都觉得目光在那里打滑。

忽然，我发现在悬崖下的沙滩上，有一个红色的小点，那种红色不是自然界所能拥有的，很显然是人造的。我快步向那个红点走去，也许那是某种机关，就像是奇异的平台一般。我走到前面发现，那是一个比较复杂的红色塑料装置，或者说，应该是塑料，我把它拿在手上，那种触感像极了塑料，但是比塑料要重一些，坚固一些。这是个孩子的玩具吗？它由桶、管子和脚手架三部分构成，我不知道该如何操作。我拿起它来端详了一会儿，看不出个究竟。我只是觉得奇怪，它居然没有被风吹走，要知道海边的风可是特别大的。放眼望去，周围的沙子特别平整，像是没有遭受过任何的侵扰，跟月球表面一样。不，月球表面还有陨石的撞击深坑，这儿什么都没有，就像已经静止了上亿年的时间。这个玩具的表面没有任何灰尘，更别说沙子了。我把它轻轻放在沙滩上。我伸开双手，干干净净的，甚至比之前更干净。这样看来，这个玩具看成神奇了，它究竟从何而来？它孤零零地置身在这个地方的中心，就像是一个陷阱。

我尝试着玩玩这个玩具，既然它已经被我定义成了玩具。假如我是个孩子，我会怎么玩？我抓起一把沙子，装到沙漏里，我看到沙子从沙漏流到了管子里，管子与管子交接的地方有一个腔室，里边有个涡轮，涡轮与摇把是对应的，我抓起摇柄摇了起来，有风产生，从而让本来下流的沙子停顿在了半空。我停下旋转，沙子流了下来，驱动涡轮向相反方向转动起来，就像是水冲动水电站的发电机一样。但是这涡轮的旋转产生了一种奇异的力量，让玩具内部的沙子从涡轮一侧的微小出口全部被吹了出来。因此，不管我怎样向里面抓沙子，沙子总会被排得干干净净。那个神秘的涡轮不断调整着自身的转速和方向，从而总是避免了所在空间被沙子掩埋。

我一边加大投入其中沙子的量，一边用不同的方向转动摇柄，试图让沙子流到红色的桶里面，我就不相信，怎么可能连一粒沙子都进不去？但无论我怎样用力，怎样变换动作，甚至是怎样粗暴胡来，都无法让一粒沙子落尽红色的桶里。我彻底失败了，但同时也让我明白了我的玩法是没错的。所有的游戏都是由对抗构成。我想让沙子流进去，它就把沙子排出去，这就是这个游戏的乐趣所在。但问题是，我已经明白我不可能赢得这场游戏，这个玩具的存在就是为了证明操作者是注定要失败的。

我是沮丧的，我把玩具放回到它原来的位置，然后四顾茫然。海浪继续拍打着礁石，海鸟继续寻觅着猎物。而我的身边却是一个我不懂操作的玩具，或是我无法打败的玩具，我感到了一种彻骨的孤独。这个世界上有很多种孤独，我此刻面对的这种孤独意味着一种无法解脱的绝境。要想从中解脱出来，只有离开这个封闭的语境，离开这个恶作剧般的玩具的召唤，我的一切才能够恢复正常。

让那个每天都玩耍着沙漏的孩子，来玩这个玩具会怎么样呢？我心底划过了这样的想法。那个孩子控制着沙漏，让沙子顺着他的意志不断从一侧流入另外一侧，再从另外一侧流到这一侧，他觉得自己拥有了自己的创始时间。但是这个奇怪的玩具无疑否定了这一切，它不给你一个起始，你无法将自己的意志灌注其中，它是反意志的，因此，这也意味着它是反时间的。

6. 无人在场的行走

我还是得去山的那边，去山的那边就能摆脱此刻的窘境。我不能被一个古怪的玩具打败，我还要去寻找那凝固的沙滩。我走出沙滩，沿着悬崖峭壁背对着大海的方向而行。我知道，只要我走得足够远，我就能够找到足够平缓的地方，然后我就可以逾越这道屏障。我所花费的无非只是体力和时间而已，我琢磨着岛本身的有限性，对自己生出了比平时更多的自信心（当然，我也知道这是一种虚妄的自信心，这只是对刚才操作玩具的过程中所产生的挫败感的一种补偿）。

天色渐晚，前面的路渐黑，我确实有些慌张了，大海漆黑一团，犹如墨汁在翻滚，我回头看了一眼，就不敢再回头了。但是远离大海的丛林里面潜伏着可怕的毒蛇，那不是更可怕吗？我打起了退堂鼓。可如果现在向市区走去，时间上也来不及了，我处在了一个进退维谷的时刻。继续向前走吧，我的心里有一个不属于我的声音向我喊道。也许有人会把这称为勇敢，但我只是觉得这个声音真的不属于我，但它却在命令我控制我。在这样无助的时刻，一个极为微小的声音都会让事情发生质的改变，所以我的脚步在不知不觉中继续向前行走着，身体永远行走在意识的前面。

道路已不再存在，只有树林当中的空隙。越往前走，这些空隙里面就越是杂草丛生，大海那盐碱的威力在逐渐丧失，我即将脱离大海的势力范围。夜晚的大海是恐怖的，但更恐怖的毒蛇必定隐藏在草丛深处。

我只好大着胆子向山上爬去。万一在树林中还存在着某种大型生物呢？这完全是有可能的。在山上的岩石当中，也许我可以寻找到一个安全的巢穴。山上当然也有蛇，但是我还能有什么办法呢？我突然为自己的荒唐决定感到后悔，也许我应该答应那个孩子，今天晚上再住在他们家里，跟他好好聊一聊沙漏的哲学。然后，临睡前再用望远镜看一看海边，也许还能看到那个神秘的女子。寻找那个女子应该比寻找什么凝固的沙滩要更加有趣，更加符合人性。

天彻底黑下来了，我只能借助于大海微弱的反光，在一种很模糊的光线中寻找着向山上爬行的路线。岩石缝隙里随时会跳出毒蛇来攻击我，这样的想法让我的气力越来越弱，我甚至都有了一种放弃自己生命的想法。这个想法来得非常突兀，在此之前我还在为了一个虚妄的目标在努力，但突然间一切都没有意义了，无意义感比任何可怕的事物对生命的打击力度都要大。我匍匐在一块突出的巨大岩石上，像濒死的小鹿那样喘息。我看过小鹿被鬣狗撕扯着下身即将死亡的视频。鬣狗非常猥琐地躲在它的身后，迫不及待地吃着它的肉，而它只能睁着大大的黑色的眼睛，失去了反抗的能力，成了还有感受力的活肉。与其说小鹿还在看着这个世界，不如说整个世界都通过鹿的眼睛被凝固成了黑色的痛苦。

就在无比虚弱之际我突然看到有一个黑影在移动而且还有光点一闪一闪的，惊恐让我大脑一片空白，也许真是遇到什么猛兽了，这个岛上还隐藏着老虎或是豹子，我将会被活生生吞噬，而我只能呆滞地体验弥留的残酷，像那小鹿一样吸纳这个世界的痛苦。我已经做好了迎接即将来临的痛苦，整个人一动不动。我知道现在做任何的挣扎都是无谓的。但是我的身体依然没有听从我的内心，我双手像是获得了自己的意识，握住了离我最近的石块，随时准备投掷过去。我暗暗叹息，生与死都是人的本能。身体内部肾上腺激素疯狂分泌，让极端狂喜与极端平静居然可以同时作用于我。

那个东西显然发现我了，它也停在了原地，也许是蹲伏在那里，准备凶猛地扑过来。我的双手自行其事，砸了一个石头过去，那个东西居然发出了哎哟一声，我心下立刻释然了，意味着那是一个人。

我赶紧说："你是谁?"

传来了男人的声音，那男人说着一口我听不懂的方言，但那声音让我感到了前所未有的温暖，那几乎是一种咒语，一种让我可以再生与复活的咒语。他缓缓向我爬过来。我现在才意识到那个一闪一闪的东西是他嘴里叼着的烟头。

一束光打在我的脸上，那是他手中的手电。我说："救救我吧!"他向我伸出手来。我像个即将坠崖的人，有种获救之后的轻松感。我跟他并排靠在大岩石上，他的头发散乱，胡须浓密，脸上呈现着岩石一般的黑褐色。他身上穿着绿色的夹克，也许是淘汰下来的军用产品。我和他攀谈起来，猜测着他的意思。原来他是这里的守林人，我表达了又饥又饿的状态，希望能得到他的帮助。他点点头，甚至拍拍我的胳膊，带我向山下走去。

在山洼里有一个极其矮小的房子，如果不注意，甚至都看不到。房子犹如小碉堡，被巨大的叶片遮挡着。我跟着他钻了进去，像是两名原始人回到了巢穴。我吃了土豆，喝了热水，整个人舒服了。我居然问他为什么不吃海鲜呢? 离海这么近，弄点鱼什么的应该很方便。我通过他的表情和手势大概明白了，他是一个对海鲜过敏的人，尽管他生活在岛上，但他更像是一个山民，而不是一个渔民。他惧怕大海，他很少走近大海，除非迫不得已。我凝望着他那张岩石一般的脸，仿佛是在和山神对话。

我终于忍不住向他问起了他为何会对大海产生恐惧。一个生活在岛上的土著接触大海是难以避免的，肯定有什么独特的原因。这个问题也许比较隐秘化，但我还是问了，漫漫长夜，聊天是最好的度过方式，尤其是那种聊不清楚的话题。他听清楚了我的问题，他这次没有急着用我听不懂方言跟我比画，而是陷入了沉默。他的眼神在夜色中黑漆漆的，又让我想到了濒死的小鹿。我向他表示了道歉，可他对我的道歉毫无回应。他陷入了不再说话的状态，有些失魂落魄的样子，然后默默为我铺好了床。那是一张木板，支在两块岩石上，木板上铺了干草以及布单。我觉得自己回到了古代，但是仔细望去，他房间内还是有着不少现代的应急物品。除了手电筒、灭火器、蓄电池之外，还有一把黑光闪闪的猎枪挂在墙上。我仔细照着光亮看了一眼，那个猎枪上积满了灰尘，他应该很久没有动过它了，那变成了一个壮胆的装饰。

今天我累到了极致，所以很快沉沉睡去。我做了一个梦，我陷入沙滩里，怎么也走不出来，整个人极其焦躁，极其惊恐，想要嘶吼。就在这时，我被人推醒了。我看到了救我的这位土著，他的方言滔滔不绝，向我诉说着什么。我晕晕乎乎的，什么也不明白。他把我拉了起来，手向外指着，显然他是想让我跟他一起去外面。我不知道他想干什么，疲惫让我没法思考，也没有任何提防，我在他的拖拽中挣扎着跟他向外走去。

此时，太阳即将冒头，在灰色的晨光中，我跟着他摇摇晃晃向前走。走了几步之后，我便发现这分明是通往大海的道路。他要带我去看清晨时分的大海？这是为什么呢？他不是惧怕大海吗？我问他："我们去哪里？是去看大海吗？"他嘴里嚷嚷着什么，声音很大，情绪比较激动。我无法进入他的语言，就像我无法听懂大海的涛声。我们走到了昨天见面的地方，然后他带我继续往上爬，来到了一处地势较为平缓的坡地，从这个坡地向下俯视，正好就能看到那块我发现红色玩具的沙滩。我抬头，大海在一侧微微起伏，处于暴躁症的间歇时刻。太阳一跃而出，阳光让整个海面陡然凝固成了金色的固体，这是极为壮观的。但是他拍拍我的肩膀，让我不要看朝阳，让我低头看下边的沙滩。我顺着他的手指看向那片沙滩，什么也没有看到。距离有些远，就连那个红色的玩具也变成了一个微不足道的小点儿。但是那片沙滩的平整再次让人惊讶，那简直像是用熨斗熨过一般。

"我什么也没看到，"我扭头问他，"你究竟想让我看什么呢？"

他没有说话，嘴巴跟皱纹揉成了一团。他做一个手势，让我继续看那沙滩。"那是个风平浪静的地方。"我喃喃说着，转头继续看。这时，他叫喊了起来，我顺着他的指头，看到了一个最为奇妙的景象——在沙滩上突然出现了脚印，那脚印是无中生有的，从大海的海浪中延伸出来，但它是一个干燥的脚印，没有丝毫水分，沙滩的金黄色丝毫也没有变黑。我看着那个脚印一步一步在沙滩上前行，走到玩具的地方，那个脚印停顿了一下，绕着玩具走了一圈，然后非常没有规律地在沙滩上行走着，到了快靠近草丛的地方，那脚步变换了方向，向大海走去，直至消失在了大海当中。没有变化的脚印了，刚才留下的这片脚印还在。那当然是人的脚印，但是看不见那个人，是隐身人吗？是魔法中的隐身人还是科幻中的隐身人？我不知道。但我知道了这位山民为什么惧怕大海的原因。现在，我也被

173

吓到了，一种莫可名状的感觉钻进我的心，就像是白蚁钻进了树芯。我转头发现那个山民早已没有了踪影，他吓跑了，看来这样的脚印出现在沙滩上不是第一次，也不会是最后一次，那究竟是什么？恐惧让我在清晨的海风中瑟瑟发抖。我想，我是记得来时路的，我可以回到山民的那个小屋子里，再美美睡上一觉。但睡醒之后该怎么办呢？变成一个跟他一样从此惧怕大海的人吗？我不能接受。我是来寻找奇迹的，如果寻找的结果是让自己变得更加渺小，那这样的寻找意味着一次巨大而彻底的失败。

我不是渴望奇迹吗？怎么奇迹发生在眼前的时候，我却怕了，需要逃离？不，我得走进那奇迹的深处。这片奇怪的沙滩应该与凝固的沙滩有着密不可分的关系。于是，我终于抵御住逃跑的诱惑，获得了勇气，决定再次对那神秘地带进行勘探。

很显然，线索已经找到了。

7. 神秘的伴奏

再一次，我站在这片沙滩上。我意识到，这片沙滩很大可能就是我要找的凝固的沙滩。诡异与奇迹的区别究竟在哪里？无非一件事情的两种心态罢了。

我蹲下身，伸手抚摸着这片沙滩上的沙子，就像抚摸恋人的肌肤。随后，我抓起一把沙子放在阳光下仔细看，想看出它们跟其他沙子的区别。我左看右看，还用手搓着，但很显然光凭着我的肉眼是无法看出个所以然的。

随着海浪的奔涌，海边的一些足迹已经被侵蚀，没有踪影了。但是其余的足迹依然无比清晰，那是人的赤足，五个脚趾历历分明。实际上，我非常紧张，我一直在等待着……等待着有新的足迹产生。假如此刻突然有脚印向我走来，我该怎么办？我完全不知道，我不敢去细想。那脚印会从我身上踩过去吗？然后我试着抓住他或她，可那如果不是人类呢？我的手伸过去，碰到的只是空无。

但是，只有海风和寂静，没有新的脚印了。也许那只是特定时刻出现的奇迹。我脱了鞋袜，光脚踩在沙滩上，我走向那神秘的脚印，把脚放了进去，我的脚印跟那脚印居然完美吻合在了一起。我沿着那脚印走过的路，缓缓走了一遍，脚印边缘几乎没有什么沙子溢出。我的恐惧彻底消散了，这是为我设计好的奇迹，不是吗？我的心情开始愉悦了，我沿着脚印又走了一遍，还不满足，继续走，越走我的心情越是愉悦和放松。

从凌晨到现在，我没有吃过一口饭，喝过一口水，但我没有觉得饥渴，也没有对饥渴的执念。我从神秘的脚印里走出来，开始留下自己的脚印，我用脚印在沙滩上绘制着一幅抽象的图案。我竟然像个小孩子，在沙滩上度过了无忧无虑的一天，直到黄昏降临。这时候，我方才感到有些累了。我坐了下来，彩霞满天，涛声温柔，我直躺了下来，彻底放松，任头直接枕在沙子上。整个人仿佛被飘了起来，像树叶悬浮在水面上，任由外力的驱动。

我的意识逐渐与外物融为一体，我听到了某种奇妙的音乐声。也许那是由海浪声构成的，但不是平时听到的海浪声，海浪只是提供了某种基础的符号。我逐渐被那音乐给俘获，那分明是交响乐，因为有些旋律是重复往返的，而大自然的声音则是永远不会重复的。那旋律在我意识中变换成了各种各样的形状，而且不是黑白的梦境，而是彩色的事物，我整个人陷入了一种极为恍惚的状态当中。我不敢深入其中，想要睁开眼睛，眼睛如愿睁开，天空彩霞的各种形状继续对应于那种旋律，那种恍惚感完全不受影响。我极为欣悦，我是自由的，不是被控制的。

有了旋律，有了形状，那声音变成某种符号。就像是语言符号一样，我意识到那伴奏是可以破解的东西。当然，我眼下还无法听懂，但我沉下心来。我想起了学习新语言的过程——只要你听得足够多，跟语境所发生的关联足够密切，你便会逐渐破译这套语言系统。因此，我坚信我可以破解此刻的声音。

我沉浸在旋律的重复之中不知道过了多久，四野一片漆黑，天空布满了星辰，星辰后边是光也无法穿透的深邃空间。我第一次感到自己离宇宙如此之近。或者说，我第一次意识到自己就置身于宇宙当中。宇宙不再是一种知识，一种概念，而是存在本身。渺小如我与浩瀚宇宙之间不需要什么桥梁——比如宇宙飞船之类的，甚至连地球也不需要，我是诞生于地球上的，但我可以属于地球，也可以不属于地球，我可以属于宇宙的每个角落，宇宙的每个角落也属于我，只要我愿意，我的意识便与其同在，不需要物理的速度，不需要任何的传播，这才是自由的终极含义。这不是人的自由，这是意识的自由。人所拥有的意识，只能称得上是意识的细胞。

在偶然的瞬间，我几乎能领悟到那声音所要表达的意义了。可这话语的意义，我却暂时无法用人类的语言转述出来。我就这样慢慢听着，让它的意义变成心底的具体感受。那正如母亲的呢喃，只有她怀中的婴儿可以听懂，婴儿却没法以语言回应。

心底的感受逐渐积累成形：这个声音是在跟我打招呼，以极为委婉的方式，这是毫无疑问的。

8. 外星人降临？

我只能权且先说那是外星人，因为我也不知道那是什么。但我坚信那不是幻觉。有关幻觉的想法是一定要排除的。另外还有一点需要注意：虚构不是幻觉，虚构总是真实的。我们正是在虚构的语境中来体验真实。我知道这样说总有人会抬杠，但对一个目睹了奇迹的人来说，抬杠是不值一提的，犹如角落里的蛛丝，只要轻轻挥手，就掉了。

那些人——不，他们不是人类——那些生命，他们在我眼前的空中勾勒出了三个彩色的立体图景，每一个图景里面都呈现着另外一个世界的生活。他们与我们是如此不同，在第一个图景里边，他们仿佛是一个生活在液态星球上的生命，如果不加留心的话你会以为那些只是海底的漩涡，当他们快速行动时，他们的身形有些像章鱼，但实际上他们要比章鱼复杂得多，也优雅得多，能看得出来他们具有高等智慧生命的特征。第二个图景里边，他们仿佛是太阳上的黑斑，他们向光焰的深处走去，那是恒星上的生命吗？恒星上具有生命完全超乎我的认知能力。但那些黑斑欢快地活动着，嬉戏着，来回跨越着恒星上的火焰，像是原始人围绕着篝火在唱歌跳舞。然后，那些黑斑变成了八道金色的光带，恒星内部的热量从光带向外流去，从我的视角看上去那类似火箭的发动机喷口，那恒星飞了起来，很快便穿越了数个星系。第三个图景里边，没有生命，是一个具有圈层的光之洞穴，在那尽头是极度的亮光。我凝视久了，那亮光仿佛离我更近，洞穴变成了高塔。这自然是眼睛自带的幻觉，我还是相信我第一眼的感受。在洞穴的内部，有很多白色的絮状物质，都在紧靠在边缘的，中心是绝对的空洞。这究竟是什么？宇宙的虫洞？不，也许更可能是一个高维空间的展示？甚至说是整个宇宙的某种全息图？

随着我思维的密集跳跃，那个伴奏的频率加快了，很想向我诉说更多的东西。他们所说的正是我作为一个人类最想知道的东西。比如关于存在的奥秘，死亡的去处，以及意识本身的起源与机制。我好像全都听懂了，因而很激动，但激动之后发现记忆中并没有什么痕迹，然后再次去听懂，发现这种“懂”超出了语言与意义。其实这样的感受以前也有过，那就是读黑格尔、康德的一些哲学文章的时候，每一个字都认识，但连在一起很糊涂，隐隐觉得是某种意思，但也不敢确定。这还只是地球上跨文化跨语言的一个小例子，此刻我所面对的可是跨越星际的语言困境。尽管他们极其智慧，能够利用海浪、礁石和风等一切事物跟我讲话，但他们的内容毕竟太复杂了，或者说，我的人类大脑还太简陋了。

但我毕竟还是读懂了一点点意义，他们好像反复表明他们并非外星的生命。他们对于“外星人”这个粗糙的命名表达了抗议。宇宙中的恒星近乎无穷，这样说是出自人类那种简单的二元对立思维。那我又能怎么办呢？我们连去距离最近的卫星，月球，都还很费尽，已经有五十多年没上去过了，遑论什么别的星系？这是我的思维活动，对方很快捕捉到了。伴奏的意思似乎是说，不仅是地球上的

176

人类等生物是生命，一切都是生命。

好吧，一切都是生命。这沙滩是生命，大海是生命，风也是生命。生命那么艰辛才起源于冷酷的物质世界，现在生命与非生命却一样了。

我的思维立刻得到回应，我理解出来的意思是：生命可以从非生命的物质中诞生，生命便可以在一个非生命的物质世界中继续进化，生命的边界在不断扩大，直至与物质世界重叠合一。

宇宙太广阔了，能做到重叠合一吗？

不需要质疑，你会感受到的。你本身也是由物质构成，你已经在感受的过程中。

我正在感受？我看看周围的黑暗和眼前的立体图景，陷入了大困惑当中。我不知道为什么在这样的展示当中，不会有别人看见？这一切如果只有我自己能够看见，那如何保证这不是幻觉？……不，这不是幻觉。正如那个无人行走的脚印一样，是我和山民一起目睹。在我之前，山民早已目睹，并受到了过度惊吓。那么，在我和山民之外，一定还有别的人目睹过那无人行走的脚印。

这样的场景，应该每天都在上映。但是发现它的人非常稀少，敢于接近它的人就几乎没有了。大部分人都如那个山民一般，被吓得够呛。这能说明我是一个更有勇气的人吗？我没有把握这样评价自己，我只是目标明确，怀抱着寻找奇迹的心态。

只有这种寻找的心态，才能获得对话。我脑海里出现了这样的想法，但我已经分不清哪个是我的想法，哪个是他者的想法了。

眼前的绚烂图景，也许是为我专设的。假如坐在这里的不是我，而是别人——比如说那个山民，那他眼前所显示的图景也许是另外的样子。那眼前的图景是否可以定义为一种出自于我的幻觉的某种真实？我这样想的时候，自己都觉得相当拗口，但这应该是一种"客观"的描述。也就是说，这图景尽管出自我的幻觉，但是这种幻觉的生成并不是由我来控制的，而是一种更大的意识在借助我的小意识在显示着事物。

是的，外星人没有降临，降临的是一种生命意识。

不是降临，是连接。降临太有外在感了，你就在内部，你一直在内部，不需要降临而去侵占你。

我找到凝固的沙滩了吗？我身下的沙滩就是我要寻找的吗？

没有回应。

眼前的三个图景逐渐熄灭了。我在意识中大声呼叫着，想让它们继续那样为我呈现，我想多看一会儿那灿烂壮观的景象。但是那图景无视我的要求，就那样慢慢消散了。我的眼前重新被黑暗所充斥，黑暗变得更加虚空。我抬头仰望星空，星辰和我之间的遥远距离与巨大空间，让我觉得窒息。婴孩与母体之间的脐带不会就这样剪断了吧？

9. 一块豆腐

　　大海开始持续涨潮。海水不断汹涌前行，淹没了整个沙滩。我没有移动，也任由海水淹没我。我已经发现，我只要和这片沙滩触碰在一起，我就没有任何惧怕。浸水的沙滩变黑凝固，让我跟沙滩的接触面积变小。我看着自己的双脚从沙窝中显露了出来，白色的皮肤与黑色的沙滩形成鲜明比照。但是，很快，非常奇妙的事情发生了，沙滩在月光下变成了乳白色，月光似乎具有了染色的能力。我身下的沙滩似乎重新变得柔软，但不再是沙堆的松垮，而是具备了相当的反作用力。我干脆站起身来，用力踩在沙滩的表面上，发现沙滩不再坚硬，而是富有弹性。我跳了几下，竟然是软乎乎的，犹如蹦床。这真是一个巨大的蹦床：整个沙滩成为一个整体，都在我的跳跃下震颤起来。可以说，沙滩完全像是一块巨大的豆腐。中国人对于豆腐最不陌生，配以各种佐料，便会有各种口味，尤其是麻婆豆腐最为疯狂，红色的辣椒油犹如鲜红的血浆，辣和麻在雪白豆腐的掩护下进入口腔后猛然炸开，让神经接受残酷的折磨从而有了平时无法企及的滋味。但是，平常见到的豆腐都是小块的，放在碟子里，再大的豆腐都不会大过一张床。因此，我敢说，没人见过像沙滩这么巨大的豆腐，并且还站在上边跳跃。如果有人做出这么巨大的豆腐，并在上面跳跃，那他才会理解我现在的感受，否则这种感受是难以描述的。

　　沙滩和豆腐的内在结构很相似，有很多缝隙与腔室，我的手向下挖去，便摸到了那样的腔室，它居然在膨胀和收缩，类似心脏在工作。海水在里边流动着，交换着信息，海水就是沙滩的血液。这让我觉得沙滩是有生命的。这种主观的"觉得"迅疾就变得毫无意义，因为沙滩就是有生命的，跟我觉不觉得毫无关系。这已经不是"觉得"的问题，而是"感觉"的问题了。我感觉自己的细胞跟接触的沙砾之间产生了眩晕的关联，我不由自主躺了下来，让我的身体与沙滩进行充分接触，每一粒沙子就像是神秘的小触手，抚摸着皮肤的感受细胞，进而将手伸了进去。我的身体结构跟沙滩逐渐融为一体，我尝试着控制我的双手，我依然可以高高举起来，但是手臂上黏附的沙砾像是一个巨大的怀抱，让我甘心情愿又放下双手，最大限度地与沙滩接触，并向蛇那样向沙滩内部钻去。这有些类似做爱的感受，但比起做爱更加平和，没有迫不及待的欲望压迫。更何况，我觉得自己获得了更大的能量，这也是与做爱相反的。我任由那种巨大的能量与我连通，我也越来越平静，最终我凝固在了这片凝固的沙滩内部。我这才明白凝固的沙滩并非类似冰冻的沙滩，而是内在的原子之间产生了聚集在一起的机制。构成我的原子与沙滩的原子进行了重组（也许不仅仅是原子，而是基本粒子层面或人类知识边界以外的能量形态），因而我曾经的身体消失了，但与此同时，我以另外一种方式存在着，我的意识一点儿也没有受损。意识反而不再受到人类身体的局限，获得了更大的自由。我的身体成了这片沙滩本身，我感到了沙滩的每一粒沙子以及它内部的每一个分子、原子，我让沙子和海浪有了感受能力，它们也赋予了相应的能力，我的感受能力达到了极致。

我的目标已经找到，我的任务已经完成。接下来，我该干点什么呢？这时，我才发现当初的自己并没有思考过这个问题。

其实，我一直没有忘记那本跟我张冠李戴的书：《流动的沙滩》。在这本书的扉页上，引用了一句法国人的话："人们对于任何东西都没有十分的把握，我们始终在流动的沙滩上行走。"我太熟悉那种感觉了，我的一生都不断地陷入到沙子的陷阱中去，即使是此刻，我对任何东西依然没有把握；但幸运的是，我无须再有所把握，我变成了要把握的对象。正如我不必在沙滩上行走，而是沙滩本身在行走。沙滩的行走自然与人类不同，那意味着沙滩本身可以让行走发生，反复发生，在时间之外。于是，我现在终于明白，那个我看到的自动行走的脚印就是我的脚印，我可以从时间的不同地方看到自己的脚印，乃至行走之前，因此山民看到的也是我的脚印。时间在这里变成了一个球状的状态，从任何一个点出发的时间，终究会穿回原点。这对于外人来说，或许非常难以理解，但是置身在凝固的沙滩里边，这一切都是自然而然的事情。

唯一遗憾的是，我感觉不到沙子的颗粒感了。

（刊于《作家》2021 年第 11 期）

作者简介：

王威廉，文学博士，中山大学中文系创意写作教研室主任，广东省作家协会主席团成员。出版小说《野未来》《内脸》《非法入住》《听盐生长的声音》《倒立生活》等，文论随笔集《无法游牧的悲伤》等。曾获首届"紫金·人民文学之星"文学奖、十月文学奖、花城文学奖、茅盾文学新人奖、华语科幻文学大赛金奖、中华优秀出版物奖等数十个文学奖项。

苔藓

肖江虹

一

城市醒得很早，六点不到，面馆前就排起了长长的队伍。

贵阳人的早晨从一碗肠旺面开始。面条讲究爽口弹牙，血旺和大肠必须新鲜，佐以几根窈窕的绿豆芽，这才是一碗合格的肠旺面。东门郑家，百年老字号，食客趋之若鹜，排队一小时，吞吐五分钟，要的就是那个熟悉的味道。

接过厨间递出来的面条，胡凯左挨右晃才找到一个位置，坐下来，往碗里加了几滴醋。不要小看这几滴醋，它才是这碗面条的灵魂。外地客人，无法勘破隐秘，呼啦啦吸完了，抹着嘴看着老长的队伍满腹狐疑：有这样好吃吗？只有本地的老饕才知道，没有那几滴醋，宛如神药没有了药引。滴醋也有讲究，本地味莼园生产的香醋最佳，十滴左右为宜，多则泛酸，少则无味。香醋浸入面汤，神奇开始展现，面条、血旺、大肠、豆芽、红油、脆哨、香葱瞬间融为一体，醇厚而爽利，味道丰富，层次分明。

胡凯吃得很慢，面条几乎是一根一根徐徐送进嘴里，这和他西装革履的打扮很搭。环顾四周，没有杂音，一色吸溜面条的声响，吸得急的，红油四下飞溅，面门星星点点，扯张纸抹掉脸上的红油，继续埋头苦干。百年面馆差不多就是这座城市的缩影，包容是最大的特点，达官贵人也好，贩夫走卒也罢，来的都是客，报上需求，单碗的，双加（加面加肠）的，吱喝一声，面条送出，不看穿着，不管美丑，吃完付钱，一拍两散。

喝了一口面汤，电话在裤兜里震了一下。放下碗，胡凯摸出手机，信息是同事小书发来的，四个字：文案没过。捏着手机愣了愣，胡凯将手里的纸巾扔进面汤，几乎一瞬，洁白的纸巾就一身血红。

走出面馆，大街人头攒动，城市这才算真正醒过来。

主管递过来一张纸，胡凯有些蒙。指指自己的嘴角，主管说擦擦吧，油星子。说了声谢谢，胡凯擦了擦嘴角，低头一看，油星子凝成了红油。四下看了看，没找着垃圾桶，胡凯把纸巾塞进了裤兜。

主管死死盯着胡凯看了半分钟，说："我觉得你最近不在状态。"

瘪瘪嘴，胡凯没说话。

"我不相信这是你做的，"顿了顿，主管扬了扬手里的策划案，一字一顿说，"打死我也不信。"

抽抽鼻子，胡凯说："我也不信。"

"老胡，你是公司老人了，废话我就不说了，"把策划案塞给胡凯，主管沉着脸说，"最后一次机会，还通不过，你就另谋高就吧！"

落地窗前，胡凯点燃一支烟，楼下人流如织，每个身影都保持着前倾的状态，仿佛被一根无形的绳子拽着往前飞奔。

"还不走啊！"同事小书站在门边喊。

回过头，胡凯指了指桌上的策划案。

"策划案，得再琢磨一下。"

"第四稿了吧？"小书伸长脖子问。

胡凯抬头比了一个"八"。

小书无奈笑了笑，转身离开，走到门口，回头又说："凯里酸汤鱼，有两瓶老酒，我们等你？"

摇摇头，胡凯说："你们吃吧！改天我请。"

小书离开，偌大的办公区一下变得寂静无声。

胡凯坐下来，拿起桌上的策划案，木木翻了翻，伸手拿过桌上的一把美工刀，一下，两下，三下，交叉反复中，策划案粉身碎骨。

忽然有手机微信提示音。

摁开微信，妻子易小兰发的，只有三个字：离了吧！

呆呆盯着屏幕看了片刻。胡凯发回三个字：随便你。

摸出一支香烟点上，胡凯走到落地窗边，天色昏黑，天边乌云密布，暴雨就要来了。

手机铃声响起。

接通电话，胡凯破口大骂："都他妈快一个小时了还没到，你他妈是爬过来

181

的吗?"

二

小十字算是城市的繁华地段,核心区还有一段明代修建的围墙,用于防患护民。当初兵甲林立的场景早没了,小吃门面沿着围墙根一溜排开。吃客倒是不多,主要应付外卖。饭点时间最繁忙,外卖小哥的电动车码得人行横道密不透风。

邱德全排在领餐队伍里,放眼看去,一色的鲜肉,二十出头的占九成以上。在这支浩荡的队伍里,三十八岁的邱德全算是高龄了。入职时,为了显示自己的年富力强,邱德全还专门剃掉了蓄养多年的络腮胡子。

除了送餐,邱德全几乎所有的注意力都在手机上。他喜欢看抖音,最喜欢搞笑视频。这东西治疗心乱如麻见效快,疗效还持久。

屏幕上一个猥琐的男人,骑着摩托车直接撞向一棵大树,人径直飞出,笔直插进沼泽地,像根迎风摆动的芦秆。邱德全先是憋着嘴笑,最后实在忍不住了,咧着嘴笑得摆来摆去。边上正盯着手机的小伙被邱德全吸引了,伸长脖子看了看邱德全的手机,立马露出一脸鄙夷。

刚准备回看,电话响了。

接通电话,邱德全一张笑脸慢慢松弛、翻转、裹缠,最后定格为怒目圆睁下的咬牙切齿。

"发烧了?发烧了你不会给他喂点药吗?"

电话那头是老婆唐丽娟,抽泣着喊:"喂药?喂药有用我还找你啊?"

"喂药没用,那你给他吃屎啊!"邱德全打断了唐丽娟的话。没等那头说话,邱德全斩钉截铁吼:"滚蛋,老子还有好几单要送呢!"

摁掉电话,邱德全从电瓶车上跳下来,一脚踹翻了旁边默不作声的垃圾桶。

这一单地点在中华北路54号。共两条路线可供选择。往东,上高架桥,穿建设路,有条小巷子可直达;往西,走富水路,绕三角环岛,路程更近一些,信号灯也少。不过邱德全还是选择了往东的路线,西线三角环岛那两个交通协警,一胖一瘦,惹不起,面对冲过来的电瓶车就直接扑过去,完全视死如归。

电瓶车在高架桥上疾驰。已过黄昏,远处近处的霓虹灯开始亮起。夜风钻进脖颈,渗得后背发凉。远远就听见争吵声,洪亮高亢。

"开哪样鸡巴车?变线也不打灯!"

"哪个说没打灯?老子变线前就打了,你是眼睛瞎爆了吗?"

两个男人站在车头前叉着腰正骂架。两辆轿车横在路中间,将来路去路完全堵死，剩余的空间蚂蚁过去都得侧身。

罵了一句日，邱德全回身看了看，没敢掉头，高架桥有监控，逆行被逮着，一星期就白干了。摸出电话，邱德全松了松面部肌肉。

"你好，高架桥上堵车，可能会晚一些送达。"邱德全伸长脖子堆着笑说。

"都他妈快一个小时了还没到，你他妈是爬过来的吗？"电话那头怒吼。

邱德全没敢吱声。这种情况，千万不要说话，要等对方发泄完。人非草木，孰能无情，骂完了，一般客户都会冷静下来，想一想春光明媚，想一想岁月静好，想一想底层人民特别是快递小哥的不容易，就会告诉自己：世界如此美妙，我却如此暴躁，这样不好，不好！想通了，大爱就会战胜饥寒，遇上特别特别好的客户，还会发条短信过来：暴雨将至，安全第一，照顾好自己。

正想着，短信果然来了，就是不太暖心：十分钟之内再不送到，老子给你差评。

沮丧地抬起头，邱德全发现两个交通事故的当事人还没有休战的意思，骂战开始升级为推搡，从推搡的力度和频率看得出，两人其实都没有干架的意思，完全是为了脸面把戏演足。要知道，这种假把式最他妈耗时。

逆行吧！

果断掉转车，轰一声闷响，电瓶车一个趔趄后窜了出去。

三

两手匍匐在键盘上，仿佛坚韧的潜伏者，半个多小时硬是一动不动。

策划案其实不复杂，以胡凯的能力，本可以轻松搞定。主管说他不在状态，胡凯是认账的。三个月来，在易小兰的围追堵截下，他已经精疲力竭。易小兰和胡凯是大学同学，知根知底，深谙他的优长和短板。策略就一招：离婚，滚蛋。条件直白寡毒：衣裤牙刷毛巾带走，其余多根毛都不行。胡凯不敢反驳，毕竟自己有错在先。

胡凯的出轨，剧本烂俗。Action：男女独处——喝酒——调情——开房——上床。剧情唯一出彩之处在于胡凯的坦白，他是在易小兰完全没有察觉的情况下摊牌的。没有小三的寻死觅活，没有原配的疑神疑鬼，他在一个阳光明媚的早晨对正准备换鞋上班的易小兰说我出轨了。易小兰愣了一下，把一缕头发挽到耳根后夹好，轻轻点了点头。弯腰换好鞋，易小兰还将了将衣服问：你看今天我穿这套适合吗？

胡凯有些恍惚。

易小兰的冷静让他惊讶，不问，什么都不问，甚至连那个女人是谁她都不问。

183

惊讶过后，就是惊悚。

半夜醒来，他经常发现易小兰坐在床边目不转睛盯着他，眼神充满了佛祖才有的温暖慈祥。佛光普照了半个月，胡凯扛不住了，移驾到了客厅。易小兰不看他了，变成半夜三更在客厅和厨房往来穿梭，一会儿提把剪刀，一会儿提把菜刀，一会儿提把砍刀。

还不穿鞋，无声又无息。

家是待不住了，思来想去，还是办公室最安全，有门禁，有保安，有监控。

易小兰也不来找他，三五分钟发条短信，个把小时来个电话。核心内容就是离婚滚蛋，滚蛋离婚。

把两只手从键盘上拖下来，胡凯感觉双臂发麻。抖着手点燃一支烟，他接到了易小兰打来的电话。

"你晚上回来给我把协议书签了。"

"我要加班。"

"那你就等着给我收尸吧！"

电话挂断。

天边雷声隐隐，下雨了。

胡凯站在窗边，看着一城风雨，仿佛末世。

电话又响了。

愣了半天才接通电话，那头声音急促。

"您好，您的外卖到了，麻烦你下楼拿一下，保安不让进去。"

保安姓龙，五十多岁，理解的说他工作负责，不理解的骂他一根筋。拦下送外卖的他有几十个理由：你看你，全身雨水，让你上去，还不整一路汤汤水水；大厦有规定，送外卖的一律不许上楼；都下班了，哪个晓得你是送给哪个的？

理由还没有阐释充分，电梯门打开了。

冲突来得太快，直到两人都绞在一起了，保安老龙也没有整清楚来龙去脉。

穿西装的迈出电梯就破口大骂。

"差评，老子给定了。"

送外卖的猫着腰解释："高架桥堵车，耽搁了。"

"你堵车关我卵事，差评。"

"好好说话，你是哪家老子？"

"你家老子，如何？"

保安老龙后来在法庭上做证时是这样说的："太突然了，我都蒙逼了！哦，对不起，法庭上不该说脏话，我也不晓得蒙逼算不算脏话，跟年轻人学的。反正姓胡的那个人一从电梯出来就骂送外卖的，还老子老子的，话不好听，送外卖的不干了，理了几句，两个人就扭在一起了，我看要干架，就赶忙过去拉！他们都年轻，力气大得很，拉了好半天才拉开，把我的腰都扭伤了，还是第二天我自己到医院去看的，花了一百六十七块钱，我有发票的，至今都没得人管医药费——嗯！好的，好的，说重点，说重点，我拼死老命把两个人分开后，就把送外卖的推到门口去了，广告公司姓胡的那个人还不熄火，冲过来恶狠狠朝送外卖的说：信不信老子今天整死你？嗯——确定，他确实说了的。"

呼哧呼哧回到办公室，胡凯接到母亲电话，母亲说父亲病了，做了检查，肝有问题，尿道出现结石，腰部也查出一颗不小的囊肿。母亲的声音有些焦躁，胡凯勉强安慰了两句，他没时间回家，是真没时间。

同事小书突然来电，说领导批准了他的休假，这段时间恐怕很多事都会推给你了，又问胡凯准备什么时候休假。胡凯苦笑，我他妈休过假么？上一次休假还是和易小兰结婚时，三年前的事了，那是他第一去三亚，第一见到大海。那年胡凯三十四岁，易小兰是相亲时再见的，坐下来才发现是大学同学，彼此尴尬笑笑，漫不经心开始交往。易小兰毕业后在一家商场做行政，两人大龄再相逢，已顾不上花前月下，交往三个月后就匆匆结婚。

这个家虽谈不上宽裕，但总能维持，胡凯按揭了房，贷款买了车，一切都在正常的轨道上运转，这都是胡凯高强度工作换来的。胡凯在城里没有根基，只能靠自己，岳父母是本城纺织厂的职工，早年工厂被贱卖，夫妻俩早早下岗，也没有多余能力支持这个家。胡凯家那边就更不乐观，父母早年在镇上开饭馆，如今年纪大，只好停业，吃着老本，这几年，老本也啃得差不多了。

刨了几口外卖，胃痛又卷土重来。胃是念书那会儿被搞坏的，为了在网吧多泡一个通宵，他有时一天只吃一顿饭，直到实在忍受不了，才去了医院，做胃镜的过程让他死去活来，医生看完报告单，第一句话是，要住院。胡凯只能摇头，我没钱。医生说，你看看你的胃，年纪轻轻，不要命了？胡凯沉默，医生这才开起药单，嘱他注意事项，然后带着听天由命的神情将他打发，胡凯永远也忘不了那副表情。

熟悉的痛感从胃里一点点探头到肆意翻滚，他决定回家，下了楼，他去了离公司不远的药店。公司在新区，这一片才开发，街上没什么商家，更没有人气，大白天也只能见着稀稀拉拉的人迹，连锁大药店离这里还很远。捂着腹部走了好远，胡凯拐进药店买了阿莫西林和胃复春片。这还是上一次的药单，胡凯觉得这一次也能对付过去。胡凯拧开药盒，却怎么也撕不开那层内膜，这让他有些恼火，手伸进裤兜，胡凯摸到了一把美工刀，摸出刀片，手指前抵，紧实的内膜一下洞穿。胡凯做了个收刀的动作，好像一下了却了与胃溃疡的恩怨，顺手把刀放进白色亚麻外套里。吞了一把药，合上瓶盖时才发现瓶身上的生产日期，竟过期

185

了，这让他怒从中来，胃部的灼烧感也越来越强，这时他才发现，柜台后的女店员竟然跟易小兰长得有几分相似。

你给的什么药？你们是药店还是黑店！胡凯嚷起来，把药瓶当的一声磕在玻璃柜台上。

女店员看出了胡凯神情中的慌乱，瞬间翻了个白眼，说，干什么，你要抢劫？

像，太他妈像了，连眼神都一模一样。

胡凯吼："你眼睛瞎了？过期药，谋财害命吗？"

女店员懒得理会眼前男人的愤怒，纤长的手指一把卷过药瓶，旋转半圈，确认过生产日期后，女店员才把药瓶轻轻放回了柜台，用一根手指往胡凯的方向推了推，跟着哼一句，你说话注意点，你眼睛才瞎了，你想敲诈吗？戴了眼镜都看不清字戴了有什么用，装饰啊——

女店员慢吞吞然而锋利的话让胡凯一惊，他慌忙抓过药瓶，借着店内惨白的光线看清了原本模糊的生产日期，离过期还早着。

胡凯落荒而逃，跟每次和易小兰吵架一样的结局。

四

胡凯从公司出来，下电梯时，电梯里的灯突然熄灭，只有一旁的广告牌还亮着，是美容院的整容广告，几个女人的前后对比照反复出现，有一张整容前的照片很像易小兰。易小兰经常抱怨，遇到你就算倒霉，换了别人，我还可以去割个双眼皮隆个鼻打打瘦脸针……妻子身边的朋友不少都去做过，胡凯没那闲钱，自从有了孩子，日子更是捉襟见肘。妻子面对孩子从来大爱无疆，进口奶粉、进口尿不湿、进口玩具、连蔬菜都恨不能买进口的，冰箱里常年冻着妻子海淘来的深海鳕鱼，400g，法国产。胡凯不敢反驳，只要一开口，立刻一通痛骂。

在易小兰面前，胡凯从来都是弱势群体。

电梯很快到达负二层，胡凯的轿车就在角落里，丰田锐志，算不上好车，却是胡凯宁静的港湾。胡凯享受待在车里的时光，它动力一般，空间不大，但听话，特别听话，左拐右拐前进后退都是胡凯说了算。

钻进车，他先给母亲打了一个电话。

电话接通，母亲喊了一声儿子，声音疲倦。

胡凯强打起精神："爸怎么样了，医生怎么说？"

母亲的声音喑哑下去，说要转省医……

车驶出车位，有点快，砰的一声，胡凯感觉车身碰到了什么，他一惊，连忙瞥了眼后视镜，看见一辆亮着微弱灯光的电动车倒在路旁，一同倒下的还有一个人影。

　　胡凯骂了一句，跟着头皮一紧，踩下刹车。

　　胡凯下车，绕到右侧车门处，看了看车身情况，借着倒下的电动车灯光，胡凯看清了那道划痕，果然贯穿了前后门，胡凯眉头一拧，转身骂起来，没长眼睛啊，怎么骑的车！

　　邱德全的尸体在晚上十点十五分被发现。报案人是大厦八楼小贷公司的一名员工，他对接警的警察说自己赶回来是因为充电器落公司了。车刚拐进地下停车场，车灯就照到了倚在柱子下的受害者。

　　"全身都是血，脑壳歪在一边，"定定神，他接着说："我喊了两声，他没答应，我就断定是死透了。"

　　一旁记录的警察点点头，朝他笑了笑，鼓励他接着说。

　　"停好车，我就走过去仔细看了看，脖子上有个口子，还在冒血泡，我又喊了两声。"

　　警察抬起头："都判断死透了，还喊？"

　　"本能咯嘛！警官。"报案人声音一下提了起来，"关键是眼睛还睁着咯嘛！"

　　警察又笑了笑，点点头说谢谢你。

　　"我可以走了？"

　　警察说当然。

　　走出去两步，报案人又回头对警察说："哦！对了警官，我是走过去看了他的哟！肯定有我脚印，你们排查的时候要先把我排除咯哦！"

　　现场勘查很快结束。

　　受害者倒毙在方形柱子下，着外卖派送员马甲，脖子大动脉处有十四厘米左右的创口，死者死于失血过多。距离死者四米左右倒放着一辆外卖派送专用电瓶车，电瓶车右侧两米处有一把沾有血迹的美工刀，应该就是作案工具。

　　将美工刀装进证物袋，负责现场勘查的警察抬头四下看了看，抬手一指对其他警察说：有监控。

　　监控很清楚，保安老龙很自豪地对警察说：我们大厦的监控，绝对无死角。

　　画面里，地下停车场黑黢黢的，一个人坐在大门口的电瓶车上，黑暗中一点烟火忽明忽暗，借助远处闪烁的日光灯管，老龙一眼就认出黑暗中抽烟的人。

　　"送外卖的！"

　　警察看了他一眼："晓得的，穿着马甲的嘛！"

　　摆摆手，老龙说："我不是那个意思，他傍晚来大厦送过外卖。"

　　警察又看了他一眼，眼睛回到监控器。

　　邱德全坐在车座上，抽着烟看着外面，似乎等雨停。

187

五分十八秒，电梯门打开，一个人从电梯出来，径直走向一辆轿车。

"哎呀！广告公司的，姓——姓——姓哪样我记不得了，但绝对是广告公司的。"老龙惊叫着说。

开着车出来，速度有点快，到了拐角处，一声脆响，电瓶车滚出老远。

打开车门下车，胡凯走向倒在地上的邱德全。

邱德全艰难爬起来，过去扶起电瓶车，把车往地上一掼，邱德全看了看胡凯。

两人开始对话。

继而开始推搡，忽然胡凯从裤兜里抽出一件物事，往邱德全脖子上一抹，邱德全一愣，用手捂着脖子，踉踉跄跄退向身后的柱子，伸手扶住柱子，身子慢慢矮了下去。

愣了愣，胡凯慢慢走过去，蹲下来看着地上的邱德全，观看的过程有些漫长，两人似乎还有交流。足足五分钟，胡凯才站起来，把手里的东西一扔，钻进轿车，径直开走了。

画面里，只剩下还在地上抽搐的邱德全。

五

清晨，热辣的油锅里正煎着鸡蛋，闹钟响起，穆静云边用铲子翻着锅里的煎蛋，边扭头朝女儿点点的房间喊：起床了。

早餐桌前，母女俩吃着简单的早餐，把一块黑乎乎的煎蛋挑起来，点点问："你能告诉我这是什么物质吗？"

"煎鸡蛋啊！"穆静云答。

点点一脸不屑："你这样糟蹋食材，母鸡知道吗？"说完站起来，抓起桌上的书包向门外走去。

"不吃了？"穆静云问。

"等我爸回来再恢复吃早餐的习惯吧，"走到门口，点点又回头看看桌上的早餐，一脸痛惜对穆静云说，"妈，你保重。"

穆静云立起身，对着女儿的背影骂了句不知好歹。

重新坐下来，扫了扫桌上的几样怪模怪样的食物，穆静云咕哝："真的很难吃吗？"

夹了一块鸡蛋放进嘴里。

表情凝固，面部随即剧烈痉挛，啪，一口鸡蛋吐回盘子里。穆静云抽出张纸巾擦了擦嘴，喝下一口牛奶，电视机里传出早间新闻主播的声音。

"昨天傍晚，本市中华北路发生一起故意杀人案，被害人邱某某骑电动车在华兴大厦地下停车场与驾驶轿车的胡某发生剐蹭。两人随后发生口角，胡某用随身携带的美工刀将邱某某刺伤致死，警方随即出警，并很快锁定犯罪嫌疑人胡某，警方经过不懈努力，案发四小时后在南明河边将犯罪嫌疑人胡某抓获……"

穆静云对新闻没兴趣，她更在意自己为什么会把鸡蛋做得如此不堪。女儿越来越大，从生活点滴都表现出了对她的不信任。开始她把这种不信任归结为老公的全能。一个理工男，在单位独当一面也就算了，回到家显得更为魔性，娘儿俩的饮食起居照顾得井井有条，没事就窝着琢磨菜谱，川菜、粤菜、淮扬菜，八大菜系门清，隔两天就给你来一惊喜。女儿现在看老公的神情越来越梦中情人了。说没危机感是假的，以前总是把缺位归结为工作忙。的确，刚开始那几年，一副拼命的架势，律师界对忽然冒头的她还不以为然。短短八年，就化蛹成蝶了，有了自己的律师楼，旗下都是业内的精英。一般的案子根本不需要自己介入，宏观调控一下就行了。

按说，该为自己感到自豪才对。

恰恰相反，穆静云反而开始怀念刚做律师那几年的四处奔忙和目不暇接，甚至沮丧和无助。那些久违的体验时常带着旺盛的生发力和原生的粗粝感不时拱出记忆的缝隙，在脑子里久久挥之不去。

仰头喝光杯子里的牛奶，目光回到电视上，画面里，嫌疑人胡某被两名警察夹着押进了警车。

她看清了胡某那张脸。

一个半个月后，她花了三分钟，又记起了那张脸，也是第一次知道他叫胡凯。

那天是星期三，穆静云和几个同事在办公室会商一起律师楼代理的案子。

投影仪上正播放着幻灯片。

一名身材臃肿，衣冠楚楚的男人在各种场合开会剪彩，挥手微笑，接受采访等各式各样的图片。

代理律师介绍：陈伟强，私营企业主，五十六岁，罪名奸淫幼女。

幻灯片继续播放。

一张张惊惶恐惧的小女孩的脸。

足足二十六张。

代理律师继续介绍：查实的受害人二十六名，均属未成年人，从案情看，情节恶劣，社会影响非常大。辩护的优势是没有命案。

定定神，穆静云斩钉截铁说："优势？哪来的优势？"

站起来指着屏幕，穆静云接着说："这个案子大家都知道，有些细节我们应该注意，罪犯曾是连续三届的县人大代表。案发前，是有名的慈善人士，曾向当地小学生和留守儿童群体捐款捐物。在一次捐赠仪式上，罪犯甚至对孩子们讲，希望他们努力做到自理、自律、自强，以优异的成绩和优良的品德回报社会，努力成为对他人、对社会、对国家有用的优秀人才。我之所以引述这些事实，是想说，这些行为不会成为我们的优势，因为公诉方会告诉大家：比起单纯的犯罪，这种带有高度伪装的犯罪社会危险性更大，其行为指涉的已经不是犯罪本身，而是动摇了整个社会对真善美的信任和追求。"

点点头，代理律师指出："还有一个事实，就是罪犯有四次犯罪终止。"

穆静云："那是因为罪犯发现这四次带来供他奸淫的未成年人之前就被他奸淫过。"

"还是犯罪终止啊！"代理律师说。

摆摆手，穆静云眼眶有些湿润，她低头调整了一下自己的情绪，抬头看着代理律师说："那是因为他只奸淫处女。"

从办公室出来，代理律师笑着对穆静云说："很少看到你这样激动。"

穆静云直直盯着对方说："我已经很克制了。"

"穆姐，我竭尽所能希望二审能给委托人免死，我怎么觉得你盼着他死呢？"代理律师说。

"我不是他的代理律师，我只是站在一个母亲的立场。"穆静云说。

回到自己办公室，穆静云咕噜噜喝了一大杯水，窝在沙发里半天，胸口还在剧烈起伏。

电话响了。

法院的电话，内容简明扼要：前段时间中华北路的杀人案，罪犯叫胡凯，一审判死，上诉，二审开庭前突然提出拒绝律师辩护，根据规定，法院把援助的任务交给你们事务所，希望你们能尽快确定援助代理律师。

"我来吧！"穆静云说。

电话那头顿了顿："你确定？"

"确定。"

花了三分钟，穆静云想起了胡凯那张脸。

干净、白皙、有些书生气。被反绞着双手押上警车的时候，没有一般嫌疑人落网时的绝望和悲凉。

六

灯光泛白，狭小的空间里能见到日光灯斜射下来的白色条纹，仿佛一条条细小的蜘蛛丝。

胡凯坐在对面，面部有些浮肿。看了看面前有些瘦弱的穆静云，胡凯有些心不在焉，低着头沉默一阵，将戴着手铐的双手在大腿上来回摩挲。布料粗糙，发出嚓嚓的响声。

将笔记本摊在膝盖上，穆静云侧着脸看着胡凯。

死一般的沉寂。

穆静云不能说话，这种对峙，先开腔就落了下风。

僵持了大半天，胡凯猛地一抬头。

对面微笑着看着他。

"我不需要辩护。"

"我也不想给你辩护。"

"那你还来？"

"我不得不来。"

旋即又陷入沉默。

坚挺的一方依旧坚挺，仿佛百年，胡凯又开了口。

"杀人偿命，天经地义。"

"那一审你就该认啊！为什么还要上诉呢？"

"是先前那个辩护律师让我上诉的。"

"首先得尊重你的意见啊！"

直直身子，胡凯说："我知道死定了，他还坚持让我上诉。"

穆静云翻开笔记本，轻言细语说："我看过你的卷宗，案发前，你和被害人发生冲突，怀恨在心，然后在地下停车场杀了他。"

胡凯歪着脑袋看着穆静云，嘴角还带着一丝笑。

"公诉方这样陈诉：这是案发现场监控拍下的，从监控中我们可以看到，被告人胡凯对受害人邱德全实施侵害后，没有及时实施救援，而是驾车逃走，且案发前，被告和受害人因为外卖未能准时送达发生过激烈冲突，这一点有当值保安的证言。还有一点应该注意，就是被告使用的凶器，一把美工刀，大家知道，这把刀具本来属于被告办公室，而被告将其随身携带，从这一事实我们是不是可以推断，被告的行为存在预谋？"

合上笔记本，穆静云问："是这样的吗？"

抬起手挠挠额头，胡凯说："差不多吧！"

点点头，穆静云站起来，把本子装进包包，说："今天就到这儿吧！"

胡凯霍地立起身，脚下的镣铐发出一串脆响。

"完了？"他直着脖子问。

"嗯！完了。"穆静云水波不兴，"我还得去学校接孩子呢！"

"接孩子？"胡凯声音一下提得老高，"我这儿他妈命都快没了你还惦记接

191

孩子。"

穆静云凑过去朝胡凯轻声说："在我眼里，接孩子比你的命重要多了。"

说完转身准备离开。

胡凯一把抓住她，穆静云回身冷冷看了看胡凯，轻声细语说："我是法院给你指派的援助律师，不收费的，也就走走过场，你别太当真了。"

被警察带到门边的胡凯朝着穆静云离开的那道门破口大骂。

"接孩子，我接你祖宗，哪里找来的卵律师？哎！不要忙拽我，我还有话要说呢！"

七

城市边缘的城中村，道路曲里拐弯儿，到处污水横流，各式各样的摊贩沿街叫卖。

穆静云跨过积满污水的街道，小心翼翼顺着狭窄的巷道往上走。

多方询问，终于来到了一处低矮阴暗的小屋前。

有孩子的哭声传出来，敲敲门，半天才有人从里面钻出来，一缕阳光从房子之间的缝隙投射下来，正好照在唐丽娟身上，从黑暗里突然进入光明，她一下有些不适应，眯着眼半天看见站在面前的穆静云。

手搭个凉棚仔细打量着穆静云。

穆静云："你是唐丽娟吧？"

唐丽娟点点头，她面部有些浮肿，满脸倦容，怔了怔才问："你是？"

穆静云笑着说："我姓穆，是个律师，在办理邱德全的案子。"

挠挠头，唐丽娟说："不是已经判死刑了吗？"

穆静云："那是一审，被告上诉了，还得二审。"

"哦！"唐丽娟应激般地答了一句。

"我可以进去坐坐吗？"穆静云问。

伸长脖子啊了一声，唐丽娟又慌忙点头："可以的，可以的。"

屋子破旧，但干净，各种物事井井有条，唐丽娟的女儿坐在窗边写作业，床上还躺着一个约莫一岁的婴儿。

"二胎？"穆静云问。

点点头，唐丽娟去倒水，倒水时喃喃自语："跟他说不生了，就不听，现在好了，他倒是安逸，两腿一伸走了，留下我们仨，日子咋过？"

接过唐丽娟递来的水，穆静云问："为什么不提起民事赔偿？"

怔了片刻，唐丽娟摇着头说："我们不要钱，就要他死。"

192

愣了愣又接着说："杀人偿命，天经地义。"

两手握着杯子喝了一口水，穆静云说："想过以后的日子吗？"

横着衣袖擦了一把泪，唐丽娟说："过一天算一天呗！"

穆静云："真没想过赔偿？"

"你不用说了，我们真不需要！"唐丽娟说。

"你真这样想的？"穆静云问。

窗边正做作业的女儿抬起头说："是表叔公说的。"

"表叔公？哪个表叔公？"穆静云看向女孩。

骄傲地扬起头，女孩说："表叔公以前是市里的法官。"

"现在呢？"穆静云问。

"在高坡种地。"女孩说。

高坡乡离贵阳市 12 公里，原先穷得烧虱子吃，近几年政府提出周末经济，高坡借助区位优势，率先搞起了乡村农业旅游一体化。一到周末，在闹市憋了一周的上班族迫不及待跑来修身养性。车流如织、拖娃带崽，找一家心仪的农家客栈住下，采菊东篱下，悠然见南山，装两天陶渊明。还有些退休老干部，直接做陶渊明，租几间民房，种两垄菜，养几只鸡，春耕夏种，秋收冬藏，自给自足，绿色环保。

老法官叫谭自安，五年前退休，老伴走得早，孤身一人，受不了城市的喧哗吵闹，索性跑到高坡来找了一处废置的民房，打理打理，安定了下来。

谭自安西政毕业，老牌大学生，不折不扣的文化人，对住处有要求，房子四周干净整洁，种满了湘妃竹，幽深的竹林深处是一块空地，种植了一些季节性蔬菜，每天雷打不动的功课，就是伺候好他的庄稼。

锄头起起落落，正干得起劲，忽然一个声音在喊他。

"表叔！"唐丽娟怯怯地喊。

扛着锄头走过来，谭自安也不看唐丽娟，径直往院子走去，女人亦步亦趋跟在身后。

走进院子，谭自安看见了唐丽娟的女儿邱泽刚，邱泽刚的边上，还站着一个纤瘦的女人。

"表叔公，她是穆律师。"邱泽刚笑着迎了上去。

谭自安有些惊讶，把锄头横在墙根下，伸手想摸摸邱泽刚的脑袋，看见满手泥土，又缩了回来。到院门边打了一盆水洗了把脸，将水泼进竹林，回身看见三个人还站在院子里，谭自安指了指一边的椅子说：坐吧！

旱烟滋滋地咂，吐出一口烟，谭自安对唐丽娟说："一审死刑不等于就是死刑，你态度要坚决，不要赔偿，不做谅解，穷没关系，要有骨气。"

193

唐丽娟坐在旁边，两手交互搓揉，低着头不说话。

把凳子往前挪了挪，穆静云说："作为被告的律师，我觉得这个案子还有转圜的余地。"

摆摆手，谭自安说："没得余地，哪怕一丝丝的余地都没有。"

穆静云还想说话，忽然天边响起一个炸雷，抬头看看天，密云四合，大雨又要来了。

站起来拍拍腿，谭自安说："都回去吧！要下雨了。"

唐丽娟看了看穆静云，又看了看谭自安，半弓着身子，起来还是坐下，她没想清楚。

谭自安从衣兜里掏出五百块钱塞给唐丽娟，挥挥手说："走吧！"

几个人站起来，缓缓走到院门边。

"等等，"谭自安喊，走过来盯着唐丽娟，他一字一顿说，"不能让德全白死，判死，他九泉之下也会瞑目的。"

大雨如注，谭自安站在屋檐下，目送着被暴雨裹挟而去的轿车。

八

夜晚，灯下，穆静云在翻阅资料，点点在一旁做作业，忽然问她："请教一个问题，为什么现代人写不出像唐宋时代那样好的诗词了呢？"

想想，穆静云转过椅子，说："请教不敢，我们探讨一下。"

摸摸下巴想了想，穆静云说："这个啊！我在一个作家的小说里还真看到过！"

"小说叫什么来着，我想想，哦！对了，叫《美学原理》。"

点点："快说啊！"

穆静云："古人张三要见李四，张三在贵阳，李四在陕西，先写封信说我来看看你，半年后李四收到了信，回封信又半年，说你来吧，我等你。张三准备停当，上路了，花了一年时间，终于到了陕西，找到李四住的地儿，李四的书童告诉他，对不起，先生三个月前去世了。"

点点："这多丧啊！"

穆静云："你不要以为这是一趟没有意义的旅行，虽然人没见着，但诗人在路上经历了四季，看雪飞雪停，草青草黄，知道雨落在身上的感觉，知道双脚陷进深雪的感受，这些就是所谓的生命体验，哪像现在，一台手机玩一天，打个盹就能从漠河到海南，也就是说我们已经没有了在路上的体验。"

点点惊讶了，直直瞪着穆静云看了半天才说："你可比我们语文老师厉害多了。"

穆静云笑笑："你以为这就对了吗？当然不是，我们写不出唐宋时代那样好的诗词，哪是一句两句话就解释得清楚的，那个作家小说里刚开始也是觉得自己见识不错，后来还不是被批得体无完肤。"

忽然电话响了，穆静云拿起电话走到窗边，接通电话，事务所的同事打来的。

电话那头很遗憾，奸淫幼女案二审下来了，维持原判：判处死刑，立即执行。同事还对穆静云表示自己已经尽力了。穆静云告诉他，虽然二审维持原判，但还要等最高法复核，我知道你尽力了。

"你觉得最高法会给一个什么结果？"电话那头问。

"于法于情，根据我的专业判断，难逃一死。"穆静云说。

摁灭电话，穆静云环抱双手，站在窗边看着外面的星星点点，喉咙有些硬邦。

回身看了看灯下的女儿，橘黄的台灯照着她粉嫩的脸，表情柔和专注，仿佛油画里的天使。走过去摸了摸点点的头，穆静云说："饿了吧？妈妈给你煎鸡蛋吃。"

啊！点点吓得魂飞魄散，连忙说不饿不饿，真的不饿。

手指一指，穆静云说："学习多耗人啊！营养得跟上，吃也得吃，不吃也得吃。"

点点脖子一仰，表情生无可恋。

刚系好围裙，电话又响了。

"你是穆律师吧？你好，我是胡凯的老婆易小兰，我知道这么晚了约你出来不合适，但我还是想跟你见一面，可以吗？"

"见面地址给我吧！"

解下围裙，穆静云对点点说："有人找，得出去一下，煎鸡蛋看来是吃不成了。"

点点对门边换鞋的穆静云说："代我感谢那位恩人。"

见面地点是个咖啡厅。

咖啡厅蹲在喷水池和大营路之间一个不显眼的角落。

易小兰清瘦，细胳膊细腿，一条碎花连衣裙套在身上显得空空荡荡，她眼神有些恍惚，四下轻微的响动都能让她倏然一惊。坐在穆静云对面，勺子轻轻敲击着咖啡杯杯沿。当当当，当当当，当当当当当。

"穆律师，我想问一下，这种情况我能和他离婚吗？"

"先看看二审的结果吧！"

"不管是不是判死刑，我都要和他离婚。"

"那你希望他活还是死？"

"无所谓，"易小兰呷了一小口咖啡说，"要换我刚知道他在外面有女人的时候，我希望他死。"

"哦！"

"那阵子我特别想杀了他。"

身子往前倾了倾，穆静云说："如果让你拿钱出来赔偿给受害人家属，争取他们的谅解，给胡凯一条生路，愿意吗？"

易小兰迅速摇了摇头。

"夫妻一场，真就这么绝情？"

冷冷笑笑，易小兰说："说到绝情，我哪赶得上他？爬上另外一张床的那一刻，他就和我没一点关系了。"

"一点商量的余地都没有？"

"第一，我没钱；第二，就算有钱，我宁愿施舍给乞丐，甚至拿去喂狗，我也不会在他这样一个垃圾的身上花费一分一厘。"

聊天迅速聊死，两人都没有再说话，只有勺子碰撞杯子发出的叮叮当当。

九

看守所里，穆静云看着面前的胡凯，神情憔悴，不时推推鼻梁上的眼镜，有些惶恐。

"想过死亡是什么感觉吗？"穆静云问。

抽抽鼻子，胡凯说："一审下来的时候每天都在想，现在不怎么想了。"

"我看过案卷，一开始不承认预谋，为什么后来又承认了？"穆静云问。

"想了很久，我觉得是预谋。"

"哦！"

"我把美工刀揣进口袋的那一刻，确实有杀人的冲动。"

"是邱德全吗？"

"不确定，反正脑子里有那么一个人影。"

胡凯低着头，左手轻轻玩弄着手上的铐子。穆静云第一次认真观察了他的五官，不精致，也不潦草，但从组合你能清楚地判断未来二十年甚至三十年都不会有太大的变化。就是大家常说的娃娃脸，时间都拿他没得办法。但问题的关键是：他还剩多少时间。

恍惚间，电话响了，助手在电话里告诉她，被害人曾因殴打他人被公安局机关处理过。

"殴打他人？打了谁？"穆静云问。

"市妇幼保健院主治医生。"

妇幼保健院办公室，医生讲述了邱德全打人的经过。

"他儿子在我们医院出生的，生下来身体就有些问题。"

"什么问题？"穆静云问。

"心脏问题，当时我把情况给他说了，他说是医院造成的，我说是心脏病呢，先天的，医院怎么造成？他不听，跳起来就打了我。你不知道，当时他那样子，非常可怕，完全失控了。"

"我能看看孩子的病历吗？"

"当然可以。"

翻阅着病历，穆静云问：这病有多严重？

医生说："很严重，治疗几乎无法介入。"

"后果呢？"穆静云问。

沉吟一下，医生说："这样说吧，只能眼睁睁看着孩子死去。"

"时长呢？"

"不好说，半年、一年、三年。都有可能，根据我个人判断，应该不超过三岁。"

从医院出来，穆静云告诉助手，让她先回去，自己一个人走走。助手走出去几步，穆静云又朝她喊：查一下邱德全的女儿在哪所学校上学，给我短信。

东山小学门口，穆静云看着邱德全女儿从学校走出来，迎上去，穆静云问：你还认识我吗？

小女孩点点头。

"能跟阿姨谈谈吗？"穆静云看着她问。

小女孩又点点头。

河岸边长椅上，小女孩吃着冰激凌，吃相不好看，嘴上、脸颊上都沾满了冰激凌，掏出纸巾帮女孩子擦了擦嘴，穆静云问：能告诉阿姨你的名字吗？

"邱泽刚。"女孩答。

"男孩的名儿啊！谁取的啊？"

"我爸，他就想要个儿子。"邱泽刚说。

"能给我说说你的家庭吗？"穆静云问。

"不能。"邱泽刚答得很果断。

"为什么呀？"穆静云歪着脑袋问。

"都是难过的事儿，有什么好说的？"邱泽刚说。

残阳如血，河岸上，两人的背影逐渐融入了那片余晖中。

夜色裹挟着晚归的人流，从四面八方向巷子里漫延。唐丽娟在厨房里淘米，果然便宜没好货，大米是超市最便宜的一种，混着许多白色的沙子，每次把沙子挑出来得花上至少半小时。按下煮饭键，接下来开始熬制中药。西医看完儿子的诊断结果，明确表达了无奈，那就找找中医吧！医生是一个远方亲戚介绍的，说得神乎其神。据说一个病人，肺癌晚期，医院已经宣布了死刑。回家等死过程中，想想死马当作活马医，找到了这个中医，开了一堆药，洗脸泡脚口服，连做饭的水都是中药水，唉！半年过去了，一点死去的样子没有，回到医院一查，癌细胞居然没了。唐丽娟不相信，鄙夷完那个远方亲戚，她还是买回了一大堆中药。

直勾勾盯着冒着热气的药罐子，唐丽娟忽然朝床上喊：晓得你痛，不要哭嘛！药马上就好。

褐色的药汤灌进孩子的嘴里，咕咕一阵响，从嘴角全流了出来。

唐丽娟扯着嗓子吼：好好喝药，听见不得。

邻居听见响动，推开门凑到床边看了一眼，破口大骂：憨婆娘，娃儿不行了。

天边的绚烂逐渐散乱，洇成一团一团的橘黄。

"医生说了，弟弟活不了多久。"邱泽刚突然对穆静云说。

穆静云侧脸看了看邱泽刚，小姑娘横起袖子抹了一把嘴，看着天边的残光，神情悠远。

"我知道。"穆静云说。

"我想给弟弟取个名字。"

"还没名字吗?"

"爸爸懒得取，"邱泽刚眼里下来两滴泪，"我怕弟弟没了都还没有名字。"

穆静云伸手摸了摸小姑娘的头。

仰起头，邱泽刚说我想了几个名字，阿姨你看哪个好些。

掰起指头，邱泽刚开始数。一口气数了八七个名儿，穆静云点点头说都行。

站起身，穆静云说阿姨送你回家。

穆静云陪着邱泽刚刚到巷子口，隔壁阿婆就朝邱泽刚喊："闺女，你妈带着你弟弟去医院了?"

"哪家医院?"穆静云问。

"我知道是哪家医院。"邱泽刚拔腿就跑。

医院楼下人头攒动，消防公安都来了。

医院楼顶，唐丽娟坐在天台上，声嘶力竭朝准备过去施救的民警喊："滚开，再过来我就跳下去。"

穆静云拉着邱泽刚挤进人群，正好看见被邱德全打过的医生。

医生认出了穆静云，指了指楼顶："孩子没了!"

邱泽刚大哭。穆静云拉着邱泽刚往里挤，被民警拦住了。

指指正在大哭的邱泽刚，穆静云对民警说："这是她女儿，让我带孩子上去试试。"

天台上，邱泽刚痛哭着跪在地上。

"妈，我已经没有爸爸了，不能再没有妈妈了！"

唐丽娟看着女儿失声痛哭："弟弟没了！"

"还有我啊！"邱泽刚哭着喊。

唐丽娟冲过来，一把搂过女儿，母女俩抱头痛哭。

楼下的人群发出一阵欢呼，人群中，站着一个人，她是易小兰。

周一，邱泽刚在校门口遇见了穆静云，接过穆静云递过来的一包零食，邱泽刚告诉穆静云，妈妈状况非常不好，整天一个人坐在门口碎碎念，一会哭一会儿笑。经常骂自己，不光自己，爸爸弟弟她也骂。

摸了摸邱泽刚的脑袋，穆静云说了几句鼓励的话，分手时她对邱泽刚说："有事给阿姨打电话。"

黄昏涌动，黑云四合，看样子接下来该有一场暴雨。

邱泽刚回到家，进屋就发现了异样，屋子没有了昔日的干净朴素，整个家一团乱麻。满地都是撕碎的碎布条子。突然听见里屋有动静，轻轻推开房门，邱泽刚怔立当场。母亲坐在床边，正哄着床上一个婴儿睡觉，她唱着家乡的摇篮曲，声音安静恬然，脸上挂着幸福的笑意。猛然冲过去，邱泽刚掀开裹着婴儿的毛巾被，赫然发现里面竟是一个脏兮兮的塑料娃娃。

妈！邱泽刚声嘶力竭喊了一声。

唐丽娟把手指放到嘴边："嘘！小声点，吵着弟弟睡觉了。"

屋外，先是雷声，接着雨声，瞬时雷声雨声风声相互绞杀。一片漆黑中，邱泽刚蹲在门口哭着在打电话。

"穆阿姨，我妈病了，好严重。"

咔嚓，一道闪电划过，照亮了蜷缩在门边的邱泽刚。

十

冬天还是来了，城市被笼罩在连绵不绝的细雨中。

还是那家咖啡厅，易小兰裹着一件灰色大衣，低着头，勺子轻轻搅拌着咖啡。穆静云说屋里热，把外衣脱了吧，要不一会儿出去容易着凉。易小兰扯着嘴笑笑，摇了摇头说我怕冷。

两人都没有对话的欲望，咖啡续了又续，最后只有一嘴苦涩。

易小兰喝掉最后一口咖啡，从钱包里掏出一张银行卡递给穆静云。

"我把房子卖了，麻烦您帮我转交给那个女人。"

"唐丽娟?"

易小兰点点头。

"做出这个决定是因为——胡凯?"

易小兰摇摇头，她告诉穆静云，唐丽娟在医院准备跳楼那天，她正好在场。

"作为女人，我同情她。"

这些天，穆静云很忙，用她自己的话说：转得比陀螺还快。先是把点点送到了她爸爸那里，一大早先去事务所，处理完重要事务，马不停蹄赶去市精神病院看唐丽娟。

医生告诉穆静云，唐丽娟的状况不是太好，主要是病人对外界的刺激完全丧失了感知。

"有什么办法可以改善这种状况。"穆静云问医生。

瘪瘪嘴，医生说："很难，病人主观上已经放弃了。"

通俗一点说，就是心已经死了。医生最后说。

院子里，谭自安把出具的谅解书递给穆静云。

接过谅解书，穆静云把一张银行卡递给谭自安。

"以后泽刚就靠你了。"穆静云说。

叹口气，老人接过银行卡。

"孩子很懂事，每个周末都会去陪妈妈，您知道，对于一个十来岁的孩子来说，这是需要很大勇气的。"穆静云对谭自安说。

最后一次在市精神病院见到邱泽刚，小姑娘远远就朝穆静云跑了过来，笑眯眯拉着穆静云的手，邱泽刚说穆阿姨，告诉您一个好消息，我妈昨天认出我来了，还喊出了我的名字。

穆静云笑笑，说太好了，我就知道会好起来的。

拉着穆静云在花园的凉亭里坐下了，邱泽刚告诉穆静云，她在自己的书包夹层里发现了一张银行卡，里面有五万块钱，跟银行卡放在一起的，还有一张纸条，纸条上写的是银行卡密码。

"你爸留给你们的积蓄?"

摇摇头，邱泽刚说爸爸哪有什么积蓄，爸爸死了没多久，有人来家里闹过，说爸爸欠了他们一大笔钱。

要查钱的来源不难，穆静云发现，这笔钱竟然来自邱德全遇害的那栋大厦。

8楼13号，一家小贷公司。

负责人对穆静云的来访一点也不意外。他灭掉手里的半截香烟，把一杯水递给穆静云，很真诚解释说自己的公司绝对正规。利息完全符合国家相关规定。

"我查过，你们在邱德全被杀的当天，曾将他关在你们公司厕所四个多小时。"

顿了顿，穆静云说："这叫非法拘禁。"

负责人眼一瞪，霍地立起身，涨红着脸说："你是不晓得，这狗东西从借钱那天开始，就没想着要还钱。"

"你怎么知道他不会还钱?"穆静云问。

指指楼下，负责人说："他不是在一楼跟那个，哦!就是后来杀他那个人发生抓扯吗，然后他就上楼来推开我办公室的门告诉我，借你们的钱是不会还了的。"

气呼呼灌了半杯茶，负责人说："哎哟，狗东西那卵样，比我们要账的还他妈嚣张。"

"然后你们就把他关起来了?"穆静云问。

"我承认，是关了一会儿，但是我们没得动过手，晚饭时间还给他买了碗牛肉粉，还加了个煎鸡蛋，不信你去问我的员工。"

接见室里，胡凯笑着告诉穆静云，折磨了他很长时间的胃病居然好了。穆静云点着头说那是因为监狱的生活规律了，胃病啊!就怕生活没规律，饱一顿饿一顿最要命。

递给胡凯离婚协议书的同时，穆静云告诉他，改判通知很快就会下来了。

接过协议书，胡凯沉吟片刻，他抬起头问穆静云："她还好吗?"

摇摇头，穆静云说不太好，也不太坏。

"什么意思?"胡凯急切问。

"没什么意思，"穆静云说，"你看看没什么问题就签字吧!"

接过签好字的协议书，穆静云说，我一直想问你："邱德全倒下了，你过去查看，为什么选择逃跑，而不是施救?你知道这种行为的恶劣程度吗?"

"不是不救他，也不是逃跑，是他吓着我了!"

"吓着你?是被刺后的惨状吓着你了?"

"不是。"

"哦?"

"他说了一句话。"

"什么话?"

抬抬眼镜，胡凯有些恍然，舔舔嘴唇，胡凯说："他说了声谢谢!"

"哦!"

顿了顿，胡凯接着说："笑着说的！"

一年后的今天，贵阳迎来了入冬后的第一场雪，雪后清晨，人们从屋子里欢天喜地地跑出来，难得一见的景致让一张张脸恢复了舒展。市场上一派喧嚣，易小兰拎着一只菜篮，菜篮用了好几年了，蓝白相间的编织条纹还是20世纪的风格，易小兰踱到一处菜摊前，轻声说，给我切三块钱的豆腐。

唐丽娟抬起头来，她觉得面前这个女人有些面熟，一时慌乱，唐丽娟竟连切豆腐的刀都找不到了，可那刀就摆在案板上，被一层纱布蒙着。易小兰伸手轻轻揭开纱布，唐丽娟这才切下一块豆腐，放进塑料袋里，称也没称就交到易小兰手中。三块钱的，只多不少，唐丽娟说。易小兰点头，交钱，唐丽娟找零，易小兰正要转身，唐丽娟突然抓过一把葱塞进了易小兰的篮子里。

"烧豆腐，少不了葱的。"唐丽娟轻声说。

（刊于《野草》2022 年第 2 期）

作者简介：

肖江虹，男，生于 1976 年，贵州修文人。有作品在《人民文学》《收获》《当代》《十月》《天涯》《山花》等刊物发表，部分作品被《小说选刊》《新华文摘》等选载和入选各类选本。曾获鲁迅文学奖，人民文学奖等奖项。中国作家协会会员，鲁迅文学院第十五届高研班学员。

糖
霜

计文君

一

今天，是个平常的周一。

也是我 30 岁生日。与不是 30 岁的昨天，并没什么不同：活着，醒来，去卫生间，洗漱，梳妆，在脱掉睡衣之后，穿上出门的衣服之前，称体重……

我出门了。

夜雨过后，空气潮湿，腮上有蓬松的发梢和穿过发梢的风，凉里透出一丝寒意，秋天要过去了。街上已经能看到蓝黑色的羽绒服，应该是老人，那团缓慢移动的臃肿暗色被我丢在了身后……

红灯。

站下。主干道上被截断的车流开始流淌，由明黄的冬日冲锋衣与宝蓝的电动车防风组成的一团亮色从我眼前飞驰而过……不远处是通向地铁站的过街天桥，步履匆匆的行人形成了移动的队列，快速，无声，连绵不绝，不过一百多米的距离，他们的服装在我眼里就都消弭了颜色，成了一个个黑点……

绿灯。

继续走。厚厚的刷绒卫衣里，身体温暖轻盈，踩过白色斑马线的脚步，甚至有了几分雀跃——不必去挤高峰期的地铁，不必把自己的肉身塞进沉重的保暖装备、放上速度骇人的机车，我只需穿过这个十字路口，走到马路对面去。

马路对面，穿过绿化带，是随着节令和赞助商改换的室外景观；景观的后面，是我工作的"梦之都"文创园区——庞大的建筑群沐浴在晨曦中，皇冠般拱在入口建筑顶上的金属花体字"Dream Land"与玻璃幕墙，闪着晶亮的光……柔软蓬松的白色云朵似乎低到了那"皇冠"之下，"Dream"的首字母像只巨大的不锈钢咖啡匙，插进了厚厚的奶油拉花里，微笑从我的唇边投到了湛蓝的镜子般的天上，空气里满是拿铁咖啡的混沌香气……

带有魔力的香气中，身后的现实世界正在消融，对面晃动着无数瑰丽奇幻的影子，无数细小的暖昧的声音诱惑地叫着我的名字——只是我的肉身，还需要穿过这条马路……

二

Why did the chicken cross the road?（为什么小鸡要过马路？）

To get to the other side.（因为要到那边去。）

这个老旧的英文冷笑话，忽然从记忆里浮了出来——有时候，穿过马路，真的就会去了"那边"。

24 年前，妈妈在过马路的时候，死了。

妈妈 30 岁，我 6 岁。奶奶跟我说，你妈被车撞了——说完叹气，我愣愣的，没有哭，"真是个憨子！"她抱住了我，"这是啥命啊?!"

她抱得我很不舒服，胸口的塑料扣子硌着我的脸。这罕见的拥抱是安慰，也是郑重威严的暗示：巨大的不幸和恐怖的命运，像她一样，用粗壮有力的双臂，抱住了我……我抽泣起来，糊里糊涂地害怕着，不敢挣脱……

好在奶奶以后再也不那样抱我了，她要抱继母生的弟弟，总是抱着。一个暑假，那小东西就在她的臂弯里变大了好多，她的喘息越来越粗，放下时会带着笑说一句："死沉！"

那死沉的小东西仰面躺着，划动四肢，哇哇哭，她只好再把他抱起来。

弟弟总在哭，很烦人。奶奶在厨房做饭，弟弟又哭起来，我放下正在看的书，走进卧室，用被子压住他——安静了……

安静只维持了很短的时间，从厨房进到卧室的奶奶像被烫了似的叫起来，直到弟弟哭声再度响起，她才不再叫，抱着哄他。我坐在小塑料凳上继续看已经看过很多遍的《长袜子皮皮》，奶奶嘴里嘟嘟哝哝地说着什么，我没有去听。浓浓的焦煳味道从厨房里散出来，锅里的米粥濮在了煤气灶上——我喜欢闻这种味道，抬起头，奶奶一脸惊恐地瞪着我，仿佛我头上长出了角……

奶奶没有再去做晚饭，一直抱着弟弟，直到爸爸下班。爸爸把我拎到卧室里打，我发出尖厉的哭喊，以为他会像平时那样停下来，瞪着眼睛问我还敢不敢了，我就闭着眼睛哭着说不敢了……然而并没有——他只是埋头打我，我渐渐麻木起来，喊变成了哼哼，他停下了，喘着气，听外面的动静——奶奶在跟继母说话，父亲开门出去了。

我也不再哼哼，在地上趴了一会儿，闻到了饭菜的味道，爬起来，打开门。爸爸扭脸看到我，吼起来，像他那次吓跑街边的狗一样，用力跺脚——那狗被他手里拎着的卤肉吸引，一路跟着。爸爸站下，狗也停下，嘴里呼呼噜噜，似叫不叫的，抽搐般露一下牙齿。爸爸把卤肉提到了胸口，吼了声滚，又用力跺脚，狗才夹起尾巴跑走了——我没有那条狗为了食物和他对峙的勇气，赶快关上了门。

趴在床上继续看《长袜子皮皮》——胃里咕噜噜有些揪着疼，屁股和后背都火辣辣的，脸上哭过的地方紧绷着……很快我就忘了这些——我坐在了皮皮家前廊的台阶上，喝热咖啡，吃椒盐饼干，那里阳光充足，让人觉得舒服，院子里的花散发着清香……

奶奶开门进来，我抬起头，她表情古怪。我平时和她睡一头，那天她让我睡到了床的另一头儿。平时她睡得很沉，呼噜很响，但那天她睡着睡着忽然坐了起来，我正举着手电在看书，晃动的手电照到床单上，那里有一块用力抹也抹不去的油渍——皮皮的椒盐饼干不会留下油渍，但也无法让肚子不叫，我就从厨房摸了块凉油饼来被窝里吃……

我住到楼下储藏室去，并不只为这两件事。我时不时就会犯一些错，偷吃东西，偷拿钱，不停说谎——说谎非常可耻，但我和皮皮一样，经常会忘了。皮皮说："一个小孩子，她的妈妈是天使，爸爸是黑人国王，她一个人漂流在大海上，你怎么可以要求她总是讲真话呢？"

我不像皮皮那样有充足的理由说谎——我不确定是不是所有死了的妈妈都会成为天使，但我爸爸显然不是黑人国王。他是一个在楼上拥有两个卧室一个客厅、楼下还有一个储藏室的工厂会计。

这是工厂的住宅楼，在我的记忆里，它从来都是旧的，暗红色的楼梯扶手油漆开裂，楼洞黑黢黢的真的就是一个洞。储藏室不在地下，在楼洞的对面，矮矮的一排红砖平房，经常看到有人在水泥平顶上晒玉米，辣椒，红薯干……储藏室里原本放着爸爸的摩托车和继母的玫红女式自行车，以及舍不得扔的各种包装纸箱。纸箱被整理成了隔断，外面放他们的车，里面几块木板搭在两张条凳上，铺好褥子和床单，是我的床。来路不明的十几本书按照喜爱程度很仔细地排在床内侧，放衣服的木箱子是我的床头柜兼书桌，我在上面铺了张干净的报纸。爸爸在我的床上坐了一下，嘎吱乱响，我很担心他把床坐坏了，但忍着没说。他坐了一会儿，没说话，我也低着头，偷偷瞄他，他站了起来，说了声睡吧，走出去，带上门——门吧嗒锁上了，他似乎还在外面推了推……

坐在被窝里的我，心里慢慢溢出了喜悦：粉色小熊水壶里有奶奶给我灌的热水，书包里藏着我从厅柜里偷拿的朱古力饼干和话梅糖，从同桌那里借来了崭新的《哈利·波特与魔法石》，橘黄色的灯光洒在书页上，我咬了一口饼干，在巧克力的香气中，跟着那个大难不死的男孩儿，到了女贞路4号……

我被一声压低的断喝惊得浑身血液冰凉，从枕上抬头看到爸爸站在隔断旁边——他从楼上看到储藏室的灯一直亮着，就下来了，我根本没听到他用钥匙开门！我被他拎起来，看着朱古力饼干的碎渣纷然飘落，印满白色雏菊的浅蓝被罩和枕套有了点点褐色污渍，嘴里含着一颗尚未融尽的话梅糖……

第二天去上学的时候，脸颊还有些红肿·——不肯吐出来那颗话梅糖的代价。我喜欢上学，班主任对我很好，她是语文老师，看到我又带了伤，说要找我爸爸来谈话，我不想让老师知道我在家干的那些不好的事情，就拼命求她说不用了，只要我不犯错爸爸就不会打我了。她叹着气摸摸我的头。我觉得很开心，在作文里写：老师的掌心里有暖，微笑里有光，她摸我头发的时候，我想起了小时候妈妈给我盖上晒过的棉被，棉被上有股太阳香……

老师在班上读我写的作文，读到最后一句，她哽咽了。我低着头，高兴，也有一丝担心——我又说谎了。我并不记得妈妈给我盖晒过的棉被，那是我从电视上看来的画面，画面明亮鲜艳，所有的东西都被太阳勾出了带芒刺的光边儿，动人的琴声里，优美和缓的女声旁白念出"太阳香"三个字，听得我浑身麻麻的……老师摸我头的时候，我浑身也有点儿麻麻的——这是真的，念头转到此，我就安心地高兴起来了。

说谎，并不总是能找到这样安心的理由。但只要不被发现，不安过去，也还是会高兴的。我就想尽办法不被发现。

储藏室的小窗户用牛皮纸糊起来，我说是要挡外面的风，其实是想挡屋里的灯光——我总是看着故事睡着，让灯亮上一夜……

我像仓鼠一样在小窝里积攒着四处偷来的零食——楼上客厅饼干桶里的点心，邻居家晒的花生，院门口水果摊的苹果，杂货小店大玻璃罐里的薄荷糖……店主抓住了我，没打我，反而给我了一颗玻璃纸包的柠檬糖，让我走了。晚上我握着柠檬糖，没有吃，心里酸酸甜甜，沉甸甸的，浑身一阵麻，一阵热，我把被子裹紧，意识昏沉起来，我想是被谁抱在了怀里，温暖又舒服，那人在我耳边低低地轻柔地说着什么——想哭，也想笑……

第二天我还是挨了打——店主跟奶奶说了，奶奶跟爸爸说了……

奶奶戳着我的头说：小闺女好吃嘴，长不好你！

奶奶讲了个馋嘴女孩子最后被狼吃了的故事。我托着红肿的手掌，听完这个粗陋的改编版《小红帽》，回到我的小窝，把那颗柠檬糖塞进了嘴里，从书包里摸出《汤姆·索亚历险记》来看。随后的一段日子，这个内陆小县城变成了加勒比海中的神秘孤岛，作为厮杀后唯一幸存的海盗，我在岛上游荡，寻找那埋着成箱金币的山洞，找到宝藏，就此过上幸福的生活……

日子似乎就是分配给不同故事的，现实世界就像是存放不同故事的容器，背街路沿儿上的青苔，锈迹斑斑锁着的大门，都存着故事……当然，最多的故事存在书里，还有电视里——眼睛盯着那神奇的屏幕，人就进到故事的世界里去了……可惜会被打扰，奶奶总是急着赶我下去。平时我被催几次，也就下去了，但那天电视里放的是秀兰·邓波儿演的《海蒂》，我正在阿尔卑斯山麓上跟着山羊皮特奔跑呢……奶奶骂声从天外传来，我听见了，又没有听见——她把我从小塑料凳上拖到地上，我就抱住茶几腿，大声叫喊："不走，我不走！"

继母说："妈，算了。"她也看得着迷，不想被打扰。影片结束时，海蒂胖胖的两只小手十指相扣祈祷："希望天下的孩子都像我一样幸福快乐。"我带着巨大的满足和她一起绽放笑容，那笑存留了很久，奶奶愣愣地看着我，叹了口气说：多大了？还这么憨——咋办呢？

后来楼上的电视，晚饭后不开了，刚上学前班的弟弟有作业了，做个作业难为得继母跟他一起哭。我又是生气又是不解——作业不是课间就该做完的吗？

但也无可奈何，好在书是我能做主的事。中学图书馆让我彻底摆脱了"故事饥馑"。满足之后，人会变得挑剔，有些书没什么意思，翻翻就还掉了，有些书很有意思，像《红与黑》，心被故事揪着，人掉进了密密麻麻的词语编织的世界，真切得能看到白墙红瓦展布在山坡上的美丽小城，听得见人物因为激动而急促起来的呼吸和加速的心跳……现实世界就消失不见。已经开始上课了，是我喜欢的英语课，老师已经在讲测验卷子了，但手里所剩无几的书页告诉我，故事就要完了，于连命悬一线……书被老师收走了，她并没有批评我，只是腋下夹着那本书，回到了正在讲的"阅读理解"上去——"Why did the chicken cross the road? To get to the other side……注意这里的 the other side，有双关的意思，既指路的对面，也指'那边'，另一个世界，结合上文，TOM 说这个笑话，是在讽刺朋友自不量力，无异于找死……"

我突然哭了起来，肆无忌惮，泪水滚滚而下，我哭得无法自制，或者我根本也不想控制——老师让我出去，我就哭着跑下教学楼，冲到了操场上。很快我听到了同桌和老师在叫我的名字，刘小红，刘小红……老师拉着我，安慰我，说："老师不知道你妈妈的事情……"

我渐渐止住了哭泣，向老师认错，老师把书还给我，说读名著是好事，但要课下读……从老师办公室出来，我跟同桌说谢谢，她笑笑，挽起我的胳膊。

三

同桌叫佟心雨。

小学我俩就是同桌，初一刚开始我们没坐在一起，后来她跟老师说了，特意调的——她爸爸是高中部的数学老师。

佟心雨有很多课外书，《长袜子皮皮》就是她的，我太喜欢了，看完还想看，就一直没还她。她似乎也没有什么课外的时间来看书，总在上课——学校里有的课，语文数学英语计算机，在外面还要再上一遍，外加钢琴课舞蹈课绘画课……她喜欢趴在桌上听我讲那些从课外书上看来的故事。

没事儿的时候，她喜欢听故事，我喜欢讲故事，她开心，我也开心。但有些时候，我碰上不好的事儿，很难受，更愿意赶快躲进故事里去。躲进故事里，那事儿也就过去了，我不大会记得。但要是佟心雨在，那事儿就还在，就算过去了，也会记得很清楚，譬如小学时我被咬伤的那次……

不知道被什么咬了，疼醒的，食指关节在流血，我跑上楼去敲门，奶奶给我涂了紫药水。爸爸也起床了，过来看了我的伤口。我吃早饭时，他们低声说话：是那东西咬的吧？得打狂犬疫苗吧？就破点儿皮儿，打啥疫苗？不碍事……我吃完早饭，照常去上学了。

我到学校之后，就用佟心雨的《新华大词典》查"狂犬疫苗"和"狂犬病"……课间我俩继续讨论可能咬我的东西，她吓得尖叫抓我的胳膊。我笑了笑，她说我笑得很吓人。我说也许我会死……

到了下午，手指肿得很粗，胀着疼，手背也鼓了起来，我拿圆规扎了一下手背，冒出了血珠，刺痛反而舒缓了那胀和麻的难受……

佟心雨哭了，拽着我的胳膊说："你别，你别……"

放学了，佟心雨要到学校对面的绘画教室上课，我在教学楼下站了一会儿，朝操场走去，佟心雨追上我，问我要干啥。我也不知道要干啥，只是不想像平常那样走出校门，穿过半条街，推开小区铁栅栏门上的小门……她见我不回答，就陪着我走，我让她去上课，她说不上了。走过小卖部的门口，她去买了两包干脆面，我俩坐在操场边高高的裁判台上，嘎吱嘎吱地吃完了。

天黑透了，月亮升起来，是满月。月光是白的，亮的，像融化的雪水，干净，清凉……"皎洁"原本是语文书上的一个词，现在眼睛和皮肤都能感觉到了，只有故事里的人，才能有这样神奇的感觉吧？也许我是被这月光从别的世界送来、暂时放在那个红砖储藏室里的，现在它要带我离开了……

佟心雨轻声问我想什么——我说你快回家吧。她摇头，我就只好和她以及自己疼痛的左手一起待在这个世界里。

佟心雨的父母在操场上找到了我们俩。我黑紫的左手让佟妈妈停止了对女儿的呵斥，立刻带我去了医院。那晚他们送我回家，送到了楼上。我爸刚从学校回来——他也去找我了，再三向佟老师道谢，问花了多少钱，他忙忙地进卧室去拿钱包。奶奶嘟囔着抱怨我：咋不回家说呢？麻烦老师多不好意思……佟妈妈给我吃消炎药，奶奶递水的时候，习惯性地戳了一下我的头："偷饼干偷饼干，不偷吃也不会招来那东西咬你！说也说不听，打也打不改！死性没成色，败家惹祸，早晚你也是作死自己拉倒！"

我没吭声，用水冲了药片下去，奶奶又递给我一颗牛轧糖，我没吃，右手攥着，我想等一会儿回到自己床上看故事时吃。佟妈妈说你们不能让孩子……奶奶没等她说完，就点头笑着说好好好……又看着佟心雨夸她文静听话，干净漂亮，说我一点儿都不像女孩儿，邋遢，懒，还一脖子犟筋……佟妈妈抬高了声音：你们连孩子的安全……卧室里咚的一声响，是什么沉重的东西倒了，奶奶在外面开始拖着腔叫我爸爸的名字，爸爸应了一声，卧室门开了，爸爸出来一半，又被拽进去，撕扯半天他才挣出来，笑着把钱塞给佟老师。佟妈妈大声说：你们不能让孩子再住储藏室——继母在卧室屋里带着哭腔喊：姓刘的，你自己做事自己当，别带累我背坏名声，我好好的姑娘又不是没人要，为啥要找你啊……继母的哭声盖过了佟妈妈的声音，又有东西摔碎了，像是玻璃杯，弟弟的哭声响起来，盖过了所有的声音……

佟心雨一家要走了，爸爸送下楼，我也要下楼，佟妈妈不让，把我推到奶奶怀里，奶奶也就搂住了我，不过很快松开了，关上门就跑进卧室，把哭着的弟弟领出来，搂在怀里给他抹眼泪……我拎起书包，拉开门下楼了。

满月升到了天心，月光皎洁。

我能感觉到的词，当然不只"皎洁"一个。越来越多的词都从书里落进了周遭的现实，像春雨从天上落在地上，地就萌出了草芽，词落进了现实，现实也长出了茸茸的故事须毛，可亲可爱，可以在心里反复抚摸……和那须毛摩挲久了，心会痒痒的，有时候还会无缘无故地发紧，涌出近乎疼痛的渴望——读悬念丛生的故事时，也会有这种渴望，接下去会发生什么意想不到的事情呢？

这种神奇的感觉，不知道从什么时候开始出现的。更早的时候，我就能听到"孤单"这个词，那是铎铎的梆子声，从无人的县城背街里传过来，我从未真正见过那个终年戴着草帽的掏粪人，都是远远地看，上学后再没听见那铎铎的梆子声。接替它的是一个男人录在扩音器里的叫卖声，"香——兰花豆……"前面那拖得长长的一声，很长时间我都听成了"香"——或者我想当然地认为就是"香"，直到有一天，我和那辆卖兰花豆的三轮车猝然相逢，车头的纸牌上写着

209

"下岗"两个红字，下面是"兰花豆"三个黑字。骑三轮车的男人扳下了刹车，呆立在车前的我，对他露出了恍然的笑，他愣了一下，带着不解摇头，也笑了……掏粪的，卖兰花豆的，还有我，都是孤单的——那个"都"字，像一声梆子，也像那人"吱嘎"一下刹住了三轮车……我再次想到的时候还会笑，为什么会笑呢？

好多事儿都不经去想，不想还没什么，一想就觉得像谜。

譬如初三英语课上的大哭，真是因为小鸡过马路的冷笑话吗？妈妈被车撞死这件事不是禁忌，奶奶时不时就提一嘴，骂我蠢笨没眼色是娘胎里带的改不了，早晚我也会像我妈那样自己笨死——我从来没哭过……书被老师收走之前，我就有点儿想哭，因为于连·索黑尔刚刚在书里死去，马蒂尔德在黑纱马车里坐着，膝盖上抱着爱人被砍下的头颅——但我并没哭出来……我哭着跑出去的时候，早忘了于连，满脑子想的怕的，都是英语老师，后悔，惭愧——为什么要上课看课外书呢？英语老师肯定要讨厌我了……

多年之后我还想到了另一种可能——身体在那段时间内正经历着剧烈的激素水平变化，从而刺激了我的脑神经元异常放电……

那天，我月经初潮来了。

不值得大惊小怪，身边的女同学都来了，佟心雨前年就来了，我是晚的。我和她一起上厕所的时候发现的，她跑出去帮我在学校小卖部买了卫生巾，下面那节课我们俩一起迟到了，不过老师并没多问，我们俩跑到座位上坐下，带着分享秘密的亲热，相视一笑。

我像是又得到了一颗柠檬糖，心底酸酸甜甜，沉甸甸的，不知道该怎么疼爱自己，双臂交叠趴在桌子上——是自己抱着自己了，想哭，也想笑……心雨用口形无声地问我疼不疼？我笑着摇头。

晚上肚子疼了，不太分明的疼，撕撕扯扯的感觉。晚饭后我跟奶奶要钱还给佟心雨，她给了，还灌了个暖水袋让我抱下来。隔了衣服抱着那团温厚的热，想着正在流血的身体，默默地流出了眼泪，但那眼泪不是难过，而是一种无法言喻的珍惜，觉得自己很珍贵，像一颗宝石，在黑暗的匣子里默默地发着光。

小小的，却璀璨，那光更是神奇，照到什么地方什么东西，都会变得很美好，那美好是因我而在的，为我而在的……

"美好"这个词，是晴好的春天，星期日上午十点半出现的一筐芹菜，水灵灵的，长得不老不嫩正正好，阳光没有颜色，风没有形状，一切都是澄明，只有那筐芹菜，弥散着独特的香气，有着完美动人的颜色和形状——我抱着菜筐，抱着所有的好季节和好年纪……

我帮奶奶把那筐芹菜拿到楼上厨房，放在棕红色的枣木案板上，那是一幅图画，十二岁的手指进了那幅画，淡粉色的手指肚触碰绿茵茵的叶，碧莹莹的茎……我收回手，呆呆地看着自己的手指，闻一下，果然有芹菜的香气，我珍惜地握住柔软的手指，笑了……

这样的时候，奶奶会半是困惑半是嘲笑地看着我说："这闺女真是怪，也没人娇惯，不知道咋那么会自己娇自己！"

奶奶所谓的"娇"，包括使用卫生巾。头天晚上给了那五块钱，第二天吃早饭的时候又嘱咐我以后不能再买了，家里有卫生纸，她们以前都是用炉渣灰……我惊得松开了咬了一半的油条——怎么用？奶奶喊了声，没羞没臊的，啥都问？反正不能为了这破事儿花那么多钱……她嘟哝了很多，出门我就丢开了。初三的星期日上午，也要上课。我走得比平时慢，隔着毛衣用掌心的热暖着自己的肚子——奶奶的嫌弃并不影响我继续"娇"自己。

中午的时候我还佟心雨钱，她说不用——我们俩决定用这钱到校门口去吃麻辣豆腐串。还没走到门口，佟老师大步流星地赶了过来——佟心雨下午的钢琴课因为老师有事，只能提前到下午一点钟。他领我们去快餐店里吃了套餐，然后带着佟心雨走了。

佟心雨羡慕我没人管，我想她是不敢一个人住到我的小窝里去的。我也羡慕她，想象着住进她的卧室，睡在那么软的床垫上，靠着奶油色花瓣形状的床头，会做很美的梦吧？也许不会，我想我会紧张——我害怕佟老师，却并不害怕我爸爸。我也肯定不能像佟心雨那样，成绩每门都是第一，钢琴考过十级，连学校的冬季越野跑都是年级女子组冠军——我开始还能混在人堆里，很快就落在后面，跑不动了，走一段，旁边没人，悄悄溜掉。更不要说我有那么多坏毛病……想到这儿，我也就不羡慕佟心雨了。

我背着书包慢慢走在街上——去影碟店蹭着看没头没尾的片子？还是到街心公园把书包里松本清张的那本小册子再"复习"一遍？……漫天飞着柳絮，太阳很暖，那阳光像蜂蜜，金色，有甜甜的香气，黏黏的要把人的眼睛粘起来……我在街心公园的长椅上盹住了，很短的时间，忽地又醒了，那一刻不知道自己是谁，也不知道在什么地方，嫩黄浅绿的柳条在眼前晃，一蓬白色的柳絮落向浓绿的草地，一个打扮奇特的人缓缓地踩着草走过来。

他穿着黑色的中式夹祆，一字盘扣的那种，戴着白袖套，围着白围裙，花白卷曲的头发从白帽子下面翻翘出来——除了医生，只有新街口卖烧鸡煎包羊头肉的那些人戴这样的白帽子。他有很少见的连鬓胡子，长到胸口，也是花白蜷曲的，像电影里的人。他用胳膊挽着一个奇怪的东西，像篮子一样的拱形提手是木头的，下面是一个平底大托盘，盘边和提手漆得棕红油亮，雪白的笼布盖在托盘上，不知道盖了什么。

一块小小的带红色穗子的木牌拴在提手上方，木牌随着他站下，渐渐停止了单摆运动，我也从恍惚中完全清醒了，看见了那上面的两个红字：焦枣。

那个"焦"字让我闻到了喜欢的焦煳味，甚至看到金黄浅褐乃至炭黑的颜色，我还未说话，那人仿佛就明白了，掀开了白色的笼布，露出码得整整齐齐带着白霜的枣子——那意想不到的白霜迷住了我。

白霜很薄，薄得像那些微寒的清晨出现在叶片上真的霜，似有似无，触手消融，自然遮不住深红色的枣皮，每个枣子的核都被去掉了，留下一个小小的洞，露出浅褐色的枣肉……

他给我讲述制作焦枣的工艺，烦琐且困难，拣枣，洗净，捅去枣核，挑选木炭、炉子，烘烤……每一步都有很多讲究，都要恰到好处……枣木炭自然好，但别的果木炭会有不同的香，不同的味儿，这炉枣就是苹果木炭烤出的……

我听入迷了，果木炭燃烧释放的香，枣子里水分蒸腾带出的甜……想着想着，我忽然明白了那层白霜的来历——饱满的红枣里的枣汁在炭火的炙烤下渗出果皮，成了晶莹细密微小的露珠，露珠蒸发，果糖留在了枣子表面，出炉后冷却的过程凝成了薄薄的糖霜……

我向那人求证我的想法，柿子做成柿饼也会生出白霜，他听着呵呵地笑起来，说小姑娘懂得真多——要不要买一点儿尝尝？

我口袋里有五块钱，于是点点头。那人拿出一张白纸，卷成号角般的小包儿，小包儿反过来就是铲子，沿着内边儿轻巧地铲满了一包枣子，枣上的白霜都还好好的，托盘里的枣也纹丝儿不乱，他精准小心的动作更加衬托出了那枣子的贵重……

那枣真的很贵。他给我一小包焦枣，拿走了我的五块钱。但它的昂贵，似乎可以成为珍稀的明证……我看着那卖枣人，呆呆地想。

他解释了一句：不是卖得贵，这东西烤完，很轻……

我没说话，挪开目光，他盖上笼布走开了。

我捏起一颗焦枣，郑重地放进了嘴里……

四

那个春日午后，我吃完了纸包里的最后一颗焦枣，舔干净指尖上的糖霜，它就成了我奇遇故事里偶得而不可复见的宝物。我每次路过街心公园都会留心，甚至还去新街口找过，却再也没遇见那卖焦枣的人……

从初三到了高三，我和佟心雨，都是同桌。前排李珺的亲戚带来的外地特产醉枣，午休时她拿出来大家吃。那枣只比苦楝子略大，玛瑙珠子一样，有浓郁的酒香，很好吃。吃着别人的醉枣，自然就说起了我的焦枣。

佟心雨早就听过这个奇遇故事。去年我过生日，她用零花钱请我去新街口吃了炒凉粉、炸肉盒，还有一大串糖葫芦，我们吃着糖葫芦，沿街寻找卷胡子的卖枣人……但那天，她却捏着颗醉枣，笑说："你又开始瞎编了。"

她的声音很轻，落在我头上却像炸了个雷。我是经常说谎，但这件事是真的。我急了——卫生巾，五块钱，麻辣豆腐串，汉堡套餐，钢琴课，街心花园，太阳光……我细节严密地还原了事发当日——去年你还陪我去新街口找过……说到最后我的声音抖抖的，听上去有些怪。她白净的脸皮涨红起来："我是陪你去了，也没找到呀。我不是怀疑你，可你编得也太玄了——是吧？"她笑着望向旁边的人，李珺她们就应和地笑起来。

我呆住了，头一直嗡嗡的，脸滚烫，怒气顶到喉咙，整个胸腔都要被撑爆的那一刻，却"噗"地破成了伤心，前所未有的伤心，伤心得身体四分五裂地散开了——我没有哭，坐下，低着头一言不发，大家也就讪讪地散开了。

我一下午都没和佟心雨说话，傍晚也没有去食堂买饭。李珺跑回教室，对我说："佟心雨在操场哭呢！你也是！她说什么了，你就生气？"

我抬头说："该哭的是我吧？"

李珺笑起来，"你俩真奇怪！莫名其妙，跟谈恋爱一样。"

眼前练习卷子上的字迹模糊起来，我放下笔，晚自习的铃响了，我逆着进教室的人流去操场找她了。她坐在压篮球架的条石上，仰头看着天，本来不哭了，看见我，又抹起了眼泪。我觉得有点儿可笑，叫她，她哭着对我喊："刘小红，我讨厌你！"她用力抹了把泪，说："你怎么能活得那么自在啊？"

被她一问，我觉得还真是个问题，心里浮出一种又残酷又滑稽的感觉："是啊，我妈死了，爸爸娶了后妈，没人喜欢我，住储藏室，偷吃的，被老鼠咬，卫生巾都是借你的……"

"别说了！"她冲我喊，满脸都是恣肆流淌的眼泪。

我傻站着——这情景不像是真的，像小说或者电影里的情景——真的是在故事里了，我却是个没看过剧本的蹩脚演员，完全不知道该怎么办……我又羞愧又害怕，想跑——佟心雨哭着让我走开，我就跑掉了。

撑了半天的难过，消失得无影无踪，反而觉出饿来，但是除了食堂的饭票，我身上并没有钱……快快地走回教室，在座位上呆坐到下第一节晚自习，捅了捅前面的李珺，向她借了两块钱，跑去买了包干脆面，嘎吱嘎吱地嚼着，浸满油脂和香料的淀粉团混杂着旺盛分泌的唾液，充溢口腔，滚下喉咙，进入空空荡荡的胃，胃牵拉着裂开的身体，再度闭合……我站在黑漆漆的教学楼阴影里吞食着干脆面，吃得贪婪狼狈，心慌意乱——我噎着了，打嗝，冲回教室喝水，还打，一下一下，教室里有人轻声笑起来，我揪住自己的耳朵，憋气，才注意到旁边佟心雨的书桌已经收拾过了，书包也不在了——憋了半天的我，打出了一个大而响亮的嗝……

第二天我跟奶奶撒谎，说老师要买整套的高考真题卷子，16块钱——两块钱还给李珺，剩下的够我支撑一阵子了。并没有往常骗到手一笔巨款的喜悦，走去学校的时候反而失魂落魄的。刚进校门，听到佟心雨叫我的名字，我扭头，她在我身后笑着，额头的碎发在晨光里变成了金色——安稳的世界回来了，眼睛酸涩起来，却傻乎乎地笑着说："你不哭了？"

佟心雨笑得有些忧伤，但她这样笑，更好看了。

佟心雨很好看，很多男生喜欢她。可是她爸爸就在学校盯着，没人敢有所动作。佟心雨喜欢隔壁班的一个男生，我实在看不出混在一堆人里追着皮球跑的那个男生跟旁边的男生有什么不同，都跟翎翅刚扎了一半的仔鸡似的，介于毛茸茸的鸡崽和羽毛鲜亮的成年公鸡之间，一副丑样子。佟心雨却愿意在球场边站着看他，就像我盯着李宇春海报时一样，不舍得把视线挪开。

佟心雨看了半天还舍不得走，我有些无聊，抬头，天空正在失掉白天的湛蓝，依旧充满明亮的光线，西天的霞光皴染了稀薄浅淡的流云，一条瑰紫金红的带状的云从天上垂下来，几乎垂到校园的红砖围墙上了……秋天来临的时候，球场上的草都会安静地缓慢地变黄。等到深秋，草茎中的水分变得更少，那黄就会变浅，浅成半透明的白色，整个操场会显得异常洁净，此时的黄下面还有暗绿的底子，草叶上有沙沙的声响，那是时间迈着透明的脚步，匆匆走过十七岁的初秋的黄昏……我心里涌起了近乎疼痛的渴望：接下去会发生什么意想不到的事情呢？

然而一切还是顺理成章地发生着。

毕业，高考，佟心雨依然是第一，考上了一本。我们学校考上一本的只有两人。我考上了所教师进修学校升成的二本师范学院。奶奶和爸爸高兴得如同中了头彩，没想到我能给他们这么大的惊喜——学费便宜，舅舅家的表姐，师范毕业考上了县聘教师，对女孩子来说，当老师是好工作……

佟心雨和我都去了省城，她学经济，我学中文，不过我们俩的学校隔着大半个城，见一面不容易。我跑去找她一次，见识了正经的大学。校园里有一百多年前的民国礼堂，树龄超过半个世纪的法国梧桐遮蔽出林荫道，暗红色的塑胶跑道围着绿茵场，新建图书馆的造型是本打开的书……校园这么漂亮，佟心雨看上去却比高中时暗淡委顿了很多，似乎没有那么漂亮了……

佟心雨没有来找过我。我们学校只有几栋旧楼，连一个像样的操场都没有。睡我下铺的张琳从入学开始就立志考研，天天早起跑步背英语，我跟着学了几天，天冷起来，她还是五点半起床，我学不下去了。

不得不承认，佟心雨说我"自在"，奶奶说我自己"娇"自己，是对的。不管在什么地方，我总是尽力让自己舒适愉快起来。学习总是要费点儿劲的，但也不会太过费劲，二等奖学金我就满意了——我拿到立刻去买了部二手手机。爸爸接到我的电话，劈头骂了我一顿，说要从给我的生活费里逐月扣除这笔钱。我挂了电话懊悔不已——说谎会被惩罚，说实话，会被更严厉地惩罚。

我去申请勤工俭学，但有限的工作机会要先给那些贫困生。辅导员拿了一摞手写的电视剧剧本问我，看得懂吗？字潦草却不难辨认，基本能顺下来，打前几页的时候时不时要停下来问，后来就不用了。我每天去辅导员办公室打剧本，都是十几页的样子，熟悉了，打得快了，我也不着急，先用她办公室的电脑上网看一集美剧，打完了还能再看一集。就这样打了一学期。放寒假前，那位写剧本的老师腰扭伤了，只能躺着，要找个人听他口述打字，剧本赶时间完成，春节期间也要工作。辅导员问我想不想干，我立刻答应了。辅导员让我和家长商量，我打给我爸，他不相信，问我到底要干啥。我羞恼地说了："不用你管，反正我不回去过年了。"辅导员接过电话，缓声细语说明了原委，才把电话又递给我，爸爸在那边嘱咐我听老师的话，在别人家要懂事……

那个寒假，在老师温暖舒适的家里，我参与了一个故事的诞生。因为太有参与热情，常被老师骂闭嘴，但丝毫不影响我对这份工作的喜爱。他收藏有数千部影史经典的影碟，休息的时候，我可以看古今中外的好故事。以前我没想过，那些写出好故事的人，可以得到什么。老师起来工作的时候，都是将近中午了，所以每天上午，我都比较空闲。我就待在客厅的沙发上戴着大大的耳机看影碟。换片的空当，阳光落在红酸枝厅柜的雕花门上，旁边的青花大罐里插着几个卷轴，餐厅墙上挂着大幅油画，远远望过去，波涛翻滚的大海与云蒸霞蔚的天空，小小的一个模糊的人形在斜伸出的一角岩石上……餐桌上有个大大的水晶玻璃缸，每天都装着各色水果，像幅色彩艳丽的静物油画，面前的茶几上，九宫格的红漆盒子里堆满各类坚果、糖和小点心……师母总是催着我吃，开始我有点儿小心翼翼，有天看电影《天使爱美丽》，吃光了一格巧克力曲奇饼，师母不仅没有说我，还笑了，说能吃是福气。

离开老师家的时候，我带走了三千块钱工资和藏在衣服下面满满一箱底儿的零食，还有一个念头——也许将来我也能写出好故事，挣到很多很多钱……我把工资存了起来，把零食分给张琳吃，把念头压在了心底。

我吸取教训，在爸爸询问工资时撒谎说只有五百块钱。即便这样，爸爸还是在给我的生活费里减少了相应的数额。直到大三结束，我一直在为老师打剧本——他腰好了，却延续了口述打字的工作方式。我下午基本没什么课，而老师的一天，本来也是从中午开始的。北京一家影视公司为老师成立了工作室，他走前送我了一本书，扉页上写着"钱途远大"。还说毕业了要是想来北京，可以去找他。大四了，班里好多人都报名考研，只有张琳一个人过线了，她考上了北师大。我则报名参加了县里正式编制教师和县聘教师的考试。

考前我去找表姐，她已经从县聘转正了，正在家休产假。她一边给孩子喂奶一边跟我说话。正式编太难考，当初她爸爸找了人，直接让她考县聘，虽然待遇低点儿，但不出意外都能转正。现在都摸到了这个门路，县聘也难了，初试全凭成绩，试讲就靠关系了——成绩关系缺一不可。表姐让我去找舅舅，问问当初那个关系还在不在。舅妈拉着我问长问短，留着吃饭，说起我妈妈还抹眼泪——没两年姥姥也走了，我就再也没来过……我想起7岁那年过年，姥姥用沙子在锅里炒花生，表姐给我讲恶毒后妈的故事，姥姥扬起锅铲吓唬她……

舅舅一直没说话，最后跟我说："让你爸来找我。"

正式、县聘的初试我都过了，参加了两次试讲，都没有过。奶奶照例骂我败家没成色，又说舅舅跟人合伙坑我爸的钱，我只是茫然，继母则揪着爸爸撕打——给儿子几百块钱的鞋不舍得买，好几千的浪钱倒是舍得旷花……

不知道接下去要做什么——我不知道，爸爸和奶奶也不知道……心里的茫然荡漾开来，成为一片波光粼粼的自由，那光让人不安，也让人生出了渴望，压在心底的念头浮了上来，我想起了那幅油画，大海与天空，海边岩石上那个眺望的小小人形……我的神游天外触怒了父亲，他挣脱了继母的撕扯，给了我一耳光，满腔悲愤地指责我：自私、恶毒，狼心狗肺，挥霍着父母的血汗，不思进取，不懂回报，鼠目寸光，除了吃喝享受啥也不会想，肥墩墩一脸蠢相，成心要啃得父母骨头都不剩……

我捂着脸——疼却不在脸颊，而是后背，那些雨点一样落下来的辱骂，带着腐蚀性，蚀穿了衣服，蚀透了皮肉……疼得久了，就麻木起来，后来甚至有些心不在焉了，以至于爸爸疲惫地扬手让我"滚"，我都没有反应过来。

回到楼下储藏室，我坐在床边，握着电话，深吸一口气，拨通了编剧老师的电话——心跳到了嗓子眼儿，几乎在接通的瞬间挂掉，我结巴着说自己的情况，他啊啊地应着，似乎还跟身边说了句什么，我不抱希望了，近乎赌气地大声说我想去北京跟老师工作。老师说："来吧！"

把手机捂在胸口，隔着衣服和皮肉都能感到自己的内脏在燃烧——被那两个字给点着了。但我没跟家里人说，第二天回到学校，只告诉了张琳，我也要去北京。她已经拿到了录取通知书，毕业典礼后先回家过暑假，开学后去北京。我没回家，直接买了张火车票。到了北京，换了新的电话卡，打给张琳，打给爸爸，想了想，我又打给了佟心雨。

毕业之前，我本想跑去和佟心雨见一面，她说有事儿，就没见成。不知道是不是因为陌生号码，她没接，我就编了条信息发过去。

我到的当天就开始工作了，老师正在做一部大剧，他还要做导演。我的工作也不只打字这么单纯了，工作室很多日常的杂活儿慢慢都落到了我身上。

两个月过去了，张琳去学校报到后来找我，我们俩开心地走着去吃饭，我给张琳说这里就是《武林外传》里的"左家庄"——我们俩笑了半天。张琳回学校去了，我忽然想起佟心雨——她一直没回我电话，我又打给她——停机了。

那部剧在两年后的春节前杀青了。两个春节我都没回家，老师给我发了个大红包，还让人给我买了春运车票，我只好回家过年了。进家门，奶奶上下打量我，说真是人要衣妆，你看这打扮打扮也不丑……我从行李里拿出两盒稻香村的点心，爸爸坐在沙发上，略带审视地看着我，问我工作情况。我说忙，但很有意思，老师还鼓励我一边工作一边准备考研，指着电视里正旋转巧笑为洗衣液做广告的女星，说她去过我们工作室，好几个明星都去过……爸爸问我工资多少，养老保险、医疗保险、住房公积金缴多少……我说基本工资三千，后面那些都没有，爸爸的眉毛拧起来——劳动合同怎么签的？我说没有——爸爸认为我的谎言挑战了他的职业尊严。

我说的是实话——影视公司的财务是比他厉害得多的高级会计师，我不是影视公司员工，基本工资是从编剧工作室办公预算里出，我等于租用的一台打字机——爸爸哼了一声，说："这哪是什么正经工作？"

我被他一激，不服气地分辩起来：我还有从剧本项目费用里出的津贴，建组之后，老师还会让我做统筹和场记，也有钱，而且我免费住在工作室里，餐费都在组里报销……我突然停住了，心底有些懊悔。

爸爸"哦"了一声："那还不错——你大了，得知道存钱——我给你开个零存整取的账户，你每个月——"

我忙说："钱不是按月发，我不会乱花的。"

爸爸沉默了，奶奶则关心我有没有男朋友，我摇头说没有，不想。奶奶哆嗦着手戳我的脑袋——憨死你算了！佟心雨去年就结婚了，嫁得好，接亲的轿车二十二辆，从后街一直排到咱们院门口……

我没应声。我和中学同学联系得也不多，但至少在同学群里，大家反而都来问我佟心雨的近况——没人确切知道她如何了。老家的同学也没人受邀参加婚礼，没人有她的联系方式。有同学在街上看到过她，穿着检察院的制服，也可能是税务的制服，同学当时骑着电动车，停下来，隔着绿化带叫佟心雨，她扭头，笑着跟同学挥了挥手，钻进停在旁边的一辆奥迪车里去了……

佟心雨就这样消失在了三十公里外的市区。

初三那晚，高中同学约了聚会，去了深圳的李珺笑着问我想不想"破案"，把佟心雨给找出来，问问她是咋想的。她也对佟心雨早婚感到惊讶——即便在我们这样的县城，22岁也有些早。李珺也就是说说，并没真的打算顶着寒风去当侦探，而我则订了次日回北京的车票——家里没有暖气，太冷了。

消失的佟心雨和那再也找不到的焦枣一样，成了我人生里的谜团。

对我是谜团，讲给别人，特别是在北京，很容易就得到了解答：多半是说，回忆给那枣加上了美颜滤镜，少数人会喟叹手工时代的消失，接着说起如今米面水果，味道都变了……至于佟心雨的消失，听的人会把我的困惑理解成惋惜感慨，他们好像也都有一个留在故乡做了公务员再不联系的女同学……

容易的解答太粗糙，粗糙得把那谜团外面生出的绒绒须毛都磨掉了。

五

刚到北京时，我还能感觉到那些生着茸茸须毛的词是，譬如"惊艳"——那是老师工作室涂着红漆的铁艺楼梯，二楼的地板是同色的金属框架镶嵌玻璃，刺目的鲜红方格间是让人心惊的一片含混透明，仿佛踩着似融未融的冰块，会滑倒，会跌落，会磕伤——"惊艳"触目，身体就感到了冷、硬和疼……

那天引我上楼的是大师姐——大家都这么叫她。她笑着说，最好别在这儿穿裙子，不然楼下的人能看尽"裙底风光"……楼下的绿植和来往的人，像影影绰绰的水草和飞快的游鱼……

很快我也成了步履匆匆奔上奔下的一条"游鱼"，不穿裙子，也没什么生着须毛的词摩挲我的心了……这里每天有大量的词语被送上传统带，打磨成清晰的台词，结构出精致的情节——容不得那些暧昧氤氲的须毛存在……

我有一天忽然想到，精致原来是粗糙的一种方式。

我把这话告诉了大师姐，她颇为意外地看着我笑说："你想出来的?"

大师姐是戏文系毕业的，很受老师器重。她不仅写剧本，还写小说。和她熟悉之后，我曾大着胆子把自己写的不伦不类的小说给她看。她说我的文学感觉很好，文字也不错，但是没有故事才能——我那时已经读过罗伯特·麦基的《故事》，知道大师姐说的是什么。不靠故事支撑的小说，要求所描写的感觉有原创性，后面有对生活和世界的洞见和想象力。她说，原创性，很多时候是一种幻觉，要学会自我质疑——就连我们自己最隐秘独特的心理活动甚至身体感觉，都可能是"二手"的，是下意识的模仿——自传性质的写作，更要警惕这一点。明明是真的，写出来就成了假的，甚至是抄的。

我那篇东西里，太多的地方让她觉得"似曾相识"。她挑出佟心雨在操场上对着我哭喊的那一幕：无论是人物关系，还是情感基调，包括台词结构，很多校园青春片里都能找到类似的情景，她随口举出了几个例子，我都看过，果然很像——真事儿，写出来却成了蹩脚的模仿。

大师姐说这是初学写作者很常见的问题，不怕看上去"像"，关键在于我没写出"是"——那场冲突到底是什么？

她说，佟心雨为什么会一反常态攻击你？会不会是她在情绪危机中求救？抑或只是压力太大借你发泄情绪？也许她真的妒忌你，或者你一直在伤害她，她终于发出了反击……我被这一串的"会不会""或者""也许"逼得连连倒退，困惑地看着大师姐——我怎么会伤害她？大师姐笑着说："你当然不是故意的，有种情况很常见却并不为人觉察：一种人生态度的选择，实际上是对另一种不同选择的否定，特别是别人为这样的选择还付出了痛苦和代价的时候，你的怡然自得，就是对别人的伤害……是不是这样？"

我不知道。大师姐意味深长地笑着说："你的'不知道'也说明问题，你并不真的了解佟心雨，甚至，你并不真的关心佟心雨，你看不到她的痛苦……"

要是不借大师姐的慧眼，我不仅看不到佟心雨的痛苦，我都看不到自己的痛苦。我给她讲自己的经历——奶奶戳我的脑袋骂我好吃嘴，大师姐说这个细节里包含了一个女孩需要面对的多重歧视、规训与伤害……

所有的记忆都在我说给她听之后，开始发酵，膨胀，变形——颜色、质地、气味都不一样了。直到有一天，我在过马路等红绿灯时，突然落下泪来，大师姐理解且同情地揽住了我的肩……

记忆改变了，人也就改变了——我不再怡然自得，胸口纠缠着说不清的愁苦与愤懑，当我试图呈现时，词语却成了一堆玻璃球，碰来碰去滴溜乱滑，越用力越抓不住……沮丧之后还会混乱地怀疑起来：那些感觉是真的吗？

很长一段时间，我都被当作工作室"生活真实"的测试仪。他们指责谁写的情节不够生活、悬浮、不接地气时，就把我拉出来：问问小红，底层草根会不会这么想？

我的改变显然影响了作为测试仪的准确度。我把自己代入剧本情景，如实说出了自己想象的感受——大师姐他们笑，老师也笑，叹气说：小红也中了文艺的毒。我被他们笑蒙了。笑完之后，老师却得到了启发，角色性格设定中增加了条"多愁善感"——就是要憨丫头说林黛玉的台词，才是喜剧！

原来生活里，每个人也有自己的人设和台词，说了别人的台词，会很可笑。我并不总是能很准确地揣摩出自己的台词，于是就尽量不说话，或者说不知道。但被老师问到了，不得不说，我就附和着他的意思说，有时候是真话，有时候是假话，但老师总会说：你们听听生活真实的声音。

生活真实的声音，太过复杂，就算听到了，也未必一下子就能听懂。

快到年底的时候，爸爸给我打了好几次电话，让我回家过年——这是前所未有的事情；奶奶也在旁边说话，说想我；生日的时候，我还收到了弟弟寄的生日贺卡——他和继母从来都拿我当空气对待的……我接下去好几天，忍不住拿出那张卡片看，困惑不解。老师看到了问我，我就说了，不知道怎么想起小时候很多事，委屈涌上来，低头抹起了眼泪。老师叹了口气，说回去吧——与创伤和解，是人很重要的成长。我抹掉了眼泪，摇摇头，说回去没地方住——奶奶的房间让给了上高中的弟弟，她在客厅里铺了张小床……老师让我在家附近订个快捷酒店，住宿费工作室给报。师母还给我准备了礼物，羊绒围巾给奶奶，别人送的名牌腰带，老师嫌俗气，师母让我带给爸爸。我自己又去买了些点心——心里有些惴惴的渴望，除夕中午到了市里，打车回到县城的时候，心里忽悠一下，眼眶一热——这也是前所未有的事情……

我在酒店办好入住，稳了稳心神，带了礼物回家。

奶奶亲热地说我回来了就跟她通腿儿睡，跟小时候一样，还问我就带了这么个小包啊？我有些慌乱地笑笑，解释了。奶奶哦了一声，看看爸爸。爸爸说："单位对你还不错啊。"他示意我坐下，亲切、严肃地谈起来了自己对中国电视剧发展的看法，我只是听着——揣摩不好自己的台词，就不说话。继母跟我打了招呼，她也没什么话，只是推弟弟和我进屋聊聊学习。我在他那味道不甚好闻的房间里尴尬地站着，他一屁股坐在了床边，一声不吭——那个哭闹不止的小东西怎么就变成了这个耷拉着脑袋的瘦高男生？

忽然回忆起小时候用被子压住襁褓中的他——我是真的想闷死他吗？似乎并没这么想……找不出话来的我，竟然跟他说了这件事。他抬起满是青春痘的脸，说："姐，那时候，你真要把我闷死就好了。"

他又低下头去，不说话了。弯下去的颈椎在皮肤下骨节分明，那弧度勾出的沉重甚至让我感到了疼痛。我帮不了他，只能扭开脸，不看……

除夕夜一家五口挤在客厅里，幸好有电视里的人载歌载舞说说笑笑地热闹着，免了看电视人的负担。奶奶带着如释重负的满足，时不时拍拍我的手。继母似乎失去了我熟悉的那种矜持的距离感，有种蠢蠢欲动的不安和焦灼，她也只是眼神转动，并不曾说什么，最大的动作，就是递给我了一个橘子。弟弟不看电视，蜷在沙发角落里玩手机，爸爸则要了继母和我的手机，加上他自己的手机，投入地跟着晚会的互动提示抢红包，时不时发出庆祝的欢呼……

虽然并没有说什么，但我慢慢放松下来，心里有了真实的愉快，当《难忘今宵》的歌声响起来时，我竟然有些留恋的感觉。但我还是站起来，穿上羽绒服，奶奶用抱怨表达了不舍得，但爸爸把手机递还我，说好好休息，明天早点儿回来。我走了出去，在寒冷的冬夜空气中，心里有种混杂的说不出是伤感还是快乐的感觉，回到温暖的酒店房间，躺在舒服的床，抱着那一腔酸酸甜甜的感觉，睡着了。

次日一早回家拜年，给弟弟了一个红包——奶奶嘱咐我的，吃饭，看电视，再吃饭，还是没什么话，气氛却是欢乐的。晚饭后我帮奶奶洗了碗筷，虽然追的美剧当日更新，但还是在家陪看看了会儿电视，我才说要回的酒店。爸爸说明天初二，他带着弟弟要陪继母回娘家，让我回来陪奶奶。我满口答应。

第二天上午，家里只有我和奶奶，一起择菜，她絮絮地跟我说话：早上你爸扎上了新皮带，说去丈人门上跶跶……她笑完叹了口气，你弟弟前一阵子都不想去上学了，同学笑他住在没有暖气的破楼里……你爸已经交了新房的定金，他年纪大了，能贷得少，首付交得多……你也挣钱了，多少帮帮你爸，这是你的家，就算嫁人了，也是娘家，女人没有不顾娘家的，娘家人亲……

我一下一下揪着手里的芹菜叶子，没有抬头，僵硬从脖颈开始，渐渐蔓延到了后背，腰腹，四肢……感觉自己正在石化。

我像小时候积攒零食一样积攒着挣到的每一分钱，原本是为读研做准备。张琳已经毕业了，她建议我辞职报班儿全力准备，不然只会这么一年一年拖下去。我拖，的确是因为工作室很忙，杂事多，但钱挣得也多，张琳毕业之后的艰难处境，也消减了我考研的动力……但我继续攒钱，并没想过做什么……

唯一没有石化，是胸口翻滚的一股情绪，说不出是委屈还是气愤，但很快发现这滑稽又残酷的情景似曾相识——自嘲地笑了一下，那股情绪也跟着凝固了，胸口也变得坚硬起来——我彻底成了一块石头。

奶奶的话在我耳边滑过，就像水流过石头。

我听见了，听懂了，像小时候她给我说任何我不愿意做的事一样，听着，被追问得紧了，就嗯一声，反正我也不会去做。

下午爸爸他们回来，奶奶就欢天喜地地宣布家里买房我要掏钱，然后指着我的手机说："这个点一下，钱就过去了。"我忘了，奶奶了解我的习性，知道我的"嗯"不算数，得摁着我做。猝不及防的我握着手机笑，另一只手伸向自己的包，夺门而逃这个念头一闪而过。爸爸坐到了我的旁边，笑着说那我把卡号发给闺女啊……继母推了一把弟弟，似乎要他和我说话，他看了我一眼，什么也没说，就进屋里去了，继母朝我笑笑，我脸上应该还挂着傻乎乎的笑……

我很长时间没有说话。爸爸问你有手机银行吧。我说没有——当然是谎话，爸爸伸手来拿我的手机，我本能地躲了，爸爸愣了一下，继续要拿我的手机，我把手机藏到身后去了——我想他是被惹恼了……他开始拽我的胳膊，我扭着身子，弯腰，把手机护在胸前……我们争夺得无比真实。

奶奶过来帮忙——别跟你爸闹着玩儿了……我没有闹着玩儿，又急又恼地拍打着奶奶伸到我怀里的手，爸爸站起来，伸手抓住我的头发，一巴掌打在我脸上——打奶奶，你还是人吗?!

我的头嗡嗡地响着，弟弟房间里传来继母愤怒凄厉地喊叫：玩手机！还玩儿手机！弟弟走出来，厌烦地扒拉着追在他后面拍打他的妈妈，奶奶过去挡着继母，弟弟扭脸进了卫生间，砰地关上了门，继母跌坐在地上，大哭起来，拽着奶奶的手，叫着妈啊妈啊，我这辈子可太冤了，我不活了……奶奶拖着腔一声一声叫着她的名字……

左脸颊火辣辣的，右手依旧在胸口紧紧地护着手机，爸爸站着，我坐在沙发上——这种熟悉的高低视线对峙，增加了他的信心和我的恐慌。继母的哭喊和奶奶的劝慰声停下来，屋里很安静，我的视野里出现了三张脸，爸爸用力跺了一下脚，我本能地往后一躲，奶奶过来搂住了我，嘴里嚷着别打，好好说……爸爸和继母一起上前，掰开我的手，把手机抢了过去……

我发出一声号叫，用力挣脱奶奶的双臂——我太用力了，或者她的双臂已经不再有力，奶奶被搡倒在地上，发出痛苦的呻吟……

爸爸把我的手机递给继母，忙去搀扶奶奶，我也有点儿被吓住了——奶奶被搀扶到旁边的床上，一直哎哟哎哟的。爸爸竭力维持着他的愤怒："你真是个白眼狼啊！看看你干的事儿！摸着良心想想，奶奶有多疼你，养你这么大，你也就给她买过两块糖！你往家里拿过一分钱吗？怎么养出你这么自私自利的孽种……"他的声音还是不由自主地落了下去，继母拿着我的手机跑进卧室里去了，爸爸最后带着哭腔说了句："你好好想想，对得起谁?!"

他也进了卧室，关上了门，过了一会儿继母出来，敲卫生间的门。弟弟拉开门出来，她说什么也不理她，走回自己卧室去了。继母进了卫生间，一会儿抽水马桶响了，接下去是洗漱的声音，半天她才出来，伸手关了客厅的大灯，进了卧室。我呆坐在暗影里，盯着墙上粉红色的玉兰壁灯……

奶奶躺着，不再哎哟，拖着腔一声一声地叫着我的名字，我脑子里盘算着可能的损失——爸爸除夕晚上抢红包时知道了手机解锁密码，用身份证号和验证码很容易修改微信支付密码，但手机银行的登录密码他不知道，需要银行的预留支付密码……

客厅里大灯再度亮起，爸爸走出来，把手机放在餐桌上，坐下，敲着我的手机壳，义正词严地审我："这个张琳是谁?"

我不吭声，盯着手机，浑身的肌肉绷紧——我在做准备。

"宁肯被别人骗，也不愿意给自己家人，你是个什么东西?!"爸爸的愤怒又起来了。

我蹿起来，扑上去，抓到了手机，因为用力和笨拙，我摔倒了，随即就站了起来，我背过身查看，果然——爸爸通过微信转走了我卡里全部的钱——30418.16。我急出了眼泪，嚷着：微信绑的那张卡上的钱，不是我的，是工作室的费用……

爸爸说："你可不止这三万块钱！——还买理财产品！工作室的钱，你补上不就行了？我当了一辈子会计，这还不明白？"

我抓起包和外套夺门而出，下楼时一边穿衣一边查看自己的手机银行，账户被锁了——爸爸显然猜测着密码尝试登录了，没能成功，但他还是看到了银行发的短信交易通知和余额……走到楼下，昏暗的路灯照着那排红砖的储藏室，我住过的那间门上，贴着一个颠倒的"福"字……冷风吹在火辣辣的脸上，心里有难过，但也有些庆幸——就像那次爸爸冲进来搜走了我枕头下的牛轧糖，但床下鞋盒里还有一小包杏干和半袋子棉花糖安然无恙……

我连走带跑地回到了酒店，身子暖过来了，才觉得腿很疼，反锁了房门，挂上安全链，依然很不安，同学约的初三聚会也顾不上了，改签了明天一早回北京的车票——不敢夜里出门。但也没敢睡着，熬到七点多，退房打车，上了高铁身体还是紧张的，几个小时之后，我走进了长假期间乘客寥落的北京地铁，才松了口气。

回到空无一人的工作室，打开电脑，开始放《澡堂家的男人们》。这部87集的长剧，已经记不清楚看过多少遍了。八年前我在老师家工作的那个春节发现了这部剧的影碟。当时就看了两遍，后来我下了一套央视国语配音版，这些年只要是一个人待着，通常是节假日，我就放这部剧。金福童老爷子家，每个房间的小饰品我都清清楚楚。有时候看，有时候只是放着，家里的大嫂打扫房间，我也打扫工作室，听着大嫂抱怨女儿再嫁不出去就挖个洞钻进去不出来，嘴角还是会不自觉翘起来，那微笑早已不是觉得好笑了……

我准备挑出了他们家腌辣白菜的那集，安置行李，洗完澡出来，正好赶上金家不修边幅的胖姑姑福姬，精心打扮了出现在家人面前，看着屏幕上全家人愕然的神情，我再一次笑了……外卖就点韩餐吧，酱汤米饭，辣白菜炒五花肉，还有一小瓶烧酒……我坐在桌边等送餐，那一刻觉得温暖，安全，放松，腿上的疼痛和脸颊的肿胀，也在这份舒适里得到了呵护与轻抚……

这是家的感觉啊！

我忽然明白了——金家的故事给了我家；《天使爱美丽》给了我爱情——那个在巴黎快照亭搜集撕碎快照的尼诺，是我多年的男朋友了，虽然偶尔我还会心猿意马地喜欢别的故事里的男人；《欲望都市》给了我朋友……

自我感觉丰盈、辽阔的世界，被这道"明白"的光一点点扫过去，变得空空

223

荡荡。我依旧住在"储藏室"里，所能拥有的除了虚拟的故事，还有几颗好不容易积攒下的、却随时会被抢夺而去的"糖果"……

这样的突然"明白"，有点儿像人说的"顿悟"。可是，按我的想象，顿悟，应该是进入昏暗的房间，啪地打开了灯，霎时雪亮，原来看不到看不清的东西，现在看到了看清了，人也就豁然开朗了……我那点儿"明白"也是光，但照上去，原本存在的东西，消失了，原本变化了的世界，又恢复了原初的样子，那一刻不知道什么是真什么是幻，人更糊涂了——似乎该叫作"顿迷"。

"顿迷"的时刻，酸软沉重的无力感遍布肢体，仿佛骨骼正在遭受缓慢的腐蚀，内脏因为恐惧抽搐，大脑中各种念头像窝里被喷了杀虫剂的马蜂，嗡的一声腾空而起，飞得无影无踪，吧嗒吧嗒落下几只，细小的虫足无力地动弹几下，成了尸体……身心安静——注定的结局必然降临，等着就好，那冰冷的安静从头顶慢慢渗透全身，恐惧与疼痛也就感觉不到了——我被封在了冰下……

六

我能想到的自救方法，是把斯皮尔伯格的《AI》和尼尔森的《我是山姆》找出来再看一遍，像仿生人大卫一样升天入海地找妈妈，陪着露西坚持不离开与有智力缺陷的爸爸，为她那句"只要有爱就够了"，哭得滚到在地板上。靠着虚拟影像带来的安全距离，我把充沛、强烈的情绪感受变成石块，狠狠地砸向冰面——冰面破碎，在幻觉制造的真实泪水中，我再度恢复了呼吸。哭完了，重回"澡堂老板家"，让温馨轻松的情景故事和美味食物包围着自己，我被抚慰了，渐渐竟觉出了愉悦，剩下的几天春节假期，我一个人过得舒服又开心——只要不朝心底去乱摸，些许"碎冰"落进那里去了，小小的透明的碎片，混在幽暗的意识之水里，偶然摸到，猝然缩手，依旧冷得彻骨……

节后工作室再度热闹起来。当时正在做一部又"燃"又"爽"的都市青春剧。最初大纲讨论时，大家和老师就有明显的分歧。

小伙伴儿们认为：草根逆袭，女主不开挂，怎么燃怎么爽？过一关明白个道理——谁刷剧是为了听道理啊？想听道理的都去买知识付费的课程了。

老师理解的"燃"和"爽"该是精神能量与青春荷尔蒙混合的喷射与爆发，不是"灰姑娘奇遇记"、麻雀变凤凰的胡编乱造——没有百亿身家的大老板，没有仙人指路的行业大佬——就是你们自己的故事啊！

老师激动起来，摁灭了烟蒂："你们为什么不能给自己写曲颂歌呢？非得成功吗？再说，什么是成功？人生赢家？青春本身就值得歌颂啊！"

小朋友们沉默，大师姐开口说："老师，我们比较擅长笑话自己，不擅长歌颂自己。"

　　大家笑起来，老师也笑了，开始谈他的青春，20世纪七八十年代，在座的大部分人还未出生。他说得告一段落，大师姐把话题拉了回来：老师讲的往事，对我们来说，是史前传说，老师是成了神的上古英雄，打个不恰当的比喻，关键词都是"奥林匹克"和"英雄"，那时候英雄还能屠个龙杀个牛头怪，跟宙斯叫板，跟仙女谈恋爱，我们现在是参加运动会，有规则有跑道有教练有裁判有兴奋剂检测，不是一种游戏了。

　　大师姐顿了一下，看看我："小红的教育背景比女主还要好一些，您觉得不开外挂，她在职场竞争中能走到哪儿？参赛资格都未必能拿到。"

　　我在剧本讨论中被无数次间接论证过人生无望，早不会再受刺激。这是大师姐联合署名的第一部剧，她很拼，和老师分歧的时候，会比以前坚持，老师很多时候都让步了，顶多充满叹息和质疑地说上一句："如今的年轻人都这么通透吗？我这老家伙倒是显得又傻又天真啊！"

　　大师姐笑着说："我们只是很明白——留给我们的机会不多了！不能瞎叛逆，想成功首先得遵守游戏规则。"

　　春节过后，讨论剧本初稿，老师没提太多意见，只是叹息说：最后只剩下了"职场"和"原生家庭"——你们的世界好小啊。

　　职场部分主要靠前期采访，工作室的小朋友们真正有职场经验的不多，但说起"原生家庭"，人人都有一本血泪史。

　　大师姐曾用万字长文写她十二岁时养的小狗被父母卖给了狗肉铺，而且还告诉她不用闹着去找，早杀了，好好学习，啥也别想！她至今看到黑白花的小狗还会流泪，还在看心理医生，永远不会原谅父母的残忍……

　　我当时都看哭了，哭完羞愧地想，自己失去妈妈，都没有这么深的创痛！大师姐写得真好——我怎么就写不出这么浓烈的感情呢？

　　老师认为我爸爸抢手机转钱的事儿，可以放在女主身上，他还往下虚构了一段更强的冲突：女主逃出家立刻报警，爸爸被警察教育——他的行为可以被认定为抢劫，最后和解了，女主要回了钱，让读研究生的哥哥去申请助学贷款，她要对无底线盘剥女儿的原生家庭说"不"……

　　流着眼泪发表独立宣言，老师认为这是主角成长的高光时刻，他颇为感慨地对我说——总算替你出了口气！老师自己也出了口气。我补上了工作室的钱，但当老师问我回家怎么样时，我还是低头掉了眼泪。问清了原委，老师很生气，给我爸打了电话。我爸听着老师的指责，憨厚地嘿嘿笑着，客客气气地跟老师道谢、道歉，说没教育好孩子，让老师操心了……老师挂了电话，原地转了一圈，摊开手，告诉我说：他不敢相信他听到了什么，憋出一口老血又咽了回去。老师听到的，才是生活真实的声音，只是很难听懂——猛一听毫无逻辑，只是因为内里的逻辑太复杂了，就连当事人也未必全能明白。

剧本加入了这段情节，负责执笔的大师姐单独找我来聊，她皱眉说写完怎么看都觉得场面太过荒诞滑稽，写好了是黑色幽默，现在看就是狗血——她质疑人物的心理动机，情感状态，行为的合理性……我一点点还原事发当时的细节和心理来应对她的质疑，大师姐听完疲惫地推开电脑说："是我的问题——我把真事儿给写假了！"

独具慧眼拥有深刻洞察力的大师姐，竟然也会像我一样把真事儿写假了。她自嘲地笑着摇头，说："是我想得太浅薄了。"

大师姐说，我和爸爸之间争夺的驱力，是彼此的无情与绝望，这荒诞冷酷的真实一幕要是放进剧本里，全剧温情脉脉的布尔乔亚情感伦理就破产了，整个故事也就不成立了。大师姐说服了老师，把"明抢"替换成了"苦肉计"，发现被骗的女主，依然流泪发表了"独立宣言"，说这是最后一次……

她私下跟我说，"苦肉计"对我肯定不起作用。她叹了口气，"我们这些声嘶力竭哭诉童年创伤的，本质上还是在肯定父母之爱，不过是爱得不充分，爱得方法不对，我们都深信不疑关于家和亲情的那些老故事，你是不信的。"

我愣了。我很想反驳她，但却说不出什么来。

大师姐接着说，她以前跟我谈写作，说我写东西不动人，没有写出那种由皮到骨的创痛感，她曾经以为是技术问题——我还不能使用文字很好地描述自己的感受，但她现在发现不是——我根本没有那种创痛感！这次我回溯被抢时的平静，她开始觉得不可思议，想通了又觉得冰冷彻骨——要么这是一种摆脱符号系统控制的自由，要么就是创伤导致的倒错与病态……

工作室的书架上堆着福柯拉康齐泽克的书，这几年在她的指点下囫囵半片地读了，不然我都未必能听懂大师姐的两个"要么"。高中语文我还学得不错，知道她的修辞方式等同于构词法中的"偏意复指"，重点在第二个"要么"。

她在说我是个无情的变态。

我低了头，心里涌上来羞愧和难堪，仿佛做了坏事被抓现行，说谎被当面拆穿，嗫嚅了两句："我不是，我没有……"泪出来了。

她连忙过来拥抱我——"对不起对不起对不起，我们小红红内心多么温暖柔软啊！捏捏小胖脸儿，不哭不哭啊！"

她手指夹住我的脸颊轻轻揪了一下，我也就抹去眼泪，破涕为笑了。

我知道她后面的话是在哄我，她对我的看法不会变，我也可能真就是个无情的变态，眼泪不过是遮掩难堪——难堪过去了，泪也就收了。

剧本完成后的研讨会，从下午开到了晚上，还未结束。在咖啡机磨豆的噪声

226

中，我看着不断从与会者口鼻间出来、在房间里升腾缭绕的浓白烟雾，突发奇想：云雾笼罩的神庙里有一群神祇，他们在讨论一个即将出生的人的命运。每一个设定都用心良苦，寓意深远，理由充足……在他们或高或低的争执声中，那人的命运左右摇摆，悬而未决。

我把咖啡端了过去，在旁边的椅子上坐下，认真听"神祇"们的争论：理想主义可以有，但你要给她一个具体的理想，你能给什么——升职加薪吗？还歌颂奋斗？优绩竞争还不够残酷吗？卷成什么样啦？女性独立就是个伪问题！霸道总裁爱上我，就独立了？展现社会责任感，只能想到跑去救助流浪狗吗？抛开矫情不说，至少是很幼稚的想象——社会是什么？你的目标受众是哪个阶层的？他们能在主人公身上找到认同吗？女主的爱情选择，从来都是作品的价值立场——你现在是让林道静绕了一大圈，最后选了余永泽——怎么是卢嘉川？卢嘉川代表的是进步力量，这咱得承认吧？谁代表进步？前男友怎么是卢嘉川呢？你就是选穷人！这是个更拙劣更媚俗的设定，观众不会买账的……

大师姐站了起来，拽了拽我，我们一起去了楼下的卫生间。洗手的时候，她狠狠地吁了口气，说："我他妈快疯了！《青春之歌》都出来啦！我倒是想给这帮爷宏大叙事——可我拿得出让人相信的大故事吗?!他们拿得出来吗？"

她忽然进出了眼泪，我默默地扯了纸巾盒里的纸巾递给她，她接过来擦了泪，拽着我又回去了。

第二天我在整理速记员发给我的录音稿时，又想起了大师姐说的"大故事"三个字。我曾经以为，每个人都可以有属于自己的意义充足的故事——我想起自己看过的很多故事，以前从来没有想过，那些故事背后，都有各自的大故事——大故事才是意义的来源……我整理了完整的录音稿，又按照老师的要求摘录出主要意见。那些"神祇"一场厮杀之后，各自给出的大故事，差不多都被别人的炮火轰成了废墟——我问自己：有什么大故事，是我可能拥有的吗？

无数过去的记忆碎片像被狂风吹起的落叶，那落叶其实也是幻影，缤纷落下时，消失了。这似乎可以解释，我的人生剧本为何如此潦草，很多事无缘无故地发生，毫无意义地结束，情节前言不搭后语，颠倒错乱……我不可能拥有一个意义充足的人生剧本了。

又一个"顿迷"时刻。

但我并没有什么强烈的反应，安静得泰然自若，把打印好的研讨会录音稿和修改意见摘录拿去给老师。他让我坐下，告诉我，弄完这个本子，工作室就要撤销了，让我考虑考虑今后该怎么办——27岁了，也该有个长久的打算。

他似乎还想宽慰我几句，但我近乎木然地听完，应了一声，就站了起来。老师叹了口气，让我走了。

没什么可说的,这就是我的命运剧本,跟着走吧。

我从第二天就开始求职了。影视公司都在裁人,我形象学历皆不佳,更没有什么过人才华、傲人成绩,自然没机会,文旅公司、商场酒店我都投了简历,面试了几次管理岗,都说我专业不对口,能找到的工作只有餐厅服务员或商场收银员,我也就不急了。

半年后工作室撤销,我在剧组待到拍摄结束,从会计手里领了报酬,回到酒店收拾行李。这几年我在工作室的东西,三个纸箱子就装完了,进组之前送去了张琳那里,我因为没找到工作,也就没租房子。

回到北京,直接去了张琳那里。她也算名校毕业的硕士,竟然只在一家职高当了个聘任制的临时老师,薪酬可怜得付了房租都撑不到月底——有几个月都在跟我借钱吃饭,等了两年也没能等到编制,还和校领导起了冲突,解聘了。我到她那里的时候,她已经一周没下楼了。这几年我听了、见了太多的抑郁症,工作室有一个算一个,人人都有情绪问题,挖掘了我内心病态的大师姐,自己每天一片来士普……我立刻逼着张琳起来,陪她去看病。她在家吃药,我在附近连锁便利店里打零工,不上班的时候,就上网为我们俩求职。我没找到合适的工作,但张琳找到了——学历还是管用的。她开始去那家线上教育机构上班,薪资优厚,她的精神状态也焕然一新了。我则如旧,去便利店打工,没轮班的时候就窝在家里刷剧吃东西。

又到春节了,张琳回家过年,走的时候掉了眼泪,我握着她的手说,坚持服药。她抹着泪被我逗笑了,说:"刘小红,你真强大。"

我不强大,或者彻底的逆来顺受随遇而安,看起来和强大很像。

我现在觉得自己倒不像仓鼠了,像花栗鼠或者松鼠,这个城市是我的森林,要是上早班,耳边常常会有啁啾的鸟鸣,感觉是清晨的我耸动着细嫩的鼻子出洞觅食了……黄昏的时候,路灯亮起,高峰期的车流像迁徙中的兽群,我在路边抱着食物,看着一排迁徙动物的"红眼睛",有些疲惫和不安,渴望赶快回到不远处自己那小而幽暗的洞口……回到家里的饭桌前,打开平板放视频,一样一样摆开吃的——我会根据当晚要看的内容准备好味道和调性相辅相成的食物:《神秘博士》很配烤鱼或者排骨,迪士尼当季新片配甜点冰激凌,重温宫崎骏的话就点一碗地狱拉面,文艺片适合水果和茶,一般综艺则归坚果小零食……张琳也一如当年佟心雨那样问我:"怎么可以活得这么自在?"

她当然没有哭,歪着头带着真实的疑惑问。我咧嘴笑笑。张琳有了男朋友,是她的同事,搬走了,房子留给我继续租。我们见面变得不容易,她很忙。我在第二年春天找到了一份可以交五险一金的工作,办公室文员,公司很远,通勤时间将近两个小时。我和她只能偶尔视频聊天——周末我没力气出门了,只想窝着……那个春天，我觉得辛苦，孤单……

我不知道怎么有意去交一个朋友，佟心雨，张琳，大师姐……都是自然而然成了朋友。而在公司里，没人愿意和我多说话。特别是办公室主任，每每让我想起奶奶，她呷着嘴嫌弃地看着我的表情，让我想起奶奶，她连法令纹的角度、形状都和奶奶一模一样……

奶奶给我打电话了，视频通话，用弟弟替换下来的手机。我半天才辨识出来，笑眯眯地举着手机跟我说话的奶奶，是在红砖储藏室里。她说五楼太高，爬不上去了。说着说着，我渐渐听出了真实原因。职专毕业的弟弟把女朋友带回家同居了。奶奶看不惯两人躺到中午不起，说了一句，女生哭着要走，弟弟抱着她哭，继母抱着弟弟哭。爸爸就把储藏室收拾了，刷了墙，床铺柜子煤气灶电视机，还联了网，奶奶平时自己做自己吃，楼上做了好吃的，爸爸和继母也会端下来……奶奶说我继母就是软弱，天天跟伺候娘娘似的捧着弟弟的女朋友。"都在咱家跟你儿子睡半年啦，"奶奶嗤笑着，"你还怕她?! 那是个不值钱的货，她娘家妈还敢张嘴要一套房，写她闺女的名儿——也不想想你闺女还有谁要……"奶奶接着就盘问我，我说不想找。她急了："也不想想多大了，赶紧找! 找是找，你心憨，别啥都信，不来咱家下礼，你不准跟去他家!"

我嗯啊地应着奶奶，结束了通话。自此半年，奶奶每周一次跟我通话，催我嫁人。我也就听听，嗯啊地应着，她的话还是像水流过石头。有两周奶奶没打来，我打过去，爸爸接了，说奶奶住院了，脑血栓。又过了两天，爸爸打来电话，说奶奶去世了。

我们公司虽然不大，但严格执行《劳动法》。只是《劳动法》并没规定祖父母去世给假，我哭着讲了妈妈早丧被奶奶养大的悲情故事，才从办公室主任和HR总监那里讨来了三天事假。

我的悲伤都用来请假了，回到家里，再也没有了眼泪。那是奶奶去世的第二天，爸爸和继母一起忙着照应亲戚，我被指派的任务是守在灵前看着香不能断，有亲戚来，帮着一起烧纸。我在灵前熬了一夜，次日弟弟才出现，继母用孝布把他包裹起来，一起送奶奶去火化，骨灰寄存。回来的路上爸爸要带我去看新房子，我说不看了，继母说："那是家，得看! 三室一厅，你弟弟说，得给姐姐留个房间……"我笑笑——看来女生娘家要的那套房还是得买呀……

我措辞含糊地说："刚办完事儿，新房子嘛，换个日子——"我充满暗示的笑容唤起了属于死亡的禁忌感，他们不再提了。晚上，我坚持住到了楼下。躺在那个改造后的红砖储藏室里，我觉得躺在了一个无形的能量场里，穿过我的身体的波，看不见，却能感觉到——内脏和肌肉都在跟着它微微震动……我想了很久，才想出来，那波的能量来源，是死亡。

229

死亡，可能待在漫长——其实也并不漫长——的几十年后，也可能蹲在任何一个瞬间，一跃而起扑过来抓住你……那难以名状的能量波，从死亡那里辐射而出，带来的震动却让每个细胞都意识到了自己是活的——我从未如此清晰地感觉到了自己身体的轮廓、质地、温度……靠着这波的抚摸，我甚至感受到了内脏的律动，肺叶像蝴蝶的翅膀，轻轻扇动，心脏像汩汩的泉眼——不断涌出的血液里，带出了潜在心底的"碎冰"——"顿迷"瞬间带来的绝望，不会消融，用力握住，依旧冰冷彻骨——我没有畏缩，细细地感觉着那份冰冷，很久，撒手，任由它们落回心底，冻硬了的手捂上自己的胸口，那原本温温的血肉，此时却变得滚烫……消失多年的珍惜感竟然出现了，不再有小小宝石的幻觉，没有光，但这仓鼠般不美丽不强大的身体，和待在这个身体里只存在一次的我，依然是珍贵的！

这是我真实的生命经验，写不成好故事，甚至都不值得告诉别人，但我朦胧有了点儿渴望：握紧那"冰冷"和体味那"滚烫"之后，再度与门外的世界相遇，会发生什么意想不到的事情呢？

我有点儿着急去确认，次日天不亮我就醒了。带上那间红砖储藏室的门，我发了条微信给爸爸，说一早去赶火车。

我又撒谎了，车票是下午的，我拉着行李箱去了新街口。

那里的住户不好惹，整条新街一直没能拆，已经名不符实地成为县城最老的街道了。记忆中的店铺大都还在，我挨个儿逛着，炒凉粉炸肉盒糖葫芦，一路吃过去，十六岁生日那天的街道叠加到了眼前真实的街道之上，我身边走着佟心雨，同样举着一串糖葫芦，沿街找着那卖焦枣的卷胡子老人……

我找不到焦枣，但应该能找到佟心雨。本来也是要去市里坐高铁，路上我开始打查询电话。不需要成为福尔摩斯，几个电话之后，我就打通了市国税局她办公室的电话，中午的时候，我在国税局附近的咖啡厅里见到了佟心雨。强求而来的重逢，我有些忐忑，佟心雨落落大方地笑着，说我没变。她丰腴了很多，有了两个孩子，二胎还是男孩——想要女孩儿才生的……佟心雨笑了笑，带着好奇地看着我。接下去的谈话"意想不到"的无聊，她说孩子的吃喝拉撒，问我剧组里的人和事，我回答着，心底涌起难过，甚至有些焦躁——这么宝贵的时间为什么要说这些呢？但我却始终无法扭转谈话，吃完简餐，她笑着说得回去上班了，我直不愣登地问了出来："高三那回，你为什么哭？"

佟心雨愣了，随即笑起来："记不清了——青春期嘛……"谈话中断了，也就结束了，我默默地和她一起走出咖啡厅。

我很快就知道她在说谎——分手前她笑着问了我一句："这么些年，你又碰到过那种焦枣吗？"

我忽然释然了，微笑着摇摇头，说："没有——但那焦枣是真的，我吃过。"

焦枣不是什么罕见珍馐，十几年间，我见到过各种焦枣。有一种就是烘干的红枣，没有白霜，枣核去掉了，也是脆的，但那脆是干的，硬的，咬一口嘎吱嘎吱——记忆里的焦枣是酥脆，轻薄的果肉只会发出些微的破裂声，像冬夜里枯枝断裂，略一恍神就听不到，听到了，只觉得天地安静……

还有的在去除枣核留下的空洞里塞上花生米或者核桃仁，烘干的红枣在浓甜之后本就会泛出苦味，花生红衣和核桃内皮则会再添一份涩——记忆里的焦枣，是萃取过的纯净柔和的甜，毫无杂质，细腻如泥……

我也见到过蘸糖的焦枣，但那是给枣裹了层厚厚的糖衣，浓白，生硬，像冻雪，而非清霜……这种糖衣枣子入口先嚼了一嘴砂糖，粗鲁简陋的甜彻底霸占了枣肉的味道——记忆里的焦枣，糖霜与枣肉，松萝共倚，相辅相成，那份香甜明艳丰盈，幽微曲折，即便咽尽了，还会从喉头泛出余音袅袅的回味……

我只能用否定的方式说着记忆中的焦枣：不是这样，也不是那样……言辞越来越复杂，越来越精密，越来越多的形容词，越来越多的类比物、喻体和意象……但否定的描述只是接近，再接近，永远无法抵达那个"是"。

覆着糖霜的焦枣，成了谜团后面的真品，而现实世界中所有具体的焦枣，都沦为了粗糙拙劣的赝品与仿品……

七

30岁生日的清晨，这一切掠过了我的意识，只用了87秒。

我穿过了马路，走到了斑马线尽头。交通协管员手里的旗子伸过来，拦住对面在绿灯最后两三秒冲向斑马线的行人，也拦住了我。

被拦下的那一刻，意识中的"糖霜"拖着谜团定格了瞬间——我绕过那旗子，跳上道牙，意识却迟滞了，没有跟上脚步，还定在那个谜团上……

郁郁青青的小叶女贞丛中，偷懒的人走出了一条小"路"，脚步轻巧地踩过去，站在了"Dreamland"前的小广场上，难得的空空荡荡——中秋、国庆的装饰已经拆了，圣诞、元旦还早……脚步被迟滞的意识带累得停了下来，呆立在小广场中央的我，解开了谜团！

我笑了，强装镇定地笑，浑身却在微微颤抖，仿佛等来了一个至关重要的命运裁决——就像两年前我站在尹玉面前求职时那样。

尹玉是我做文员时公司楼下一家咖啡店的老板，店不大却在附近有些人气。尹玉和我妈妈的年纪差不多——如果我妈妈活着的话。但她丝毫不会让人联想到母亲，从发型到穿着都十分波西米亚，弥散着股巫气。她没有确定的年龄感：不

231

是年轻人，也不是老人，更不是中年人……

她听完哈哈大笑："你干脆说我不是人好了！"

我们就这样开始了聊天。每天午休的时间，我都到她的店里去，买杯咖啡聊会儿天，她和服务生忙不过来的时候，我也会伸手帮忙。尹玉的年纪，父母不在也算正常，但她单身没有子女，哥哥和妹妹也不怎么来往，她说自由自在，可也孤孤单单，我却觉由衷地羡慕着她。

孤悬在常态的各种关系之外，也就孤悬在了时间之外。她身上叠加着各种情态，皱纹清晰可见的侧颜，半抹红唇，是忧伤的女子，漠然的老人，也是认真期盼的孩子……我有时看着她乱想，一个人也可以活成祖孙三代，四世同堂……我不知道，自己慢慢活下去，会不会和她一样？

我给她讲了糖霜的故事，她眯起眼睛听，听完根本没和我讨论那神奇的焦枣，反而若有所思地说："你很会吃，也很会说，这是本事。"

我扑哧笑了，是真的觉得可笑——这算什么本事？

她刚做好一盘柠檬派，放进展示冷柜里。我说不要用白色的骨瓷碟，看上去很酸，用磨砂面的黑瓷碟，看上去更加新鲜柔软……

她比较了一下，笑起来，说真有意思。

尹玉店里除了常卖的那些咖啡，还有为资深咖啡客准备的各种风味的豆子。我出于好奇，会按照名字买来尝，墙上有块装饰用的黑板，用粉笔四散写着咖啡的种类名称。我就在自己喝过的那些种类名称后面，加上风味注释：意夏：水洗豆重度烘焙，根据冲泡浓度，香气从细微的焦糖味渐变为浓郁的黑巧克力；哥伦比亚：水洗豆中度烘焙，黄糖、杏脯温厚甜香夹杂白巧克力的香气；蓝冬：日晒豆轻度烘焙，焦香与果酸的微妙平衡中弥散出葡萄柚与蓝莓的果香；罕贝拉花魁：埃塞俄比亚豆日晒，醇厚的咖啡香之中仿佛混杂了热带水果果汁般奇妙的风味，使得这款来自东非杜库庄园的寂寂无闻的咖啡豆，成为 2017 世界咖啡冲煮大赛的新科冠军，击败了垄断多年的"瑰夏"……

我越写越多，她看着看着笑起来："你快写成小说了。"

我意犹未尽地说："咖啡本就是豆子在水里讲出来的故事。"

中午那一小时的快乐时光，多少抵消了上班的辛苦。奶奶的葬礼后我回到北京，埋头在电脑前处理积压数日的文件，突然涌起深深的厌恶感，强烈到想呕吐——我站了起来，走出公司大门，下楼，在楼下站了片刻，等到反胃的感觉下去了，走去了尹玉的店里。

我站在她面前，握着拳头低着头："我能不能来给你打工？我可以去考咖啡师资格证……"她开始说了些什么，我耳朵里嗡嗡的，没有听清，等她叫着我名字，我才抬起头，她笑着说："我不招工，养活不起！"她把正在看的材料推过来，"一起开店，给自己打工，怎么样？"

那是"梦之都"文创园区的招商文件，旁边的纸上写着"咖啡故事"四个字。我并没真的理解，却没有丝毫犹豫，在嗡嗡的耳鸣中，说好。

尹玉做事精细，边界清晰——平时连一杯清咖一牙松饼也不会给我免费，但下雨的晚上，没带伞的我一个人待在店里等雨停，她很大方地请我吃了西班牙海鲜烩饭。我们自然有一份严谨周密的合作协议。我和尹玉一起弄品牌文案，首先改了名字——虽然"咖啡故事"是她受我的话启发想出来的，但我觉得"咖啡说"更好一点。尹玉拍手称赞，接下去是一步步的申报手续。

申报材料里有一项内容是"品牌故事"的视频。我弄好脚本，在尹玉的店里拍了原始素材，用剪辑软件混剪进一些电影画面。我联系了以前工作室的小伙伴曼叔，他的影视解说视频和播客的全名叫作"伯格曼的后院"，专职做了一年半的时间，已经能接到广告了——够恰饭，他笑着说。顺便告诉我，去年那部剧播的时候，评分一般，老师挨了骂，大师姐想让曼叔做期节目带带节奏，曼叔给婉拒了——"不给钱，剧好也行——现在这样我想夸都不知道咋下嘴！不骂已经是我对老师念着旧情了。"曼叔对我倒是仗义，不要钱，很认真地帮我把视频重剪了一遍，混好音轨，质感好了很多。我带了一包咖啡豆给他，是他喜欢的日晒耶加雪啡。在工作室他自己弄手冲咖啡，老师说他成天弄这些小情小调，埋头"小确幸"，永远不会得大欢喜……他有些感慨地笑说：老师喜欢"大"，结果被人笑话拍了部二代目"小时代"，算是得了个"大惊喜"！

我是感激老师的，若没有他那声"来吧"，也就没有后面"咖啡说"的剧情了。我去订制打印"咖啡说"宣传名片的时候，才真正意识到，自己拿着全部的积蓄，投入了一场前途未卜的冒险！我浑身一阵冰冷一阵滚烫，仿佛回到了奶奶葬礼之后在储藏室度过的那个夜晚——意想不到的事情，真的发生了！

我从公司离职的时候，挨着工位发"咖啡说"的名片，不少同事此时才知道我的名字。办公室主任最后一次朝我露出嫌弃的神情，我竟然觉得无比亲切，对着她笑了。我办完离职手续才给爸爸说，他暴怒不已，听到我要跟人合伙投资开店，气得没了声息。我挂了电话，他又打过来，说我一定是被人骗了，他要来北京，要打 110 报案……

悲剧重复一遍，就是喜剧；重复两遍，就成了闹剧——闹得时间足够长，还会再转成悲剧……爸爸到底也没闹到北京来——他和我之间唯一的联系就是那点儿由特定号码维系的电磁信号，只要不接电话，我就从他的世界里消失了。

尹玉笑着说我：真是个无情的小东西。

她当然支持我拿钱来做店而不是赞助弟弟给女朋友买房，这是句玩笑，不过我对她说，就算她真的批评我无情，我也不会像被大师姐说的时候那样羞愧得掉眼泪了，我会承认，然后沉默。我并不觉得自己理由充足，但"无"的时候，何必假装有？虽然无情不好，就像说谎一样不好。

但一个小孩子，她的妈妈是天使，爸爸是黑人国王，而她一个人漂流在大海上，你怎么能要求她总是讲真话呢？

我念这段长袜子皮皮的话给尹玉听，她说好悲伤啊。是很悲伤，但同时也欢乐有趣，带着朱古力饼干的味道……就像那已经在现实世界里被拆掉的红砖储藏室，是冰冷可怖的被弃之地，也是温暖迷人的童话小窝……

爸爸不再一天发几十条语音谩骂威胁诅咒我，也没有报警寻找我，根本原因还是旧楼拆迁了……沉寂一段时间之后，他发来了新家的照片，问我咖啡店的情况，我也给他发了几张园区给我的店面效果图，我们又恢复了正常联系。

我心理上把尹玉当成了编剧老师，我的角色还是打字，这种错觉很快就消失了。拿到园区入住许可证之后，我在附近租了房，按照园区管理中心的要求进行工商注册，提供装修主题内容和经营需求，配合装修进度购进各种设备……尹玉做大的决定，我来执行，但执行的过程中有无数的小决定需要我做。街区开业那天，我愕然发现自己瘦了15斤。

那是我成年之后体重最轻、责任最重的日子。

尹玉还要管原来的那家店，日常我一个人在"咖啡说"，使用的是园区统一的收款系统，报税的各种账务，有委托的专职会计，我只做店里的台账。刚开业的时候，忙了一天，盘点下来发现还亏了，那种沮丧和恐惧，难以言说。尹玉很淡定，说客流没上来，当年能持平就是赚。没人用手指戳脑袋，却更加紧张，每天都会出娄子，晚上躺着想东想西，懊悔没处理好很多事，担忧还会出现什么意外，什么都不可控……一头看不见的猛犸象坐在了我的胸口上，吸不进气，眼看着胳膊上一个个红疙瘩冒出来，奇痒无比……

我上网查症状，走去街边的药店买药，抬头，天上是满月，月光——不，不是"皎洁"，那光不是雪水，是水银，有着金属光泽，底子里的一层灰反而逼出越发闪亮的白……似乎有部科幻或者玄幻的电影，里面有种可以通过皮肤赋予人超能力的外星物质，就叫作"月光水银"……

水银般的月光提醒了我，我原本拥有一项"超能力"——自在地活着，无论在什么情况下……

我走进了路边的蛋糕房，在"黑森林""红丝绒"和"提拉米苏"之间无法取舍，于是都买了，也不再去药店，走回住处，搜出那位德国女导演拍的《美味情缘》，就着治愈的故事和满屏的意大利美食影像，吃光了三块蛋糕……

我第一个上传的店铺视频讲就是这件事，标题为《荨麻疹与三块蛋糕》。"Dream Land"的线上平台，每家店铺首先生产的是故事，那些产品都是从故事里掉进这个现实世界里来的神奇之物。

远远地隔着手机屏幕看着，我的日子很美。前同事会给我发的"咖啡说"视频点赞，还有人给我留言，说她也有开家咖啡馆的梦，我把她的梦变成现实……我在她眼里成了故事，但我知道，那是她的故事，不是我的。

爸爸会转发与我和咖啡店相关的消息，继母会在下面点赞，他和我通话的时候，用转述的口吻表达肯定："……佟老师也去了，他们家的老楼也拆，说起你和心雨——大城市生活压力大，我说是啊，我们家小红，从小就爱读书，爱做梦，奋斗嘛，没办法……"

我没有惊讶，也没有欢喜，这是剧情进行到这般时候爸爸的台词。台词不是谎话，如果是，那也是角色和剧情的要求……爸爸接替了奶奶，时不时也催我一下，谈恋爱结婚。我只管应着，遇上就谈，谈好就结……

我总觉得结婚是很久以后才需要去想的事——比起结婚，死亡好像是更需要操心一下的现实而紧迫的事。我在网上加入了一个互助小组：互相送医、收尸。我在小组里还算年龄大的。尹玉听了哈哈大笑，说你们这些小东西太搞笑了。我很难向她解释，我们彼此约定的郑重，严肃，以及随之带来的安心。

尹玉知道我 28 岁了，依然是"母胎 solo"（单身），很是惊讶。我有些尴尬也有些后悔跟她说这个——在工作室的时候，大师姐给过我一个小 tips（提示），别上去就说是"母胎 solo"，男孩子会觉得你乖僻，容易七想八想，有了基础和感情之后再说。可惜我并没有机会用上大师姐的恋爱小 tips。

我在故事里经历过无数恋爱——当然，最爱的还是尼诺，但在现实世界里，从来没有遇到对我有过丝毫兴趣的男人——当然，我也没有喜欢过谁。无论是文字还是影像，都有关于女性强烈的爱欲冲动的描摹，无数悲喜血泪都和性欲有关，我似乎还是只能靠着虚拟和想象制造的安全距离才能感同身受，如同感受别的情感和欲望一样。

但我并没有因此觉得欠缺或者匮乏，我喜欢这样自足的状态，也许还会被人说是病态和倒错吧——那些"绝望之冰"的碎片依然在跟随血液在运行，我不会热血沸腾，体温升高，但这让我存留在现实世界里的肉体，平静且安全。

尹玉劝我还是要勇敢地试一试，别受她影响——她是命不好，遇人不淑。我笑笑。我肯定不是因为害怕失败才不去试——没有真实的愿望，我不想假装有。也许那愿望就像糖霜的真相一样，有一天，忽然就出现了。

八

我握着关于那糖霜的"真相"，伫立在小广场上，慢慢平复心绪。

建筑壁墙的阴影里，有个女子摇摇地走过来，逆光，只看身形轮廓，也认得出是绵绵。她朝我招手，披着的大衣从肩头滑落，露出里面的汉服——今儿穿的是宋代的，绯红的大襟半臂襦和金红色长裙子，下面是藕荷色千褶裙，发髻上插着花开满枝的海棠步摇，下垂的珠子璎珞颤颤巍巍地晃着……

绵绵是本行走的"历代女子服饰图鉴"，与她为邻的这两年让我长了不少见识。胖乎乎矮墩墩的我还被她用唐代服饰打扮起来，举着团扇跟她拍了一组"丽人行"的照片，挂在她的甜品店里。绵绵披好大衣，和我并肩走着，亲热地凑过来，在我耳边低语："昨儿那个'大病'发神经，你也看见了吧？"

绵绵说的"大病"，是面包房的李岩。李岩只用一个字代指绵绵——"茶"。去年李岩看了"丽人行"的照片，过来跟我嘀咕：那是个绿茶心机娘，这回看清楚了吧？故意捉弄你！发型头饰衣服裙子，手里的扇子，不懂也一眼能看出来，她是贵族小姐你是侍女丫鬟……我笑笑，我是剧组出来的人，主角配角还分不清吗？其实拍照时我挺开心的，自己从没那么好看过。绵绵店里的客人，不时有人说照片里的我可爱，像唐三彩陶俑，绵绵就招呼我从半截假墙上探过身子，给人家看活的。

进了"Dream land"的大门，绵绵拿掉了大衣，顺手递给了我，我也习惯性地接了过来。她一路走着，笑语盈盈地总结了李岩为了争取补贴的各种"骚操作"，上蹿下跳，先礼后兵，黑白两道都上了，白忙活，昨天公布结果，他是D档。文创园区的年度补贴对我们这些小店来说是一笔不菲的纯收入，去年我就是靠着这个才算没赔钱。

说小店都有些高抬，摊位或者档口更准确点，但与一般超商、市场不同，这里是由充满设计感的景观搭出的店铺门面，一家连着一家，构成了一片文化风情街区，走在里面，像梦境，也像片场，时间空间叠在一起，真的假的也掺在一起……绵绵晃着花满枝的海棠步摇，摇过了黛瓦粉墙，红砖洋房，摇过了玻璃橱窗里瞪着眼睛真人大小的胡桃夹子士兵人偶，摇过了终日藤帘不卷沉香袅袅仙乐隐隐的内观流瑜伽室……

"你今天有点儿怪，一声不吭——想啥呢？"绵绵拽了我一把。

我们到了，面包房展示橱窗里还摆着万圣节的南瓜，吊着的骷髅面具晃晃悠悠，门外停着配送车，李岩和送货师傅说笑着一起从店里出来。

昨晚关了店，出来碰见他在门口疯狂踹着纸箱子，我立刻退到墙边阴影里去了，站着不动。他的电话响了，骂了一句，又狠狠踩了一脚，他才接起来，声音立刻变得欢愉起来："作业写完了？妈妈说的？——那就玩儿到爸爸回家好不好？好，真乖！"他收起电话，冲着已然暗了灯阴沉沉的街区哑着嗓子吼了句："我╳你妈！"

正是关门离店的时候，街区却没人出来——谁知道监控后面什么人在看？

上周，管理中心主任在李岩的店门口，把这个街区的经营者集中起来发表了一通训诫讲话："创业不易，园区支持你们也不易，"他看看李岩的面包店，"帕里斯的选择——人人都得选择，你们要选正道，得道多助失道寡助——至于补助评分，公平公正公开——送礼，我们上缴，你们扣分；威胁，我们报警。别整这些没用的——好好干事业！"

虽说我们这三家店在街区的尽头，但选在"帕里斯的选择"门外，只怕不是偶然。李岩耷拉着脑袋，不打自招似的，所有人都觉得这个会就是开给他的。接下去两周，别人对他是否异样，我不知道，但他对谁都别别扭扭的，直到昨晚打雷闪电地发泄了一通。今天倒是雨过天晴了，看见我们就笑着说早，夸张地学着绵绵的东北口音和她开玩笑："小妹儿咋那么美呢?!"

绵绵从我手里接过大衣，笑着说："那咋能不美呢！仙女下凡啊！"

两人哈哈笑着进了各自的店了。甜蜜的左邻右舍之间，是我的"咖啡说"。我没有进去，街边对着店门有我放的几个"露天座"——只是露在了园区终年晴好的天幕之下，我在其中一张桌边坐下。绵绵的店里飘出了琴曲《平沙落雁》，我望着黑漆匾额上"糖霜谱"三个隶书红字，那字的笔画，像燃烧的红烛蜡油凝成的纤细烛泪……

绵绵在拍视频素材，早上这会儿妆容明艳，周遭也安静，琴曲里她对着镜头的声音软糯了许多，没了东北腔，间或有些平翘舌不分的发音，像普通话讲得很好的潮汕人："青青河边草，绵绵思远道，大家好，我是你们的绵绵，有心的同学会发现，今天这套衣服你们在春天见过，当时配的是条丁香紫的披帛，残秋将尽，天气转寒，我就加了件金红色的褙子……"她的视频由介绍汉服服饰和中式点心构成，应季或随心，最后加上点儿小感悟，白天拍素材，晚上回去剪辑，上传，每周至少更新两回，实在勤勉得很。她不仅上传到园区线上平台，还在两三个平台用同名媒体号同期更新。我最初计划周更的"咖啡说"，现在变成了月更，除了上传到园区平台，也就标题加链接发发微博和朋友圈。

绵绵不只勤，而且慧。她原本是卖奶茶、烧仙草之类的糖水甜品，去年园区增加了一项"新国潮"专项补贴，都是"百工坊""非遗"之类的店铺有了创新转化项目才会想着申报，餐饮类店铺申报的只有她。她把糖水店改成了"糖霜谱"，项目是研发中国传统文学经典中的甜点，从《诗经》里的甘棠到《红楼梦》里的枣泥山药糕，逼着我和她一起想。我觉得有些异想天开，但还是推荐了《金瓶梅》给她，没想到年底她竟然申报成功了。今年3月份的时候，园区的补贴规则做了调整，改成了评分分级，按照收益同比发放，奖优罚劣。"新国潮"并入总体补贴，成了加分项。咖啡和西点都是舶来品，我根本没想过拿这项的分。能评到 C 级，和去年持平，我就心满意足了。绵绵给我出主意，让我跟她联合，中间的假墙一半换成架子，我的茶叶配她的茶食，项目文案要弄得漂亮。我熬了两夜，沿着中国古典文学史的脉络，编着创意花草茶的名称，商时风，唐时雨，荷上露，梅心雪，洞庭万顷，西湖一痕……昨天公布结果，有了这个"茶语"的加分项，我竟然拿到了 B 级的补贴，等于整年利润高了五个点！

李岩从店里踱出来，笑着对我说："你这小丫鬟没白当啊！她跟管理中心那死胖子真有一腿，监控室有我哥们儿，进去出来看得真真的。早知道我也去抱那婊姐的大白腿了！对了，我以后改称呼了，她不茶，纯婊。"

绵绵的确说过可以去跟管理中心的人打招呼，昨天公布结果时我谢她，她说瞎客气啥？还是文案写得好——我帮她弄的茶食文案，加上她自己的主营项目升级文案，她拿到了餐饮类店铺唯一的一个 A 极补贴，她还要谢我呢……

李岩与绵绵的话孰真孰假，我不知道也不想知道，自然不会应声。

但昨天这个好消息带来的愉悦，一路走来到了此刻，不知不觉褪去了，那感觉像汗下去了，身上有点儿微微的凉……

李岩叹了口气，说："我不是笑话她——笑话人不如人，那死胖子要是要我，我也愿意跟他睡！"他说得认真，我些微走神，竟没立刻明白那话，愣了——短暂的安静过后，我才跟着他笑了出来。我站起来，准备干活，李岩把他橱窗上卷了边儿的"烘焙培训"广告贴好，絮叨着跟我说，进园区之前，他开赔过两家店，今年园区的客流上来了，明年会更好的，补贴只能拿三年，还是得靠自己……进店前举起拳头，一起加油——他又变成满满正能量的老大哥了。

"糖霜谱"的配送也到了，桃花酥配成了荷花酥，配送员不管，丢下冷冻点心坯就走了，绵绵打电话到调配中心，让他们查昨天的单子……连荤带素半真半假地挖苦谴骂抱怨，她一个人吵成了百鸟朝凤，间或还能听到回旋播放的"平沙落雁"那清冷空旷的琴声……

绵绵售卖的"原创纯手工中式点心"，大部分是成品配送，回来自己包装，每日店里新鲜出炉的，用的是冷链配送的点心坯。但也不好说她作假——毕竟是她亲手把起酥面坯放进了烤箱，也是她把点心一块一块裹上印有《金瓶梅》绣像画的油纸，放进艳粉色的盒子，才变成了吴月娘吃的果馅椒盐金饼……中式点心坯的冷链配送非常成熟，质量口感都有保证，能吃，好吃，她亲自创意研发的，不好吃，甚至不能吃。去年夏天按书上说的方法做了"衣梅"——中药蜂蜜滚在新鲜杨梅上，外面裹上薄荷叶。第二天掀开罐子，药气混着腐烂水果的气味扑出来，闻一下，就连罐子都扔了。

但视频剪辑出来还是很美，前面的腌制过程接最后的加工过程：陈皮与干薄荷叶打成粉末，加盐，用细箩筛撒于购进的蜜渍杨梅之上，裹上薄荷绿的糯米纸，放进绘有折纸花卉底纹的包装盒嵌孔中，盖上透明油纸，精美的花笺，花笺上用行草小字印着出处原文，包装盒内外印着书中人物绣像图……这香艳无比的"金瓶衣梅"，她也只在杨梅上市前后限时限量卖三百盒，要预订，卖多了就破了手作的神话，绵绵在视频里解释限量的原因：杨梅不是稀罕物，只是实在是搭不起那琐碎工夫……也算是实话实说。

我记忆里的焦枣，应该类似于这种"衣梅"。

焦枣故事中，有一个关键的漏洞，这些年讲述的我和听我讲述的人，都没察觉——糖霜的成因，是我的臆想，是比附着柿霜的想当然。实际上，柿子成为柿饼要经过较长的晾晒过程，果糖缓慢析出形成柿霜，而短时烘焙的焦枣不可能出现那样的霜——让我着迷的糖霜，应该也是蘸糖，不过做得极薄极精极细，就像绵绵给蜜渍杨梅做的那层"衣"……

记忆里那个卷胡子卖枣老头儿的笑脸浮出来，他听我说着对糖霜的臆想，笑里有略带惊讶的肯定——十七年前我还看不懂这笑，原来谜团的答案就在这样的笑里。

绵绵常常会对顾客露出这样的笑，别人问她什么，她就会这样笑：真是眼光独到，这款"冷月清霜"用了茯苓，有些清冷的气韵，不是很讨喜的……若对方略知一二地说了什么，她会微微颔首——店里十元一袋寥寥数枚的青梅蜜饯，叫作"和羞走"，客人见了说出李清照，她定会这样略微吃惊又欢喜释然地笑起来。来这里逛的多是年轻人，有点儿文艺的，十有八九会在她这样的笑里拿上一袋"和羞走"，或者同时以八折优惠尝一尝与之配的"露浓花瘦"茶。

绵绵那边一声招呼，我很快就隔墙递过去一个托盘，上面放着一个盛满沸水的玻璃鹅颈壶，一个仿汝窑钵子，一朵金丝皇菊在半钵热水中舒展绽放，沉在水底的冰糖如真冰入水，几不可见，静置片刻，绵绵素手执壶，细丝花瓣跟着注入的水流舞蹈，浮浮沉沉，融化的冰糖糖液在淡黄色的茶汤中如舞者抛向空中的绸带，晶莹透明，更多李清照的句子呼之欲出，她的笑更加充分，满是期待，期待你加入这场戏剧，一起创造个故事……

我想得出神，拉着自家店门又不动了，挂了电话的绵绵"咳"了一声："咋回事儿啊？一早上恍恍惚惚的，谈恋爱了？"

我笑笑，打开了店门，胳膊有种失力的酸软，仿佛刚刚经历过剧烈的运动，好在力量很快就回来了，早上的例行打扫很简单，为了不再发愣，我还有意加快了手脚的动作，收拾好一切，把店里的宣传册页和座号牌拿到店外街边的桌子上，我才停下喘了口气。

透明天顶穿下来的晨光，落在店铺的门头上。门头设计并不是规则的牌匾，而是展开一半微微卷边的黄褐色的羊皮纸，上面深咖色的"咖啡说"三个花体汉字，被浅咖色的花体英文"Coffee Story"托着，汉字笔画和英文字母都有着夸张的圆弧和勾连曲的甩尾，像藤蔓植物花叶间生出的嫩须……

我此刻才察觉到心底的变化，糖霜"真相"的出现，并没有给我带来又一个"顿迷"时刻——那明白的"光"照下来，实在的依然还在，且有了更为复杂灵动的光影……

九

所有的日子都会过去，12 岁春日的星期天上午会过去，17 岁初秋的操场黄昏会过去，30 岁生日也不例外；所有的日子都会过去，好的日子会过去，坏的日子会过去，2020 年也不例外……

今天，是个普通的周三，也是我 31 岁生日。和还是 30 岁的昨天一样，活着，醒来，去卫生间，洗漱，梳妆——发型没变，体重没变，但我知道，不可逆的变化已经发生了，还在继续发生。

我挽着张琳，出门了。

她高高隆起的肚子里，五个月的胎儿像泡在水里的豆芽一样天天长大。这个胎儿在 60 天前，差点儿变成了医疗垃圾。

七月份她发现自己怀孕，正好赶上疫情反复，在家封闭了近一个月。等到恢复正常了，他们俩供职的那家培训机构彻底倒了，夫妻同时失业，她当时就跟我说不该要这个孩子。丈夫的同学在深圳做得不错，愿意帮他，她和丈夫商量，做掉孩子一起去。丈夫很为难，那边的具体情况不确定，但留张琳一个人在北京，他也不放心。张琳为做手术去检核酸的时候，情绪崩溃，我接到电话跑去了医院，她搂着我哭说"舍不得孩子"。

我说："舍不得就留着啊！谁不让你要这孩子啦？"

"你说得轻巧，怎么养啊？"她哭得更厉害了，丈夫的眼圈儿也红了。

"咱俩一起看《我是山姆》，露西说，只要有爱就够了——你当时说……"我替她抹泪，慢慢哄。

"可那是电影——"她抽泣着说，"是假的呀——"

哭声跟着"呀"字的尾音彻底放了出来，她哇哇大哭，引得路过的人纷纷侧目，我搂着她，招呼她丈夫叫车。三个半人一起去了店里，慢慢掰扯到晚上。最终的决定是，她丈夫去深圳，她带着肚子里的孩子留在北京和我待在一起。

张琳自责得厉害——我陪她去做产检，要关半天的店，她对我抱歉；丈夫自己吃苦，挣的钱都给了她，她对丈夫抱歉；自己情绪不好，对肚子里的孩子抱歉……动不动就泪如雨下，又为泪如雨下抱歉，抹着泪说"对不起"……我捧给她一盏丁香橘皮乌梅茶——她当时还有孕吐，我让她试试，然后说如果可以，我打算给这茶起名叫作"雨巷——丁香一样，结着愁怨的姑娘"……

她被我逗笑，随即又哭了——哭着问我："你怎么能活得这么自在呢？"

这种残酷又滑稽的场景里，我的台词只能很"水"——抱着她笑笑说：躺平啊——顺其自然，随波逐流……忽然又觉得这话并不是敷衍——不这样又能如何？波涛动荡之中，能浮在水面上，全身每块肌肉都要用尽全力，时刻不能放松，但那酸痛和疲惫却在提醒着你的幸运——比起那些溺亡者……

能在前浪后浪中翻滚的"弄潮儿"，听说过，没见过，目之所及，皆惴惴如我，随波逐流但也心知肚明，自己随时会有溺亡的可能……

这一年，都很难。"十一"长假期间，园区恢复了点儿人气，突然又有了疫情，闭园，等通知。通知到了，发现街区开门的店又少了几家。李岩的店在 7 月份那次闭园后就再没开，听说有三分之一店铺要和园区解约。尹玉和我商定了个亏损红线，熬不过去，谁也没办法……我每天睁眼想的就是"65 杯咖啡"——那之后才有得赚——就算加上外卖平台接单，十天有八天也卖不到……

无奈且无聊的冷清中，从那杯"雨巷"开始，我研发了"茶语"的现代文学系列，同时也给张琳找了个活儿——在纸质杯垫上抄那些茶品所涉及的内容。每天早上，我们俩就这样穿过马路，一起到店里去工作。

绵绵店里也没人，她踱过来，赞叹张琳的字好，张琳停住笔，眼泪掉下来，打湿了刚写下的几个字"翡冷翠的一夜"……吓得绵绵吐了下舌头，摆手示意，走了。我也笑着摆手，眼角余光扫到了进店的那个人——连着第三天了，我猜他不是游客，应该是园区的店主，或者工坊的设计师之类的人，瘦高，戴着黑框眼镜，佝偻着腰，戴着黑色口罩，还低着头，浓黑粗硬的头发四处翻翘……

果然，他又点了"希望"。

在我烧水煮茶的时候，张琳挑出写好的杯垫，递过来。他的手指抹过那上面的句子：绝望之为虚妄，正如希望相同。

酽酽的黑茶茶汤里，有两颗雪白的鲜桂圆、一颗糖渍青梅和几粒鲜红的枸杞。他昨天向我求证：桂圆是指"肉搏空虚的暗夜"，青梅是指"身外的青春"，枸杞是指"体中的迟暮"……我一时语塞——被说中了反而不好意思承认，太过直接的附会。他端着茶走到外面街边的座上慢慢喝完，没有带电脑或书，没有看手机，甚至都没翻桌上的册页，只是喝茶。

我远远地看着他，忽然生出了交谈的愿望——脑中小剧场已经开演了：我走过去，说：昨天他问，我没有回答，是因为无法回答——茶不是诗的比喻，就是诗本身……接着，我开始讲糖霜的故事，用侦探小说的结构讲——13 岁的我，是委托人，30 岁的我，是侦探，抽丝剥茧破解陈年"焦枣谜案"……最后我笑着说出糖霜是假的——但这并不是全部的真相——真相之为虚妄，正如谎言相同……

20 分钟后，他放下茶杯，走了。我在吧台后站着，一动未动。

昨天没有说，今天会说吗？

煮茶壶里的黑茶茶块儿正在翻滚的沸水中散开，茶汤正在从金红色变成深褐色，店里很安静，汩汩的煮茶声清晰可闻……

（刊于《青年文学》2022 第 4 期）

作者简介：

计文君，小说家，文学博士，中国现代文学馆研究员，出版有小说集《化城喻》《问津变》《白头吟》《帅旦》《剐红》等，曾获人民文学奖、杜甫文学奖、郁达夫小说奖等奖项，出版有《红楼梦》研究专著《曹雪芹的遗产——作为镜像和方法的世界》《曹雪芹的疆域——〈红楼梦〉阅读接受史》等多部。

大杂院子弟

袁凌

一

站在辩护人像半截橱柜一样的席位里，听到法官当庭宣判，邓节有些发蒙。一刹那像是回到了童年时候，天黑归家时大鹅丢了一只，面对爷爷劈头盖脸的斥骂，完全回不过神。

没有意料到的失败。代理这桩二审官司邓节信心很足，甲方证据都摆在那里，矿机没有按时交接，待在贵州北部的一条峡谷里，按照区块链世界的淘汰法则，在三年时间中慢慢变成一堆废铁。从一审到二审，租借方始终没有拿出什么像样的证据，只是不断地换律师，从一个知名的大所换成没听过的普通所，开庭前又换成一个只有三四个人的小所，和邓节挂靠的大所根本没法比较，没想到竟然是这个不见经传的小所律师把邓节最终打败了，还是当庭宣判。法官完全支持租借方的证据和请求，不用支付任何赔偿，没有挖出来一个比特币，那堆山沟里的废铁是邓节客户唯一能到手的东西，如果愿意付出高昂的成本把它们运出来的话。租借方甚至一辆卡车都不用张罗，理由是他们提出过协助运输的需求，没有人搭理，证据是一份几年前的 QQ 聊天记录。

这份记录是复印的，显得油墨过重，比邓节从客户那里看到的凭空多出两行关键对话。邓节觉得，这样一份黑乎乎的复印件随便在哪个打字店里都能炮制，拿到法庭上出示简直是侮辱智商，但法官完全不顾他的质疑，认定这张证据真实有效。

243

没有法官的事先授意，租借方根本不会有脸皮在法庭上掏出这么一份东西来，毕竟一审他们也没有拿出来过。退庭后邓节又问了自己的客户，客户保证说没有那样两行对话。邓节相信自己的客户，也相信自己的判断，但是输掉官司已经无可挽回了。

这是终审，理论上邓节还可以提出申诉。但是这么一桩说不上惊天动地的经济纠纷案件，高院有兴趣受理的机会很少。眼下看起来，邓节简直拿那张复印件，或者说是那个躲在复印件后面的徇私法官毫无办法了。

邓节觉得这是一件难以接受的事情。当律师以来，他从来没有这样信心十足却又一败涂地过，何况近期另有一个很有希望打赢的案子也败诉了。一个多月前接手这两个案子的时候，邓节信心满满，觉得律师生涯即将迎来高峰；现在却是一个趔趄出溜到谷底。

心情低沉地褪下了律师服，当事人还等在法院门前，他只能尴尬地说了几句申诉之类的话，客户脸上失望又怀疑的表情令他更郁闷，好容易送走了客户，邓节没有心情去律所点卯，径直打了滴滴回家。即使是站在法院门口等快车的那么几分钟，他也觉得难以忍受。

回到小区，进入楼道的时候，邓节的感觉都和从前不同了。楼道由于不像主城区的小区那样有门禁，成了小广告被驱逐后的发泄之地，从一层到四层自家的走廊，一直到门口，都贴满了密密麻麻黑乎乎的各种手机、QQ号码和"通通通""收驾照分""开锁、换气、修空调"字样，甚至还有"包小姐""迷药"，很多是用黑漆喷上去的，以往邓节没有太在意，这次一路走过去却觉得是在蚂蚁洞里穿行，自己不过是蜗居在北京南三环外的一只小蚂蚁。就算有一个自己的蜗居，那又怎样，房子是在西西名下的，是她在认识邓节之前买的，邓节不过算是拎包入住。有两次吵架的时候，西西也曾经让邓节"滚出我的房子"，这样的话和好后双方不再计较，但也不会完全被遗忘。

西西还在上班，工作单位是邓节以前待的律所。这是件好事，邓节正想安静地往沙发上一窝，他甚至都没有去操心家里的猫，平时这是回家的例行功课，要唤上两声屁股，胆怯的猫咪看清了没有客人，才会呜呜地从哪个角落里出来。

屁股来自大杂院，以前是母亲饲养的流浪猫当中的一只，西西去时看上了，要了过来。它像所有的流浪猫一样血统不纯，身体是白色的，左眼眶却莫名地黑了一大块，像是在娘肚子里被人揍了一拳。西西很心疼它，但有时邓节觉得自己没那么喜欢。

譬如现在。他感觉这只猫在躲着他，就像他想躲开众人一样。窝在沙发上，开始是想怎么把案子扳过来，渐渐变成了怎么对付那位法官，举报，在微博或者微信上喊话什么的，后来又明白没有什么用，自己不是这路子的人。一向自认为是靠专业性打官司的，似乎比那些吃人情饭或者到处喊叫的同行都还要高明一点。现在这份自诩却在一张黑乎乎的复印件面前变成了讽刺。他又觉得外面从门厅到楼道墙上那些黑乎乎密密麻麻的小广告都变成了一张张复印件，怎么揭也揭不下来，忽然又一起从墙上脱落下来，重重地打在他的脸上。

他感到手上缺点什么。并不是一件可以抵挡的东西，脸已经被打了。是一支烟。好久没有这种念头了，他曾经以为，这个念头永远不会再回来找自己。

家里没有烟，即使是以往最隐秘的藏匿点也没有。曾经他为了过一下瘾，买一包在外面抽掉一支后扔进垃圾桶，每两天一包，三个月前在业务最顺利的时候戒掉了，觉得再也不会感到需要瞒着西西在外面抽烟，然后小心翼翼处理掉手上可能的烟味，两个人的争吵也会减少很多。现在却是故态复萌。

正在犹豫要不要下楼一趟买烟的时候，接到母亲的电话，她送饺子过来快要到了，问家里有人没有。

邓节才想起来有饺子这回事情。上月过中秋节，西西跟着自己回了一趟大杂院，那天母亲包了饺子，西西说馅儿剁得好，比他们东北的饺子要更好吃，母亲记住了这回事，说是趁哪天休息包好了送过来。她的保洁岗位两周才休息一天，今天趁休息日包了饺子送过来，怕儿媳妇推辞又没有事先告知。

如果母亲还没出门，邓节很想说你别过来了。他不知道现在的样子怎样见母亲，还有将要下班回来的西西。在这失败的一天，同时面对自己生命中最重要的两个女人。但是母亲肯定已经上了公交车，她没有坐过北京的地铁，那个地下世界里的复杂规则让她头晕，尽管刚到北京的几年，她曾经跟着父亲在地铁站台摆过摊。平时她只需要在大杂院和798之间来回，以往去远些的地方摆路边摊都是搭乘父亲的电二轮，车厢里堆着山一样高的小货，前座上挤着两个人，母亲只能侧身在旁边一个很小的位置上，另一侧还有一个位置，邓节曾经跟父母一起坐过几次，那时年纪小还觉得兴奋，后来再也不肯了。母亲会坐到方庄下车，步行过来，越过南三环立交那个有些混乱的桥洞。这对于她来说，是出一趟远门，手上还有饺子的重量。

在等待母亲的时间里，邓节接到了西西的电话，问今天的案子怎么样。西西知道今天的开庭很重要，这是邓节第一次接比特圈的案子，为了进入这个圈子，邓节早就和西西各自购买了几个比特币，还曾经打算包下几台矿机。邓节不知道怎样回复她，又不能不回复，硬着头皮打了两个字：还好，幸好跟着可以说母亲送饺子的事，西西说哦那好，我争取早些回来。

西西在忙着筹办新办公室的事情，她除了偶尔接一两个案子，多数时间都是面对这些琐碎的事务。她在这方面很擅长，邓节觉得如果是自己，肯定在一团乱麻的人际关系和层出不穷的杂事面前疯掉了。但即使是西西，最近也常常抱怨在所里难做人。

等了一会儿母亲没到，邓节有些担心她拿不准单元楼的号数，几栋楼看上去长得一模一样。下楼去接母亲，等待当中没有忍住，去小卖部买了一盒烟，抽掉了一支，犹豫了一下，又很快地抽掉了第二支，才把其余的扔进了垃圾箱。他闻了闻自己手指上没有明显的烟味，仍旧站着等待，直到母亲偏瘦的身影出现。

母亲提着一个分层的竹屉子，看上去很小巧，大约是从卖旧货的老乡圈子里搞来的，因为手上的分量肩膀有些倾斜。邓节上前接了过来。两人并排走进楼道，邓节感觉母亲和自己身高的落差大了一些，她有些显驼了，邓节想可能是干着两份打扫卫生和捡烟头的活，需要低头的时候比从前卖地摊货多了很多。

第一次见到母亲在798捡烟头，邓节很难受。那天邓节和西西约着喝咖啡休闲，出去抽一支烟，没想到在咖啡馆外边走道上见到了母亲，拿着一个铁夹子，正从地砖缝隙里夹出一个烟头。邓节有一阵子没去大杂院，不知道母亲停掉了在集贸市场里的鞋摊，改行干了保洁。

"妈，你怎么干这个！"

那天的太阳白光光的，无遮无挡落在母亲佝着的背部，母亲还戴着厚厚的劳保手套，落在地面上的拿手去捡。邓节觉得自己夹着香烟的手心冒了热汗，背上更像是有人的眼睛在盯着，热辣辣的无从躲避。母亲却平平淡淡地说这个活儿轻松，时间自由。

邓节匆匆结束了和西西的约会。西西还没有去过大杂院，不知道邓节的父母在摆摊，更何况当街捡烟头。西西出生于很正常的一个干部家庭，虽然没有考上什么好的大学，也在北京城扎下了根，按揭买下了这套紧靠南三环的房子。邓节不知道怎样告诉她自家的事。

所幸后来邓节发现，西西没有瞧不上大杂院，她跟着邓节去了两次，还在那里过了一夜。母亲很喜欢西西，有时候邓节感觉，西西和母亲倒是比跟自己更亲近一些，自己反而像个外人。但有一些两人间的事情，西西又不愿意邓节告诉父母。

进屋之后，邓节把竹屉放到厨房，先洗了洗手，保证手上没有残余烟味。母亲正在打开竹屉，一格格排列整齐的饺子，母亲包饺子是按家乡的手法，不跟北方这边随便一捏了事，而是像婴儿卧在襁褓中，襁褓和婴儿的形状都没有压坏。母亲轻轻地取出饺子放在托盘上，手法和包饺子一样轻柔，过后回到客厅，邓节招呼，她才轻轻地坐到沙发上，就像她是第一次来到一个亲戚家的客厅，并非儿子媳妇的房子。母亲的客气让邓节有一丝难受，毕竟这房子不是他买的，虽然律师业务有起色以来，他已经出钱交了一年多月供，按照法律来说，西西允许他有了参与房产增值的权利。

邓节问母亲喝什么，她也说不喝，邓节只好给她倒了杯水。两人一时找不到话说，母亲显出要走的意思，邓节只好说西西让你在这儿玩，她一会儿就回来。母亲说回去还要给你父亲做饭。邓节说你难得过来一趟，父亲收摊晚，回去也来得及。母亲说现在清退外地人，人越来越少，路边摊卖不动，你父亲改行当保安了。

邓节有点意外，问干了多久，母亲说两个月了。想着你们工作也忙，就没跟你说。其实早知道会有这么一天，那你们还在大杂院住吗。不知道，住一天算一天吧。这院子挨着798，离你父亲上班的车场也不远，不住又到哪儿找去。

接下来有些冷场，母亲没有开口，邓节不知道她想问什么，自己又能告诉她什么。最近两起官司连续输掉的消息吗。工作上的事情邓节很少跟母亲谈，但假如把败诉的消息告诉父亲，父亲会是什么态度呢？父亲一贯认定邓节的工作没出息，当再大的律师也不如考个国家公务员哪怕是当乡镇干部，假如知道了邓节做律师不顺，口气会不会更难听？母亲更关心的，大约还是邓节和西西想要个孩子的事情，但是上次去做男科手术之前邓节告诉了母亲，引得西西很不高兴，两人大吵了一架，眼下试管婴儿一再失败的消息，又怎么能让母亲知道呢？

还好这时屁股忽然钻出来了，嘴里喵呜喵呜地去蹭母亲垂下的手背，那只手背因为不习惯触摸看来过于细致的沙发而有点无处安放，这会顺势摩挲起屁股的口鼻来，母亲嘴里也发出了轻微的呼唤应答，这在邓节和屁股之间是从来不会发生的情节，看来屁股没有忘记大杂院的日子，它并不觉得母亲整日握住铁钳捡烟头垃圾的掌心过于粗糙。这段尴尬的时间总算是有了敷衍过去的内容，邓节第一次有点感激这只平时胆怯生分的猫。

西西打电话回来，说她已经下班了，让邓节另外点两个菜，留母亲一起吃饭。邓节开免提答应着，回头在大众点评上下了单，西西进家门快递员恰好赶到。母亲看到说不如买菜我给你们做，西西一边换拖鞋一边说，母亲送饺子过来已经辛苦了，不过您烧的菜是真的好吃。

西西在大杂院吃过两顿饭，吃第一顿之前邓节曾经很忐忑。到了798和大杂院外围分隔的酒仙桥北路，看到那排破破烂烂的门面，邓节的心里就有些紧张起来，像是当初第一次穿过北京，去到南皋大杂院的时节。那是比这里更破烂的一个大杂院，十二岁的邓节从来没想过自己从安徽老家上北京，会来到这么一个地方，房子比老家更破旧。以前在书上读过和听父母描述过的北京，和眼前的完全不是一回事，就像父亲在车站摊点上给他买的那个汉堡。邓节曾以为汉堡一定是世上最好吃的东西，谁知道父亲花两块钱给他买的汉堡会那么难吃，简直比爷爷胡乱烩的剩饭煮烂肉片更难下口，第一口就让邓节几乎呕了出来。南皋大杂院的景象也让邓节反胃，地上有垃圾和粪便，院门口是苍蝇嗡嗡飞舞的大公厕，邓节直到上桌端碗，眼前浮现的还是大公厕和垃圾的形象，虽然很盼望吃到母亲亲手做的饭菜，却一口也咽不下去。眼下这个大杂院入口也有一个大公厕，天气又开始热了，邓节担心西西会闻到那股臭气。

还好西西没有太表现出来。大杂院入口往里是十几排简易平房组成的院落，亲戚们散落住在各排石棉瓦顶下，早出晚归做着各自的小生意，虽然同在一院，平时却不大见面，最常碰头的地点是在大公厕里。时间通常是一早一晚，挨个蹲在各自的便槽上，忽略了长幼尊卑，面前是对着小便槽撒尿的人的屁股，凛冽又腥膻的气味钻进鼻孔，有人还偏生爱对着便槽撒尿，不时会溅到蹲坑的人赤裸的大腿和脚踝上。每天的这个时间段都让邓节头皮发麻，生理需求成了最大的难题，当初用了大半个暑假才渐渐习惯。

低头穿过几排晾在院落里的衣物，看到母亲在屋外煤炉上忙着炒菜，和邓节第一次带女友来时一样。那是大学刚毕业的时候，邓节没有像同学们那样找工作或者考研，而在大杂院里复习准备司法考试，女友的工作一时也没有着落，曾经来栖身过半年。

母亲很重视准儿媳，专门把平房中的一间布置出来给两个人，请一个做家装的老乡吊了顶，窗户贴上红色窗花，墙壁用墙纸和年画裱糊好，还在晾衣绳上扎了两个气球，有些新房的意思。她不要女朋友沾手家务，总是自己中午赶回来把饭做好，晚上也是骑着三轮车赶回家，来不及卸货就捅开煤炉开始忙碌。母亲肯定希望两个人能顺利结婚，她也早日抱上孙子，即使女朋友只是一所普通大专的学生，和邓节有差距。

但是几个月之后，邓节的司法考试意外地没有通过，被迫开始找工作，错过了毕业季，一时辗转寻觅没有合适的。女朋友倒是找到了一个合适的工作，地方比较远，离开了大杂院去上班，两人见面的时间越来越少，渐渐地就分手了。邓节一个人在母亲布置的新房里又住了半年，觉得自己陷入了抑郁。直到终究找到了工作，朝九晚六开始上班，才最终离开了大杂院。以后弟弟从地铁公司辞职，又接替邓节在"新房"里住了半年。

母亲的身边围绕着几只流浪猫，喵呜地叫着，大约是闻到了炒菜香，又到了她拿鱼鳃喂它们的时间，这些鱼鳃是母亲摆摊的菜市场鱼贩子摊位扒下来丢弃的。只有一只白色的猫离得很远，胆怯地缩在墙角阴影里，又抑制不住对食物的渴望，探出半个身位，正是这种情态打动了西西。那次招待西西的饭吃得很顺利，西西看起来很喜欢母亲按去掉了辣的安徽套路做的菜，每个菜几乎都吃到了。这是西西的长项，作为助理，她总是能让律所的众人都满意，尽管律所的环境很复杂。西西似乎有一种天生的要让别人满意的愿望，即使提到邓节从前复杂的恋爱史，她常常会有所抱怨。西西还喝了半杯母亲买来葡萄自己酿的酒，称赞味道好喝。摆下了一张大圆桌之后，平房里有些挤，开了电扇还是热，西西脸上红扑扑的，不知道是酒意还是热的。整个吃饭期间，邓节一直在担心的，其实是西西提出来要上厕所。

厕所有两座，一座在院子入口处，另一座是在最里边。两座大公厕的环境和气味差不多，一溜永远湿乎乎的蹲位加上缭绕飞腾的苍蝇，往往使人无从下脚，便槽里的情形更是不堪入目，邓节初次到北京的时候觉得比老家学校的更差，因为没有人定期拿水冲。院子的主人把出租业务包给了一个河北人二房东，二房东也只管收房租查电表，大半年才会找人淘一次厕所，把快要漫溢的粪坑清理一下。如果西西进到大公厕里，会不会失声尖叫跑出来呢？虽然她的老家是在东北的一个小城里，但应该也早就告别了旱厕的时代吧？

使人安慰的是西西始终没有提出上厕所的要求，尽管那天她不仅喝了母亲炖的汤，酿的葡萄酒，还和邓节一起陪父亲喝了两小杯白酒。父亲每天都要来上两小杯，早上出车前和晚上收摊归来各一杯，这天难得地在家休息，有未来的儿媳作陪，更是多喝了两杯。西西染上了红晕的脸上一直露着微笑。饭桌上她还提出来下次要抱走那只白色的猫，这个要求出乎所有人意外，却又让大家都高兴，尤其是母亲，似乎有了这只猫，西西就再也不是外人了。

直到晚饭后帮着母亲收完碗筷，又聊了一会儿天，在那台有些毁色的电视上看了一小段新闻后离开，到了外面的大街上，西西才有些急促地让邓节带她去对面的798，就近找一家公厕。一直到现在，虽然西西去过大杂院几次，但从来没在那上过厕所。

回家后西西专门买了一个好看的猫笼子，邓节回大杂院把白猫带了过来。捉猫的时候母亲亲自出马，不然没有人能够接近它，到了家中之后，白猫也是躲在一个角落两天不出来，好像无脸见人，或许正是因为这个缘故，西西给她起了屁股这个名字。

这次虽然父亲弟弟不在，三个人仍算难得地在一起吃了晚饭，玉米肉馅的饺子味道很可口，母亲特地加了一种香菜。西西和母亲聊了几句重新躲起来的屁股的事情，让气氛轻松了不少，但这个话题结束后母亲就很少出声，恢复了局促的神情，和在大杂院的热情张罗完全不一样，似乎自认为这是待在媳妇家里的本分。虽然西西不断地夸奖母亲包的饺子好吃，也频繁夹菜给母亲，饭桌上的气氛还是显得有些过于客气了。母亲大约有想说的话没有说，西西也像是有心事，偶尔会夹起饺子出神，母亲肯定也注意到了这一点，却什么也不问。母亲还想把两个煮破了的饺子舀了吃掉，被西西挡住了。

饭后又小坐了一会儿，母亲就起身告辞，西西再三要给她打个车回去，邓节也从一边劝，母亲却始终不肯，说坐小车闷人，头晕，一定要去搭公交，邓节只好把母亲送到了公交站，临上车时候，母亲说了一句"你三叔的腿好像得毛病了"。

二

"你的案子赢了吧？"西西问。

邓节只好敷衍过去，说是没有当庭宣判。西西皱起了眉头。张律师又来闹了，说是搞什么新办公室，就是想撇开她。周主任又是老样子，背着张律师话说得干脆，一当面又含含糊糊的，新办公室不知道能不能开张。

想到这些觉得好烦心，西西说。

西西以前很少说到这些。邓节还在这家律所时，西西就是最讨大家喜欢的助理，对于担任实习律师的邓节，她也在主任和邓节之间多有联络照应，使得邓节免去了传说中实习期的不少尴尬。但是张律师的事情太过难办，影响到了整个团队，已经不是西西能左右的了。

邓节见过张律师的做派。在律所她单独拥有一间办公室，有事到大写字间时总是一副睥睨姿态，经常训斥新来的助理或者律师这里那里不对，邓节就受过她的敲打，当时还是西西帮着圆的场，说他新来不熟悉情况，邓节也因此对西西有了第一印象。周主任有什么事要去她房间找，而不是她过去找周主任。案子永远是挑最趁手又来钱的做，除了她自己接的，所里最好的线索都被她要去了，外面的荣誉称号社会职务一大堆，周主任自己都甘居幕后。周主任这么让着她的原因，明眼人一看即知，她也无心掩饰，就是两人的男女关系。张律师早些年离了婚，自己带着一个孩子过，听说是为了周主任。周主任自己有家有室，欠了张律师的情，据说那孩子也可能是周主任的。有了这层关系，张律师自然是要风得风要雨得雨。

周主任在男女关系上一直拎不清，属于见了漂亮女生就挪不动腿转不开眼那种。所里的年轻女律师和助理，有几个人都跟他有些暧昧，平时也喜欢顺手勾肩搭背，对于西西也有过这类举动，只是没有特别过分。邓节离开周主任团队单干，也有对他作风看不惯的原因，西西因为前两年才拿到证，团队人又熟，留下来也是没有办法。

"你们男人都这样！"西西说。

她开始责怪起邓节来，翻出两人刚开始恋爱的旧账。那时邓节另外还有一个女友，有一段时间曾在西西和那个女生之间犹豫不决。那个女生是一个记者，邓节和她是在采访中认识的，两人都很喜欢李娟的书和周云蓬的音乐，而邓节第一

250

次来到这座西西的住宅时，书架上全都插着亦舒的书，现在被邓节的书挤掉了不少，一部分打包进了床下的两只储物箱里。有一阵邓节认为自己找到了传说中的灵魂伴侣。那个女生后来调到了上海的记者站，邓节听到她和站长之间的风声，忍不住去上海看她，到了女生住的楼下，她却不让邓节上去，还大发脾气，晚上邓节在小区石凳上坐了一夜，喂饱了蚊子，女生在快十二点被站长一个电话叫走，就再也没有回来。第二天清晨邓节坐高铁回了北京，拉黑了她的微信，以后再也没有联系过她。

西西对那个女生的事有所耳闻，当时常常对着邓节以泪洗面，她的眼泪出乎意外地多，就跟她在人前的微笑一样，邓节有一阵觉得她是看琼瑶的小说太多，在演琼瑶剧，琼瑶系列是西西学生时代的另一宗主要读物。但跟那个女生断绝联系后，邓节开始不再那么嫌弃她书架上的亦舒，也开始感到，西西是真想过日子的人，而邓节自己，也已经三十出头，到了该在北京安顿下来过日子的时候了。

这正是几年来父亲挂在口头，母亲时常到了嘴边没有说出来的。相比起高中毕业到北京来打工的弟弟，以及类似经历的堂兄妹表兄妹们，邓节考上了大学，在大杂院的亲戚和故乡亲旧中很有面子，工作和结婚的事却又让父母把面子都还回去了。

说实话，前几年邓节根本没想过要结婚。对于这件事似乎没有什么感觉。即使是和西西的恋爱，当初也没想过会走到结婚成家这一步。小时候家里经常吵架，父母生活在一起似乎不是出于情愿，只是为了什么原因一定要这么做而已，他从来没有过母亲爱父亲，或者父亲爱母亲这类感觉。父亲早年喜欢出门跑生意，母亲就带着邓节和弟弟在家干农活，养鸡鸭。相比于父亲，母亲似乎对她养的那些鸡鸭更有感觉。父亲的打鼾很严重，回家后也不和母亲睡一块，少年的邓节有时候会疑惑，如果他们从来就不睡在一块，自己和弟弟又是从哪里来的。后来父亲上了北京，离得更远，回家的时候更少了。再后来，母亲也去北京了。家就不存在了，邓节和弟弟剩在老家，分头托付给爷爷奶奶和外公外婆两头照顾。

爷爷的脾气很呛，寻常是骂，间或要打。觉得邓节不该闲着，给他派了农活，每天放学回家就去赶鹅。夏天还好，到冬天就成了一桩苦差事，池塘上了薄冰，鹅并不愿意前往，勉强赶它们的时候会被忽然啄一口。鹅的身量高大，邓节不过比它们的头高出一小截，像在班级的斗殴中对付一群仅比自己低一个班级的小孩。淮北的空气中含有冰针，又湿又瘆人，邓节只有一双线缝露肉的旧手套抵御，满脸满手通红，耳垂长了冻疮，母亲第一次过年回家看见，说"活像猴子屁股"。父亲没有什么反应，大约小时候他也是被爷爷这么调教过来，母亲却心疼了，商量给爷爷加点生活费，不要让邓节干农活了，爷爷却说干点活有好处，我不是图你们几个钱，娃子放到我手里，就该归我管教。奶奶也拦不住，邓节就仍旧在放学后赶鹅打草，回家面对爷爷的怒气和下手。爷爷的下手真狠，真的是一巴掌连耳朵带脸搂过来，眼冒金光。邓节感觉不到自己是他孙子，就像一个交生活费寄食的外人。可是真对一个外人的话，爷爷并不会这么打。爷爷已经过世多年，邓节也长大成人，但直到跟西西在一起的初期，邓节还会重复那个梦境，梦里爷爷的巴掌是如来佛的手掌可以见风长，邓节不管怎么蹦跶，也出不了手掌心，最后被压在五指山下拼命叫喊又喊不出来，满头大汗地醒来。醒来以后，西西温柔的手掌落在他的额头上，代替了爷爷手掌的力量。

有一段时间邓节常常想不通，好好的一个家，怎么说散就散了呢，就为了挣钱。邓节也不知道钱带来了什么。家里的土房子推倒了，修起了两层的水泥楼房，迁居的时候请了客，父亲对来客拱着手，呵呵地笑着显得很有面子，但一家人在新房里就住了端阳那几天。有一次挨了爷爷的打，邓节哭着走了十里路，回到老房子门前，在挂着的门锁下面待了一下午，哭了一下午。晚上邓节会重复地做一个梦，梦里外婆带着弟弟邓义上了一只小船，划着船去了河的对岸，邓节被撂在河的这岸，哭着招手却没人听见，眼看着小船越划越远，天地之间好像只剩下了自己，从梦里哭醒了，醒来继续哭，又惧怕爷爷听见，只能小声地呜咽，头蒙在被窝里憋着，感觉胸腔闷得要爆炸，呼吸要窒息了，却又毫无办法。

邓节盼望的只有过年，父母从北京回来，一家人能回到老屋子里待上十来天。那是一家人最快乐的日子，父母带回了在北京买的衣服和一些零食，据说都比家乡的好，有时还给亲戚家的孩子捎。邓节也没觉出什么好来，但仍然觉得很开心。短暂的相聚中，父亲的脾气也似乎变得好了些，和母亲不怎么吵嘴。如果邓节和弟弟问他们一些北京的事情，他们会简单地回答，似乎对于北京他们也不知道多少，但仍旧让邓节产生了比光看课本更多的向往，有时还有一种骄傲，毕竟，我的父母在北京，有天安门和人民大会堂的地方，而不是像很多同学的父母一样，只是在合肥或者东莞。

有一次过年，父母提前了几天回来，把邓节和弟弟接回了家中，邓节更开心了。可是到了腊月二十八那天，他们提前在家中做了一顿类似年夜饭的饭菜，就要把邓节和邓义各自送回爷爷和外公家，他们自己要在年前回北京，赶北京的庙会，说是庙会当中卖货快，利润大。听到这个消息之后，邓节和弟弟都崩溃了，弟弟愤怒地对父母喊叫，你们太过分了！弟弟的小脸上淌满泪水，和天空飘落到脸上融化了的小雪粘在一起，也是满脸泪水的母亲略微蹲下来搂住弟弟和邓节，但是她最终仍然跟父亲离家走了，他们早已备好了在庙会上卖的货，买好了火车票，任什么也不能把他们留下来。那次分别成了邓节记忆中最伤心的一幕，他从此对过年失去了盼望，不再指望父母从北京回家，反正他们待几天就会走，甚至还会在年前就走。

"我闺密说得对，你就是一只养不家的狼！"两人争吵得激烈时，西西曾经这样喊叫，邓节没有底气反驳。他觉得西西的闺密说的有一部分是对的，自从那个父母在年前离家赶回北京的下午，他已经不知道家是什么了。同居之初，他怕两个人整天黏在一起，连脉搏都受到挤压，面对西西一天在上班间隙发来的几十上百条微信头皮发麻，心里时常会想起那个若即若离的女记者。他也想要再漂几年，折腾几年，中间一度甚至不想找女朋友，断续在陌陌上约了几次炮。这也成了西西吵架时骂他"流氓，恶棍"，甚至抄起手边东西朝他扔过来的话柄。

但是另一方面，邓节又很想要家。这也是西西一开始就吸引他的原因。他像那些在冬天被迫在结冰池塘上凫水的鹅，急切地渴求家中麦草的暖和与火光的温暖，嘎嘎叫着在回家路上碎步小跑。西西身上有一种阳光晾晒干净了的被单或麦草香味一样的气息，一种健康得让邓节不敢直视的东西。他像是一个拎包入住的客人，在西西给予的这个住所安顿下来，犹犹豫豫地感受和适应着，即使领了结婚证，仍然做着时刻被驱逐出去的打算。那样的话，大杂院里母亲一直还留着的房间，将是邓节的庇护之所，尽管几次冲突中他总是去宾馆开房，有次不想走远，还在楼下足疗中心的躺椅上过了一夜，从来没有因此回大杂院住过。

今天面对西西突如其来的指责，邓节只好苦笑地劝解，好在过了一会儿西西的情绪也就过去了，说到下一次去做试管手术的日程。按照自我测算，她的排卵期又近了。

这件事情也让邓节上头。前两次失败的胚胎培养之后，邓节对于再去医院已经有些畏惧了。

邓节完全没有想过，自己会有生殖方面的问题。看上去一切正常，但精液中没有精子。那次七个小时的探测手术，并没有完全弄清楚问题出在哪里，睾丸里面有精子，但是无法自然排出。医生给邓节解释不清楚，干脆在医务室里用签字笔画了个路线图，邓节看到图中的输精管线路竟然有六七十厘米那么长，曲折往复，医生在七个小时中探明了这段线路的绝大部分，剩下的一小段人类技术无法探测到，类似于古书里说的膏肓之间，但问题可能就出在这一小段。这种情形的概率还不到万分之一，但偏偏就让邓节碰上了。

每次试管手术只能穿刺取精，和西西的卵子一起置入试管培养，几次穿刺下来，邓节开始为自己的睾丸担心。

西西说，她已经跟医生约好，后天去医院。两人睡下之后，西西响起了轻微的鼾声，邓节却没有睡着，听到隔着双层玻璃传来三环上车流的轰鸣，不知它们在深夜里奔向何方。

从手术台上下来，邓节下身仍有隐约的疼痛，又有一种麻痹的感觉。他有些跟跄地迈着腿，去住院部看望西西，一路上总觉得周围的人都看出了自己的异常。

西西躺在病床上，打过了促排针，等待取卵的时刻到来，脸上隐约现着一点红晕。她需要在医院过一夜，因为是妇科病房，邓节不方便陪床，只能手术前再来。邓节觉得西西的手术过程比自己痛苦，她需要全麻，前后又要花几天的工夫。他想对她说：只做这一次了吧。看到西西平静等待的模样，邓节没有说出来。

第二天邓节早早赶到医院，在B超室外等待西西做完了手术，脸色苍白地走出来，似乎抱有很大的希望。邓节忽然感到，西西是多么想要一个孩子。这也曾是父母最大的盼望。

前年在大杂院的年夜饭桌上，父亲端着酒杯数落开了邓节："你就是个最不孝的。"

父亲这句话指的是邓节没有结婚生孩子，对比的是大杂院里亲戚家的堂兄妹表兄妹们。不用说三婶家的表哥表姐早已经添了下一代，就是比邓节小五岁的堂弟也给二叔带来了孙子，其他亲戚家的孩子虽说学习不成没有考上大学，早早出门打工，都落得赶早结婚成家，添孙指日可待。从自家说，邓义虽然打工不算顺利，中间有一段失业在家，好歹也已经谈了女朋友，结婚提上日程，只有邓节工作恋爱两头不落。

想想这个，父亲的责怪也是理所应当，邓节没什么好说的。作为同辈中的瓢把子，没有添孙子，父亲没有脸面回安徽老家过年，去年母亲实在忍不住自己回了趟娘家。跟西西结婚之后，父母算是看到希望了，职业也好歹上了道，谁知道毛病又出在邓节身上，如果最终生不了，父母该怎样对亲戚们解释，在大杂院里也抬不起头来！

想到这里，邓节扶着西西的手臂有点出汗，要是始终成功不了呢？医生说即使多次尝试，试管婴儿的成功率也不会超过百分之四十，一般不建议超过三次。西西这么想要一个孩子，假如自己就是无法给她，她的健康生活就无妄地缺少了重要的一块。假如命运非要出一道题，让她在要孩子和邓节之间做出选择，她会选哪头？这样一想，邓节眼前忽然回想起童年的梦境，似乎西西带着小孩乘小船离去，留在这岸的只剩下邓节，所有的人都走了，他又回到了童年孤单一人的状态。如果不是在出租车里，旁座是靠在自己肩上的西西，邓节会忍不住哭出声来。成年以后他从来没有哭过，有时候也以为自己很坚强，想来不过是外强中干罢了，一个连后代都不能有的废物，还有什么坚强可言呢？

下午邓节去了龙潭湖公园，近来他习惯在不想工作的时候来这里，点上一壶茶消磨半天，望着颜色发沉的湖面出神。这个公园由于地处偏远，来的人比较少，邓节觉得适合自己。湖面有种难得的空漠，湖心多年来还有一群野鹅，看上去也没有邓节赶的鹅那么骄横，显出一副心满意足的样子。冬天湖面结冰，它们会摇摇晃晃走在冰上，当年邓节第一次上冰就遇到了它们。

刚上初中那年的冬天，父母仍然在北京赶庙会，为了弥补去年春节前离家的伤害，把邓节和弟弟带到了北京。那是邓节在大杂院第一次过年，初一清早就跟着父母出门，赶的庙会就在龙潭湖，水陆张灯结彩的，十里八乡的都赶过来了，塞满了一个公园，人人都想带点东西回去，货不愁卖。虽说一家大小练摊冻得搓手跳脚，心里却高兴，看着湖面冰结瓷实了，走的人多，还有人踩滑轮扛冰糖葫芦叫卖，邓节和弟弟也上去走了一圈，看见那些鹅跟人保持着距离，也在冰上行走。有一刹邓节担心它们过来咬人，不过很快就放心了，它们蹒跚行走的样子就像电视上看到的企鹅，身量比起正在抽条的自己来说也矮了许多，再也不是邓节的对手了。

正在眺望两只忽然飞起来的野鹅拉长的水线，邓节接到了三婶的电话，用夹杂方言的普通话拉拉杂杂说了半天，听明白是三叔腿上长了一个瘤子，在专科医院检查怀疑是癌症，家里人不敢信，想托邓节找个可靠的大医院再确诊一下，这就是母亲临走说的事了。

三叔和三婶在跑展销会，在大杂院的时候少，只是保留一个房子。他们跟着开展销会的大部队走，开上三轮，拉上行李货物防雨布，一出门二十天个把月，哪偏往哪走，三河、廊坊、延庆、怀柔这些地方，最远到过山东省界的德州，说那里的扒鸡好吃，手指一碰不用什么力就撕开了，跟点心一样，就像他们在那整天扒鸡下饭似的。实际邓节待业那段跟着跑过一次，知道跑展销会是活受罪，吃的瞎凑合，睡的基本是席子，到了晚上货物一收，席子一铺，就地过夜省住宿费。就这样也落不下几个钱，来展销会的都是农民，钱紧，卖不起价，邓节怀疑三叔他们是图个跑得新鲜，比见天从大杂院出路边摊自在。三叔家的堂妹留在城里守了两年摊子，跟一个老是帮她铺摊收摊的青海小伙结了婚，两口子一起去格尔木做生意了。眼下三叔的腿跑出了毛病，难怪母亲说他们回大杂院住了。

邓节只能答应下来，但在脑子里搜了一圈，并没有找出什么合适的医生。后来在微信上告诉了西西，西西说，律所周主任关系广，她去问一下。

下午西西回复说，周主任认识他们做试管手术那家医院的骨科主任，可以让三叔挂上号，过去检查一下，再安排住院。不然在门诊和网上预约根本挂不上。

对于找周主任，邓节并不那么情愿，但又没有多大办法。自己在北京这些年，采访过不少人，也代理了几十起案子，却没有培养起多少交情，天生不如西西。

回复了三叔，心里有点轻松，好歹是帮亲戚做了一件事。第二天邓节带三叔和三婶去医院，直梯简直等不到，电动扶梯上人几乎站不下，邓节把挂拐的三叔扶得紧紧的，分诊台都被围严了，护士不断地喊着今日无加号，主任门前等着一长列人，连同两辆轮椅，有人在呻吟，有人皱着眉头在忍受什么。三叔的眉距本来就小，现在看起来完全挤在一块了。好容易尾随下一个病人进去见了骨科主任，主任批了条子去找分诊台，护士不说什么给了加号，回去看上了，一看片子主任建议转院过来，他给开住院条，等医院电话安排床位。可能要等几天，住上院再检查一次就做手术，不过，不一定由他主刀。

拿着条出了门诊楼，三叔却犹豫起来，说既然不一定是主任主刀，又要等床位，那不如就在专科医院做。邓节说主任不是也说了，三院骨科的条件还是最过硬的。就算不是他主刀，他团队的手术，主任一定也会在旁边看着，不会出大的岔子。三婶也说这边另做检查还要花一道钱。邓节也有点不高兴了，只好说，你们自己看吧，这里住院的人多，医院的电话来了你们不回复，立刻就安排给别人了。

回来的路上，邓节心里不愉快，想到三叔和三婶的为人还是这样，和几年以前跟亲戚们闹翻那次没区别，有些后悔替他们找人。

闹翻的原由是传销。那时候三叔和三婶在秀水街有摊位，有天他晚上过来找父亲，说发现一个特别好的投资项目，已经把秀水街那边的摊位退了，换成现钱投了十万块进去，半年内可以回报一百万，让父亲也一定要加入，最好带领所有亲戚都投资。父亲问是啥项目这么来钱，三叔说叫黄金一代，增进脑容量的，小孩子学习特别需要，市面上特别受欢迎，一盒卖三千五，加入的条件是参加听课，课后一次性买上十盒，往后只需要坐等回本和见利，他和三婶听了老师的保健课以后，觉得投入少了不划算，一下子买了三十盒，就是十万零五千块钱，当上了经理。经理有权力给下面的人打折，所以哥哥你们加入，每盒可以打九八折就是优惠七十块钱，优惠力度已经很大了，想加入要赶快，晚了货就没有了。咱们在北京这么多年，这是个最好的投资机会，

父亲问什么样的保健品一盒要卖上三千五，什么成分的，叔叔说都是深海鱼油精华，躲在海沟的岩缝里，轮船捕也捕不起来的，要潜水员下去拿兜子一袋袋地捉，所以特别贵。父亲还是不信，叔叔说，你买了货再拉来人加入，只要下面有可靠的几个人，这几个人再给你发展下线，你就坐等收钱了。

父亲一听，这样我就成你的下线了。父亲向来脾气偏，兄弟姊妹当中他是老大，让他去给三叔三婶当下线，再赚钱他也不会情愿，当时就拒绝了。三叔很不高兴，一口水没喝完吐在地上，和三婶起身就走了。回头父亲却听说，他们又去找别的叔叔和姑姑们。这时邓节正好回大杂院，母亲提起来这件事，邓节就趁父亲当面时说，这是地地道道的传销，千万不能加入，那些保健品都是骗人的。

父亲没有说话，邓节猜想他可能听进去了，虽然以往他很少会觉得邓节的话有什么道理。过后父亲去给弟弟妹妹们下过话，所以那一次三叔和三婶没有能说动亲戚中的人。他们在北京也没有其他的人脉，亲戚们不加入，他们没有下线，手上的黄金一代卖不出去，没有本钱再回秀水街，也不好意思和亲戚们一起出车摆地摊，只好一走了之去跑展销会。那些黄金一代听说都给在家乡上学的侄子喝了，就这样侄子的脑袋也没有变得聪明一分，高考砸锅连三本线都不够，来到北京也和三叔三婶一起去跑展销会了。

为了这件事，三叔心里记恨父亲，两家以后没有来往，春节期间的小麻将都不参加了。这次得了病才想到来找邓节，又生怕欠了邓节的人情似的。

这也是邓节不爱回大杂院的原因，自从成年之后，他渐渐感觉亲戚们聚在一起不是好事，关系太复杂了。

待业的那一段，邓节最害怕的除了夏天的大公厕，就是进出经过亲戚们的屋门，每次都感到叔叔或者婶婶们眼里的疑惑："怎么回事，还不去上班？""读了大学反倒找不到工作吗？"还好大家都是早出晚归，只是过年凑在一起打几圈麻将，不然真没法在大杂院待下去。叔叔舅姑们的孩子，好几个都在北京打工，有的也在大杂院住，现在看起来他们都比邓节心安理得，包括读铁路技校毕业在北京地铁里当安检助理的邓义。邓节有时也会想，为什么自己这么不合时宜呢？

冬天到来，邓节仍然没有找到工作，大杂院的空气变得更加重浊了，家家都生起了煤炉，煤烟顺着铁皮烟筒从每家平房的门楣下冒出来，接触外面的冷空气凝成水滴，每个烟筒口下面都挂一个铁丝系的小桶，里面是水滴汇聚成的浑黄色的水，有时水满了，倾倒下来泼人一头一脸，没法洗干净。煤烟白天淡，早晚浓，因为白天人出摊了，早晚要捅开炉子做饭取暖。晚上电灯点亮的时候，平房顶上浮着厚厚一层烟气，大约除了煤烟本身，还有房子表面内暖外冷凝成的水汽，有保暖的效果。但是有一天，忽然不准在屋内生炉子了。

南皋出了一件事情，两姐妹刚来北京不久，晚上在屋里生炉子，可能贪图暖和炉口封得不严，或者是烟筒接口有裂缝，早晨两姐妹一直没起来，房东去看时已经双双中毒身亡了。北京死两个人就是大事，紧随而来的是城中村采暖安全大整顿。所有煤炉必须搬出屋外，室内不准有火源，只能用电取暖，拿片警的话来说："性命重要还是暖和重要？"

大家一时都有些不知所措。炉子是搬到屋檐下了，屋里却没人舍得买小太阳暖风扇这些，顶多置办个电热毯。大杂院的电拉的是工业电，比居民价高出几倍，就是买了电热毯，也不敢放开用，睡前定时开一小会儿。再说电热毯都是在邻近的小摊上买的，质量究竟怎样心里也没底，开久了怕燃起来。母亲给邓节和女友的床买了电热毯，但白天屋里还是太冷，毕竟两人待在家里的时间多。邓节眼瞅着女朋友的耳垂变得红肿透亮挂上冻疮，坐在屋里直跺脚，不知如何是好。有一天父亲收摊回来，车上多了一副暖气片和几段管道，说是有了主意，自个儿装暖气。

这是邓节少见的感念父亲的一件事，他利用早年在农村搞建筑打零工的手艺，给搬到屋外的炉子架起了管道，管子通到屋内安设的暖气片上，炉子生火之后暖气顺着管道进来，通过注了热水的暖气片发散，屋子里就有了热量了。一个炉子带两副暖气片，父母的睡房里也有一副，这样屋子里的温度又恢复了，顿时成了全院子最暖和的一家。

其他的亲戚们都来参观，说这个不错，却没有人跟进。那年冬天是几年来最冷的一个，院子里的水龙头不敢关严，白天黑里流的一小股水很快结了冰，在周围冻成了一座小冰山，人要小心翼翼绕过尖茬才能接到水。厕所里的大便都冻住了，堵在便槽里下不去，邓节不知亲戚们怎么过的，有天他照母亲吩咐去给小姑送点吃的，走进小姑的屋子感觉进了冰窖，小姑正在敲电饭煲里结的薄冰，原来早晨剩的稀饭一天下来结成冰了，仰头一看，小姑的屋顶下面还结着冰凌，是存雪透过石棉瓦的裂隙和保温层滴下来凝结的。如果不是母亲让送的饺子，小姑打算加热结冰的稀饭就咸菜打发，她连屋外面的炉子都没生，自从姑父生病去世之后，她的生活就过得无比将就。

姑父是几年前得尿毒症走掉的。看去精精神神的一个人，怎么就得了这个病，邓节觉得是他们克扣自己太狠，过得太苦的缘故。姑父的出摊是"打游击"，开上三轮车，在小区周边转悠，一有城管就赶快挪窝，中间没空去上厕所，大约长期下来憋坏了。

最初只是听小姑抱怨，姑父半夜要起来解几道小手，弄得她睡不好，早上出摊犯困。后来姑父的半边屁股开始发烫，到哪里都不敢打实坐下去，实在挨不住了去医院检查，说是长期肾炎拖延下来，已经是肾萎缩，尿都有毒了。没有别的办法，只能换肾，或者一辈子透析。换肾根本换不起，透析也特别贵，一次好几百，那时候国家还没有报销政策，听说通州有几个农民工自己用柴油机接橡皮管子组装了土机器透析，费用能便宜些，姑父说我不淘那个气，就算能活着，也是一辈子的废人了，纯粹给娘儿俩添负担。只是要回老家去待几个月，不能死在外面，丧事办不起。

小姑也没有主意，只好停掉了摊，陪姑父回了老家，维持了几个月姑父就去世了。小姑办了丧事，依旧把鱼表弟留在老家上学，由爷爷奶奶照看，自己又回北京来。或许是因为姑父没享着福去世了，小姑这一回来，比先前更亏待自己了，有时父亲都看不下去，劝她两句，她也不听。不让生炉子的那个冬天，有个东北人追求小姑，给她送了一床电热毯，但她不怎么用，说自己怕热，盖两床厚

258

被子就行。

邓节摸摸小姑的被子，也并不觉得特别厚。他问小姑，春节啥时候回家，小姑说不回去。邓节有些意外，鱼表弟在上初三，夏天并没有来北京，过年再不回去，母子俩就要分别一年到头了。小姑说，春节来回一趟花不少路费人情，她想留在北京赶几天庙会，给鱼娃子存点上学钱。现在手机能视频了，偶尔花流量视频一个，也就当母子见面了。

家里有了自制暖气，冬天总算是能熬过去了。不过日子并不舒服，父母早出晚归对比自己的没有收入，总让邓节的心头像过载的三轮车一样不堪重负，父亲的责备和母亲无声期待的眼神，更将负担加增了一重。父亲提到邓节的不愿考公务员进机关，总是唉声叹气，说："你就是个最不听话的！"借着酒劲，一直生气到脸红脖子粗。邓节毕业时的这一决定，让他在亲戚面前丢尽了面子。看到邓节在埋头复习司考教材，他没好气地问："律师有哪样用？律师还能干得过公安局法院？"母亲只能劝他少说两句。

有一次邓节学的法律知识差点派上了用场。那天父亲骑三轮车去一个比平常远些的农贸市场出摊，有一截路是逆行，遇到一辆拐弯的大公交。北京的大公交都开得很猛，那天又有雾霾，大公交从侧面撞上了父亲的三轮车，父亲腾空飞了起来，车上大包小包的衣物皮货也腾空四散，父亲在落地一刹以为自己命不在了，巧的是正好落在散落一地的衣服皮货上，躺了一会竟然自个儿起来了，只是手肘脚踝擦破了一些皮。三轮车几乎完全报废，对方叫了交警，邓节赶到现场时，交警裁决父亲是全责，三轮车不予赔偿，对方也不用付医药费，算是和公交车头被碰掉漆皮的损失相抵。邓节觉得这个处理结果太不公平了，和交警吵了起来，可父亲只是从报废的三轮车上卸下了蓄电池，一瘸一拐地拎着电池，坐上母亲骑来收拾货物的另一辆三轮车离开了。

过后父亲在家里养了半个月腰伤，邓节想要到法院起诉这名交警和公交公司，父亲说我们是外地人，还跟北京的公家单位打官司？你快别给我添乱了！邓节也无底气，只好作罢。在大杂院平房里，他感到自己对家庭毫无用处，童年在爷爷家的感觉会重现眼前，像是一个寄食的外人，却没有交纳应有的伙食费，而且是两个人的。面对父母和亲戚，甚至是大杂院里的陌生人，他都感到惭愧已极，在蹲坑上解手的时候，他从来都不肯抬起头来，即使是旁边有人的尿液溅上了腿弯。

过年前后发生了一件事情。邓节和女友去酒仙桥逛商场，两人身上都没什么钱。买了一点小零食后，女朋友看上了一款保湿的护肤霜，她是南方人，一直嫌北京的空气太干了。但这款是新品，两人身上的钱不够，女友在护肤品柜台前留恋不去，最后两人离开的时候，她鬼使神差将护肤霜放进了羽绒服衬里的衣兜，结账时收银员也没发现，就这么出来了。离开商场后邓节才知道，女友夹带了商品出来。当时邓节心里很慌，想要马上回去还给商场，可是心里一想，回去更说不清，也伤了女友的面子，最后只好就这么回来了。回来把那个护肤霜放着，也不敢用，不敢让父母看见，心里有一种见不得人的感觉。似乎还怕商场找上门来，虽然商场根本不知道有大杂院这么个地方。

　　但是过了半个月，没有什么动静，女友慢慢地胆子大了些，把护肤霜拿出来用了，一用效果特别好，一整天都不干，又不腻。邓节看她用，也不好说什么。用了一段时间快完了，女友已经习惯了这个牌子，两人却还是没有钱去买。有天女友说想去商场再逛逛，有没有便宜一点又跟这款用起来差不多的，邓节只好跟她去了。两人进了另一家商场，像上次一样随便买了一点东西，到了护肤品柜台前面，正好这里也有那款保湿霜，女友又走不动了。最后离开的时候，她顺手又把一支护肤霜放进了外套兜里。邓节只好硬着头皮和她一起往出走，装着去结账，但这次刚过了柜台就有保安过来拦住，说女友身上有东西。

　　邓节本来心里直打鼓，这时不知哪里来的反应，一下子暴跳起来，说根本没有，你凭什么要搜我们的身！他的神气很凶，浑身发抖，像是立刻要打人，保安一下子愣住了，回过神来说早就看到你们了，你偷东西还这么凶，我们叫派出所的来，看你认账不！女友吓得哭起来，拿出护肤霜还给保安，求他们不要报警，可是一名保安已经打了110。邓节这时渐渐平静下来，心里后悔自己刚才的反应，可是已经来不及了，保安不放两人走，一会警察到场，听了事情经过，把两人带去了派出所。

　　两人在派出所里待了一夜，做了笔录，念及年轻初犯，实实在在接受了一番批评教育，写了保证书，半夜时才被放了出来。回到家里，隔壁屋里父亲早就响起了鼾声，母亲过来问怎么这么晚回来，两人也不敢回答。女友一路上埋怨邓节不该乱发脾气，如果当时认了错还了东西，罚上一些钱，保安也就放两人走了。邓节也很疑惑，自己那么暴躁的反应是从哪来的呢？在心里他也埋怨女友，但毕竟起因是自己没钱，说不出辩驳的话来，只能生闷气。

　　女友找到工作之后，搬离大杂院那天说，分手吧，她不想再为了一款护肤品进派出所。邓节一边给她往出租车上放东西，一边无话可说。女友再没有回来，母亲专门布置的"新房"空了下来，邓节一个人住着不是滋味，觉得亲戚邻居看自己的眼光也更特别了。恰好这时候弟弟嫌枯燥辞去了地铁公司安全员的工作，邓节就离开了大杂院，自己在外租了房子，方便弟弟回大杂院住……

三

母亲给邓节打电话，说弟弟最近要回大杂院一趟，让邓节也回去吃饭，一起商量个事情。邓节猜想可能和弟弟的婚事有关。

弟弟离开地铁公司后在大杂院待了几个月，然后去了一家天猫店。他先是在地下库房负责收货发货，后来因为会刷单，上楼调到销售部做业务员，又当上了销售经理。女朋友燕子是一家地产公司的文员，是西西介绍的。对于这桩恋爱，父母都感到高兴，也很感谢西西，因为弟弟性格内向，一直没有交过女朋友，同年龄段的子侄辈们多数都结婚生子了，邓节和西西生育方面又不顺利，他们一直急着抱上孙子。

快车在环行铁道公交站停下的时候，邓节有些认不出地方了。临街的门面房和二三层楼房全都拆除，余下一堆堆瓦砾，好容易才找到去大杂院的便道。院子外边的大公厕也被拆除，树林落满尘灰，脚下堆了大片的垃圾，难以想象大人们在树下打麻将乘凉，邓义和弟妹们拿树棍挖知了装在小瓶里的往事。

大杂院包裹在一片断壁残垣之中，竟然能够幸存，不知道是它藏得实在够深，还是房东有什么过硬的手段，多少年来它总是堪堪脱险，一次次在停水断电和限期拆除的危机之下幸存过来。像是一个两脚悬空扒在悬崖边上的人，不管怎样就是不肯放手，只是略显落寞，或许是人户搬走了不少。毕竟这次路边早市清理和农贸市场大规模拆除之后，很多人像父亲一样失去了卖小货的营生。

邓家平房外边的煤炉和暖气管道已经拆除。母亲说现在统一只能用电，已经没有地方买煤球了。出摊的三轮车还停在屋前，看起来父亲还没有放弃哪一天重拾旧业的希望。他摆了一辈子的摊，很难想象一份清汤寡水的保安会让他满足。墙角一只皮毛邋遢的猫看到来了生人匆匆闪过，看来母亲没有放弃她捡鱼鳃喂养流浪猫的习惯，只是不知道798附近的农贸市场关了没有。

爸妈都在，父亲没有脱下他的保安短袖，显得比以往倒精神了点。以往摆地摊的时候城管来查封，其中也有穿保安制服的人，父亲大约觉得保安的徽章和城管甚至公安有几分相像，穿着不丢面子。邓义也很快赶过来了。

弟弟看上去有些不安，几句话之后吐露，燕子意外怀孕，已经三个月了。因为缺乏知识，一直没去检查，到了呕吐反酸才发现，肚子已经显形了。燕子有点埋怨他，但现在也没有办法，堕胎也迟了。

堕个什么胎，结婚啊！邓节说。

父母也附和邓节，弟弟说是打算结婚，所以跟你们商量，不能拖得太久了。

邓节感到父母明显地兴奋起来。那就结婚嘛，这事儿在北京不好办，还得回家。反正你们扯证也得回老家！父亲粗喉咙大嗓门地说。邓节知道这是父亲一直的心愿，想在家乡风光地办一场儿子的婚礼，他自己和西西结婚时，因为西西不适应安徽的水土没有回老家办席，父亲一直耿耿于怀。

但是燕子怀着三四个月身孕，经得起这样大操大办吗？邓节对父亲说了自己的怀疑，父亲不以为然，说不让她喝酒就行了，老家房子宽铺铺，她累了随时能休息。邓节又问，家里有那么多桌椅碗筷吗，父亲说这些东西还不容易，找乡邻借就行，就算自己专门置一套，该有的礼数场面还是得有！邓节就不好再往下说，对于和父亲争执，他一直有心理压力。母亲也没有说什么。邓义似乎也有些犹豫，但像往常在父亲面前一样，他没有说出来。

婚礼的事情商量得差不多，小姑忽然过来了，邓节上次看见她已经是一年多以前，她的脸还是显得苍白，多了几丝皱纹，小姑对邓节说，听说你回来了，你是做律师的，我找你请教点事情。

邓节跟小姑去到她的小平房里。这里和几年前比没有增加什么东西，只是原有的变得更破敝，似乎居住者有意缩减了其余功能，只留下过夜这一单纯的用处。屋里没有凳子，尽管小姑自己是卖小百货的，却没有顺便给自己置上一把。她自己坐在床上，把一只涂料桶垫上布让邓节坐，有些磕磕绊绊地说起她的事情来。原来她和那个甘肃人是在两年前扯了结婚证的，只是没有办酒动客，亲戚们都不知道，在老家的鱼表弟也不知情。甘肃人在老家也有个儿子，和鱼表弟差不多大，他也没跟儿子说。甘肃人对小姑还算是照顾，也说不上有多深的情分，扯了证两人也没有经常住在一起，只是有个心理上的寄托。去年以来，北京的摆摊生意不好做，甘肃人觉得自己身体不好，一直不习惯北京的饮食，就想着回老家去开个门面，不想在外头漂了，跟小姑商量，小姑又不愿意去那么偏远的地方。当初扯结婚证她去过一趟，风沙大，饮食不习惯。一来二去，两个人也只好分手了。当初扯的那张结婚证却成了个麻烦，人家说是要签个离婚协议，民政局才给办证，小姑从来没办过这种手续，不知道协议怎么签合适，双方日后没有牵扯？

你们有没有财产上的纠纷？

小姑说这个他倒还好，两个人的底垫各是各的，平时多半是他拿钱出来用。像这种在协议里说明各归各就行了吧？

邓节说婚前的各归各，你们婚后有没有共同置办的财产？

没有啥子，结婚没有置办家具电器，双方都是租的小平房用不上，他要给我装空调我没要，你看这屋里啥也没有，我只要过他给我买的一床电热毯，也不常用。只是那年我进金盏市场设摊位，是跟他合伙的，他自己还另有一个摊位，现在他撤摊走了，我这个摊位还在摆，他口上没有提，我想到他也是有儿子要安置的人，不能太亏他。

其他没有什么了？

没有啥了。

登记时他有没有给你买贵重首饰？

他要给我买我没要，后来过生日的时候他送给我一个老银镯子，说是他母亲传下来的。我放得好好的，从来没有戴过，打算还给他。

小姑起身找到一把剪刀，打开床铺，翻出最底层的褥子，褥子线缝有处地方是拆开后又缝起来的，小姑拿剪刀再次拆开，伸手进去掏出一个镯子，年代太久显得发暗了，看不大出来是银子的。

小姑有些不好意思地说，因为小平房只有个挂锁，不安全，她怕给他搞丢了，就这样收起来。说到这里，小姑现出低落的神情，眉心有点拧起来，几道川字纹变得明显了。当年姑父去世的时候，邓节在小姑脸上也看到过这样的神情。不过小姑总是这样，脸上有一点痕迹很快又会消失，不让人看穿她的心事，就像她跟顾客讨价还价一样，顾客永远不知道自己买贵了还是以保底价拿走了一件小货。冬天她手背上的皱口和冻红的鼻尖，对那些赶人的城管和一部分好心的顾客，会比言辞和表情更有说服力。

邓节考虑了一下，说这样吧，你问问他的意思，摊位和首饰，他有没有要求，让他先起草一份协议，拿过来商量修改。或者你问清楚了他的意思，打电话给我，我帮你们起草一份，你们自己再商量修改。

小姑说好，转身又把银镯子放回褥套里面，拿针重新缝好线缝，再把被褥铺好。她回过身来谢了邓节，邓节想起来问鱼表弟近来怎么样，小姑说他要上高三了，学习不好。"以后来北京的话，摊看样子是摆不成了，不知道能打个啥样的工。"

商量完婚礼的事情，邓节和邓义一块走出大杂院，路上两人仍旧没有多说话，像当年在老家一样。自从母亲跟随父亲来了北京，邓节和弟弟被分别送到爷爷和姥姥家，两兄弟再也没有了从前的感觉，虽然在梦里邓节总是在追赶弟弟，见了面却像是隔着那条河，亲热不起来，找不到话说。工作不稳定的那两年，邓节更是觉得自己在弟弟面前拿不出多少当哥哥的资本，也就更没话说了。对于燕子的身体，他本来还想嘱咐弟弟两句，话在喉咙里，一路经过那些断壁残垣，最终仍旧没有出口。

回家告诉西西，西西也觉得有些不合适。但是因为上次的婚礼她没有去安徽老家，这次也不方便说什么，毕竟这是父亲一辈子的念想。她告诉邓节今天医院来通知，上次的手术卵子受精已经成功，现在正在试管里培养，看三天后是否能发育成胚胎，上次就是在这个环节上失败了，这次运气或许会好一点。

"你都不关心进展，好像是我一个人的事。"西西嗔怪说。

邓节把西西搂在怀里，解释说自己这几天有些忙，心里一直是挂着的。这时屁股正好跑到鱼缸旁边，伸头去看缸里的鱼，西西头靠在邓节肩上，看着说："屁股好可怜，从来都抓不到鱼，难道小时候鱼鳃吃太多变笨了。"邓节笑了一下，他又想到了最近两起失败的官司，很想告诉她，但终究没有开口。

四天之后，医院通知胚胎培养失败了。邓节找不到言辞来安慰西西，她掉泪的时候，邓节忽然冲口而出："我实在没用，给不了你孩子，你另外找个人吧。"紧接着蹲在地上，双手握拳击打自己的太阳穴。

西西愣住了，赶紧拉开邓节的手，邓节你怎么能这么说，我是那样的人吗，我嫌弃过你吗。倒是你嫌弃过我文化水平低，只看亦舒琼瑶。随后西西不说话了，转过身去垂泪，邓节话出口就后悔了，只好打起精神来安慰。两人那天睡得很晚，商量以后万一不行去福利院领养一个。但后来西西还是打算，过上几个月再做一次："那些成功的，不是都试过好几次的吗。"

西西脸上挂着泪痕睡着了，响起轻微的鼾声，屁股也不知道在哪个角落发出轻声的呼噜。邓节一时没有入睡，想到自己今天的反应，实在不应该。他总是这样容易紧张，有时和西西吵架厉害了，会握紧双拳用力击打自己的太阳穴，眼冒金星。小时候挨了爷爷的责骂，邓节就会找一个旮旯，双拳猛击自己的头部，像是要把那些难堪的辱骂从脑子里打出去。他过于紧张的毛病，从那时就开始了吧。忽然想到，不能正常排精的问题，会不会也和性格紧张有关，放松下来就好了？

但此刻似乎又有另一个他，被三环上隐约的喧嚣声吸引，想要随之远去，抛下身边的一切，试管失败的事也只是个托词。这样一个自己，是需要邓节长埋心底，永远不能开口告诉西西的。

四

西西还是不想去安徽，害怕小虫子叮咬身上起疹子，婚礼之前三天邓节回了老家，去和之前十几天赶回老家的父母会合。弟弟和燕子也已经在老家，刚刚领了结婚证。

老家的房子看上去认真收拾过了，堂屋里祖宗的神龛收拾一新，屋顶墙角的蛛网灰尘都清扫净尽，但还闻得到隐约的霉气，毕竟几年都没有人住。邓节到家时母亲正弓着身子在台阶上刮涴染的青苔，姿势看起来和邓节在798见到她夹烟头差不多。至于父亲，也放下了身段，戴着一顶毡帽蹲在院里拔草。心情好的时候，他每天都会喝点小酒，邓节能闻到他身上微微的酒气，甚至听到他轻声哼唱小曲，只有当年在老家驾船贩米时，邓节听见他在船头哼过。

弟弟的新房被重新吊了顶，贴上墙纸，挂上彩带，买了宽大的带雕花床头的新床，电器家具都擦亮了，不少还贴上了剪纸，看来像是为了出席仪式佩戴了勋章，母亲把当年在大杂院收拾"新房"的功夫再次拿了出来，又加上几倍。正墙挂上一幅母亲亲手绣的"百年好合"十字绣，看来她为这天已经预备了很久。这间屋在整栋老房子里看起来不同凡响，如同皱巴巴的荔枝剥开后现出的雪白果肉，一切都是在十几天的时间内完成的，让人觉得有些不可思议。

邓节和弟弟一起去亲戚家运来办喜事的桌椅，都很久没有人用，蒙上一层尘灰，两兄弟在院里接水管冲洗擦干之后，苫盖上一大张防雨布，用的就是童年苫盖粮食那张。邓节很久没有干过这种活了，觉得出汗很爽快，只是老家的空气湿热，不像北京那样风一吹就干爽，有些黏糊糊的。弟弟看起来也精神了些，毕竟是要做新郎的人，只是帮忙擦拭桌子的燕子身形让邓节担心，看起来这半个月当中，她的肚子又突出了一些，似乎一有闪失会磕在桌沿上。还好对于这方水土，她没有西西那样的强烈反应。

婚礼前一天，燕子的娘家人从东北坐火车到了安徽，住在老家县城，燕子也到县城和家人住在宾馆。婚礼当天上午，邓节和弟弟出发去县城迎亲，鱼表弟和另外两个堂弟同行，租了一辆奥迪做婚车，一辆路虎打头。乡邻在家的多半是老年人，邓节找到几个在本地工作的同学开车组成车队，看上去浩浩荡荡的也有十来辆。

到了宾馆是拦门认亲一系列程序，在县城吃了中饭，燕子只喝了半碗醪糟鸡蛋。下午一行人乘车回来，院落里已经铺好红毯，两边是摆好的酒席，迎门一阵震天的鞭炮响，烟雾弥漫，只有在乡下可以这样放开炸鞭炮。按照时新的习俗，邓义把燕子抱下车，显然因为燕子有身孕，他抱起来相当困难，脸也涨红了。邓节很担心，身子会掉到地上，那样就要出事了。还好从下车到走红毯只是两步路，总算平安地进了屋，又是父亲安排的一系列拜天地父母宣读结婚证程序，起来下去地磕头，每一下邓节都特别担心。虽然燕子搽着厚厚的粉，又衬着白色的头纱，邓节仍旧觉得她的脸色变得苍白，他想让弟弟多注意一点，照顾着燕子一点，弟弟也像是在机械地完成程序。母亲的脸色也有些担心，父亲倒是红光满面，坐在堂上笑呵呵地受儿子儿媳跪拜。这大约是他一生中最风光的时刻，乡邻都喊他"邓老板"，以为他在北京生意做大了，儿子的婚礼场面才能这么风光，光迎亲车队的架势就不一般。

婚礼过后是酒席，燕子卸下了婚纱服，换上新娘服和邓义一起在酒席间穿梭，敬酒陪客。她的小腹已经看得出微微的隆起，邓节似乎听见一些客人，尤其是女人们小声议论，燕子的神情也显得很不自然。有些客人强求燕子喝酒，有人还要燕子表演和邓义当众喝交杯酒，邓节挡不住，父亲也不知去了哪里，大约已经喝醉了在跟几个叔叔乡邻扯家常，周遭的婚宴越来越喧嚣，燕子的脸色越来越苍白，邓节的头越来越大，心里越来越担心，后来燕子手中的酒杯哐啷一声掉在地上碎了，人忽然蹲下去，捂住肚子吟唤起来，婚宴一下子变得鸦雀无声，像一台遍身闪光四个大喇叭外放的收录机被人按下了暂停键。

弟弟愣了一下，随后慌乱抱起燕子，邓节搭手和他一起把燕子送上先前迎亲的婚车，邓节开车赶去县城。一路上开得飞快，进县城在一个十字路口过灯有点早，差点撞上一辆抢黄灯的出租车，对方骂"傻逼"，邓节忽然想起父亲在北京的那次车祸，心里不禁狠狠地埋怨父亲，恨不得当着面骂他，把从小到大在他那里受的气都骂出来，连同在爷爷那里的憋屈。他破口大骂了回去，不过手上并未减速，对方也似乎意外而住口了。刚到医院门口，燕子大声喊痛，弟弟惊叫起来，说是燕子流血了，邓节心想是羊水破了，到急诊科一检查，说是流产了，婴儿手脚眉目都已成型，燕子已经昏迷，流血不止送进了手术室。

邓节和弟弟在外边等了两个小时，合伙抽掉了半包烟，好容易燕子止住血抢救回来了。一个堂弟开车把燕子的父母也带到了医院，弟弟陪燕子住院，邓节把燕子的父母送回了宾馆，赔礼道歉解释了一番，依旧开着婚车回去。上车之前他把车头上扎的一束气球扯了下来，随手一扔，气球往上飘了一点儿就落到地上，一颠一颠地滚到了绿化带里。回到老家院子，客人已经散去，满地狼藉，母亲和小姑默默收拾碗筷，父亲和两个叔叔坐在堂屋里，对面抽烟，屋里烟雾腾腾。邓节想冲父亲发一通火，又觉得没什么可说的，转身走到院子帮助母亲和小姑收拾。

小姑的家在镇子上。晚上邓节开车送她和鱼表弟回镇子，小姑把一张纸递给了邓节，邓节一看是她和甘肃人的离婚协议。小姑说白天没好意思拿出来，你给帮忙看看，回了北京我再问你。一路上鱼表弟没有跟小姑说话，小姑问他明大上学不，他也只是嗯了一声，这点倒是像去世的姑父，他是个沉默的人，直到最后排不出尿浑身肿痛，他也只是这样轻微地嗯哼两声。

邓义的婚礼就这样收场了，事情传得全镇皆知，父亲得到了他想要的热闹。燕子回家休养，父母和弟弟在老家还要待几天，邓节回到了北京。在老家邓节一直睡不好，半夜醒来觉得太安静，安静得叫人心慌，叫人以为乡村里的人全都搬走了，过世了。到了北京的家里，头一晚他在三环的喧嚣里睡得很沉，西西说他打鼾了，鼾声很响："以后你是不是就要一直打鼾了，照咱爸的遗传。"

第二天邓节想起小姑给的离婚协议书，拿出来看了看，甘肃男人希望小姑就共同出摊补偿他五千块钱，至于首饰就留给小姑。邓节打电话问补偿条款小姑同意不，小姑还在市场出摊，背景声音很嘈杂，断续听得出来她是同意。邓节说那就没有什么了，我改动了两个小的措辞，打印出来给你拿过去，可能到了民政局还要按照他们要求的样式誊写。

改完了协议书，邓节又开始撰写上次矿机案子的申诉书，当事人坚持向高院申诉，不想接手贵州大山里那堆报废的矿机，也想请邓节继续代理。邓节没有了再打下去的心情，又觉得对不住人，提出义务帮他写好申诉书，之后不再参与这个案子。

协议书打印出来之后，邓节回了一趟大杂院。父亲下班在家，又穿上了保安的短袖，比起上次显得皱巴松垮。他低着头，头顶花白的发茬意外地多，脸盘缩了一圈，很多皱纹都显出来了，手指久久地夹着一支烟蒂，烟蒂的烟灰耷拉了好长一截，似乎他经过一场颜面扫地的婚礼再也回不到从前，甚至远胜摊贩生涯的终结。邓节拿出在路上买的芙蓉王，抽出一支递给他，父亲接过去，邓节给他点上了，自己也点了一根，父子俩对面默默地抽了一支烟。这是邓节第一次和父亲对面抽烟。临走的时候，他把剩下的大半包烟留给了父亲。

母亲仍旧去了798捡烟头，弟弟和弟媳回到了他们在丽泽桥的租屋。亲戚们关门闭户，有两家已经搬离，只有小姑和邓节约好，拿走了协议书。大杂院显得更寂静，周边的瓦砾无人收拾，树林下曾经像雷鸣一样的蝉声也消退了，邓节心想它大约维持不过这个夏天。多年来紧紧攀附在大北京边缘的手，终究要松开了。

（刊于《花城》2022 年第 4 期）

作者简介：

袁凌，陕西平利县人，单向街 2019 年度青年作家、《新京报》2017 年度致敬作家、腾讯 2015 年度非虚构作家。在《收获》《人民文学》《花城》《十月》等发表作品数十万字，出版《记忆之城》《寂静的孩子》《生死课》《青苔不会消失》《世界》《我的九十九次死亡》等，入选三届《收获》文学排行榜、两届豆瓣年度作品、两届新浪十大好书、华文十大好书等。

托体

马拉

亲戚或余悲，他人亦已歌。

死去何所道，托体同山阿。

——晋·陶潜《拟挽歌辞》

小引

吾友老谭，湖北恩施建始人士，为人性格豪爽，颇有侠义之气。老谭曾浪迹北京，混得不太好，在昔日文友召唤之下，南下铁城。刚来铁城，老谭过得也不太好，他写过一篇长文忆苦思甜，名曰《南方道场卜的白虎》。看到这个题目，读者诸君可能还不明究竟。熟悉恩施风情典故的一眼就看明白了。白虎乃土家族图腾，老谭土家人。来铁城二十余年，老谭从小谭混成了老谭。自老谭南下铁城安身立命，身边亲友接二连三也到了铁城。老谭热心快肠，每有家乡人过来，照顾吃住自是不说，更帮忙介绍工作，联系住宿，甚至连婚姻大事也替人考虑上了。这一来，老谭的名声传了出去，凡有家乡人到铁城，第一站必是到老谭这里报到。年月一久，老谭成为铁城建始人的精神领袖，人称"建始县驻铁城第一书记"。如此一来，德高望重自是不在话下。据老谭介绍，在铁城的建始人达十余万，这规模比得上内地一个小县城了，称"第一书记"也算是恰当。

刚到铁城，老谭过得不甚好。搬水泥，住窝棚，该受的苦一样没落下。忆起当年，老谭难免感慨，这狗日的日子是怎么熬过来的。老谭读的师范学校，在那代人中算是知识分子。当年在老家，老谭做老师，教的英语。毕竟视野打开了，他不安心在老家窝一辈子。一出来，再想回去就难了。乡人的闲言碎语不说，自己也拉不下面子。在铁城混好了，老谭常回老家。我跟老谭回过一次建始，那次，让我理解了什么叫"衣锦还乡"。我们的车刚进入建始地界，镇上的书记早已等在路口。见到老谭，鞠躬问好，还没寒暄几句，一行人进了酒馆。从酒馆出来，我已醉了，老谭状态尚好。从这酒馆出来，一连七天，除开赶路，草草逛了逛黄鹤桥景区，清江大峡谷，我们都是在酒桌和 KTV 度过的。老谭还乡变成了盛大的节日，酒局一场接一场。我几乎没个清醒的时候，老谭倒是好，精神焕发，酒量大增。一场场的酒局不但没让老谭躺下，相反激发了他的激情。中间空隙，老谭带我去给他父亲扫墓。墓在山中，草木纵横，老谭父亲的墓经过维修，颇有规模。放过鞭炮，老谭脸上有了戚色，他扯了把草，说了句，我们的先人，都是受苦受难的人啊。老谭在父亲墓前坐了一会儿，上香点烟倒酒。我的胃里翻江倒海，跟老谭打个招呼，我往树林里走了几步，吐过之后，天地稍稍明亮了一些，也能见到山林的绿与枯枝的干涸。

扫完墓，我们继续出发。老谭要去看他的老师，他说，那是对他有恩的人。车过清江大桥，继续往山里进发。拐到一条狭窄的街上，老谭突然招呼司机，把车停下，停下。车急停下来，老谭下了车，快步走到路边的杂货店，对着正在买东西的老者说话。稍后，老谭上了车。他指着老者对我说，我老师。我说，那你不邀请老师一起上车。老谭一笑说，我叫了，他让我们先过去，他还要买点东西。我正想再说几句，老谭说，你没想明白？我摇了摇头。老谭说，亏你还是写小说的，这点人情世故想不明白，你还做什么作家。我说，请教。老谭说，我来拜访他，对他来说也是体面的事情，他自然是要在乡亲面前炫耀一番的。车行至开阔处，清江对面的峭壁豁然开朗。壁面灰白，杂树丛生，仿若巨大的山水画卷铺展开来，鹰在高处盘旋，影子时而投在峭壁上，时而投在流动的江水之中。老谭说，我们那时候上个学，那真是要了命，行走于峭壁之间，淹没于丛林之中。抽了口烟，老谭说，老师杀了羊子，已经炖上了。

进了村，车在一个大院子门口停下。院子围了起来，进门高处挂着四个大字"柽柳山房"，两边挂着木质阴刻的对联，上了红色的漆。老谭说，那字我写的。见到老谭，院子里人物活动起来。老师还没回来，我们坐在堂屋里喝茶。师母对老谭说，你老师一早出去了，说要买点东西，现在还没回来。他买鬼的东西，就是想跟别个说你来看他，老东西还是爱面子。前几天就开始唠叨，说你要来，昨天就把羊子杀了。师母泡了茶，又拿出点心。站在老师家二楼，清江更舒展地贴在眼前，真是个精致的好地方，清江美景一览无余。等了个把小时，老师回来了，手里果然没什么东西，轻飘飘一个塑料袋，里面装了一把葱，一条鱼，还有点姜蒜什么的。见老师回来，老谭马上起身站立，躬身问候。老师把东西放桌上，冲师母喊，羊子炖好没有？把酒拿上来，我们喝起来。自是好酒好肉伺候，我昨晚的酒还没醒，勉强喝了几杯下去，精神居然抖擞起来，看来是传说中还魂酒的效果。兴致一上来，我连敬了老师几杯，说了几句奉承老谭的话，说老谭乃铁城文学大师，人人敬仰。老师看着老谭，看着儿子一般慈爱，他说，这是我最喜爱的学生，他有今天的成就我很高兴。难得的是，他有这么大成就，还能记得我这个穷乡僻壤的老师，这就是人品的事了。人品乃天下第一等大事。他们师生二人聊得高兴，喝得更高兴，我认真地充当助兴的角色。酒至酣处，老师拿了他刚出版的古体诗词集出来诵读。我也读了几首，我不懂古体诗词，读着颇有古风，很是惹人喜爱。深山处，清江边，乡村老者，古诗词，这几个要素结合起来，让人有隐逸于世外桃源之感。桃源虽好，终不是我等久留之地。酒饭毕，茶话毕，暮色将至，我们离开了老师家，赶往下一个饭局。老谭念书的中学校长早已准备好酒菜，镇上的头面人物都已在座。此事，不再赘述。

老谭在家乡及家乡人中的地位由此可见一斑，在铁城那也是泰山北斗般的存在。老谭爱文学，深耕二十余年，文字炉火纯青，写得一手好散文。更重要的是老谭像对待家乡人一般，乐于提携晚辈，见到稍具资质的文学苗子，那是爱护有加。由此，老谭不仅是"建始县驻铁城第一书记"，也是"铁城民间作协主席"，而且永不换届。台面上的人不过流水的兵，老谭却是铁打的"主席"。铁城市作协会员三百余人，近半都是老谭介绍入会。由此，老谭还有一个封号"铁城文坛及时雨"。在铁城艺术圈，有著名的"铁城二谭"，又称"谭氏双雄"。其中一谭便是老谭，另一谭我们叫"小谭"。小谭不小，也是五十岁的人了。说起小谭，那也是神奇的人物。铁城虽小，在近现代艺术史上，出过不少大名鼎鼎的文人雅士。现在虽然衰落了不少，文气还是在的。小谭湖南人，来铁城也有二十来年了，书法极好。不光书法，小谭的诗歌、文章都是逸品。他过着泥沼里打滚的生活，却从不拿书法、文章换钱，更不屑与众人为伍，只与少数几个好友在酒坛子里打发日月。饶是如此，他也获得了一众艺术家的敬佩。用他们的话说，小谭虽然浑蛋，那字那文章真是好的，不得不服气。正因为好，小谭很是恃才傲物。他教过几个学生，后来都成了气候，不光进了全国书展，还有一个拿了兰亭奖。在小地方，这是不得了的事情。学生拿了兰亭奖，时日一久，再见小谭多少有点不客气。小谭的脾气不因学生拿了兰亭奖有所收敛，时不时指着学生的字说，你这字还没入门。学生都是拿过兰亭奖的人，哪里受得了这种气。一来二去，断了和小谭的来往，也不再承认小谭是他的老师。小谭倒也不恼，他说，人情如此，何必在意。小谭属三无艺术家，没有工作，没有职称，更没有加入任何协会。这让他的好失去了评判标准。时常有人质问小谭，都说你的字好，也没见过你入什么展获什么奖，吹牛的吧。再说诗歌文章，铁城日报都没见你发表，我看你是装神弄鬼。小谭也不辩解，只说一句，你说得对。再傲气的人，也得生活。小谭以前开广告公司，主要做平面设计，半死不活的，聊以养活一家人，发财那是不可能的事。他收费太贵了。比如说做企业宣传册，别的公司设计费一页几十一百，多的也不过两百。小谭收五百，少一分不接。能找小谭干活的，除开信任小谭的手艺，还得给得起钱。后来，广告公司干不下去了。大家都猜想，小谭得开书法培训班了，他总得活命吧。这些年，铁城书法培训风生水起，不少小谭口中的书坛小混混都得以暴富。以小谭的名声，做这个再合适不过了。小谭再次让人意外，他搞起了奥数培训，而且由他自己亲任指导老师。刚听到这个消息，我大惊，问小谭，你能行吗？小谭一笑，好歹我也是高考数学满分的人，这点东西，有何难哉？这两年，小谭在教奥数之余，又画起了画，时时发朋友圈示众。从他的笔法里能看出徐青藤和八大的影子。刚开始，尚有匠气，也不甚灵动。一年后再看，笔墨酣畅，自由无束，真是得大自在。小谭的画，再次震惊了铁城艺术圈。这个浑蛋，天分太高了，干什么像什么。

老谭和小谭风格差异太大，能放在一起，除开姓氏的原因，自是因为江湖地位。和老谭"建始县驻铁城第一书记""铁城民间作协主席""铁城文坛及时雨"这些诨号比起来，小谭没有名号，说得最多的是"这个浑蛋"。两人能玩在一块儿，有点惺惺相惜的意思。老谭地位虽高，也有烦恼处，这点和小谭不同。小谭既然已经"浑蛋"了，那一切都所谓，混成"混世魔王"也没什么不好。老谭毕竟要混社会，还是有些顾虑。主要因为工作。老谭也擅书法，这也是他安身立命的本钱之一。刚来铁城，老谭辗转反侧，不得安身。后来，在朋友介绍下，他去了殡仪馆，分在礼宾部，负责写挽联。这份工作轻松自在，唯一的缺点是有人问起来，不好开口。鉴于此，每次有人问起老谭在哪里工作，老谭总是说在民政局。再问具体在哪个部门，老谭就不想回答了。他吃过亏。以前，有人问，他照实说。他一说完，人家对他瞬间冷淡下来。有些，从此断了往来。今日之老谭虽然不存在这个问题，朋友们都知道他在殡仪馆工作，也不在意，生人还是有点忌讳。他也不太愿意和生人谈起这些事儿。

和老谭十多年朋友，算是处成了兄弟。我对他的工作很有些好奇。再说，很早以前我看过美国诗人托马斯·林奇的《殡葬人手记》，对此也略有了解。老谭的单位我去过好多次，找他玩。刚开始，也有点紧张，去得多了，也就是平常之地了。殡仪馆坐落在半山，风景颇好。那山名龙虎山，气势很大，有点虚张，浓荫蔽日，算得上好去处。隔着一条马路，便是铁城著名的纪念公园。铁城妇幼保健院在殡仪馆东侧，一生一死，总让人产生联想。老谭给我讲了一些殡仪馆的故事，倒不是鬼故事。作为一个坚定的唯物主义者，老谭不信鬼神。他说，我在殡

271

仪馆工作一二十年，从来没见过鬼，只见过人。有时候，人比鬼还吓人。我经常猜想，老谭在殡仪馆工作，他应该看透生死，对世间的一切都淡然了。问他，他说，可能比常人对生死理解稍微深刻一些，但哪能看透。刚来心理上会有些波动，时间久了，发现不过是份日常的工作，也就如此了。社会上很多人对殡仪馆心存异念，不过是不了解罢了。你想，一个正常人，一生能见几次死人，进几次殡仪馆？因为不了解，才会有误解。老谭的话让我对殡仪馆更加好奇起来。我和他讲，我想深入了解一下。老谭想了想说，我和我们领导说一下，看能不能让你进来看看。一番沟通，还算顺利，我获得了这个机会。

　　了解了一些情况，知道了一些故事，我想写点东西。信笔而至，跑不跑题暂且不管。此为小引，写得有点长，大约也不算累赘。以下的故事和"谭氏双雄"都没有关系。作为药引子，他们的作用已经尽到了。预知故事如何，且耐住性子往下看。

荒蛮故事

　　易过庭没想到他最大的惊喜要留到四十八岁，更没想到这个惊喜是他老婆给他的。他老婆，名赵曼生，听起来像个男人名字。一个"曼"字又带了点女人气，"生"字可男可女，这让他老婆兼具了雌雄二性。赵曼生身上，确实也兼具雌雄性格。她说话大声大气，行动果断利索，全然没有一点女人的样子。心思却极其细密，易过庭再小的表情变化都逃不过赵曼生的眼。生理特征上，赵曼生偏男性，瘦且结实，连头发都是短的。和易过庭比起来，她更像个男人。平时在家里，易过庭只有听话的份儿，一切大小事情，都由赵曼生做主。易过庭不生气，相反，他很享受这种生活。赵曼生强势归强势，到底是个女人，主要还是围着家里的事情转，易过庭在外面干什么，她知之甚少。没有了把柄，想发脾气也不容易。再说，易过庭在家里的表现堪称一流。像易过庭这么大的老板，每周还能在家里吃三顿饭的不多。吃完饭，还能帮着洗碗的就更少了。不光如此，他几乎配合赵曼生的任何要求，买包买衣服买车买房自是不在话下，在床上也很是努力。赵曼生怀疑了易过庭二十多年，一直苦于找不到证据。易过庭收拾得太干净了。也可能，确是什么事儿都没有。对此，赵曼生心生不满，她对易过庭说，我知道你有事儿，只是我找不到证据。易过庭说，我什么事儿都没有，是你整天疑神疑鬼。赵曼生冷笑一声，我疑神疑鬼，难道你没做过？易过庭倒也坦然，做过，那都是年轻时干的荒唐事儿，你也知道。作为一个聪明人，你应该懂得，不能拿一次错误惩罚别人一辈子，那也是跟自己过不去。赵曼生说，我是忘不了，你有多浑蛋你自己知道。易过庭笑，我现在像个圣人。我那帮朋友你都认识，没养小老

272

婆的，就剩我一个了。赵曼生很是不屑，你那哪是朋友，那是一帮畜生。易过庭说，你也别说得那么难听，还要一起做生意的。赵曼生收了声。

赵曼生比易过庭大三岁。和易过庭刚好上时，赵曼生二十五岁，经历了一些事儿。易过庭才刚进社会不久，还不太懂事儿。赵曼生主动找的易过庭。其中过程不表。两人认识三个月，摸摸索索去开房。事毕，易过庭坐在床边抽烟，一言不发。赵曼生斜躺在床上，半露着身子。那会儿，赵曼生还是长头发，半铺在胸前，微微一点起伏。她也没说话。气氛一时有点僵持，还是赵曼生打破僵局的。她问易过庭，你怎么了？不高兴的样子。易过庭掐灭烟头，瓮声瓮气地说，你不是第一次了。听完易过庭的话，赵曼生反倒笑了起来，我都二十五岁了，你想我怎样？易过庭说，不想怎样。赵曼生把易过庭拉到床上，翻身按住他说，你敢说你是第一次？易过庭说，我没说我是。赵曼生抽了易过庭一巴掌，那你他妈敢嫌弃我？说罢，穿上衣服，转身走了。那一巴掌把易过庭扇明白了。就他那条件，有个女人愿意跟他已经不错了，哪里还轮得到他挑挑拣拣。给赵曼生道过歉，两人又好上了。好了大半年，赵曼生跑了。赵曼生跑，事出有因。她把易过庭和一个女的堵在房里了。易过庭抖抖索索，女的也吓得抖抖索索。赵曼生倒是冷静，对女的说，你把衣服穿上，大冬天的，别冻着了。女的穿上衣服，不知道该走还是该留。走吧，赵曼生堵在门口，想跑没那么容易。留就更尴尬了，虽然易过庭和赵曼生没有结婚，说起来总是有点理亏。赵曼生对女的招招手说，你过来。女的说，姐，我错了。赵曼生说，我不是你姐，我没有这么不要脸的妹。女的望着易过庭。赵曼生说，你别望他，你过来。女的慢吞吞试探着走到赵曼生身边。赵曼生一把抱住女的，一只手往女的胸前伸。女的扭动起来，姐，你别这样。赵曼生吼了一声，你别动，再动老子打死你。女的身子僵硬了。赵曼生把手伸进女的胸前，又伸进裤裆，接着捏了捏女的屁股。等她把手抽出来，指着门对女的说，滚！屋里剩下两个人。赵曼生问，她有胸我没有？易过庭垂着头，有。她有屁我没有？有。她屁股是金的？不是。那你为什么要这样？易过庭看着赵曼生，不敢说话。赵曼生说，你说，你大胆说出来。易过庭长吸了一口气，壮着胆子说，她的比你的好。易过庭话音刚落，赵曼生冲上去扇了易过庭一巴掌，我操你妈，你他妈纯粹是个贱人。赵曼生一动手一骂，易过庭反倒轻松了，你看你，哪里像个女人。赵曼生说，你说，你今天都说出来，我还有哪儿对不住你了？易过庭说，那我就说了，你不是处女。赵曼生指着易过庭鼻子说，这一直是你心里一个疙瘩，对不对？易过庭说，是。赵曼生放下手，那散了吧。易过庭以为赵曼生只是说说，没想到赵曼生真走了。他找了几个月，没找到，也就懒得找了。

等赵曼生再找到易过庭，差不多两年后的事儿了，易过庭还是单身。接到赵曼生电话，易过庭还以为他听错了。电话里，赵曼生粗声粗气地说，你出来，我找你有事。易过庭说，不必了吧，都散了。赵曼生说，散了你也要给我一个说法。他们约了一个小酒馆。等易过庭过去，赵曼生已经喝了两瓶啤酒，桌上摆了四五个菜。见到易过庭，赵曼生指着对面的凳子说，坐。赵曼生变了一点，头发短了，整个人显得更加干练。让易过庭意外的是她的样子比以前好看了一些，身材也好了。以前，她太瘦，现在胖了点儿，有了女人该有的韵致。易过庭担心赵曼生会骂他。没想到，赵曼生给他倒了杯酒说，对不起，我不该那样骂你，伤你的心了。易过庭说，我的错，你骂也应该。喝了几杯，赵曼生问，这两年你找到处女了吗？易过庭说，没有。赵曼生又问，那你找到合适的人了吗？易过庭说，找过几个，谈不了两个月都散了。赵曼生说，那你还是找我吧。易过庭说，合适吗？赵曼生说，合适。事到如今我也不怕告诉你，我一直忘不了你，也觉得你是个能做事的人。易过庭说，再说这个也没什么意思。赵曼生说，有意思。我知道你有想法，脑子也灵活，就是没钱。我有，你要是娶我，我的陪嫁够你创业的了。易过庭说，那我成什么了？赵曼生说，我不管你成什么了，我就问你一句，娶还是不娶？易过庭说，我想想。赵曼生说，我不要你想，你给句痛快的，娶还是不娶？我不等了。易过庭说，娶。赵曼生说，那我嫁。

和赵曼生结婚后，易过庭才知道，赵曼生家里那么有钱。她当年出来工作，不过是图个好玩儿。赵曼生，梅州的客家人，客家人重商重文，宁愿饿死也要自己做老板，老老实实打个工他们是不愿意的。客家人重男轻女，这也算是传统。赵曼生家里不一样，他们家六兄妹，就她一个女的，一家人都宠着她。大概也是因为一家全是男的，赵曼生惹了一身的男子气。知道了赵曼生的家庭背景，易过庭生出歉来。当年赵曼生愿意陪他挤在出租屋里，吃不好睡不好，都是为了迁就他，照顾他的面子。易过庭说，我配不上你。赵曼生说，我找的男人是我要的，别的，你不管。靠着赵曼生的陪嫁，岳父和五个舅哥的帮扶，易过庭的生意做起来了。

生意做得风生水起，易过庭也有遗憾，他没个儿子。和赵曼生结婚后，他们陆续生了五个女儿。生完三个女儿，易过庭不想生了。他说，够了，三个女儿也挺好。赵曼生不依。她想生个儿子。在客家人看来，没个儿子，纵然你有万贯家财也没什么意思，都没个接续的人。赵曼生说，我妈生了五个儿子，按说我命里也应该有儿子的，我就不信了。又生了两个女儿，易过庭说，算了。赵曼生长叹一声，你这是上辈子干了多少坏事，我给你生了五个孩子，居然没有一个男丁。易过庭说，有五个女儿我也满足了，你看别人，女儿也只有一个。赵曼生又叹了口气，算了，我也生不动了。生了五个女儿，像是五条绳索，把赵曼生牢牢捆在了家里。时间一久，赵曼生开始疑神疑鬼，她总觉得易过庭在外面有女人。他是个男人，好歹也是个老板，他怎么可能不想要个儿子？赵曼生问易过庭，你是不是在外面养了小的给你生儿子？易过庭说，我对付你一个都对付不过来，哪还有精力在外面养小的。赵曼生看着易过庭，欲言又止。她说，你要是养了，也别让我知道，要是我知道了，你的好日子算是过到头了。你要我像别人一样，我做不到。赵曼生说的别人，易过庭知道指的是谁。他好几个朋友，在外面养了小的，生了孩子。等孩子大了，领回家来。老婆闹归闹，终究还是养了。特别是没有生男孩的，更是忍气吞声。易过庭说，我没有，我也不觉得非要有个儿子。话是这么说，要是真有一个儿子，易过庭还是高兴的。

两人在一起过了二十多年，女儿生了五个，大女儿快大学毕业了。按照易过庭的计划，他的几个孩子是要送到国外的。他没读多少书，也吃了没读书的亏。在孩子读书这块儿，易过庭舍得下本钱。赵曼生还有点舍不得，她问易过庭，都是女孩子，读这么多书有必要吗，反正要嫁人的。易过庭说，时代不同了，再说了，钱这个东西靠不住的，说不定哪天我们就破产了。孩子们读点书，一辈子有个吃饭的本钱，也不用看人眼色。趁我们还有钱，能供就供吧，算是给她们的陪嫁。易过庭说完，赵曼生说，难得你不嫌弃，这辈子我欠你的。易过庭说，你这说的什么话，又不是你一个人的孩子。赵曼生说，我要是嫁给客家人，怕是要被人骂死了，一个儿子没生出来，几个女儿还花那么多钱。赵曼生五个哥哥，给她生了九个侄子，都已长大成人。在他们看来，易过庭挣下的钱，迟早有一部分是他们的。这让易过庭不舒服。他花大价钱给五个女儿读书，里面还有点别的意思，他没说出来。他有个朋友，生意做得没他好，在圈子里却广受尊重，还当上了行业协会的会长。选会长那天，易过庭也在场，按照他企业的规模，只要他愿意，当个副会长一点问题没有。他懒得参与这种竞争，行业协会也是个鱼龙混杂的地方，都是生意人，精明得很，费力不讨好的事情没有人会做。会长和副会长这种位子，争的人却也不少，无他，每年几十万的会费是个小事儿，他们谁都不缺这个钱，行业资源才是最要紧的。当了会长，信息渠道通畅，也等于掌握了行业资源，走出去，大家都是要给个面子的。争的人多，会长的位子却落到了朱鼎文身上。

易过庭和朱鼎文的关系也不错，说得上尊敬。两人是老乡，一个县的，老家隔得不远。从易过庭祖居出发，过一条河，再拐一个山背，进了村子，就到了朱鼎文家。就算步行，加上过河的时间，也要不了四十分钟。朱鼎文老家的房子还是他小时候住的，红砖瓦房，门前一棵大泡桐。泡桐据说有四十多年了，还是朱鼎文小时候种的。看着那棵泡桐，朱鼎文总是很感慨，十年树木百年树人，你看，才几十年时间，泡桐已经这么大，早就成才了，培养一个人可没这么容易。而且，就算你费心培养，也不见得成才。易过庭问过朱鼎文，为什么不把家里的房子修一下，盖个别墅，风风光光的。朱鼎文一笑，指着村口的别墅说，你看，那都是别墅，盖得漂亮吧？易过庭点头，漂亮，你也盖一个吧，你也不缺那点钱。朱鼎文抽了根烟说，我是不缺那点钱。我告诉你吧，那几栋别墅盖得虽然漂亮，三代人打工，就为了盖这么个东西，你觉得有意思吗？易过庭问，这话怎么讲？朱鼎文说，那几家的孩子都没读书，初中还没毕业就出来打工挣钱，三代人的血汗都砌在砖墙里了。这种事情我不干，幸亏我爸妈也不干。朱鼎文小时候家里也穷，父母拼了命供他读书，总算是供出来了。朱鼎文上了大学，普通的二本，又考了研究生。等朱鼎文出来，正赶上通信业的成长期。干了近十年的通信工程师，他出来创业。在易过庭看来，朱鼎文并不适合创业，他顶多是个将才，当不了帅。他公司干得不好不坏，行业内中游吧，离易过庭还有距离。朱鼎文公司做得一般，做人也低调，却有个行业内谁也比不了的东西。他有两个儿子，聪明绝顶，先后考上北大，又先后读了麻省的博士。这两个儿子把朱鼎文的地位推了出来，可以这么说，他能当上会长，完全是因为有他两个儿子在给他背书。行业协会虽然势利，却也认读书人。再说得实在点儿，这个行业里，不少都是洗脚上田的农民，要不就是农村考出来的大学生，麻省的博士还是相当具有震撼力的。朱鼎文作为两个麻省博士的爹，自然具有了崇高的威望。会长的位子，与其交给大家信不过的人，不如给一个公认的好人，哪怕他的行业地位低一点儿。朱鼎文对易过庭说，我也知道，凭我的实力，我当不上这个会长。既然大家选我，看的自然是我的人品，我这个会长也是为大家服务的。果然，凭着他的道德威望，朱鼎文把行业协会理得一团和气，以前那种互相拆台的现象一去不复返。

私下里，朱鼎文一再对易过庭说，老易，我劝你一句，好好让几个孩子读点书。不管男孩女孩，读点书，那才是自己的东西，别人抢不走拿不跑。朱鼎文的话易过庭听进去了。大女儿初中毕业，易过庭把她送进了省城的外国语学校。一进学校，就给女儿请了专业的留学团队贴身服务。三年下来，学费加服务费花了一百多万。女儿拿到加州大学伯克利分校的通知书时，他觉得所有的付出都值得了。易过庭打电话给朱鼎文，告诉他这个消息。易过庭说，朱总，今晚无论如何，你要陪我一起喝酒。朱鼎文说，有这样的好消息，无论如何值得一醉。酒在易过庭家里喝的，赵曼生下厨。赵曼生也高兴，炒了一桌子菜，易过庭开了两瓶茅台。喝完，还不尽兴，又开了一瓶。这次，赵曼生没拦着他，还主动给两人倒酒。赵曼生举着酒杯对朱鼎文说，朱总，这要感谢你，要不是你，老易下不了这个决心。她说的是送大女儿去外国语学校的事儿。当时，易过庭还有点怕麻烦，也考虑了钱的问题。大女儿只是开个头，后面的怎么样都要一碗水端平，加起来不是一笔小钱。朱鼎文和赵曼生碰了下杯，我只是提个建议，最后还是要看你们自己的想法。你看，现在多好，世界名校，这是多少钱都买不到的。喝到最后，两人都喝醉了，朱鼎文拉着易过庭说，老易，不怕你笑话，我这个人没什么本事，就认一个死理，要让孩子们自己学会本事。我两个孩子还算争气，我呢，我不行，我知道你们看不起我，我也确实没什么本事。易过庭说，你说哪里话，你还没本事？那还有谁有本事。朱鼎文说，你就别安慰我了，我两个孩子能混成这样，我满足了，可以说是死而无憾了。

大女儿去了美国，下面的四个分别在念高中初中，一切都顺顺利利的，都在朝好的方向发展。易过庭满足了。对他来说，这已经是他能想到的最好的生活。他对赵曼生心生出感激来，要是没有赵曼生，他能怎样？他不敢想。女儿去美国后，他给父亲上过一次坟。告诉父亲，我们老易家在美国也有人了。父亲死得凄凉，也早。每次想起父亲，易过庭总有些难过。要是现在，父亲死不了，不过一场小病，却要了他的命。父亲坟头有些荒乱，易过庭不打算修，他想起了朱鼎文的老屋。这些形式就算了吧，只要家里出人就好了。一想到这儿，易过庭隐隐还是有点遗憾，虽然五个女儿都不错，要是有个儿子就更好了。他抽了根烟，世间的事毕竟难得完美，能够像现在这样，也是老天爷照应。好好过好现在的日子吧，好好珍惜。

家里空了。原本热热闹闹的一家人，现在在国外的在国外，还在读书的一周回来一次。即使回来，他们也各有各的交际，周末两天，能在家里待一天就不错了。每次孩子们回了学校，赵曼生看着空空荡荡的屋子说，以前，她们都在家里，整天闹腾腾的嫌她们烦。都走了，心里又虚脱了，总觉得哪里都不对。易过庭对赵曼生说，这不正好，你也有了自己的时间。你学学人家，做做美容，跑跑步，自己心情愉悦，对身体也好。赵曼生说，你知道我不喜欢那个。这么多年在家里，我都快忘记一个人待着什么感觉了，再说一个人跑步有什么意思。易过庭说，那我陪你一起。赵曼生说，算了，几十年没见你运动过，再说你事情也多。赵曼生和年轻时一样，不施脂粉，还是男人婆的样子。易过庭看着却越来越欢喜，他性格偏软，有个强势一点的女人，自己的骨头似乎也硬气起来。

见赵曼生闲闷，易过庭心疼，有点空尽量陪着赵曼生。以前对花草没什么兴趣的易过庭特意买了不少花草回来，种在天台上。时间一长，花草长得繁茂，家里显出不少生机来。赵曼生也有了点事情，侍弄花草。赵曼生刚开始还没什么兴致，见花草快要衰败了，又不忍心，费神费力地伺候起来。原本只见枝叶不见花的三角梅被赵曼生养得花团锦簇，只见挤成一团的红色花，枝叶反倒不大见得着了。鞭炮花也沿着栏杆开成了金黄的一面墙。偶尔，赵曼生和易过庭聊聊花草。她指着开得正艳的三角梅说，你知道为什么你以前种的全是枝叶吗？易过庭说，我哪里知道。赵曼生说，三角梅要干一点，浇水太多，尽长枝叶，少浇点水，让它干着，自然就开花了。易过庭说，它还有这习性。赵曼生一边给柠檬剪枝一边说，我也是听别人讲的，试了试，没想到真开了不少，它这习性也够奇怪的。摸了摸柠檬叶，赵曼生说，闻着这味道真香，也不知道什么时候能结果。去年没结，按说今年该结了。易过庭说，随便它吧，能结更好，不结看着也舒服。赵曼生放下水壶说，你倒是好说话得很。在摇椅上坐了一会儿，赵曼生对易过庭说，我最近总不大精神，身上也没有力气，你什么时候有空陪我去看看医生。易过庭问，哪里不舒服？赵曼生压了压腹部，好像是这儿，又说不准。易过庭说，这是肝还是肾？赵曼生说，我哪里知道，我又不是医生。易过庭说，那可别大意，赶紧去看看。赵曼生说，等你有空吧，也不是很厉害，我一个人懒得去。易过庭说，看病不能拖，我明天陪你去看医生。你这有多久了？赵曼生想了想，几个月了吧，隐隐约约的，也不是什么大事儿，没跟你说。易过庭指着赵曼生说，你这办的什么事儿，明天一早你跟我去医院。

医院里总是人满为患，一堆堆的人头交错涌动。穿着白大褂的医生和护士加重了医院的凝滞感，混合着复杂药水味的空气让人沮丧和不安。易过庭非常讨厌医院，他总觉得医院里有股不健康的气息，似乎正在抽走人体内的活气。他很少去医院，就算有病，宁愿自己熬着，实在熬不过，去药店买点药吃，也不肯去医院。他还记得父亲从医院回来的场景。很多年前了，父亲住了大半个月的医院。去医院之前，他已经很虚弱了，勉强还能自己动手吃饭。等他从医院出来，人躺在床上，只剩下骨头撑着胸腔，一起一伏，连吐个字都困难了。父亲临死前，看他的眼神，软弱无力，眼皮费力地睁开，又缓慢地闭上。他连留句遗言的力气也没有了。他的腹部深陷下去，像一个水瓢。至于母亲，她在医院度过了她的最后一天。陪赵曼生去医院，易过庭有种不祥的预感，他说不清原因。他希望他能远离这个让他觉得不安的地方，他不得不去。

把车停好，下车前赵曼生犹豫了一下，要不，不去了？也不是什么大事儿，谁还没有个不舒服的时候。易过庭说，那不行。头痛发烧是个小事儿，你这不明不白的，不查清楚放不下心。赵曼生说，你这会儿倒是怕了。易过庭笑了起来，我就你一个女人，还指着你过一生呢。再说了，孩子们都不在身边，就你和我说说话了。赵曼生下了车，关上车门说，你这一说，我也怕了。和你吵了一二十年，我也把你欺负得够呛，现在舍不得了。易过庭想伸手扶着赵曼生，赵曼生拍了拍易过庭的手说，你把我当什么了，我还不是病人呢。易过庭把手缩回来说，也是。来之前，易过庭联系好了医生。见到医生，初步检查了下，医生说，还是做个全面检查吧，放心些。赵曼生说，不用那么麻烦吧。易过庭按住赵曼生的手说，这个你别任性，听医生的。开好检查单，做完检查。结果还要过几天才能出来，易过庭带赵曼生出去吃饭，很久没有两个人在外吃饭了。平时，都是周末了，孩子们回来了，一大家人外出吃饭，热热闹闹的一大桌。两个人吃饭，一下子安静了下来。他们点了两人份的牛扒套餐，还要了甜点。赵曼生以前很喜欢甜点，这些年吃得少了。赵曼生切了块牛扒，蘸了蘸黑椒汁，把叉子举起来又放下说，我吃不下。易过庭说，怎么了，没胃口？赵曼生望着易过庭，万一我有什么事儿，你怎么办？易过庭说，你别胡思乱想，能有什么事儿。赵曼生说，万一呢？易过庭说，没那个万一，人总有点小病小痛的。赵曼生说，我感觉这不是小病小痛，怕是有大事。易过庭说，你别自己吓自己，把心放宽些。吃完饭，赵曼生说，你陪我去买束花吧，家里的花快枯了。回到家，赵曼生修剪了花枝，插到瓶子里。他们买了三支百合，还有十几支玫瑰。瓶子是漂亮的蓝色玻璃瓶，隐约看到瓶底的水线。百合的香味散发出来，让人舒适。和医院里压抑的气味比起来，明亮又健康。易过庭拉开窗帘，坐在沙发上，明亮的光线让他的心情放松下来。

　　检查报告出来，易过庭去拿的。赵曼生本来要去，易过庭说，还是我去吧，你休息一下。他还是有点担心。拿到报告，易过庭找到医生，他问，没什么问题吧？医生看完报告，脸色沉重，他对易过庭说，老易，情况不太好，你让你爱人尽快入院。再深入复查一下，尽早治疗。易过庭心里一惊，怎么了？医生说，先别想那么多，尽快入院复查，一天都不能拖了。易过庭说，都是这么多年老朋友了，你别含含糊糊的，我能接受。医生说，老易，怕是癌，你听我的，尽快入院。从医院出来，易过庭拿着检查报告的手一直发抖，他害怕。在车里坐了一会儿，易过庭情绪平复了一些。回到家，看到赵曼生，她正坐在沙发上看电视。易过庭走过去，在赵曼生身边坐下。赵曼生关了电视问，检查报告拿到了？易过庭说，拿到了。医生怎么说？易过庭起身倒了杯水，他在想怎么和赵曼生讲。赵曼生望着易过庭说，你别糊弄我，老实说。易过庭喝了口水，情况不太好，要住院复查。赵曼生探起身，又坐了下去。她对易过庭说，你帮我倒杯水。喝完水，赵曼生缓缓冒出一句话，那就去医院吧，什么情况我都准备好了。说罢，摸了摸易过庭的脸，你也别害怕，你这辈子骗不了人，你一进门，一看你脸色我就明白了。易过庭往赵曼生怀里靠了靠，赵曼生摸着易过庭的头说，这么多年了，你心里还是藏不住东西。也好，我也放心些。

　　复查情况很不理想，肝癌，晚期，赵曼生的时间不多了。在医院住了一个多月，赵曼生对易过庭说，老易，不治了，我们回家吧。易过庭说，那怎么行。赵曼生说，老易，我受不了这个罪。每天做化疗，我全身都疼，就算要死，我也要死得体面一点，这个样子死在医院里，我还不如现在就死了算了。易过庭说，你不要那么悲观。赵曼生摇了摇头说，老易，其实你知道情况，没用的。你要是不想让我难受，你就让我回去。剩下的日子，你让我高高兴兴地过。能过多久，那都是我的福命，我不怪谁。易过庭说，那我问问医生。找到医生，易过庭说了赵曼生的想法。医生想了想说，那我给你开点药，回去也好。易过庭不甘心，真没办法了？医生说，老易，你的心情我能理解。客观说，意义不大。到了这个时候，不如让病人高兴一点。很多时候，我们都是为了自己心里平衡而在做过度医疗。其实，这样也会让病人承受更多痛苦，没必要的。从医生办公室出来，回到病房。赵曼生看着易过庭问，医生怎么说？易过庭握住赵曼生的手说，我们回家，不治了。赵曼生把头扭向窗外，正是木棉花开的季节。满树的花开得火红一片，还有红绿色的尖嘴小鸟在树上跳跃，生机勃勃的样子。她望着木棉花说，我一分钟也不想等了。

　　把赵曼生接回家，易过庭手里的工作也停了。公司他去得很少，有什么事情电话解决。好在这些年下来，公司有了正常的运转秩序。生意虽然会受到一点影响，毕竟不大。二者相比起来，赵曼生更重要一些。倒是赵曼生不放心，时不时对易过庭说，我没事，你去公司看看。你长期不在，公司人心不稳。易过庭说，现在管这些闲事干吗。本来，易过庭想找个保姆来照顾赵曼生，他怕他一个人做不好。赵曼生不同意，她说，我又没到还不能动的程度，再说，家里突然多个外人，我也不习惯。易过庭依了赵曼生。两人一起二十多年，从来没这样朝夕相处过。想到时日无多，彼此更生出留恋来。回到家里，赵曼生的精神比在医院好一些，脸上也有了血色，停了化疗，她的身体也自如了一些。有时候，看着赵曼生，易过庭甚至怀疑医院是不是搞错了，这哪里像一个癌症晚期的人。她站在天台上浇花，靠在摇椅上喝水，人是瘦了一些，眼睛里还是光亮的。甚至，和她年轻时相比，也不见得更加瘦弱。两个人坐在一起说话，时不时说起过去，讲讲年轻时的荒唐事。这个时候讲起来，不仅没有一点计较的意思，反倒都变成了乐趣。赵曼生有时感慨，以前想不明白的事情，现在不用谁劝，全都明白了。她对易过庭说，老易，谢谢你这么多年一直让着我，我要不是碰到你，也不能过得这么如意。易过庭说，还说这些干什么，老夫老妻的。赵曼生笑着问，老易，你跟我说句实话，这些年你在外面有没有女人？易过庭说，有，还不少。赵曼生说，我不信。易过庭说，真有。赵曼生说，那你带几个回来给我看看，让我挑一个以后照顾你。你知道，这方面我一直比你眼光好。易过庭说，那不行，我藏了一二十年，现在暴露不是太蠢了？赵曼生笑了起来，脸色柔和，老易，我知道你没有。以前老问你，也是不自信，总怕你在外面有人。说完，看了看易过庭，老易，你想不想要个儿子？易过庭给赵曼生披上披肩，傍晚的风有点凉了，我哪个女儿不顶别人三个儿子？赵曼生说，我问你，你想不想吗？易过庭说，不想。赵曼生皱了下眉，真不想？易过庭说，该回房间了，晚上我给你烧鱼，你不是一直爱吃我烧的白鲳吗？厨房里炖了汤，香味飘了过来，胡萝卜猪骨汤，也是赵曼生喜欢的。

　　到底是生了病的人，赵曼生的状态时好时坏，脾气也变得阴晴不定。刚才还聊得好好的，转过头就可能发脾气。对赵曼生的脾气，易过庭哄着。别说现在，就是以前，也是易过庭哄着。赵曼生脸色蜡黄，头发掉了不少。每次发过脾气，过了一会儿，她总对易过庭说，老易，对不起，我控制不住。有些事情我知道想了没用，还是忍不住。易过庭说，你又不是第一天认识我，这么多年，我什么时候生过你的气。赵曼生说，为难你了。易过庭削好苹果，递给赵曼生，你这几个月说的"对不起""为难你了"超过前面一二十年的总和，什么时候变得这么客气了？赵曼生接过苹果，有句话说得好，人之将死其言也善。易过庭收起水果刀，擦干净，插进刀套，说这个干什么。赵曼生的状态亲戚朋友都知道了，都说要来看赵曼生，易过庭拒绝了。他说，别，就跟平常一样，你们一来，反倒显得特别是个事儿，就让我们俩安静过着吧。朋友们说，老易，有什么事儿吱声儿，都是朋友，平时帮不上什么忙，这个时候你别一个人硬撑着。亲戚朋友之间的话，说过就完了，云消雾散。对孩子们来说，那是天大的事。大女儿说要回来，易过庭说，你问你妈的意思。大女儿打电话给赵曼生，赵曼生说，你好好读书，妈还有日子。大女儿在电话里哭，赵曼生不高兴了，你别哭，你一哭好像我真的快要死了一样。大女儿赶紧收了声，装出笑脸来。最小的还在读初中，虽然还懵懂，也知道发生了大事。见了赵曼生，想靠过去，又有点怕的味道。赵曼生招手让她过来，摸了摸小女儿的头，又让她站开。小家伙开始发育了，有了腰，屁股也翘了起来，胸前有了小幅隆起。看着小女儿，赵曼生说，你也长大了，那我就放心了。孩子们回来，比平时安静了很多，生怕打扰了赵曼生休息。除了家人亲戚，赵曼生几乎不见人，她不想让人看到她这个样子。

有天晚上，吃过饭，赵曼生自己洗了澡。她对着镜子看了看她的身体，干瘦，本就不大的乳房疲沓下来，没有一点力气。她的脖子，显得比以前更长了，甚至能看见本来潜藏着的喉结。头发倒没有白，只是少了很多。她的脸早就失去了光泽，刚洗完澡，由于水分的滋养，略有点生动的气息。她穿上了易过庭给她买的睡衣。以前，易过庭总想她穿得性感一些，她不愿意，总觉得那样穿太风骚了，怎么看都有勾搭男人的意思。易过庭越想她穿，她越不肯穿。被易过庭缠得没有办法，她穿过几次，易过庭凶猛得像只野兽。赵曼生更加确信，那是勾搭人的浪荡东西。她心里冷笑一声，男人，到底还是肤浅的下半身动物。不过几个布条，肉体还是那个肉体，有什么好激动的，太肤浅了。现在，她穿在身上，有些滑稽，她的肉体撑不起来了。她想，易过庭应该不喜欢她这个样子。进了卧室，赵曼生拿了个枕头，靠在身后，打开台灯，把光线调到微暗的黄光。她想，在灯光的隐藏下，她的样子应该会好看一些。过了一会儿，易过庭洗完澡进了房间。看到赵曼生的样子，他先是愣了一下，又笑了。易过庭坐在床边，伸手摸了摸赵曼生的脸，又摸了摸赵曼生的乳房。赵曼生闭上眼睛，她似乎很久没有接受易过庭的爱抚了，尤其是在她确诊之后。易过庭的手还在游动，赵曼生问，想要吗？易过庭"嗯"了一声，声音里满是问号。赵曼生说，想要我怕是也给不了，我没有力气。易过庭说，很久都没这个心思了。赵曼生说，你自己先来，到最后给我，一辈子总得满足你一次。赵曼生的意思易过庭明白，年轻时一起看过岛国爱情动作片，他想来点特别的，赵曼生不肯。易过庭的手停了下来，我做不出来。赵曼生说，老易，今天我有个事儿想告诉你。易过庭在赵曼生身边躺了下来，手放在赵曼生的腿上。

赵曼生说，老易，有个事儿我今天必须告诉你，不然我死了心里都不安宁。易过庭说，别说死不死的，有话你说，我听着。赵曼生扭过身，半趴在易过庭身上，老易，你是不是一直想要个儿子？易过庭说，还说这个干什么。赵曼生看着易过庭，一字一顿地说，你其实有个儿子。赵曼生说完，易过庭笑了，你又胡说八道，我什么时候有个儿子？赵曼生说，你误会了，我不是说你外面有人。易过庭，那你什么意思？赵曼生把头低下，老易，你一定要原谅我，对不起。赵曼生的话彻底把易过庭搞糊涂了，你说这个什么意思？赵曼生吸了口长气，你还记得以前我离开过你快两年吧？易过庭说，都是多少年的事了。他隐约觉察到了什么。赵曼生接着说，那次，我是真生气了。易过庭想起了他和一个女人被赵曼生堵在了房间里。那时候，我怀孕了。赵曼生说。易过庭身体像是被击中了一下，他说，你说什么？我怀孕了。赵曼生说，生了个男孩，你儿子。她说完，胸口剧烈地起伏，想哭的样子。易过庭被炸醒了，睡意全无。他盯着赵曼生，眼睛里像是有火要喷射出来。赵曼生终于哭了出来，对不起，我太生气了，也太年轻。我不敢和家里人说，一个人去铁城躲着把孩子生了下来。我们结婚后，我想着，我们都还年轻，总能生个儿子，谁能想到，我命里就那么一个儿子，我还把他送人了。赵曼生哭得脸都花了。易过庭一头一脑的乱线头。哭完了，赵曼生对易过庭说，你去铁城把儿子找回来，他认不认我都没关系，总是你儿子。等赵曼生情绪平复下来，易过庭问，你说的是真的？赵曼生说，都这个时候了，我还骗你干什么。本来我是想一辈子都不说的，谁知道，这几个月，越想心里越不是个滋味。你去把儿子找回来，就算死，我也想见他一面。易过庭相信赵曼生讲的是真的了，在这个世上，他还有一个他从来没有见过的儿子。他在铁城。易过庭说，你还记得你给了谁吗？赵曼生说，我哪里敢自己拿起送人，孩子刚满月，就被人抱走了，送到哪里我也不知道，就知道在铁城。易过庭，这怕是不好找。赵曼生说，好不好找，你都得去找，那是你儿子，你也不想我带着悔恨走吧。想了想，易过庭说，我问一下铁城的朋友。赵曼生摇摇头说，你自己去找，这种事情，不好满世界讲，再说了，也只有你会尽心尽力去找。易过庭说，我去了铁城你怎么办？赵曼生说，你帮我找个保姆，我还有五个哥哥，你放心。易过庭说，这算是什么事儿。赵曼生说，你别怪我，我心里也压了几十年，也不好受。

第二天，易过庭起得很早。尽管，他一个晚上没有睡好。昨晚，说完话，赵曼生对他说，我困了，我先睡了。她像是刚说完，就睡着了。易过庭没有急着关灯。等赵曼生发出均匀的呼吸声，他确信她睡着了。睡着了的赵曼生露出安然的表情来，她在睡梦中没有痛苦，像是一个健康的人。易过庭看着她的脸，看了很长时间，像是想从那张脸上看出破绽来，看出赵曼生是不是在骗他。她睡得那么安稳，有种释放后的自然。关上灯，易过庭回了他的房间。自从赵曼生从医院回来，他们开始分床睡。晚上，门都开着，稍微有点响动，易过庭能及时醒来。即使回到房间，躺在床上，易过庭还是很长时间不能入睡。赵曼生的话太过刺激，像是一部情感大戏，而他成了其中的主角。他有一个儿子，他为这个兴奋。又感到茫然无措，铁城虽小，要找一个人也不容易。再且，即使找到了，他们该如何面对彼此，这些都是问题。易过庭设想了很多场景，都逃不脱电视剧的套路。他的生活，他的想象力限制了他对未来可能性的猜测。他没有睡好，起得却很早。刷过牙，洗过脸，他去赵曼生房间看了一下。她还在睡，大概是放下了心理包袱，她的身体也变得轻盈，易于安放。易过庭到天台坐了一会儿，柠檬结了小小的果实，砂糖橘大小。再过两个月，它会长得更大一些，青绿的皮变得嫩黄。那时，它就成熟了，满心的涩也变成了迷人的酸，适合调剂这油腻的人间。等赵曼生起来，易过庭已经煮好了粥，他加了瑶柱，切好了姜丝和葱花。赵曼生的精神不错，她吃了一碗粥，又加了半碗，她已经很久没有这么好的食欲了。吃完粥，赵曼生对易过庭说，我昨晚睡得很好。易过庭说，我知道。赵曼生笑了笑说，我昨晚说的是真的，你去把我们的儿子找回来。易过庭注意到，一个晚上，赵曼生的措辞发生了变化，从"儿子""你儿子"变成了"我们的儿子"。

怎么找？易过庭没一点头绪，赵曼生给他提供的信息太有限了。只知道人在铁城，这个"在"，还要加一个"可能"。就算赵曼生说得没错，她确实把儿子给了铁城的人家，儿子这么大了，谁知道他到底会去哪儿？比如大女儿现在美国，儿子完全有可能在地球上的任何一个地方。世界之大，找一个人太难了。就算儿子还在铁城，铁城虽小，也有四百多万人，要从四百多万人中找一个人，不说大海捞针，和买彩票的概率差不了太多。他不相信他有这样的好运气。对铁城，易过庭说不上陌生，由于生意的缘故，他经常去铁城。去得多的时候，一个月要去两三次。他喜欢那个城市，干净舒适，生活悠闲，有过日子的味道。他从来没想过，他有一个儿子，生活在铁城。他在铁城见过那么多人，在街上和那么多人擦肩而过，在大排档在酒吧在工厂在批发市场一群一群的人，其中一个可能是他的儿子。他甚至可能还和他说过话，但不知道他是谁。生活如此荒谬，像是和他开了一个巨大的玩笑。赵曼生说，你想想办法，实在找不到，我也不怪你，你去铁城吧。易过庭想了想，你也别急，这不是一下子的事情，我找找老朱，他做会长，在铁城的资源广，行业很多供应商和厂家都在铁城，毕竟人多力量大。赵曼生说，也好，你也别搞得沸沸扬扬，总不是什么光彩的事情。易过庭说，我心里有数，你放心。安顿好赵曼生，易过庭给朱鼎文打了个电话。电话里他对朱鼎文说，朱总，有个事儿麻烦你，电话里说不清楚，见面聊。朱鼎文说，今天忙，事情有点多，我们改天？易过庭说，一天也不能等了，这个事拖不得。听了易过庭的语气，朱鼎文似是意识到了事情的严重性，他说，这样，你中午过来，我把下午的事情推一下。挂了电话，他看了看赵曼生，她靠在沙发上，眼睛眯着，像是又睡着了。风从阳台吹进来，她的头发和窗帘一样轻微摆动。

开车去朱鼎文公司的路上，易过庭有点走神。直到此刻，他依然不敢相信他突然有了一个儿子。奇妙的是，一旦知道有了儿子，他心态发生了微妙的变化。他对这个没有见过面，连长相性格都不知道的儿子无端地生出怜惜来，甚至有种激越的父爱，这种爱和对五个女儿的爱完全不同，那是另一种让人激动的爱。没有来由，冲动而又猛烈。他默念了几次"儿子"，他甚至开始猜测儿子的姓氏，他有没有结婚，他生孩子了吗？如果他有了孩子，那他就是当爷爷的人了。车开到朱鼎文公司门口。那是一栋草绿色的大楼，中间穿插着黄色，门口种了几棵高大的大王椰。院子里面还有一个篮球场，篮球场边种了两棵枇杷，还有三五棵荔枝龙眼，都是南方常见的果树。春夏之交，枇杷熟了，朱鼎文总喜欢摘枇杷送人。不得不说，这是两棵非常棒的枇杷，果大，核小，口感甘甜清澈。这两棵枇杷让朱鼎文爱惜有加，说起来满是得意，就像他两个博士儿子一样。不止一次，朱鼎文指着那两棵枇杷说，国外进口的树种，和本地的土鳖枇杷完全两回事儿。他说得客观，本地的枇杷个儿小不说，还容易坏，和他的这两棵枇杷天壤之别。经过球场，易过庭特意看了一眼枇杷，过季了，只有树顶还有几束没有采摘的果子，上面有了黑色的斑点，还有鸟啄食过的痕迹。这一季的枇杷，朱鼎文没有送给易过庭。倒不是朱鼎文忘了，他怕打扰赵曼生，也不敢看她。

进了大堂，易过庭给朱鼎文打了个电话，朱总，我到了，你现在方便吗？朱鼎文说，你上来吧。办公室在五楼。一楼是仓库，两台平板大货车正在上货。二三楼生产车间，朱鼎文公司人不多，只有四条线。他也没有做大的想法。四楼一直空着，易过庭曾建议朱鼎文租出去，朱鼎文说，算了，也挣不了几个钱，人员搞得复杂，没必要。办公都在五楼，营销、财务、人事、总经办等等。朱鼎文的办公室不小，和公司的规模比起来，他的办公室明显超标，布置得堪称奢侈。家具以海南黄花梨为主打，最次的也是缅花或非洲紫檀，比如他的办公桌。宽大的紫檀办公桌背后挂着"天道酬勤"四个大字，朱鼎文请本地书法家协会主席写的，花了两万块钱。看过的都说不值，都说，这个价格，可以请到国内一流书法家的墨迹了。朱鼎文也不争辩，只说一句"你们不懂。"听朱鼎文这么说，大家的兴趣反倒起来了，这幅字到底有什么玄妙之处？细细看下来，也不过是江湖书法，古玩市场上大把假货，三五百块顶天了。见众人迷惑，朱鼎文说，价值不在那字上。这一说就怪了，书法的价值不在字上，那还能在纸上？当然不在纸上，重在名字。他一说，众人就笑。这更没有道理。一个地市书协主席，又不是什么名家，名字值几个钱？朱鼎文也笑，我知道你们笑什么，觉得我傻嘛。他说得不错。通常，请本地书法家写字，不过几顿饭几瓶酒的事情，花两万块钱买这几个字，实在太浪费了。朱鼎文也不生气，他说，字好不好不论，人家几十年的积淀，难道连一台手机都不值？正因为你们都认识他，我更要尊重文化，我要让人知道，文化值这个钱，我还觉得我占便宜了。他这一说，别人自是不好再说什么，还觉察出别样的意味深长来。

见易过庭进来，朱鼎文起身打招呼，什么事情这么急？易过庭说，说来话长。朱鼎文说，那坐下慢慢说，我刚好泡了茶，今年新上的龙井。茶台边点了沉香，气息稳重。朱鼎文给易过庭倒了杯茶，曼生近来还好吧？易过庭说，还好，还能怎样。朱鼎文问，你找得这么急，公司的事情？易过庭说，公司的事情我就不找你了。他端起茶杯闻了闻，淡雅的清香，茶芽一根根地站在水里，他喝了一口，朱总，我要是告诉你我有一个儿子，你怎么想？朱鼎文拿着茶壶的手在空中停滞了两秒，那你别让曼生知道了，这个时候，不要再刺激她了。易过庭笑了起来，你想多了。他把情况和朱鼎文细细讲了一遍。听完，朱鼎文说，这个我能帮上什么忙？易过庭说，你人脉广，看能不能想个办法。朱鼎文说，这个事情不好办，又不能大张旗鼓，又要办事，你说怎么办？易过庭说，我要是想清楚了，我就不找你了。喝了几杯茶，朱鼎文说，我想起一个人来了，你也见过的。易过庭问，谁？朱鼎文说，邝新闻。易过庭说，他？靠谱吗？朱鼎文说的这个人易过庭认识。酒桌上见过几次，能说会道，油嘴滑舌，易过庭对这个人印象不太好，太轻浮了。即使这样，他们也很久没有联系过了，怕是都有十来年了。朱鼎文说，靠不靠谱我们暂且不提，只要他能办事就行了。你知道他为什么叫"邝新闻"吧？铁城大大小小边边角角的八卦，怕是他知道的最多。你还有印象吧？铁城的供应商经销商个个都怕他，见他跟见了鬼似的，哪个的烂事儿，谁包了二奶，谁有私生子，姓甚名谁，住在哪里他都知道，嘴巴又大。易过庭笑了起来，这个我有印象，那张嘴确实讨人嫌，整天流言蜚语的。朱鼎文说，你去找他，看他有没有办法。易过庭说，很久没有联系了，他都不在行业了吧？朱鼎文说，早就不在了，人人都不喜欢他，混不下去，我和他还有联系，每年见几次面。那张嘴还是那样，东家长西家短的。易过庭说，你倒是不嫌弃，什么样的人你都留着。朱鼎文喝了口茶，看人看长处嘛，你看，这会儿人家不是有用了？易过庭说，那也行，死马当活马医吧。朱鼎文说，我先和他说一声，你过去找他，记得带点礼物，把话说漂亮点儿。这种人，哄着一点儿，他能把心窝子掏给你。

加了邝新闻的电话微信，随便聊了几句，电话里易过庭没把事情说明白，只说要去找他，请他帮个忙。邝新闻有点意外，他和易过庭私交甚少，见过面，大桌子上吃过饭而已。听说易过庭要来找他，语气还是热情的，还带点喜出望外的意思。他大概没想到，易过庭还会来找他。寒暄了几句，挂了电话。朱鼎文留易过庭一起吃饭，一看时间，也到了饭点儿，易过庭也没客气。两人在附近找了家馆子，做的农家土菜。易过庭以前也来过，装修设计乡里乡气，墙上挂着簸箕、草帽、扫帚、墨斗等等农家用具，靠墙根儿台面上的筛子里摆着茄子、辣椒、各种瓜果的塑料模型，连服务员都穿着大红花儿的围兜。这股土劲儿，易过庭并不喜欢，他挣扎了一辈子，不就为了挣脱这些东西。他不怀旧，一点也不，甚至怀疑身边朋友怀旧的真实性。到底是怀旧，还是压抑不住的炫耀？点了四个菜，农家炒鸡、小炒肉、蒸了条鲩鱼，再加一个丝瓜肉片汤。易过庭好长时间没在外面吃饭，看着几个菜，发出感慨来，偶尔这么出来吃一下还是好啊。朱鼎文问要不要喝点酒，易过庭说，酒就算了，还要开车。再说，喝个半搭子酒也没什么意思。他吃了两碗米饭，饱饱的。放下筷子，朱鼎文问，老易，你有没有想过一个问题？假设，你找到了儿子，接下来怎么办？易过庭说，那当然是带回来。朱鼎文一笑，你想得太简单了，你以为还是三岁小儿？二十几岁的人了。不说还好，一说，易过庭意识到他确实没有想过这个问题。他潜意识里以为，既然是他儿子，跟他回来那不是再正常不过的事情吗？他没有意识到，儿子对他来说完全是一个陌生人，他和他之间仅有血缘上的关系，没有任何情感关联。朱鼎文接着说，你有没有想过，如果他不愿意认你怎么办？想了想，易过庭说，先找找再说吧，这么远的问题先不想了。船到桥头自然直，我这连船都没有，想那么多干吗？朱鼎文说，那也是，你还是先找吧，事情到了总有办法。

回家和赵曼生说了。赵曼生说，别的先不管，你尽快去铁城。易过庭又忙了两天，找人照顾赵曼生。陌生人不放心，熟人一下也不好找，不是个个都腾得出工夫来。等找到人，手把手教会，把注意事项说清楚，两天过去了。临出门，赵曼生送易过庭下楼，她说，你给我把好消息带回来。易过庭说，我尽量。去铁城的路上，易过庭有些心慌，他觉得他找不到儿子。即使找到了，可能像朱鼎文说的一样，儿子不会认他。这么操蛋的父母，哪个孩子会认？换了是他，他也不会认的。和以前去铁城不一样，这次，他像是朝着一个未知的方向进发，前面有什么等着他，他不知道。不像以前，他能够清晰地知道接下来会发生什么，一切尽在把控之中。

办理好入住，时间还早。他住在三十八楼，站在房间窗口，一片灰白的屋顶塞进他的视野。铁城高楼少，这些年虽然有些变化，大体依然如此。远处的天空灰蓝。前几天刚下过雨，空气保持着纯粹的透明度，似乎还能望见伶仃洋藏在一团团的白云之下。右边是半环形的山脉，高高低低地连接起来，手抱着铁城。岐江从城市中间穿过，两岸的绿树夹着一条碧绿的水带。每隔一段，桥从河面上跨过去，体态各不相同。从高处看下去，一切都显得小，房间里的东西却膨胀起来，变得异常巨大。看了一会儿窗外，易过庭躺在了床上，他想睡一觉，好好地睡一觉。关上窗，拉上窗帘，房间里顿时黑了下来。易过庭开了台灯，脱了衣服。他脱得赤条条的，钻进被子，像是一条被包裹起来的鱼。然后，关了手机，关了台灯。闭上眼睛的那一刻，他有种解脱了的快乐。这种快乐来得不明不白，却让他感动，像是满满一塑料袋的水，被人戳了一个小孔。水从里面流出来，鼓胀的塑料袋逐渐空瘪，当水流干，塑料袋具有了纯粹的本质。它只是一个塑料袋，它并不需要哪些撑大它的水。易过庭像是在黑暗中穿过隧道，他在黑暗中闭着眼睛，脑子里却出现闪烁的光亮，他的身体漂浮起来。自由、轻灵，像是风吹过水面，水波荡漾，温柔体贴。这真是美好的睡眠。等易过庭醒来，已是下午五点，他约了邝新闻一起吃晚饭。一看手机，有邝新闻给他发的语音，说他还约了两个朋友一起，人多吃饭热闹点儿。易过庭回了一个字"好"。他起身拉开窗帘，身上还光着。太阳还高，傍晚的光线略染了黄色，有种成熟女人的味道。易过庭洗了把脸，冲了个澡。想到一会儿要见邝新闻，易过庭还是有点不自在。他知道，只要邝新闻知道了这个事儿，那么，相当于全世界都知道。他不怕人知道，也不想闹得沸沸扬扬。事情一大，大家都很尴尬，可能就不好办了。

约的地方离酒店不远，铁城小，城区里到哪儿半小时都够了，如果不塞车的话。邝新闻约的地方好，环境好，也贵。以前来铁城，朋友们带易过庭来过几次。他也很喜欢。再次来，感受不一样了。易过庭到时，邝新闻早就到了，他正和两个朋友坐在院子里抽烟。见到易过庭，邝新闻掐掉烟，热情地和易过庭握手，易总，好久没见了，你还是风采依然，风度翩翩。易过庭笑道，邝总见笑了，老了。他倒是有些惊讶，这些年了，邝新闻还是老样子，几乎一点没变，头发浓密乌黑，脸上没一条皱纹，眼神还是那么活泛。和邝新闻的生机勃勃比起来，易过庭觉得他是真的老了，不管是容面还是心态。邝新闻说，我们有好些年没见了吧？易过庭算了算说，怕是有十来年了。邝新闻说，过得真快，你我都老了。易过庭说，我老了，你没老，你看起来还是三十出头的样子。邝新闻大笑起来，易总真会开玩笑，我都是快五十的人了。说完，邝新闻介绍了他的两个朋友。邝新闻说，他们都是艺术家，我跟着他们学点字画。易过庭说，邝总真有闲情逸致，我们天天忙得像条狗一样，有点时间只想躺着。邝新闻说，我是闲的，反正什么都干不了，不如附庸风雅一下，也算是提高自我修养。易过庭说，邝总太谦虚了，你这一看就是艺术家的范儿。正是春夏之交，南方的天气热了，邝新闻穿着麻布的短衫，脚蹬一双布鞋，颇有些道骨仙风的意思。要不是以前见过，易过庭会以为他见错了人。那会儿，邝新闻不论春夏秋冬，永远西装革履，像是随时准备参加颁奖典礼。四个人坐在院子里喝茶，半高的墙外时不时有游客走过去，戴着墨镜，拿着自拍杆。这些女孩子都很好看。易过庭喜欢长头发，大腿又直又白的女生，充满女人味的那种。邝新闻给易过庭递了根烟说，易总这次来铁城怕不是来看朋友的吧？易过庭说，确实有点事情想麻烦邝总，再说，也真是想念老朋友了。他说完这句话，自己都觉得虚伪。邝新闻说，易总客气，都是自己兄弟，虽然我不在行业里混了，毕竟也算是在同一条战壕里战斗过。再说，朱总对我很好，一直关照我，我也是知恩必报的人。你的事情，只要小弟帮得上忙，那一定鞠躬尽瘁死而后已。易过庭说，那真是麻烦邝总了。他把事情详细和邝新闻讲了。听完，邝新闻脸上严肃起来，易总，这个事情怕是有点麻烦。他扭头看了看身边的两位朋友，对易过庭说，要不先吃饭吧，边吃边聊，这个点儿大家都饿了。

菜是邝新闻点的，说是易过庭好不容易来趟铁城，怎么也要尝尝铁城特色菜。这只是个说法，易过庭来过铁城多次，都忘记了次数。所谓特色菜，也吃成了家常菜。他注意到邝新闻点得很有技巧，硬菜有，其他的菜看起来低调，也颇费钱。比如说汤吧，似乎就是一个鱼片汤，加了点菜丁，一人一小碗。用的却是东星斑，价格自是不便宜。点好菜，邝新闻问，易总喝什么酒？易过庭说，来点白的吧，啤的喝不了了，过了那个年龄。再且吃海鲜就啤酒，那是等着痛风的节奏。邝新闻说，我这些年也是喝白的多了，偶尔也喝点红酒。易过庭招手喊了服务员，这里有什么白酒？服务员看了看邝新闻，邝新闻说，你别看我，跟易总说。服务员说，大概的都有，我拿个酒水单给你看看。接过酒水单，易过庭扫了几眼，递回给服务员说，先来两瓶茅台，你别给我假的。服务生笑笑退了出去。邝新闻说，茅台还是好，哪怕喝多了第二天也不头疼。四个人又聊了一会儿酒，菜摆上了桌。

一瓶茅台很快干完了，第二瓶也倒了一巡。酒剩得不多，大家的胃口似乎还没有打开，易过庭又叫了两瓶。酒摆上桌，邝新闻说，易总破费了。易过庭说，哥儿几个喝酒，说这个就见外了。和易过庭碰了碰杯，邝新闻说，易总，刚才我一直没有提那个话题。不是我不想帮忙，我也在想。兄弟的事，我肯定放在心上的。易过庭说，邝总有这个心，那我就放心了，在铁城哪还有邝总办不到的事情。邝新闻说，老实说，你这个事情，说麻烦也麻烦，说不麻烦也不麻烦。易过庭放下杯子，邝总，有话你直说，我这里一头乱麻，不然我也不麻烦你。邝新闻给易过庭倒满酒说，易总，冲着你这般义气，那我就实话实说了。如果你太太说的话属实，孩子真是给了铁城城区本地的人家，那应该不难找。二十几年前，铁城人不多，本地的就更少。你知道，我是土生土长的铁城人，亲戚朋友同学都在铁城，慢慢打探，总能找出点线索。问题是这么找人，还是很费精力的，也不是一天两天的事。易过庭听出了邝新闻话里的意思，他举杯对邝新闻说，别的事情邝总放心，该怎么做怎么做，我易过庭绝不让朋友吃亏。邝新闻喝了酒，易总我当然是信得过的，我先把问题说在前面，免得到时事情没办好伤感情。易过庭说，邝总想多了，只要邝总肯出手，那已经是给了我大面子，我感谢还来不及呢。邝新闻说，那这样，我帮你问问老铁城人。你呢，也别闲着，去儿童福利院翻翻旧账。我们双管齐下，看能不能尽快找到线索。毕竟，易总，你别怪我说话直，你太太经不起等了。易过庭连连点头称是。喝完三瓶，四人脸上都有了些意思，邝新闻的话题越来越多。易过庭的事儿翻篇儿了，邝新闻先是和两位艺术家朋友谈了会儿艺术，从八大谈到徐青藤，又到齐白石、张大千、李可染、黄宾虹、傅抱石等。接着，又说起了铁城官场秘闻，反腐风暴等。易过庭不懂艺术，也听出了大概的意思，画画的也就八大和齐白石像个样子，但和八大比，齐白石还差点意思。就说齐白石本人，也是过了七十才成熟起来，笔墨自由了。他们聊时，易过庭听着，他想到了朱鼎文，和他买的"天道酬勤"。如果邝新闻看到那幅字，他会怎么评价？第四瓶酒易过庭坚持要打开，邝新闻推辞了两句，喝不下了，喝不下了。见易过庭坚持，他看笑着对两位艺术家说，我们易总就是这么豪爽，那我们也舍命陪君子了。

又有两杯下去，邝新闻整个身体松弛下来，他脸上的肌肉略显浮肿，腹部随意地摊在身上，失去了管教。他把手搭过来，放在易过庭的脖子上说，易总，我知道你们看不起我。这个不要紧，我有我的本事。我从行业出来，被你们联手赶出来，我没有饿死。相反，我过得比以前更自在。凭的什么？凭我的本事。我的本事你们看不到，只有朱总，朱鼎文能看出来，我是个有本事的人，我就服他。你别看我现在什么都没干，整个铁城，还没人敢不给我一个面子。我不怕老实告诉你，易总，我虽然不上班，但我是国家的人，我有公务员身份，拿财政的钱。我不去上班，那是我的本事。对不对？他指着两位艺术家说，你们告诉易总，我是不是在吹牛？艺术家连连点头，这事我们都知道，没一个字不着实。邝新闻拍了拍易过庭的肩膀，我公务员的身份连朱总都不知道，要不是看你义气，我也不会跟你说出来。你以为我没本事？那你就想错了。邝新闻喝得有点多了，易过庭拍了拍邝新闻的背说，哪个敢说邝总没本事，那是瞎了狗眼。兄弟们喝酒，不扯这些没意思的。邝新闻把身子往后一躺，点了根烟说，易总，喝到这个份上，我也不怕跟你说。家家户户有本难念的经，你有你的为难事，我有我的不开心。有些话，我也是不好对人讲。易过庭说，我连儿子的事都和你讲了，你还有什么不好说的。邝新闻摆了摆头说，易总，一言难尽啊。

易总，你有五个女儿，还有一个儿子。易总，你不要说还没找到。找没找到，那都是你儿子。我和你不一样，我严格遵守国家计划生育政策，我就一个女儿。我们那个年代的人，多半都是一个孩子。易总，我不像你们，违反国家政策，生那么多孩子。我没有，我是良民。我就一个孩子，我疼啊，疼得不得了。你们说我浑蛋，说我什么都好，我对我女儿好啊。就这么一个女儿，我不对她好对谁好？我满腔热情，我的爱可不全给了这么一个人吗？虽然说爱不分彼此，但我说个简单的，你爱五个人，和我爱一个人能一样吗？不能。你再怎么说你平等，你都爱，你总会有私心，你不是圣人，你避免不了爱这个多点儿，爱那个少点儿。你说一样爱，那你是在骗人，骗自己，让自己良心好过些。我嘛，我没得选，没比较，我就只能死心塌地地爱一个人。那是全身心啊，那是朝霞，那是太阳啊，那是海洋和泉水啊。他娘的，你看，你们活生生把我逼成一个诗人了。老廖，你能不能给我点根烟？我找不到烟盒了。你以前给我读过一首诗的，阿，阿，阿米亥的，我最喜欢的那首。（不读了，不读了，邝总，你喝多了。我一个画画的，哪里懂诗，你肯定记错了）啊，不是你？有可能。我和文学圈的也熟，可能是听别人读过。你不知道没关系，我记得，我背给你们听。你们听好了。大概是这个意思，完整的我记不得了。大概是说"我女儿出生的那天，没有人死亡"，你们听听，牛逼吧？凭啥他女儿出生的那天没有人死亡？哪天还不死人了？诗这样写牛逼的，你们想想，一个父亲，因为女儿的出生，他已经不信，甚至不承认死亡了。多么牛逼，这是爱呀。我就是这样爱我女儿的。（我们都知道你爱你女儿，你别闹了。易总还在呢，酒还没喝完，你还喝不喝了？你要不喝，那我们喝了）你们让我说会儿，说出来我心里舒服些。易总，我跟你说个不客气的，你毕竟是外人，我们以后可能也不会见面。你笑不笑话我，我都不在意了，反正看不着。（说哪里话，我怎么可能笑话你，我自己都成了个笑话）你们别吵，听我说。这事儿，我还真还没怎么跟人说过。

易总，你没见过我女儿，你不知道。漂亮，你知道吧？漂亮。不是我吹牛逼，像我女儿这么漂亮的姑娘真不多。不光漂亮，我女儿聪明，从小到大没让我费什么心。初中高中，玩似的，考的都是名校。大学轻轻松松985，岭南第一名校，那不是吹的，中国校友大学排行榜上写得清清楚楚，明明白白。大学毕业，我想她继续考研究生，读博士。博士多好啊，那是知识分子啊。她不肯读，说想出来工作。我想不通她为什么要急着出来工作，工作有什么好玩的。要是我，一辈子不工作我都愿意，要不是为了活命，谁他妈愿意工作。工作就工作，她还算听话，考了公务员，考了两次。第一次没考上，差一分，第二次才考上。第一名，只招一个人，三百多人报考，她考了第一名。笔试面试都是第一名，厉害吧？我就说我女儿厉害了。这个我帮不上忙，凭硬本事考的，光宗耀祖啊。（邝总，你这就有点过了，你这哪里是诉苦，你这是显摆嘛。我这一腔苦水还没有倾诉，你倒是显摆上了，你让我怎么想，你让全世界劳苦大众怎么想？过分了，过分了。你到底还喝不喝）老傅，你别插嘴，我知道你字写得好，天下无敌，但你不要打断我说话。我正在兴头上，就像拉屎，我都快拉出来了，你这一打断，我这一激灵，又拉不出来了，还得酝酿情绪。（你听听，你说的什么话）老傅，你别插嘴，我接着说。你看，我是不是好像事事顺心？过着神仙日子，女儿也争气。我没想到，我的烦心事儿来了。（有什么烦心事儿你说啊，你这前戏也太长了）我女儿交了个男朋友。（嗨，我还以为什么呢，你这是吃醋了。邝总，想开些，女儿总是要嫁人的）老傅，你看，你到底还是把我想简单了。我是那种见不得女儿交男朋友的人吗？我不知道女儿迟早要嫁人？我没意见。你别张嘴，听我说。问题是找什么样的人。（邝总，你说嘛，你这突然停下来，怪瘆人的）你让我说什么好呢？啊，说什么好呢？

　　邝新闻突然把头趴在桌子上，双手紧紧地捂住脸，肩膀一起一伏。易过庭没见过这种架势，平时大家喝酒都好生生的，就算有情绪，也不至于这么张阔。他看了看两位艺术家，老傅和老廖，他们淡定地在那儿抽烟。见易过庭惊兀的样子，老傅给易过庭发了根烟说，你让他闹腾一会儿，一会儿就好了。果然，易过庭一根烟还没有抽完，邝新闻头抬起来了，满脸的泪痕。易过庭给邝新闻递了张餐巾纸。邝新闻接过餐巾纸，擦了擦眼泪，易总见笑了，这么久没见，一见让你看这么大笑话。易过庭说，邝总性情中人，这才真实。邝新闻说，易总，确实难过。易过庭抽了口烟，等邝新闻说话。喝了一晚上的酒，他有点累了，只想快点结束酒局，早点回到酒店去，好好地睡上一觉。邝新闻说，也不知道怎么回事儿，我女儿从小到大都听话，这次，怎么说都不听。易过庭说，女孩子大了，当爹的管不了那么多，你想开些。邝新闻说，易总，要是你女儿找了个伺候死人的，你怎么想？邝新闻话音刚落，易过庭全身一麻，正想发作，一下理解了邝新闻的意思。他试探着问，那孩子干什么的？邝新闻说，民政局的。易过庭说，那不挺好，国家饭碗。邝新闻说，我对民政局没意见，哪怕在福利院我也没意见，殡仪馆我接受不了。邝新闻点了根烟，深吸了两口，找哪儿的不好，偏要到殡仪馆找一个，气死我了。易过庭说，你也别太介意，不过是个工作，工作无贵贱高低嘛。邝新闻说，那你女儿找个殡仪馆的你能接受？易过庭说，你这说的什么话嘛。邝新闻说，你看，你心里还是不乐意，我凭什么就得乐意？邝新闻把烟头压灭说，不是我有偏见，你自己想想，一双刚摸过死人的手，在你女儿脸上摸来摸去，你不觉得瘆人？他给你做饭，炒菜，你吃得下去？我不知道你们怎么想，我一想到就觉得恶心，我接受不了。易过庭想了想邝新闻说的场景。邝新闻没说之

291

前，他可能也没有想过要去介意，一被强调，有些事情似乎显得是不太对劲了。不说死人，就说赵曼生，和他同床共枕了二十多年的人，两人什么没有做过，哪里没有千次万次地触摸过？现在，一想到赵曼生得癌了，癌细胞正在她的体内分裂，侵蚀她的器官，她的头脑，她正在快速地靠近生命终点，易过庭再去触碰赵曼生，也不是那么自然了。易过庭看着邝新闻，他喝多了，眼神迷离，但比刚才稍稍好了点儿。大概是说了太多话，又哭了一场，散了酒气。易过庭说，你也别太伤心，孩子们总有他们自己的过法。邝新闻说，易总，你知道那种心情吧，你辛辛苦苦种了二十几年的白菜，极品大白菜，他妈的被狗啃了。老廖插了句，不是狗啃的，狗不爱大白菜，猪爱。邝新闻笑了起来，他娘的，反正都是些猪狗不如的东西。

等易过庭醒来，快到了午饭时间。他看了看手机，有赵曼生打过来的电话，两个，早上八点和上午十点半。他点开微信，看到赵曼生发过来的信息，问他"喝多没有？"易过庭点了赵曼生的名字，电话接通，他看到赵曼生坐在沙发上，头发梳理整齐，脸色看起来居然是红润的，也许是美颜的效果。见易过庭睡眼惺忪的样子，赵曼生问，昨天喝了不少？易过庭说，四个人喝了四瓶。赵曼生笑了起来，你很久没喝这么多酒了吧？易过庭说，怕是有几年了。聊了几句闲话，易过庭对赵曼生讲了邝新闻的故事。听易过庭讲完，赵曼生说，我能理解他，要是我，我也不乐意。放下电话，易过庭洗了脸，刮了胡子，烧了壶水。他把窗帘拉开，搬了椅子坐在窗边，又从箱子里拿出自带的茶叶。喝了一晚上酒，睡眠充足，他的精神还不错，脑子清醒，没有宿醉感。他想起了邝新闻昨晚说过的话。不能让人白忙，规矩他懂。他找到邝新闻的微信，想了想，给邝新闻转了一万八千块钱。又写了句话"劳邝总费心了，一点意思，见笑"。过了一会儿，邝新闻回信息"不好意思，昨晚喝多了，见笑"。易过庭发了个笑脸。他从微信里退出来，泡了茶，看了一会儿窗外。绿色的树顶，红色和灰色的房顶，云在半空停滞不动，有种油画的厚实感。宁静，他想到了这个词，就像这会儿，他坐在这里，心如止水。妻子和儿子，像是已经消失在时间中，他不会再被这些打扰。

在楼下吃午餐时，易过庭再次回到人间。他想起邝新闻的建议，去福利院翻翻旧账。如果没有算错的话，儿子今年二十四岁。这个应该不难找。他今天不想去。哪怕再紧急的事情，他今天都不想做。他想在铁城转转，爬个山，在湖边散个步。哪怕什么都不干，只是找条老巷子看看。这里面有着特殊的意味，他走过的每个地方，可能都是儿子走过的。比如，儿子肯定去过铁城纪念公园，儿子肯定爬过烟墩山，他也一定吃过华侨中学门口的云吞和竹升面。他唯一觉得遗憾的是，直到此刻，儿子一定从来没有想过他。甚至，连恨都没有。等易过庭再拿起手机，他发现邝新闻收了钱，他保留了合适的时间间隔，没有显得急不可耐，也没有拒绝。最妙的是他收钱之后，没有再说一句话。不然，又得没完没了地客套下去，那就太不自然了。

在铁城待了一个礼拜，易过庭几乎一无所获。他去过儿童福利院，查到了原始档案。他没有想到，会有这么多孩子被遗弃。更没有想到，很多孩子被国外领养，尤其是欧美。这些孩子，多半有点小毛病，没有毛病的，基本都是女孩，健康的男孩非常少见。易过庭打了个电话给赵曼生，问儿子有没有什么生理缺陷或者说生理特征，比如胎记什么的。赵曼生说，没有。易过庭说，你仔细想想。赵曼生说，绝对没有，他非常健康，白白胖胖的，全身上下没一点印记。易过庭说，我知道了。他查了一下，当年儿童福利院收养的男孩，符合这个特征的只有五个，三个在国外，还有两个被铁城本地人收养。他想要这五个男孩的联系方式，儿童福利院的同志笑了笑，你别说我们没有，有也不会给你。二十多年前的事了，那个时候管理非常粗放，现在能查到点痕迹已经不错了。不像现在，什么都网络化信息化了，什么都一目了然清清楚楚。见易过庭失望的样子，儿童福利院的同志叹了口气，你们这些人啊，说你们什么好呢，年轻的时候不懂事任性。现在后悔了，又想找回来，天底下哪有那么好的事情。你们想扔就扔了，想要了就领回去，把孩子当什么了？玩具，垃圾？大概是意识到话说得重了，儿童福利院的同志缓和了下语气，回去吧，每年我们都要接待很多像你这样的人，我们也尽心，找找资料。这些年，还没听说有哪个找回来的。我和你说实话，我们这儿收养的孩子，他们前面后面有什么故事我们都不知道，更不可能知道他们亲生父母的情况，只能登记下收养时的简要特征。凭这点信息，怎么可能找得到孩子。你再想想别的办法，实在找不到就算了，就当缘分尽了吧。

从儿童福利院出来，易过庭回头望了望，儿童福利院建得很漂亮，如果说那是富人住的别墅区怕是也有人相信。院子宽敞，还有运动场，儿童乐园，一棵棵大叶榕提供了满场的绿荫。他走在里面，有种奇异的荒唐感。这是他第一次来儿童福利院。他去过敬老院，行业协会做爱心活动时，他作为企业代表去过。老人们坐在院子里，阳光照着他们，他们懒洋洋的，和周围的绿树形成强烈的对比。一个充满生机，一个像是进入了昏庸的无尽睡眠。他不想有一天他也这样，他还是愿意在自己的房间生活。走进儿童福利院的那一瞬间，他有种强烈的预感，儿子不会生活在这里，一天都不会。他的每一个毛孔和细胞都告诉他，这不可能。他能感觉到，儿子就在铁城，离他不远。他要做的是把他找出来。为什么又要到儿童福利院看看？他只想证明，他的感觉是正确的。他有着优越的直觉，他相信。

整整一个礼拜，除开儿童福利院，易过庭还去了几个社区派出所。他不慌不忙，有点气定神闲的意思。他已经从最初的焦灼、期待中解放出来，他甚至开始怀疑他这么做的意义。不过为了心安罢了，也许连心安都说不上，只是做个样子，让自己相信，毕竟努力过了，有个交代。邝新闻给他打过几个电话，让他不要着急。他也提到几户人家。不过，他说，人家孩子来历清晰，和我们要找的没什么关系。在铁城那几天，每天晚上，邝新闻约他一起吃饭，地方换了，消费适中。每次吃饭都是一大圈人，形形色色，易过庭能看出来，邝新闻在铁城确实交游很广。让易过庭迷惑的是，这些人似乎都很尊重邝新闻，邝新闻说话时，他们听着，哄着，像是怕邝新闻生气。凭易过庭几十年的阅历，他知道这种尊重绝不是迎合，而是发自内心。这就奇怪了。易过庭回来前一晚，邝新闻请吃饭，说什么也不让易过庭买单。他说，这次，无论如何，你不能买单。你要再买，那就是打我的脸，不把我当兄弟了。临别时，邝新闻握住易过庭的手说，易总，你放心，这个事情我会一直跟下去，直到给你一个说法。易过庭说，邝总费心，多谢。他们喝得不多，邝新闻也很节制。他提了下让他生气的女儿，恨铁不成钢又无可奈何的样子。殡仪馆，这个确实不太好。易过庭想，换了是我，我也不乐意。他想起了他在美国的大女儿，他们有好长时间没有见面了。他有点想她。

易过庭回来，赵曼生没有多问，大概也知道没那么容易。她的脸色和易过庭去铁城之前差不多，白黄，像是过了一层薄蜡。赵曼生说，我也没有别的想法，在我走之前能见一面自然好，不能见那也是命，只希望他过得好。老易，我就是觉得对不起你，你就这么一个儿子，我还给你弄丢了。易过庭说，只要是我儿子，他在哪里都是我儿子。过了两天，邝新闻打了电话来，他对易过庭说，易总，我有个想法，你看怎样。易过庭说，说来听听。邝新闻说，我们在微信上发动一下？写个故事，寻亲故事，现在这种故事很多的。铁城本地那些头部公号我都熟，都发一下，转起来，只要他们还在铁城，肯定能看到。我们现在这样找太被动了，不如让人主动来找我们，哪怕提供线索也好。易过庭看了赵曼生一眼说，我和曼生商量一下。挂掉电话，他把邝新闻的意思和赵曼生讲了。赵曼生想了想问，你想这样吗？易过庭说，我听你的意见。赵曼生说，我不想。我们已经对不起他了，再这样大张旗鼓地破坏他的生活，对他来说太残忍了。我有私心，但也不能太自私了。易过庭给邝新闻回了个信息，不必了，能找就找，实在找不到就算了。易过庭靠着赵曼生坐着，把手放在她的腿上，有点凉，像是摸到了一条蛇。

铁城歌谣

老谭工作单位环境优美，特别是安静下来时，更是如此。一天只有早晚，单位里能安静下来，听得到鸟叫，其他时段皆是杂声淹漫。单位地处偏僻，其实也说不上偏僻，只是藏得比较好，不大容易寻见。二十几年前，这儿还是郊区，偏远荒凉，四周都是农田，连路都没有修好。现在倒好，处于城中位置，周边房价也一路起飞，贵得吓人。还好，单位位于山腰，背靠青山，进口处狭小，再加上一个拐弯，一点不显山露水。儿童福利院、特殊儿童幼儿园、救助站等单位都在这条路上，有点民政一条街的意思。平时，这条路走的人少，好些司机宁可稍微绕点路，也不愿意从这儿经过，尤其是晚上。说是一到晚上，虽说有路灯，昏昏暗暗的，也不见一个人经过，看着有点吓人。有意思的是，隔着一条马路便是武警部队的驻处。据说这也有讲究。顺着路前行五百米左右，便是著名的食街，一天到晚，食客不断，下午五点半到七点，这条路必塞车。这条食街，也是老谭和朋友们的据点。一来离老谭单位近，图个方便。再且，这条街上餐馆多，东南西北的口味都有，易于选择，价格也相当亲民。老谭和朋友们吃饭都是吃自己的钱，铺张浪费就没有必要了。

　　进单位二十六年，领导换了好几任，老谭还是老谭，连个部门主管都没有混上。和他前后进单位的，大小有个职务，就他没有。老谭倒也不难过，他对这个不上心。工作上的事情，老谭做得勤勉，让人没有话说。每个单位里都有几个老谭这样的人，看着不显山露水，有点自由散漫，却又深得所有人的敬重。敬重的原因不外乎业务能力突出，资历又老，不争不抢，人畜无害。用老谭的话说，就算做到馆长也不过是个科级干部，这有什么好争的。单位院子中间种了一棵细叶榕，刚种下去时，还是小小一棵，现在快把花坛挤炸了。老谭空闲时，偶尔会到这棵树下坐一会儿，抽根烟，看看四周。和刚到单位时相比，老谭早已心如止水。他见过的场面太多了，人也通透了。殡仪馆这种地方，一般人一生来不了几次，老谭在这儿上班，时间一久，也就习以为常。随着年岁的增长，这些年，几乎每年，老谭总会送走几个师长朋友，甚至年轻的后辈。吃饭时，有人提起，老谭说起来总是轻描淡写，似是不在心肝的样子。他说，要是每个人我都伤感难受，那我还怎么活得下去？不是我铁石心肠，人生如此，不必在意。话是这么讲，老谭也有感慨的时候。比如说，有次，老谭送走了一个朋友。认识时，他们都刚到铁城，单身汉，一切空空落落。再后来，老谭来了殡仪馆，朋友进了公务员系统，他们联系日渐稀少。偶尔在酒桌上碰到了，朋友也和他打招呼，却刻意保持了距离，更不愿意碰老谭一下。老谭当然也不高兴，礼貌地寒暄几句，把头扭到另一边说话。听到朋友跳楼的消息，老谭还愣了一下。再一问，得知朋友抑郁，不是一天两天了。问及原因，据说是因为副处十多年，始终没有升上正处，愁肠百结。老谭感慨到，这是何必呢，做官固然好，也没有必要把命搭进去嘛。在场的朋友都说，他这心太大了，把自己搞得太累了，在铁城做到副处，享受正处待遇，那也是人尖尖了。你看我们，啥都不是，不也过得好好的。原因且不深究，见过那么多生生死死。对老谭来说，活着才是第一要义，别的都是浮云。你想弄明白一个道理，你想爱一个人，都要有条命在。

和刚进单位时比，老谭周边的环境好了很多。他刚进单位时，说得诚实点儿，有点迫不得已。这份工作虽然是个铁饭碗，待遇也不错，说出去不好听。和人交往起来，多少也有点阻碍。老谭进单位时，已经结婚了。他和老婆商量，老婆倒是干脆，工作就是工作，这总比你在外面打零工要好多了。老谭一想，也是。进来之后，他才发现，他把问题想简单了。虽然只是个工作，有些朋友知道老谭进了殡仪馆，明里暗里都疏远了些。因为这个，老谭出去不爱别人问他在哪里工作。实在问得紧了，他打个马虎，就说在民政局。民政局下面单位多，人家也不多想，多数能混过去。要是有人还问，老谭就说，我们那儿，不管是谁，最终都是要去的。他这么一说，再不明白就是个傻子了。好在，这么多年下来，身边的朋友都知道了，也没有人再问。他自己反倒常常拿这个开开玩笑。就他个人观察，这些年进来的年轻人和他们当时也不一样了。以前，多数是没有办法，将就一下。现在，想进来还不容易。无论怎么说，这毕竟是个事业单位，旱涝保收，福利待遇也还不错。和单位的年轻人一起喝酒时，喝得高兴了，老谭也说说过去的情况，半调侃半认真的。年轻人端着酒杯对老谭说，谭老师，你们那会儿讲究多，思想也不开放。对我们来说，没有这些问题。谁看不上我，我还看不上他呢。多大个事儿，又不是谁求谁。这话老谭爱听，他也是这么想的。

单位里年轻人不少，老谭和孟一舟关系最好。他们年龄差了二十来岁，性格迥异。老谭外向，说话做事大大咧咧，看似不太讲究，实则心细如发。老谭在礼宾部，每天的工作除开写写挽联，也帮忙布置灵堂。孟一舟在防腐化妆部，紧挨着礼宾部。孟一舟性格内向，话不多，人长得清秀，斯斯文文的。每天忙完工作，要是有空，孟一舟绕过来，和老谭聊天，也看老谭写挽联。孟一舟对书法略有了解，对老谭的字，他有个评价，字的骨架还不错，总体来说，还是有点俗，透着江湖气。孟一舟第一次这么说时，老谭有点意外，问，你学过书法？孟一舟说，小时候学过几天，胡乱写，谈不上书法。老谭说，你写个给我看看。孟一舟连连摆手，谭老师，你就不要为难我了，我胡说八道的，你不要放在心上。老谭放下笔说，你说得不错，我这也不叫书法，只能说是写字。在礼宾部服务这么多年，老谭每天都在写挽联。对他来说，这不过是个工作。他也想过要练练字，毕竟，当初他能进殡仪馆工作，靠的就是一笔好字。每天写挽联，受制于尺寸，再且，除开名字，他写的字基本都是重复的内容。这一来，他练书法的兴致日渐萎缩。何况，老谭还有别的爱好，交游又广，这都是要时间的。

老谭时常和孟一舟坐在礼宾部门口的台阶上抽烟，他抽得多，孟一舟偶尔抽一根，像是配合老谭。在他们旁边，摆满了鲜花。多是黄白的菊花，也有玫瑰和百合，用来做花圈，铺棺木，布置礼堂。礼堂和礼宾部隔着一条窄道，唢呐和锣磬的声音时时响起。他们在嘈杂的响器声中聊天，天南地北的。老谭对孟一舟有些好奇，这个年轻人和单位的其他年轻人看起来还是有些不同。他问过孟一舟为什么要来殡仪馆上班。孟一舟说，我大学读的就是殡葬专业。再说，我喜欢我的工作。孟一舟在防腐化妆部负责遗体美容，通俗来说，他是名入殓师。孟一舟说，谭老师，我不知道你会不会相信，我特别喜欢我的工作。我觉得，一个人的死亡是神圣的。当我在为死者化妆时，我不光是在让死者获得体面，让家属获得平静。我甚至觉得，我是一个通灵的人，我在和另一个世界沟通。孟一舟说的感觉，老谭能体会得到。即使在殡仪馆上班这么多年，每次他在单位值夜班，内心依然有种深沉的敬畏感。作为一个坚定的唯物主义者，他相信世界上没有鬼魂。每次夜里走过防腐化妆部，明月当空，树影婆娑，水泥地面发出灰白的柔光。白天的喧闹都已沉寂，黄色的屋顶和白墙，绿色的树隐约在目。一想到摆在里面的遗体，他依然会轻下脚步，屏住呼吸，像是怕惊动了那些沉睡的人。

殡仪馆工作节奏稳定，除开清明前后，大多中规中矩，没什么特别情况。他们也不想有什么特别情况。一到清明节前两天，交警和相关部门就过来了，沿路设置铁马，规划路线，来来往往的车辆把平时人烟稀少的马路塞得水泄不通。那几天，谁请老谭出来喝酒他都只能推辞，兄弟，对不住，平时都行，这几天不行，关键时刻咱们不能掉链子。过了那几天，老谭继续过着他的神仙日子。他资格老，连馆长见了他，都要认认真真喊声"谭老师"。馆长姓方，四十出头，高大壮硕，正是能干事的年龄，想法也多。平时，方馆经常找老谭聊天，问问馆里的情况。馆里面资历比老谭老的，不过两三个人，都在基础岗位，没什么文化，连写个请假条都困难。要想了解馆里的沿革变迁，方方面面的问题，非老谭莫属。这有历史原因。不说远了，十年前，馆里一个大学生都没有，多半都是初中学历，有的甚至连初中学历都没有。这些年情况有所转变，招了一些大学生，能待下来的，也不多，孟一舟是其中一个。来馆里不到两年，孟一舟成长为业务骨干，在行业内有了点名气。方馆对孟一舟也很看重，有外界来访，孟一舟成了必打的牌。不止一次，方馆对老谭说，这波年轻人，就看孟一舟了。他要是不能成才，那我们这儿就没有人了。别人怎么说，孟一舟不管，好像不关他事一样。

话说某天，方馆电话老谭，问老谭忙完没有。正是下午三点半，该忙的工作早忙完了，再过半小时就要下班了。老谭抽了口烟，你这是明知故问，这个点儿了，要是还没忙完，那还得了。方馆笑了起来，知道这会儿有空才打电话给你撒。老谭说，狡猾，我猜又没什么好事儿。方馆说，怎么能这么说，你到我办公室来，谈点事儿。老谭放下电话，收拾好东西，出了礼宾部。这个点儿，到方馆办公室，肯定不是一会儿的事，谈完下班的时间也就到了。从礼宾部到方馆办公室还有点距离，他从礼堂侧面经过。思亲楼在礼堂西面，独立的一栋，边上还有焚香炉，时不时有人在那里烧纸。思亲楼一半隐藏在山背的树影中，看起来像是独立的一部分。办公楼和办事大厅在东面，方馆的办公室在五楼。从礼宾部到办公楼要穿过整个大院，大院前面一大片荒地，暂时还没有开发，围倒是早就围了起来。荒地杂草丛生，零七八糟地冒出几棵芒果树、荔枝树，地块边缘，也不知道是谁种了香蕉，倒是整齐。香蕉开花了，结果了，也不见人来摘，甚是可惜。

　　到了方馆办公室，茶已经泡好了，围着茶几的还有孟一舟和办公室周主任。一见这个架势，老谭知道，这是有正事要说了。果然，一坐下，方馆说，今天找你们来，我有个构思想和大家交流一下，看看可不可行。方馆一开口，周主任拿出了笔记本，都知道方馆的习惯，他说构思，那意味着做肯定是要做了，具体细节可能还要完善一下。方馆给老谭发了根烟说，我们前几年做了网上纪念馆，倡导市民开展网上拜祭，效果不错，也得到了上级单位的肯定。当然，我们有些细节还要改进，比如说留言管理等。这些我就不说了，我说点别的，听听你们的意见。方馆说完，故意停顿了一下，拿起了茶杯。三人都看着方馆，方馆喝了口茶，放下茶杯说，你看，我们搞个殡葬文化体验日怎么样？方馆说完，老谭笑了，老大，我们这个用体验日不太合适吧？老谭说完，方馆也笑了起来，反正是这个意思，具体措辞我们再考虑一下。周主任合上笔记本，像是有点担心，方馆，我们搞这个会有人参加吗？方馆说，正是因为可能没人参加，我们才要搞。市民对我们的工作不太熟悉，也因此对我们有些误解，或者说不理解。要想市民解放思想，我们自己先要解放思想。小孟，我问你，要是以前，你能想象有人会拍《入殓师》吗？你看，人家拍了，不也很受欢迎嘛。孟一舟还没有开口，方馆接着说，要想市民理解、接受、支持我们，我们要主动走出第一步，正所谓山不过来，我便过去嘛。老谭点上烟说，这个倒也不是不可行，重要的是策划好组织好，切实出效果，要不然，做了也没什么意义。方馆说，那当然，不然我们为什么找你来，就是要你联系下媒体。再找几个作家朋友过来，宣传宣传。老谭说，又是我。方馆说，上次你联系电视台做的片子做得很好，这次也让电视台来跟踪报道一下。老谭说，老板，这都是人情，要还的。方馆指着老谭说，你看，这就没觉悟了，都是为人民服务，谈人情就庸俗了。老谭说，你负责高尚，我负责庸俗。方馆笑了，谭老师，我知道馆里的事情你肯定是支持的。一会散会，我请喝酒。周主任问了句，方馆，那这个活动具体什么内容？方馆说，全过程，全方位开放。周主任问，每个部门都开放参观？会不会不太合适。方馆想了想说，这样，开放几个市民最关心的部门，火化部、防腐化妆部和礼宾部，让市民了解一下殡葬流程，具体细节我们接下来再完善。小孟，你那里是重要环节，一定要处理好。孟一舟点了点头，若有所思的样子。

298

活动定在清明前半个月，名字也取好了，叫"首届殡葬文化开放日"。方馆对老谭说，谭老师，宣传方面就交给你了，媒体发动你也想想办法。周主任虽然负责办公室的工作，这块儿他毕竟没你熟，你多支持一下。老谭说，方馆放心，这点资源和能力还是有的。方馆拍了拍老谭的肩膀说，我就知道你会支持的，到底是老员工，觉悟就是高。老谭说，我倒不是觉悟高，我怕做砸了难看。方馆笑了起来，这我不管，我只要事情做得漂亮。老谭给报社的朋友打了电话，说明了意思。报社的朋友倒也爽快，一口表示，这也是个很好的新闻点，正好也在清明前。放心，这条消息我给你出。老谭补充了一句，要加上我们的报名热线。朋友说，那肯定的，不然人家怎么知道怎么找你。对了，活动当天我们派记者过来采访。老谭说，那再好不过了，感谢支持。给报社打完电话，老谭又给电视台的朋友打了电话，电视台的朋友每年清明节都过来采访，平时还帮殡仪馆干了不少活儿，比如拍宣传片，做媒体策划，等等；对殡仪馆的状况非常了解。老谭说完，朋友说，这个活动很好啊，能很好地消除市民对殡葬行业的误解，也是提倡一种新风尚。老谭说，那拜托了。和报社、电视台联系好后，老谭还是有点不放心。他担心没人报名，要是报社、电视台都来了，没有几个人参加活动，那就太尴尬了，也起不到效果。想了想，老谭给几个老朋友打了电话，都是知根知底多年的。更重要的是，平时他们经常到老谭单位玩儿，心理上没有顾忌。朋友之间就不收不藏了，老谭把话说明，朋友们笑嘻嘻的，那行啊，就当去看你。打完一圈电话，老谭数了数，约好的朋友，媒体，单位陪同人员，再加上几个社会报名的，人数也差不多了，不至于太难看。

消息很快在报纸上登了出来，老谭本来也没做什么指望。这几年纸媒衰落了，报纸没什么人看。就连他自己，连报纸副刊也多年不看了。换在以前，那不一样，天天关注着。他想的是发个消息对单位有个交代，也算是尽力了。没想到的是，这个活动报名的人居然不少，办公室电话比平时热闹多了。周主任有点慌，他问，谭老师，报名的人很多啊，怎么办？老谭说，先登记，到时候选一下，看看方馆什么态度。汇报到方馆那里，方馆也有点意外，他没想到报名的人会有那么多。他本想的是有十个八个就够了，重要的是后期把宣传做好。想了想，方馆说，选二十个人吧，组一个团。说罢，交代周主任，人多，活动更要组织好，不能出乱子。为此，方馆专门开了个会，要求各部门把开放日当作"重中之重"来抓，务必积极配合。又和老谭，孟一舟几个仔细研究了活动流程，生怕漏掉了什么细节。他说，这次活动是我们馆的面子，我们有脸没脸，就看你们的了。

看到这种状况，老谭有些感慨。以前，大家都躲得远远的，见到殡仪馆绕着走。他在单位上班二十多年，从来没有邀请朋友来玩，这话没法说出口。有朋友主动来找他，他也不拒绝。总之，保持着一种冷淡的态度。这么多人主动报名参加殡葬文化开放日，他有点意外。其中还有一人，反复打电话到办公室，表示一定要参加，接不接受报名，他都要来。等孟一舟告诉老谭，我妈也报名了。老谭已经不意外了。他问孟一舟，你同意了？孟一舟说，为什么不同意？老谭说，也是，只要老人家高兴就行。孟一舟从老谭烟盒里抽出根烟说，我妈大概是想看看我的工作状态吧。虽然我们平时交流得少，我能感觉到，她对我们的工作还是很好奇的，只是不说出来。老谭说，终极大事，即使心理上有点抗拒，好奇总是难免。你说，即使世间的事你都能看明白，想明白，对死亡谁能想得明白。这可能是人类最高的秘密，无论如何不能参透。科学有试验，但从来没有人死而复生，我们对死后的世界永远一无所知。孟一舟说，谭老师，你说复杂了，我觉得我妈就是想多理解我一点。老谭一笑，一不小心就说远了。你妈多大年纪？孟一舟说，六十三了。老谭算了一下说，那你妈生你有点晚啊，你才二十来岁。孟一舟吸了口烟，我不是我妈亲生的，虽然她从来没说过，我早就知道了。老谭说，这个从来没听你说过。孟一舟说，没事谁说这个，你说是吧？老谭弹了弹烟灰，看了看孟一舟的脸，他脸上总是那么平静，有着和他年龄不相称的沉稳。

孟一舟的情况，老谭了解一些。有的是孟一舟自己说的，还有一些老谭打听到的。他对孟一舟好奇。和周围的年轻同事比，他有教养，一看就是出自好人家，受过良好的教育，至少不必为生活发愁。这种家庭出身的孩子，通常有种气定神闲的气质，缺乏焦虑感。现在的年轻人，和以前相比，更加焦虑了，房子、车子还有各种欲望和压力让他们早早向生活妥协，懒得谈论理想了。刚认识孟一舟不久，大概是他进单位半年，孟一舟送了老谭本书。中华书局出版的，研究中国古典文学。封面朴素雅致，顺着边沿走着两条细小的线纹，此外再无装饰，书封三分之一处印着书名《明清小品文与江南士林风气初探》，作者梅毅柳。老谭接过书，翻了翻说，这个太高深了，我看不懂。孟一舟说，谭老师谦虚了，你也是搞文学的，这些对你来说应该很简单的。老谭说，说我是搞文学的，不过写点散文。古典文学的底子薄得很，我们读书那会儿，古文本就学得少。除开课本上那几篇文章，几乎没看过别的。明清小品文，我倒是听人说过，要讲读，不瞒你说，那是一篇也没读过，两眼一抹黑。当代文学和古典文学差别太大了，我也就读点当代文学，活人的东西，现学现用。孟一舟说，那也很好，古人和今人不管是生活还是观念总是不同的。老谭抚摸着书封说，书做得真漂亮，我的书要是能做得这么漂亮就好了，简洁大气，一看就是有学问的样子。老谭出过两本散文集，那时候年轻，封面印得胡里花哨，现在都不好意思拿出来见人。孟一舟说，学术书都这副冷淡的样子。老谭把书放在桌上，挨着刚写好的挽联，书是白色封面，挽联也是白色，放在一起，倒是搭调，一点也不突兀。他拿起毛笔问孟一

300

舟，怎么想到给我送这本书？孟一舟说，我妈新出的书，想着谭老师搞文学的，就顺手拿了本过来，送给你翻翻。老谭正在写字的手停在半空，你妈写的？孟一舟说，她教了一辈子书，研究这个。老谭把笔放下来，又拿起书，看着书封念道，梅毅柳，这个名字我好像不太熟。孟一舟说，她又不是什么大学者，研究的东西又偏门，谭老师不认识再正常不过了。老谭说，那不正常，在铁城，但凡是搞文学的，我不认识的还真不多。梅毅柳是笔名？孟一舟说，不是，原名，学术圈一般都是原名，很少有用笔名的。老谭说，那就奇怪了，她在哪里教书？孟一舟说，铁城大学，人文学院的。老谭说，铁城大学人文学院我也有几个朋友，也没听他们说起过。孟一舟说，刚才你也说了虽然都是搞文学的，古典文学和当代文学不同，你们算是隔着行当，不认识也正常。老谭摸着书封说，书真漂亮，等我有空好好学习一下，补补课。梅毅柳，他又看了看这个名字，在脑子里细细搜索了一遍，他确信，他不认识。

过了段日子，老谭特意约了铁城大学人文学院的两位朋友吃饭。梅毅柳的书，他已经看完了，除开觉得好，没别的想法，他的学术素养还不足以评价这本书。他想知道，生活中的梅毅柳是个什么样子。再说，朋友们也确实有日子没见了。老谭有个习惯，朋友之间，不管亲疏远近，他总会隔段时间组个局，大家聚一聚。再好的朋友，长久不联系，也就慢慢散了。一旦散了，再联系起来，总显得疙疙瘩瘩不自然。作为铁城文坛及时雨，他不能让兄弟们散了。接到老谭电话，朋友也高兴。老谭说，今晚小聚，就我们三个人，备了好酒。约的地方在老谭家里。老谭家住七楼，没有电梯。他家楼上就是楼顶。楼顶原本是空着的，什么都没有。老谭时时到楼顶乘凉，看楼顶空着，觉得可惜。先是拿花盆种些花草，又种了些瓜果。见没有人反对，老谭的动作越来越大。后来，他找了工程队，在楼顶修了几个花圃，种上了蔬菜。一年一年累积下来，楼顶硬生生被老谭弄成了他家的空中会客厅。一年四季，瓜果飘香，菜地里辣椒、生菜、西红柿、豇豆、南瓜长得生机勃勃。他在楼顶东面搭了凉棚，摆上了桌椅板凳，地方很是宽阔，十几个人聚会，舒服得很。不光如此，他还在楼顶盖了间厨房，各种器具一应俱全。这一来，他在家里吃饭的次数反倒还没有楼顶多。楼顶舒服，等太阳落下了，凉风起来，四周通透，视野开阔，吃喝之间还能四处走动，惬意得很。就算是夏天，热气一散，再浇上水，也凉爽了。再热，总不至热到深夜去。老谭他们喝酒，那是要喝到深夜的。

等铁城大学的朋友到了，老谭早已在楼顶恭候。他下班早，一回来吩咐老婆备好了酒菜。朋友一来，酒菜摆上了桌。老婆草草吃过几口饭，下楼看电视，楼顶上只剩下他们三个人。施广明在老谭家菜地转了一圈，坐下来说，老谭，你这日子过得太好了，还带楼顶私家花园。老谭说，我这不是苦中作乐嘛，哪里能和施教授比。有些人住着别墅养着狗，还有闲心思取笑郊区贫民，这就不厚道了嘛。施广明听完也笑了。他前两年买了别墅，还养了条阿拉斯加犬。老谭去施广明家里玩那次，施广明正遛狗回来。施广明个子小，阿拉斯加犬个头大，像一头小狮子。狗在前面，拖着施广明，场面看起来异常滑稽。老谭开玩笑，施教授，你这到底是人遛狗，还是狗遛人？施广明擦了把汗，他娘的，这玩意儿力气太大了。楼世翼接过话题，看着施广明说，施教授，不是我说你，你挣那么多钱，花点在自己身上。你看你这瘦得，好像社会多亏待知识分子似的。住着别墅养着狗又能怎的？那些砖瓦没意思，落到自己身上才是真的。施广明争辩道，我住得舒服，看着舒服，算不算落到我自己身上？楼世翼说，你这是狡辩。施广明说，我说的是事实，心里不高兴，什么都是白搭。老谭，你说是吧？老谭说，也有道理，不争不争，这个问题扯不清楚，我们喝酒。

　　酒过半斤，扯过了一圈闲话。老谭像是想起了什么，问了句，你们和梅毅柳熟吗？施广明随手掐了朵南瓜花儿。南瓜花开了，粉黄的一大朵。他送到鼻子底下闻了闻，你怎么问起她来了？老谭说，她儿子在我们那里上班。前些天，她儿子送了我本书，说是她写的。我一看，不认识，有点好奇。施广明把南瓜花扔进菜地，老谭看了南瓜花一眼。施广明坐回桌边说，我和她也不熟，不是一个教研室的，平时打交道少。认识倒是认识，听人说过她一些事儿。老谭问，说什么？施广明指了指楼世翼说，楼教授应该熟一些，他们经常一起开会。楼世翼说，都是一个学院的，你也别装不认识，不就是梅教授训过你两次，你记仇了嘛。老谭笑了起来，还有这种事？施广明脸一红，我哪里记仇了？我怎么会和一个女的记仇。老谭说，说来听听，我倒是好奇了。楼世翼说，你让他自己说，我不讲。施广明说，你别听他乱讲。楼世翼说，我乱讲？我有根有据，没一句话造谣。老谭在边上等得有点不耐烦了，楼教授，你说嘛，施教授自己怎么好意思讲。楼世翼说，其实也不是什么事儿。你知道，梅教授研究古典文学的，在文学院有条鄙视链，研究古典文学的看不起研究现代文学的，研究现代文学的又看不起研究当代文学的。施教授正好处于鄙视链最底端，他研究当代小说。研究当代小说热闹，到处开研讨会。施教授又不是个低调的人，每次参加个活动，到处大声嚷嚷生怕别人不知道。一次在院办，正好梅教授也在，好像是要找人签字还是什么，施教授正说参加某次研讨会的盛况。梅教授在一旁听了一会儿，突然说，你就不能好好做点学问？老是参加这种帮闲的活动有什么意思。老谭，你是没看到，施教授当时脸都白了，我硬是憋着没笑。施广明拿起酒杯，塞到楼世翼面前说，喝酒喝酒，吃喝也堵不住你的嘴。说完，自己也笑了。老谭说，梅教授这么耿直。施广明说，这算什么，她像是活在古代，完全不懂人情世故。老楼，你别笑话我，你没被梅教授怼过？楼世翼说，有啊，我不在意，不像你，记仇。老谭说，你们先别斗嘴，不是还有一次吗？楼世翼说，另一次好像是说施教授不懂得尊敬师长吧。施广明说，算了算了，还是我自己来说。那次简单得很，院里开会散会，我急着出去，挤了梅教授前面。好家伙，当即拉住我，给我好好教育了一通。老谭说，这人倒是挺有趣的。施广明说，你听听挺有趣的，要是一起工作，怕就不这么想了。反正，我现在见到她是绕着走，生怕又有什么惹她不高兴了。老谭问，她这么讨人嫌？楼世翼说，不是讨人嫌，算是不怒自威那种吧，看着让人紧张。你想想，一个女的，一个人过了几十年，性格难免有点孤僻。不过，梅教授的学问真是做得好。在国内，研究明清小品文这块儿，算是一流的学者。铁城这个小地方，能出这样的人才不容易的。楼世翼还没说完，老谭打断他的话，等会儿等会儿，你刚才说梅教授一个人过了几十年？楼世翼反问，有什么问题？老谭说，她不是有个儿子吗？孟一舟，就在我们单位。楼世翼喝了杯酒说，那不是她亲生的，她没孩子。她老公早就死了，梅教授寡居了三十多年，她那孩子是她收养的。老谭说，不会吧。楼世翼说，这种事情哪个会骗你。再说了，这在我们学院，上了点年纪的老师都知道。老谭说，这是个什么情况？楼世翼说，我也是听说的，不一定准确。不过，大致应该不会跑偏。

　　知道了孟一舟的情况，老谭生出更多的爱惜来。他看孟一舟，像是看着自己孩子。从年龄上讲，这个说法也是恰当的。他确实到了能够做孟一舟父亲的年龄。此外还有一个原因，不便明说。比如说，他知道了孟一舟不是梅毅柳亲生的，这个话不好说出来，只能当作不知道。老谭有两个女儿，大女儿亲生的。等大女儿大些了，他们又从福利院领养了一个孩子，老谭对她疼爱有加。不止一次，和最亲近的朋友聊天时，老谭说，也不知道为什么，我对我小女儿更疼惜一些。一想到她父母不识，我就觉得好像我亏欠她很多似的。自己有个领养的女儿，老谭对孟一舟的理解自然更深一些。他不问孟一舟，这种事情，一问就尴尬了。等孟一舟自己说出来，老谭也是轻描淡写，一笔带过。

　　殡葬文化开放日很快到了。天气很好，还不热，柔风拂面。老谭起得比平时早一些，到单位才七点半，活动按计划是九点开始。该做的准备早已提前做好，其实，也不需要提前做多少准备，都是日常工作，不过是理顺一下活动流程。他们做这个活动不像别的单位，可以提前做人材物料的准备。七点半，人齐了，方馆带着队伍走了一圈，看看有没有疏漏的细节。看完一圈，他放下心来。站在单位院子里，方馆看着对面墙上的一条横幅说，嗯，这就差不多了，意思到了就行。我们不像的单位，做活动不宜大张旗鼓，不宜喜气洋洋。周主任原本安排办公室做一条，尺幅大，热烈喜庆。他还安排做了宣传板。做好了，请方馆过目，方馆一看，哭笑不得，小周，你这是想干什么？你让家属们怎么想？都撤了都撤了。宣传板撤了，横幅也只剩下窄小的一条，上面写着几个字"铁城市殡仪馆首届殡葬文化开放日"，没有"热烈欢迎"没有"嘉宾"。方馆看着横幅说，这就合适了嘛。在院子里转了一会儿，方馆对老谭说，媒体的朋友联系好了吧？老谭看了看手机说，应该快到了。八点半，约好的时间，电视台和报社的朋友都来了。见了老谭打过招呼，老谭连忙介绍方馆。预约参加活动的市民陆续也到了，门口有人引导，到院子中间的榕树下集合。

老谭特意留心了下，他想看看他能不能猜出谁是梅毅柳。等梅毅柳远远走过来，老谭确信，她就是梅毅柳。梅毅柳头发灰白，身材还说得上匀称，略有一点人到中年的福态。肩上搭了一条鼠绒灰纱巾，戴着眼镜，看上去知识分子的样子。个子挺高，怕是有一米七出头，穿的平底皮鞋。等梅毅柳走过来，方馆连忙和梅毅柳打招呼，老谭有点意外，你们认识？方馆笑道，谭老师，你还是搞文学的，连梅教授都不认识，你这搞的什么文学。老谭说，我是有眼不识泰山，梅教授见笑了。梅毅柳笑了，我很少出来，学问也做得不像个样子，谭老师不认识也正常。老谭连忙说，早就听过您的大名，一直无缘得见，今天总算是见上了。梅毅柳推了推眼镜，您这一说，我都不知道该怎么接话了。几个人都笑了。方馆回头问了周主任一句，你点点人数，看人齐了没有？周主任点过名，说，齐了。方馆说，人齐了就开始吧。导览的小姑娘也是办公室的，经常参加民政系统的各种文艺活动，口齿伶俐，形象气质都不错。

开放日流程其实非常简单，先到外勤部看看出车，接着到防腐化妆部看看，再到礼宾部，最后是火化部。外勤部照常工作，拿单，装车，这都没什么。大家随便看了几眼，跟着转到了防腐化妆部。一进防腐化妆部，情况不一样了。导览的声音小了，参观的市民也静了下来。当天准备火化的遗体整齐地摆在两边，更多的放在两旁的冰柜里。有人看了几眼，赶紧退回到队伍当中，一次看到这么多遗体，还是有些紧张。到了孟一舟那里，孟一舟正在给遗体化妆。老谭看了看梅毅柳，她看着孟一舟，眼神柔和，像是在欣赏一件艺术品。等孟一舟化妆完，抬起头，他的眼神和梅毅柳的眼神碰撞到一起。老谭心里一颤，他极少看到母子之间有这种眼神交流，深沉，包容，甚至还有宽慰。总之，一言难尽。市民在化妆间待的时间长一些，看过《入殓师》之后，他们难免好奇。这个职业人太少了。整个铁城，职业入殓师只有孟一舟一人。孟一舟休息时，另一位同事作为副手替代孟一舟。

从防腐化妆部出来，队伍进了礼堂。礼堂早已布置完毕，中间停着冰棺，鲜花环绕，两侧摆满花圈。哀乐响起，司仪按流程模拟告别仪式。等仪式搞完，按流程应该去火化部参观了。梅毅柳突然指着摆在礼堂中间的棺木问，方馆，这个能躺着试试吗？方馆以为听错了，梅教授，您说什么？梅毅柳说，不好意思，我想知道能不能躺到棺木里体验一下？方馆犹豫了一下，也没问题，不过，主要看你自己的想法。梅毅柳说，可以的话，我想试试。方馆和周主任对了一下眼色，工作人员揭开了棺木。棺木是标准的棺木，浅黄色的面板，朴素简单，看上去略有一点小。梅毅柳站在棺木边上，仔细看了看内部构造。看完，她把眼镜和纱巾取下来，递给方馆说，方馆，麻烦你帮我拿一下眼镜。梅毅柳小心地迈进棺木，缓缓躺下来。等躺稳了，她闭上了眼睛。大约十几秒，她睁开眼睛说，方馆，麻烦你叫工作人员把棺木盖上。方馆连忙说，梅教授，这怕是不太好。梅毅柳说，没事的，我只是想体验一下黑暗中的感觉，几分钟就够了。方馆说，梅教授，棺木盖上不透气，万一有什么事就不好了。梅毅柳说，那就三分钟吧，有什么事情我会出声。方馆似是有点无奈，还是说，那好吧，不过，梅教授，你要是紧张，就给个信号。梅毅柳说，好的。工作人员盖上棺木，参观的人都静了下来。老谭看着手机看时间，一分一秒都过得很慢。一分钟，悄无声息。两分钟，还是一点动静都没有。老谭能感觉到方馆也有点紧张。这三分钟比三个小时还漫长。三分钟一到，方馆马上叫人打开了棺木，只见梅毅柳躺在里面，闭着眼睛一动不动。方馆喊了声，梅教授。梅毅柳睁开眼睛问，三分钟到了？见梅毅柳出声，方馆松了一口气，一秒钟都没少。梅毅柳从棺木里起身，走出来，从方馆手里接到眼镜和纱巾。她脸色平静，说了句，这三分钟也挺长的。陶潜说："亲戚或余悲，他人亦已歌。死去何所道，托体同山阿。"那时，还有山阿可托，现在就剩一把灰。不过，也无所谓了，死去元知万事空。方馆走在梅毅柳旁边说，那是，那是。老谭看着梅毅柳，暗自敬佩。他在殡仪馆工作这么多年，从没试过躺在棺木里。他还是有点紧张，也有点忌讳。真是"欲除心病，先革自己的命"，这话一点没错。

　　前后不过两个多小时，活动结束了。老谭和方馆一行送大家出门，他和方馆一左一右走在梅毅柳旁边。方馆说，梅教授，我没想到你会来，你也不提前说一声。你看，一舟也是不懂事，也没和我说一声。梅毅柳说，一点小事，打扰你多不好。方馆说，梅教授，您这就太客气了，又不是外人。梅毅柳说，一舟在这里没给你添麻烦吧？方馆笑了，他给我增光添彩了。等把人送走，老谭问方馆，你和梅教授早就认识了？方馆说，老街坊，认识多少年了。老谭说，那孟一舟的事情你也知道？方馆说，你说哪件事？老谭说，他和梅教授的关系。方馆说，那自然早就知道了。老谭说，那他妈就是我不知道了。方馆笑了起来，你也没问啊。走了几步，方馆说，梅教授不简单啊。一舟要到我们这里来，换了别人，怕是不会同意。别的不说，梅教授在铁城做了几十年的老师，不说桃李遍天下，总还是有些成器的学生，给一舟找个体面的工作，那肯定一点问题都没有。当然，我也不是说我们的工作就不体面。毕竟，怎么说呢，社会还是有些看法。这个，我们就不回避了。一舟想到我们这里工作，梅教授问了我一下，说尊重孩子意见。这很不容易的。老谭点点头说，知识分子嘛，更包容些。方馆说，那不一定，你听过"精致的利己主义者"这个说法吧，说的就是知识分子。

到食堂草草吃了个午饭，老谭回到办公室。他给电视台和报社的朋友发了个信息，问感觉怎样。一会儿，朋友回，发个消息肯定没问题，放心。收到信息，老谭放心了。对他来说，他的事儿已经完了。坐着抽了根烟，正准备眯一会儿，孟一舟推门进来了。他问，谭老师，你要午休？老谭说，没有，也睡不了一会儿。孟一舟在老谭对面坐了下来，烧水，冲了杯茶。喝了口茶，孟一舟说，谭老师，下班一起吃饭吧。我带你去个地方，你肯定没去过。老谭笑了起来，不一定，铁城吃饭的地方我没去过的少。孟一舟说，就算去过也没关系，就是吃个饭嘛。老谭说，怕是没那么简单，你什么时候单独约过我吃饭？孟一舟笑，确实有点不同，我还约了我女朋友一起。老谭抽了口烟，那我就不去了，这么大年纪，还去给年轻人当电灯泡，那也太没有自知之明了。孟一舟说，谭老师，真心请你吃饭，你也知道肯定是有话跟你说嘛。老谭换了个话题，一舟，上午梅教授一走进来我就认出来了。那气质，一看就不一样，到底是读书人。孟一舟说，她人单纯，一辈子在书斋里，染也染出文人气了。老谭说，她很爱你。孟一舟脸上有点不自在，这怎么看得出来？老谭说，看眼神。说完，停了一下，像是在判断孟一舟的反应，我小女儿从福利院领养的，我每次看她，也是不一样的。孟一舟给老谭杯里加了点茶，谭老师，你有你的感受，但是，你可能永远理解不了你小女儿的感受，很不同的。老谭愣了一下，那也可能。喝了几杯茶，孟一舟起身说，谭老师，你休息一会儿，下班我们一起走。孟一舟走后，老谭又点了根烟，他想了想孟一舟的话。也许孟一舟说得对，小女儿怎么想，他确实没怎么考虑过。更多时候，他是站在自己的立场想问题。这是输出，而不是输入。旁边的礼堂里传来唢呐的声音，鸟儿早已习惯了这些声音，它们不慌不忙地啄食树上的果实。饱满充实，带有生命必需的糖分。

一下班，刚到四点，孟一舟过来了，他换了衣服，清爽的一身。老谭正准备泡茶，孟一舟说，别泡了，我们走吧。老谭看了下手机说，这么早？孟一舟说，我们先过去，聊聊天，反正也没什么事儿。老谭说，那也行。说罢，放下手机，去隔壁里间换衣服。和别的单位不一样，他们很少穿工作服出去，一到下班，先换衣服成了习惯。工作服不难看，和银行、保险公司的工作服没太大区别，麻烦的是工作服上的几个字"铁城市殡仪馆"。别人看着别扭，他们也不自在。等老谭换好衣服出来，孟一舟说，谭老师，你别开车了，我们叫个车吧。老谭说，你这是准备喝点儿。孟一舟说，难得和谭老师一起吃个饭，当然要喝点儿。老谭说，那行，去哪里？孟一舟说，你跟我走就行了，我还能把你卖了不成？老谭笑道，这个我不担心，习惯性问问。他打开抽屉，往口袋里放了两包烟。他烟瘾大，平时没事要抽一包，一喝酒，烟停不下来。

出了单位大门，往前走了几十米，稍稍避开了些，孟一舟叫了车。车拐进附近的一条小路，两边都是果木，枝叶茂盛。芒果开过花了，青绿的芒果满树都是。这条路离单位不远，弯弯折折，只露出窄小的路口。老谭经过多次，他没往里面走过。平时和朋友们吃饭喝酒，他都是约在临近的食街。见车往里走，老谭问孟一舟，这里面还有餐厅？孟一舟说，有几家，不多，都是熟人朋友带过来，知道的人不多。老谭说，还真是灯下黑，离单位这么近，我还真没去过。孟一舟说，这才刚进来，还有点远。路窄，勉强能够错车，水泥路看起来还很新。有的路段连水泥路都没有，坑坑洼洼的。在山林间绕了一会儿，到了一片荔枝林，孟一舟对司机说，师傅，到了。车停下来，老谭下车伸展了下腰身，看了看四周，荔枝林中间零散地搭着几间木头房子，建筑设计看来花了不少心思，房子略显古朴，比普通的农家乐上档次。林间草地上，树上，还有不少肥壮的公鸡领着母鸡散步。孟一舟问，谭老师，这地方还不错吧？老谭说，我在想等会儿我们怎么回去，这前不着村后不着店的，怕是打车也打不到。孟一舟伸手拉开一根树枝说，谭老师放心，既然我们能来，那肯定能回去，我女朋友开车，她不喝酒。老谭又看了看四周，感叹道，这人为了点情调，也是挖空了心思。在这里搞这么个东西，怕是花了不少钱。孟一舟说，人家根本不在意这点钱，原本也不是为了做生意，就是朋友们聚会的场子。老谭感叹道，有钱还是好。孟一舟说，那当然，有钱总不是什么坏事。

他们选了靠近荷花池的桌子，他们人少，坐房间没什么意思，不如在外面看看风景。再说，这里也安静，一共就三张桌子，另外两张还没人，他们独占了整个荷花池。坐了一会儿，才有人过来送茶水，顺便问他们吃什么。孟一舟问，谭老师，你吃什么？老谭说，你熟你来，又不是第一次一起吃饭，你也知道，我不讲究这些。孟一舟说，那我先点，你看看合不合适。孟一舟点了一个铜盘蒸鸡，说这里的鸡是真正的散养土鸡，有鸡味。又点了红焖大鱼头，说是这里的鱼买回来清水养一个月才上桌，没泥腥味儿。接着点了紫苏山坑螺，爆炒田鸡和上汤芥菜。老谭说，够了够了，三个人吃不完浪费。孟一舟点完，对服务生说，晚点上，我们人还没到齐。还不到五点，还早，这个季节，天气凉爽，坐在外面舒服。老谭惬意地靠在椅子上说起上午的活动，又说起了梅毅柳。听了一会儿，孟一舟对老谭说，谭老师，我有点话想跟你说。老谭点了烟说，想到了。孟一舟问，谭老师，你对我妈是个什么印象？老谭说，很好啊，典型的知识分子，我还听过她几个故事，笑得不行。他把施广明、楼世翼讲的故事讲了一遍，边讲边笑。孟一舟听完说，这应该是真事儿，符合我妈的性格。老谭说，知识分子嘛，较真，要是不较真，那就不是知识分子了。孟一舟说，她一辈子较真，也吃了较真的亏。老谭说，也无所谓，只要她自己高兴，怎么都是一辈子。孟一舟喝了口

307

茶说，谭老师，你觉得我妈爱我吗？老谭说，那当然爱了，我从她眼神里看得出来。孟一舟放下茶杯说，说实话，谭老师，我对我妈的感情特别复杂。你应该记得我给你讲过的，我不是我妈亲生的，这在我很小的时候就知道了。我妈可能以为我不知道，我一直知道。从小，我没见过我爸，也没见过家里有男人，我再笨也知道这不正常。后来，我听人说，我妈和我爸，我也不知道该不该叫爸，不叫爸，叫别的好像也都不合适。我妈和我爸，暂且这么叫吧，他们是同学。结婚后，他们一直没生孩子。我爸好像因为什么事儿去了，具体原因我也不清楚，反正是走了。我妈不想再嫁，就养了我。我成了她的挡箭牌。从面上看，她养我爱我，我有时候想，她更爱的应该是我爸，或者说她自己，我算什么？我想不清楚，每次想都难过。孟一舟眼睛湿了，扯了张纸巾。老谭说，你别这么想，你妈养你不容易的，一个女人带着个孩子，很难。她怎么能不爱你呢？就你这一个孩子。孟一舟擦了下眼睛，谭老师，我也知道这么想不应该，特别忘恩负义，但我忍不住这么想。她到底是爱我，还是爱她自己？当然，我感谢她，特别感谢她，没有她，我都不知道还在不在世上。谭老师，我给你讲个故事，就我们系统的。我一个叔叔，从儿童福利院领养了一个小孩儿，小姑娘，特别漂亮，特别可爱，我见过的。小姑娘看起来也很乖巧，和家里人相处也不错。叔叔婶婶都很爱她，包括我叔叔的女儿，也把她当亲妹妹来疼。一家人其乐融融，都以为好得很。没想到，有天老师打电话给我那叔叔，说有事情想约他谈谈。到了学校，老师递给他一个本子，上面写满了咒骂的话，那小姑娘对我那叔叔，婶婶，还有他女儿充满仇恨，咒骂他们各种方式死掉。我叔叔看到那些咒骂如同五雷轰顶，他没想到，小姑娘那么恨他，恨他一家人。甚至，小姑娘还尝试过在半夜里拿刀想杀他们，只是太害怕才没有下手。没有办法，他只得把那小姑娘又送回了福利院。谭老师，听起来是不是特别不正常，在家里怎么都比福利院好吧？但是，谭老师，我特别理解小姑娘的心态，她只是一个可怜无助的小动物。她就像炸毛的母鸡，虚张声势，只是因为害怕。谭老师，我没什么害怕的，我只是怀疑，我妈到底爱不爱我，我特别纠结。孟一舟又抽了张纸巾。老谭望着孟一舟，想起了他的小女儿，缓缓吐了口烟，老谭说，一舟，你可能想多了。说完，老谭意识到，这句话特别苍白无力，还不如不说。快六点了，老谭想孟一舟女朋友快点过来，他不太想听这话。这不是一个有意思的话题，他宁可做一只鸵鸟，躲起来，装作什么都不知道。

等孟一舟女朋友过来时，老谭和他已经聊得差不多了，孟一舟恢复了平常的神态。他从老谭烟盒里抽了根烟，抽得慢条斯理。从他弹烟灰的动作可以看出，他还不熟练。两人喝过了一壶茶，又添了水。明前的龙井，茶芽嫩绿，茶汤通透，一口下去，整个人像是都清静了。配上荔枝林的山景，荷花池的荷叶，再美妙不过了。孟一舟举起手招手示意时，老谭顺着孟一舟招手的方向看过去，他看到一个漂亮姑娘，扎着少见的马尾，穿着一条碎花的裙子，朴素又雅致。见到老谭，姑娘笑起来，露出一排白亮的牙齿，你就是谭老师吧？经常听一舟说起你。孟一舟指着姑娘说，邝诗云，我女朋友，你叫她小邝，诗云都行。老谭笑起来，你不说我也知道是你女朋友。邝诗云问，菜点没？我都饿了。孟一舟说，早就点好了，等你过来。邝诗云说，我一下班就过来了，点了蒸鸡没？孟一舟说，点了，知道你最喜欢这里的蒸鸡。邝诗云吐了下舌头。人到齐了，孟一舟说，谭老师，喝白酒还是啤酒？老谭说，来点啤的吧，今天不想喝白酒。孟一舟说，那行，正好我喝不了白酒，啤酒还能陪你喝点儿。每人两瓶啤酒下去，桌上的气氛快活起来，孟一舟和邝诗云打情骂俏，老谭看着也高兴，这才是年轻人该有的样子。

正喝着高兴，老谭看到孟一舟脸色变了，邝诗云也安静下来。他正纳闷，远远看见一个人走过来。等走近了，老谭一看，这不是邝新闻嘛。他正准备和邝新闻打招呼，听到孟一舟喊了声，叔叔。邝诗云喊了声，爸。邝新闻看着邝诗云说，你怎么在这里？邝诗云说，我怎么就不能在这里？老谭说，邝新闻，好久没看到你了。邝新闻脸色有些不自在，谭老师也在。老谭说，碰都碰到了，一起喝一杯。邝新闻说，不喝了，不喝了，我还约了朋友。说罢，转身要走，又扭过头对邝诗云说，吃完饭早点回去。邝诗云不耐烦地说，知道了，我又不是小孩子。邝新闻正想发作，看了看老谭，又忍住了。等邝新闻走远了，老谭问邝诗云，你爸？邝诗云说，你们早就认识？老谭说，铁城就这么大，兜兜转转都认识。邝诗云突然笑了起来，你怎么叫我爸邝新闻？老谭也笑了，都这么叫他，他原名叫什么我还真不知道。邝诗云说，你们就是说他八卦呗。老谭又笑，举起酒杯和孟一舟碰了碰。孟一舟还是不太高兴的样子，嘟哝了一句，在哪儿都能碰到你爸。邝诗云说，你管他干吗，你又不是和他谈恋爱。老谭一下子明白了，他对孟一舟说，老人家总是操心多，管它。喝完回到家，老谭想了想，给孟一舟发了条信息："邝新闻这个人麻烦，也有好处，他听不得几句好话，你顺着他一点，什么事情都好办了。"一会儿，孟一舟回信息："谭老师，不是这个事，他主要是嫌弃我的工作。"看完信息，老谭骂了句，操他妈的邝新闻，你算个鸡毛。

次日一早，老谭刚跑完步回来，一身的大汗。他每天早上有慢跑的习惯，五公里，不多不少。老谭不喜欢跑步，但没有办法，他必须跑，不跑的话，老婆能唠叨到他脑壳炸裂。只有他喝得实在太多了，完全起不了床，老婆才会放过他。当然，少不了一顿批评教育。老婆为了他身体好，他领情，做起来却辛苦。刚开始跑那几个月，老婆陪着他，他喘得像条狗。跑一阵，休息一阵，双手撑在膝盖上，狗一样吐出舌头，脸上嘴里滴滴答答地滴水。老婆看着他说，你看，你这身体，太虚了，再不锻炼，怕是很快就要坐轮椅。熬过头几个月，老谭跑得轻松了。更重要的是他发现，自从跑步之后，他解酒的能力大大提高。以前一喝多，整天，至少整个上午不舒服。现在好了，跑完之后，五脏六腑的杂气排斥一空，端的是个神清气爽。发现了这个，老谭跑步不再要老婆催，变得主动自觉。这一坚持，快十年过去了。喜不喜欢是一回事儿，知道有好处做不做是另一回事儿，有好处的事儿老谭愿意做。跑完步，爬上七楼，洗个澡，吃过早餐，然后开车上班，这是老谭正常的生活节奏。

照例，老谭洗完澡出来，老婆摆好了早餐。老谭拿起手机看了看，邝新闻打了两个电话给他。他和邝新闻熟，联系得不多，没有深交。老谭又看了看微信，果然有邝新闻发过来的信息："谭老师，有空回个电话，有急事。"放下手机，老谭慢条斯理地吃早餐，懒得给邝新闻回电话回信息。他能有什么事儿？老谭觉得他能猜到，他不想搭理他。这他妈浑蛋，他以为他是个什么东西。上班路上，邝新闻的电话又来了，再不接就不合适了，老谭接了电话。邝新闻说，谭老师，一早给你打了两个电话，也不见你接，给你发信息你也不回。老谭含糊了一下，早上跑步，没带手机，信息还没看。邝新闻说，谭老师，有点事想请你帮忙。老谭说，我在开车，回头再聊。邝新闻不甘心，又没有办法，那好吧，谭老师，我晚点联系你。到了单位，大概过了个把小时，老谭手机响了，拿起来一看，还是邝新闻的。老谭不耐烦了，邝新闻，你想干吗？上班呢。邝新闻说，不好意思，谭老师，我到你单位门口了，麻烦你出来一下。老谭有点意外，你到哪儿了？邝新闻说，你单位门口，就耽误你几分钟。老谭将信将疑，他不相信邝新闻会到他单位来找他。他说，那你进来吧，到院子里榕树下等我。老谭出了办公室，走到院子里，果然看到邝新闻站在那里。见到老谭，邝新闻递了根烟说，谭老师，实在不好意思。老谭接过烟说，有什么事你这么急急火火的。邝新闻说，谭老师，无论如何你要帮我一个忙。老谭以为邝新闻要说孟一舟的事，那个忙他不想帮。他说，老邝，年轻人的事，就随他们吧，我们老了，管不了这么多了。邝新闻打断老谭的话说，谭老师，我不是说这个事。老谭说，那你还有什么事？邝新闻抽了口烟说，我昨天问了下诗云，她把孟一舟的情况告诉我了。老谭有点莫名其妙，一舟有什么事？邝新闻说，听说他是抱养的？老谭说，这和你有什么关系？邝新闻说，说没有也没有，说有也有。我女儿和他谈恋爱，我总得了解点他的情况吧。谭老师，你也是有两个女儿的人，做父亲的这点心思你懂的吧？一说到两个女儿，老谭的心软了下来。他说，老邝，都理解，孩子们有孩子们的选择，我们不好干涉，也干涉不了。邝新闻说，我只想我女儿嫁个好人家，这没错吧？老谭说，人之常情，理解，理解。邝新闻说，那，谭老师，你和孟一舟熟，我不好问诗云，你和我讲讲他家里的情况，我心里也好有个底。老谭介绍了孟一舟的情况，特别说到了梅毅柳，他安慰邝新闻说，孟一舟那样的家庭也有好处，家庭关系单纯，相对来说好处；梅毅柳作为一个知识分子，做人通情达理，诗云过去也不会受欺负。听老谭说完，邝新闻说，谭老师，我来找你这个事情，你不要和孟一舟讲，我怕他多心。老谭说，放心，我又不傻，这个事情我哪里会和他讲。临别，老谭多了句嘴，老邝，你也别看不起我们，都是为人民服务，老观念老思想该扔的扔了，众生平等。邝新闻脸上有点不自然，谭老师，我没那个意思。邝新闻走后，老谭坐在榕树下，慢慢悠悠地抽烟。今天事情不多，不急，他听着礼堂的乐声，竟听出欢乐来。抽完烟，又听了一会儿，老谭回了办公室。

吃过午饭，老谭闲着翻手机，看看新闻，浏览下文坛动态，顺便给朋友圈点点赞。孟一舟进来了。见孟一舟进来，老谭放下手机说，昨天没喝多吧？孟一舟说，谭老师也太看不起我了，那几瓶啤酒不至于。老谭说，那还可以嘛。孟一舟在老谭对面坐下说，上午我来找你，你不在。老谭说，刚好有事儿走开一会儿，你有事？孟一舟说，我有什么事儿，就是想找你说说话呗。老谭说，我俩说话那不是随时的，难道还要特别约时间？孟一舟说，昨天忘了跟你说了，过几天我要出差，到兄弟单位交流几天。老谭笑了，你这是省里的模范了，号召全省向你学习。孟一舟脸一红，谭老师又取笑我了。老谭说，这倒真不是取笑，实名羡慕。你还年轻，还是要追求上进。不像我，年纪大了，混一天算一天。再说句大话，也有点看透了，年轻人不要说看透之类的话，还是要努力，积极向上，大胆追求。孟一舟眯着眼看着老谭，谭老师，你这怎么听着话里有话的。老谭笑了，我就这么一说，怎么理解是你的事。两人闲扯了一会儿，孟一舟说，谭老师，我跟你说个事情，也是奇怪得很，你说人和人之间有没有心灵感应？老谭说，你别神神道道的，我可不信什么心灵感应。孟一舟说，昨晚我不是和你说了我和我妈的事儿吗？昨天回去，我妈在客厅坐着等我，要在平时，她早休息了。几十年了，她都是十点半左右睡觉，要不然就失眠。昨天我回去十一点多了，我妈在客厅等我。老谭说，那也正常，可能她正好睡不着。孟一舟说，谭老师，我妈和我谈了我的身世。老谭"哦"了一声。孟一舟又说了几句，老谭问，那你现在怎么想？孟一舟站起来，张开双臂，尽力打开，把头昂起来，然后猛地低下头，舒服，谭老师，我整个人都舒服了，我爱我妈，她是我唯一的亲人。孟一舟再次坐下来，坐在老谭对面，老谭的眼有点酸，像是有灰尘掉进去了。

孟一舟出差那几天，老谭有点无聊。他已经习惯每天中午孟一舟过来和他聊聊天，有时聊人生，有时聊书法，也聊梅毅柳的古典文学。老谭发现，孟一舟对书法和古典文学相当有见地。谈起书坛风气，老谭几次说起"丑书"，孟一舟老实听着。听过几次，孟一舟问老谭，谭老师，你怎么看丑书？老谭说，我倒不反感，创新是对的，不要激进过头就好。孟一舟又问，那谭老师，你怎么看乱书？

老谭一愣，什么乱书？孟一舟轻描淡写地说，王冬龄先生的乱书我挺喜欢，看起来杂乱无章，实则每一笔都很讲究，你把字放大，看到细节处，笔笔功力都在那里。至于沃兴华先生的丑书，每一笔都有来历，那字多耐看。不像有些所谓名家的字，看一眼挺好，看两眼恶俗，再多看几眼心情烦躁。孟一舟说完，补充了句，我瞎说，谭老师不要介意。老谭说，我挺喜欢听你瞎说的。孟一舟出差，老谭中午睡得也不安稳，刷朋友圈也刷得趣味索然。两人聊天，间歇间刷刷圈，喝口茶，日子也变得美妙起来。在另一个城市，孟一舟也有些想念老谭。他甚至想打个电话告诉老谭，他在那里服务的第一个死者。那是个女人，看到她的那一瞬间，孟一舟有点恍惚。他看到她的耳垂和下巴，有熟悉的线条。三位同行站在孟一舟身边，他们看着孟一舟帮死者化妆。孟一舟动作轻柔，他用湿纸巾将死者的面部擦净，眉线、唇线和面部的粉底。死者像是睡去，脸上有了红润的颜色，蜡黄藏在胭脂底下消失不见。化好妆，孟一舟拿起死者身边的派单卡看了一眼。姓名：赵曼生。年龄：52 岁。死因：疾病。还很年轻，可恶的疾病。孟一舟脱掉手套，洗了个手，他想上个洗手间。身边的工友将死者推去礼堂。那里，她的亲人等着和她做最后的告别。

补遗： 想象或虚构

前些天，我去找老谭办事儿。去之前，我特意给他打了电话，怕他不在。他们单位上班不按法定工作日来，和医院一样排班，排到哪天是哪天，这也能理解。经常，我休息他上班，他上班时我又在休息。给他打过电话，他果然在休息。他说，你来我家吧，正好几个朋友在，我让老婆炖了腊猪脚。老谭家的腊猪脚好，都是从老家带过来的土货，看着让人眼馋。记得有一年，老谭回家，开了车。我怀疑他是故意开车回去的，好装东西。那一趟，老谭收获颇丰，亲友送给他的腊猪腿把车尾箱和后排都塞满了，怕是有大几百斤。回来后他约我去他家喝酒，一看见满屋的腊猪腿，我坐不住了。我对他说，谭老师，没看见就算了，看见了不拿点儿我心里过不得。老谭也大气，别急，先喝酒，喝好了，我送你两条。等喝完酒，老谭拿出两条腊猪腿，用绳子绑好说，你拿走吧，我说话算数。我左手一条，右手一条，腊猪腿本来就长，又重，我得双手悬空才能拎起来。喝多了酒，我实在没有那个力气，只得放下一条说，这次我先拿一条。老谭同意了。另外一条，我再去要，老谭不肯了。他说，没那回事，要吃来家里，管饱，拿回家不行，别的朋友看了不好说嘛。老谭就是这么个讲义气，又顾及朋友们感受的人。听说炖了腊猪脚，我赶紧打了个车去了老谭家。到楼顶一看，除开原班的几个，多了个邝新闻。我和邝新闻好久没见了，以前有过联系密切的时候，一个礼拜能在一起喝两三次酒。为什么把联系断掉了，我想不起来。事情总是这样，一旦断了联系，人就像不见了一样。有时，又像鬼魅一样，不知道从哪个角落冒出来，吓人一跳。老谭指着邝新闻说，认识吧？我伸出手，邝老师哪个不认识，铁城大名鼎鼎的人物。邝新闻摇了摇我的手，你这是取笑我了，我是来向各位老师学习的。老谭说，你谦虚，你以前不是谦虚的人，这是怎么了？邝新闻看着老谭家楼顶的各种瓜菜说，连你家楼顶都不一样了，我还不能变变？他说得有道理。

　　邝新闻重新回到这个圈子，话题自然围着他，打听他这些年的状况，听他讲故事。酒过三巡，众人微醺，邝新闻说，我给大家讲个故事，好玩得很。我以前不是开厂做生意嘛，认识几个人。去年，有人找到我，把我笑死了。名字我就不说了，说了你们也不认识。这鸟人五个女儿，没一个儿子。他老婆得了癌症，临死前告诉他，她给他生过一个儿子，不过送人了。还说孩子在铁城，让他来找。他来找我，铁城这么大，变化这么厉害，我怎么找？我随口应付了几句。不过，我这人有良心，还是帮忙找了找。说完，他停顿了一下，见众人兴致勃勃地看着他。邝新闻来了劲头，把故事细细讲了一遍。讲完，老谭说，邝新闻，你这就不厚道了，人家给了钱，你也不能这么敷衍人家。邝新闻举起酒杯说，老谭，你想过没有，有没有可能他老婆是在骗他？她根本就没有这么个儿子，只是为了安慰他，或者说干脆是在报复他，让他永远为了一个不存在的儿子纠结、愧疚。那鸟人以前也干过不少荒唐事儿，女人一旦记起仇来，可怕得很。老谭心地还是善良，那应该不至于，都说人之将死其言也善，她这么做有什么意思呢。邝新闻说，这个谁知道。老谭问，那女人现在如何？邝新闻说，前段时间听说死了。死了也好，人一死，什么事都过去了。再过不去的坎，一死万事销。老谭说，道理是这么个道理，人只要活着，哪能想得那么通透。邝新闻说，有时候由不得你不通透，比如说我女儿那个事。老谭，你是知道的，我是不愿意，我能犟得过她？不行，只能认了。老谭把脸一沉，你这什么意思？孟一舟哪里对不住你女儿了，多好一个小伙子。邝新闻知道说错话了，连忙说，老谭，我不是那个意思，你想多了。老谭大笑，是我想多了还是你想多了？来来来，喝一杯。老谭家的包谷酒还是厉害，半斤下去，我喝得晕晕乎乎。我站起来，绕着楼顶走了几圈，散散酒气。我找老谭有什么事情，我忘记了。等我再在酒桌上坐下来，他们正在说梅毅柳和孟一舟，都说梅毅柳才是知识分子的样子。邝新闻说，在铁城，我最佩服的就是梅毅柳，她有风骨，又通情达理，她可能真活明白了。老谭像是突然想起什么，迷蒙着眼睛说，邝新闻，你说，孟一舟有没有可能是你说的那人的儿子？邝新闻说，从理论上讲，当然有可能。老谭说，要是真是，孟一舟还是富二代呢，大把家业继承。邝新闻严肃起来，谭老师，这个可能我不是没想过，但是，

313

但是，即使孟一舟真是，我也不想他是。老谭问，为什么？邝新闻说，此时不宜与诸君细聊。我爱钱，我更爱自由。众人皆笑，都说这情抒得有点装了，不像邝新闻的风格。邝新闻举杯朝向天空中的月亮，长叹，知我者谓我心忧，不知我者谓我何求。悠悠苍天，此何人哉。一夜酒歌，不赘。

第二天醒来，我隐约记得几句话：

邝新闻：做学问要学梅毅柳，做朋友要学谭老师，做什么都不能学马拉。作家，尤其是写小说的，那就是个骗子。

老谭：我总是把人心往好里想。我也知道，往好里想难免吃亏。吃亏无所谓，我愿意。往坏里想，什么结果你都能接受，但我总觉得不是那么快活。

楼世翼：梅教授的儿子，我见过几次。说来你们可能不信，每次看到他，我总是想起梅教授的先生。他们气质太像了，孟一舟像是转世而来。

小谭：孟一舟我认识，跟我学过几天书法。

在老谭家楼顶昏睡那会儿，我好像还听到有人说，我老婆死了，我儿子还是没有找到，我还要不要找？

一条肥壮的腊猪腿丢在进门口处，地板上拖出油腻的痕迹。我怎么也想不起来，这条猪腿我是怎么扛回家的。

（刊于《钟山》2022 年第 3 期）

作者简介：

马拉，1978 年生，中国人民大学文学硕士。作品发表于《人民文学》《收获》《十月》《钟山》《花城》等，入选国内多种重要选本。主要作品有长篇小说《余零图残卷》等五部，中短篇小说集《广州美人》等三部，诗集《安静的先生》。